山河吟

孙泽深 著

江苏凤凰文艺出版社
JIANGSU PHOENIX LITERATURE AND
ART PUBLISHING, LTD

图书在版编目（CIP）数据

山河吟 / 孙泽深著. -- 南京 : 江苏凤凰文艺出版社, 2018.12（2023.5重印）
ISBN 978-7-5594-0309-4

Ⅰ. ①山… Ⅱ. ①孙… Ⅲ. ①长篇小说－中国－当代 Ⅳ. ①I247.5

中国版本图书馆CIP数据核字(2018)第271030号

书　　名	山河吟
著　　者	孙泽深
责任编辑	孙金荣
出版发行	江苏凤凰文艺出版社
出版社地址	南京市中央路 165 号，邮编：210009
出版社网址	http://www.jswenyi.com
印　　刷	三河市双升印务有限公司
开　　本	889 毫米×1194 毫米 1/32
印　　张	14.00
字　　数	360 千字
版　　次	2018 年 12 月第 1 版 2023 年 5 月第 2 次印刷
标准书号	ISBN 978-7-5594-0309-4
定　　价	68.00 元

序

张文宝

关于抗日战争那段艰苦卓绝、光荣伟大的峥嵘岁月，那段用热血和生命来换取家乡自由和平的日子，在文学作品中得到了太多的表现，让人难忘。读了作家孙泽深创作的长篇小说，深深被作者家乡热土上曾发生的感人的、可歌可泣的抗日革命故事所打动、震撼。

这是一部反映发生在灌云大地上抗战初期的革命斗争小说，作者立足于灌云真实的抗战史实，以抗日英雄徐佳标、孙笃生、孙存楼、陈百川、张大标、汤曙红等人为原型，以“大事不虚小事不拘”的历史小说创作原则，再现了七七事变后到1938年初半年多时间内发生的事件，日军兵临连云港，想方设法攻陷灌云，占领海州，把灌云出产的优质海盐、粮食、棉花等物资运到日本去。日军是想以战养战，迅速打通津浦线，拿下华中地区，占领全中国，把神州大地当作他们的殖民地。短短几个月，京津沦陷、华北沦陷、上海和济南沦陷，南京沦陷后，日军疯狂屠杀中国同胞。日军叫嚣着三个月内灭亡中国，日本海军陆战队驾驶军舰,企图不伤一兵一卒占领海州。危险临近,生死之间,人心惶惶,每个灌云人都不得不做出抉择:是站着死,还是跪着生!

无数同胞的鲜血汇聚成河,无数美好的家园被毁成废墟,残酷的事实告诉灌云人,屈从就意味着死亡,忍让就要沦为亡国奴。作品用不容置疑的事实,真实再现了灌云人民的历史抉择,团结一切可以团结的力量,跟日寇血战到底。在中国共产党的领导之下,在抗日民主人士的积极组织之下,在进步有识之士的奔走呼告之下,灌云百姓迅速团结起来,有钱出钱、有力出力,为抗击日本侵略者、保家卫国而献计献策,创办报刊,宣传抗日;他们走上街头,利用文艺表演号召人民抗日;创建抗日武装,组织人民抗日;为了抗击日寇、保家卫国,他们卖掉汽车公司,捐出万贯家财,甚至献出自己的生命。

这部作品,饱含深情,写出了挺身而出保家卫国"只解沙场为国死"的真勇士,以优美的文字、新颖的视角,描绘出灌云山山水水的雄伟壮观、古镇板浦历史文化的源远流长、黄海之滨千亩滩涂洁白的海盐,还有地方风俗传说、特产、特色美食,字里行间,充满了作者对故乡的热爱,对灌云历史的自豪!

这部作品不是纯虚构的抗战小说,也不是纪实性历史小说,它是一个土生土长的灌云人,献给灌云奇山大川的儿女赞歌,献给那些热爱家园、面对日寇凶残铁蹄奋起反抗、用生命捍卫中国人尊严、挺起比别人更硬脊梁的灌云人民和英烈,让今天生活在和平年代的灌云年轻一代，不忘那段血与火的岁月！

作者是位资深的新闻工作者，一生都耕耘在新闻战线上。新闻的本质是真实，真实是孙泽深刻在骨子里的一生追求。我从文友处听说泽深创作这部作品的过程，在灌云县委宣传部的支持下，他查阅了包括县志、盐业志以及革命史在内的大量文献资料，走访了抗日积极分子、进步民主人士，以及灌云抗日英雄的后人，遍访了灌云 1931 年国民党政府重新划分的县境之内的山山水水、风景名胜，搜集相关的抗日故事，让这部作品达到了基于真实自然环境、社会现状、时代背景以及真实斗争情况之上的历史真实。

历史不容篡改，也不容忘却。这部作品对于中国的抗战史是一个丰富，对于灌云革命历史是一次再深度的挖掘、发现、提升。用文学表现历史，更具有可读性、传播性，进一步强化爱国主义精神教育。每一个灌云人都应该读读这部作品，更加珍惜来之不易的幸福生活，用自己的才智建设自己美丽的家园。

是为序！

2018.10.6

（张文宝，江苏省作家协会副主席，国家一级作家）

目录
CONTENTS

目录

目录

楔子　我爱这一方热土

这是黄海之滨的东瀛胜境！

这是一片拥有六千五百多年历史的热土！

这是一个古老而又充满朝气的“东海福地、北方水乡”！

这就是我美丽的家乡——江苏省灌云县。1912 年孙中山先生亲自命名建县，因南有百川灌河北有名山云台而得名。境内有大伊山等七座低矮孤山，地貌以平原为主，是苏北地区唯一有山有水的县城。全县内陆总面积为 2780.15 平方公里，云山灌水，人杰地灵，热情洋溢，魅力无限！

这本是一方土地肥沃、人类繁衍生息的古老家园，但是，自打 1840 年以来，自打载着毒品鸦片的坚船利炮打开中国闭关锁国的大门开始，就被外来的侵略者以及国内的反动派、独裁者残忍地给毁掉了！

轰炸、焚烧、屠杀、殴打、奸淫、奴役，美丽的家乡变得满目疮痍，而源自对家乡的热爱，对祖国忠诚的灌云人民，进行了长期的不屈不挠、前仆后继的反帝反封、争取民族独立和人民解放的斗争。而我们对残酷艰苦却又感天动地的斗争的讲述，也就开始于日本侵略者悍然发动了全面侵华的卢沟桥事变之后的淞沪会战。

第一章　山雨欲来

1937年，在百年中国乱世之中，是一个分水岭。

这一年的7月7日，日本帝国主义悍然发动了卢沟桥事变，开始了全面侵华的侵略战争，并妄图在三个月之内灭亡中国。

这一年的7月8日，也就是第二天，中国共产党即发表了《为日本进军卢沟桥通电》，指出只有全民抗战，才是中国的出路，号召“全国同胞、政府和军队团结起来”，抵抗日寇的侵略。

这一年的8月13日，日军侵略上海；国民党组织反击，长达三个月的淞沪抗战开始。

由于连云港是陇海铁路东线的起点，是海陆交通枢纽，距离日本较近，是日本侵略军重要补给线的通道。日军早在这一年的9月13日就侵占了连云港附近的车牛山，在海面上，集结了多艘军舰和船只，企图以海军陆战队强行登陆。

这一年的10月，灌云县来了很多人，发生了很多事儿，改变了很多人的命运，甚至灌云人民的命运也因此发生了改变。我们的故事，就是从灌云最高学府全英学校开始的。

第一节　到前线去

灌云板浦，全英学校。

已是深秋！

第一章 山雨欲来

秋风萧瑟，乌云沉沉，一片枯黄的秋叶从一根高耸地刺向天空的梧桐树枝上飘落下来，借着凌厉的风势，穿过几千年经风历雨的亭台楼阁抑或陋巷棚屋，追着湿咸的海风，踩着千百年来运盐车船的痕迹，扫过成千上万亩滩涂，来到这个“苏北盐都”之称的千年名镇——板浦。

在千年板浦小镇的西大街大寺巷北首，有一座虽然有些破败，但能看出来有些历史有些厚重的寺庙建筑。一人多高的青墙环绕着一扇红色大门，大门前是一对儿威武的石狮子，门楹上那遒劲有力的四个大字“国清禅寺”在秋阳之下，熠熠生辉，悠然的禅韵跟历史的沧桑融合成一支属于“东瀛胜境”特有的风景。

“国清禅寺”是板浦曾经最有名的寺庙，始建于隋炀帝大业八年（公元612年），在五代和元代时两次毁于兵燹，又于宋朝和明朝两次重建，于清代扩建。现在的禅寺，就是清朝扩建的规模，因为占地很广，殿宇众多，故又俗称“大寺”，寺前巷道也因此得名“大寺巷”，一直沿用至今。

正是白天八九点钟时候，悠远静谧的禅寺，并没有传出佛家的晨钟暮鼓，随风传来的，竟然是悠扬的读书声。推开禅寺虚掩的大门，沿着青砖铺就的甬路，走进这座千年古刹，就会发现这个寺院很大，光主寺院就占地二十多亩。寺内殿宇宏伟，佛像整齐，另有东西廊房、方丈室等建筑，曾经梵音阵阵，晨钟暮鼓，香火旺盛。当然，这景象仅仅停留在灌云人民的记忆中了，到清末时，由于战乱频仍，国清禅寺也被天灾人祸影响，逐步衰败坍塌。

可这并不是听不到僧众声响看不到信徒们身影的最主要原因，随风而来的朗朗读书声，才是现在这所禅院的主要功能。民国初，禅院被政府征用，开办了全英小学。1924年，又改建增建为灌云初级中学，增设了外文、物理、化学等学科，也因此，在传统“三百千”的吟诵中，又增加了一些咿咿呀呀的洋文，一些瓶瓶罐罐的实验声！

可此刻，1937年10月，灌云深秋初冬的一个上午，吸引了秋风注意的，却是这古老禅寺大门前一个不太远的小广场，原来是卖佛教用品的地方，现在俨然成了一个早市。吸引人们目光的，不是那些摆摊儿叫卖的小贩，而是被一群百姓围观，还时不时传出来喝彩声的一个地方。

秋风从攒动热闹的人们头顶上掠过去，进到里面却发现有人在表演淮海戏。场上两个人物在表演，还有一个中年男人在乐器伴奏。一个学生模样的男孩子，正拽着母亲的手，哭求着要母亲答应让他到前线去。母子两个都是普通的灌云人打扮，身上的衣服虽然有补丁，但非常整洁，一看就是家境尚可的人家。母亲担心儿子的安全，不愿意让儿子去打仗；儿子说日本人杀了爷爷奶奶，父亲在战场上牺牲了，自己要去给他们报仇，杀日本侵略者。

母子两个的对唱，让观看的百姓们一阵阵叫好，就连秋风也被母子的抗日决心所感染，更加卖力地鼓吹着人们来这里观看。卖报的报童也来凑热闹，喊着："卖报啦，卖报啦！委员长又发兵淞沪，我国军将士跟日本人浴血奋战三天三夜！"

街上高亢的抗日热情，吹开了古老禅寺的大门，一个身穿淡青色长衫的先生走了出来。他步伐稳健却走得很快，礼帽压得很低，让人看不清他的面孔，只觉得这个人身上有一种无形的力量。走出大门，他叫来一辆黄包车，黄包车经过报童的时候，停了一下，买了一份报纸，然后，黄包车夫拉起车快步走了。不远处群众对母子表演的欢呼声，好像是给他的送行。

黄包车消失在视线中不久，一辆汽车驶过，后面跟着十几个背着汉阳造的灌云常备队特务。汽车开得并不快，但因为车窗关得很严实，也看不清里面的人。汽车和特务们经过集市的时候，故意大声鸣喇叭，围观的群众害怕地四处散开，特务们大喊着："让开！快点闪开！执行公务！"

淮海戏的表演被迫中断，人群都闪开了，几个心肠好的路人催促着那几个"卖艺的"赶紧避一避，不要跟这些官老爷对着来。那个演母亲的演员，虽然化着非常憔悴落魄的农妇妆，也是破破烂烂的乡下妇人打扮，但那双眼睛，却灿若星辰，让人一见难忘。不过，面对着横行霸道威风凛凛的官老爷，那双眼睛中闪过利剑一般的怒火。

想到什么，“母亲”三步两步跨到放道具的角落，打开一只小皮箱，从里面拿出一沓传单，冲着人们扔了过去，嘴里喊着：

“打倒日本帝国主义！”

“到前线去，杀日本鬼子！”

“驱逐侵略者，保卫灌云！”

随着“母亲”的高呼，众人也跟着喊了起来，一张张传单随风飘向空中，很多人捡了起来。有识字的大声朗读起来：

“1937 年 10 月下旬，国民党政府为了阻止华北日军沿津浦线南下，决定以徐州为中心，设立第五战区。在共产党的影响下和全国抗日救亡运动高潮的推动下，司令官李宗仁在徐州发布《约法七章》，主张坚持抗战，肃清汉奸，成立民众抗日动员委员会，允许民众有集会、结社、言论、出版自由。”

那辆汽车停下，从里面伸出一只手，一个特务小头目连忙跑了过去，汽车里面的人低声吩咐了一下，小头目点头同意，转身吆喝着特务们去驱散围着表演的几个青年喊口号的群众。这个小头目的理由是：不能影响一旁全英学校学生们的学习。

几个表演的青年脸上现出愤怒，刚要有所行动，但“母亲”看到如狼似虎的特务们手中的枪已经端起来，对准了他们。“母亲”一惊，知道这些特务是冲着他们来的，立即拦住了同伴，示意他们散开，跟随人群散去。特务们并没有去追，在小头目的吆喝之下，他们开始捡起传单来了。不知道汽车里面的人给他们下达了怎么样的任务，有几个特务竟然从群众手中抢传单，大有一定要把传单都给收拾走的意思。

混在人群中并没有跑远的“母亲”等青年们，看着特务的行动，脸上闪过疑惑。不过，他们并没有采取进一步的行动，而是暗暗观察着那辆汽车。那辆汽车中的人好像并没有要抓他们的意思，把人驱散、把传单收得差不多，就开车离开了。小头目也召集特务们跟上，随着他们的离开，原本激情四射的地方变得沉寂，呼啸的秋风裹挟着梧桐树上的枯叶，飘荡在古老禅寺千年古道的上方，让小镇染上几分悲凉几分悲壮。

随着人流朝前走，“母亲”却正好走到汽车旁边，不经意间往汽车里面看。车玻璃并不是很透明，已经升到半空的朝阳也开始晃眼，看不清楚里面的情况。不过，“母亲”假装崴了一下脚，侧倒在地上，借着人流的遮挡，仔细朝汽车里面看去。虽然还是看不清楚，但距离近了，还是能看出车里的几个人影。让“母亲”最为关注的是，后座上坐着的三个人，虽然看不清他们的长相，但从他们的坐姿上可以看出来，另外两个人明显是在监视和挟持着中间那个人。而那个人戴一副眼镜，一点儿也不像特务，倒像是从大城市回乡来的读书人。不知道为什么这个有着一双夺人心魄眼睛的“母亲”，特别关注车里的这个读书人，好像还看到了这个读书人脸上的伤。可待她还想细看的时候，汽车已经加速朝前驶去，她被落下，只能看着汽车越走越远，“母亲”看着汽车远去的背影，那双璀璨的眸子中闪过深思。

已经近距离围观了好大一段时间的秋风，发现这里曲终人散，就撒欢儿似的卖力鼓吹起来，追着被特务们漏掉的一份传单，急急地穿过大门，越过高墙，进入学校，好看看学校里面是不是也为这抗日激情所占领。可刚从教室里走了一圈儿，只发现了郎朗读书声，并没有看到有人嚷嚷着要到前线去，秋风还想听听先生们讲的是什么，可刚到后大殿就停下了脚步——后大殿墙外，也就是板浦全英学校没有占用的禅寺后院墙处，传出来了一阵争吵声。

禅寺的院墙虽然还算齐整，但经历了这么多年的风吹雨打，加上战火的摧残，后面原本很高的院墙中有几处墙体坍塌了，因为地处偏僻，人迹罕至，一直没有维修，露出不大不小的缺口。墙外面是一人多深的臭水沟，还长满杂草，但倒下的一棵大树成了独木桥，让这个缺口成为学校的一个“后门”，学生们从这里是可以进出禅寺的。当然，这个学生们是指那些逃学的、淘气的或者有什么秘密活动想瞒过先生的孩子，不想走或者不能走正门的，都会走这个“后门”的。这不，两个淘气想从这里离开学校的学生就被抓住了。

一个穿着全英学校校服，肩膀上还戴着一件红袖标的学生，站在缺口处，张开双手，拦着对面的两个学生，不让他们从这里过去。

“不许走！赶紧回去！校长说了，不让你们逃学逃课，要你们在学校里安心读书！”

拦人的这个学生是全英学校学生会主席陈振中，初级中学毕业班的班长。陈振中二十出头的年纪，长得比较平凡，身材也比较高大，鼻直嘴阔，皮肤有些黑，没有多少读书人的气质，反而像一个农家子弟。可即便是这样，他脸上的真诚和坚持，眼中蕴含的坚定和执着，还是让人不由自主地被他吸引着去相信他！再加上他低沉有磁性的声音，既有知识青年的沉稳和朝气，又有灌云农民身上的淳朴和正直，让他在一众莘莘学子中别具一格。此刻，陈振中正义正辞严地阻拦着面前的两个同学，要他们不要出学校，跟自己回去。

“给我一个理由，让我听你的！”

走在前面，跟陈振中面对面的学生张口，看都不看陈振中，语气也非常轻慢，却有着让人不能置喙的霸气。

这个年轻人是孙达生（乳名，大生），也是毕业班的学生，是陈振中的同班同学。他十八九岁年纪，站在那里，不慌不忙，玉树临风，阳光打在他脸上，瓷白脸庞好像一块没有一丝瑕疵的美玉！他没有穿灌云中学的藏青色校服，而是穿着吊带裤和白衬衫，外面是一件白色风衣。那张堪称妖孽的脸上，肤白如雪、睫如蝶翅、眉若远黛、目若朗星，眉眼如画中清丽脱俗，俊俏飘逸中有几分英气；饱满深邃的桃花眼，掩映之间，时常露出一种睥睨一种坚定。这些不凡，又被那张如玉脸上保持的玩世不恭的淡笑遮掩得非常好，任何人看起来，都觉得他是一个只有友善没有危害的美少年！

正如此时，孙达生迎风而立，淡定地从陈振中手中抽出自己的衣服，冲着他一笑，人淡如菊地说出一句云淡风轻的话，好像他在做一件非常正确的事儿而谁来阻拦他反对他都是错的一样！

陈振中义正辞严："学生要上课天经地义，还要什么理由？你不上课出去玩，就是错的！这不仅违反了校规校纪，还辜负了校长对你的期望和信任！你这种行为是非常错误的！"

孙达生微笑，一点没有被陈振中的指责影响，好像陈振中并没有说他一样。他用一种淡定的眼光漫不经心看了身旁站立的男孩，示意他上。

旁边的男孩翻了一个白眼给孙达生，但对上陈振中的时候，马上调整表情，如春风般微笑着开口："学生的本职是学习，而不是上课！在学校教室里上课是学习，出去到外面更广阔的社会里更是学习，你们敬爱的孙校长也说了，读万卷书，不如行万里路，这充分说明，我们这种行为，是被校长所大力支持的，是实践孙校长办学理念的，你确定还要拦我们？"

第二节　对牛弹琴，牛还委屈了

这位学生是孙达生的死党，也是陈振中的同班同学，骆远志。他跟孙达生年龄相仿，也是十八九岁，有些矮胖，藏蓝色的校服紧紧裹在身上，收拢管制着总想往外发展的肉，让人看了担心衣服被撑开，或者衣服上被绷得很紧的扣子们掉下来。骆远志有一副非常讨喜的相貌，圆圆的脸，圆圆的眼，淡淡的眉毛分得很开，天生带着三分笑。他有着一张好皮子，皮肤比豆腐还白嫩，张口便有两个小酒窝，举手投足之间都透露出福气和善意，看到他的人，上到和尚道士，下到垂髫小儿，都不由自主地想要亲近他。当然，人们愿意亲近他的前提是，千万不能让他张口，他一张嘴吐出的话每个字每个词就好像带着毒，就好像春风吹过，落下来的却不是雨丝，而是剔骨钢刀，让人听了浑身发冷。所谓的“恶语伤人六月寒”，用言语杀人于无形，说的就是他。也因此，他虽然长着一张菩萨脸，还自带话唠属性，但却让所有的人都对他退避三舍。在灌云全英学校，他跟孙达生比肩，一冷一热，好听点儿说他们是全英二剑客，私下里都喊他们全英二霸王！

一般情况下，陈振中可不敢惹他们，他们逃学出去“玩”的事儿，不是发生了一天两天，不是偶然的事儿，而是一种常态，甚至都可以称得上是全英学校的一项美谈（丑闻），当然，这个称呼可是仁者见仁智者见智了。今天，陈振中之所以敢捋这两位霸王的虎须，是背后有人撑腰的——孙达生的祖父，也是全英学校的校长孙伟农。最近他从学校训导主任那里知晓了孙达生的“著名事迹”，大发脾气，不仅饿了孙达生一天，还三令五申，要他必须在学校里老老实实地趴着，要是再出去，就要打断他的狗腿！为此，孙伟农昨天还特意到孙达生班里说了，不许任何人逃课，尤其是不许孙达生逃课，请全班全校的学生监督。而今天，是陈振中负责检查全校学生的考勤，孙达生跟骆远志早晨是来校了，但第一堂算学课刚下课，他就发现孙达生二人不见了。虽然没有意料到孙达生敢这样顶风作案，但他立即反应过来，孙达生会从这里出去，他立即追了过来，正好看到二人要出校而去，他还真不能不管！

可孙达生跟骆远志想干什么是他陈振中想管就能管得了吗？当然不可能！先有孙达生用气势碾压他，后有骆远志毒舌他，他气得浑身哆嗦，但一句话都说不出来，感觉自己是一个跳梁小丑！他的脸涨红了，嗫嚅着，想解释但又不知道说什么。但他不甘心就这样投降，想了半天，才冒出一句：“就算是出去学习，也要先生们领着，不能擅自行动的！你们这样的行动，夫子知道吗？校长知道吗？他们不允许，你们就不是学习，而是不遵守纪律的学生！”

骆远志笑得更加可亲：“你说得很对，我必须赞成！但我必须补充一下，所谓擅自是指对不在自己职权范围内的事情自作主张，事例我只举两个，一个是《史记·吕太后本纪》：‘而诸吕又擅自尊官，聚兵严威，劫列侯忠臣，矫制以令天下，宗庙所以危。’另外一个是……”

孙达生不耐：“长话短说，浪费时间你还？”

骆远志做了一个夸张的“委屈”动作：“我的时间也被浪费了！应该是谁浪费谁来还吧？陈振中，陈会长，你准备怎么偿还我们的时间？”

陈振中说不过他们，有些恼羞成怒：“你们不要欺人太甚！你们天天旷课，不知道学习，你们的时间都被你们自己白白浪费掉了，要不想浪费时间，你们赶紧回教室上课！”

骆远志神色未变：“‘吾生也有涯，而知也无涯。以有涯随无涯，殆已；已而为知者，殆而已矣！为善无近名，为恶无近刑。缘督以为经，可以保身，可以全生，可以养亲，可以尽年’，懂？”

陈振中当然不懂，还被他的之乎者也弄糊涂了，他的国文水平比骆远志差远了，完全不知道他在说什么！他还想张口说教，孙达生已经不耐烦了：“对牛弹琴，牛还委屈了！”

陈振中被他的话说得脸色一白：“你说谁是牛？你怎么能这么说我？我是你哥哥……”

陈振中的声音低了下去，孙达生嘴角现出一丝嘲讽，但他并没有揭穿他，好像不再想跟他墨迹，上前一步，站到陈振中面前：“让开！”

陈振中被孙达生的气场震住了，傻傻地让开了，然后看着孙达生跟骆远志一前一后走到豁口处，踩着搭在沟上的木板，就要走出学校。陈振中急了，他不能这样放他们走，他也不甘心放他们走！他上前一步，一把抓住孙达生的衣服：“不行，你们不能走！”

孙达生停住了向前冲的身体，冷冷地看着陈振中。陈振中在跟他对视中败落下来，讪讪地放开手，嘴里就反复说着：“不能走！孙校长说了不能让你走！”

孙达生不说话，看着自己的衣服。陈振中的手比较脏，孙达生的白色风衣上一个大大的黑手印儿，非常显眼。

骆远志也转身看着陈振中，看到衣服上的手印儿，夸张地惊讶着：“啧啧，您这手是掏煤去了还是烧炭去了啊？怎么能黑成这样啊？”

陈振中抬起眼，愤怒地看了骆远志一眼，又低下头去。孙达生突然笑了：“你以为这样就能留住我？”

陈振中强硬地坚持：“不是我留你，你作为一个学生，必须在学校上课，这是学校的规定！”

骆远志笑了，吸引人的两个小酒窝出现了，忽悠人的两个笑眼儿闪过精光：“哎呀，看不出来啊，陈振中，你还有这个本事啊！你明知道咱们达生要面子爱干净，跟你这土老帽不一样，出门的衣服那叫一个纤尘不染的，你就故意弄脏了他的衣服，让他不能出门是吧？”

陈振中有些心虚，但表现出来的是气愤、委屈：“你别诬陷人，更别用你的小人之心度我的君子之腹！我不是故意的！你脱下来，我给你洗！”

陈振中后一句是对着孙达生说的。

骆远志笑得更加大声：“我是小人，我承认；可你是君子，我可不认！君子要是你这样子，那些君子早就找块豆腐一头撞死了！”

陈振中强辩：“君子坦荡荡，你随便说，我才不怕你！你们怎么说，怎么惩罚我，我都不会放你们走的！”

骆远志：“喂，陈君子，我问你，‘君子成人之美，不成人之恶；小人反是’。今天，你要是不成就我们出去学习之美，你就是小人！”

陈振中强辩：“要是让你们出去，我就是助纣为虐！你们违反校规校纪、旷课逃学，不是好学生！我作为学生会会长，绝对不能放纵你们！”

陈振中视死如归地看着两个人。

孙达生却突然笑了：“你当真不放？”

陈振中：“不放！”

孙达生：“开条件吧！”

陈振中：“没有条件，什么条件都不行！”

孙达生转向骆远志：“说给他听！”

骆远志又给孙达生一个白眼，孙达生不理他，他装模作样地叹口气：“真真朽木不可雕也！陈主席啊，我可是听说了，我们班的张佳惠同学，已经回灌云了！”

陈振中脸上一喜，但旋即又控制住自己：“你又骗人！她回来了，我怎么不知道？”

骆远志：“为什么要你知道？你跟张佳惠是什么关系？”

陈振中脸上现出一抹恼怒和一抹尴尬：“我们是同学关系！我关心同学你有什么不满吗？”

骆远志闹出怪声：“没，关心同学很好，请继续啊，不要停！不过，我想告诉你的是，张佳惠同学请假走了三个多月后，荣誉归来，而且已经来上课了！如果我要是这样关心同学，那我肯定要去欢迎她的！”

陈振中内心一动，拔腿就想走，但想到了什么，又站住，看了看孙达生跟骆远志，犹豫着不相信：“你想用这样蹩脚的谎言来骗我回去，好让你们俩出去啊？别以为就你们俩聪明，别人都是傻子！我告诉你们，我在你们就别想走！”

陈振中宛若一个坚守阵地的战士，视死如归地看着孙达生二人。孙达生挑挑眉，眼中露出趣味。

骆远志也展开一个无害的笑容，带头往回走："张佳惠回来了，你让我们走我们也不走了！"

孙达生跟上，陈振中稳不住了："你们骗人，我根本没有见到她！不，第一堂课她根本没有来！"

孙达生看着陈振中："你对张佳惠很感兴趣呀！怎么，你喜欢她？"

陈振中眼神躲闪，但旋即就理直气壮了："你别用你小人之心度君子之腹！我是学生会主席，负责全学校的考勤，张佳惠同学回来上课，是要向我销假的！"

骆远志怪笑一声："那你知道她去干什么，又为什么这会儿回来吗？"

陈振中："她不是去上海报考女校了？"

骆远志："非也！具体原因我知道，你不知道，你要想知道，也很简单！"

陈振中眼中闪过妒忌："你们出去是要找她？你们就不怕校长知道？"

骆远志:"这个就不劳陈主席费心了！想不想知道，一句话。"

陈振中羞恼："你想利诱我？告诉你，不可能！你们今天说什么也别想出去！"

骆远志对孙达生："你的计划失败！人家陈主席可是君子，不接受你的利诱，算了，他不想知道张佳惠的事儿！"

骆远志往学校里面走，很遗憾地对陈振中说："以后就是张佳惠成了抗日女英雄，也跟你没有半毛钱关系！"

陈振中惊讶："抗日女英雄？这又是怎么回事儿啊？她不是去看她大了吗？难道她去战场打日本鬼子了，还成了英雄！"

孙达生不理陈振中："走吧！我们被看门的发现了，改天再去！"

孙达生率先往回走，骆远志给了陈振中一个鄙视的眼神:"有的人啊，平时自诩君子才子的，其实就是叶公好龙，总想当一个被学校操纵的木偶。依我看，一个女孩子都比他强，他呀，再想偷偷看人家也没有机会了！”

孙达生跟骆远志转身朝学校里面去，陈振中突然喊:“站住！”

孙达生跟骆远志对视一眼，眼中有了笑意。

陈振中喊：“佳惠在哪里，快点儿告诉我！”

孙达生转身对陈振中说：“按照我说的去做，你今天就能见到她！”

陈振中难以置信，看着他们的背影犹豫着，挣扎着。

孙达生跟骆远志不理他，继续往前走，陈振中着急了，喊：“我该怎么做？”

孙达生跟骆远志对视一眼，眼中含着算计得逞的笑意。

第三节　燕尾港来了一个大人物

灌云县，燕尾港。

这里是燕尾港。

这个形如展翅飞燕的港口是苏北黄海西滨一颗璀璨的明珠。

这里是灌云县最东端，是灌河的入海口，也是灌云县海运的出海口，汹涌的“苏北黄浦江”灌河水深河宽，岸上腹地辽阔，触目所及，跟一望无垠的黄海相接的，是大片大片的滩涂以及小片小片的被分割出来的盐田。

这里是出产数以万计淮盐的“盐圩”，这个灌云唯一的海港，是“淮河入海口，苏北黄金岸”，也是淮盐转运其他口岸的重要关卡。清道光年间，江苏巡抚、后任两江总督的陶澍曾来此视察并在鹰游门（即现在的连云港和灌河口）设立盐卡。之后，两口岸每年转售的海盐达白银二百多万两，盐税比过去增收三十多万两。清光绪三十四年，也就是 1908 年，清两江总督端方集资在灌河北岸的海州乐山镇，新铺滩地四十份，“产量接济南销以补淮南产盐之不足”，是为济南盐场。因为灌河两岸大片泥滩，沿海地带，便于纳潮，因而这片不毛之地被建造成为盐滩。宣统年间，首先由张謇招股，增铺池滩八十份，定名为太皇公司。这以后，到1914年，大德、公济、大有晋、大源、庆日新、裕通等公司，争相在灌河两岸的乐丰镇、陈家港、燕尾港、小蟒牛港、堆沟港附近铺设新滩，称为济南盐场七公司，到现在占淮盐产量的70%以上。而就在1912年，民国元年，清末状元、民族实业家张謇将形似燕尾的天生港命名为燕尾港。

十月份的燕尾港，气温已经很低了，也已经不是产盐的季节，除去那些低矮的简陋的灶民的窝棚外，周围是大片人烟罕见的盐滩，连绵几十米或几百米的水面，有白鹭、灰鹭、海鸥、野鸭和许多不知名的水鸟。在荒凉的湿地上，时而有飞起的水禽，使人感到一种生态原野的美。成群的海鸟翱翔在海天之间，鸟鸣高亢尖锐，鸟飞铺天盖地遮云蔽日，成为这一大片寥廓悲壮空间的实际主人。

秋末冬初的燕尾港，整齐的盐坨承接了太阳的光芒，却没有多少温暖，肃杀寂寥，唯有盐坨上和码头上，很多工人在热火朝天地工作。他们穿着破破烂烂的衣服，整个人都泡在水中，机械地任劳任怨地重复着繁重的工作。全副武装的盐警来回巡逻，垣商的护院保镖也在一旁虎视眈眈，再加上远处时不时传来的隐隐的枪炮声，让这飞速发展的燕尾港隐藏着几分危险！因为燕尾港是灌云唯一的海河运输港口，三十多年来众盐商的不懈努力，燕尾港口的吞吐能力已经有了质的提高，在民国十八年，也就是1929年，又将木码头改建为钢筋混凝土的“T”字形码头，3000吨大轮可以长驱直入，燕尾港得到了长足的发展。

此时的燕尾港，并没有马上为就要点燃的战火所影响，还在有条不紊按部就班地运转。运盐船时不时地进港和起航，工人们扛着盐包在码头上来回穿梭，巡逻的盐警嚣张地维持着码头的秩序，时不时地殴打或者训斥工人。因此，当此时，码头栈桥边一辆黑色汽车的出现，并没有引起多少人的注意，直到汽车驶进码头，停在临近大海的栈桥前，车门打开，一个女人从车里下来，在几个看上去有些怪异的黑衣保镖的簇拥之下，款款走向大海，不，确切地说，是伸向大海的客运码头。

巡警们停了下来，盐工们停了下来，就连划船的船夫都停了下来，整个码头都停了下来，不由自主地直直地盯着女人，很多糙汉子嘴里还流出了哈喇子，好像被摄妖镜吸走了魂魄的木头人一样，痴痴呆呆地朝着女人行注目礼，就差朝她俯身朝拜了！那几个女人的保镖，对此见怪不怪，目不斜视地簇拥着女人朝前走去，宛若众星捧月一般。可实际上，这个女人却完全不像月亮，更像一只从欲海云山中走出来的狐狸精！

即便是深秋，这个女子穿得也相当清凉，披着一袭红色风衣，里面是一件月白色旗袍，勾勒出她妖娆的身材。修长的玉颈下，一片酥胸如凝脂白玉，在旗袍的半遮半掩之下，更让人销魂；素腰一束，竟不盈一握，一双颀长水润匀称的秀腿裸露着，就连秀美的莲足也在无声地妖娆着，发出诱人的邀请。与她妖冶对男人形成致命吸引的身材相比，她的长相相对平凡了一些，但她肤色白皙，五官秀气，鲜艳的红唇，都非常耐看。这是一个从骨子里散发着妖媚的女人，她似乎无时无刻不在引诱着男人，牵动着男人的神经。

这个尤物很满意这样的效果，眼中闪过得意，无视码头上男人们用炙热的视线一遍遍剥她衣服的贪婪和赤裸裸的欲望，狐狸一样的眼光掠过燕尾港七公司一望无际的滩涂和整齐蕴藏无数财富的盐田，还有往来穿梭的运盐船只以及蝼蚁一样的盐工们，就像资本家看他的钞票，又像庄园主巡视自己的家财，好像偌大的燕尾港已经是她的囊中之物一样。秋风从海面上吹来，又喧嚣而去，带走了她志在必得的一句话："这些盐还有这些人，都是我们大……的！"风太大，淹没了最关键的那个信息，有人侧耳想去听清楚，却只看见这个女人眼睛直直盯着海面——萧瑟秋风推动的波涛汹涌中，一艘轮船由远及近，从海面上乘风破浪，扬帆而来。

看着那艘轮船越来越近，女人展颜一笑："终于来了！"她这一笑，好像看到心仪的猎物之后，美丽得炫人耳目的毒蛇伸出蛇信子一样，让紧紧注视她的人不由得浑身发冷，寒意和恐惧袭上心头。他们下意识地赶紧低下头去，不敢再去看，可等他们忍不住再抬起头去追寻那个让他们欲罢不能的女人时，却发现女人已经不见了，不知什么时候汽车已经开走了！而另外一端，轮船已经靠岸了，大锚抛到了水里，木板搭上了栈桥，船上的人开始鱼贯下船。

这是一艘从南京开过来的客轮，这种非常时期，严峻的战场形势，让上海南京这样大城市的人们巴不得去到山里或者偏远小山村，以躲避战祸，所以，七七事变以来，燕尾港的客运非常繁忙，客轮都加了好几班了。下船的旅客、接船的人员，还有叫卖的小贩、拉客的黄包车，以及汽车等，人来车往，码头上一片繁华。

当然，这繁华和喧闹都因为码头上的检查而变得有些紧张和压抑，从码头进到灌云县境的人和物都要过检，负责检查的是燕尾港税警，他们并不隶属于灌云县，而是淮北盐务总署的人。一共十几个人，用石头、木桩等设置了关卡，检查那些从外地回来的可疑人士。

需要解释一下的是，这些可疑人士，是指那些跟日本人有关系的人，或者是日本人，或者是汉奸，或者是带了武器以及有危害灌云社会治安可能的人。为灌云百姓计，这是应有且必要之务。但这些税警们并没有认识到他们的职责有多么重要，对入境人员检查得非常粗放。负责的税警小头目獐头鼠目，眼睛只盯着进港旅客的衣着打扮，更直白地说，这些税警，就是拿着枪逼着旅客，找各种理由，暗示明示那些人给孝敬。给了就让你过关，不给，呵呵，就留下一层皮来吧！

排在队伍中等待检查的乘客议论纷纷，目光中都满是愤怒，却没有人敢站出来阻止，心中暗暗想着对策。下船的乘客当中，比较引人注意的，是一个长得很白净的年轻人。他穿着长衫，但脸上却胡子拉碴的，身体也很单薄，看起来受过一段长时间折磨的样子。他手中提着一个小皮箱，皮箱看着是高档货，但除了这个皮箱之外，整个人看起来非常落魄。轮到他过关卡了，一个税警搜了身，年轻人身上什么都没有，就要放行。小头目则盯上了那只皮箱，走过来，上前让他皮箱打开。这是密码箱，年轻人不情愿地把箱子打开，里面除了两件衣服，就是十几本书，一看就是个穷光蛋，小头目凶狠的老鼠眼中就带着一丝不屑，拿起书来就要往海里扔。年轻人急了，拦着他，说那是自己老师的书，他不能扔！小头目可不管他，说这些书都是违禁品，必须要查处。年轻人急得跟小头目动起手来，小头目趁机要手下把年轻人给抓起来。年轻人问凭什么抓他，小头目说他是土匪，这些书都是他抢来的！年轻人大骂小头目，税警们把他的嘴堵起来给带到一边去了。

小头目得意地把年轻人的书都给扔了，把箱子拿走了。一个手下跟了上来，眼巴巴地看着箱子："头儿，这箱子也不值钱，赏给我吧？"

小头目都不屑看他，把箱子打开举了起来，敲了敲箱子底，仔细听了听声音，笑了。手下眼睛都看直了，冲着小头目翘起了大拇指："头儿，高！"

小头目看了看周围，示意他不要泄露出去，然后指了指船上："听说来了一个大人物，还没下来？"

手下不以为意："什么大人物啊？我看都是吹出来的！你看，这船到了这么久了，都没有看到有人来接，这大人物也大不到哪里去！"

小头目也是这样认为的，急于把箱子拿回去研究，看看里面是什么宝贝，跟手下说了一声，就离开了关卡。

手下带着羡慕和妒忌的眼光，看着小头目拿着箱子离开，转身吆喝着乘客们快点儿，别眼瞎腿瘸了掉海里去。

很快，这一艘从南京开过来的船搭载的普通船客走得差不多了，当最后一个背着大包的男船客走下甲板，没有人再从船舱里出来或者从船上往下走了，甲板上空荡荡的，包括税警在内的人们都以为船空了，可轮船的甲板上跑出来几个随从。领头的是一个戴眼镜的穿中山装的年轻男人，二十八九岁的样子，从他胸前口袋上别着的两支钢笔以及打理得油光水滑的发型得知，他是一个读书人，而且是一个办事员。他吩咐随从们分成两组，一组下船检查，一组检查甲板上。检查安全后，随从们汇报给中山装，他点头示意他们注意警戒，然后走进船舱。

接下来，一个中年男人率先走了出来，中山装紧随其后。男人一看就是一个实权人物。他西装革履，领带被海风吹起，自以为是风流倜傥地伸出手抚摸了一下梳得一丝不苟的大背头，却因为分神没有注意到脚下，差点摔倒。还是落后他一步的中山装赶紧伸手扶了他一把，才让他稳住身子。中年男子扶住差点儿掉下去的金丝眼镜，看着脚底下颤巍巍的木板码头，眼中闪过一丝鄙视和嫌弃。

中山装好像什么都没有发生地请示：“县长，请您稍等一下，我去接夫人！”

中年男人很满意，点头：“嗯，还是要小心，她穿着高跟鞋呢，这码头还是木质的，又滑又不安全，跟首都南京的大码头没有办法比，这灌云啊，虽然说是千年盐都，国民政府都发展了二三十年了，还是这么落后啊！”

这个张口就是官腔的男人，就是灌云新到任的县长张文明；扶住他的中山装是他的秘书，杨瑞章。杨瑞章并没有接他的话茬儿，顺从谦恭地应“是”后，朝后面走去，一句话都没有多说。

张文明没有继续朝前走，站在原地等人，一边四下看了看，看到四周盐田滩涂的苍茫和低矮压抑的燕尾港，特意压低的声音充满了嚣张：“以后这就是我的一亩三分地了，我光宗耀祖家财万贯就在这里了！”

踌躇满志和狂妄贪婪在张文明脸上一览无遗，但面对从船舱里走出来的自己老婆——段淑琴时，他的脸上又是一片亲和热情。

张文明几步迎上去，上前搀住段淑琴：“Darling，我们终于回到了你的家乡，你高兴吗？”

段淑琴跟张文明年龄相仿，但因为保养得宜，显得比他年轻一些，看上去就是三十岁左右。她穿着一身绿色洋装，外罩同色貂皮大氅，长发披肩，体态轻盈，如果不看眼角那细细的纹路，说她是少女也有人信。即便是上了年纪，但她的举止作态还是一副少女的样子，杨秘书给她打着伞，她拿着手帕捂着口鼻，一副弱不禁风的样子，靠在张文明怀中。

段淑琴娇柔又无限委屈地：“明哥，你知道，这里，灌云，还有板浦，是我的伤心地！”

第四节　你不会游泳，跳下海干什么？

张文明：“啊，琴儿，是我不对，我说错了话了！我是说，你就要见到你的亲人了，舅兄跟大嫂会很高兴！”

段淑琴握住张文明的手，轻轻摇头：“不，我现在很高兴，但并不是因为我回了家乡，也不是因为我要见到亲人了，而是因为你跟我一起回来了！我跟你说过很多次，明哥，你在哪里哪里就是我的家！”

张文明一副万分感动的样子：“Darling，我知道你对我的这片心，这辈子有你，我张文明就算是为国捐躯，也值了！”

段淑琴伸出手，捂住张文明的嘴，眼中已经蓄满了泪水：“不许！明哥，我不许你说这样的话！我要你平平安安的！”

张文明：“Darling，你知道的，灌云已经是抗日前线，日本人打下上海之后，就会来攻打这里，我是党国和校长栽培出来的，必须为国家效力……”

段淑琴打断了他的话，眼泪流了出来，拼命摇头：“我不管！我就是不要你去战场，不要你有事儿！你绝对不可以像他，当年，他就扔下我……”

段淑琴的眼睛湿润了，泪盈于睫，哽咽着：“你一定要答应我，不能抛下我，你一定要平安！”

张文明掩饰了眼中的一抹妒忌和不屑：“好，好，我答应你！”

段淑琴含着眼泪笑了，扑到张文明怀中，亲了他一下：“明哥，你对我真好！”

张文明也紧紧抱住她，半抱半搂地带着她往前走，走出栈道。杨秘书跟随从们目不斜视地跟在后面，簇拥着张文明跟段淑琴，保护着他们，对两个人的你侬我侬习以为常。

不远处关卡的税警们看戏一样看着张文明跟段淑琴秀恩爱，一边还议论着他们，猜测着这一对儿肯定是小情儿跑回灌云来避难了。他们等着这一看就是冤大头的人来到跟前，好好宰上一刀。

可当张文明一行终于走到了码头，却发现除了干活的盐民还有巡逻的税警，根本没有人来接他们。而那个税警手下则已经等得不耐烦了。在杨秘书要派出随从出码头外面去找车时候，税警要他们接受检查。杨秘书都愣了，呆呆看着税警带着一帮手下，冲着他们的行李走去，不由分说就要打开检查。负责行李的几个保镖也愣了，没想到这些人胆子这么大，用检查的名义上来就明抢，杨秘书大喊：“住手！谁敢动，我毙了他！”

杨秘书的枪拿出来，对准打头的那个税警。税警被杨秘书的胆大包天行为给镇住了，但他又不想放弃，色厉内荏地喊：“大胆！你敢袭警？不想活了吧？他们是赤匪，弟兄们，给我把他们都给抓了！”

听到他这话，杨秘书刚想说什么，张文明突然大笑起来：“好！好！你们这税警也负责抓赤匪，真是厉害！”

税警再次被他的气势镇住，想说什么，躲在值班小房子里听到声音的小头目连忙跑了过来，一脚把手下给踢到一边去：“瞎了你的狗眼！你也不看看，这位衣裳光鲜的老爷，肯定是家财万贯使奴唤婢的，一看就是大人物，怎么可能是那些泥腿子呢？！”

手下知道自己闯祸了，不再说话，一个劲儿地给张文明赔礼。小头目也一起鞠躬：“这位大爷，我这位兄弟，对工作太负责了！您也知道，这日本人要打过来了，我们奉命在这里看守，燕尾港可是咱们灌云的第一道关卡啊，小的们不得不加上二十四分小心，把脑袋别在裤腰带上，彻查一切可疑人士！”

杨秘书脸上都是嘲讽，刚才这个小头目巧立名目强抢旅客财物，大家可有目共睹，没想到他还能把话说得这么冠冕堂皇。杨秘书语气里带着气愤：“这位老总可真是尽心尽责啊！县长大人，您一定要给他的上司，也就是他们的区长打个招呼，对他进行嘉奖呢！”

小头目听到县长大人，一愣，脸上闪过一丝惊讶，但他立即控制了自己，假装没有听出杨秘书的讽刺，就当他在夸自己，还谦虚上了：“哎呀，您过奖了，这都是卑职分内职责！”

杨秘书被他的不要脸打败了，不想说话。张文明却觉得这个小头目是一个人物，让杨秘书拿出自己的聘书给他看。小木头嘴里说着不敢，手里却一点都不慢地接了过来，老鼠眼仔仔细细看了一遍，连城府极深的张文明脸上都带出来愠色之后，他才递给杨秘书，也算“验明正身”了，对张文明点头哈腰地，让他们进港。

张文明却没有动，示意杨秘书。杨秘书知道张文明是让自己去找车，没有人来接，他们也是要回去的。杨秘书亲自出去，把进港停车的地方转了一圈，也没有找到汽车，更没有找到来接县长的人。

杨秘书想叫一辆车，可这里不是大城市，没有随叫随停的出租车。而且，燕尾港距离板浦，还有一百五六十里路，黄包车跟其他交通工具，天黑之前是到不了的。杨秘书不能擅自决定，回来把这一情况低声禀告给张文明。张文明的脸色变得很难看，什么话都没说，径直朝外走。段淑琴跟了两步就气喘吁吁，一步也不想再走，拉着张文明的手，为难地看向张文明："明哥，为什么没有人来接咱们？你可是灌云县太爷呢！" 想到了什么，段淑琴的脸色变得苍白，她颤抖着声音："是不是日本人打过来了？"

张文明的脸色也变了，看了看那几个税警，强作镇定："不会！没有听到枪声，而且，他们要是打过来，这里，这些盐田，和这些盐，日本人是万万不能就这样放着不要的！"

段淑琴舒了一口气："那就好！明哥，日本人真的那么厉害吗？……"

张文明刚要说什么，一个红衣女郎向他们跑了过来。随着她的跑动，她的风衣吹了起来，露出里面诱人的风景。随从们看得直了眼，就是杨秘书也紧紧盯着她诱人的身躯，张文明看得口水都流了出来不自知，段淑琴光顾着看自己被晒黑的手，没有注意这个路人，也没有注意到张文明对女郎垂涎欲滴的丑态。而税警贪婪盯着红衣女郎，眼珠子都快掉下来了。

红衣女郎非常满意这样的效果，却装作不在意的样子，急匆匆往客轮停泊的地方跑。跑过张文明身边的时候，冲着他笑了一下，张文明的魂儿被勾走了，成为女郎的提线木偶，不由自主地痴笑着，冲着女郎走了过去，却忘了段淑琴还在他怀中，他的手松了，但段淑琴的身子还靠在他身上，张文明带着她朝女郎走了两步。段淑琴被带倒了，抓住张文明，还没有来得及反应过来这是怎么一回事儿，就听到一声尖叫，把她的尖叫给堵回去了，惊讶地看向尖叫发出来的地方。原来，行走中的红衣女郎被扑向自己的张文明吓了一下，朝旁边一躲。可她忘了这是在栈桥上，横向一迈步，就是大海，匆忙间她发出了一声尖叫，然后就掉下了海里。

女郎掉进海里，张文明二话不说，立即推开段淑琴，跳下海去救人，其他随从跟杨秘书看得目瞪口呆，被张文明扔到一边的段淑琴也愣了，她的眼泪又出来了，喊着："明哥！明哥！你不会游泳，跳下海去干什么啊？"

段淑琴话音刚落，四五个随从喊着："县长，我们来救你！"一个个都跳进了海里，冲着女郎的方向游了过去。

而码头的另外一边，一辆汽车风驰电掣地驶过来，在码头边上停下。车门打开，几个穿着公安制服的警察下车，副驾驶下来的人一挥手："快，船到了已经有一段时间了，赶紧地，别让县长等急了！"

等这些迎接县长的人到了码头上时，只看到一群人簇拥着朝一辆汽车走过去，打头的，是一个浑身湿漉漉的中年男人，抱着一位穿着红衣的女郎，一脸焦急地往前走。中年男人走得非常快，把一众人等都落在了后面，红衣女郎的胳膊紧紧搂着中年男人的脖子，娇声娇气地指路。中年男人按照她指的路来到汽车前，打开车门把红衣女郎放进去，然后自己就坐了进去。然后，中年男人摇下车窗，冲着最先赶过来的中山装说了几句话，中山装转身对跟上来的人说了几句就上车坐到了驾驶座上，发动汽车。在保镖模样的人还有税警等一群人来到汽车前的时候，汽车已经开出去了，人们只看到汽车的背影。而踩着五寸高跟鞋一步一滑艰难如踩钢丝走过来的一位夫人，被远远甩在了后面。每走一步都是煎熬，她实在走不动了，一屁股坐下，冲着汽车喊："明哥！等等我，你不能丢下我！"

段淑琴的喊声随着海风飘荡了很远，却并没有能够追上十万火急送病人的张县长的汽车。

灌云板浦，全英学校。

这是国清禅寺一间朝阳的偏殿，并不太大，原来是禅寺里面的普贤菩萨殿。普贤菩萨的佛像被清除出去，放置佛像的地方粉刷了一下，悬挂着一块黑板，就当作了教室，而且是全英学校初级中学毕业班的教室。

正是课间，学生们聚在一起，围着一个女生在说话。这个女孩子叫张佳惠，是一个很典型的女洋学生。她正是花季年华，合身的藏蓝色校服和短裙衬托出她姣好的身材，弯曲的长发被一条珍珠粉色的缎带束住，给她稍微有些胖的圆脸活泼中又增添几分秀气。她长得不算特别漂亮，脸上还有几颗小雀斑，可圆圆的眼睛让她的脸非常生动。此刻，她正在给同学们讲述着上海淞沪会战的见闻，因为情绪激动，她的脸涨红着，宛若黑葡萄一样的圆眼睛正充满了愤怒，说出来的话铿锵有力，整个人散发出一种活泼泼的青春活力。

张佳惠："……日本人啊，他们也不是三头六臂，他们被子弹打中了也会死，他们被刀砍了也会流血，除了比我们中国人矬一大截儿，说话也是哇啦啦的，没有什么可怕的！"

张佳惠脸上露出不屑，好像她自己上了战场似的！旁边一个男生嗤笑出声："说得跟真的似的，也不怕牛皮吹破了啊！"

张佳惠气得站起来，冲着说话的男生就喷过去："何锦阳，你说谁吹牛呢！一个大男人，跟长舌妇一样，就会站在一旁说风凉话，我看日本人打过来，你一准儿是汉奸！"

何锦阳，就是刚才那个嘲笑张佳惠的男生，此刻正趴在桌子上，手里拿着一本翻烂的《三侠五义》看着。他身量较高，狭小的课桌让他坐着有些不舒服，两条大长腿伸到前面同学的桌子底下。虽然他脸上是一片慵懒和嘲笑，但他整体看起来，还是一个非常有正义感的男孩子。这不仅因为他长得浓眉大眼、鼻直口方，整个人看起来英气硬朗，还因为他的眼神，他乌黑的眸子中充满了正气。可这双眼睛，此刻充满了愤怒，他瞪着张佳惠，咬牙切齿地："你说什么？你敢再说一遍！"

张佳惠有些害怕，但她想到了什么，又变得正义凛然："说的就是你！一天到晚嚷嚷着要成为大侠，要劫富济贫、扬善除恶，要成为大英雄！可我看你啊，就是嘴上的英雄，就会瞎叨叨，遇到日本人一准儿会吓尿的！”

张佳惠话音未落，何锦阳腾地站起来，用手指着张佳惠，气愤让他的脸涨红了，声音哆嗦着：“张佳惠！不要以为你是女的，我就不敢打你！”

张佳惠被他一激，更加口不择言：“你打！你打！我看看你怎么敢打我？真让我说着了！我看你就是一个怂蛋，敌人都打到家门上来了，除了打自己同胞，你还会干什么！”

何锦阳忍不住了，冲着张佳惠就扑了过去：“你胡说！我让你污蔑我！我不是汉奸！我绝对不可能当汉奸！我是大英雄！我是打日本鬼子的大英雄！”

张佳惠毫不示弱：“那你去打啊！你去上战场啊！不是我看不起你，你要是能杀死一个日本鬼子，我就把你当做大英雄，我说到做到，如果你真能杀了日本鬼子，我张佳惠当众给你赔礼道歉！”

何锦阳被她激怒，大喊着要扑过去打张佳惠，其他学生们拦着何锦阳，不让他打到张佳惠。张佳惠一点儿都不怕他，不仅不退，反而喊着要何锦阳过来打，一时间，教室里乱成一团。

“你们在干什么！都给我停下！”一声断喝传来，打闹的学生们都愣住了。

第五节　抗日是每一个中国人的责任和使命

他们往门口看去，这才看到夫子站在了门口。这是一位很严厉的夫子，额头之间的法令纹很深，留着一缕山羊胡子，头发花白，五十岁左右的样子，高高瘦瘦的，穿着一件青色的长衫。长衫虽然很旧了，但洗得很干净。他叫章利群，是全英学校教导主任，初级中学的国文老师，教导毕业班的国文。此刻，看到教室里乱成一团的样子，他的眉头皱得很紧，好像看到什么十恶不赦的事儿，山羊胡都撅起来了。

学生们被他吓住了，在一阵无措后反应过来了，想静悄悄地迅速地回自己的座位，赶紧上课，千万别让老夫子给盯上。可老夫子早就盯上了他们，又是一声断喝："站住！"其他学生都回到了自己的座位上，只有何锦阳跟张佳惠被钉在原地，再也不敢动了。他们俩谁都不服谁，但面对老师的怒火，都沉默下来。

章夫子指着他们训斥："看看你们啊！在课堂上打打闹闹，对同学谩骂殴打，男男女女拉拉扯扯，成何体统！你们还有个读书人的样子吗？真是有伤风化有伤风化啊！"

张佳惠脸上现出不忿，想说什么，被旁边的女学生给拉住了，她咬牙决定忍。可何锦阳没有忍，他梗着脖子对章夫子喊："夫子，您说得太对了！她一个女子，不仅辱骂同学，还污蔑同学，这样的害群之马，就应该关在家中，嫁给一个纨绔子弟，一辈子都不能出来见光！"

章夫子却没有因此而消气，脸色更加严厉，直接冲着何锦阳来了："你给我闭嘴！老师让你说话了吗？何锦阳，你跟同学打闹在先，出言不逊顶撞老师在后，你，你真是有辱斯文，不配说自己是一个读书人！"

别的学生偷笑，张佳惠既解气，又非常幸灾乐祸，挑衅地看着何锦阳。何锦阳深深被刺激，大声反驳："章老师，学生以为，您给我下的考语是错误的，您跟她一样，同属于污蔑学生！"

章夫子："放肆！先生说一句，你要说上三句，你这是忤逆师长，我要求校长开除你！"

何锦阳丝毫不惧："您就是开除了我，我也要把话说明白，我也要把强加在我身上的罪名给洗刷掉！第一，我绝对不是汉奸，这是赤裸裸的污蔑！不用说日本人还没有打过来，还龟缩在车牛山上，就是他们到了灌云，在灌云登陆了，让他们放马过来，有一个算一个，我何锦阳跟他们拼了，只要有我在，绝对不会让日本人侵占灌云！”

张佳惠听了，忘了自己跟何锦阳正在吵架，带头大声叫好！同学们也跟着鼓掌，为何锦阳的话欢呼！

章夫子更加恼怒，走到讲台上，拍着桌子大喊：“反了！反了！身为学生，竟然不敬师长，不听教训，师不师，生不生，难怪世道乱了！长此以往，国将不国啊！”

张佳惠听到这个句子，好像爆炸了一般，气得扒拉开拉着她手的同学，站出来对章夫子：“章夫子说对了，这世道是乱了！可这乱的原因，却是因为先生这样的人！”

全场皆惊！

章夫子简直不相信自己的耳朵：“放肆！你满口胡言！你怎么敢这么说！？我是你的先生！是你的师长！”

何锦阳哈哈大笑，指着张佳惠：“我看你也是忤逆师长要被开除了！”

张佳惠怒目而视：“闭嘴！我跟你不是一伙儿的！”

何锦阳撇嘴：“谁稀罕！”

张佳惠却看向章夫子：“是，您是我的先生，是我的师长！可您这所作所为，就不是我的先生师长了！”

章夫子：“我让你们读书错了吗？‘教不严，师之惰’，你们是学生，我是老师，我让学生读书天经地义！”

张佳惠大声地：“我不这样认为！您就会说要我们读书，要我们读四书五经，安心学习文化知识，不要出去闹，要孝顺听话，安分守已，然后按部就班地娶妻嫁人生子，这就是你说的读书人是吧？”

章夫子看着张佳惠：“你这是质问我？”

张佳惠脸上现出悲愤：“学生不敢！我只是在说一个事实！‘读书呀，读书呀，不错，学生是应该读书的，但一面也要大人老爷们不至于葬送土地，这才能够安心读书。报上不是说过，东北大学逃散，冯庸大学逃散，日本兵看见学生模样的就枪毙吗？’”

张佳惠慷慨激昂地背文章，章夫子想打断她，张佳惠直盯着他，不给他机会，一口气说下去：“这是九一八事变后，鲁迅先生写的一篇文章，《‘友邦惊诧’论》。您想必没有读过，可六年后的今天，鲁迅先生的话还振聋发聩！如鲁迅先生所说，入侵我们国家的日寇没有赶出去，就在三个多月之前，他们发动了卢沟桥事变！日本帝国主义占了东三省还不算，又占了华北，现在还要占领华东，还要占领上海，占领咱们灌云！他们叫喊着，三个月要灭亡中国！我们就是中国人，我们都要成亡国奴了，您还让我们读书，我们怎么读啊？我们读得下去吗？”

何锦阳拍桌子：“说得好！张佳惠，你这个人虽然矫情，我何锦阳就是看不上你，但你这段话，我认可！我赞同！”

张佳惠没有理他，按照自己的思路说下去：“我在徐州的这几十天，不仅见到了日军的凶残，还见到了中国同胞抗日的坚强！”

张佳惠的眼中含泪，声音开始哽咽，无论是暴怒的章夫子还是玩世不恭的何锦阳，还是其他同学，被她的悲情和愤慨所感染，都整肃了脸色，看着张佳惠，期待着张佳惠讲一下发生在上海的战争。

其实，何锦阳说得对，张佳惠因缘际会之下到了徐州，但她并没有真正上过战场。七七事变之前，因为她父亲张之信是国军军官，带着部队奉调上海，她与母亲跟着父亲去了上海。七七事变后，张之信要把她跟母亲送回灌云，把她们托付给孙伟农。原因很简单，张之信的父亲年龄大孙伟农很多，但跟孙伟农曾经在一所私塾一个夫子那里求学，一同参加科举。不同的是，张父一直考到五十岁，也还是一个老童生，孙伟农则年少中举，一举成名。后来张父更是吸上大烟，闹得家破人亡，临终悔悟，把当时年仅十岁的儿子张之信，托付给孙伟农，并把家中唯一剩下的燕尾港三条滩涂地送给孙伟农。孙伟农答应照顾张之信，也接手了那几条滩涂，却没有沾染一点，全部留给了张之信。张之信把孙伟农当做养父，跟孙伟农的独子孙一鸣一块儿长大，一起当兵，又把自己女儿张佳惠跟孙一鸣的儿子孙达生定下婚约。所以，虽然张之信已经做到了国军的一营之长，但上战场之前，他唯一放心的，还是孙伟农，所以他把妻女托付给养父。可张佳惠的母亲因为放心不下丈夫，坚持不离开，要跟他共存亡，张佳惠也坚持跟父母在一起。不过，幸也不幸的是，七七事变后，张之信所在部队并没有留在上海，而是调防山东，因为是紧急命令，不让通知家属。张之信只来得及给张佳惠母女留下一封信，让她们尽快回板浦老家。张佳惠母亲联系不上丈夫，只能按照他的安排，跟着一个商队从上海回灌云，却因为遇到土匪，商队被劫，母女二人在张之信留下的几个保镖的拼死保护之下，有惊无险地来到江苏徐州睢宁县。虽然没有人伤亡，但因为猖狂的匪乱，张佳惠母亲不敢带着女儿上路，被困在睢宁了。

即便如此，睢宁距离上海还有一段距离，张佳惠跟母亲距离淞沪抗战的战场也比较远，并没有看到中国军队全军战士奋不顾身前仆后继地跟日军殊死战斗的悲壮情形，没有看到被日军残忍碎尸的战地医生和救援人员的惨烈情况，没有看到战争中的上海、街头尸骸遍地的满目荒凉；更没有看到日军滥捕无辜百姓和商民，对他们进行枪杀殴打，对妇女进行凌虐。她只知道自打 8 月 13 日以来，日军即用飞机到处投掷炸弹，整日整夜都有战机的轰鸣声和爆炸声，以及广播报纸上的战争报道。

但即便仅有这些道听途说的消息，张佳惠给大家讲述的时候，也忍不住泪如雨下，教室里面响起不少同学的哽咽声！他们为那些为国捐躯的抗日将士们哭，更为那些无辜惨死的同胞们哭！这一刻，他们的悲伤悲愤悲凉都化为泪水，尽情流淌！他们年轻稚嫩充满阳光的心灵，第一次经历了一场名叫战争的暴风雨！他们幸福顺遂的人生，第一次面对生死考验和牺牲奉献！

“都别哭了！哭有什么用！眼泪是最没有用的东西！”何锦阳的声音如一声霹雳，唤醒了沉浸在悲伤中的众人。他的眼睛也红着，可他的眼神无比坚定，如水一样清澈的眸子中，充满了战意！他走到张佳惠面前，冲她一鞠躬，然后真诚地说：“张佳惠同学，我为之前的莽撞和无知向你道歉，请你原谅我！”

看着面前已经收敛了浮躁和冲动的何锦阳，张佳惠能从他的语言跟举止中看到真挚和虔诚。她的心被触动了，擦干了眼中的泪，认真地说：“我原谅你！”

何锦阳松了一口气，张佳惠又说：“也请你原谅我！我不该那样说你！我也没有亲身投入抗战中，我相信你，何锦阳，还有你们，我的同学们，一定会是坚定勇敢的抗日战士！”

何锦阳脸上显出笑容，那笑容中带着坚定和刚毅：“谢谢你的信任！我一定会的！我一定会成为一名抗日战士，一定要多多杀死日寇，把日本侵略者赶出中国去！”

何锦阳带头喊：“打倒日本帝国主义！还我河山！”

众人跟着喊，群情激动、振奋、昂扬！何锦阳带头朝外走：“同学们，同胞们，走，跟我一起走，我们去参军！拿起武器，我们去打日本侵略者！”

众人跟着何锦阳朝外跑，章夫子一看坏了，紧跑几步，上前拦住打头的何锦阳。章夫子：“不能去！你们还是学生，就只读了几天书，你们会打仗会杀人吗？还是去送死？都给我回去！打仗有军队呢，有政府呢，你们去了就是添乱，什么都干不了，还是老实在学校读书吧！”

何锦阳：“这日本人都打上家门了，你还让我们读书！读个屁的书！章先生，您就是老古板！百无一用是书生，您读了一辈子的书，除了当一个教书匠，有什么用？”

章夫子气得胡子又颤抖起来，但他还是压住自己的愤怒，用身体拦着何锦阳他们：“我不知道那么多的歪理邪说，我只知道我是夫子，就是教学生的！你们是学生，学生的责任就是学习！”

张佳惠："夫子这句话，我不同意！覆巢之下无完卵，抗日是每一个中国人的责任和使命，抗战是我们中华民族争生存、争人格的唯一出路！我们现在不能上阵杀敌，不代表我们不能干别的！干别的，只要能为祖国出力，一样能抗日！"

何锦阳大声叫好："说得好！"

众人鼓掌，张佳惠却陷入回忆中："这不是我说的，是一个抗日英雄说的！"

何锦阳不走了，拉着张佳惠坐到座位上："你见到抗日英雄了？快来，给大家说说。"

何锦阳吆喝着同学们坐下，催促着张佳惠赶紧讲讲。张佳惠纳闷地问何锦阳："现在讲？咱们不走了？"

何锦阳脸上显出几分郑重："不走了！"

张佳惠："你后悔了？"

何锦阳摇头："孙子说，知己知彼，百战不殆！抗日、打鬼子，我们是一定要去的，但在去之前，还是要了解一下情况的！"

张佳惠眼中对何锦阳有了一丝敬佩，还有些愧疚地："我也不十分了解，都是道听途说的！"

何锦阳："那就说说你的道听途说！说说你看到的抗日英雄！你把你看到的听到的，反正是所有知道的都说给我们听！"

张佳惠用一种异样的眼光看着何锦阳，深深点了一下头，陷入回忆当中："其实，我不是在战场上遇到他们的！"

第六节 放下你的鞭子

灌云县，响水口。

在灌云乃至海州的历史上，响水口是一个值得特别书写的地方。其特别之处，首先在于它的地理优势。

响水口，地处灌河南岸，是灌河旁边一个重镇。灌河是灌云的母亲河，西接淮沂河分支三岔河，向东经响水口、陈家港、燕尾港流入黄海，75公里的河道并不算长，但水面宽阔，河水波涛汹涌，素有“苏北黄浦江”的美称。灌河旧时又称灌江，明代文学家吴承恩笔下的《西游记》里孙悟空与二郎神大战的灌江口，说的就是这个地方。

响水口的特别，第二个是它的交通优势。灌河是一条没有封闭的自然潮汐河，河水流到了响水口时，拐了一个弧度很大的弯儿，因此潮水流得既急又响，久而久之，当地的人民便把它岸边的一个集镇称作了响水口。太平天国时期，起义军攻克南京、扬州、镇江，一下子断了清王朝的漕运水路，南北交通也同时隔断。但上海、青岛、天津等地的商人还得做生意，只好另辟水路，他们从海州下水沿灌河至响水口上岸，再经盐渎、南通、扬州下江南，大批货物也在此中转，响水口成为苏北繁华的商市。民国初年，响水口的商业日益发达，船舶出入，沿河古街两侧，商号密集，有杂货、布匹、玉玩、银器、烟草、粮油等，还有饭馆、客栈、当铺、钱庄、海鲜货行，市面上商贾往来如织，南腔北调。可以说，从南宋以来，响水口就是凭借灌河海运的优势，不断发展，成为苏北重要的通商口岸之一。

当张之信终于有时间带人来接张佳惠母女的时候，已经是10月末了，据估计，淞沪抗战快要结束了。几次要上战场被母亲以死相逼的张佳惠，只能跟着父母在一个班士兵的护送之下，回家乡灌云。他们本来的计划是到燕尾港下船，然后走陆路到板浦，可张之信再次接到军令，要他立即带部队去支援杭州。此时正是淞沪会战紧要关头，张之信也是借着到徐州开会的机会顺路接回了妻女，现在接到命令，他没有片刻迟疑，立即在响水口下船，派几个士兵护送张佳惠母女，他则坐船直接去驻地。而张佳惠在响水口下船的时候，正赶上响水口的逢五大集。

张佳惠对响水口的认识，并没有如之前我们呈现给读者的那么清晰，但真正置身其中，还是非常强烈地感到了它的繁华。灌云百姓虽然已经感受到了战争的气息，各种战争的消息满天飞，飞机枪炮声也听得越来越清楚，他们无比恐惧战争的来临，可日子还是要过，人还是要活下去的！工人还是要上工，商人还是在营业，日常的生活必需品百姓也需要在集市上来采购，所以，集市也是非常繁华，商号和摊位前都是人来人往，再加上靠岸的船只卸载和运走的货物，让响水口这个大集成为人们松口气缓解一下神经的一个重要日子！

经历了惊心动魄的两个多月战争，张佳惠跟母亲本来都没有逛街购物的心情，在兵士的簇拥之下，他们缓缓穿过市集，朝响水口大桥走去——穿过这个大桥，就能雇到一辆马车，把他们送回板浦。

桥头处更是热闹，人头攒动，聚集着南来北往南腔北调的商人，秋风从河面上涌起，裹挟着汹涌澎湃的灌河水，朝紧挨着灌河的市集卷去。树上枯黄的叶子随风瑟瑟起舞，打着转儿回旋着从高高的枝头落向大地的怀抱，零落成泥。正是晌午，秋阳当空，人气正旺，减弱了狂妄的西北风和肃杀的战争给世界带来的恐惧和威胁，人们连日来绷紧的神经，得到了片刻的放松。正是在这个时候，张佳惠看到了她！

在响水口市集一处不大的场地上，有一个地方被人里三层外三层围了一个水泄不通。从被围的地方传来声声锣鸣：哐、哐、哐！从锣声判断，这里应该是街头卖艺的！让张佳惠好奇的是，如果是普通的街头卖艺，为什么会有这么多人来观看呢？好奇心让张佳惠拉着母亲带着亲兵，跟着人群来到卖艺的地方，费了一番功夫钻进人群朝里面看。

人群中间是一位老人，胡子有些长，也有些乱。头上戴着顶旧毡帽，穿着一件破破烂烂的夹衣，但他的声音很响亮，人站得也很直，虽然落魄，但并没有窘迫和猥琐，让人们看得比较顺眼。他手上拿着一面铜锣，一边敲打着，一边引导着人们围成一个大圆场，口里高声开场套话："灌云的老少爷们，叔叔大爷们，我们来到贵地混口饭吃，有钱的，捧个钱场；没钱的，帮个人场。”老人一边说着，一边朝众人作揖，人群按照他的行动轨迹，给他腾出一个不大的圆形的表演场地。

安排好“观众”，老人拿出一个板凳儿坐下，拿出一把胡琴，试了试音后，拉起小曲儿来。他朝后面一喊，唤出一个年纪很轻的姑娘来。这位姑娘不到二十岁，身材高挑，穿得同样非常破烂，头发也乱蓬蓬的，脸上也擦着灰，可以称得上蓬头垢面、衣衫褴褛，但观众一看就能看出这是一个面容俊俏的姑娘。因为只要看到她，谁都不能忽略她那双眼睛。那双眼眸是那么干净通透，如水一般纯净，让人不由自主地沉沦进去。如果秋风在这里，一定会告诉你，这双眼睛跟那个“母亲”一模一样，也就是说，这个“闺女”就是那个“母亲”。

可姑娘现在是表演卖艺，没有太多人注意到她那双璀璨流光的眼睛，更多的是想听她的演唱。在老头的召唤之下，姑娘跟众人打了招呼，跟老头点了一下头，示意自己准备好了。老头拉起胡琴，曲子似泣如诉，幽幽咽咽，应该是他们自己编唱的。姑娘随着乐曲唱道：“高粱叶子青又青，九月十八来了日本兵。先占火药库，后占北大营。杀人放火真是凶！杀人放火真是凶！中国的军队，有好几十万，恭恭敬敬让出了沈阳城……”

姑娘唱的是淮海戏，这是江苏省地方戏，主要流行于淮安市、连云港市等地，灌云街头巷尾，还有大户人家的堂会到处可见。这姑娘在这个地方唱这种戏很正常，不正常的是她唱的内容。张佳惠听过不少淮海戏，但这是第一次听到唱抗日的，唱“九一八”的！淮海戏的唱腔，高亢、入声字很多，其音程大跳，尾腔常翻高七度、八度，用这种唱腔来演唱“九一八事变”后，日寇入侵占领东三省这种悲壮悲凉的事件，让听众闻之怆然，不由自主地潸然泪下。

正在张佳惠跟其他观众们一起，都被姑娘的戏曲声感染，沉浸在国破家亡的愤慨之中时，姑娘突然剧烈咳嗽起来，咳嗽得上气不接下气，这戏就唱不下去了。老人面露悲色，抱拳向四面观众哀求道：“这姑娘是我亲生女儿！我们是在东北沦陷后，逃亡到关内来的，好多天都没饭吃了，肚子饿啊……”

张佳惠被触动了，同情这一对父女的遭遇。母亲也跟她一样，眼泪滂沱，而父亲的两个亲兵，已经听得咬牙切齿，暗下决心要把日本鬼子赶出中国去了！他们给父女的盘子里扔了两个银元。观看的群众也都一阵凄楚、一阵叹息，纷纷掏出些铜元，也还有几个人掏出银元，往表演场中心掷去，对这父女两个表示同情，做出支援。老人作揖打躬，连连道谢之后，又坐回去，操琴伴奏，要姑娘继续唱。姑娘接着泣血演唱日本鬼子占领了东三省后的暴行，如何烧了她的家乡，如何杀戮了她的亲人，让她有家不能回。二胡如诉如泣，姑娘唱得悲伤卖力，但因为又饿又悲痛，虽然勉力支撑，最后终于因为力尽而不能成声。

看到姑娘这样，老头儿急了，一再呵斥她，姑娘挣扎着想起来，可还是力不可支倒在地上。老头儿怒了，拿起长长皮鞭将女儿狠狠抽打。女儿躲闪不及，被一鞭子抽中，哀求都发不出声来，躺在地上哀哀挣命……

张佳惠惊了，全场都被惊呆了！看到姑娘凄惨的样子，张佳惠也义愤填膺，忍不住要冲上前去，要抢过老人手中的鞭子！可她还没有来得及行动，就听耳边传来一声断喝：“住手！放下你的鞭子！”只见观众中，有一个盐工打扮的青年，脸色因为气愤涨得通红，几步就冲向场内，奔到姑娘面前，用自己的身子护住她，要抢过他手中的鞭子。

可姑娘却护住了自己父亲，求人们放过他。姑娘边哭边诉，告诉众人，她跟父亲都是东北人。东北老家叫鬼子占了之后，他们的家都被毁了，无数的亲人被杀了，日子过得无比凄惨。中国的土地被日本人占了，中国人在那里无法生活，只有流浪、逃亡。这么多年来，他们无处安身，没有饭吃，过着饥寒交迫的日子……

听了姑娘的哭诉，张佳惠觉得自己胸中烧起了一把火，恨不得现在就拿起武器，把日本鬼子给赶出去。人们也情绪激昂，议论着、讨伐着，不知道谁带头，人们都跟着高呼起来："我们不当亡国奴！""打回老家去！""打倒日本帝国主义！"

看着观众们的爱国情怀高涨，姑娘站起来，含着眼泪高声喊，众人举着拳头，跟着高喊。整个响水口市集上的人都跟着喊，加入到汹涌澎湃的抗日大潮中来。这喊声震动群山，回荡在高空，有如向苍天大地嘶喊，表现了中国人的抗日决心！

那一刻，所有的人都融到了一起；那一刻，中国人的抗日热情被点燃，他们愿意拿热血去换取祖国的独立和自由！那一刻，以及之后的那八年，这抗日的壮志和勇气都没有消退！

灌云板浦，全英学校。

那天，看那场卖艺的包括张佳惠在内的人们，都根本不知道这是一出戏，始终以为是发生在东三省以及自己身边的一幕真人实事。看戏的灌云百姓，还有各地盐商、盐工，响水口的商家、摊贩，无不心潮澎湃、义愤填膺！张佳惠牢牢记住了这姑娘和她的父亲——那位狠心的老人，记住了敌占区的同胞们的人间地狱生活！此时，给同学们讲述这段亲身经历，张佳惠已经情不自禁泣泪涟涟！她不由自主地喊出了那些抗日口号，而同学们也都跟着大喊，群情激昂，热血沸腾！即便后来张佳惠知道了这是抗日宣传队在演戏，他们是通过这个故事来号召同胞们奋起抗战，保卫自己的家园，她也没有那种被欺骗的感觉，反而更加敬佩这两个宣传抗日的老人和姑娘，她认为他们的表演也是抗日，他们的表演能够唤醒更多的中国人站出来，为保家卫国赶走侵略者而斗争！

不过，此时，张佳惠还没有认识到这么深刻的事情，她抬起泪眼，充满正义和愤慨的眼睛看着章夫子："夫子，按照您说的，学生就读书，先生就只教书，商人就只管自己的买卖，农民就只种地，日本军队侵略我中华，我们只靠军队来抗日，这样的话，日本鬼子能打出中国去吗？我们的同胞能不被日本人杀戮而活下去吗？”

章夫子张开口，想说什么，却终于没有说出来！

何锦阳神情振奋：“走，只要是中国人，都跟我走！我们打鬼子去！”

章夫子的气势已经没有刚才那样强盛了，但他还是不赞同何锦阳他们的行为：“我没有说不让你们抗日，可你们怎么抗日啊？你们是去演戏呢，还是去战场？要是去战场，你们是会打枪呢，还是会开炮呢？什么都不会，你们跟日本人对上，那就是去送死！”

何锦阳跟其他同学被问住了，是啊，他们就是走出校园去抗日，他们又能干什么呢？去游行还是去对政府请愿？这些行动又有什么用呢？张佳惠也无语了，教室陷入一种诡异的宁静中！

还是何锦阳打破了这份沉默，头脑简单的他想问题也比较简单，他对张佳惠说：“别的干不了，我们不会学啊？我们都识字，还有那洋文都学会了，杀鬼子怎么会学不会呢？我就不信学不会！”

张佳惠也想明白了：“对！我们可以学！不过，在此之前，我们要拿出一个章程来！”

何锦阳：“章程？什么章程？要那玩意儿干什么？哪里有教的我们就去哪里学！对了，张佳惠，你大是当兵的，还是一个大官儿，他肯定会打枪，让他教我们！”

张佳惠看二傻子一样看着他，不知道说什么了，何锦阳却不放过她，非要去找她爸不行！然后，张佳惠突然发现了什么，大声喊着：“陈振中怎么不在？他是学生会主席，我们的抗日活动不能少了他！谁看见陈振中了？他没来上学？他逃学了？这么怎么可能？”

何锦阳被吸引了注意力：“是啊，陈振中干什么去了？”

正在这时候，下课铃响了，张佳惠对章夫子说了一声：“先生，我们去找陈振中！”说完，张佳惠率先跑了出去。

章夫子脸上现出愠怒，拦住也要跟着的何锦阳：“还有孙达生！他也没有来上课！”

何锦阳：“先生，您难道不知道吗？孙达生来不来真的没关系！”

章夫子又吹胡子：“怎么会没关系？！你去，把他找回来！学生不上学去逃课，真是没有天理了！”

何锦阳瞪大眼睛：“先生，章先生，您饶了我吧！孙达生比那孙猴子还多了一个变化，他跟二郎神一个级别的，都有七十三变，要我去找他，难于登天！”

章夫子叹气：“好了，你先去吧，我去跟校长说说！”

何锦阳答应一声，立即跑出去了。

章夫子看着何锦阳的背影直摇头：“学生们整天往外跑，这学校还开什么啊？这世道啊，真乱了！”

第七节　板浦惊艳两少年

灌云板浦，街巷。

灌云的县城板浦，曾经是一个用木板铺成的小镇。这个有“苏北盐都”美誉的千年小镇，起源于西晋南北朝年代的一小块沙滩小岛，当时称为郁州山的连云港之云台山雄据在茫茫大海中。隋炀帝大业八年(公元612年)，佛门弟子渡海来到这个荒凉小岛，伐木砌石建造了一座“国清禅寺”，从而让这个小岛成了佛教活动的世外桃源。

直到唐代，板浦还是“澒洞吞百谷，周流四无垠”的景象，据传唐初大将罗成、薛仁贵征讨海外贼寇时，从云台山（唐时称苍梧山）上砍伐了很多树木，锯成木板，把这些木板铺垫在这个小岛的沙滩上以及流过小岛的河上，让士兵和战马宿营和通过。后来，两位将军带着军队离开后，这些木板被留了下来，成为这个沙滩小岛上的“街道”或者住宿的地方。因为木板都是从苍梧山（云台山）采伐而来，被人们称为“苍梧板”。自此，虽然小岛还在茫茫大海中，但它跟大陆之间，海中有道，岛上有木板，为人类提供了居住和通行的条件，就引来了到这里定居的人。

小岛上的第一户人家，当然是渔夫。据有心人考证，定居于此小岛的第一个渔夫姓梅，其后代繁衍成板浦城南一个村庄——梅庄。第二户定居在小岛的人家，是一个叫做时奎元的、触犯了法律的朝廷命官，他带着全家人潜逃到此，在此安居乐业繁衍生息起来。

几百年沧海桑田，到了唐末，小岛向南漂移，其南部跟陆地逐渐连上，不用再渡海而可以走陆路来到小岛后，岛上定居的人便多了起来。当时的小岛，被中间一条由南流向北的小河，分成东西两部分，居民们便于小河两岸高处筑房居住，其他沼泽或者浅滩依然铺着“苍梧板”通行。几百年过去，地壳再次发生变化，黄海海水东移，小岛跟陆地相连的滩涂扩大，小岛就成为陆地的一部分。有唐以来，就有人开始在这里煮海晒盐，一个渔民跟盐民聚族而居的沿海小镇初步成形。

也是自唐代开始，因为小岛上多有“苍梧板”铺就的道路，不知道是谁第一个发起的，小镇就被称为“板铺”，后来，小岛上的文化人觉得这个“铺”字不雅，遂改为“板浦”，一直沿用至今。

宋代开始，板浦就成为淮盐的主要产地之一，有“盐池汇宝，四方通衢，盐商富贾云集，文人墨客汇聚，市井繁荣兴旺，民俗风情淳朴”的美誉。经济的发达，让板浦这个小镇的地位日益重要，自唐以来，这里就是古海州地区的政治、经济、文化中心之一，“南扬州、北板浦”广为流传，意思是说，板浦小镇的繁荣富庶跟扬州可以媲美。

明清两代，朝廷都在这里设立盐课司，漕运、盐运也都在板浦设署，众多盐商、徽商都蜂拥而至，造就了板浦商业的繁荣。民国元年，海州分为灌云和东海两县，灌云县城设在板浦，淮北盐务稽核所、洋人协理公馆、制盐公司驻朐阳办事处以及行销淮北盐的湘、鄂、赣、皖四岸公所都先后驻扎板浦，以盐业为核心的商业空前发达，商号林立，民国六大银行在板浦均有分行或者办事处，吃穿住行等消费行业也经营得有较大规模。这些商贾财团的形成，使板浦三十多家商店得到长足发展，各类消费行业经营具有较大规模，到了 20 世纪 30 年代，板浦的经济空前繁荣，达到一个高峰。

板浦小镇称得上是水乡，早在公元 685 年，也就是唐朝垂拱元年，已开挖官河（即承载着很大运盐任务的盐河），水陆交通极为便利，板浦便成为水陆枢纽。千百年来，镇子中间被一条小河分成两半，为了便利东西交通，板浦人在河上架起了好多座桥，河水浅的地方，就仍用“苍梧板”铺上来通行。板浦的桥有石桥，有木桥，或大或小，或有名字，如“永济桥”、“通济桥”(俗称“璇桥头”)、“永安桥”、“孙家桥”等，或没有名字，反正能通行就行了。

板浦镇中间的小河河小水浅，小镇的建筑大多依水而建，并不整齐，却给孩子们带来了很多欢乐。可随着小镇的飞速发展，小河日益干涸，到了 1927 年，城中的这条小河已经成了交通运输以及商业发展的障碍，小河弯弯，随着它河道的板浦中心大街道路曲折蜿蜒，跑得了马却开不了车。在以盐官为主的各盐商以及其他商家们的倡议之下，由政府出面，组织着把小河给填平了，修了平整的马路，让板浦这个古城焕发出新的气象。但因小河河道蜿蜒弯曲，小镇中心的马路也不是直的，跟两岸随着河水走势而建的房子商号一起，记录着板浦小镇流淌千年的历史。

虽然是中午，但太阳只是白晃晃的，没有多少热度，在越来越凉的西北风面前，是那样孱弱可怜。风势逐渐变大，一刻不停地从远处呼啸而来，穿过高高矮矮房屋勾画而成的街巷，击打着一切阻拦它的事物。站在最前端最高处的各商号的幌子或者招牌，首当其冲地被风猛烈地荼毒着，一遍遍地要它们俯下身子投降，可一次又一次狠厉的凌虐之后，它们依旧驻守着自己的阵地，等待下一次的开始。商户都开门营业了，却没有多少顾客上门，静默地等待着什么。马路上少有行人，偶尔有一辆黄包车匆匆驶过，车子包裹得严严实实，好像一片落叶一样，划过千年盐腥的熏陶，落入这山雨欲来的 1937 年秋末冬初。

可就在这样灰色晦暗的板浦小镇中心街上，就在人心惶惶战火临近商家闭户行人脚步匆匆朝前奔的街上，却出现了两个让世界为之一亮的年轻人。他们穿着颜色亮丽的衣服，脸上带着肆意张扬的笑意，在板浦小镇中心大街上闲庭信步。他们好像没有感受到西北风的寒厉，也没有听到远处隐隐传来的枪炮声，更没有感到那低头弯腰恐惧的小城，他们朝着自己的目标，无所畏惧地坚定地朝前走着。

这是孙达生跟骆远志二人，他们并没有注意别人的目光以及压抑的环境，而是不慌不忙地沿着中心大街一家一家铺子走过去，好像在寻找着什么。两个青葱少年，虽然没有鲜衣怒马，也没有锦帽貂裘，就这样一走，就能让那些已经低下去的头猛然抬起来，就让那些已然弯下去的腰突然挺起来。他们虽然不是明星，却只要一出现，就是整个板浦的焦点。因为他们不仅是板浦最有名的世家子弟，还是整个灌云最负盛名的纨绔少爷。

而孙达生跟骆远志则已经熟悉了这种注目，那些从窗户后面、门缝里面还有黄包车马车汽车里面透露出来的目光，里面蕴含的情感和含义非常复杂，也许刚开始他们还有些在意，可随着他们在这条街上的活动增多，他们的心理承受力逐渐增大，他们终于可以不在意地走着。当此情境，板浦小镇上的人，看向他们的时候，都会感到一丝温暖，一丝生命的力量。

也许是走得久了，累了，也许是走了这么远还没有找到要找的东西，骆远志有些疲惫了，捂着咕咕叫的肚子，脸上却显出一个更加灿烂的笑容:“‘夫小隐隐于野,中隐隐于市,大隐隐于朝’，你要找的是红尘中人，也就是所谓的小隐，在这种地方是找不到的！”

孙达生不看他，直接给他两个字：“吃货！”

骆远志脸上的笑容出现了崩裂，本来想炫耀的一大箩筐话都被堵住了：“民以食为天！都走了这么久了，我不信你不饿！”

孙达生诧异地看了一眼骆远志，好像在嫌弃他的反应迟钝浪费唇舌，但他还是没说话，只是睨了一眼骆远志。那桃花眼开合之间，一股气势蓬勃而出，让骆远志瞬间被一股电流击中，不由自主地想臣服于他。然后,孙达生淡然转开脸去,等着骆远志带路。

骆远志反应过来，摆出一副生无可恋被欺负的表情：“哎呀，我说英明伟岸的达生少爷，您多赏几个字吧，您要吃什么，想到哪里去吃啊？小生这厢有礼了！”

孙达生：“这不是你的强项吗？”

骆远志：“要让我定？我说吃什么就吃什么？”

孙达生：“一个死尸？”

骆远志脸上的笑容又荡漾开来：“必须五个。”

孙达生：“你扛？”

骆远志的笑垮了下来：“扛死尸这么艰巨的任务，当然是由你来解决！我骆大医生的手，那只能用来拿手术刀的！”

骆远志夸张地伸出自己的双手，欣赏着白皙的肉感小手，手背上，还带着几个小小的指窝儿，露出满意的神情。

孙达生淡淡：“那就要看你是不是能让我满意了！”

骆远志狗腿地：“满意，包你满意！”

骆远志没有犹豫，朝右手一条小巷中走去。孙达生没有犹豫，立即跟上。骆远志边走边嘚瑟：“这就对了！要不是看在你心诚则灵的份儿上，我可不陪着你做这超级无聊的事情。白日放歌须纵酒，青春作伴好还乡，这大好灌云，我骆大医生来也！”

孙达生嫌弃："聒噪！"

骆远志："无趣！我说达生啊，您今年年方十八，长得玉树临风、卓尔不凡，有匪君子，如切如磋，如琢如磨，你这样一开口就打击人，实在是有损您光辉高大的形象啊！"

孙达生不看他的戏谑的脸，不紧不慢地走着："闭嘴！"

骆远志："敢不敢再换个词！"

孙达生："乌鸦！"

骆远志炸毛："乌鸦？谁是乌鸦？"

孙达生看着骆远志，意思不言自明，说的就是你。

骆远志受不了了："乌鸦？请问孙达生同学，你哪只眼睛看到我乌了？我这么肤白貌美的杏林天才，你怎么能这么污蔑我？我跟乌鸦一点儿关系都没有！如果你非要把我比作鸟儿，那必须是老鹰或者凤凰……"

就这样斗嘴中，两个人沿着一条不到两米宽小巷朝前走，小巷两边都是参差的民居，青色的砖瓦围出了一个个低矮破旧的苏北人家。路边植有白杨树、椿树还有一些槐树等落叶树木，秋风吹起，树叶大部分都已经落下来，只余乌黑的树枝高耸着伸向天空。小巷两边的院门大部分半遮半掩，一路走来，不见人影，却遇到好几只脏兮兮的家猫和睡眼惺松看到生人也不愿意叫几声的老狗。但这毕竟是板浦跟中心大街相连的另外一条主要街道，沿街两边，盖了很多门脸，开着很多小铺子，大部分是一些小手工作坊，还有的是卖一些手工产品和农具等。

孙达生跟骆远志对这里都不陌生，也没有什么东西让他们东张西望，天气不好，巷子里几乎没有人，骆远志跟孙达生走得也很快。骆远志的嘴一直贯彻着不说话毋宁死的精神，看到什么点评什么。孙达生任他唠叨，一言不发。骆远志谈兴正浓，也不在意有没有人捧场，可走着走着，孙达生停了下来。

骆远志奇怪了，想问孙达生，孙达生却示意他不要说话，然后拉着他走到小巷旁边一个院子跟前，停了下来。骆远志知道有情况，非常配合地跟着孙达生行动，并观察着这个院子。

这是一个普通的四合院，三进的宅子很大，看起来应该是一个有钱人家，不过应该是败落了，房子很普通，近几年并没有装修，唯一的特点，就是墙高，而且墙上还撒了一些铁丝做的荆棘。他们是在院子的后面，也就是第三进院子的院墙之外，这里有一个角门。这个门不大，不到两米宽的门洞，黑漆大门关得紧紧的。骆远志要去找大门，被孙达生拦住。孙达生看了看四周没有人，慢慢贴近角门，侧耳倾听。骆远志有样学样，也把耳朵贴到门上，侧耳细听。

骆远志的听力不如孙达生，只是听到有人在说话，却听不太清楚说些什么。孙达生却听得明白，是孙一喜的声音，那个化成灰他也能听得出来的声音。

孙一喜跟人在院子里处理事情，所以从院子外路过的孙达生才能听见。高于常人的五感，让孙达生隔着一道高墙，还距离几十米，也大概能听得清楚孙一喜的话。他应该在对一个比他地位高的人请示什么，语气中没有平时的骄纵和蛮横，反而带着十足的谄媚和恐惧，因此声音并不大。

孙一喜："……那个人又臭又硬，根本不明白我们这是为他们好！他低等的愚蠢的血脉，让他做出错误的决定！"

一个有些喑哑、低沉的老年男人声音响起："中国有句俗语，叫做不战而屈人之兵，才是最高境界！如果你能做到这一点，才没有辜负……对你的教导和支持！"

孙达生听到这里，眼睛一厉，果然，孙一喜投靠了别人，成为别人的一条狗，在别人的支持之下，才对他们家和祖父下手。而这个人，现在跟他说话的这个人，就是他的主子！听声音是一个很有城府的人，不急不躁。孙达生知道，这是一个很厉害的对手，他在图谋什么。孙达生距离墙贴得更近一些，想多听一些。

孙一喜连连应是："是，为了……我肝脑涂地，万死不辞！"

男人的声音："大部分人都是可以教化的，只要把那些捣乱的、不训的坏分子给剔除出去，我相信我们的目标一定会实现的！”

孙一喜连声答应：“嗨！卑职明白！我要把那帮不听话的刁民给点天灯、剥皮、剜心、活剐了，把他们的尸体挂在城墙上，让灌云的这些贱民都看看，看谁还敢扎刺儿！”

男人对孙一喜说的那些让人脊梁沟里发寒的极刑，好像很欣赏：“杀一儆百这法子可以用，用好了可以清除害群之马！”

孙一喜：“那我立即就去干，先把这个不听话的孙……”

孙达生一惊，刚要埋下头仔细听，一个声音从后面传了过来：“你们在干什么？”

有人从巷子里走了过来，发现了他们，以为他们在干坏事，冲他们喊话。孙达生心知要糟，那个人声音很大，里面的人肯定听见了。他还没有来得及转身，就听到一阵急促的脚步声从院子里传来，孙达生刚给骆远志示意快走，黑漆角门就打开了。

孙达生跟骆远志暴露在“敌人”的面前。

第八节　院子里有日本人

灌云板浦，全英学校。

正午时分，西北风吹散了一些乌云，明晃晃的阳光带给了世界一些温度。禅寺正殿前面的大钟被撞响了，表示下课的时间到了。由正殿和偏殿改成的教室门开了，拿着书本和教鞭的夫子离开了教室，原本沉静的校园，好像打开了闸门的河水，奔涌而出，喧嚣沸腾起来。学生们背着书包，走出教室，各自回家。还有一些人开始各种运动，有的去跑步，有的去打拳，这也是全英学校不同于其他学校的地方。

何锦阳就在操场上，脱了校服的他，穿着一身短打扮，正在对着一只沙包猛打。秋风中，他运拳如风，把沙包当做日本鬼子，务必一拳击中，让他丧失战斗力。仔细看去，他的拳法跟西洋或者东洋的拳击打法都不一样，打拳的同时，还闪转腾挪，身法的轻盈和拳击的力量之间，有着一种特别的和谐。周围有一些围观的同学，都为他叫好。何锦阳兴致更加高昂，出拳更加迅速，毫不拖泥带水。可这一拳正要打过去的时候，突然冲过来一个人，挡在沙包前。何锦阳的拳头堪堪停在那个人面前。要不是他收手快，他一拳就能把这个人的脸打花。围观的学生们惊呼，何锦阳大怒，指着来人就大骂："你要死去跳河去上吊都行，别来陷害我！"

这个人是张佳惠，她一把把何锦阳的手给打开，同样大声说："何锦阳，我闲得没事儿干了，来陷害你？"

听着这熟悉的声音，何锦阳惊讶："张佳惠，你又给我发什么疯！你知不知道你这么乱闯，我真的可以打死你！今天，要不给我一个正常的理由，我真的给你一拳！"

何锦阳朝张佳惠晃了晃拳头。张佳惠却不怕他："陈振中失踪了，这个理由正常吗？"

何锦阳一愣："不可能！他又不是孙达生，白天里除了学堂，他哪里也不去的！"

张佳惠："他今天一天都没有来上学，我刚去他家里问了，他母亲说他没有回家。"

何锦阳："那他能去哪儿呢？"

张佳惠："你是他的好朋友，你问谁呢？"

也难怪何锦阳跟张佳惠奇怪，陈振中是学生会主席，因为出身贫寒，全靠孙校长资助才能上学，学习非常刻苦，堪称全校楷模。一年三百六十五天，只要学校不放假，他哪里也不去。可今天，他却逃学了，这怎么能不让人奇怪呢？

而且，因为今天校长孙伟农跟教训主任都去县教育局开会了，孙达生跟骆远志这两个逃学专业户没有人管了，从早上就不在学校，陈振中也是那时候走的，他们在一起吗？

第一章　山雨欲来

在张佳惠跟何锦阳他们这些跟陈振中关系不错的学生们到处去找他的时候，就连见多识广的秋风都睁开了好奇的眼睛，带着无比兴奋更加有力地掠过山门和中殿，冲到了禅寺的中大殿，看看这个好学生到底藏到哪里去了。

国清禅寺虽然改作了学校，但校舍只是这座禅寺即大寺佛殿三进及东西廊房共二十余间，其余供奉佛像的三道殿堂却并没有被占用。这座禅寺曾经是板浦香火最盛的寺庙，整个寺院有三道殿堂，前山门供韦驮，中大殿供四大天王，后大殿即“大雄宝殿”供释迦牟尼和金刚、罗汉众菩萨。如今寺里虽然没有了和尚，但这些菩萨都还在，虽然没有之前的日日打扫的待遇，身上也落下了厚厚的灰尘。此刻，如果他们能睁开慈悲的双眼，一定能看到佛像下面扔着一个麻袋，麻袋口用麻绳捆着，里面装的东西正在扭动，微弱的呼救声，就是从麻袋里面传出来的！

对，麻袋里面装的是一个人，不知道被谁抓了塞到了麻袋里面，被扔到了这里。此刻，里面的人正在拼死挣扎，撑着麻袋滚来滚去的，甚至不惜撞到墙上、桌子上，发出咚咚的声响，让听到的人都替他疼，可惜听到的只有那只能精神上支持他的菩萨们。他撞了一会儿，除了把自己弄得呼哧带喘精疲力竭之外，麻袋口一点都松动的迹象都没有。他的嘴好像被堵住了，里面只发出了呜呜的声音，叫不出声来，麻袋君不知道在这里呆了多久了，都没有被人发现。

随着时间的流逝，麻袋君的挣扎也渐渐慢了下来，也不太发出声音了，他应该没有力气了，也认命了！世界安静下来，好像在酝酿着什么，又在等待着什么。

不知道过了多久，外面的学生们下课了，孩子们的游戏声跟打闹声传了进来。菩萨们静静听着，脸上也多了一丝生气。麻袋君却好像没有什么动静，好像真的放弃了努力。可这时候，大雄宝殿的大门却突然被推开了，一个声音传了过来。

“陈振中！陈振中！”

大门打开，阳光射了进来，阴沉的大殿变得明亮了起来。一个穿着全英学校藏蓝色校服的女孩子站在门口，冲着里面喊话！她清脆的声音好像黄莺一样，驱散了整个大殿的阴霾，更是唤醒了麻袋君——他的救星来了！

麻袋君激动地动了起来，发出呜呜的声音。来人是张佳惠跟何锦阳，他们听到声音，激动地跑了过来。看到麻袋，何锦阳："麻袋里面有人！"

何锦阳上前就要解麻袋，被张佳惠拦住。张佳惠呼唤："陈振中！陈振中！"

陈振中激动，但嘴被堵着，说不出话来，但能看出麻袋里面的人在点头。何锦阳愤怒："肯定是孙达生干的！"麻袋里的人继续点头。何锦阳咬牙:"孙达生，欺负同学，我一定要你好看！"

何锦阳说着，转身就要跑出去找孙达生算账。张佳惠连忙喊住他："何锦阳，你先把陈振中放出来啊！"

何锦阳转身回来:"对，你先出来，我们一起去找他去算账！"

何锦阳很快就把陈振中给从麻袋中放了出来，因为在里面呆了很长时间，午饭也没有吃，陈振中面色惨白，整个人非常虚弱，面对何锦阳连珠炮似的问话，有气无力地答不出来。

何锦阳要带着陈振中去医院，陈振中却是先要去找校长。张佳惠也赞成，两个人扶着陈振中去校长室。

灌云板浦，街巷。

骆远志恨死那个狗拿耗子多管闲事的人了，他转身看去，发现那是两个孔武有力的男人，一副商人打扮，但盯着骆远志跟孙达生的目光，好像看着两个死人，阴狠毒辣。看着他们的目光，孙达生跟骆远志都明了，他们不是商人，也不是路人，他们跟里面的是一伙儿的。因为，随着角门的打开，他们也上前挡住了孙达生跟骆远志的退路。孙达生跟骆远志对视一眼，示意见机行事，既然没有退路，那就面对，狭路相逢勇者胜，孙达生不相信孙一喜敢当众杀他，当然，最主要的是，他想见一见跟孙一喜说话的那个人。

可让孙达生失望的是，从角门中出来了一个大腹便便的中年人，身后跟着两个五大三粗的保镖。他大声喊着："哪里来的小贼，光天化日之下，上门来偷东西，你真是不要命了吗？"

这个看都不看人，立即就蛮横大骂要人命的大胖子，就是灌云首屈一指的大盐商——孙一喜。他的另外一重身份，是孙达生的隔房堂叔，也是孙家盐业公司——大有茂公司的现任董事长。可看外表完全看不出孙达生跟孙一喜两个人有血缘上的牵连，如果说孙达生是一位惊才风逸玉树临风的翩翩少年，那么孙一喜就是一个行走的棒槌！他穿一身上好丝绸面料的长袍，印着暗色团花的酱色丝绸，裹在他壮壮的身上，好像一只猪穿上一件貂毛大衣一样，不伦不类。手上的几个大金戒指跟颈间粗粗的金项链，生怕别人不知道他有钱，必须要用这闪闪发光的金子来闪瞎别人的眼睛。作为上数五代的盐商世家，虽然已经是被分出去的旁支，孙一喜的五官原本还是可以看的，再仔细辨认的话，跟孙达生还有一两分相似。只不过脸上的肉横着长得太多，泛滥成灾，让他的五官都被肉给挡住了，眼睛被挤压成了一条缝儿，从哪个角度看上去，都只看到一团团的横肉。所以，这个孙一喜，就是穿上龙袍，也不像太子，再华丽高贵的衣服饰品，所起到的作用，就是能更透彻更明显地表现出他的猥琐和丑陋来！用孙达生的话来说，孙一喜走哪儿都是一个油腻腻老农民进城来卖大粪！

从孙达生这恶毒贴切的评价中，就可以知道孙达生对这位堂叔的厌恶和愤恨！这并不是孙达生刻薄，而是孙一喜"名至实归"。孙达生了解孙一喜，他脑袋里面全是浆糊，身体上全是欲望，除了吃喝嫖赌之外，正事儿一点儿都不干。毫不夸张地说，在他父亲孙一鸣出事之前，孙一喜就是一坨人见人厌的臭狗屎，败光了家业，卖了老婆，气死了老母亲，被债主打得只剩下一口气，被人扔在街头。

孙伟农看在孙一喜父亲早年情义上（孙一喜的父亲，是孙伟农还没有出五服的族兄），把他救了回来，给他治好了伤，让他在自家盐业公司上班。可孙一喜就是一只养不熟的白眼狼，竟然勾结土匪，监守自盗，贩卖私盐，被抓后，还诬陷当时盐业公司经理，也是孙伟农的另外一个堂弟。孙伟农气愤之下，不仅让他依法坐牢，还开除了他。孙一喜对孙伟农怀恨在心，竟然在孙一鸣出事儿后，带着大笔资金，使用无耻手段，夺走了孙家对大有茂盐业公司的股份，一跃成为大有茂的总经理。先不说那些钱孙一喜就是抢了银行也筹不够，就是这设计陷害的手段，孙一喜重新转世投胎也绝对没有那个能力想出来的。他充其量只是给人家当打手做棋子的。孙达生一直在查幕后之人，就是逃课也要找出孙一喜的主子，才刚刚有了眉目。

看到孙达生，孙一喜被肥肉淹没只剩下一丝丝的眼睛，发出贪婪而志在必得的光。他故作潇洒地哈哈大笑，指着孙达生大声说："我当是谁呢？原来是我亲爱的侄儿啊！你说你干什么不好，非要来当贼！虽然我是你堂叔，也不能包庇你，我孙一喜最正直了，要大义灭亲！来啊，给咱们县公安局打电话，说我们这里来了贼！"

孙达生好像并没有听到孙一喜的话，只盯着那个角门里面——孙一喜出来后，角门大开着，可因为孙一喜跟两个保镖站在门前，视线受阻，孙达生看不到院子里的情况，但他能够感觉到，院子里的那个人正在看着他。孙达生觉得自己心跳有些加快，他要想办法来引出这个人。不过，他告诉自己要冷静，大脑飞快运转，根本就当孙一喜的话是疯狗在乱叫。

孙达生的漠视让孙一喜更加生气，孙一鸣死后，孙达生这个小崽子，又成为他的眼中钉肉中刺。孙一喜多少次想让这个小崽子永远消失，但不仅没有成功，还差点被孙达生给坑死，他怎么能不恨！毫不夸张地说，孙一鸣跟孙达生父子俩，就是他命中的劫数。孙一鸣不用说了，从娘胎里开始，他就被孙一鸣压得死死的，他就是使出吃奶的力气来，也被衬托成一坨臭狗屎。妒忌让他的心灵扭曲，不断地作死，让他在罪恶的道路上越走越远，他把自己的悲惨命运，都归因于孙一鸣，把他们父子当做杀父仇人来对待。这会儿发现孙达生出现在自己面前，在他看来，就是把脖子伸到他面前来让他宰，是个绝妙地除去他的机会。所以，孙一喜也不让孙达生说话，立即给保镖下达了命令，要他们把这两个小贼打断腿送到警察局。保镖听命而动，冲着孙达生二人而来。

一直关注着院子里的孙达生没有注意到，骆远志却看到了，孙一喜给保镖做了一个手势，那是杀人的手势。这是让保镖们趁机下黑手，除掉孙达生。骆远志跟孙达生是发小，对孙一喜也非常了解，知道他是一个心狠手辣的刽子手，看着凶神恶煞走过来的四个保镖，骆远志急中生智，大声喊道："孙一喜，你个汉奸！你院子里是日本人！"

第九节　日寇人人得而诛之

孙一喜一惊，下意识四下看去，小巷虽然偏僻，但这里的动静这么大，也有不少人前来看热闹。如果不提日本人，孙一喜要对孙达生下黑手，还可以以小偷的名义掩人耳目，可骆远志喊出的这句日本人，却让众人的目光都聚集在他和这个院子之上了。

原因很简单，孙一喜说孙达生跟骆远志是小偷，可并没有什么证据，也没有看见他们偷了什么。可开战以后，日本人是所有中国人的仇敌，是万恶的侵略者，现在日本人就像过街老鼠一样，人人喊打，骆远志这么一喊，人们势必不会站在孙一喜这边了。而且，他已经看到，有几个男人已经开始朝这边走，想进院子看看，到底有没有日本人。意识到要坏事，孙一喜矢口否认，大声喝道："贼喊捉贼！你们两个小贼，胡说八道什么！这院子是我的贸易行，开了十年八年了，哪里出现过日本人啊！”

孙达生当机立断抓住这个机会，也不废话，大声喊着：“进去看看。”

孙达生率先往院子走，骆远志也跟着喊：“大家伙儿都进去，到底是骡子是马，拉出来溜溜！是日本人还是中国人，一看便知！”

骆远志招呼着大家跟着孙达生往院子门口走，孙一喜当然不能让他们进去，他大喊着：“站住！我看谁敢动！谁敢动我毙了他！”

保镖们站到了门前，掏出枪，对准孙达生跟骆远志等人。孙达生跟骆远志脚步没停，可跟上来凑热闹的几个男人就犹豫着停下来，但骆远志却不容得他们退缩，大声喊着：“这是日本奸细来打探我们灌云的情报，他们藏在这里，等日本人打过来就去给他们开城门！要是灌云人，就跟我来！”

人们还是没动，跟孙一喜以及保镖们对峙着，气氛好像凝滞了，安静了下来。孙达生刚要硬闯——会些功夫的他，并不惧怕这几个酒囊饭袋，可他们手中有枪，如果他先动手的话，他们就有理由开枪，这就太危险了。硬闯是下下策，孙达生大脑在飞速运转，但还没有找到稳妥的方法，就听到人群中一个非常磁性宛若清泠泠流水的声音响起。

这个人虽然声音不大，但特别好听，在骆远志话音刚落、众人犹豫跟孙一喜对峙的时候恰好响起，听到人们耳中，分外清晰。

“日寇人人得而诛之，我们不杀他们，他们就会用屠刀把我们砍死，还用刀指着我们的尸体说，看，这就是卑贱的中国人！”

孙达生惊讶地看向人群中，锁定了那个说话的人！那是一个身材偏瘦的年轻人，穿着一身白色西装，蓝色吊带裤，戴着一顶礼帽，礼貌的帽檐压得很低，看不清长相，只看到白瓷一样精致的下巴。他站在人群中，给人的感觉，就是温文尔雅，卓尔不凡的一位贵公子，惊艳了这千年小镇。

众人被他的话点醒，也许他们并没有什么特别高尚的爱国情怀和为国捐躯的精神，但当此民族生死存亡之际，日本人已经打到了家门口，不是日本人死，就是他们家破人亡！所以，在孙达生率先冲开孙一喜朝院子里大踏步走进去时，骆远志紧随其后，他们后面，是几十个灌云人。他们都是住在这里附近的居民，还有路过的百姓们，他们有男有女有老有少，跟随孙达生的脚步，一起朝院子里走去，根本不惧孙一喜的威胁和几个保镖的恐吓。孙一喜跟保镖被人群冲得倒在地上，吓得面如土色，直到从这个院子的前院里跑出来十几个保镖，站成一排，人人手中有枪，乌黑的枪口对准闯进院子里的孙达生等人，孙一喜瞪大小眼睛仔细看了一会儿，脸上的表情放松了，而一直盯着他的那个年轻人紧张了。他也看向那一排严阵以待的保镖，仔细看着他们端枪的姿势，还有他们脸上的表情，眼中闪过滔天的愤怒。他刚想上前，就听到孙一喜嚣张的声音响起。

孙一喜大摇大摆走到人群之前，站到孙达生面前，用手指着他："都说了，这里没有什么日本人！你们要是再往前走，就是强盗，就是私闯民宅，这是抢劫，打死不论！"

孙达生毫不退缩，盯着孙一喜："孙一喜，我敢断定，这个院子里有日本人！而且还不止一个！"

孙一喜有恃无恐，脸上露出狞笑："胡说八道！孙达生，你不要以为，你那个死鬼爹是汉奸，别人就都是汉奸了！"

这话像一把刀子刺向孙达生，孙达生的心在流血，他控制着自己的表情，不让自己上前咬死孙一喜，西装袖子里面的手却死死握着，指甲嵌入掌心，肯定出血了，可他一点都感觉不到疼。骆远志觉得孙一喜阴险无耻，知道这时候，跟他掰扯起来，就会中了他的奸计。骆远志担心孙达生控制不住自己，伸手去拉孙达生，孙达生却已经调整过来心态，冲着孙一喜，坚定地说："孙一喜，敢不敢跟我赌一把！"

孙一喜想都不想："不想！孙达生，我还不知道你，你一撅屁股我就知道你拉什么屎！想给我挖坑，也要看看我上不上当！”

孙达生冷冷地：“我就知道你不是个男人，你那玩意儿早就在赌场里被人给切了吧？我的太监堂叔，你就不怕我四叔爷你大被你气得从坟头里跳出来跟你索命啊！”

骆远志立即配合，带头看向孙一喜的两腿之间，故意起哄道：“我说孙老板怎么说话这么贱呢？原来是公公啊！别说，你都这么老了还没有结婚，还有点儿人味儿，没有霍霍好姑娘！”

人群中有认识孙一喜的，知道孙达生跟骆远志说的是真的，看向他的眼光就变了。不了解内情的人就问旁边的人，也有些信了。就连保镖们也偷偷摸摸地看着孙一喜那个地方，眼中有同情和鄙夷，显然，他们也信了。

孙一喜被他们看得吐血，恼羞成怒的他，指着孙达生大骂：“小兔崽子，我就知道你没有憋什么好屁！你赶紧给我滚出去，别怪我心狠手辣！”

孙达生：“你要是一个男人，就跟我赌！”

孙一喜：“赌什么？”

孙达生：“就赌他们都是日本人！”

众人哗然，都看向端着枪的那些保镖打扮的男人们。孙一喜心里一突，脸上就闪过一丝慌张，大声说着孙达生胡说八道，却怎么也不肯让这些男人张口说话。

孙达生发现了孙一喜的惊慌，知道自己说对了，冲出来的这些保镖中，肯定有日本人！中国人跟日本人还是有区别的，日本人还是能看出来的，尤其是中间领头的那个，五短身材，单眼皮小眼睛，一看就是日本人。想到这里，他冲着骆远志打了一个手势，骆远志眼睛一亮，假装不小心，跟孙达生挤在了一起，借力打力，踉跄着上前几步，一头撞向正对着他们的那个保镖，嘴里还大声喊着：“哎呀，不好意思！我不是故意的！快躲开！”身体却非常实诚地把那个保镖撞倒在地上。

那个保镖被骆远志压倒在地，想用手拨拉开他，可骆远志人胖身子重量大，两只手还紧紧扒住他，一个劲儿地嚷嚷着自己脚麻了，动不了了，手却下很功夫掐这个男人。被压着的男人拼命想甩开骆远志，两个人滚了起来。骆远志一边跟他纠缠，一边说日本人是猪猡，是畜生，他一定要弄死万恶的日寇！骆远志骂得越来越难听，可这个保镖掐他打他，让骆远志疼得都快受不了了，但就是不开口说话。

众人被这一变故给惊住了，一时间都没有来得及反应，两个人已经扭打在一起，倒在地上了。孙一喜吓得差点尿裤子，连声喊着要保镖上前分开他们。其他几个保镖反应过来，冲上去想分开他们，可两个人纠缠得太紧了，他们无从下手。

孙达生见了，怕骆远志吃亏，要上前去，可有一个人比他更快，他在所有人之前冲到了骆远志跟那个保镖面前，跳过去靠近两个人，好像只是顺手在那个保镖身上点了一下，保镖就不动了，只剩下骆远志一个人大叫："哎呀，我说你是哑巴啊？你怎么就不说话呢？我真不是故意地撞你，你就放过我吧！"

骆远志一边喊着，一边对这个保镖拳打脚踢，保镖完全不能反抗，但还是咬牙忍着不说话。年轻男人对骆远志的目光中流露出赞赏："这是一个误会！我想这位老板也清楚，日本人已经要攻打灌云了，我们完全不能掉以轻心，要是让奸细混进来，那被残害的就是孙老板你，还有我，还有他，是我们每一个灌云人！"

孙一喜看着那个保镖被制住，吓得面如土色，根本听不到这个年轻人在说什么，见到人被分开了，连声喊着，要手下们赶紧把那个男人扶起来，把骆远志这个歹徒给打死！如狼似虎的保镖们冲着骆远志就来了，其中一个冲在最前面的保镖，一脚就把骆远志给踢倒下去，让那个保镖解脱了出来。另外几个保镖，连忙上前扶起那个被打的男人，还有几个，就要上前对倒在地上的骆远志拳打脚踢。

孙达生一看不好，急忙上前，推开冲上来的保镖，护着骆远志，对着那个领头的男人说："对不住！这都是误会！我们也是太恨日本侵略者了！我想，作为一个灌云人，您也是这样的吧？”

那个人目光沉沉地看着孙达生，没有点头，也没有说话。孙达生的眼中满是挑衅和不屑，直觉告诉他，这个人并不是之前跟孙一喜说话的人，可他能确定，这是一个日本人。他要做的，就是想办法激这个人开口，只要他开口说出日本话，那孙一喜就跑不了了！

孙一喜又紧张了，绝对不能让孙达生他们发现什么，他嚣张地叫嚣：“个小兔崽子！真是有娘生没爹教啊！谁给你的胆子敢闯进我公司来撒野？我今天不教训你，你真不知道什么是尊卑，什么是长辈！来啊，给我狠狠打，让他懂懂道理！”

孙达生在听到孙一喜那句骂人话的时候，就已经眼睛充血，像一头被困住的豹子一样，要扑向孙一喜，把他这个无耻之极卑鄙之极的汉奸给生吞活剥了。可他的身子被一个人拉住了。孙达生暴怒之下，就要对那个人出手。那个人却没有被他的疯狂影响，牢牢抓住他的手，让他动弹不得，一声低喝：“不想死，就不要冲动！”

声音有点儿熟悉，孙达生转头，就看到一双潋滟如琉璃、深沉如大海、璀璨如星辰的眼睛。孙达生怔住了，世界上怎么有如此魅力的眼睛，让他不由自主地沉沦其中，被愤怒冲昏的头脑冷静了下来，他不由自主地听了这双眼睛的话，停住了向前冲的身形。

正在这时候，那个人开口了，不过，他只说了一个字：“滚！”

这毕竟是一个汉字，孙达生跟骆远志都愣住了。孙一喜立即让手下们用枪把人们都给赶了出来，无论是难以置信的孙达生，还是非常狼狈的骆远志以及看到这么多带枪保镖对这个机构产生怀疑的百姓们，都没有证据指证孙一喜他们，只能眼睁睁地看着黑漆角门在他们身后合拢。也许有心人接下来会多多留心和关注这个院子和这些人，可现在他们只能不甘心地离开。

不管别人怎么想，孙达生是不会放弃的，他一定会将孙一喜的罪行查一个底儿掉，让所有灌云人都知道孙一喜的真实面目。孙达生搀扶着受伤的骆远志，离开这个院子，这个孙一喜的窝点，同时也是撕破脸跟孙一喜斗争到底的开始。

骆远志跟孙达生一样的想法，不过，他更关心那个非常有意思的年轻人。他要孙达生停下来去找他，要跟他成为朋友，可人群已经散去，那个神秘的年轻人已经杳如黄鹤，一如他悄悄地来，淹没在板浦的街巷中，踪迹皆无。

灌云板浦，全英学校。

国清禅寺的东南角儿，有三间偏殿。这三间东厢房，原来应该是僧人房，窗前种着一棵大榕树，粗大沧桑的树干和高耸入云的枝条，显示了这棵树的年龄，最少有三四百年的历史了。绕过大榕树，来到门前，就能听到一个尖锐的声音在慷慨陈词。

“孙校长！这可不仅仅是校规校纪的问题，这是伤害同学品德败坏的行为！陈振中是学生会主席，要他遵守纪律是分内之事！孙达生根本不听，天天逃学，不写作业，现在还学会了绑架人了！您是要好好管教一下他了！再这样下去，他孙达生肯定就会到监狱里去了！”

说话的是张佳惠，她站在屋子当中，左边是何锦阳，扶着脸色苍白的陈振中。他们三个，面对的是张佳惠口中的孙校长，也就是闻名海州的民主人士、灌云县的奠基人之一、灌云平民教育的主要发起者、全英学校的创办人，孙伟农。此刻，面对张佳惠几个学生咄咄逼人的质问，坐在办公桌后的孙伟农，有些措手不及。他迟疑地看着陈振中：“佳惠，你说达生绑了振中，要把他给饿死？”

陈佳惠更加气愤：“我也想不到，他竟然这样歹毒！不说陈振中是学生会主席，负责学生考勤规劝他好好上学不要逃学，这是他分内之事；就说陈振中父亲是他的救命恩人这一点，他就……”

陈振中连忙打断张佳惠："不要！不要再提这件事了！佳惠同学，请你……咳咳！"

情绪激动加上身体虚弱，陈振中咳嗽起来，看起来很痛苦。孙伟农皱着眉头看向他，张佳惠脸上显出怜悯，转向孙伟农，变得更加气愤。

张佳惠："对，过去的事，只要有良心的人都会记住，不用再提；我们只说现在的事！孙校长，我虽然刚回来，但我也知道，孙达生同学行为恶劣，欺负同学，是学校的一霸，特别是对陈振中。明明知道陈振中是一片好心对他，可他总是以捉弄、嘲讽、侮辱陈振中为乐，您要是不管，我们学生会就要出面了！"

第十节　要让雏鹰自己飞

张佳惠紧紧盯着孙伟农，逼着他给一个答复。孙伟农却好像在思考什么，夕阳的最后一抹余晖也消失在萧瑟的秋风中，黑暗迅速降落下来，给这间没有掌灯的校长办公室增加了几分阴晦，让孙伟农的脸变得有些模糊。他五十多岁的样子，身材适中，一袭长衫衬托出他的儒雅，斑白的两鬓和根根竖起的短发显示出他的坚定和刚强，额头宽阔，狭长的丹凤眼虽然消退了曾经的冷傲，却依然目光如剑，透露出无限刚强，这双睿智阔达的眼睛，跟挺直的鼻梁一起，显示出这个人的正直和正气。这是一位很有气度的老者，很有气质的学者，很有风度的上位者。眼下的情况虽然让他涌起很复杂的情绪，很是出乎他的意料，但他脸上还是维持着平静，并没有形于色。

孙伟农看向陈振中："振中，到底情况怎么，你跟我说说！"

何锦阳却拦住要开口的陈振中，大声嚷嚷："还用说什么？张佳惠已经说得很清楚了！孙校长！您看，孙达生这么过分，一点儿都不顾同学情，这次是把人给捆起来，下次他就敢杀人了！”

孙伟农的语气还是很冷静，衣衫底下握紧的双拳却暴露了他的情绪：“我们先要调查清楚，然后再对孙达生进行处置。我觉得第一步，应该先找到孙达生。”

孙校长说着就要往外走，虽然并没有暴怒的表现，但了解他的人却是知道，他真的生气了！

张佳惠却觉得还不够，上前一步拦住孙校长，大声地气愤地继续讨伐：“我知道孙达生是孙校长的亲孙子，这并不代表他就有权利随意打骂欺凌同学！这是人身伤害，是违反中华民国法律的！而且又是在这种国难当头的时候，每一个中国人都应该明白这一点，而他还做出这样伤心病狂的事儿来！”

张佳惠的声音又脆又大，虽然很好听，但说的话却每一句都非常扎心了，孙校长面色并没有变化，但他也没有说话，只是深深看着张佳惠。张佳惠毫不示弱，也盯着孙校长，嘴里说的话还是一句句扎入孙校长心窝。

孙伟农的眉毛终是皱了一下：“到底怎么回事儿，还需要调查一下！”

张佳惠却不放过他：“事实明摆着呢！陈振中是我们的学生会主席，学生们的日常学习生活，都是学生会负责管理的。而眼下，日寇已经兵临城下，我灌云每一个人，上到县长政府官员，下到贩夫走卒，都必须站出来保家卫国，跟日本人决一死战！可孙达生呢？他不仅不听从命令做好战斗准备，还在这个关键的时候，把学生会主席给绑了，要不是我发现了，还不知道会发生什么事儿呢！我们全英学校是灌云最好的学校，是教书育人的地方，绝对不能允许孙达生这样的害群之马存在！我代表全体全英毕业生要求开除孙达生！”

何锦阳大声支持：“对，我们接受张佳惠同学的代表，要求学校开除孙达生！”

外面也有声音传来：“开除孙达生！开除孙达生！”

孙伟农脸色一变，几步走到门口，看向外面。就见十几个穿着全英校服的学生站在门外，不知道听了多久。刚才就是他们举着拳头，在跟着何锦阳喊口号。

孙伟农皱着眉头看向他们，又看了看屋子里的三个学生："你们这是要对学校示威？逼学校作出反应答应你们的条件？事情还没有调查清楚，你们就这样武断，是一个全英学校毕业生的样子吗？你们就这样面对老师的教诲、家长的期望？"

看着孙伟农的表情，张佳惠有些退缩，何锦阳却无所畏惧："我们的要求合理正当，学校必须答应！"

陈振中却拉住何锦阳："锦阳，你别说了，我没事儿！达生就是跟我开个玩笑的，你们别闹了！"

孙伟农目光沉沉看向陈振中。陈振中现在的样子非常狼狈，被捆了这么久，脸色非常苍白，神情疲惫，本来非常干净的校服皱皱巴巴沾满了灰尘。

听到陈振中的话，何锦阳却气极："他孙达生用他的臭袜子堵住你的嘴，这还没事儿？他这不是让你去舔他的臭脚丫子吗？这口气，你咽得下去，我受不了……"

众人看向陈振中的眼中充满了同情，陈振中脸上现一丝戾气，但他迅速低下头去掩饰了，没有人看到，抬起头，脸上没有恼怒，也没有愤恨，只有一片赤诚。他恳切地看着何锦阳和其他同学："好了，没事儿了，大家都回家吧，这就是一个误会！"

孙校长想说什么："振中，你把当时的情况……"

陈振中脸上带着亲和有礼的微笑打断了他："校长！您不要在意，达生他还小，他不是故意的！"

何锦阳嗤笑出声："哈，那他就是有意的！他孙达生是不大，还是小孩子，他晚上睡觉还尿床呢吧！"

外面的众人想笑，却看向孙伟农，忍住了。

张佳惠嫌弃地斥责何锦阳："粗俗！"

陈振中恳求的目光看向何锦阳，请求他不要再说了："锦阳，别说了！”

何锦阳扭过头去哼了一声，但毕竟不再说话了。陈振中才看向孙伟农：“校长，达生他淘气，最不喜欢让人管着！我不让他出学校，也是担心他！日本人打过来了，外面有些乱，可能我的态度不好，激怒他了！是我不好……”

陈振中带着几分愧疚，张佳惠看着陈振中狼狈虚弱的样子，非常气愤地打断陈振中：“哼，孙达生就是一只白眼狼，他好狠的心，敢这么对待他的救命恩人！”

听到“恩人”这两个字，孙校长不喜不怒的脸终于变了一下，刚想说什么，被陈振中抢在前面：“佳惠！你不能这么说！我不敢称恩人！那是我父亲……要说恩情，校长对我才是有大恩的！”

恢复了平静和淡然的孙伟农显然不想再说这个话题：“振中，今天的事儿，我会给你一个交代的！”

陈振中摇头，表情恳切而平静：“校长，我不要紧，您还是先去找达生吧！我担心他……”

何锦阳实在听不下去了，怪叫一声：“哈，振中哥，你也太心慈手软了吧？那个大少爷就是把天给捅破了，也有人给他擦屁股，用得着你担心啊？”

孙伟农看了一眼何锦阳，何锦阳到底还是有些惧怕，低下头去不再讲话。

孙伟农对陈振中：“你知道达生去哪里了？”

陈振中敛去眼底的嘲讽，用着急担心的语气催促：“我听到了他们的谈话！”

孙伟农温和地：“还有谁？”

何锦阳：“还用说吗？必须是骆远志啊！”

陈振中点头：“远志跟达生两个人在第二堂算学课上的时候，偷偷从后面溜了出来，来到这后大殿里。”

外面一个长得比较阴柔的男生“低声”不屑地：“国文章老

师知道他们逃课了，发了好大脾气！”

孙伟农看了一眼那个学生，那是孙达生他们的同学，管秀臣，但并没有说什么，而是继续问陈振中:“他们逃课在这里干什么？”

陈振中：“学生惭愧！学生来得比较晚，大殿的大门插着，学生进不来，只能在外面听，所以，没有听明白他们要干什么！我只听到了，几个词语！”

孙伟农：“什么词语？”

陈振中看了一眼张佳惠几个，孙伟农明白了，他对张佳惠几个学生说：“都赶紧回家，稍后我送振中去诊所看看。”

何锦阳跟张佳惠几个不想走，孙伟农瞪起了眼睛：“放学了还不回家，想让你们父母为你们担心？”

何锦阳几个心不甘情不愿地朝外走去，陈振中低眉顺眼站着，对孙伟农的安排毫无怨言。孙伟农看着他，眼中有几分欣赏也有几分愧疚还有欣慰，甚是复杂。

何锦阳几个走出大殿去了，陈振中等他们走远了，冲着孙校长鞠躬，低声地：“校长，我听到达生说，炸药、唱戏，还有日本人！”

孙伟农脸色一变：“你听清楚了？他们真说这话了？”

陈振中肯定地：“听到这些后，我就在外面大喊，要达生回去上课，他就把门打开，把我拽进来，就……”

孙伟农顾不得别的，有些急切地问：“你是说，达生去找日本人了？”

陈振中点头：“应该是！”

孙伟农长叹一声：“他还是太莽撞了！”

陈振中脸上再次现出愧疚：“我应该拼死拦住他的！”

孙伟农轻拍陈振中的肩头：“你什么都不知道，不怪你，你做得已经很好了！”

陈振中眼中充满对孙校长的孺慕：“校长，我跟您一起去那里找达生，现在还来得及阻止他！”

孙伟农摇头：“这件事你不用管了，你先去诊所里，检查一下身体！”

孙伟农说完，示意他离开。

陈振中应是，转身朝外走去，那一瞬间，他的嘴角现出一种复杂的表情，细看的话，那表情充满了嘲讽和幸灾乐祸，还有几许恨意。陈振中蹒跚地有气无力地走到门外，脸上的笑容刚要绽放，就看到一位头发已经全白但却非常优雅的女士站在几米之外，看着他。陈振中一惊，那笑容就僵在了脸上。他的脸色更加苍白了，声音也颤抖着，喊了一声：“严先生！”

来人正是全英女校的校长、全英学校的后勤主任、孙伟农的妻子，严云初。严云初手中拿着一件男士夹袄，应该是来给孙伟农送衣服的。她好像刚来到，并没有看到陈振中的表情，只看到他的狼狈，脸上露出关切，和蔼温柔地询问：“振中，你这是怎么了？今天中午你没有回家吃饭，你母亲甚是牵挂你，都找了你好几趟了。你平安就好，赶紧去见你母亲，让她放心。”

陈振中的尴尬和心虚变成委屈：“我没什么的！先生您不要责怪达生的！”

严云初脸上现出惊讶：“你跟达生在一起？他在里面？”

严云初的语气不由自主地带出几分急切，陈振中听了，脸上那股嘲讽和幸灾乐祸再次涌现出来，他赶紧低下头去掩饰了，语气还是一片赤诚：“不，不在里面，只有校长在。达生他……”

严云初看着他吞吞吐吐的表情，并没有催促他，脸上的笑容更加亲切和蔼了：“不急，好好说，你知道达生去哪里了是不是？”

陈振中点头又摇头：“知道，不，我只知道，达生出去了，但我不知道他去哪里了！……严先生，我先走了！”

严云初还想问什么，陈振中已经鞠了躬离开，她脸上浮现出担忧，上前推门进屋。

孙伟农躺在椅子上，背对门口，花白的头发露出在椅背上，是那样刺眼、颓唐和颓废，让人看了眼睛酸涩。一种怜惜和心疼涌上心头，让严云初不由上前，轻轻给闭目养神的孙伟农按摩起太阳穴来，希望借助这个行为，给他力量，让他轻松一些，舒服一些。

闻到熟悉的馨香，孙伟农知道是爱妻来了，他没有睁眼，在严云初的安抚和按摩之下，身心都真的放松起来。严云初也没有说话，专心按摩，远远看去，两个已经染上了霜花的脑袋依偎在一起，温馨和谐得宛若一幅画。

不知道过了多久，一声发自肚子里的咕噜声，打破了这一室温暖。严云初停止按摩："饿了？煲了人参当归，回去喝点儿吧！这段日子，你辛苦了！"

孙伟农抓住了严云初的手，让她坐到自己面前的椅子上，握着她的手，直视她的眼："不问？"

严云初眼圈红了，垂下目光："雏鹰长大了，总归是要飞出去的。"

孙伟农欣慰地拍了拍她的手："还是你了解他。"

严云初嗔怪："你要是不了解，为什么不去找他？"

孙伟农长叹一声："你不来，我可能就出去了！"

严云初："我知道你担心他。伟农，他是一鸣的孩子，是我们的孙子，要相信他！"

孙伟农："我相信我们的孩子！可这种形势，我担心他年少气盛啊！要是一鸣在的话……"

严云初的泪立即掉了下来："一鸣，我的儿子！"

孙伟农起身，把严云初搂在怀中："云初，别哭，别哭！一鸣一定在的！他那么孝顺，一定不会放任我们两个孤苦地思念他的！"

严云初："可他在哪里啊？他为什么不回来？这都多少年了，

一直没有他的消息，要不是达生一直在找他，我都要以为他们说的都是真的了！”

孙伟农看着窗前那盆盛开的白菊：“达生一定会把真相给找出来的！”

严云初坚定地：“是，我们还有达生！”

秋风萧瑟，两个老人紧紧依偎在一起，眼中充满了担心，却又无比虔诚坚定地希望着！

第二章　黑云压城

漂浮在太平洋中的岛国、陆地面积只有 37.8 万平方公里的日本，3 世纪中叶才建国、7 世纪受唐文化影响才逐渐“开化”进入封建社会的日本，从它强大的那一天，就对一衣带水的邻邦——中国开始掠夺和侵略。

有唐开始，倭寇一次次从海上入侵中国。近代以来，成为帝国主义军国主义的日本，更是积极对外进行武力扩张，1931 年发动九一八事变，占领中国东三省，建立傀儡政权；1937 年制造“卢沟桥事变”，开始全面侵华，之后以重兵三路南下。

1937 年 8 月 13 日，日军大举进攻上海，开启了淞沪会战。11 月 12 日，国民党当局宣布淞沪会战失败，军队死伤 30 万人。11 月 12 日，日军占领上海，在南市放火连烧九日，军民死伤无数，上海 5255 家中国工厂被占，损失超过 8 亿元。上海沦陷，日寇的铁蹄逐渐蔓延向整个中国。

早在甲午海战之后，日本商人就到了海州，一船船的淮盐被运到了日本。清政府腐败无能，任凭这群强盗强暴破坏了古老海州的美好。而随着日本对中国的入侵，灌云这片美丽富饶的古老的海属地区国土也被日寇掠夺侮辱，而随着国民党政府淞沪抗战的失败，日军的活动越来越猖狂，越来越急迫，到了 1937 年 11 月底，中国告急！南京告急！灌云告急！

当此大敌当前、国破家亡之际，灌云人民都在为抗日为保家卫国积极准备。当然，也有一些人，在做着亲者痛仇者快丧尽天良的无耻勾当。

第一节 县医院里的“党国大业”

灌云板浦，县医院。

夕阳的余晖照射在一个板浦大街南部的三进四合院中，给这个有着十几间屋子的普通院子增添了几分光彩。已经掉了很多漆的暗红色大门敞开着，来来往往的人都脚步匆匆，最后一抹夕阳的余晖给那门框上白底黑字镶上了一层金边，让“灌云县医院”几个隶书大字耀眼和突出，无声地显示这个场所的重要性。一进院子里，就看到停着的两辆汽车，给这所表面上毫不起眼的医院增添了一点儿与众不同的身份。而医院里穿梭的“白大褂儿”，也就是当下洋称呼为“医生”和“护士”的，让这所医院看起来更加正规和安全。

这就是刚成立几个月（1937 年 3 月成立）的灌云县医院，它是在民众诊疗所和戒烟所的基础上建立起来的，其院长是张庆生。张庆生也是灌云人，出身灌云医药世家，曾经留学日本，毕业于东京医科大学，其外科手术水平精湛，中医水平也很高，在县里今年 5 月份发生的流行的天花中起了很大作用。也就是那次大规模传染病的爆发，让灌云从上到下，见识到了医院的巨大作用，到县医院来看病的人也逐渐增多。

县医院第一进是门诊，后面两进是病房，走在其中，虽然还能看到之前戒烟所和诊疗所的痕迹，但整洁干净的走廊、刺激消毒的福尔马林药水味儿，都让这医院看起来很是上档次。

县医院最里面是西跨院，有三间正房，是全医院里最好的“贵宾病房”，此时，从这病房虚掩的门里，传出来张文明的说话声。这是堂屋，病房很大，只放着一张病床，张文明就坐在床上。他穿着病号服，靠在床上，说话声音有些虚弱，好像遭受了什么打击一样。

张文明："我这次就任，来到灌云前线，虽然不敢说精忠报国、为国捐躯，但也绝对不会辜负党国和委员长的厚望，无论付出什么样的代价，一定要保住灌云，战斗到最后一刻！"

说到这里，张文明有些激动，眼睛湿润了，豪情激荡！他被自己感动了，站在他面前的四个大男人，脸上都露出一种虔诚和同仇敌忾的样子。他们分别是灌云公安局长朱治均，县侦查大队队长许继泰，还有教育局长金可容、工商局长周伊川，也就是灌云县政府各部门的一把手。本来他们已经商量好了，组织县里各部门以及各界有头有脸的人们举办一个盛大的仪式，让新县长就任并召开抗日动员大会。可没想到，负责接船的县守备大队副队长刘大龙，却开着汽车带着手下去伊山找小寡妇，耽误了大事儿，后来还是从县公安局抽调一辆汽车去接县长，却没接到人，原来县长落海受伤，被一位路过的女士给搭救了，现在在县医院。

一帮人连忙赶来县医院，医生说了新县长没有大碍，就是喝了几口海水。人们都庆幸，这位张文明县长没有成为灌云县史上第一位第一天就任就意外牺牲的县长。可即便有惊无险，张文明也是自己跳下海的，但因为派去接新县长的车子没有及时赶到，他们这几个下属，就有责任了。所以，他们一起来探望新县长，请县长出山。可张文明却没有见他们，言说身体不舒服要静养，要他们回去。这帮人知道县长生气了，这是端起了架子，可这个台阶他们必须要给的，所以，这几个官场老油条，面上的功夫做得足足的，虽然见不到县长，但还是每天都来医院慰问，通过医生殷勤嘱托，劝张文明为党国计，为灌云县人民计，必须要先把身体养好，县里的工作有他们，不要着急上火。已经在医院静养了七八天、本来还想多拿几天乔的张文明，知道自己再住下去就被这些地头蛇架空了，才在几个属下又一次前来探病的时候，把他们请进来，提出要到医院办公，可以先不举行就任仪式，他先了解一下灌云县政府情况，要他们每天到这里来汇报工作。

看着下属们被自己的话所感动，张文明继续正义凛然地慷慨陈词："我们大家都在为党国效力，强敌来犯，方方面面都要做好准备，不能出一点纰漏。比如那天码头的事儿，啊，我不是在意有没有人接我这件事儿啊，接不接我不重要的，重要的是你们安排了，却没有人去。国难当头，灌云这样的大县却群龙无首，这是我们没有重视，不负责任！"

公安局长朱治均一脸严肃："许继泰许队长负责这件事，请县长追责他！"

县常备大队许继泰一个敬礼："职下失职！请县长惩处！"

张文明摆手："许队长不用这样，您后来也接我去了不是？我要是想追谁的责任，就不会把这件事摊开来说了！我是说，这件事暴露出我们的队伍中，还存在不安定不服从管教的人；我们的安全防线，还存在不安全因素。"

灌云四位政要一起点头，表示赞同。许继泰脸上立即出现了一种惭愧的表情："请县长放心，职下一定彻查，给县长一个交代！这次，是卑职负责县长接风一事……"

张文明打断他："许队长！给我不给我交代不重要！其实我本来就不赞成去接我！我这个县长是来为灌云人民服务的，自己来就行了，接风仪式还有就任仪式都不用搞了，非常时候当非常对待，我不在乎这些虚头巴脑的，我要看各位同仁的行动！"

许继泰眼中精光一闪，点头："是，县长说得对！职下未领会县长精神，计划给县长一个盛大仪式，一是欢迎县长就任我灌云，认识我灌云的父老乡亲；第二，还是想借国府和省政府正式任命的张县长走马上任之机，给灌云广大将士和百姓鼓舞士气！"

张文明满意地点头："这样啊！你这样计划也算周全，你们也尽心了！那这纰漏定是出了什么意外了？"

许继泰："是！接县长的车子，被侦查大队副队长刘大龙开走了。"

张文明："那刘副队长开车去干什么了？是去公干了还是有私务？"

许继泰点头："这正是我要向县长汇报的。我灌云盐业发达，商业繁荣，表面上一片和谐，但实际上，自古以来，海州的治安和稳定都是每届政府的首要问题！"

张文明抬手："许队长以及公安局担负着灌云的治安，劳苦功高，我晓得！"

许继泰神色不动："县长误会了，卑职没有邀功的意思，更没有推脱责任的意思！以后县长是我们灌云的父母官，是我们的主心骨，灌云的情况，我们更要如实上报，不敢有丝毫隐瞒！"

张文明："你是说？"

许继泰："匪患！"

张文明："赤匪？"

许继泰："县长英明！"

张文明脸上现出一丝迫切，又掩饰了自己："大敌当前，我们内部当以安定团结为重，不能让匪徒欺我百姓、乱我河山！"

许继泰还是一本正经："县长英明！我等职下当在县长的领导之下，肝脑涂地，为国为民，清除匪患，保我灌云一方平安。"

张文明："许队长说得对，我等务要为官一任造福一方！我建议，许队长尽快把刘副队长请来，商讨一下剿匪之事为要！诸位也许已经听说了，在上个月底，李宗仁将军负责山东以及海州抗战，以徐州为中心，设立党国第五战区，李宗仁是第五战区司令长官。毛泽东跟朱德，在卢沟桥事变第二天，就发表了《为日军进攻卢沟桥通电》，要停止内战，一致对外。"

说到这里，张文明下了床，挨个走到这几个灌云政要面前，审视他们的表情。公安局长朱治均眉头紧皱着，看不出内心活动。许继泰则面带一丝微笑，跟张文明对视，两个人心照不宣。而教育局长还有工商局长则一脸赔笑，做出洗耳恭听的样子。

张文明比较满意，接着说："诸位都是党国栋梁，以后我们就是并肩战斗的同袍和战友，我就开诚布公地说了。共党的这份通电，不过是他们被我军五次围剿走投无路后想趁日本入侵之际，苟延残喘，浑水摸鱼罢了！委员长不是不抗日，上海战场上，我们国军投入了那么多将士，那不是抗日是什么？国军那么多将士跟日本人厮杀，那不是抗日又是干什么？我建议，众位同仁，从我开始，从今天开始，要领会委员长的精神实质，那就是不能让共党渔翁得利！”

几个人脸上都有恍然之色，张文明满意，继续说：“作为国民党党员，须忠诚于委员长，我们就要彻底消除国内的不安定因素，除恶务尽，不能让共党趁机做大！许队长，我知道你们之前做得就挺好，尤其是刘副队长，在这样风雨飘摇的时候，还处心积虑地为党国铲除异已，实乃我灌云之栋梁啊！”

许继泰四人低头：“是！”

张文明：“早听说咱们灌云匪患严重，自灌云有共产党以来，就频繁猖狂，虽然并不能成大器，但不能养虎为患，否则后患无穷。民国十七年，灌云赤匪就活动猖狂；民国十八年，他们就组织了‘扁担会’闹事儿，搞什么‘收山’；民国十九年，他们又在新安镇北固乡引羊寺举行暴动；后来的岑池工地民工暴动，也是共产党组织的。这桩桩件件的工人、农民暴乱，都有共产党的黑影和黑手，如果不加制止，后果惨重啊！相信诸位都有深切感受，就不用我给大家详细描述了。可我听说，就在最近，共党孙君年还利用他那个汽车公司，帮着共党活动。”

公安局长朱治均冷声回答：“这是有人诬告，已经查明，孙君年并不是共产党。”

张文明语重心长：“无风不起浪啊！朱局长，我们要谨遵校长精神，斩草不除根，会动摇党国的根基！许队长，你怎么看？”

许继泰：“报告县长！宁可错杀一千，不能放过一个，我们县守备大队，就一直坚持委员长制定的这一原则，一直是这么做的！”

张文明满意地："怎么做的？"

许继泰："为了消除赤匪组织，我们采取了'防制和争取并重'的'自首政策'，提出了'利用投诚人员，以毒攻毒，扩大线索，一网打尽'的策略，制定出自上而下破坏共党组织的计划。"

张文明："做得好！我会为你们请功的！我觉得许队长有必要具体详细地说一下当前的剿匪情况，这是我们灌云工作的重中之重！"

许继泰："刘副队长前段时间，在巡逻的时候，抓捕了原中共灌云县委书记宋斐然。"

张文明诧异："县委书记？灌云县共党头子？"

许继泰点头："是的，他是共党在咱们灌云县六区最大的负责人。"

张文明："嗯，很好！擒贼先擒王，这是一次非常巨大的胜利！"

许继泰脸上露出不好意思："因为事情紧急，又怕走漏消息，所以，我就允许刘副队长开着汽车过去抓人，这才没有能够及时接到县长，还害得县长掉海里，实乃职下之罪过！"

张文明摆手："过去的事儿就不要提了，大家都是为了党国大业啊！"

许继泰脸上涌现出真诚："在伊山小学里抓住这个共党，确认身份后，我们对其进行了苦口婆心的教育和感化，经历了十几天的思想工作之后，宋斐然弃暗投明，成为我县侦查大队的一员。他是共党的县委书记，掌握着大量的情报，我们希望能在县长的领导之下，把灌云县内的赤匪一举肃清！"

张文明大喜："好，好！这可是大好消息！我张某人甫一到任，就有这样大快人心的胜利消息，足见我跟各位灌云同仁一定不会辜负校长的厚望！许队长，请详细说一说具体情况！"

许继泰低头，掩饰了内心的妒忌和不屑："刘副队长就在外面，请他直接跟您汇报吧！"

张文明："也好！"

许继泰走到门前，打开门，示意刘大龙进来。在人前无比嚣张的刘大龙，此时比鹌鹑还老实地低头耷脑跟在许继泰后面走了进来。

刘大龙走到张文明跟前，行了一个四不像的军礼，大嗓门地说："报告县长，刘大龙不知道您老人家大驾光临，就狗胆包天开出了车，耽误了迎接您的工作，我罪该万死！"

张文明脸上先是惊讶，接着是更加满意："刘副队长？"

刘大龙大声立正："到！"

张文明："好！刘副队长精神饱满、斗志昂扬，值得嘉奖！"

刘大龙感激涕零："谢县长栽培！"

张文明："请刘副队长汇报一下侦察大队的剿匪工作吧！"

刘大龙更加嘚瑟，大声应是之后，得意地讲了起来。

第二节　县长病房里走出来的红衣女郎

宋斐然是在灌云二区，也就是灌云伊山镇一带活动的时候被抓的。刘大龙在汤沟镇子上有一个姘头，是一个卖豆腐的寡妇。这个寡妇虽然三十出头了，但好吃懒做，不事劳作，好打扮，每天都涂脂抹粉妖妖娆娆的，在炕上特别放得开，让男人恨不得死在她身上。即便刘大龙知道她还有不少野男人，但还是被她勾走了魂儿，几天不去，就浑身难受。前面说过，刘大龙以及所有被小寡妇勾走了魂儿的男人们都不知道，人家小寡妇是专门练过的！她是周妍从扬州最大的妓院里买来的红牌，是被精心培养的扬州瘦马，年纪大了，也想安定下来，才来到灌云，当周妍的爪牙。

一个多月前的一个晚上，刘大龙又偷偷摸摸地去找小寡妇，因为怕家中老婆发现，他没敢带人，一个人骑着自行车去的。没想到，小寡妇给了他一个大惊喜。惊的是，小寡妇正在跟一个男人在床上颠鸾倒凤，终于亲眼见到了他脑袋上那顶帽子的颜色之绿；喜的是，那个野男人就是一个怂包，被他抓住后，几句吓唬就给了他一个大情报。这个男人不过是伊山镇上普通的村民，家里有老婆孩子，被小寡妇勾引，背着家人来偷腥，被刘大龙用盒子炮顶着脑袋，吓尿了不说，还把心里最大的秘密第一时间吐露了出来。

原来，这个男人是伊山镇小学的清洁工，他知道新来的几位小学老师是外地人，而且他们是共产党。之所以如此笃定，是因为他有一次晚上去学校拿东西的时候，发现他们在学校开会。校长宋斐然跟几个教员，用棉被遮着窗子，在办公室里开会。他以为教员们在干什么见不得人的勾当，就凑到门前偷听。他不仅听到了他们开会的内容，后来还从宋斐然的办公室里看到了他们的党旗。刘大龙大喜，立即要去抓人，却被小寡妇拦住。这个小寡妇不简单，她周旋于不同的男人间，不仅没有出事儿，还游刃有余，是非常有心计的！她拦下了刘大龙，让他不要打草惊蛇，他现在一个人一条枪，贸然前去，不仅抓不住共产党，还有可能有去无回。刘大龙虽然浑，但他有一个优点，就是特别地“怜香惜玉”，只要女人掉几滴眼泪，他就找不到北了。对小寡妇的话，他并不以为然，但小寡妇的媚眼儿却让他骨头酥了，也就听了她的话，放了这个男人回去，装作什么都没有发生，自己回了板浦。

第二天，刘大龙就带人埋伏在汤沟小学周围，等这些外乡人开会的时候，包围了小学。但让刘大龙失望的是，只抓住了宋斐然一个人。具体原因，刘大龙后来知道后，也只能说天意弄人。那天夜里，确实是中共灌云县委在伊山小学开会，据宋斐然交代，灌云共产党组织在白色恐怖之下，仍然坚持活动，可却跟上级党组织失去了联系，这次开会，他们讨论决定要派人到海州、山东甚至上海去找党组织的。所以，当刘大龙带着人包围小学校后，宋斐然已经把几个同志通过密道给送出去了。虽然有遗憾，抓住了宋斐然，刘大龙也算立了一大功。

宋斐然被捕之后，被严刑拷打，威逼利诱，就是不投降。刘大龙是一个粗人，虽然贪财好色心狠手辣，肚子里却没有二两香油，对宋斐然无计可施，就要把人交给许继泰。许继泰是正队长，他是副队长，许继泰总是稳稳压他一头。刘大龙非常不服气，因为脏的臭的都是他来做，可许继泰总是要拿大头，出事儿了就是刘大龙来顶。许继泰把他当做一杆枪来使，刘大龙恨他又怕他，总想找个机会取而代之。现在机会来了，如果能让宋斐然投降，那刘大龙就是大功一件，他就可以越过许继泰直接上报，然后升职加薪。许继泰明示暗示都要他把人送过去，甚至还派了自己的亲信来提人，十几天过去了，刘大龙知道许继泰的耐心就要没了，可他用尽了办法，宋斐然还是不投降。刘大龙都准备妥协了，虽然知道许继泰等着他去求，还是不得不主动把宋斐然送上门去，把功劳双手奉送给许继泰。但小寡妇又拦住了他，说有本事让宋斐然开口。刘大龙半信半疑，因为共产党是出了名的硬骨头，严刑拷打对他们来说不算什么，为了他们的主义，他们根本就不怕死。可小寡妇真的说到做到了，面对刘大龙的严刑拷打，宋斐然都扛过去了；可当小寡妇把他的老娘给逮捕过来，当着他的面要杀了老娘时，宋斐然撑不住了。

宋斐然"投诚"后，并没有答应带着刘大龙去抓人，而是要先把老娘安排离开。当然，更主要的理由是宋斐然要见这边的最高长官，他并不相信刘大龙，既然投降了，他就要给自己争取最大权益，他要当官，因为有了官职后自己跟家人就有了一定保障。刘大龙可不惯他这毛病，手中握着宋斐然的投降书，也不怕他玩什么花样，要他必须拿出"诚意"来，否则就不相信他的投诚。刘大龙当然不会这么傻，把到口的肥肉给送出去，他连许继泰都没有"上报"，打算等拿到宋斐然的"诚意"，立下"大功"，让别人抢不走自己的功劳后，再具体上报。

现在新上任的县长问起，刘大龙乐开了花，当然要好好表现。

他把自己在整个抓捕过程中的功劳适当夸大，关于小寡妇的环节提都没有提，只说自己接到情报，就去抓人了。刘大龙是一个粗人，打架还行，嘴上就差了很多，这样大功一件的事儿，让他说得干巴巴的，一点儿都不吸引人。许继泰脸上还是带着一丝微笑，眼中却满满的都是嘲讽。刘大龙这个憨货，不知道走了什么狗屎运，抓到一条大鱼，可他千不该万不该，想避开他吃独食，他会让他怎么吃下去再怎么吐出来！他许继泰到了这一步，可不是吃素的！看着刘大龙在新县长面前谄媚恨不得扑在地上给他舔脚面的样子，许继泰心中更是不屑，如果这张县长重用这蠢货，那他在这灌云也呆不长。至于今天没有人到码头去接他，只是一个开始。

张文明没有心思去注意许继泰心中的这点儿弯弯绕儿，他对刘大龙非常满意——他张文明甫一上任，就有了这样一个大收获，他的政绩还愁吗？灌云赤匪最大的头目投降了，只要沿着这条线索抓下去，把灌云的共产党组织连根拔起，把灌云所有的共产党员剿灭殆尽，他张文明升官发财就指日可待了！

想到这里，没有一个完美的接风仪式的恼怒和为一个女人掉到海里的尴尬完全消失了，如果不是在医院还有这么多人面前，张文明是要大笑出声的！他控制了自己狂喜的心，表面上还是一副为国为民的严肃，走到刘大龙跟前，拍着他的肩膀，大力表扬他。

张文明："做得好！刘副队长真是为党国立下了汗马功劳，我一定给刘副队长向校长亲自请功！"

刘大龙感激涕零："谢县长！要是能被校长知道我刘大龙这个人，我家祖坟都会冒青烟了！县长大人您就是我的再生父母，我一定不会忘记您的！"

其他四个人脸上直抽抽，朱治均的眉头皱得更紧了。张文明却没有觉得任何肉麻，对刘大龙的"感恩"照单全收，还微笑点头："一事不烦二主，这件事就由刘副队长全权负责，其他人全力配合，调人还是调车，都有优先权！我们举全县之力，一定要把灌云的赤匪消灭干净。”

刘大龙非常得意，大声喊：“是！保证完成任务！”

其他三人都低头应是，只有公安局长朱治均实在忍不住了，张口说：“县长，赤匪是该剿灭，但日军已经兵临灌云了，我们也应该做好准备。职下有关于抗战的事宜汇报……”

门外传来一声娇呼：“明哥！”

谈话被打断，众人循声看去，门被推开了一条缝儿，提着保温桶的段淑琴推开门走了进来：“明哥，我给你带了一点儿鸡汤，油都被我撇干净了，你赶快趁热喝了！”

看到段淑琴进来，张文明脸上现出几分不耐几分紧张，但这些神态马上就掩饰了，换成和蔼温柔的笑，宠溺地对段淑琴说：“琴儿，你先回去吧，我跟几位同仁在谈正事儿！”

段淑琴知道张文明他们确实在谈正事儿，但她并不想回去，把保温桶放下，就朝着病房里面的卧室走去，嘴里说着：“你们谈你们谈，我不打扰你们，到里面休息一下。”

张文明大急，大喝道：“站住！不许去！”

段淑琴惊住了，眼泪花儿在眼眶里面转，看着脸色狰狞骇人的张文明，无比委屈：“明哥，你凶我？你怎么对我这么凶？我是你的琴儿啊！”

段淑琴伤心欲绝，哭出声来。四个大男人都用一种奇怪的眼光看着张文明，张文明神情一变再变，想一巴掌把段淑琴的眼泪拍回去，可想到那个厉害的舅兄，他只能把这个想法给掐灭，把脸上的狰狞给压住，做出一副被误会后很无奈但又无比包容段淑琴胡闹的样子：“琴儿！我怎么会对你凶呢！我只是想让你在家多休息一下。我身体无大碍，等我出院了，我就陪着你去见舅兄。”

段淑琴挂着眼泪笑了：“真的？”

张文明给她擦掉脸上的泪珠：“琴儿，我什么时候骗过你？我们几个大男人，在说那些你不感兴趣的事儿，你留在这里也是睡觉，没什么意思。不如，你先回去……”

段淑琴被张文明哄好了，刚想答应，屋子里面的门开了，一个比段淑琴还娇还嗲的声音响起：“县长大人。”

再次被雷劈的众人抬眼看去，一张宜嗔宜喜的小脸出现在大家面前。比脸更吸引人的，是脸下面的酥胸，只要是男人，一眼看上去，就会脸红心跳。

好像是被众人的注视，确切地说，是几个大男人的灼灼目光，更确切地说，是刘大龙刘副队长好像立即要把她拆分入腹的赤裸目光，还有看着她流下的哈喇子所吓住，这张脸上现出惊讶和惶恐，女人用洁白的小手拍着挺拔的酥胸，娇声赔礼：“吓死人家了！对不住啊！我以为没人呢！打扰了！”

红衣女子，也就是周妍，充满歉意地给大家鞠躬赔礼。她穿了一件紧身旗袍，披着另外一件红风衣。可能是刚才在屋子里躺着睡觉，旗袍有了褶皱，更是紧紧贴在身上，虽然有风衣的遮掩，但半遮半掩之间，比之全裸更加诱惑，让看到的男人血脉贲张。

段淑琴傻了，不敢相信自己的眼睛，她的明哥卧室里，怎么会出来一个女人，还是这样一个狐狸精？她使劲儿盯着周妍，眼泪又流了出来，显然是把周妍当做张文明的女人了。

周妍连好像没有事儿一样：“这位夫人，您怎么这样看着我？”

段淑琴看了看周妍，又看了看张文明，嗷的一声叫起来，就朝着周妍扑了过去，大声喊着：“你个狐狸精！谁让你勾引我明哥的！你个狐狸精，我打死你！”

周妍当然不能让她打，大声喊着：“夫人，你搞错了！”然后一个闪身，躲到许继泰后面，还用胸脯不经意地去蹭许继泰。许继泰却悄悄移动了一下身子，躲开了周妍。而站在他旁边的刘大龙，却控制不住地朝着周妍靠了过来，伸出手把周妍搂在怀中，另外一只手使劲儿背着人揉搓了一下她的大腿和屁股。周妍给了他一个媚眼儿，还故意蹭了蹭刘大龙的大腿，让刘大龙差点没软在当场。

其他三个男人低头当鹌鹑，脸上的表情看不出来，但都很不屑。而段淑琴还在哭闹，张文明一直在哄她，病房里一阵混乱。

始作俑者周妍眼底闪过一丝嘲讽，但立即就换上了一丝愧疚，推开恨不得现在就办了他的刘大龙，她快速冲向张文明跟段淑琴，叫喊着："对不起！都是我的错！"

第三节 不一样的心疼

张文明跟段淑琴被她突然冲过来而分开，周妍对着段淑琴鞠躬，眼泪花儿在眼中转悠，无比愧疚地低下头来，露出了大半个酥胸，看着房间里面几个大男人直喘粗气："夫人，都是我的错，张县长是大大的好人，他都是为了帮我！"

段淑琴看她哭得可怜，心软了："明哥帮了你？"

周妍："是啊！小女子命苦啊！要不是县长，我早就一头扑进海里，再也不用活在这世间遭罪了！"

段淑琴立即就信了："你怎么了？谁欺负你了，你为什么不想活了？"

周妍眼泪掉得更多了，好像承受着巨大的悲伤，声音哽咽着："我刚知道，我先生，在战场上，没了！"

周妍的声音低了下去，却有着无限魅惑，让在场的男人不由自主地夹紧了双腿。

段淑琴却感同身受，立即忘了吃醋了，上前拉住周妍的手："别难过，你要好好活着！那些男人们，愿意去战场上送死，那是他们的事儿！他们不心疼我们女人，我们自己心疼！这位妹妹，你有什么事儿尽管来找县长，明哥他虽然忙，但他最心肠好了，尤其是对我们女性，非常关注！"

周妍受宠若惊，感激涕零："夫人，您说得太对了！我一定按照您说的做！最不容易的，就是我们女人！我一看就知道夫人是一位好人，是大大的好人，以后我就听夫人的，您让我干什么我就干什么，您让我怎么干，我就怎么干！”

段淑琴更高兴了，拉着她去里屋说话，也不管这些大男人了。周妍跟着她走，一边走，一边冲着张文明嫣然一笑：“张县长，您忙您的！您的救命之恩，我无以回报，因为我这个人都是夫人的啦！”

她的语音娇俏绵软，听在耳朵里，好像一片羽毛轻轻拂在心上，是一种极致的享受。张文明一脸迷醉，抬起手，好像要去抚摸周妍的脸。段淑琴看了过来，张文明连忙假装看她，要她好好照顾周妍，这是为党国立功的人。段淑琴满口答应，让他们继续谈正事儿。

段淑琴一脸满足地拉着周妍进屋，张文明要几个人离开，刘大龙跟许继泰留下，研究一下赤匪的事儿。公安局长朱治均却不走：“张县长，关于我县的抗战防务工作，我必须向您汇报一下……”

张文明摆手：“这个不急！”

朱治均：“怎么不急？日本人的军舰已经到了车牛山，下一步就是我灌云了！”

张文明好像没有听到他的话，挂着自以为非常亲和的笑容，跟周妍交谈，段淑琴在一旁微笑听着，周妍一脸感恩戴德地逢迎，这画面如此和谐，教育局长跟工商局长拉着朱治均朝外走，有什么事儿，让他日后再找县长。朱治均被他们拉出门去，看着在他面前合拢的门，听着屋子里响起的女人娇笑男人的说话声，一脸激愤和无奈。

灌云板浦，孙宅。

在距离国清禅寺五百米左右的地方，就是千年古镇板浦的富人居住区。顺着新铺的柏油马路两旁，是一座座精美细致的花园洋房。如果在春夏秋三季，在这一片逛逛，那美轮美奂的私家园林一个挨一个，让人仿佛置身于有淮左名都美称的扬州。即便是冬天，在呼啸的西北风中，看上去还是让人心旷神怡。

沿着青石铺成的小径走到路的尽头，就可以看到一座占地十几亩的私人住宅，这就是板浦最大最漂亮的宅子——孙达生家。每一个来到他家的人，第一要做的，就是站在那两只威风凛凛的石貔貅中间，抬头欣赏那块黑底金字的牌匾。那“孙宅”两个字，据说是明代两淮盐运使题写给孙家祖宗的，至今已经有三百多年的历史了。跟这个园林一起，经风沐雨，沧桑屹立，古韵悠然。

推开孙宅两扇红色大门，绕过一面松鹤延年的影壁，真正置身在孙宅中，就可以发现，孙家虽然只是窝在板浦小镇的一家盐商，但因为自明朝来，老孙家就在这黄海之滨晒盐、卖盐，几百年的盐堆积起来的财富，足以让他们把自己培养成为有文化的盐商！所谓家族文化修养，三代看吃四代看穿五代看文章，孙达生这个老孙家人是否有这吃穿文章的文化底蕴，尚不得知，但如果沿着老孙家这个比县政府还要美不胜收的园林式住宅逛上一圈后，你就会发现，除了竖起大拇指你不会再有其他动作。

老孙家在板浦的这个园林，相对扬州盐商的园林馆阁来说，占地比较广阔。这个园子大概有十几亩，总体来看，布局巧妙，曲径幽深，引人入胜。在扬州住过一段时间的孙达生，看了黄家的个园之后从严重怀疑到非常笃定，他们老孙家的祖宗，绝对是模仿个园建立的。原因之一，老孙家的这个“住宅”里，最引人入胜的景色就是，在这十几亩大的园子里，随处可以看到青青郁郁的翠竹，各种品种的竹子在这里都能找到。就凭这一点，孙达生认为，他家的老祖宗百分百受到北宋大文豪苏东坡“宁可食无肉，不可居无竹；无肉使人瘦，无竹使人俗”的影响。原因之二，孙达生家虽然没有表现春夏秋冬四季景色的“四季假山”，但老孙家那贵得吓人的褐黄石、太湖石、雪石和状如竹笋的石笋，也照样叠成两组假山，取“两极假山”——在孙宅最大的前院中，是阳极假山；在孙宅的后花园中，是阴极假山。这两座假山，用料之工，造型之奇，虽然远比不上出自石涛和尚之手的四季假山，但也绝对称得上“尽石之妙”独具匠心的两大盛景了！

此时，正是早上六点左右，太阳还没有升起来，东方的天空有了一大片鱼肚白。天已经亮了。黑暗退散，晨曦绽开，光明降临了！潮汐在光明中远去，世界在光明中醒来，风收敛了自己的獠牙，装作温柔地蛰伏到人们感知不到的层层乌云中，留给世间一个清净的清晨。

晨曦中的孙宅，在鸟儿清脆的鸣叫声中醒来，肆虐的西北风虽然有所减弱，但掠过那些不再繁茂只剩下萧瑟的松树、杨树、桂花树，穿过依然枝叶相依、坚韧挺拔的竹林，带着自然给肃杀冬季的献礼——无尽枯黄的落叶，漫卷而来，萧萧而下，给这个祥和而寒冷的冬日，奠定了一种悲壮和悲凉的基调。

落叶渐渐堆积，淹没了蜿蜒的小径、曲折的长廊，虽然看上去很美，但作为一个园子是不允许这样的。那些落叶要尘归尘土归土，清扫了收集起来，归到园圃里，作为肥料来使用。这一项工作，如果是林妹妹来收集那些落红就美则美矣，但如果每天都要清扫这十几亩的园子，前面扫了后面又落下来很多，这项工作就是繁重而琐碎的。要想清扫干净，达到干净的效果，得一天从早到晚，不间断地反复清扫。而孙家的帮佣，陈嫂子，就是这样干的。

在孙宅正院旁边的一条小径之上，一个大扫帚在不停挥动着，一下一下重复着前行，把每一片落下来的叶子清扫到一起。陈嫂子冯月娥是一个典型的灌云农村妇女，穿着一件洗得发白的灰色对襟褂子，下面穿一条同色裤子，灰白的头发归拢成一个简单的发髻，用一根木簪子。冯月娥的身材不算高，骨头架子比较大，是农村人很喜欢的女人。生活的沧桑留在脸上，贫穷和劳苦让四十多岁的她看起来像六旬老太。

陈振中跑了过来：“娘，你还扫什么？这都扫了一遍了，一会儿还要落下来，孙爷爷不是说了，不让你扫了吗？”

冯月娥不让儿子拿到扫帚，笑着："闲着也是闲着，扫一下树叶，又不费事儿，你别管了！"

陈振中脸上闪过不耐和痛楚："娘，你一个人，这么大的园子，怎么打理得过来？就是牲口也不是这样使唤的吧？"

冯月娥停下了动作，看着陈振中："大中，你这是怎么说话呢？你知道的，你孙爷爷并没有让我干，是我自己不想白住在人家家中，还白吃饭，才找活干的！"

陈振中脸色涨红，声音提高了："那您身体不好，就干点儿活儿意思意思得了，干什么还这样卖命啊！"

冯月娥脸色一沉，想开口说几句重话，可她看到儿子紧皱的眉头，又心软了。她就这么一个儿子，平时连一句重话都舍不得说他，现在他来帮自己干活，这么孝顺的儿子，冯月娥觉得再累也值得。她走到陈振中跟前，想抚摸儿子的头，却发现儿子已经比自己高了一头，她再也摸不到了，只能拍拍儿子的肩膀，柔软了语气说："大中，孙爷爷给你出学费，让你能读书，以后出人头地，不跟你爷你大一样，土里刨食，苦干一大年，一分钱也剩不了，就是生病了，也没钱看病，最后还要病死饿死的。让娘干什么我都愿意！"

陈振中梗着脖子："这是他们欠我的！我大救了他们孙子，出这点学费算什么？他孙达生的命就值这点儿钱！"

冯月娥吓得赶紧堵他的嘴："大中！你这孩子，别这样说。孙叔和孙婶收留了我们娘俩，还让我们吃饭，娘就想给他们干点儿什么。算不上报答，娘干活儿干惯了，不干活儿我心里不得劲儿！"

陈振中气恼："我说了，那是他们该出的！"

冯月娥还想劝："什么是该什么是不该啊？照理说，你大是孙老爷的长工，他跟着小少爷出去，怎么能看着他死呢？！"

陈振中："那长工就该死吗？长工只是给他们家打工的，又不是签了卖身契给他们！我大的命又没有卖给他们，我就知道，我大为了救他孙达生死的，他孙达生这一辈子都要还债！”

冯月娥觉得儿子说得不对，但也不知道怎么反驳，看儿子气鼓鼓的样子，知道他也是心疼自己，就不想跟他吵，说些软乎话让他消气，就对他说：“好，妈听你的，不扫了。你赶紧回去吃早饭，我做熟了，在锅里给你温着呢！”

陈振中这才缓了脸色：“那走吧。”

冯月娥看着扫了一半的小径，还有堆积起来的落叶，实在觉得自己不应该立即就离开，为难地：“你先回去，我把这点儿扫完就回。”

陈振中显然不信她，赌气说道：“那我先回去了，我数到一百，你要是不回家吃饭，我也不吃。”

陈正中跑了，一边跑一边抹眼泪。冯月娥看着他的背影，叹气：“这孩子，怎么就这么倔呢？”

冯月娥又开始挥舞扫帚扫地，脸上还是那样温柔。

陈振中从小径跑出去，跑上走廊，穿过正院，才能到达他跟母亲住的西跨院。因为宅子特别大，而孙家只有三口人，加上下人才八口，房子多得住不完，他跟母亲竟然住了一个院子。陈振中说得不对，孙家是大家主儿，之前也是奴仆成群的，老爷少爷太太夫人小姐也是使奴唤婢、前呼后拥的，但孙一鸣出事儿后，孙伟农病倒，严云初去照顾他，孙一喜抢走盐业公司，树倒猢狲散，仆人趁机偷东西的，找下家的，使尽手段都想获得最大利益。严云初顾不上这些，就让孙伟农的小厮，也就是现在孙家的管家端砚，把仆人们都给遣走了。不仅给了他们身契，还给了他们安家银子，也算给孙家积德了。端砚，孙达生喊他孙伯，孙伯的老婆周妈妈，是严云初的陪嫁丫鬟，嫁给了端砚之后，两个人成为孙家的内外管事。他们生了两儿两女，女儿都嫁出去了，一个儿子是孙一鸣的小厮，跟他上战场牺牲了。另外一个儿子在南京一家电气公司上班，是孙伟农给他谋求的，在南京成家立业了，有两儿一女。

孙伟农早就放了孙伯夫妻的身契，让他们离府去颐养天年，但孙伯夫妻坚决不走，要陪伴主子。孙伟农只好让他们留下，这六七年来，孙伯管着大门，周妈负责厨房，照顾孙家三个主子的饮食。他们年龄也大了，打理不来这么大一个宅子，有体力活儿需要做的，都是从外面雇人做。

陈振中的母亲冯月娥带着他住进来，总觉得欠孙家的情，主动打扫这个园子。陈振中不想母亲辛苦，宁可不上学也不要她做，可冯月娥却说，她只是每天在院子里扫地浇水，比她当盐农给盐商晒盐的活计轻松多了。陈振中虽然非常不甘心，觉得母亲给孙家帮佣他低人一等，但第一他是非常想上学，第二是他也想让母亲过上好日子，所以，他即便觉得非常屈辱，也忍了下来。可是，自卑敏感的他，无论在学校中，还是在社会上，对同学朋友都隐瞒这件事。这件事成为他心中的一根刺，让他无法解脱。所以，虽然他在孙家能够吃好穿好，住得更好，但他还是无论如何都摆脱不了那种寄人篱下的感觉，尤其是面对孙达生的时候，妒忌像一条蛇，野蛮生长。无法排解的妒忌心，让他什么都跟孙达生比，恨不得把他比进尘埃里。

第四节 用勤奋衬托出他的纨绔

可有些东西确实是没有办法选择的，更是没有可比性的，比如家庭出身，比如智商，比如眼界心胸，所以，虽然陈振中努力勤奋，用在读书上的时间是孙达生的若干倍，可成绩照样不如人家。陈振中安慰自已，孙达生家庭条件好，启蒙早，看人家的爷爷父亲是什么文化程度？比他这个一无所有家徒四壁的盐民儿子是天壤之别。这种强大的心理落差，让他心理上有些问题了，用骆远志的医学词汇来说，就是有些人格分裂。在孙伟农还有外人面前，他绝对是一个好孩子，上进、勤奋、努力、忠厚，人见人夸；在孙达生面前，他尖酸刻薄。想尽办法要抹黑孙达生，让他丢人现眼，是陈振中终极追求。

正如眼下，在路过孙家演武场的时候，看到孙伟农一身月白色唐装正在打太极拳，陈振中的羡慕和妒忌化为实质。如果他有一个这样的爷爷，他还会被人家笑话寄人篱下吗？他用得着靠自己的努力寻找出路吗？就算是不继承家业，那也是很多条成功之路任他挑选。想到这里，陈振中就迈不开腿了，怔怔地看着孙伟农打太极拳。

孙伟农打的是陈氏太极，他是个中高手。为了讨好孙伟农，陈振中也跟他练过一段时间太极，但也许是他太过功利，也许是他天生没有这份细胞，不要说没有打出气感，就是招式也学得四不像，虽然孙伟农还是鼓励他，要他不要放弃，但他觉得实在是浪费时间，就用跑步代替了太极，孙伟农喜欢德智体美劳全面发展的学生，所以，他要加强体育锻炼。正是有了好几个月的接触，陈振中虽然打不好，但还是会欣赏的。只见孙伟农迎着朝阳，缓缓推动手臂，身随手动，气韵流转。他的一举一动，以意为主，以气来引，伸缩开合，收放来去，吞吐含化，在朝阳的霞光万丈之中，孙伟农松软沉稳的形势，如载重之船，沉沉稳稳地荡于江河之中，既有沉重而又有软弹之力。

陈振中被孙伟农吸引了，忘记自己本来要离开的，直到孙伟农收势，走了过来，想走也走不了了，只能笑着打招呼。孙伟农神清气爽，心情非常好，笑着对陈振中说："大中，跑完了？来找爷爷的？"

在家里，孙伟农让陈振中喊他爷爷，他是真心拿陈振中当做家人的，虽然存了让他帮着孙达生的心思，但为人师表了一辈子，尤其喜欢勤奋上进的孩子。陈振中虽然家境贫寒，但爱好读书，踏实上进，孙伟农很喜欢他，在学校和家中都经常表扬他，尤其是在孙达生面前，陈振中就是鞭策孙达生上进的偶像，不过孙达生从来不买账罢了。

孙伟农邀请陈振中到自己屋里吃饭，平时陈振中母子是单独吃的。陈振中母子刚到孙家的时候，是跟孙伟农一家一起吃饭的，但冯月娥看他们吃得太好，太费钱，接受不起这个人情，坚持自己开火。陈振中敏感的自尊，也不允许他吃白食而什么都不说，他非常支持母亲的这个决策。孙伟农也就不好勉强他们，让他们单独开伙。当然，孙伟农让孙伯给他们母子食材，因为冯月娥给园子干活，其实还是孙伟农养着他们母子。

陈振中本来不想去吃饭的，可想到可以给孙达生添堵，他就顺势答应了。那个大少爷，这时候肯定还在睡大觉呢！而他早就起来运动了，这一对比，衬托得孙达生太懒太不上进，他陈振中是一个勤奋刻苦上进的孩子，而孙达生则是懒惰的纨绔。果然，当他跟孙伟农到孙家的饭厅时，只有严云初跟周妈在，早餐已经准备好了，在陈振中跟孙伟农洗手的时候，周妈已经把扣着的盘子打开。孙伟农坐到主位上，严云初也很欢迎陈振中，和蔼地让他坐下，给他盛好饭。孙伟农说开饭，陈振中却不吃，说要等大生。对，他就是故意要孙达生出丑的。可他却没有能如意，严云初要他先吃，不要等了，因为孙达生的早饭已经留出来了。

孙伟农两老的这种对孙子的溺爱，让陈振中的妒忌更强烈了，他为什么没有这样体贴的祖父母。沉浸在自己情绪中的陈振中，没有听到孙伟农的问话，直到严云初喊他的名字，他才醒悟过来，他失神了。

陈振中连忙解释，自己是担心学校准备进行的抗日募捐游行。这本来也是孙伟农问他的，陈振中汇报了全英学校学生会对抗日募捐游行大会的准备。得知是新来的教员何希文帮着学生会组织的，孙伟农眼里一闪，但并没有说什么，只是叮嘱陈振中服从老师的命令，做好自己职责内部的事情。陈振中当然满口答应，却对何希文的身份产生了怀疑。

何希文是灌云人，却不是板浦人，而是灌云县韩集东门河南小庄村人。陈振中是全英学校学生会主席，跟学校的教员们接触比较多，尤其是何希文还教他。他了解到的消息是，何希文三个多月之前，从海市回来，先回家呆了几天，接着就到了板浦，拿着自己的简历，到全英学校应聘。因为他毕业于北京师范大学数学系，而且在海市教过学，有丰富的教学经验，孙伟农当下就录用了他，还安排他教授毕业班的算学，也就是陈振中他们班的课。

何希文代课这两个多月以来，得到了全班同学的敬重和爱戴，原因很简单，就是他课讲得非常好。虽然没有出去留学，但何希文讲课非常风趣，能把枯燥的算学跟日常生活联系起来，深入浅出地讲解，学生们举重若轻地学到了知识，所以，他的课特别受欢迎，就连孙达生基本上都不逃他的课的。

陈振中跟他接触得比较多，他也很平易近人，给陈振中、何锦阳等学生，讲了很多哲学和信仰。陈振中隐约猜到，这位先生不简单，但他并没有捅破。因为何希文给陈振中打开了一扇大门，那个名为马克思主义的思想，让他进入了一个全新的世界！这个新世界中，人和人是平等的，人人都可以吃饱穿暖，都可以凭借自己的努力，实现自己的梦想。陈振中觉得何希文非常神秘，被他吸引，不由自主地靠近他，那些理论在他心灵里面生了根，如果有合适的机会，就会发芽生长开花。何希文也非常信任陈振中，把他当做自己的左膀右臂，教他看时事，分析当前形势，如何处理事情。陈振中是把何希文当做精神导师来对待的，对他有一种盲目的崇拜和信任。基于这种心理，全英学校学生们，确切地说，是张佳惠、何锦阳强烈提议，要在何希文何老师的指导之下，组织灌云的抗日募捐大游行！

陈振中也早就从何锦阳口中，知道了张佳惠的那些抗日“见闻”，知道了日本人的残暴灭绝人性，知道了日军铁蹄之下，中国人的惨绝人寰。陈振中痛恨日本侵略者，他觉得他出人头地的机会来了。战争中，战场上，没有贫穷和富有，只有生存和死亡。或者说，战争和战火，打破了穷与富的壁垒，只要这个人勇猛，这个人有实力，就可以靠自己取得成功。当然，这成功包含了权力和金钱。所谓的乱世出英雄就是这样。所以，当张佳惠义愤填膺地提出，他们全英学校的学生要投入抗日的洪流中去，现在就要为抗日斗争做准备，要对全县人民募捐时，陈振中立即就答应了。

张佳惠却没有陈振中这么多野心，她想得很简单，就是大敌当前，他们要组织一次募捐，让那些盐商富人们出钱，让那些农夫贩夫们出力，把灌云武装成铜墙铁壁，让胆敢侵略灌云的日本人有来无回。陈振中觉得这是一个非常不错的提议，如果操作好了，拿到了大批捐款或者物品，就可以给部队上的大官们送去，让他们都知道陈振中。退一步说，即便得到的捐款和物品没多少，那他也可以去找县长或者局长他们，让他们出面，把这么有意义的事情帮忙干成。这样，灌云县的县长和局长们，也都记住了他这个运动的组织者。总之，无论成败，他陈振中这个募捐行动的组织者指挥者，都有可能载入史册的。

想通了这些关节，他立即着手准备这次募捐游行。可真正做起来的时候，才知道自己能力有限，很多事儿不知道该怎么办。虽然具体事宜，都是陈振中跟张佳惠、何锦阳商量来的，但陈振中不想露怯，就背着同学们去找何希文。何希文果然对这种事儿很有经验，他给陈振中指出了关键的几点，其中包括募捐活动的最主要目的，就是唤醒民众，要他们团结起来，一致对外。

孙伟农知道何希文在帮陈振中的事儿，并不奇怪，孙伟农是校长，学校的风吹草动根本瞒不过他的眼睛。陈振中并不想瞒着孙伟农，他做的这些事儿，是给学校长脸的，他并不想让孙伟农出头，孙伟农要是负责这件事，还有他陈振中什么事儿啊？可万一真出了事儿，被当局或者土匪搞破坏，还必须要孙伟农出头，所以，现在这样刚刚好。孙伟农知道这件事，何希文帮他组织、出谋划策，功劳都是他的，麻烦有人来顶锅。陈振中都可以预想到，自己大出风头万众瞩目的那一刻了。

陈振中沉浸在自己成为抗日英雄的幻想中，没有注意到孙伟农跟严云初交换眼神的动作。所以，当他快速吃完非常丰富可口的早餐，加快脚步去找何希文时，根本没有想到，孙伟农两夫妻讨论孙达生的事情。

孙伟农看着陈振中走出饭厅，扭头问妻子：“她回来了，大生知道了？”

正优雅地拿着一个烧卖吃的严云初，顿了一下，点点头，又接着吃。孙伟农皱眉：“他怎么知道的？那个女人来找他了？你怎么就让他们见面了？你不是不知道大生是多么暴躁！仇恨让他不像个孩子……”

严云初递给了孙伟农一个烧卖：“尝尝，素梅的手艺越来越好了！”

孙伟农接过烧卖，狐疑地看着她：“她回来的事儿，你故意告诉大生的？”

严云初从容点头：“是。”

孙伟农愤怒地抬起手就要拍桌子，看到严云初眼中的泪，又颓然放下去，叹口气，心中满满是苦涩：“你这是又何必呢？”

严云初看着他的眼睛，语音缓慢却坚定：“板浦就这么巴掌大的地方，她只要回来了，早晚就有碰到的一天！再说了，我们老孙家没有一丝一毫对不起她段淑琴，我们又不是心虚理亏，为什么要躲着她！”

孙伟农神色一黯：“我这不是怕大生控制不住自己，又受到伤害嘛！你也知道，一鸣的事儿，太复杂，大生这孩子又太倔，太过刚强，我不想让大生牵扯进来！”

严云初：“这件事不是我们想不想的事儿，你没看出来，大生是一门心思要查清楚那件事的真相嘛！再说了，儿子给老子报仇洗冤，天经地义！”

孙伟农脸上一片忧色："大生还小，现在这个局势，你又不是不知道！日本人叫嚣着三个月之内灭亡中国，淞沪抗战怎么样？举国之力对抗日本侵略者，牺牲了十余万将士，还不是要以失败而告终！"

严云初盯着孙伟农："你说这话，是怕了？"

孙伟农摇头："我活了这么多年了，生死都已经不重要了！我是担心大生，一鸣的牺牲，对他的影响最大！"

严云初眼中却出现一抹狠决："生逢乱世，谁能明哲保身？谁又能苟且偷生？雏鹰不能总护在我们的翅膀之下，必须让他学会自己飞！"

孙伟农突然笑了，眼中显出欣慰，拍拍严云初的手："云初，你能这么说，我很高兴！"

严云初明白过来："你都知道？你愿意让大生这么做？你是故意这么做的，是为了考验大生？"

孙伟农点头，目光中满是坚毅："鸣儿牺牲七年多了，我们的年龄越来越大，不知道哪一天就走了！再不让大生出去闯一闯，把这件事弄清楚，我担心我们鸣儿的冤屈，永远也不能浮出水面，让真相大白于天下了！"

严云初的眼泪一下子流了出来："绝对不可能！就是死，我也要还给鸣儿一个清白！"

孙伟农握住严云初的手："别急！相信大生，他会找到事实真相的！"

严云初泪水涟涟："鸣儿是在抗日战场上牺牲的，他的整整一个营都死了，好几千条人命，就这么不明不白，成了冤魂，全中国这么多人，都没有能查明真相！你说大生一个孩子，能找到真相吗？我们就这么一个孙子啊！"

一个坚定的声音从外面传了进来："能！只要我大是被冤枉的，那我就一定能还他清白！"

第五节　其实你不懂我的心

孙伟农跟严云初抬头看去，孙达生披着阳光，从门口走进屋子，俊朗轩昂的少年，大踏步走了进来，好像带着七彩霞光的天使，让人心情愉悦，充满希望。严云初看到孙子，脸上绽放出笑容，连忙招呼他过来："大生，来，到奶奶这里来。"

孙达生冷着脸，没有说话，也没有对孙伟农打招呼，径直走到饭桌前，看了看桌上的餐具，眼中闪过一丝了然，但并没有说什么。回想起刚才遇到陈振中的情形，心中浮现出一种气恼。

正如陈振中所说的，孙达生平时很少跟祖父一起吃早餐，说他性格别扭也好，说他怕麻烦也好，他宁愿一个人在自己的院子里打拳或者做实验，也不愿浪费时间来跟其他人相处。这其他人也包括爱他如生命的祖父母。他明白这一点，可他控制不了自己的态度，冲口而出的就是伤人的话，所以，他尽量控制自己跟他们的见面。用骆远志的话来说，孙达生这是用冰冷来掩饰自己对祖父母亲人的在意，这是极度缺爱的表现。孙达生也知道自己这样做非常幼稚，可他控制不住自己的脾气，只能对祖父母冷处理，却不知道将来会因此留下终生遗憾。

陈振中把孙达生当做最大的对手、妒忌的终极对象，想方设法要超越他，把他踩到脚底下。可孙达生根本就没有把他放在眼中，虽然一个宅子里面住着，而陈振中还处处挑战或者挑衅孙达生，但看在陈振中的父亲面子上，孙达生对陈振中的态度是无视！他坚信，当你强大到别人需要仰视的地步，一切妒忌和攻击都不足为惧！

陈振中则把孙达生的漠视当做妥协，把他的退让当做自己的胜利，可他也并不能对孙达生造成实质性伤害，因为他要是只说几句酸话或者小打小闹，孙达生不跟他计较，但只要陈振中敢真的出手对付他，孙达生就打疼他一次，让他长长记性。陈振中对他又妒又恨，又不敢招惹，只能暗中下手，寻找一切机会给孙达生添堵。所以，即使孙达生跟陈振中在一个宅子里住，在一个学校一个班级里读书好几年，两个人基本上也没有什么交集。

比如这次，陈振中如愿遇到孙达生，趾高气扬地要给他示威，让他知道，孙达生的亲祖父孙伟农更加喜欢自己，因为自己比他勤奋比他上进。可陈振中刚讽刺孙达生起得晚，一句话都没有说完，孙达生一脚冲着他就踢了过来。陈振中吓呆了，都忘记了躲开，不由自主发出了一声尖叫："杀人了！"

可想象中的疼痛并没有传来，孙达生连一个字都没有丢给他，就大步流星地走了，好像陈振中是一只让人辣眼睛的癞蛤蟆，只要他不来恶心自己，孙达生绝对无视。所以，把陈振中的这个小把戏当做小丑蹦跶的孙达生，根本就没有想起来把跟陈振中相遇这件事拿出来说，更不关心他是不是到这里来陪爷爷吃早餐的事儿。

严云初却以为孙子在意了，给他解释："是大中来了，他跟你爷爷在花园中遇到，你爷爷就邀请他来吃一个早饭。哎呀，他刚走，你要见他吗？"

孙达生没接她的话茬儿，面无表情地在桌子这边，也就是距离孙伟农最远的椅子坐下，又面无表情地说："我请十天假！"

严云初惊讶："十天假？你不去学校十天？你要去哪里？干什么？上次你一宿没回来，我跟你爷爷都没有睡，一直在等着你……"

孙达生脸上露出一丝温柔，但马上就消失了，不过他还是回答了："我没事儿，奶奶，我有事，要离家出去！"

严云初担忧："大生，日本人马上就要打过来了，外面很危险，到处都在打仗，你别出去了！"

孙达生："我能保护自己！"

孙伟农想说什么，严云初拦住了他，温柔地劝说："大生，你做什么事儿，爷爷奶奶都支持你！有什么困难我们帮着你解决！但奶奶希望你有什么事儿，跟爷爷奶奶说一说！"

孙达生："没用，解决不了！"

孙伟农气得脸都涨红了，忍不住大声喊："解决不了也是你爷爷奶奶，这里也是你的家！你必须要回来，每天晚上都回来，不要让我们替你担惊受怕！"

孙达生还是面无表情："不会！"

孙伟农："你听到我说话了吗？你要是不回来，就别想出这个门！"

孙达生只是看了孙伟农一眼，没有回答，站起来要走。孙伟农被他无视了，更加生气，拍着桌子喊："你给我坐下！"

孙达生脚步不停，严云初一看事情要糟，几步赶了过来，拉住孙达生的手："大生，别走！"

孙达生停下，看着祖母脸上的泪，心里一软，握住她的手："奶奶，我没事儿！"

严云初眼泪掉了下来，一边把孙子按坐在椅子上，一边喊："周妈，大生来了，给大生拿点儿他爱吃的来！"

孙伟农皱眉，严云初瞪了他一眼，孙伟农把嘴边的话咽下，也压下自己的不满和担心。放手让唯一的孙子出去历练是一回事儿，可看着他身历险境面对风险就是另外一回事儿了！孙伟农一见到孙子就忍不住脾气，但内心里还是万分担心他的，所以，他可以答应让他出去，却不能允许他夜不归宿！

周妈听见声音，从厨房跑了进来，冲着孙达生就笑："哎呀，小少爷，你可来了！周妈给你做了你最爱吃的皮蛋瘦肉粥，还有盐鸭蛋、豌豆黄、小笼包，等着，我再去给少爷弄点儿豆花儿来！"

周妈喜得舌头不听使唤，不知道说什么；手脚无措，也不知道干什么，就想把最好吃的，少爷最爱吃的，都摆到他面前。孙达生有些感动，他一贯地冷面，自打父亲牺牲，他仿佛已经忘记了笑是什么感觉了。此刻他眼中流露出的温暖，却显示出，他现在的心情很好，所以，他并没有像刚才那样立即要走，而是拉住周妈，拦住了她去张罗更多吃的，他只想拿一个咸鸭蛋吃。周妈不走了，连忙把鸭蛋抢过来，嘴里叨叨着，小少爷爱吃鸭蛋黄，还是流着黄油的蛋黄，一边手中快速给他包着。

严云初坐在孙达生旁边，高兴地看着他，他今天并没有穿那骚包的西装和风衣，而是穿了一件平常的豆青色长衫。这也是严云初给他做的，用的是最好的细棉布。也许是他平时不喜欢穿长衫爱穿西服风衣，这样偶尔穿一次，让人眼前一亮。这普通的长衫，让他穿出来，也是那么卓尔不群、英气逼人。孙伟农跟严云初两个人眼中，都涌现出了一种“我家孙子初长成”的自豪和喜悦，还有什么比后继有人更加让人充满希望呢？不过，严云初是把欢喜都表现在脸上，孙伟农是端着喜怒不形于色的校长范儿，表面上还尽是嫌弃。可想到唯一孙子要干的事儿，孙伟农眼中的自豪暗淡了下去，他严肃了面容，呵斥周妈：“他那么大个人了，吃个早饭，还要你照顾！”

周妈没有被孙伟农吓住，一边忙活一边满眼的笑：“老太爷，您还真别说，咱们小少爷就喜欢吃我给他腌的鸭蛋。”

严云初笑：“是啊，素梅腌制的咸鸭蛋，就是楼外楼那百年老号，也都抢着要的！大生，你多吃点儿，要不然你周妈就会抱着你祖母哭，说小少爷不喜欢她了！”

周妈听了笑：“还是太太了解我！小少爷一天不吃我做的饭啊，我就浑身上下不得劲儿，活儿都干不利索了！”

严云初：“那可不，大生是吃你的饭从那么小点儿长成这么大个儿的！”

孙达生听着她们说笑，虽然没有说话，但眼中充满了暖意。对于患有轻度自闭症的他，这已经算是非常愉快的表情了。可这样的愉悦被严肃刻板的“孙校长”打破了，孙伟农好像突然想起来似的，严厉的语气质问孙达生：“话说回来，这几天忙，我还没有问你，你这些天天天逃学不上课，学校里都看不到你一个影子，你去哪儿了？去干什么？眼下时局这样乱，你不知道你祖母担心你啊！日本人现在活动非常猖狂，你那三脚猫的功夫，不要以为就能在灌云横着走！”

孙达生眼中的温暖散去，深邃的眸子里，是一片冰寒。他没有解释，也没有争辩，喝了一口粥，咽下手中的小笼包，站起来，对孙伟农跟严云初一躬身：“祖父祖母，我先走了。”

孙伟农被激怒了，一拍桌子，怒喝：“不许走，给我坐下！”

周妈被吓了一跳，手中剥好的咸鸭蛋掉到了桌子上，她顾不得捡，在围裙上擦了擦手，连忙拉住要离去的孙达生，哀求他不要走，还没有吃饱怎么能走呢？

严云初没有能阻拦孙伟农，却又不愿意当着孙子的面儿给他没脸，只能在桌子底下，使劲儿攥住他的手。孙伟农被她捏疼了，缓和了语气，说出话来，却还是很严厉。

孙伟农：“学校学生会组织抗日动员募捐大会，你要跟着去，也不用你做什么，就是去见见世面。”

孙达生虽然坐下了，但低着头，并没有看孙伟农，眼底是一片肃杀。

严云初上前搂住孙达生：“大生啊，你是我们嫡亲的孙子，你祖父也是为你的安全考虑，才让你代表孙家参加。那个活动，关系到咱们灌云家乡的安危，灌云有头有脸的都会去，你也去看看，到时候要孙伯给你找几个人带上，看看我们能做什么！”

孙达生：“知道了！”

说完，孙达生掰开严云初的手，头也不回地走了。

孙伟农气得大喊：“站住！谁让你走的！我话还没说完呢！”

严云初眼泪又流了下来，拉住孙伟农：“你有什么话不能好好说啊？你明知道你这样说，会把他给赶走的！”

孙伟农：“好好说他听吗？大生，你晚上必须回家来，要是不回来，我就让公安局的人去抓你回来！”

孙达生脚步一顿，并没有答应，加快脚步走出去了。

看着孙达生冷漠孤傲的背影消失在门外，孙伟农矍铄的脸上，现出颓唐和无奈。他搂着严云初，叹口气，低声安抚：“阿初，看到他那个阴沉冷漠的样子，我就控制不住！我们的鸣儿那么优秀，爱说爱笑的，他怎么就有这样一个油盐不进的儿子呢！”

油盐不进的孙达生很快走到家里的大门处，一身短打扮的孙伯从门房里出来，笑着同他打招呼。孙达生点头回应，脚步不停地朝外走去，等孙伯拿出来一包五香蚕豆，给他当零嘴儿让他带上的时候，孙达生已经走出大门找到了在一旁拿着两个包子吃的骆远志了。

骆远志看到孙达生，冲他招手，孙达生大踏步走过去，嫌弃地看了一眼吃得满嘴流油的骆远志：“走。”

骆远志把最后一个包子塞在嘴里，顺手递给孙达生一个油纸包，嘴里含糊地说：“怎么才出来？比平时晚了一刻钟！”

孙达生接过油纸包，从里面拿出一颗糖炒板栗剥开放到嘴里，嚼了一下，就吐到旁边的鸢尾花池里面，把油纸包递回给骆远志：“垃圾！”

骆远志脸色奇臭无比，接过来拿出一个放到嘴里，品尝着：“不会吧！这是从张记买的，百年老号的炒货，怎么会是垃圾呢？”

骆远志边说边嚼，跟着孙达生朝前走。两个人穿过大路，到对面去。骆远志细细尝着板栗，咽下去才说话：“好吃啊！又甜又面，还有一种馨香，这不是你最爱吃的吗？我特意让隔壁大婶排队去买的，她还要了我三个铜元的跑腿费呢！”

孙达生：“她骗你！”

骆远志：“你是说她没有去张记干果店买？那她还要了我那么多银子！”

孙达生送给他一个字：“蠢！”

骆远志又吃了一颗炒栗子，分辨到：“这可不是我蠢，她这是知道谁都看不出来，才敢这样糊弄我的！不过，话又说回来，也只有你那堪比狗的舌头和鼻子，才能区分开来！”

骆远志转身往回走：“不行，我找她算账去！骆爷还没有被这么欺负过！”

孙达生脚步不停：“没用！”

骆远志急了，追上来拉着孙达生往回走：“走，你跟我去，找她对质去！”

孙达生不慌不忙地把他的手打掉：“没空。”

骆远志：“那我就不陪你去了，不争蒸馒头争口气，我一定要找她说清楚。这就是冰山之一角九牛之一毛，平时我让这个大婶给我买东西，昧下我点儿小钱就罢了，最让我生气的是，她糊弄我，让我吃不到正宗地道的东西！这简直是是可忍孰不可忍，我绝对不能放过她！”

孙达生这才正视他，骆远志一脸理所当然，孙达生送给他两个字：“吃货！”

骆远志笑了：“人生在世，吃穿二字，不吃不喝，白在世上走一回！这是我的原则，你又不是不知道，所以，这口气我是一定要找回来的！”

孙达生放下他，往前走：“浪费时间！”

骆远志一看他要走，有些急了：“我说你这个人，怎么你的事儿就是事儿，我的事儿就是浪费时间呢？”

孙达生却已经不理他了，朝前走去。骆远志站在原地，又把一颗栗子放到嘴里，使劲儿嚼了，咽了下去，想了想，还是追上去，跟孙达生并排朝前走：“你有法子是不是？”

孙达生不说话。骆远志一拍脑袋：“好，好！我服了你！你的事儿重要！我跟你去，行了吧？”

孙达生纡尊降贵地点了一下头，率先往前走，骆远志只能叹一口气跟上他：“咳，我真是欠你的！”

孙达生：“好奇害死猫！”

骆远志："我就是好奇，不行啊？"

孙达生看了他一眼，不说话，但目光表示，自己知道他是好兄弟，他这样做是为了帮自己的。骆远志被感动了："哎呀，你不用这样感动了，虽然你惜字如金又非常毒舌，但我知道你这个人很好！你做的事儿肯定都是正事儿的啦！"

孙达生朝前走，不说话，但眼底却闪过一丝愉悦。骆远志突然低声说："去那个院子吗？"

孙达生点头，骆远志笑了："那我必须去啊！我这么英俊的脸，让他给破坏了，这绝对不能忍！"

看着骆远志脸上刚消下去的青紫，孙达生眼中闪过不忍，张口要他回去，可骆远志已经伸手招来了黄包车，告诉车夫地址，迅速上车，车夫拉起车来就走，不管孙达生了。孙达生朝前大踏步走去，速度看似不快，车夫却没有拉下他。骆远志从车里看着并行走的孙达生，笑得非常欠揍。

第六节　板浦小巷中的光芒

灌云板浦，通鱼巷。

太阳已经升得老高了，依然白花花的，没有多少热度。西北风从清灰的天边呼啸而来，在这个千年小镇之上逡巡、激荡。这个千年古镇，这个淮北盐都，还是一座巷城，自古以来，就有"板浦多小巷，甲于天下"的赞誉。

板浦这些建于不同年代的小巷，千姿百态，各有各的结构，各有各的风情，各有各的故事，一个小镇，浩瀚千条街巷之多，全国罕见。清板浦文人许桂林曾在其《海州诗话》中作诗赞美这一胜景："板浦小桃源，烟霞百里宽。巷子多趣事，人尚古衣冠。"

在板浦繁华的中大街西北部，有一条小巷。这是一条狭窄的小巷子，一端连着善后河，一端连着中大街，自东向西，两头窄中间大，好像一条大肚子鱼，所以叫做通鱼巷。在这条小巷中，住着的大部分都是手工业者、小摊贩，还有一些跑船的、卖力气的。小巷的道路是土路，雨雪之后，肯定到处是泥泞的！虽然现在没有下雨下雪，但之前的泥印儿还在，还有几块砖嵌在土壤里，好像是乡间泥巷，完全没有盐都的风范。而来往穿梭在小巷中的人们，也大都是短褐褴衣，面有菜色，脚步匆匆，满面尘埃，为了生活而奔波。眼下，虽然是大战前夕，跟那些为了保命而做的准备不同，这些贩夫走卒、升斗小民，他们没有资格也没有资本大门紧闭，或者逃到更安全的地方去。为了饱腹为了活着见到明天的太阳，他们必须出来上工摆摊来赚钱，日子才能继续下去。

就在这充满烟火气儿的又紧张有序的小镇小巷中，也不知从哪家门缝里，隐约又非常清晰地传出来“淮海戏”的戏声，离得远，听不清戏的内容，就听出这是一出哀婉凄凉的戏码。跟京剧的精致不同，这淮海小戏充满了淮北地方方言特色。这戏唱得字正腔圆，唱腔悠扬婉转，动人心魄，听起来缠绵悱恻，引人入胜。

唱戏声吸引了很多路人驻足侧耳细听，还有的循着声音，朝那个院子里走去。戏声是从巷子西头，也就是靠近善后河的那一头一个院子中传过来的。这个院子不大，简陋的门楼上掉下去几块砖，青色的墙上长着几根草茎，看起来有些破败。已经掉了漆的黑色木板门虚掩着，从门缝儿里看进去，几米宽十几米长的院子里没有什么特别，就是院子中搭着一个大大的棚子，是用苇席搭成的，唱戏的声音就是从苇棚里面传出来的。苇棚的大门冲里，从门口看去，只能看到苇棚的后面，看不清里面的陈设，但从唱戏的声音，还有胡琴伴奏的声音推测，这里面应该是一个淮海小戏的戏班儿在排练。

苇棚里确实如人们猜想的那样，一个老者在拉胡琴，一个老妇人在唱戏。他们配合默契，老妇人唱得声情并茂，虽然是排练，但水平也非常高。如果陈佳惠在这里，就会眼尖地发现，这个老者她见过，他就是演《放下你的鞭子》中那个背井离乡走投无路而鞭打女儿的父亲的。妇人没有见过，却是这个老者的妻子。夫妻两个就是灌云有名的淮海戏大家，王老实跟妻子肖红莲。从他们的排练都能引来很多路人的围观可以看出来，他们的表演非常受欢迎。事实也是如此，王老实为首的王家戏班，经常被贵人邀请去唱堂会，被小轿车接送不说，运气好了，光赏钱就好几十块袁大头呢！日本人要打过来了，他们前几个月刚从淞沪战场上回来，对外说是躲避战祸回到家乡。而他们也没想到日本人已经要攻打灌云，是走是留成了决定生死的大问题，夫妻两个为此没有出去表演，而是在家里做准备。

那演老人“女儿”的女孩子在哪里呢？苇棚对面，就是这个院子的四间正房。正房里最西面的一间，挂着厚厚的窗帘，好像是一间久已不住人的储藏间，可从这间房子里，却传来低低交谈的声音。

进入这间虽然简陋，但打理得非常整洁的房子，就看到一个穿一身中山装的人坐在炕沿儿上，手中端着一杯热茶，脸上是一片忧思。眼睛下面淡淡的青影，让他儒雅的面庞显得非常疲惫。他大概四十岁左右，藏蓝色中山装上的扣子，系得整整齐齐，左边的衣兜里面，还别着一支钢笔，显示出他是读书人的身份。此时，他细长的丹凤眼中，满满的都是忧虑，好看的眉头紧皱着，眉间突出了一个“川”字，随着他的讲话，线条柔和的脸上，更加突出了这三条纹路，让俊秀儒雅的他，带着几分沧桑。这个人，就是何希文，曾经是中共上海地下组织的党员，被捕入狱两年多，前几个月被营救出狱，回到家乡灌云。

“……通过我县政府的同学，已经打探清楚了！你的猜测是对的，原中共灌云县委书记宋斐然投降，成为国民党当局的一条狗，这两天带着县常备大队副队长刘大龙到处抓人，我能记住和找到的灌云县党组织的接头地点和方式，都已经被敌人掌握了！”

坐在何希文对面的年轻人，猛地一拍桌子：“果然！国民党就是一群只会窝里斗的王八蛋！他们的枪就是会屠杀自己的同胞！”

何希文听了她这句话，引发激动的情绪，剧烈咳嗽起来。年轻人连忙上前，给他轻轻拍背，嘴里安抚着：“父亲，您别着急！要保重身体！您的感冒还没好利落，这换季的时候，最容易让病上身，您千万注意！”

男人，也就是何希文，努力压制着喉咙间汹涌的不舒服，慈爱地看着面前的女儿何夏萍。她十八九岁样子，穿着一身练功的短打扮，头发剪得很短，修长的身材，两条大长腿，白瓷一样的皮肤，干脆利落的举止，如果不仔细看，就像一个眉清目秀的如玉少年。尤其是那一双眼睛，好像一颗璀璨发光的黑色宝石，吸引着每一个看到它的人沉沦下去。

如果孙达生在这里，如果孙达生看到她，就会第一时间认出来，她就是那个制住日本人的年轻男子；如果张佳惠看到这双眼睛，也能一眼就认出来，她就是那个因为不能表演而被父亲鞭打的“闺女”；如果秋风在这里，也能认出来，她就是那个支持儿子上前线去的“母亲”！即便今天“他”换了一身跟之前完全不同的行头，甚至换了性别，成为了“她”，但那双灿若星辰的眼睛却掩饰不了，它是独一无二的，是让人刻骨铭心的，让孙达生、张佳惠以及变得狂妄的西北风第一时间就能把他，哦，不，应该说是她，给认出来。

可孙达生还没有再次“巧遇”她，此时，他还带着骆远志蹲守在那个写着陇海贸易行的小院子外，一边吃炒栗子，一边守株待兔。这里需要说明的是，吃那一袋子不正宗炒栗子的是骆远志，孙达生绝不吃赝品；他们守着的“株”是那座房子，而兔子呢？哦，他们还不知道兔子是什么。反正知道这里大概或者可能会出现兔子就够了，都查了七八年了，好不容易有了线索，不管是兔子还是老虎，他们都要守着。

好吧，我们先不管这苦哈哈的二人组如何在西北风中守株待兔，待在暖和房子里的这对父女，心情也非常不好！他们回到灌云一个多月了，了解到的情况，确切地说，是当局对这场大战的准备，简直就是一塌糊涂。

说到激动处，何希文眼含热泪，脸上非常悲愤："日军海军陆战队占领了车牛山岛，企图发兵攻占灌云，一旦灌云被攻占，那华北日军就会沿津浦线南下，到时候徐州危矣，南京危矣！"

何夏萍的脸上现出一种坚决："那就绝对不能让小日本得逞！我们要号召组织每一个灌云人都站出来，跟日本人斗争！就算战斗到最后一个人，也要保卫我们的家乡！"

何希文点头，脸上的表情镇定了很多："这是最坏的结局，其实，如果国民党当局好好准备，真心抗战，灌云东面临海，易守难攻，如果是硬对硬迎敌，而且采用天时地利人和抵抗日军的进攻，我相信军队跟当局是不敢投降的！"

何夏萍："父亲您是担心日本人背地里搞事情？"

何希文点头，沉痛地："他们一定会这样干的，早在甲午海战，后是九一八、卢沟桥事变，还有眼下的淞沪会战，都出现了这种情况！当我们的将士在前线浴血奋战的时候，有些被日本人腐化的汉奸，还有很多日本特务，不仅把我军的防控图给他们，还在背后放冷枪，举起屠刀，杀害我抗日将士！"

何夏萍气得咬牙切齿，想起那个院子，恨不得立即把那些个日本鬼子和汉奸给抓出来，打得他立即去见阎王！日本人该千刀万剐，汉奸更是可恨，让他们死了还不够，应该鞭尸示众，以警示世人。

何希文却并不乐观："这些被腐化的汉奸，隐藏得特别深，很难揪出来，给抗战增加了难度，我抗日将士的生命受到了威胁！"

何夏萍："那也要彻查到底！绝对不能让日本特务这么猖狂，让汉奸为所欲为啊！"

何希文："国民党也注意到了这一情况，对内部也在排查，具体由军统和中统来负责！”

何夏萍冷笑：“他们哪里还有时间排查汉奸！他们有那时间肯定带人到处来抓共产党了！父亲，你是不知道，咱们新上任的这位县太爷，可就是靠着抓捕共产党屠杀我们的同志才从一个省计划委员会的小办事员，一路升官发财到县长的！”

何希文：“那他一定会牢牢抓住宋斐然这张王牌，大肆破坏我党组织，抓捕我们同志的！”

何夏萍也非常难受：“叛徒跟汉奸一样，人人得而诛之，他们的危害之大，就像一颗老鼠屎，坏了一锅粥！父亲，我们一定要想办法，让他们就像过街老鼠一样，只要敢现身，就人人喊打！”

何希文点头：“是啊！这些人就像病毒一样，对我们党组织对社会对抗日的危害，太大了！”

何夏萍：“看来，我们的第一个任务就是铲除那个叛徒！父亲，您知道他的信息吗？”

想到这个叛徒，何希文脸上现出复杂的表情：“宋斐然，是咱们灌云最早的一批党员！”

何希文怀着沉重的心情，给女儿介绍了这位前中共灌云县委书记、现在的叛徒。他跟宋斐然接触并不太多，对他的了解都是从别人那里知道的。宋斐然毕业于东海师范学校，曾经是灌云革命的风云人物。早在五四运动的时候，他就接受了马克思主义思想，组织东海师范的学生们游行，声援北京的五四运动。他1921年加入中国共产党，之后一直组织领导灌云的革命运动。1925年的五卅运动，宋斐然也在灌云县组织盐工罢工，虽然被盐务局跟当时的军阀政府联手给镇压了，但他领导的盐工工会提出的条件，尤其是那几条给灶民活路的要求，得到了盐工的全力支持，逼得盐商们不得不在有限范围内提高了一些盐民工资。九一八之后，宋斐然更是出任抗日救国会的常驻委员，积极组织商人罢市、工人罢工、学生罢课活动，带领他们上街示威游行，带头驱逐日本人、抵制日货。虽然后来因为救国会的内部原因，活动都没有能够坚持下来，但在他以及当时中共灌云党组织的领导之下，在县内掀起了抗日救国的热潮！

就凭宋斐然参与和领导的这些革命活动，何希文对宋斐然是非常敬重的，凭着这些功绩，宋斐然当选为中共灌云县委书记。没想到他一朝被捕，就叛变成为国民党当局屠杀我党同志破坏我党组织的一把锋利的屠刀。所以，对宋斐然，何希文虽然痛恨，但也有着几分唏嘘。

何夏萍却没有父亲的复杂情感，对这样的叛徒，她早就把他当做死人了：“国民党好不容易抓到这样一个叛徒，肯定对他有所保护，要想杀他，第一步，先要掌握他的住处和行踪。我们刚回到灌云，没有可用的人手，更没有跟灌云党组织取得联系，这些工作都要做，还要让这个叛徒多活几天！”

何希文看着女儿点头：“谋定而后动，不再冲动莽撞了，爹的小萍长大了！”

何夏萍被父亲夸得有些不好意思：“大！您就别卖关子了，要如何开展工作，您赶紧指示吧！”

何希文脸色严肃了起来：“灌云的形势非常严峻，我们要开展的工作千头万绪，小萍，你要做好充分的思想准备！”

何夏萍神情非常郑重：“大！你放心，我坚决跟着党中央毛主席走，为了祖国和人民，为了生我养我的家乡这片热土，我一定会战斗到流尽最后一滴血！”

何希文看着何夏萍的眼中，既有欣慰，又有希望，还有一丝心疼，可他还是立即抛开了这些脆弱的主观的情感因素，坚定果决地给女儿指示工作。

第七节　国内少有，苏北仅有，灌云特有

灌云板浦，黄老刀烧面店。

板浦中心大街上，虽然人不多，但还是相对繁华，各商号都开着门。偶尔有汽车驶过，卷起一地黄叶。孙达生从一条小巷中冲了出来，站在大街上，左右看去，却什么都没有看到。骆远志气喘吁吁地也从胡同中跑了出来，来到孙达生跟前，想说话，却发不出声音来，只用手指着孙达生。

孙达生脸上现出失望，骆远志就知道了，就算是他们抄了小路一路狂奔过来，也没有能跟上孙一喜的汽车，人的两条腿怎么能跟四个轮子的汽车比速度呢？孙达生咬牙，一定要把孙一喜的这辆汽车给抢过来，让他再也跑不了。

原来，孙达生跟骆远志一直在监视那个小院子，可这二十多天来，除了发现帮工们每天都要几十个人的饭菜、知道院子里确实住着很多男人之外，并没有什么新发现。按照书上说的，孙达生去翻检了这个院子扔出来的垃圾，可因为对方很谨慎，并没有什么发现。孙达生更加怀疑这个院子，跟骆远志冒充送菜工想混进院子。可即便他们化了妆，也难掩他们身上的贵气和文气，被他们的厨子给发现了，拒绝了他们的“送菜”，也避免了让孙达生想起来后怕的进去“送命”。

孙达生并不是胆小，只不过他跟骆远志只是手无寸铁的两个人，而对方是几十个荷枪实弹训练有素的男人，他们要贸然上去，就相当于以卵击石，认识到这一点后，孙达生就把目标锁定在孙一喜身上。原因很简单，孙达生了解孙一喜，他虽然心狠手辣无耻之尤，但蠢笨如猪，以孙达生的智商，完全碾压他没有问题。可这些天监视下来，孙一喜并没有什么特别行动，每天都从家里

开车过来，待上一个多小时就走，然后就猫在家中，也不知道在里面做些什么。孙达生跟骆远志还是没有任何进展，骆远志要进到孙一喜家中去看看，因为孙一喜家中虽然也有保镖，但跟那个院子比起来，却好像筛子一样，进去很容易。孙达生同意了，趁着孙一喜到院子时，让骆远志扮作清洁工进入他家，可意料之中的，在孙一喜这里什么都没有发现。

忙了快一个月了，什么情报和消息都没有得到，孙达生跟骆远志非常不甘心，虽然不得不承认没有经验的他们，第一次干这种谍报工作，有这样的结果也在所难免，但两个人还是很挫败，不过他们并没有放弃，相信只要坚持，一定能成功。

就这次，好不容易孙一喜的汽车没有去日本人主子那里，孙达生跟骆远志觉得他肯定是去做什么坏事儿，两个人连忙跟上。可事出突然，他们没有来得及叫出租车，虽然跟出了一段时间，却还是被孙一喜给甩开了。

汽车开走了，怎么也追不上了，孙达生跟骆远志的心情都不是很好，但骆远志可不是那种自怨自艾的人，四下打量了一下，拉着孙达生说带他去一个好地方。

孙达生跟着骆远志走在小巷中，这条小巷算不上繁华，但也绝对不偏僻，喜静不喜动的孙达生还真没有来过这里。骆远志在跟孙达生介绍着这个巷子，说这里是老板浦，生活的都是地地道道的灌云人，要想吃到地道的灌云美食，就要在这里，去别处是没有的！他的梦想就是吃遍天下美食，然后把那些美食铺子都开到板浦来。总而言之言而总之，孙达生两个字概括：吃货！但孙达生也不得不承认，骆远志对家乡灌云非常热爱，听着骆远志热情的介绍，孙达生一边走，一边打量着这个小巷子。

巷子两旁的房屋虽然还是青砖黛瓦，但明显比较破败，一看就是有年头了，不少屋顶上已经长了不少茅草，在风中瑟瑟抖着。临街的也开着很多铺子，但无论招牌还是装修都是灰扑扑的，好像一位经风历雨的老人，蜷缩在千年小镇的角落，没有生机也没有多少活力，但却睿智蕴藉，岁月洗礼，依然笑立秋风中。

骆远志有些担心孙达生不同意跟自己去吃那个东西，走得非常快，恨不得一步就到了那家心心念念的小店里。而跟在他后面的孙达生在想着什么事儿，没有听骆远志的话。走着走着，孙达生一扭脸，看到了一辆车从另外一条街上后面的一条小巷中一闪而过。因为小巷比较窄，汽车开得比较慢，让孙达生不仅能够看到车牌，还能看到汽车里面的人影。孙达生盯着那车牌号，脸上现出怀疑，不由得转过身子，朝那辆汽车走去。

骆远志嘴里念着不知道谁的诗歌，兴致勃勃地朝前走着，完全没有注意到孙达生朝另外一条路上走去了。没一会儿，骆远志就已经走到了小巷尽头，停在了一家饭店前。饭店不大，只有三间房，里面放着桌椅板凳，也没有什么装饰，只有一块黑漆漆的招牌，上面写着五个大字："黄老刀烧面"。字并不出彩，一看就知道不是出自名家，这家面店也不是什么著名酒楼饭庄，只是一个普通的小餐馆。这从都快中午了，饭店里还没有几个食客，也能看出来。

骆远志却一点儿都没有嫌弃，看到那上面的招牌，大喊着："到了，就是这里！"

好像被什么吸引着，骆远志都没来得及看一眼后面的孙达生，一边喊着一边冲进了小店，一屁股坐在了靠窗的一个位子上，开始喊："黄老板，上客！"

一个五十岁左右的男人应声从后厨走了出来，就是这个烧面店的老板黄老刀。他个子不高，头发已经全白了，脸上全是皱纹，生活很艰辛。他穿着黑色的短褐，黑色的裤子很旧，但洗得很干净，戴着一条同样洗得很干净的大围裙，看到骆远志满脸是笑地招呼他："骆少爷，您来了！可有一阵子不来了啊！"

骆远志笑容变得真诚起来："老黄头啊，想少爷我了吧？除了我，你看看谁还赏识你这小破店啊！"

黄老刀脸上的笑容更加殷勤了："这话我认可，这世上有几个像少爷一样有这么好的眼光啊！今天早上门前喜鹊儿叫，我就知道有贵人上门，可准备了不老少的好东西呢！”

骆远志笑容更大了，他站起身:“在哪儿？快给少爷我看看！”

黄老刀：“您坐下，别动，别脏了您的衣裳！这可是咱们灌云最好学校的衣服啊！我这去拿来给您瞧。”

骆远志得意地跟他往后厨走：“哪有那么多事儿啊！你又不是不知道，少爷我就好这一口，别的都好说！”

黄老板带着骆远志往店里面走，穿过有些破旧但看起来很有历史的桌椅板凳，就到了后厨。后厨独立出去，跟大堂之间有一道门，只挂着一个门帘，掀开门帘，就进到后厨。后厨并不是很大，也就是七八平米的样子，收拾得同样很干净。迎面就是一张两米多长的案板，占了后厨的三分之一空间，旁边安放着一个烤架，对面是三口大锅和两个大水缸。黄老板跟骆远志并没有在这里停留，而是穿过后厨，来到后面的院子。

院子是一个四合院，店面在最南面，是三间倒座儿。对面是五间大正房，两边各三间厢房，留下的空间并不大，但能看出来，主人打理得很好。呈长方形的院子里，有两个大花圃，其他花草都已经凋零，但一丛菊花还在怒放。傲霜赛雪的白菊，给这个院子增添了无限生机。跟花圃相对的，还有一个大菜园，分成好几个菜畦，现在能看出来的，就有小白菜、韭菜、萝卜等蔬菜在生长着。能够想象出来，这个菜园在春夏季节一定会非常繁荣。总之一句话，这是一个灌云普通人家怡然自乐的田园生活。

骆远志可没有心情欣赏这院子的景色，他着急地三步两步就轻车熟路地冲着后厨窗下放着的两个大竹篓而去，看他雀跃的样子，仿佛那是什么人间至宝一样。

黄老刀笑着摇头，也紧走两步，赶在骆远志之前来到竹篓前，拦住骆远志伸向竹篓的手：“少爷，我来。”

竹篓用一块大蓝布盖着，黄老刀拿开布，露出竹篓里面的东西——里面是一篓子土。再仔细一看，这些土底下还在蠕动，依稀能看出来蠕动的东西身上碧绿的颜色，胖胖的“身段”。骆远志惊喜地看着这些蠕动的“土壤”，迫不及待地问：“刚得的？”

黄老刀点头：“前儿个傍晌去挖来的，放了两天，去去土气，刚刚好。”

黄老刀右手伸进土里，捞出一坨指头粗的虫子，摩挲了一下上面的土，露出整个虫子。虽然看不清本来的绿色，但虫子形状看起来非常丰满，好像透过这脏兮兮的土壤原色，能看到其内里的鲜香和嫩滑。看着肉肉的虫子，骆远志不由自主地吸了一口口水，迫不及待地想要吃到嘴里。

黄老刀看了他的表现，眼中闪过一丝自得：“怎么样？骆少爷还满意吧？也就是您这样的老主顾，您这灵巧的舌头，才能知道我们这宝贝的好！我老黄用我们老祖宗这几百年的老店面打包票，包管您吃了一碗还吃下一碗，吃了一次还吃下一次。”

骆远志一喜：“老黄头你的手艺我还有什么不满意的！别那么多废话，赶紧的，还不去做了，让少爷我过把瘾？年景不好，少爷我总干大事儿去了，连我的小宝贝们都没空儿来吃了！我想死你们了！“

黄老刀乐得笑开了花：“行了，今个儿一定要让少爷您过个大瘾！”

骆远志：“那还不赶紧去，给少爷我来两碗，不，来四碗，不能忘了大生啊！对了，还有面啊！”

黄老刀应一声：“好咻，马上来！”

黄老刀转身就往厨房走，骆远志想到了什么，喊住了他：“哎呀，老黄，刚忘记问了，你这还没有去土气呢，少爷我现下能吃上吗？”

黄老刀笑：“少爷您就把心放到肚子里，把肚子放到我们的板凳上，敞开肚子等着吃吧！”

骆远志：“嘿，怎么说话呢你？把肚子放到你们的板凳上，我倒是敢放，问题是你敢接吗？”

黄老刀笑："少爷恕罪！我老黄人糙口粗，不会说话，还请您原谅则个！不过啊，这吃上别的我不敢说，这烧豆丹我老黄要说是第二，在这灌云没有人敢说是第一！"

骆远志："呵呵，说你胖你还喘上了！你不说，咱们灌云人谁不知道这烧豆丹是'国内少有，苏北仅有，灌云特有'，你这就是说，你老黄的豆丹在全国那就是蝎子拉粑粑——独一份儿是吧？"

黄老刀笑得更加开怀："这都是老板大爷们赏脸，才让我老黄有这底气啊！"

骆远志："得了啊，别在少爷我面前瞎嘚瑟了！说正事儿，今儿个就吃这个，但只要有一点土腥气，少爷我都能吃得出来，可别说我不给你面子啊！你这招牌少爷就给你砸了！"

黄老刀："就这么说定了！只要有一点儿土腥气，我黄老刀这三字，就让您搁地上踩！"

骆远志："好，那我就等着你黄老刀的烧豆丹了！"

黄老刀转身刚要走，又想起了什么："骆少爷就要四碗，你自己能吃得下？今儿个您是自己来的？达生少爷没跟您一起？"

黄老刀话音一落，骆远志一跺脚："哎呀，我说我怎么这心里空落落的呢！原来我把那个人给丢了！"

骆远志边说边一把推开黄老板，一步跨进厨房，然后跑向堂屋。黄老板跟着他过来，看着骆远志跳脱的背影摇头："骆老大夫多稳重一个人啊，怎么他孙子会是这样呢？"

骆远志没有听到他说什么，三步两步进到堂屋，一边跑还一边喊："大生啊，今天你可有口福了！你跟着少爷我享受一下……"

骆远志一竹篓子的话都憋了回去，因为他看到，大堂里面空空如也，一个人都没有，也就是说，孙达生根本没有在这里。

骆远志一拍脑袋，就往外跑，嘴里嘟囔着："没听说大生路痴啊！这屁大的地方都迷路了，还是在我的带领之下，你说，没了我你怎么活啊！”

骆远志嘟囔着顺着原路往回跑，可他跑到了板浦中心大街上，也就是他跟孙达生来的地方，也没有找到孙达生。骆远志蒙了：“这大生，越来越奇怪了啊？走了怎么都不跟我说一声，就跟我玩失踪啊！”

骆远志慢慢往回走，又停住，又拍自己的脑袋：“不对，大生不是这样的人！他就是抛弃谁，也不会抛弃我啊！”

骆远志站在板浦街头，一脸茫然，不知道该往哪里去找孙达生。一个伙计模样的人跑了过来，冲着骆远志说：“您是骆少爷吗？这是给您的！”

骆远志怀疑地看着他：“什么东西？谁给的？”

伙计：“那位先生说，您看了就知道了！”

骆远志接过来，看着手中的东西，是一颗纽扣。骆远志对这颗纽扣非常熟悉，急忙问伙计：“那个人说什么了？”

伙计摇头：“就让我把这个交给骆少爷您！”

骆远志咬牙：“那他是在什么时候什么地方给你这扣子的？”

伙计顺着巷子一指：“就是刚才就是那儿！”

骆远志气急败坏：“那还不带路！”

伙计被他一吼，连忙转身就朝来的路上跑。骆远志气笑了，大喊：“站住！”

伙计站住，哆嗦着看着他。骆远志笑了：“我要你慢点儿走！”

伙计连忙点头，也不朝前走了，等着骆远志走过来。

骆远志示意伙计朝前走，他跟在后面，咬牙嘟囔着：“孙达生，你竟然一言不发就消失，给我等着！”

第八节　杏春堂里的围捕

灌云板浦，杏春堂药店。

孙达生此时，并没有走多远，距离骆远志的烧豆丹店也就是隔了不到一公里的距离。这是在板浦的另外一条大街，也是小镇的主要街道，是中心街道的延伸。这里的商号还是不少，但相对主要大街来说，相对有些偏僻了，只有一些粮店、布店还有旅舍等，就算是饭店，也不是板浦最豪华的饭店。这家杏春堂药店，在这一溜店铺中并不显眼，店面就是板浦普通的三间门脸大，其招牌是黑底金字，看起来很古朴的样子。

因为骆远志出身杏林世家，孙达生对板浦乃至灌云的药店，也有一定的了解。这家杏春堂药店，在板浦三十多家中医馆和中医药店中，并不显眼。因为药店老板并不是医生，而是一位药材商人，还不是灌云本地人，也并不是来自安徽，而是直隶府安国县。跟板浦一样，安国在药材界的名声也是响当当的，那是药都。老板把药都的药材贩卖到灌云，说白了也就是药材批发商。不过，药离不开医，这家药店雇用了两位坐堂大夫，给前来拿药的患者坐诊。孙达生跟骆远志来过这里买药，招待他跟骆远志的，是一位叫做孙报春的大夫。那时，他装作外伤患者前来买药的。孙达生对这位大夫的感觉不错，因为他看出了孙达生是在装病，但也没有揭穿他，而是按照他的要求，给他拿了药。因此，看到从汽车里面下来的灌云县守备大队的特务们冲进药店，孙达生差一点冲出去，看看这些特务们又要干什么。

故事还要从孙达生看到那辆汽车开始讲述，灌云县是一个大县，而且是淮盐的重要产地，汽车是不缺的，放眼整个海州，灌云县的汽车也能称得上是多的。而孙达生一眼认出了那辆车，知道这是县常备大队的人又在城里为非作歹了，然后果断抛下骆远志跟踪汽车。

孙达生之所以能认出这辆车，是因为他有一项不为人知的能力，那就是感官敏锐，过目不忘，过耳不忘。孙达生从小就记忆力超群，凡是过了他眼的东西，都能记住。这车牌不过几个数字，他只要想，那所有看到的汽车，他都能记得清清楚楚，如数家珍。灌云县常备大队，跟县公安局一起，是县里的两支重要武装。公安局负责治安，常备大队负责稽查走私、县城防务等事务，孙达生并不清楚他们穿上制服所必须担负起来的职责和权力，他只知道这两帮人都不是什么好鸟儿。不过，作为灌云大盐商的少爷，江苏省议员孙伟农唯一的孙子，孙达生不仅不怕他们，而且还给他们捣了好几回乱，让他们头疼之余，对孙达生敬而远之。

其中对他们构成严重威胁的一次，是孙达生带着骆远志还有其他几个全英同学，跟踪了常备大队的一艘货船三天两夜，终于把他们利用职务之便贩卖私盐的证据找到，匿名送给江苏省淮北盐务总署。没想到这件事被陈振中捅破，常备大队副队长刘大龙知道了这件事，不仅花钱打通了上面，拦截了孙达生的证据，还派人扮成土匪把他给打了一顿。孙达生在床上躺了三个多月才恢复过来。祖母严云初终日以泪洗面，当面却又笑着对他；祖父整日黑着脸，恨不得用棍子抽他。他知道他们是担心自己。可他不会说话，也不知道如何安慰他们，只想养好了伤，去找刘大龙报仇。这次看到了常备大队的车，他想也不想地就跟了过来。

不得不说，孙伟农确实是灌云县意识最开放最前卫的人士之一，当逢乱世，他表面不说，内心是非常担忧唯一的孙子的。在孙子很小的时候，就花了大价钱还搭了一个人情，请来了灌云县黑白道通吃的凶名在外的无尘和尚，来教导孙达生练武。父亲“牺牲”后，孙达生对读书考功名什么的都不感兴趣，唯独对学武，特别上心和用功。六七年下来，也算有点儿武艺傍身，三四个成人男子是近不了他的身的。孙达生也因此艺高人胆大，看到汽车知道是常备大队的，也不管对方人多，就跟了过来。也是巧了，常备大队这次就是刘大龙带队，而且目标就是这家杏春堂药店，距离孙达生发现的地方并不远，只隔着两里多地。所以，孙达生很顺利地跟着汽车来到杏春堂药店。

看着刘大龙支使手下，包围了杏春堂药店，孙达生知道这里要出事儿了！孙达生没有跟着进去，而是转身进了一旁的粮店，一家名为“祥昌粮栈”的粮店，以一种非常“孙达生方式”，站在这里，正大光明地等待事情的发生。

所谓的“孙达生方式”，一般人可能理解不了，或者没有太多感受，但如果骆远志在这里，就能一脸羡慕妒忌恨地给你扒拉一万字的解释，不，更准确来讲，是给你描述孙达生的“臭屁”。

就比如现在，孙达生穿着一件手工丝绸制作的白色衬衫、吊带裤和黑色风衣，在惨淡阳光照射下的古朴而且有些破败的小镇上，一身正气外加一身冷气地站在粮店里，专注地看着对面的药店。如果忽略站在一旁想招呼他却被他无视到彻底的粮店掌柜的堆得如小山一样的粮包、盛放着很多粮食的一溜儿大缸、摆放各种粮食样品的大竹匾，还有打开了口任君选择的盛放粮食的布袋子等非常接地气的粮店背景，这就是一个玉树临风的有匪君子降落凡尘。但现实是，这些背景真实存在，而孙达生却视若无睹，好像纡尊降贵地来到这里，只摆了摆手，让粮店掌柜的不要管他，就没有再发生一点声响。面对孙少爷这种理直气壮地不买东西就是要站在这里看对面的做法，掌柜的能怎么办？他是看人看老的，知道什么人什么对待，如孙达生这样的，就是三个字，不能惹。

孙达生也不是来找粮店麻烦的，他进到这家粮店，是因为它的位置特殊，就在那家药店的隔壁。两家店应该是同一时期盖的，结构相同，都是前店后院加住宅的四合院布局，本来两家之间是有一道高墙阻拦的，而且因为乱世，两家之间的这道墙既高又坚固。可巧合的是，旁边的药店也是粮店老板的，这一片宅基地都是他的，他盖了一模一样的两处房子，一处租出去，给人家开药店，另外一处自用。不过，为了方便，这两所住宅之间，并没有砌墙，而是用了栅栏墙。栅栏墙前种了很多植物，比如荆棘和蔷薇什么的，长得非常茂盛，繁花似锦，成为一道天然屏障，完全能够遮挡住两个院子各自的“隐私”。但眼下却因为过了季节，红花绿叶都已经枯萎零落，只剩下光秃秃萎缩的花枝，也就失去了大部分的隔离和阻挡作用。也因此，站在粮店的院子里，或者店面里，都可以看到药店发生的事情。而孙达生到过药店后院，自然了解此情况，跟踪那辆汽车发现他们是到药店之后，他立即到了这里。

孙达生直觉今天的事儿不一般，刘大龙不仅带着二三十个人，这些人都荷枪实弹，十个人左右留在了外面，把这家药店能逃跑的每个门都看住。当然，他们也注意到粮店这里，在刘大龙的示意之下，五六个人站到了花墙这边警戒。在他们来到这边之前，孙达生只是坦然站在粮食袋子前，一副淡然高冷的样子，好像真的在看粮食，是一个买粮食的客户一样。掌柜的自然也知道厉害，不敢多说什么。孙达生对他的识趣很满意，拿起一把今年的新小麦在手中，好像细细看起来，其实一直关注着药店那边。

刘大龙带着如狼似虎的特务扑进来的时候，药店被打了一个措手不及，两个伙计举手投降，都说自己什么都不知道。刘大龙示意手下把他们带下去，然后带着人冲到了后面的正房三间门前。

正房的门紧关着，里面一点动静没有。刘大龙并没有立即上前，而是对身旁一个戴眼镜的三十岁的男人说了几句什么，孙达生没有听清他说什么，但看着他们的动静，孙达生猜到了他们要干什么，脸上显出厌恶。他犹豫了一下，终于没有站起来，而是继续隐藏着，静待后续发展。

孙达生眯着眼看着中山装，这个男人有些特别。他没有穿守备大队的制服，而是穿着中山装，虽然很破，但能看出来之前是有身份的文化人。他更没有带枪，对刘大龙态度虽然谦卑，但并没有如奴才一样，刻意讨好，好像还努力保持着几分尊严。刘大龙对他也有所顾忌似的，跟他讲话带着几分客气。中山装对刘大龙点头，示意没有错，然后跨上前一步，来到门前，冲着里面喊："孙报春同志，你出来吧！别躲着了，没用的！"

房间里面没有反应。中山装等了一会儿，对刘大龙比划了一个手势，嘴里却还在说："孙报春，孙部长，你是负责咱们县委的组织工作的，你知道我的脾气，只要有一线机会，我就不会放弃。可咱们的组织不行了，共产党不行了，我们要是再跟着他们瞎闹腾，我们都会玩完的……"

刘大龙看到中山装的手势，一点头，示意他继续，然后冲着手下一摆手，几个特务就放轻脚步冲到了门前，两个人一左一右守在门前，另外一个人站在门前，抬起脚，一脚踹开了门。门并没有插着，而是虚掩着，特务还没有用力，门已经开了。几个特务刚要往里冲，门里面却冲出一个人，冲着特务就撞了过来。冲在最前面的特务猝不及防，被他撞了一个仰倒。刘大龙一看，连忙喝道："抓住他，别让他跑了！"

几个特务连忙扑上前，把撞倒一个特务拼命往外横冲直撞冲出去的人给堵住，一个特务抡起手中的枪冲着那个人的脑袋就是一下子，那个人倒了下去，一道血流了出来，他蜷缩在地上，一动不动了。特务上前要按住他，可没想到他并没有昏过去，等特务到跟前的时候，他一脚踢过去，踢开了冲上来的特务，又要跑。刘大龙大喊："废物！都是废物！这么多人还按不住他一个！"

特务们被刘大龙吆喝着发狠，几个人一齐上，那个男人很快就被按住了。刘大龙走到他跟前，狞笑着抬起脚，就踹了他一脚。男人并没有因此被打倒，而是依然抬着头，倔强地瞪着他！

刘大龙却不惧他，大声笑着，对后面的中山装说："哈哈，这就是你说的那个硬骨头？！"

中山装上前，看着被特务抓住头狠狠按住的那个男人，眼中闪过复杂的神色。孙达生也仔细辨认，这位是不是他认识的那位孙大夫。眼下的他虽然非常狼狈，但能看出他是一位文化人。他是一位三十岁左右的男人,原本梳得非常整齐的头发现在被汗水、灰尘和鲜血打湿，乱糟糟的，挡住了他脸上流下来的血。脸上的血渍干了，新的血又流了下来，让现在的他像一个地狱中浴血而来的厉鬼，让人看了骇然。孙达生一眼看上去，就非常敬佩这个人，因为他那双眼睛，怒火没有让他变得疯狂，那眼睛因为愤怒而燃烧，亮得惊人。

那喷出来的火，是仇恨的怒火，看着中山装走到自己面前，一口痰吐向中山装："宋斐然，你个叛徒！我们的同志会处决你的！"

那口痰来得很急，宋斐然没有能躲过，落在他右脸上。刘大龙示意，一个特务冲着年轻男人的伤腿就是一脚，嘴里喊着："老实点儿！"

第九节 黑暗中的亮光

听到他们的对话，孙达生大概能猜到这是怎么一回事了！这样的事情，在板浦并不是第一次发生。中山装应该叫宋斐然，他跟这个孙报春应该都是共产党，也就是他们称呼的"同志"。孙达生虽然不知道那个宋斐然为什么叛变，但他能肯定的是他是当了婊子还要立牌坊的叛徒。这家药店应该是共产党的一个据点，这叛徒带着常备大队来抓人。

孙报春被踩得弯下了身子，又被特务架住。离得那么远，孙达生都能看到他脑袋上冒出的豆大的汗珠，可见其疼痛之巨，可他控制着自己，并没有发出尖叫，当然更没有屈服。

叫宋斐然的中山装抬起手，用袖子擦了擦脸上的痰，绽开了一个笑容。角度问题，孙达生看不清他的表情，但却能感受到这个人的阴险和无耻。

宋斐然看到孙报春的样子，却突然笑了，那笑容的含义孙达生听不出来，可他听着那笑声，一股凉意让他打了一个冷颤。

只听那宋斐然的声音响起：“哈哈，吐得好！孙报春，是我给你讲的马克思列宁主义，是我把你引进共产党组织的，我是你的入党介绍人，也是你宣誓的见证人！现在，我已经不再信马克思了，更脱离了共产党，你送我一口痰，我们之间也算是好聚好散了！”

孙报春狠狠盯着宋斐然：“宋斐然，你不提我也忘记不了，你当时是如何给我讲马克思主义信仰的！你说，这个世道，受苦受难的都是穷人，是因为剥削者掌握着国家机器。只有全世界无产者联合起来，拿起武器，跟反动派侵略者做斗争，才能有和平、自由、富强的新中国！”

孙报春把满腔的愤怒和仇恨放在语言中，恨不得化作一支支利箭，将这可恶的叛徒万箭穿心。他说得很快，刘大龙叫人堵住他的嘴，被宋斐然拦住。宋斐然脸上带笑，非常耐心地听着孙报春的话。

孙报春两眼的怒火喷射出来，他瞪着宋斐然：“可你，你这个叛徒！你数典忘祖，背叛了自己的信仰，你不配当人！你被荣华富贵收买，出卖自己的同志，踩着同志们的尸骨，苟且偷生，你活着，是灌云的耻辱！我相信，不管是今天还是明天，抑或是后天，灌云人民一人一口唾沫，就会把你淹死！”

孙达生听着孙报春的话，虽然并不了解他们说的信仰和主义，但看着孙报春脸上的忠诚，想着当前灌云的环境，心中产生强烈的认同感，像宋斐然这样的无耻叛徒，人人得而诛之！

宋斐然却没有恼羞成怒，而是淡然鼓掌：“我教你的这招煽动群众的方法，你算是学到家了，我为此感到高兴！可是，孙报春，你错了，你说得再好，你的演讲你的话语再有说服力，能让那些泥腿子老农民们都听你的，可这又有什么用呢？他们跟着你，你就能给他们吃饭吗？别忘了，你自己还吃不上饭呢？你看你现在，你被刘队长打了一枪，还要被抓走，如果你坚持你的信仰，不投降，等待你的，只能严刑拷打之后的死亡！可那些泥腿子老农民们，因为你没有给他们吃饭，你死了，即便觉得你冤枉，你很可怜，可有谁站出来帮你啊？谁来解救你呢？或者谁来替你说句话？”

孙报春脸上神情坚定，并不为所动：“现在他们只是没有意识到你们这些凶徒刽子手的残忍，终有一天，他们会拿起手中的锄头、扫帚还有板凳，砸向你们这些卖国贼刽子手的脑袋，让你们的枪再也不能射出子弹，让你们的刀，再也不能残杀我们的同胞，我们的亲人！”

好像一个人在黑暗中独行，没有方向，没有希望，只有疲惫！可这时候，有人点亮了一根火柴，尽管只有微弱的昏黄的光亮，却完全改变了这个独行者的命运，让他走上了一条完全不同的路！此时，孙达生感觉到热血在心中沸腾，一股力量激荡着他让他不由自主地朝前迈了一步，可不注意之下，差点让他踩到粮食袋子。孙达生朝旁边一闪，堪堪避开，他的理智也回来了。他这么冲上去，等待他的结果是什么？想到这里，孙达生停住了脚步。

宋斐然冷笑：“蝼蚁尚且贪生，何况人呢！你不要觉得自己这样做如何高尚伟大，他们只会笑话你傻，你死你活该！”

孙报春嘴角现出轻蔑：“别给自己的懦弱和背叛找理由了！你贪生怕死，以为别人跟你一样吗？你敢跟我一起出去，跟灌云的老百姓们说说吗？”

宋斐然：“激将法对我不管用，我既然选择了国府，选择了蒋委员长，我就为党国尽忠肝脑涂地在所不辞！”

孙报春：“无耻叛徒的话也能信，我就不是这个下场了！哈哈，刘队长，你要是跟他一起，你将来的下场你已经看到了！”

刘大龙的脸色一变，宋斐然眼中闪过一丝狠毒，可心机深沉的他，并没有立即反驳，而是绕过孙报春和特务，走向正房。

看到他的行动，孙报春脸色一变，他顿了顿，立即转向刘大龙，突然哈哈大笑："刘大龙，你怕了吧？！我告诉你，他宋斐然就是一条毒蛇，他会咬我们共产党，就不会咬你们啊？这还是他告诉我的呢！说你刘大龙刘副队长表面上是常备大队副队长，暗地里却是灌云最大的私盐贩子，你吃咱们灌云盐民的肉，喝他们的血，把盐价压到最低，去讨好你的日本主子，你就是灌云最大的汉奸卖国贼，你做的那些丧尽天良的丑事，就该千刀万剐！"

刘大龙脸色变了，他上前来，用手枪对准孙报春："你个共党分子，胡说八道！你这是污蔑，我要毙了你！"

孙报春毫无畏惧，笑对枪口："想杀人灭口！好啊，来吧！不过,您灭了我不管用啊,还有人知道的！这可是赤裸裸的把柄！臭汉奸，人人得而诛之！"

孙报春毫无顾忌地挑拨刘大龙跟宋斐然的关系，宋斐然明知道他的目的，可看着刘大龙投向自己的阴森狠毒的目光，也不能不停住脚步，回头来对刘大龙解释。

宋斐然："刘队长，他这是挑拨，你要是信了，你就上他的当了！而且，我猜，他这么多废话，拼命拖住我们，肯定是为了掩饰某种目的……"

孙达生听到这里，暗自点头。他其实早就看出来了，孙报春被抓住之后，跟他们各种扯皮，就是为了吸引他们的注意，拖延时间，让屋子里的人有机会逃走。而宋斐然在被孙报春几次侮辱之下，还能想到这一层，此人心计之深沉，让孙达生又给他记下了一笔。

刘大龙当然是没有看出来的，他现在满脑子就是孙报春说出他跟日本人来往的事情，也不管宋斐然说什么，冲着孙报春就要开枪，一个特务从人群外跑了过来，大喊着："队长，刘队长，县长发话，要您回去！"

刘大龙手一顿，冲着跑到跟前的特务就是一脚："瞎逼逼什么？你没看老子正在执行公务吗？"

特务倒在地上，没有领会刘大队长的意思，急赤白脸地喊："您快点儿回吧！许大队长正在队部发脾气了，您这里带宋先生出来公干，没有请示汇报，他说您这是先斩后奏、擅自行动，把您办公室都给砸了，正等着您回去算账呢！"

刘大龙急了："我这是县长亲自批示的，怎么能算作擅自行动？想黑我是吧？许继泰是吗？我倒要看看，谁要跟我刘大龙过不去！"

来报信的特务回答不上来，宋斐然走过来低声劝他："队长，谁背后下手来阴咱们，可以回头慢慢查，眼下先回去，许大队长既然敢这样说，县长那里肯定是通了气的，您要是不回去，事情怎么样，还不是他们说了算！您要是被他给告一记黑状，县长那里也不好替您求情的！虽然咱们不怕他，但面子上总要过得去。"

刘大龙眼睛一瞪："宋斐然，你是不是要我走了，你好给你的'同志们'求情啊？"

宋斐然脸上现出一丝鄙夷，就没有见过这么蠢的人，但他很快就掩饰了，还是那一张面无表情的死样子："您现在是我的主子，我的命都在您手上，我给他们求情，谁给我求情啊？"

刘大龙听到这话，才满意地点头："你明白就好，跟着我干，就是要一个忠心，升官发财没问题；要是想跟我玩阴的，嘿嘿，我手里的王八盒子可不像我这么好说话！"

宋斐然低头："是，卑职明白！"

刘大龙眼珠转了转，招手让宋斐然到自己耳边，低声说了几句话。宋斐然点头："卑职明白！"

刘大龙还是不放心，又点了几个特务留下，然后让特务押着孙报春走："带上他，跟我走！"

宋斐然看着刘大龙一伙人上车，脸上还是没有表情。留下的一个特务小头目走过来，阴阳怪气地支使宋斐然："喂，宋书记，刘队让我们抓共产党，我们怎么抓啊？"

宋斐然："我听欧兄弟的！"

小头目不屑："别跟我称兄道弟，我是刘队的兄弟，可不是你的兄弟！"

宋斐然面色不变："知道了！"

小头目："我说你那一副死样子摆给谁看呢？我可不是刘队，不会听你胡说八道！快点儿干，老子早起还没吃饭呢！"

宋斐然更加面无表情地盯着小头目，小头目被他盯得火大，一巴掌打在宋斐然脸上："看什么看？不服气啊？你个白眼狼儿，我就知道你没安好心眼儿！"

宋斐然嘴角被打出血来，他的头都没动，眼睛狠厉地盯着小头目。小头目瑟缩了一下，但马上就又抬起了手，又要打下来。宋斐然这次却没有让他打，伸出右手，抓住了他的手，淡淡地："姓欧的，适可而止！"

小头目不甘心，用力想抽出手去，却抽不动，气得大喊："姓宋的，你个共产党，我早就看出来了，你就是没安好心，等我收拾你……"

宋斐然一把推开小头目，转身朝正房里面走去。

小头目还想追上去，却不知为什么迈不开腿，只能气急败坏地骂了一句："什么东西！不用哪天，老子做了你！"

宋斐然好像没有听见，听见也不会理他，而是小心翼翼地推开了正房的门。

远远看着宋斐然跟特务们的动作，孙达生既悲凉，又惊讶，还有一丝隐隐的兴奋！

悲凉是因为外敌入侵，同胞还在自相残杀，惊讶的是，他早就知道国共两党之间的斗争非常残酷，但这还是他第一次如此近距离看到国民党对共产党的赶尽杀绝。孙达生听说过马克思主义，还看过一些这方面的书籍，其中的观点他很赞同，跟国府立国之本的三民主义有共通之处的。他也知道中国共产党的存在，知道政府主要的兵力和警力都用在了所谓的"剿匪"也就是剿灭共产党这方面。就是在他爷爷的全英学校，也有中国共产党的存在，他曾经远远地观察他们，也偷偷去看过他们的演讲和集会，还一时兴起帮他们发过传单。可孙达生对这些领导工农罢工起义的共产党并不了解，他的世界跟他们的距离很远。但这次，他亲眼目睹了共产党员的奉献和牺牲，面对国民党政府的屠刀，他们慷慨赴义，大义凛然，用生命唤醒民众的觉醒，这令孙达生肃然起敬！在这一瞬间，孙达生幼稚的心里不由自主地涌起一句话，那就是：他们是真正的英雄，他们是中华民族的希望，他们是灌云人的骄傲！

更让孙达生气愤的，是灌云县政府的行为。日军都侵略到家门口了，他们不思如何对敌，还在屠杀自己同胞，这样的政府，灌云人民又如何能够依靠他们呢？

即便对这些根本不感兴趣的孙达生，也不得不思考这些问题，可他知道，即便去问灌云县的奠基人之一、江苏省议员的爷爷孙伟农，他也给不了正确答案！不过，这个怀疑的种子一旦种在心中，或早或晚都必须发芽生长开花结果，也就是说，从这时候开始，孙达生就已经开始自觉探求这些共产党先烈用鲜血和生命提出的问题，那就是如何用热血和生命来换取家乡的和平和富强。

第三章　紧锣密鼓

不论是天灾还是人祸，对人类带来的打击都不是文字所能描述的，西元1937年的中国，更是一个真正的乱世灾年，人命不如草芥。而灌云，这个云山灌水围绕的千年宝地，这个因为煮海之利而自古繁华的神奇海州，面临的就是帝国主义铁蹄的入侵，是举着屠刀疯狂杀过来的日寇!

1937年12月13日，中华民国在南京保卫战中失利，首都南京沦陷，华中派遣军司令松井石根和第6师团长谷寿夫指挥侵华日军，于南京及附近地区进行长达六周的有组织、有计划、有预谋的大屠杀和奸淫、放火、抢劫等血腥暴行。大量平民及战俘被日军杀害，无数家庭支离破碎，南京大屠杀的遇难人数超过30万。

南京是中华民国首都，南京沦陷，于灌云来说，就相当于日军已经打到家门口。日寇屠城南京，灌云的战火已经点燃，灌云人民如何挺身而出用生命和热血捍卫这一片热土呢?

第一节 他卖了所有的汽车

灌云板浦，恒通运输公司。

从板浦南门洪河北岸，到城区的穿心河（如今已经改成中大街），从地面向下，打着很多木桩。木桩上铺着木板或者块石，组成了板浦的船运装卸码头。从千年之前板浦小镇开始煮盐开始，这些码头就承担着船运装卸任务，是为板浦港。古时候，板浦还是海中小岛，黄海还没有向东移，从隋唐到清代的两淮盐业机关均有派驻板浦的官吏；在板浦还设立了海关，征收进出船只税款，所以，板浦既是海港，又是食盐集散的内河港口。

可现在，到了西元1937年，板浦码头的无限繁华却已经褪色不少，自打民国二十四年陇海铁路通车以来，板浦盐场出产的盐斤，有一部分由新浦经火车运到外地，板浦港吞吐盐斤量相应大减，虽然还是有不少船只扬帆载着白花花的盐包往来于盐河和洪河之间，可相对于混凝土浇筑的“T”型码头的燕尾港、陈家港和堆沟港等新兴盐务港口来说，板浦港已经逐渐开始走向没落。

可即便跟过去没有办法比，但谁也不能否认，板浦港还是灌云重要的水运码头之一。而从板浦南边进去，沿着洪河北岸直到城区的穿心河铺成的大街上，商号林立，道路通达，毫无疑问是板浦的商业繁华区。虽然战事临近，很多商铺已经关门，而即便开着的商铺也门可罗雀，少有生意上门，可从那些气派的红漆大门、张扬的貔貅石狮、古色古香的牌匾，还有透过花墙看到的私家园林，都可以看出，这些商号的底蕴。可今天让所有灌云人瞩目的，却不是这些盐商机构或者百年老号，而是一家成立了十几年的运输公司。

这家名为“恒通”的运输公司，位于洪河北岸跟穿心河平复大街相交的东北角，坐北朝南的一个三进院子，朝南的地方并没有院墙，只有一米高的花式铁栅栏，后面两进却是两米高的围墙，墙头上还放了一些玻璃和铁渣子。铁栅栏旁边种植了很多带刺的植物，虽然现在只剩下枯枝残叶，但从已经被西风摧残但还顽强跟栅栏一起面对凛冽西风的枝叶密集程度来看，不难想象夏季以及秋季一墙鲜花的繁华似锦。

当然，吸引眼球的，并不是这家公司的花式铁栅栏围成的大门，更不是树在栅栏门旁边的那块白底黑字的毫不起眼的招牌，而是一辆一辆驶进院子的汽车。

是的，人们没有看错，恒通运输公司遇到大事儿了，铁栅栏门大敞着，一辆一辆威风锃亮的汽车，顺序驶进运输公司两亩多大的第一进院子里。灌云人，尤其是板浦人，对汽车并不陌生。早在二十几年前，也就是民国初年，灌云县境首次出现汽车，虽然只是过境军队的拉炮卡车，但也毕竟是实打实的烧油汽车。然后是位于板浦的淮北盐务机关也买了一辆汽车。又过了十来年，也就是民国十三年，灌云乡绅张步成买了四辆汽车，开创了第一家汽车公司，开始板浦到新浦之间的客运，偶尔也做一些货运。后来的几年中，板浦又开了四家汽车公司，到了现在，县内的汽车数量已经高达百余辆。

到了现在，汽车在老百姓眼中，已经不是特别新鲜的东西，除了达官显贵、盐商乡绅的私家车之外，灌云四大运输公司的汽车，也是可以花钱租来坐的。这就是所谓的出租车。可对老百姓来说，这十几辆车的车队在眼前一一驶过，跟原来院子里面放着的汽车一起，一共有二十多辆车，也是让人大开眼界的！这恒通运输公司的老板，能够拥有这么多汽车，那真称得上是家财万贯了！

此时，这个腰缠万贯的老板，正对着面前的人语气殷殷："君年，孙老弟，你真决定了？没有一点儿回缓的余地了？"

恒通公司的这个老板，四十出头，虽然已经不年轻了，但看起来非常干练。他穿一身半旧的中式短打扮，棉布做成的衣服非常普通。但左上衣口袋外面露出一个拴着怀表的金链子，大拇指上戴着一个帝王绿的墨玉扳指，显示了这个人的身份。国字脸上，剑眉朗目，眉间深深的川字纹，不仅没有让他看起来衰老，反而更添几分男子汉的力量。虽然已经染上了岁月的沧桑，但眉眼间还能看出曾经的俊俏，不过，时间的沉淀让他宛若一把出鞘的利剑，不愧是黑白道通吃的灌云一方霸主，就算是已经很低调内敛了，走近他也能感受到他强大的气场。

他就是段淑礼，是灌云新任县长的夫人段淑琴的哥哥，也是这拥有三十多辆汽车、四五十艘船只，还有一个人力车行的灌云最大运输公司的老板。这样的人不说在灌云，就是在整个海州，也是跺一跺脚地面都会颤三颤的实权人物，此刻却虎目含泪，紧紧握住面前男人的手，想让他改变主意。

“决定了！不改了！段大哥，你了解的，当前的形势，容不得我们再有丝毫犹豫了！”男人的声音充满了坚定，目光透过玻璃窗看向外面那一辆辆汽车，努力控制着那一丝留恋和一丝不舍。

这个男人跟段淑礼身高相仿，看起来比他稍微年轻一些。他穿一件靛青长衫，身材修长，看起来有些单薄，五官有些平凡，唯有一双深邃细长的眼睛，让这个人有不输于段淑礼的气势。他是孙君年，段淑礼的同学好友，也是祥云汽车公司的老板。不，更确切地说，是前汽车公司的老板，他拥有的汽车，已经卖给了段淑礼，就是窗外正在顺序往里面开着的那些汽车。刚才，段淑礼已经把十五辆汽车的钱结清给他了，他也接收了孙君年公司的汽车司机，跟他们签订了聘用合同，现在他们把汽车开了过来，等段淑礼这边的经理把汽车检查完，再入库就银货两讫了。这十几辆花费了他所有家当的汽车，就跟他没有关系了。当然，他也可以利用这些钱去干迫在眉睫的大事了！

想到这里，看着自己熟悉的汽车，眼中闪过一丝留恋，但想到了什么，他立即挥去了这一刻的软弱。转过头，他紧紧握住段淑礼的手："段大哥，感谢你这次伸出援手，这些车要不是段大哥要了，那我就要被别人狠狠宰了，还拿不到钱！如果那样，损失钱财是小，耽误了大事儿，我怎么对得起家乡父老啊！"

段淑礼听了这话，脸上现出一丝郑重："君年，咱们之间，不需要说这些！如果你只是需要钱，那大哥这边……"

孙君年打断他："大哥，您知道我要干什么，借钱是不行的！要救国要抗日，就要贡献自己的全部！我的母亲和妻子也都是支持的！"

段淑礼脸上有些动容："你是说，这些钱你都去买了武器？那游击队的事情也是真的了？"

孙君年点头："我正要跟大哥说起这件事！日本人的舰队，就是那日本人的海军陆战队，已经占领了连云港附近的车牛山岛，他们正在计划登陆，到时候我们灌云危矣，东海乃至整个国府南京，都面临着灭顶之灾！"

段淑礼脸色更加沉重起来："不会的！日军的海军陆战队只是一个营级大队，人数有限，而我们灌云驻扎着那么多军队，他们要是妄想进攻灌云，那绝对会让他们有来无回。"

孙君年脸上却现出忧色："我当然也希望这样！可是，我还是担心！大哥消息这么灵通，知道淞沪和南京的情况吧？"

段淑礼没有回答，而是站起来，走到窗前，看着外面阴霾的天空。孙君年却激动地："想必大哥已经早就知晓了！蒋介石跟国府集体搬到山城重庆，南京落入敌手，在南京的中国人，任人宰割！虽然新闻广播里没说，但长江里中国人的血，都从海里流到灌云来了！"

段淑礼语调低沉，语音沉痛悲壮："我们的将士尽力了，从淞沪抗战到南京保卫战，四个月的时间，几十万将士血洒疆场！我们的武器，还是落后了许多！"

孙君年："那我们也不能坐以待毙！强寇入侵，杀我同胞、毁我家园，就是用血肉、用身躯，也要跟敌人血战到底！"

段淑礼有些动容，更多是沉重："战是一定要战的，我们中华泱泱大国，绝对不能让小日本欺凌奴役！可我们现在考虑的，是怎么战！"

孙君年激动地看着段淑礼："我就知道大哥肯定是为了国家舍生忘死的人！"

段淑礼却已经冷静了下来："君年，你先别激动！我不是反对你抗战，我认为，我们要谋定而后动。"

段淑礼安抚要反驳的孙君年，继续说："我知道你有一腔热血，保家卫国，但也要有个章程！就凭你那点儿钱，买了武器，也大部分是农村里的土造儿，最好的结果，也是别人淘汰出来的汉阳造！就这点儿武器，武装起来的队伍，也只能是乌合之众！我担心，真上了战场，也是拿我们灌云人的命去当炮灰！"

段淑礼的话毫不留情，孙君年脸露尴尬，还有不服气："好歹我还有武器呢！乌合之众又如何？自古哪个英雄是知道自己一定会胜利才会挺身而出的？保家卫国，为国捐躯是无上光荣，我不悔，我们都不悔！"

段淑礼目光如箭，盯着孙君年。孙君年毫不退缩，语气中的慷慨激昂一点都没有退缩："段大哥，你比我有见识，身手也好，天南海北的也都去过，我就想，只要大哥肯出面，扯起这面大旗，那在咱们灌云，肯定是一呼百应。只要像大哥这样德高望重有一定影响的人，都站出来，登高大呼，号召我们灌云人组织起来，就算是没有日本人那么精良的武器，但我们这么多人，男女老少齐上阵，一人给他们一下子，也能打得他们屁滚尿流，滚回他们的老窝去！"

段淑礼的眼中出现了赞许："这话说得好！就是这么一个理儿！我虽然没有你读的书多，但道理你大哥我懂！国家兴亡匹夫有责，放心吧，就算我这个只会耍弄拳脚的粗人，也知道不能当亡国奴的！"

孙君年高兴："那大哥这是答应我了？太好了，我这就告诉他们去，我大哥肯出来当这个队长了！大哥，我跟你说啊，我们游击队现在……”

段淑礼提高了嗓音阻止他：“君年！慎言！”

孙君年脸上的笑容淡了下去：“大哥！你觉得我说错了？我哪句话说错了？你要是不愿意的话，就当我没说！我们的抗日队伍，是需要人，越多人越好，要是所有的灌云人都拿起武器来跟日本人抗争，那他们就是有钢刀大炮，我们也能把他们打得屁滚尿流！”

段淑礼看着他激动气愤的样子，叹口气，刚要说什么，院子里传来一声断喝：“孙君年，你给我滚出来！”

段淑礼跟孙君年都一愣，孙君年咬牙切齿地就要往外冲：“是孙一喜这个混蛋，真是无耻之尤！他还有脸出来，我要杀了他！”

段淑礼一把拉住他：“站住！”

孙君年满脸受伤：“段大哥，你要帮着他？你知道他做了什么吗？他知道我急着用钱，趁火打劫，要用三个大洋买我一辆汽车！日寇进攻卢沟桥之后，我就要卖了汽车筹钱，却被孙一喜这个汉奸得到了信息，百般阻挠，一直没有卖出去，这才找到大哥头上！”

段淑礼：“我知道，我都知道，我是……”

段淑礼的话还没说完，一个嚣张的声音就从门口传了过来：“给你三个大洋，那是给你脸，就你那堆破烂，白给倒贴，我还没地方放呢！”

随着话音，段淑礼办公室门打开了，一个大腹便便的中年人站在门口，他身后跟着两个五大三粗的保镖。

第二节　我怕得手都要抖了！

这个不请自来，仿佛根本看不到孙君年愤怒和段淑礼冷漠的人，就是灌云首屈一指的大盐商——孙一喜。此刻，他已经大摇大摆地走进了屋子，大大咧咧地坐到了堂中的太师椅上，翘起了二郎腿，手一伸，旁边的一个保镖立即低头弯腰地递上一根雪茄，另外一个保镖连忙上前，拿出火柴，给他点着。孙一喜把雪茄放到嘴边吸了一口，吐出一口烟圈，挑衅地冲着站在堂屋正中正一脸戒备看着他的孙君年，还有面沉似水、冷冷盯着他的段淑礼。

看到仇人，孙君年眼睛冒出怒火，气得直哆嗦，挣脱开段淑礼，走到孙一喜面前，指着他大骂："无耻！卑鄙！孙一喜，你脸皮怎么这么厚？你不配当一个中国人！不,你不配当一个人！"

孙君年还没有冲到孙一喜跟前，一个狗腿保镖就站了出来，挡住了他，打掉他的手："你怎么说话呢？见到我们孙老板，你还敢在这里瞎逼逼，不想活了是不是？"

孙君年更加气愤了，冲着保镖就抬起了手，要打过去："汉奸卖国贼，人人得而诛之，你这狗腿子，给我滚开！"

孙君年的手被保镖拦住了，他根本不是那个五大三粗保镖的对手，那个人抓住他的手，顺势一推，孙君年就被他推倒在地上。保镖上前，要用脚踩孙君年，段淑礼过来，一脚把保镖给踹飞。

段淑礼："放肆！"

保镖被段淑礼踹到一旁，段淑礼指着孙一喜："滚！带着你的狗，给我滚出去！这里不欢迎你！"

孙一喜却不以为意，大笑出声："哈哈，段老板可不是这样意气用事的人！我可是你的大客户，你这运输公司，要是没有我老孙家的盐，你的收入，可要大大缩水的啊！"

段淑礼嗤之以鼻："哼！我段淑礼在灌云也有名有号的，我倒要看看，没有你这孙老板，我这运输公司是不是就要喝西北风！"

孙君年已经站了起来，指着孙一喜大骂："孙一喜，你不过是靠卑鄙手段抢夺孙校长家的盐田才发了家，现在你有两个臭钱，想在灌云一手遮天，欺行霸市，鱼肉乡里，你就不怕走出这个门去，就被那些受害者给千刀万剐了？！"

孙一喜却不理孙君年的怒骂，而是看向段淑礼："段老板也这么看？"

段淑礼沉沉看着他，并没有开口说话。

孙君年是希望段淑礼出声支援自己的，可他没有出声，孙君年心中有些难受。但愤怒让他忽略了心里的这点儿不适，冲到孙一喜跟前，又要指着他大骂。段淑礼却抢先一步，挡在他身前，对孙一喜说："孙老板，我这里有事情，没有时间招待你，我更不想跟你谈生意，请你离开！"

孙一喜狂妄："段老板这是怕了？谁跟钱有仇啊！要跟我合作，以后灌云的运输，都是你段老板说了算！"

段淑礼喝道："孙一喜，我说了，我不感兴趣！你不要欺人太甚！这是我的公司，我的地盘，我也没有请你来！请你出去！"

孙一喜脸上的笑容慢慢消失了："看来，段老板是打算跟他一样了？"

孙君年高兴了："是个中国人都应该这样选择！孙一喜，你别以为我不知道，你那日本人主子派你到这里来的目的！"

孙一喜脸色一变，指着孙君年大声为自己辩驳，语气非常嚣张："放肆！什么汉奸，什么卖国贼？你信口雌黄，胡说八道！孙君年，我跟你说，你污蔑人，找死啊！"

随着他的话音，两个保镖冲着孙君年就走了过来，要对他动手。孙君年根本不怕，还要跟他们硬拼，段淑礼却拉住他，走到一边的太师椅上坐下。保镖顾忌段淑礼，没有动手，看向孙一喜。

孙一喜脸色更加阴沉："段老板这是要庇护孙君年到底了？你就不怕得罪我？如果我记得不错的话，你这运输公司的生意，有一大半是我公司的业务吧？你信不信，只要我一句话，你这些手下，就等着喝西北风了！"

孙君年站起来要说话，段淑礼按下他，低声说："不要冲动，一切我来对付，你别跟他硬碰硬！"

段淑礼转身对孙一喜，正式地："孙老板，你刚才说的，我都听见了，你的来意，我也明白了。我自己的生意，我自己很清楚，就是喝西北风，我段某人也认了，就不劳您费心了！现在，请你离开这里！"

孙一喜狠狠盯住段淑礼："你跟他是一伙儿的！你知道我是谁的人吗？"

段淑礼："我不管你是谁，我是一个生意人，只想正正当当做生意，别的不想管。"

孙一喜："做生意？我看你就是共产党！"

孙一喜这一句话出口，众人都愣了。孙一喜第一个反应过来，也意识到自己失言了，可他并没有慌乱，好像觉得自己发现了什么，上下打量着段淑礼："你买了孙君年的汽车，让他拿着钱去买枪支，给共产党游击队，你这不是做生意，你这就是帮着共产党！许队长可是说了，共产党可是赤匪，只要发现，就要抓了。"

孙君年实在忍不住了，大声喊着："孙一喜，你这个汉奸，日本人都打到家门口上了，你还叫嚣着抓共产党，你就是家贼，是日本人的内应、中国人的叛徒！抗日的就是共产党是不是？我看你早就巴不得把所有抗日的人都抓起来，好让你的主子打进来，你好安心给他们当狗！"

孙一喜啪地一拍桌子："孙君年，你找死我就成全你！"

两个保镖冲到孙君年跟前，掏出枪来指着他的脑袋，只要孙一喜一声令下，他们立即扣动扳机，孙君年的命就没了。孙君年一点都不怕："我看谁敢开枪？孙一喜，你算什么东西？放你的狗上来杀人，这国家就没有王法了吗？我孙君年就不信了，你一个盐商，光天化日之下，就敢草菅人命，谁给你的这个权力？”

孙一喜冷笑：“王法？我就是王法！有钱就是王法！你的书都读到狗肚子里去了？不知道什么时候都是谁的拳头大谁说了算吗？”

孙君年：“嘿嘿，我还真是没听过，这是你孙一喜的理论吧！你敢不敢出去跟灌云的父老乡亲们说说！”

孙一喜一个眼色，保镖一脚踹在孙君年身上：“找死啊你！给我老实点儿！”

孙君年被打得身子一缩，倒在地上。保镖还要上手打，段淑礼上前，一脚踢向他，嘴里喝道：“住手！”保镖被踢到一边去，孙君年趁机冲向孙一喜，全力一撞之下，一下子把他给撞倒在地上。孙君年抢过他的手枪，比着他的脑袋，大喊：“都给我住手，要不然我毙了他！”

包括段淑礼在内的人都停了下来，愣愣看着孙君年用一把手枪顶着孙一喜的脑袋。孙一喜则侧倒在地上，长满油腻的脑袋低了下来，却并没有开口求饶，好像一点儿都不怕死：“孙君年，你要是敢动我一根汗毛，我就让你死无葬身之地！不，我让你全家都死无葬身之地！”

孙君年哈哈大笑，用枪给了孙一喜的头一下：“我真怕啊！你在我们灌云是横着走的，你说让谁死就让谁死，我怕得手都抖了！我这手一抖啊，就控制不住要用力，我这一用力啊，就要扣动这扳机的啊！要是我全家都死无葬身之地，那你这个汉奸必须在我们前面啊！”

孙一喜一听，吓得赶紧把头低下了：“你别冲动啊！你把枪拿好！那可是我花了好几十个大洋，从德国买来的，特别好使，你这手一哆嗦，子弹就会跑出来的！”

在场的众人脸上都现出鄙视的目光，孙君年更是一脸得意：“要让我的手不哆嗦，也不是不可以。”

孙一喜："你说！你赶紧说，说什么我都答应你！"

孙君年："答应就好！其实很简单，你就回答我几个问题就行了。"

孙一喜："我说！你问什么我都说！"

孙君年："起来！"

孙一喜："啊？"

孙君年："不是在这里说，在这里说还真是便宜了你！你干的那些卑鄙无耻给你祖宗蒙羞的事儿，我们都知道了！可灌云老百姓们不知道，灌云的那些头头脑脑不知道，还有那些一心抓共产党的兵老爷们也不知道！"

孙一喜一愣："你说什么？什么事儿给我祖宗蒙羞？你胡说八道什么？我什么都没做！你诬蔑我！"

孙君年："我是不是污蔑你，让外面的父老乡亲们听听，评评就行了！"

孙君年逼着孙一喜站起来往外走，孙一喜墨迹着不想动，孙君年毕竟没有经验，有些着急，推着孙一喜起来的动作幅度比较大，手枪就离开了孙一喜的脑袋。孙一喜抓住这个机会，用他肥胖的身子朝孙君年一顶，孙君年就被他给撞倒在地，早就等在周围的保镖连忙上来，一脚把孙君年给踩在地上，另外两个保镖则上前来，把孙一喜给扶了起来。

孙一喜脱离开孙君年，立即变脸，冲着殴打孙君年的两个保镖下命令，恶狠狠地："打，给我往死里打！打死了算我的！"

保镖点头就要打孙君年，段淑礼冲了过来，一脚踢开保镖，大喊："来人！"

话音刚落，脚步声响起，六七个彪形大汉跑了进来。他们站到段淑礼面前，冲他弓腰："老板！"

段淑礼冷笑看着已经被惊呆的孙一喜还有两个保镖："不给他们一点儿颜色瞧瞧，还以为我这里是菜市场，想干什么就干什么呢！"

运输公司的人低头应是之后，就冲上前去，对着孙一喜跟两个保镖拳打脚踢。孙一喜大声呼喝：“段老板，你这是要草菅人命啊！我这就去县府告你，你给我等着！”

孙一喜一把把护着自己的保镖推向那几个人，朝着堂屋的门口就跑了过去。可他刚跑了一步，还没有出门，就跟一个人撞在一起。

孙一喜块头比较大，又走得急，他自己没怎么样，倒是把对方给撞出去几步。情急之下，孙一喜并没有仔细看，以为还是段淑礼的手下，大声喊着：“给我滚开！再挡着老子的道儿，老子到县长那里告你们，你们都是赤匪，都是共产党！县长大人都把你们抓到大狱中，统统杀了！”

段淑礼本来看到他要跑，往这里走了两步，却在看到被孙一喜撞到的人后，停住了脚步。看到自己的人已经控制住了孙一喜的人，段淑礼示意自己的人停下，然后走到孙一喜跟前，开口道：“好啊！孙老板赶紧去告，我就怕你不敢告！”

孙一喜挣扎着要起来，嘴里却还是输人不输阵地叫嚣着：“谁不敢谁是孙子！强龙还不压地头蛇呢！就是县长来了，也要先拜我这个山门！到时候，我就跟他好好说说你们这群共党是如何杀人如何闹共产的！”

被他撞倒的人已经站立起来，从上面俯视他：“哦，那我倒是要听听，他们这群共党是如何闹共产的！”

第三节 你们都是共产党

孙一喜还兀自强撑着，是他大意了，他刚才就想到了，自己忽略了什么，听到段淑礼喊人进来，才想到了，这是段淑礼的地盘，段淑礼是灌云黑白两道儿通吃的人物，势力不在自己之下，他怎么就这么容易带着人闯了进来，而且还能在他面前“撒野”呢！原来，这是段淑礼这个老东西在欲擒故纵，想抓住自己的小辫子啊！可他孙一喜也不是吃素的，他绝对不能放过孙君年。就算是没有日本人的吩咐，孙君年的汽车公司他也一定要拿到手，因为这家的汽车虽然不是灌云最多，但质量却相对而言是最好的，那是孙君年拜托在德国留学的同学从国外买过来的，而是都是从汽车制造公司新提出来的新车。而其他汽车公司的汽车，大部分都是从上海市或者南京等大城市淘汰出来的二手车，发动机陈旧，有的还是事故车，总是需要维修。因此，获悉孙君年要出售汽车后，孙一喜立即带着人到孙君年的公司，跟他说自己要他的汽车。他知道孙君年是因为日本人来了，不敢再经营下去了，或者急需用钱，他就想趁人之危，不花钱把这些汽车收入囊中。因此提出了给他二十个大洋一辆车的垃圾收购价，孙君年当然不会同意，就是卖废铁，一辆车也不止这个价格的。可孙一喜却不加价，还带人把几家想买孙君年汽车的公司或者个人警告了，不听话的还上门找人家的麻烦，反正就是除了他，谁也不能要孙君年的汽车。孙君年当然不愿意让孙一喜这个无赖得逞，他放出话来，如果汽车卖不出去，就是砸了，沉到海里，也不会给孙一喜。孙一喜仗着背后的日本人，更加嚣张，也在灌云乃至海州放话说了，这些汽车只能他的人来开，别的人谁开谁倒霉，就是不倒霉，他也要让开车的人死无葬身之地。孙君年走投无路，这才找到了段淑礼。

段淑礼跟孙君年都是板浦乡村师范学校的学生，虽然是上下届，但因为两个人都曾参加过县政府的考试，成为县府的公务员，两个人也算是能谈得上来的朋友，还有过工作上的交集。只不过孙君年在县府做县长秘书，段淑礼则进的是工商局，负责本县的企业和商业，交集并不多。孙君年开办的是汽车公司，主要经营的是灌云本县的客运，而段淑礼的运输公司，则是老段家好几代人一直在干着的，水陆运输都有，包揽的是以盐斤运输为主的货运。段淑礼虽然有汽车，但是自己家人开的私家车，并没有用来拉客做生意。孙君年没想过求助于他，可段淑礼知道孙君年的计划后，却主动联系他，要收购他的汽车，给出的价格也非常公道，在战争一触即发的紧张形势之下，还比市场价要高出两成。孙君年知道这是段淑礼在支持自己的抗日计划，所以，虽然有些过意不去，但还是很感谢他的支持。孙君年了解段淑礼，知道他的人脉和影响，更知道他的财力，如果他能扛起灌云抗日的大旗，那局面肯定要好得多。因此，孙君年才在“送货上门”的这一天，跟段淑礼见面，想劝说他出山，成为孙君年刚刚成立的抗日游击队的大队长。可早就派人监视着孙君年的孙一喜，也得到了消息，在孙君年的汽车开到恒通公司的时候，带着人过来想搅黄他们的生意。

孙一喜也不傻，知道段淑礼不好惹，硬来肯定不行，就想从孙君年身上入手，只要孙君年不敢卖给段淑礼，段淑礼想干涉也干涉不着的！因此，孙一喜才一直冲着孙君年招呼的。可段淑礼却不让他如意，跟孙君年站在一起，护着他跟自己对着干，孙一喜干脆一不做二不休，把段淑礼也拉下水。

孙一喜看得很明白，当下这个局势，即便从南京方面来讲，从上到下的国民党当局都认为，日本人不可怕，可怕的还是共产党。所以，他直接就把这盆污水泼到了段淑礼跟孙君年身上，只要他一口咬定，段淑礼跟孙君年是共产党，就算是拿不出证据，也够他们俩喝一壶的！当然，孙一喜这么笃定，是因为他刚跟许继泰联系了，知道新上任的灌云县长张文明，就是靠疯狂抓、杀共产党才从一个中统小办事员，几个月之内提升为县太爷的。尝到了甜头，又给了他这么大的权力，他如何会放弃这一块肥肉？虽然灌云是一个县，但张文明到了这里，也是主政一方，军政都是他说了算，他还能收手，把沾满了共产党鲜血的屠刀放下，成为抗日英雄？

基于这份了解，孙一喜才敢如此嚣张地隔空喊话县太爷，要跟他举报。听到段淑礼跟刚来这个人的话，拿定主意的孙一喜想都没想，立即张口喊："段淑礼跟孙君年勾结，建立游击队，那游击队里都是共产党，他们也是共产党！"

段淑礼哼了一声："拿人拿赃捉奸捉双，你说我是共产党，你有什么证据，拿出来吧！"

孙一喜："证据我当然有，但不能现在拿出来，静等着你杀人灭口啊！"

段淑礼："那你要怎么样才能拿出来呢？"

孙一喜大喊："我要见县长！在他面前，我才能把你们是赤匪的证据拿出来！你，还有你，谁都不用想跑！"

孙君年大喊："拿不出证据来，你就是诬蔑！你空口白牙说我们是共产党，我们就是啊？我还说你是汉奸呢！你没有证据，我可是有的！"

孙一喜瞪着孙君年的眼中闪过一丝阴狠："孙君年，别忘了我刚才的话！你是共产党，你不怕死，但你别忘了，你的老父老母，你的老婆孩子，他们要都为了你死了，呵呵！"

孙一喜敢当着面就威胁孙君年，让孙君年非常愤怒，孙一喜早就给日本人做事，把灌云盐场出产的白花花的盐都送给了他的日本主子，日本军队打过来了，他更是有恃无恐，大肆掠夺物资，杀害抗日人士，侦探灌云的军防，为日本人攻占灌云做准备。对日本汉奸，孙君年恨不得喝孙一喜的血吃他的肉，可他也是刚刚知道孙一喜的所作所为，至于他怎么知道的，以后再说，当务之急，既然孙一喜赶了过来，那孙君年就是拼着这条命不要，也必须让所有的人都知道孙一喜的真面目！所以，就算知道孙一喜带着四个保镖，他也跟孙一喜针锋相对、丝毫不让。

孙君年："怎么，心虚了？承认你是汉奸了？拿我全家的性命来威胁我，我就怕了你？……"

"君年，别说了！"段淑礼出声阻拦了他说出更多的话，为了民族大义，孙君年不怕死，但段淑礼却不能让他这样无谓牺牲，他要保护他。他了解孙一喜，知道孙君年说的八成是真的，他不是不想揭露孙一喜的丑恶面目，可现在不是时候！

孙君年虽然还是有所不甘，但他还是知道好歹，狠狠瞪着孙一喜，闭上了嘴。段淑礼转向孙一喜："孙老板的意思，我明白了！你是说，我们都是共产党，你带着人闯进我的公司，打了我的朋友，还要抢走我的财物，就是因为我们是共产党？你一个盐商，大有茂盐业公司的大老板，为了政府来探查我跟孙君年这两个共产党来了？"

孙一喜昂首挺胸："对！为了国府，为了委员长，我孙一喜粉身碎骨万死不辞！"

孙君年嗤笑出声，同时还有另外一个人，也就是跟孙一喜撞在一起的那个人也发出了意味不明的声音："哦！"

段淑礼不动声色："你探查的结果要是非要跟我们县长大人说，那你现在就是要我放你去找我们新上任的县长？"

孙一喜："算你识时务！一会儿见到县长，我会给你求一下情的！"

段淑礼："那我不是要感谢你了？"

孙一喜得意："以后我公司的生意，你都给我一个半价就行了！老段啊，你说一个腰缠万贯的大老板，手握着咱们灌云的这么多条河，这哪条船哪条马路没有在你手心里啊？这要是放在古代，你就是漕帮老大，跺一跺脚灌云颤三颤的人物，你跟他们那帮穷腿子瞎搅和什么啊？我会跟咱们县长大人好好说说，你一定是被他们给蛊惑的！他们自己穷，什么都没有，搞什么罢工啊、暴动啊……"

段淑礼打断他的长篇大论："废话少说，你看看他是谁？"

段淑礼指着那个新来的已经进屋坐到了太师椅上，正用一种打量的目光看着他们的男人。他戴一顶礼帽，穿一身中规中矩的黑西装，里面是雪白的白衬衣，白色西裤，坐在太师椅上，不动声色。看他的做派，孙一喜知道他并不是段淑礼的手下，但他也猜不透他的身份，所以，他并不敢轻举妄动，摇了摇头："除了县长，我谁都不能说！”

段淑礼冷笑：“你怎么就知道他不是县长呢？你见过他？”

孙一喜愣了一下，又盯了一眼那个人，突然笑了：“段老板，你这玩笑开得大了啊？你不就是想吓唬我，让我不要把你们是共党的事情说出去吗？你敢找一个人来假冒县长，你就不怕被戳穿了他让你家破人亡啊！”

段淑礼：“看来，你还真是没有见过咱们的新县长啊！”

段淑礼指着那个人：“我来给你介绍一下吧！这就是我们灌云新来的县长，张文明张县长！”

孙一喜跟孙君年都瞪大了眼睛，看向张文明。张文明摘下礼帽，露出那张方方正正看起来非常正派的脸，冲孙一喜点头示意，一副公事公办的样子：“鄙人张文明，前几天就任灌云县！孙老板是吧？有什么事儿你可以跟我汇报！”

孙一喜不相信：“不可能！怎么会这么巧？张县长他不会这样的！”

张文明跟段淑礼都没有说话，看傻子一样看着孙一喜。孙一喜看着张文明又看了看段淑礼，有些明白了：“你，你们是什么关系？县长怎么会到你这里来？”

段淑礼：“什么关系就不用说了，你有什么话跟他说就对了！或者，你说说张县长会怎么样？”

孙一喜还没有开口，孙君年急了，走到张文明面前，抱拳行礼：“张县长，你好！”

张文明对孙君年的热情非常受用，绽开了一个矜持的笑容，对他点头：“孙老板是吧？听说你把自己的汽车行给卖了，要投身抗日大业中，精神可嘉！我一定会找机会在全县嘉奖你！”

孙君年不以为意：“县长过奖了，表彰就不用了！这是我应该做的！我相信在张县长的领导之下，每一个灌云人都会拿起武器保卫自己的家园的！”

张文明点头：“这话说的是！我会跟咱们灌云百姓一起勉力

抗日的！”

孙君年被鼓励到了，更加激动，没有看到段淑礼给他的眼色，指着孙一喜就开口说：“那请县长先把他给抓起来！他是汉奸卖国贼！”

张文明的脸色一变，盯着孙君年没说话。孙一喜恼羞成怒，大喊：“你这是诬蔑！这是犯法的！县长，他就是妒忌我，气恨我比他有钱，不买他的汽车！”

孙君年：“我绝对不是诬蔑！你那大有茂盐业公司的盐斤，一丝一毫都没有留给咱们中国人，都孝敬了你那日本鬼子了，这个你认不认？！”

孙一喜：“胡说八道！我的盐场晒出来的盐，我卖给谁要你管！”

孙君年：“你卖给日本人就是不行！日本人是侵略者！他们侵略我们中国，在我们中国的国土上烧杀抢掠……”

张文明打断他：“孙一喜孙老板，你是大有茂盐业公司的董事长？”

孙一喜：“是啊！”

张文明：“你们公司现在产量是多少？公司经营多少年了？现在铺设了多少滩涂？”

孙一喜愣了，他不明白张文明怎么问了这么多问题，不是在说汉奸共产党什么的吗？可面对张文明的温和询问的目光，他还是回答了：“公司是我们老孙家祖上就有的，我们老孙家十几代之前就到灌云了。老孙家祖先当时变卖了家当，在板浦铺了二十条滩涂……”

这还唠上家常了，孙君年有些着急了：“张县长，你别听他说这些没用的！我跟你说啊，他就是日本人的走狗，日本人要是打到咱们灌云啊，他铁定是冲出去给敌人开门的！……”

张文明不说话，目光在孙一喜跟孙君年脸上睃巡，孙一喜小眼睛一转，大声说：“张县长，你别听他胡说，他是共产党，他就是要打倒我们这些资本家才栽赃我们的！”

张文明赶在孙君年张口之前，张口问：“你说他是共产党，你有什么证据？他有什么活动吗？他的组织是在哪里？”

孙君年傻眼，孙一喜脸上露出喜色，段淑礼脸色沉沉，想说什么，但到底没有说出来。屋子里一时间没人说话，安静了下来。张文明笑了：“怎么都不说话了？刚才不是都抢着说吗？孙老板，哦，我刚发现，你们都是孙老板啊！”

孙一喜赔笑，孙君年还没有从打击中出来，两个人还是没有说话，因为他们都弄清楚张文明的意思。

张文明却指着孙一喜：“孙老板，你是不是还不相信我是张县长啊？我跟你说啊，我活到这么大，还没有发现过有人冒充过我呢！我告诉你们，我就是你们的县太爷，张文明！孙老板，可以验明正身，如假包换！”

孙一喜：“鄙人不敢！不敢！”

张文明：“那你还有什么不敢说的？”

孙一喜被肥肉埋没的小眼睛闪过一丝精光，他下意识地看了一眼段淑礼，才谄媚地：“张县长，我敢，我说！”

孙一喜好像赚到十万袁大头似的，指着孙君年说：“他就是共产党，我看见他跟赤匪有接触过！”

张文明：“哪个赤匪？在哪里接触过？怎么接触的……”

孙一喜刚要回答，段淑礼走到张文明面前，盯着他：“张县长，你到我这里来，是来查共产党的？”

张文明抬头看向段淑礼，眼中闪过一丝不耐，但他立即换上了笑脸，虽然努力表现出一种亲民的笑，看起来还是有些高高在上的样子：“大哥，当然不是！我是过来看望您的！”

孙一喜看看院子中自己被控制着的手下，看看段淑礼，又看了看张文明，不说话了。

段淑礼：“哦，你既是看望我的，那就不要在我的地盘说这些根本没有根据的污蔑之言，还是你信了他的话，认为我也是共产党？”

段淑礼咄咄逼人地看着张文明，张文明脸上露出一丝恼怒，刚要说什么，门外一声娇声呼唤传了进来：“大哥！琴儿来看你了！”

随着话音，一个女子踩着高跟鞋蹀蹀从外面走了进来。

第四节　我就去灌云的义庄看你

跟孙一喜的谈话被打断了，张文明眼中闪过一丝嫌弃，但他立即掩饰了，脸上的笑容更加灿烂了，他故意不理孙一喜跟孙君年，站了起来：“琴儿来了！”

进来的人确实是段淑琴，她身后跟着县长秘书杨富贵，他手中提着大包小包的礼品。段淑琴冲向段淑礼：“大哥！大哥！我想死你了！你想我吗？”

段淑礼看向扑过来拉着自己手、像小姑娘一样摇晃的段淑琴，眉头皱了起来：“都多大了，还跟哥哥撒娇！这么多人看着，像什么样子？”

段淑琴却不怕段淑礼的冷脸，眼中泪光盈盈：“再大也是你小妹！哥哥，你是不是不想我？这么多年没见，你都不疼我了！”

段淑礼看她泪眼盈盈的样子，心立即软了，眼中全是心疼，他打量着段淑琴。段淑琴今天穿了一身月白色的旗袍，掩映出绰约优美的身材。她化着精致的妆容，白皙的脸上配着淡淡的胭脂，外罩一件白貂皮的大氅，脚踩一双三寸高的红色皮鞋，手上挎着一个月白色牛皮小包，配上一头飘逸的长发，整个人看起来非常时髦风流。

妹妹过得还算幸福，这是段淑礼看到段淑琴得出的结论，捎带着对张文明也有了一丝满意。但段淑礼还是板着脸：“怎么又哭了？是不是他欺负你了？”

段淑琴一跺脚：“哥哥还是那样促狭！你明知道我是见到你高兴才哭的！”

段淑礼笑着抚摸了一下段淑琴的头：“我们琴儿长大了，都知道哥哥促狭了！”

段淑琴假装生气，甩开段淑礼的手：“臭哥哥，都一年多没有见面了，你都不说想我，就会训人！”

段淑礼的脸上现出一抹温柔：“好，是哥哥不好！我宝贝妹妹回来了，大哥一定要好好陪你！”

段淑琴含着眼泪笑了：“这还差不多！”

段淑琴这才看向张文明：“明哥，你们怎么还站着啊？等着，我把大哥的好茶都找出来，给你泡来喝。大哥这里可都是好茶啊，嗯，就选你最喜欢的金骏眉吧！”

段淑琴走向多宝阁找茶叶，张文明赔笑：“大哥，琴儿还是那样随性，这是不跟您见外，您别介意啊！”

段淑礼恢复了面无表情：“我介意什么？琴儿是我亲妹妹，这里就是她的家！她要喝一杯茶，我还介意了？”

张文明被当着这么多人落下了面子，脸上闪过恼怒，却不敢发泄出来，表情也讪讪地：“我不是这意思。”

段淑礼没有表情：“那你是什么意思？你认为我是共产党，是赤匪，所以，不喝我的茶叶？”

孙一喜脸露惊讶，孙君年松了一口气，张文明脸色变得难看，低下头去，掩饰了眼中的愤恨，抬起头，又是一脸亲和的笑容：“大哥，您误会了，我的意思是，这位孙老板既然都跟我说了，我就要调查清楚，不能让他们随便诬陷大哥不是？”

段淑礼表情没变：“你心里明白就行！”

段淑琴找来了茶叶，泡上了茶，给张文明端了过来：“明哥，喝茶。”张文明却把茶杯端给段淑礼：“大哥为长，先敬大哥！”

段淑礼：“琴儿给你的，你就喝吧！”

张文明还要让，一个管事走了进来，对段淑礼说："老板，车齐了，一共十六辆汽车。"

段淑礼点头："都检查完了？"

孙君年走了过来："放心，这些汽车，都是我从德国柏林汽车制造厂亲自挑选的，肯定没问题！最早的也就开了三年多，跑了几万里的里程，性能什么的，都是最好的！"

段淑礼点头："君年，你就先回去，剩下的事儿，我们下来再谈。"

孙君年还想说些什么，可看了看孙一喜还有张文明，只能不甘地咽下去："好。"

看着孙君年转身要走，孙一喜急了，他喊道："不准走！"

众人都看向他，孙君年脸上现出嘲讽："怎么，孙老板，还想霸占我的汽车？光天化日之下，你就要抢劫别人的钱财，我真不知道该说你是找死呢，还是作死呢？"

孙一喜有些着急："这汽车既然段老板想要，那我就送给段老板了……"

段淑礼打断了他："你送给我了？你算哪根葱？这汽车是你的？"

孙一喜知道自己说错了话，连忙找补："段老板，我不是这个意思！我是说，这单生意既然您做了，那我就成全您！"

段淑礼："你成全我！我需要你的成全？"

孙一喜被段淑礼毫不客气地撅了一个对头折，还想说话，被段淑礼冷声打断："还是你非要诬蔑我是共产党，叫咱们张县长抓走？"

张文明连忙张口："大舅哥说笑了，谁不知道您对孙先生的忠诚，对三民主义的信仰啊！您怎么会改弦易辙跟共产党有关系呢？！"

段淑礼："谢谢张县长的信任啊！不过，孙老板这口口声声地说我是共产党，难不成跟我有仇，非要置我于死地？"

孙一喜汗流了下来："不敢！是我搞错了，刚张县长都说了，您是坚定的国府人员，是国民党，怎么会是共产党呢？"

段淑礼："你不是要在县长面前把我是共产党的证据拿出来吗？县长就在你面前，请你拿出来再走吧！"

孙一喜眼中故意闪过慌乱："哪能呢？段老板开玩笑了，您不是共产党，我怎么有证据说您是共产党呢？没有，我也从来没有说过我有证据！"

孙君年嗤笑出声："你要是能把拉出的屎吃回去，段老板就相信你刚才没说过有证据！"

孙一喜则指着孙君年："我说过这话，不过，我是说你！你是共产党！"

张文明："证据呢？光说不行，你还要拿出确凿的证据来！"

孙一喜："他卖了汽车买枪支弹药！"

孙文明："私买枪支？"

孙君年："孙老板怎么不说我买枪支干什么呢？"

孙一喜："干什么还用我说？那肯定是为了给那帮泥腿子抢钱抢粮的，这不是你们共产党的拿手好戏吗？"

孙君年冷笑出声："你口中的那些泥腿子，是抢了粮食，可他们抢的却是他们自己辛苦种出来的粮食！他们抢的是他们拼了命劳动应该挣到的工资！他们抢的是为了让他们活着的救命粮……"

张文明的脸色沉了下来，段淑礼打断了孙君年的话："君年！你先回去！"

孙君年还有些不甘，看了段淑礼狠厉地阻止他的眼神，还是把到嘴边的话给咽了回去，看了一眼孙一喜和张文明，点头，转身走了。

段淑礼示意，一个手下跟了过去。张文明看到了，眼光一闪。孙一喜也要走，对张文明告辞："张县长，相逢不如巧遇，咱们有缘，在段老板这里遇到了，不如我做东，请大家去楼外楼吃一个便饭吧！那里的杭帮菜很地道！”

段淑礼不假辞色：“我怕我有那个嘴吃，没那个命尝！”

孙一喜看着张文明：“哪能呢？张县长，您看，您一起赏个脸？”

张文明蠢蠢欲动，段淑礼转身回去，坐到了椅子上，喊：“管事，送客，关门！”

张文明送孙一喜到门外，冲孙一喜抱拳：“来日再聚！孙老板改日可以到县府去，咱们灌云的新一届领导，拟制定一项亲民计划，欢迎灌云老百姓去跟我们反映情况。”

孙一喜刚要答应，屋子里面传来哗啦一声，是茶盏掉地摔碎的声音。张文明脸上现出愤恨，脸上的笑都挂不住了。孙一喜善解人意地连忙告辞：“张县长留步！我那里还存着一斤今年刚下来的大红袍，真正的武夷山树上的大红袍，请您品鉴！”

张文明点头：“好，改日再聚！”

张文明朝屋子里面走去，孙一喜看着他的背影，满是横肉的脸现出一丝狞笑，这丝笑意渐渐扩大，如果孙达生在这里，看着他这位猥琐卑鄙的堂叔，听到他的心声，一定能听到他的得意嚣张大笑，想大声地告诉每个人都知道：这就是灌云新上任的县长，可真有意思。

有意思的张文明张县长可没有觉得今天有意思，他站在门前，看向里面。段淑礼的那些手下已经下去了，屋子里就只有段淑礼兄妹两个。张文明看着坐在太师椅上不动如山的段淑礼，心里很复杂。能抓到共产党大鱼的机会生生被这个大舅哥给放走了！不过，他记住了这个孙君年了，下来要怎么做就跟段淑礼没关系了。至于孙一喜说段淑礼是共产党的事儿，他是不信的，因为他了解他的这位大舅哥，那就是一位地道的商人。商人重利，恨不得占尽天下之财物，怎么会跟那一伙儿共产共妻的泥腿子有关系呢？

当然，虽然不承认，但作为一直供养他的衣食父母，用钱给他铺平升迁之路的大舅哥，他是打心眼里不愿意他跟共产党有关系的！正如此刻，他从门上的窗户上看到段淑礼正伸手抚摸着妹妹的头，段淑琴娇俏地给他递上一杯茶，兄妹两个相处非常融洽，好像根本没有分开七八年一样。

也不知道为什么，张文明觉得眼前的这一幕非常刺眼，他非常不想看到。所以，他大步上前走进屋里，段淑礼跟段淑琴都停住了说话，向他看来。兄妹俩都盯着他，那眼光看得他无比心虚。张文明想过去，却迈不动腿；想说话，却张不开嘴，就愣在了那里。

段淑琴笑着跑了过来，拉着张文明："明哥，快来，今儿个啊，把你的那些工作都给扔开，跟大哥好好亲近亲近。"张文明任由段淑琴拉着，来到段淑礼面前，扬起一脸讨好的笑，对段淑礼说："大哥！好久不见！"

段淑礼沉沉盯住他，并没有说话。张文明脸上的笑容淡了下来，刚才当着那么多人下他面子，现在还要他嘴上服软，跟以前一样讨好他，这还是当他是原来那个穷小子，那个要靠着他们段家吃饭，从而对段家卑躬屈膝的张文明。可他不是了，他已经发达了，是人上人了，他衣锦还乡，成为这灌云的一县之长了！无论是政府还是军队，还是这灌云的老百姓，都要听他的，都是在他的管辖范围之内。就是盐场，那些富得流油的大盐商，也要给他八分面子，而段淑礼只是灌云县一个小小商户，他怎么敢这么对待自己？心里这么想着，脸上就带出来了，委屈、不忿等表情不能让他们兄妹看见，低下头去，掩饰了奔涌而出的那份阴狠和狰狞。

气氛僵住了，段淑琴看出来了，把张文明推坐到椅子上，笑着调节气氛："哎呀，明哥，回家了，就别外道了，来，坐下，好好跟大哥说说话。"

段淑礼脸色缓和了一些，但还是没有表态。张文明咬牙，但他现在还不能跟段淑礼翻脸，只能暂时妥协。他抬起头来，笑着说："大哥，我知道您是生我跟琴儿的气，我们来到灌云有些时日了，今天才过来看您，可是我们也有苦衷的！”

段淑琴给段淑礼剥了一个橘子，递到他嘴边，娇嗔地：“大哥，明哥回到了板浦，就投入了工作，每天早出晚归的，我都见不到他，您就别怪罪他了。”

张文明：“是的，大哥，大敌当前，咱们灌云要准备的要做的，是千头万绪，您都想象不出来，有多少公务等着我处理，我恨不得生出来三头六臂，就是把所有人都用上，还不能把手头的事儿做完。”

张文明虽然是诉苦，但却是赤裸的得意和炫耀。段淑琴是真心为丈夫骄傲：“是啊，大哥，明哥刚到燕尾港就落了海，这几天都是带病工作呢！”

段淑礼敏感地抓住了关键：“落海？怎么落海的？有人对你下手了？”

张文明脸上现出尴尬，暗中气段淑琴提起了这档子事儿：“不是，是意外！我自己不小心踩空了，落下去的！”

段淑琴对段淑礼全心全意依赖，什么都不瞒他，张嘴就想说出实情，却被张文明打断。张文明暗中瞪了段淑琴一眼，满脸赔笑对段淑礼：“大哥，你不用担心，就是掉下去喝了几口海水，其他什么事儿都没有的！”

段淑礼一拍桌子，想指着张文明破口大骂，但他想到了什么，控制了自己，放低了语音，但语气还是冷冷地：“我没瞎，你要是有事儿，我就去灌云的义庄去看你了，而不是你到我这里来追查共产党！”

第五节　你的命是我的

张文明一下子站起来，脸色涨得通红，指着段淑礼就要反驳。段淑琴一看不好，跑到张文明前面，直接挡住段淑礼，娇笑着说："别急！别急！都坐下，有话好好说！大哥，你好好说话，别训明哥啊！"

段淑礼只盯着张文明，张文明的脸色一变再变，最终还是服了软，勉强笑道："大哥，是我不好！我也是不想大哥担心，其实真没什么，就是我们刚到灌云的时候，在码头上不小心踩空了掉到海里了。"

段淑琴拉着他的上衣角拽了拽，哀求地看着他，段淑礼看着她眼角细细的皱纹，暗暗叹了口气，变缓了口气对张文明："文明，你跟小琴结了婚，是我的妹夫！我是把你当做家人来对待的，要不然这么多年，你包括你的家、你的父母，你在职上的费用，我从来都不等着你开口，都是主动给你送过去。你也算是做官了，在官场上，得有当官的样子，你的秘书，还有你的保镖，这都是必须要有的。好，我给你配上。你爹你娘的胃口，越来越大，他们使唤的丫头，一年的开支都超过了五十个大洋。五十个大洋啊，张文明你知道这是多少钱吗？如果用来买人，能买二十几个丫头小子了；如果用来吃饭，一户普通人家够吃上三年多了，你娘却说她用一个丫鬟要用这么多钱！"

段淑礼的声音并不大，听起来很低沉，却非常有力量，好像一支支利箭，直击张文明的内心。他的脸涨得通红，想说什么，却一个字也说不出来，只能用低下头的动作来表示自己的难堪，更掩饰他的愤恨和狰狞。

段淑礼的话还继续响着："你知不知道这些事儿，我不感兴趣，我只要你知道，我这些年都是按照这个标准，给你们老张家家用的！”

段淑琴瞪大了眼睛，根本不相信自己听到的，她从来不知道这些事儿的：“哥！”又拉着张文明的手：“不会的，明哥，这不是真的！”

张文明的声音低得像蚊子哼哼，谁也听不清他说什么。看着妹妹泪如泉涌，哭得好不可怜，段淑礼觉得差不多了，也不再揪着这个不放了，放缓了语气：“文明啊，我说这些，并不是要你还钱，也不是要你感恩，我段淑礼给妹子一家花钱，是我心甘情愿。你是我妹夫，你官越做越大，是你老张家坟头上冒青烟，更是光耀我段家门楣的事儿，我求之不得！”

张文明这才抬起头来，站起来眼中闪着泪光，冲段淑礼行礼：“大哥，文明知道你的良苦用心，你都是为了我好！我保证一定不负你的厚望！”

段淑礼示意他坐下，神色变得郑重而严肃：“文明，你是一县之长，你的肩上，是咱们灌云这几万人的性命啊！你千万不能掉以轻心啊！”

张文明内心不以为然，面上诚惶诚恐：“是，文明明白！”

段淑礼语气沉痛：“日本鬼子狼子野心，畜生不如，你是从国府南京来的，知道的比我多，看到的也比我多，东北就不用说了，华北也沦陷了，上海跟南京都已经落入敌手，眼下，日寇正在对我们中国人我们的同胞进行屠杀、奸淫……”

心中的悲伤沉重，让段淑礼说不下去了。段淑琴上前握住他的手：“大哥，您放心，明哥知道，他来了就组织人开会，一定会保护好咱们家乡的！”

段淑礼点头：“这就好！国难当头，当先抵御外敌，其他的都等把敌人打败再说！文明，你明白我的意思吗？”

张文明不得不表态：“明白！日前接到上司的公文，第五战区的抗日动员委员会已经成立，咱们海州的动委会也马上要成立了！”

段淑礼精神一振，竟然大声喝彩：“好！我早就盼着呢！有了委员会，就可以把抗日活动给组织起来，我们就可以让灌云的老少爷儿们行动起来，跟小日本干！”

张文明却没有一丝振奋，事实上，早在1937年10月下旬，国民党政府为了阻止华北日军沿津浦线南下，决定以徐州为中心，设立第五战区。在中国共产党的影响下和全国抗日救亡运动高潮的推动下，司令官李宗仁在徐州发布《约法七章》，主张坚持抗战，肃清汉奸，成立民众抗日动员委员会，允许民众有集会、结社、言论、出版自由。11月底，成立第五战区民众抗日总动员委员会（动委会），李宗仁是主任，聘请国民党的党政要人和苏鲁皖三省的知名人士任委员，并邀请中共苏鲁豫皖特委书记郭子龙为动委会委员，中共铜山工委书记郭影秋任动委会组织部总干事。

让张文明感到沮丧的是，共产党参加了动委会，这就意味着，共产党组织要公开了，他们不能再给他们冠上“赤匪”的罪名随便抓捕杀害了。而来自第五战区司令部的命令中指示，各县也要成立民众抗日总动员委员会，共产党肯定不会放过这个机会的！

一直盯着张文明的段淑礼，看出张文明的算计跟敷衍，心头那股不悦和厌恶挥之不去，但看在妹妹的面子上，他不能跟张文明撕破脸，只能语重心长地希望点醒张文明：“那我希望你就不要再派人去监督打扰孙君年了！我可以担保，他不是共产党！你大哥我，也不是共产党！”

张文明连忙解释：“大哥，我没有怀疑你……”

段淑礼抬手示意他不要激动：“孙君年是卖了汽车是打算买枪支弹药的，但他是用来打日本人的！你作为县长，不仅不能派人去查他抓他，还要大力弘扬、全力支持的！”

张文明眼光闪了闪，连声应是。段淑礼这才满意了，他继续说：“文明，你是我妹夫，咱们一家人不说两家话，我是一个武夫，可我也知道，共产党是抗日的，国府应该停止针对共产党的行动！”

张文明想辩解什么，但他看着段淑礼那黑得不能再黑的脸，出口的话就变成了：“是，我给他们开会，让他们不再抓人了！”

段淑礼满意地点头：“要想不被人戳脊梁骨，不当汉奸，不卖自己的祖宗，就要团结一切可以团结的人，利用一切可以利用的力量，全力抗日！”

段淑琴：“明哥！那你也要注意自己的安全！我不要你出事！你的命是我的，你说过，你这一辈子都是我的，我不同意你去战场卖命！”

段淑礼瞪着妹妹：“什么出事？那是为国捐躯，死得其所！如果每个人都贪生怕死，那还打什么仗啊？我们都投降去当亡国奴了！”

段淑琴被哥哥训，眼泪流了出来：“哥，你就是打我，我也要说，道理我都懂，可我就是不能让明哥去死！”

段淑琴哭得伤心伤肺，眼泪像打开的水龙头一样，不停地涌了出来。段淑礼想骂舍不得，想劝劝不住，只能瞪向张文明：“还愣着干什么，还不带着琴儿去见你嫂子！你嫂子前几天就等你们来呢！”

张文明一边答应着，一边拉着段淑琴朝外走。段淑琴却不跟张文明走，而是耍起了脾气：“明哥，你别听我哥的！你必须答应我，不上战场！你必须要好好活着，陪我一辈子！我不要当寡妇！”

张文明：“好，我……”

段淑礼喝道：“我看你敢答应她！段淑琴，张文明他是县长，日本人打到灌云，你不让他去迎敌，你让他当缩头乌龟啊？”

段淑琴的小脾气也上来了：“那也比当炮灰强！大哥，我已经有一位丈夫为了打日本人牺牲了，我不想再让明哥也跟他一样！”

段淑琴的话，让段淑礼跟张文明的脸色都变了。段淑礼指着妹妹，想教训，却颓然地放下手；张文明搂住段淑琴，低声安抚她。段淑琴哭得更大声了，好像觉得自己是这世间最委屈的人。

段淑礼虽然宠爱妹妹，舍不得让她受委屈，但他不能让段淑琴这样不明事理胡搅蛮缠，他走到段淑琴面前，喝道："别哭了！"

段淑琴被他的样子吓住了，停止了哭嚎，只是抽噎着看着他。段淑礼盯着段淑琴，一个字一个字地说："琴儿，我不想让任何人上战场，可日本人打过来了，我们要是不拿起武器抵抗，那他们的屠刀就会落到你们头上！"

段淑琴委屈："明哥是读书人，他是文职官儿，又不是战士，那么多军队呢，让他们去打！"

段淑礼："那些战士，那些军队，他们也是人！他们也有父母双亲，也有老婆孩子！"

段淑琴哇地又哭了："不，我不管，我管不了那么多，我只是一个普通的女人，哥，你不要这样对我，我害怕！"

段淑礼："我也怕！可是怕不行！"

张文明："是，大哥说得对！琴儿，我是政府官员，要身先士卒，要带头抵抗日本人的侵略！"

段淑礼点头："一鸣的事儿，不要在大生面前提起！对了，大生知道你回来了吗？你去见过大生了吗？"

段淑琴停止了哭泣，好像被问住了，张着嘴不知道说些什么。

灌云板浦，陇海贸易行。

天黑了下来，晚风开始新一轮的威逼、恐吓和驱逐。路上行人脚步匆匆，恨不得一步迈进家门，然后大门紧闭，深深把自己藏起来。

这是板浦十字大街上东西朝向的一条街东头，也是板浦的一条主要大街，但因为比较偏僻，虽然也有不少的商铺，但大部分还是客栈或者一些生产小作坊之类的。这里的民居年头都比较久了，看起来是前清时候修建的，几乎清一色的前店后院的结构，不同的是，有的大门维修过，看起来比较新，有的则还是之前灰扑扑的石头门。孙达生就坐在一个装饰一新的饭馆里靠窗的一个位子上，面前的桌子上摆着几盘菜，一盘是灌云云糕片，一盘海带丝，一盘酒醉螃蟹，一盘熏鱼，还有一盘五香兰花豆。菜都没有怎么吃，他对面的座位上还摆着碗筷，可骆远志却没有在这里。他没有喝酒，面前只放着一壶茶，茶杯里的茶已经凉了，孙达生的眉头皱得紧紧的，目光沉沉盯着酒馆斜对面的那扇大门。

那扇大门就是上次发现日本人的院子的正门，这个看起来非常平常普通的板浦民居，极有可能是鬼子的据点，孙达生跟骆远志怎么可能掉以轻心呢？孙达生之所以盯着孙一喜以及他身后的日本人不放，是因为他觉得父亲孙一鸣的冤案跟孙一喜脱不开关系。

孙达生一直在查父亲孙一鸣当年牺牲的真相，他虽然不说，但绝对不承认孙一鸣是汉奸。可那是东北战场，又过去了这么长时间，所有的线索都被人为抹平了或者被时间淹没了，但孙达生一直没有放弃。

说到这里，要简单介绍一下关于孙一鸣的事儿。孙一鸣是孙伟农的独子，少而聪敏，敏而好学，三岁启蒙后，一直就是灌云县有名的神童。可这个被称为有状元之才的孙一鸣，却在高中毕业后，弃文从戎，背着孙伟农严云初偷偷去报考了直隶保定陆军指挥学院，成为一名陆军士官。跟他一起的，还有孙伟农的义子张之信。这个年代，战乱频仍，当兵绝对是要去打仗的，上了战场就是把脑袋别在裤腰带上，说不准什么时候就死了！孙伟农跟严云初知道后，虽然也非常担心，但非常开明的他们，知道儿子的理想和志向，非常赞同他用武力拯救“积贫积弱的中国”的想法，催促着孙一鸣跟指腹为婚的段淑琴成亲后，就支持他去为国效力了。

孙一鸣跟张之信有文化，又肯下功夫，一路高升是必然的。九一八事变前夕，孙一鸣已经是东北军一营之长了，而张之信则是他的副手。日本人强占东三省，东北军放弃抵抗，被命撤入关内。孙一鸣给父母来信，也算是他的遗书了。他在信中表达了自己对这一命令的不满，字里行间表明，自己绝对不做那贪生怕死忍辱偷生之辈，要带着自己的军队跟日本鬼子血战到底。

第六节　岂有堂堂中国空无人？

孙达生当时只有十二岁，父亲在外征战，母亲段淑琴在省城教书，他跟着祖父母住在板浦。虽然也埋怨父亲总不回来看他，但跟父亲经常通信来往，父亲在他心中，就是英雄，就是偶像，他相信全能的父亲，手把手教他念“呜呼！楚虽三户能亡秦，岂有堂堂中国空无人”，“苟利国家生死以，岂因福祸以避之”等爱国诗句，小小的他热血沸腾，恨不得跟父亲一样上战场杀敌，保家卫国，为国效力。他相信父亲一定能杀退日本侵略者，凯旋而归的。可孙达生盼啊等啊，等来的却是父亲临阵倒戈，带领他的警卫连亲兵投降被就地歼灭的消息。孙一鸣跟他的警卫连一百多个人全部牺牲，还被当局定罪为“汉奸”，以叛国罪让全国唾弃！孙达生坚决不信父亲是汉奸，可政府定的罪，还通知当时灌云县县长来孙家问责，报纸上、广播里，连篇累牍的都是对孙一鸣成为汉奸卖国贼的讨伐，孙伟农气得吐血，进了医院；严云初去照顾他，段淑琴不顾段淑礼的反对，登报跟孙一鸣离婚，跟孙家划清界限。一个月之后，就跟同事张文明举办了盛大的婚礼。而孙达生的堂叔孙一喜则趁机鼓动族里的那些旁支，免去了孙伟农的族长一职，还联合老孙家的对头，高价雇用了一帮混混流氓，天天到孙家的大有茂盐业公司打砸抢，挑衅闹事，差点闹出人命来。

严云初不想让孙伟农再操心这些琐事，儿子牺牲了，那些身外之物她也保不住，就按照那些人的要求，把家中四十条圩子一百多亩盐田，被迫“送”给了孙一喜。一年以后，当孙伟农身体恢复出了院，才知道是孙一喜霸占了自己家的盐田。可当时孙达生患上严重的自闭症，几次自杀。要不是陈振中的父亲陈大壮用自己的生命救下他，老孙家唯一的一根独苗苗就死了。孙伟农心灰意冷，默认了孙一喜的趁火打劫，辞去县政府的所有职务，回到自己创办的全英学校当校长，照顾孙达生。

这件事虽然已经过去六年多了，但那次地狱般的噩梦，却从来没有从孙达生的脑海中离开。他一遍又一遍回忆那段时间父亲给他写的信，一个细节一个细节推敲父亲噩耗传来各方的反应。头脑聪明的他，另辟蹊径，从另外一角度分析，父亲被污蔑为“汉奸”后，谁是得利者，谁就是嫌疑犯。因此，孙达生锁定了两个人，一个是张之信，一个是孙一喜。张之信现在已经升为国军副团长了，而且行踪不定，孙达生暂时还没有办法去调查，他把精力放在孙一喜身上。不过，无论张之信还是孙一喜，造成父亲冤案的元凶，绝对是日本侵略者。所以，当知道孙一喜的主子是日本人之后，孙达生就知道只要跟踪监视孙一喜，就能发现线索。功夫不负有心人，随着日本人全面侵华，这家孙一喜盐业公司名下的商行，陇海商行，也就是孙达生跟骆远志上次发现现在盯着的这个院子，有不少的日本人出没。孙一喜的卖国行为更加肆无忌惮。这些年来，孙达生已经搜集了孙一喜卖国投敌的证据，他整理了给县政府省政府都邮寄过，可最终都不了了之，明显是有人给他压了下来。孙达生对国府的反动和腐败非常愤恨，也曾想过采用暴力手段，跟孙一喜玉石俱焚，可在父亲的沉冤得雪大仇得报之前，他绝对不能死去。

孙达生突然站起来就要离开，他不能再这样被动，总这样等待下去，会错失良机的。可他刚迈了两步，就看到一个穿着邮政服装的大胡子迎着他走过来。孙达生奇怪这是谁，这个大胡子看到孙达生却笑了，露出八颗洁白的牙齿，冲孙达生打招呼：“嗨，孙先生你好，要看报吗？头版头条，板浦中学学生会请愿，要求新县长开展抗日救国募捐大会！”

孙达生看着笑得一脸嘚瑟的骆远志：“说正事儿！”

对，这个大胡子就是骆远志装扮的，骆远志一张口，孙达生就认出他来了。骆远志不再装，一屁股坐在了椅子上，看到桌子上的菜，两眼放光，拿起筷子来就吃：“哎呀，饿死我了！”

孙达生冲着骆远志伸出手，骆远志吓得一躲：“哎呀，大生，你可不能这样对我！我可是为你跑得腿都断了，嗓子都冒烟儿！”

孙达生却拿起茶壶，倒了一杯茶，给骆远志：“喝水！”

骆远志有些受宠若惊，连忙接过来：“啊！大生，你给我倒水？”

孙达生点头：“喝吧！”

骆远志愣了，伸手要摸孙达生的额头：“你是不是发烧了？还是被什么附体了？你怎么会给我倒水啊？”

孙达生气了，动手去抢骆远志的杯子，骆远志连忙一口喝下杯中的茶水，喊着：“大生给我倒的第一杯茶，我必须要喝下去。”孙达生还是面无表情，但眼底却是一片温暖，走到一边坐下，看着骆远志吃饭。

骆远志好像真是饿坏了，狼吞虎咽地吃。孙达生却知道他这是难受了，骆远志虽然是一个吃货，但他更是一个美食家，他惯常的是细嚼慢咽，他的口头禅是，食物总能改变心情，像这样囫囵吞枣往嘴里塞的吃法不是享受，而是在发泄。孙达生按住他的手，问他怎么了。骆远志低下头去，嘴里塞满了食物，眼中却充满了哀伤。孙达生眼中闪过诧异和愤怒，能让骆远志如此失态的事儿，肯定不小。孙达生缓和了语气，让他赶紧说发生了什么事儿。

原来，孙达生跟骆远志都觉得，监视了这个院子一个多月了，没有任何进展，总等着也不是办法。骆远志主动请缨，化装成邮递员，上门试探一下。孙达生觉得这样可能有危险，骆远志拍着胸脯表示，凭自己的化装技术，就是跟孙一喜走对面，他也绝对认不出自己来。要想获取有价值的情报，就必须进到院子里，跟院子里的人接触，虽然非常危险，但别无他法，孙达生只能答应。孙达生跟骆远志约定，如果一个小时他不回来，他就过去，硬闯那个院子。骆远志要三个小时，他要做准备。

骆远志到一家理发馆给自己贴了一脸大胡子，然后花钱跟一个邮政人员买了一身衣服，又买下了他今天派送的所有信件。沿着这条大街，挨家挨户送报纸送信件。正好，这家商行还真有几封从外面寄过来的信件，骆远志没有敢拆开，只是记下了收件人的姓名和寄信人的地址。当然，他们不敢明目张胆地写上日本人的名字，但地址有好几封都是日本来的。要不是担心打草惊蛇，他一定要把这些信拿回去，看看里面的内容，可他知道，邮电局都是有记录的，如果他藏下了信，那个邮递员就会被查到，被追责，他也跑不了。所以，他按照一个邮递员的职责把平信送到邮箱里面，把报纸放到报纸筒里。而要想敲门入户，就要有需要签字的电报等。可骆远志的运气好像用完了，没有人给院子里的人发电报。可这难不倒骆远志，他找了一沓传单，就敲响了那个院子门。

骆远志在门前敲了很久，大喊着县政府的报纸，每家每户都要派人来接，可他拍了好一会儿，有十分钟左右，还是没有人来应门。他走来走去，停一会儿又敲，终于等来了人，院子里有人来到门前，却让他把东西从门缝儿里面塞进去。骆远志当然不能这样轻易被打发，他以政府的名义要求必须开门，不开门就不走。里面的人嫌烦了，不得不开了门——一个中国人走了出来，还真是孙一喜。骆远志一惊，但他立即稳住了。孙一喜很不耐烦出来跑这一趟，外面明显是一个顽固的抗日分子来发传单的，按照他的意思，不理会或者出去把他的腿打断，看谁还敢到这个大日本皇军的大本营来发抗日传单。可他不得不去，因为他的主子发话了，要他把那个传单好好拿回来，孙一喜只能出来。

骆远志尽量控制着自己的紧张，压低声音让声音跟满脸的络腮胡子相称，给孙一喜宣传抗日，说消灭侵略者人人有责，每一个灌云人都要奉献，有钱的出钱，有力的出力。孙一喜听得十分百分不耐烦，不屑于看骆远志，拿过传单就要走。骆远志不知哪里来的勇气，一把抓住孙一喜。孙一喜惊讶了，一个小小的邮递员，也敢上手抓他？他立即就要掏枪。骆远志迅速反应，用一种慷慨激昂的语气，说孙一喜如何如何英勇，日本人来了他肯定是大大的英雄。孙一喜本来非常不耐烦，但听骆远志故意说的杀死日本人的多少种残酷方法，不由自主地从内心里升起一种愉悦——要是真能把日本人全部杀死，那他就不用给他们当狗当孙子了，他怎么能不感到痛快呢？骆远志见孙一喜不仅没有认出来自己，还没有打断自己，就有些得意忘形，说自己拉肚子要借一下他们的茅房，就要往院子里面闯。孙一喜从意淫中反应过来，抓住骆远志，低声恐吓他，要想要命，就麻溜地滚！骆远志还不甘心，直说自己快要裤子里了，让孙一喜行行好。孙一喜二话不说，一脚就把骆远志踹倒在地，进去就把门给关上了。骆远志冲他呲牙，看了看周围没人，假装疼得受不了，躺在门前待了一会儿。

虽然没有能够进到院子里面，但骆远志也不是没有收获的，首先，他听到院子里有很多男人在操练，好像在拼刺刀，根据声音判断，是军人无疑。其次，他确定院子里住的是日本人，因为他听到了一个男人用日语训人。为了抗战，孙一鸣学了日语，孙达生跟着父亲也学了，刚开始是好玩，后来是为了报仇！骆远志跟孙达生学了一些简单的日语，大约听得懂他们的话，那是一个日本军官带领着十几二十个士兵在杀中国人。那个军官在教他们，如何杀中国猪猡，务必一刀毙命，说这是南京一位陆军的优秀少佐在南京一天之内杀了一百多个支那人总结出来的。

这不是骆远志第一次听到南京大屠杀，从报纸广播从满天飞的小道消息，他知道日本军队占领南京后，对国人进行惨绝人寰的杀戮，他也曾义愤填膺地要去杀鬼子。可这次他从日本人口中，亲耳听到他们对中国人，不，是对中国猪猡的屠戮，在他们看来，中国人还不如猪猡，就像蟑螂一样必须消灭。骆远志还只是一个十八九岁的少年，虽然他接触过不少死尸，他的手术刀也曾解剖过死尸，但把大活人把活生生的生命当做虫豸，研究从哪里刺入用什么样的角度刺入什么样的力度插进去会立即让人死亡，研究如何一刀毙命，如何最快的时间内杀人，这对于以救死扶伤悬壶济世为己任的骆远志来说，真是见所未见闻所未闻！完全不能接受的同时，对这些日本刽子手的恨更加强烈了！想到那些被残忍屠杀的同胞，任何一个中国人都恨不得把这些屠夫生啖活剥了！

孙达生的内心也充满了愤怒和仇恨，中日两国已经开战了，日军要在三个月内灭亡中国，一群日本人还在这里公然潜伏，他能说这国府当局军队长官们的心真的很大吗？骆远志不知道他在想什么，但这并不妨碍他跟孙达生想到一块儿去。他气愤地告诉孙达生，他故意到街头那里擦了一下自己的皮鞋，多给了擦鞋的几个铜元，擦鞋的就告诉了他，这家商行是日本人的，他还曾经看到过那个院子里的日本人杀人。

孙达生不再犹豫,这个日本人的窝点,他是一定要探一探的！至于怎么探，孙达生扯动了一下嘴角，总会想到办法的！

第七节 侵略者的强盗逻辑

灌云板浦，陇海贸易行内。

被孙达生跟骆远志“监视”的日本人窝点里，确切地说，是日本关东军特务机关满铁调查社驻灌云办事处，在紧闭的大门里面，戒备森严。前院里，十几个荷枪实弹的日本忍者站在院子中，就是来一个排的兵力，要想拿下这个院子，都非常困难。站在最前面的那名士兵，俨然就是那天跟骆远志动手的那个护院。如果骆远志看到他此时拿着日本武士刀跟另外两个忍者激烈过招的情形，定然会立即明了，当时他拼了老命，也没有能让这个人开口，因为这些日本人都是穷凶极恶之徒，或者说他们是杀人不眨眼的畜生！关于这一点，无论孙达生还是骆远志还是其他灌云人，都会用生命和鲜血的代价来体会。

如果突破这些忍者打扮其实是日本军人的守卫，迈步进入正房的堂屋，就可以发现，这座看似平常普通还有些破败的宅子，内里乾坤非常大。

这是一座三进院子，虽然没有私家园林的假山流水、亭台楼阁，但松鹤延年的影壁，修剪得宜的宝塔松树，窗前曾经的雨打芭蕉，围着房子已经枯萎的爬山虎，都显示出院子主人的闲情雅致。进到第一进院子的堂屋，更是让人眼前一亮。一水儿的黄梨木家具，紫檀木的茶具，多宝阁上也是放着各种珍玩宝器，让人对这个主人的底蕴暗自惊叹。

当然，如果仅仅是这些，并不稀奇，这个千年古镇中的盐商家庭，十之八九都能有这样的家当。可这个屋子，还有个特别与众不同的地方，就是在堂屋的正墙之上，悬挂着一面日本国旗。看着那一轮红日悬在海上的旗子，傻子也明白，这是日本人的地盘。

而日本国旗之下，站着的是陇海株式会社的社长，也是关东军满铁华北区的总负责人——平田真弓。他五十多岁的年龄，个子不高，穿一身驼色丝绸长衫，小平头，戴一副金丝眼镜，拄着一个文明棍儿。如果忽略了那小三角眼时不时露出来的精光，这个人看起来就是一个板浦普通的乡绅。可一旦跟那双眼睛对上，就会不自觉地让人从后脊梁骨冒出一股凉气，好像被一条毒蛇给盯上，遍体生寒！

说到这里，有必要介绍一下这个在灌云十四年抗战史上赫赫有名的日本侵略者。

平田真弓是一个真正的中国通，如果他不开口说日语，那所有人都会把他当成一个身材稍矮的中国人。这一方面是因为，他祖上就跟中国人做生意，跟中国人接触很多，生活习惯言谈举止都被中国人同化了。他小时候，就被父亲带到中国，在中国的大连、青岛等地方，生活了很多年。毫不夸张地说，他打小就学习中国文化，对中国文化的掌握和仰慕深入骨髓，华夏博大精深的文明和文化，让他成长为一名优秀的日本青年，参军后，在东京乃至整个日本军界政界经济界都赫赫有名。

可这个被日本军国主义思想洗脑的年轻人，从来不承认中国文化对他的影响、教化和塑造，更不承认自己骨子里对中国文化的依赖、倚重和羡慕，而是想从根子上否定中国文化，否定中国，从而让他们大和民族大日本帝国凌驾于中国之上，成为亚洲乃至全世界之主。从这一点出发，平田真弓是打骨子里看不起中国人的，他认为中国人，或者说中华民族，包括汉民族以及各少数民族，都只是劣等的、奴性的、具有动物本能的人，跟大和民族是完全不在一条水平线上，完全不能相提并论的！

所以，当平田真弓从早稻田大学经济系毕业，他就应招入伍，成为一名日本情报军人，也就是日本南满铁道株式会社调查部的一员。这个建于1906年的满铁，表面上看是铁路公司，而实际上是“开发和经营满洲、推行日本大陆政策的殖民侵略机构”。这个机构的宗旨跟平田真弓要在文化上腐蚀和在思想上奴役中国人，在经济上控制中国的侵略理念是一致的，因此，他一个日本顶尖大学毕业的高材生，在1907年，就来到中国大连，成为满铁调查课一个普通的调查员，其实是日军最基层的情报人员。因为对中国文化的娴熟和中国通的身份，他在中国生活如鱼得水，为关东军以及日本当局提供了数不清的中国东北的精确情报。这些情报中，既包括苏联军事情报及中国抗日武装的动态等，为配合关东军发动九一八事变、占领东三省，做足了军事情报方面的准备，又包括中国农村、中国农民以及中国经济的详细资料！

因为满铁调查课奉行“只要铁路通向哪里，满铁调查部就会在铁路沿线详细调查地理山川河流的测绘，沿线兵力部署调动等信息”，九一八事变后，平田真弓被调到华北，负责整个华北地区的关东军情报机构。七七事变后，随着日军侵华的铁蹄一路南下，越过黄河，又要跨越长江，他的“战场”又扩大到黄海之滨、长江南北，包括这陇海铁路线，都在他的日军情报机构的“管辖”之下。

表面上看起来，平田真弓的性格很温和，可无论他的手下还是他的对手，都对他畏之如虎。这个素有“满铁之狐”称呼的老牌日本特务一副温和有礼的笑面虎做派，其实狠厉如狼，凶残似虎，死在他手中的中国人不知凡几，尤其是中国特工，如果落到他手里，没有不栽的！别看他是喝着中国文化乳汁长大的，也是长在中国土地上，却从来就视“支那人”为劣等民族，双手沾满中国人民的鲜血。

“皇军的海军陆战队已经占领了车牛山岛三个多月了，你的进展呢？这么长时间你做了什么？”

此刻，平田真弓温和看着眼前女子，也就是陇海株式会社经理周妍，等着她的回复。周妍毕恭毕敬地站在平田真弓面前，大气都不敢出。她今天穿着一身日本军服，扣子系得紧紧的，头上脸上也非常干净，虽然还是能显现出前凸后翘的身材，但完全没有之前在码头上，或者后来在医院中的“性感风骚”了。在周妍后面几米远靠近堂屋的门处，孙一喜缩头缩脑地站着，好大一坨的他，恨不得缩到地缝里面去，以求平田真弓看不到他。

平田真弓眼下确实没有看他，而是紧盯着周妍，虽然语气平淡，但对周妍的威慑和碾压让她在不时吹进来的冷风中大汗淋漓。周妍是平田真弓一手培养出来的“调查员”，早在1931年，关东军发动九一八事变后，她“以优异成绩从日军特务机构的培训班毕业后”，就被平田真弓派到扬州，跟孙一喜一起“负责”陇海商贸行，也就是陇海铁路沿线的情报，主要还是对苏北一段进行经济掠夺，周妍是主要负责人。平田真弓在七七事变的时候，就给周妍下达命令，尽可能多地腐蚀吸引国民党的军政要员，为日军在灌云登陆做内应，尽快占领灌云，从南线南下南京。

周妍有些气短，接到命令之后，她立即制定策略，想方设法接近灌云的党政要员、实权人物，可也许她找到的对象不对，也许她的魅力不够，除了一个常备大队副队长刘大龙被她收买的一个寡妇给收服了。平田真弓问她工作进展，她还真没有话可说。她总不能说，我早就勾搭上了新上任的灌云县县长，他为了救我，一只旱鸭子都敢往海里跳，为了跟自己鬼混，连自己老婆都出卖了。明知道周妍接近段淑琴不怀好意，但张文明视若不见，就是周妍委婉暗示，要让段淑琴彻底消失时，张文明还是装傻，虽然没有明确表态，但周妍知道他是不反对的！男人果然都这样，升官发财死老婆是一贯追求，不过，这跟周妍没有什么关系，张文明越禽兽不如对她越有利。让周妍郁闷的是，虽然跟张文明搞了这么长时间，利用间谍手段，对张文明的秘密也搞了一个差不多，但除了拿到一些灌云县赤匪的资料，关于灌云县抗日的防务，不仅没有行动，更没有计划。周妍倒是看到了一些其他人或者组织的抗日活动，但都被张文明打压，没有成气候。经过这么长时间的接触，周妍基本可以断定，因为有了张文明这个县长，灌云县基本在他们囊中了。虽然不能简单说唾手可得，但也基本上没有太大困难。

听了周妍这些胜券在握、把灌云人都当做傻子蠢猪的想法，平田真弓没有说话，脸上的笑容更加淡了，只把一把原来挂在墙上的日本军刀，放到了周妍面前。

周妍吓得花容失色、浑身颤抖，却又不敢不接。她“嗨”了一声，双手接过军刀，却因为恐惧抖得厉害，差点手滑把军刀掉到地上。周妍死死握住军刀，掉到地上的话，那什么都不用说了，她就一个字——死！

平田真弓冷冷盯着周妍：“虽然你身体里流着一部分低贱的中国人的血，但你是在帝国长大，是大日本帝国花费无数心血培养出来的大和军人，我不想看到你有用到它的一天！”

周妍感恩戴德：“嗨！”

平田真弓走到窗前，看着外面秋风中萧瑟的月季、四月红等植物枯萎的残枝枯叶，平田真弓的脸色跟语气一样平静，内容却让人从心里向外冒寒气：“我临来的时候，你的老师，我的上级，田中大佐向我重点推荐了你！”

周妍脸上露出感激：“谢谢老师！”

平田真弓：“你要知道自己肩上的任务有多重要！”

平田真弓回过神，走到墙壁上悬挂着的江苏上海两省地图前，指着灌云，还有黄海：“这里是不一样的！”

周妍看着平田真弓：“嗨，这里有全中国最好最多的盐！”

平田真弓：“不，这里有大日本帝国最好的盐！”

周妍：“嗨！因为我们大日本要拯救这些猪猡一样的中国人，所以，这些盐都是大日本帝国的！”

平田真弓点头：“中国人有一句老话，叫天下有德者居之，中国这大好河山，让这些劣等人居住，实在是浪费！”

周妍点头：“嗨！我们要占领整个中国，把本不应该属于中国人的资源都拿回来！”

平田真弓点头：“我们的使命非常崇高而艰巨，像灌云这样的资源大县，必须用最快的速度，付出最小的代价拿下！绝对不能因为你的大意有任何意外发生，作为灌云的最高行政长官，张文明这样的表现，也许是为了迷惑你！”

周妍想反驳却又控制了自己，脸上却现出一丝不甘。

平田真弓根本没有理她的情绪，继续不紧不慢却又字字见骨地说：“张文明只是文职，我们真正的对手，是国民党军人，你知道灌云国民党驻军的军力吗？你搞到了他们的布防图吗？”

周妍脸上现出愧疚：“灌云国民党驻军调动频繁，现在还没有找到突破口！”

平田真弓的神态更加温和了，眼神却跟那柄军刀一样，让周妍瑟瑟发抖。

平田真弓：“明白了？”

周妍："嗨！我没有意识到事态的严重性！我立即去办这件事，如果达不到目标，我就做一个真正的日本军人——剖腹自杀！"

平田真弓点头："去吧！"

周妍捧着军刀敬礼，然后转身朝外走去。

平田真弓的眼光看向在一边装鹌鹑的孙一喜，孙一喜哆嗦着朝前走了两步，因为走得急，左脚绊了右脚一下，保持不了身体的平衡，啪叽一声，五体投地，趴在平田真弓面前，大胖脸就摔在平田真弓跟前。

平田真弓看一坨狗屎一样看着孙一喜，孙一喜赔笑："太君！"

平田真弓脸色一沉："嗯？"

孙一喜连忙改口："平先生！"

平田真弓点头："知道你对大日本帝国很忠心，这个五体投地的大礼，我受了，你起来吧！"

孙一喜一愣，但他看着平田真弓并没有生气，立即麻溜地爬了起来，垂头站在平田真弓面前："卑职办事不力，请平先生责罚！"

平田真弓："我对你的要求不高，可就是这样，你还都办砸了！"

孙一喜立即左右反手扇了自己两记耳光："我就是猪猡！我就是笨蛋！"

平田真弓漫不经心地："嗯？"

孙一喜又扇了自己两记耳光："中国人是猪猡！中国人是东亚病夫！"

平田真弓这才点头示意他把情况汇报一下，孙一喜把孙君年如何把所有汽车卖给段淑礼，段淑礼如何仗着县长张文明的势藐视大日本帝国的情况跟平田真弓汇报了。当然，为了免受惩罚，他添油加醋地渲染了一通段淑礼跟孙君年的狂妄，请示太君，要把他们给咔嚓了。

平田真弓神色未变，在孙一喜说完后，问：“孙君年是共产党？”

孙一喜点头哈腰：“十成十是！他要不是共产党，骨头能这么硬啊？”

平田真弓：“段淑礼呢？”

孙一喜点头又摇头：“能帮着孙君年对付我们大日本帝国的人，除了共产党还能是什么？”

平田真弓：“共产党、八路军，真是大东亚共荣的绊脚石！”

孙一喜谄媚地：“那咱们就把这绊脚石给搬掉，搬不掉就给它炸了，炸成灰给它扬开，看它还敢不敢挡路！”

平田真弓欣慰：“有长进！对待那些不听话的猪猡，就该这么做！让他们灰飞烟灭！”

孙一喜：“嗨！太君，请您给我十几条枪，我立即带人把他们给灭了！”

平田真弓摆手：“不急！”

孙一喜：“啊！太，不，平先生，那孙君年卖了汽车买枪支弹药，组建游击队，要跟大日本帝国对着干，您还留着他们干什么？不如把他们全部给杀了，把他们的人头挂在灌云县城门楼子上，看看谁还敢扎刺！谁还敢提抗日！”

平田真弓点头：“这一招杀鸡骇猴，用得不错！让那些刁民心生畏惧，以整肃灌云之民风，驯我大日本帝国之子民！”

孙一喜：“谢平先生夸奖！那我这就带领弟兄们去？！”

平田真弓：“不急！”

孙一喜不解：“那什么时候才开始着急呢？”

平田真弓：“时机到了，自然就可以开始了，着急也没有用！”

孙一喜：“时机？”

平田真弓：“杀鸡骇猴，重要的不是杀鸡，而是骇猴，要想达到最完美的效果，引来的猴子越多越好！”

孙一喜："您是说要找一个所有灌云人都知道的机会，来杀死这群鸡？"

平田真弓："是，要让所有灌云人都知道！"

孙一喜迷茫："会有这样的机会吗？"

平田真弓脸上现出一丝自得的笑："鱼饵下足了，还怕鱼儿不上钩吗？"

孙一喜看着平田真弓脸上的笑，脊梁沟冒凉气，两腿一软，又差点给平田真弓跪下，这位平田太君，不，他规定他们喊他平先生，可真是一条杀人不见血的饿狼，跟着这样的主子，只要他不背叛，那他孙一喜飞黄腾达指日可待的！

第八节　千年古刹里面的长歌当哭

灌云板浦，全英学校。

上午十点多钟时候，太阳慢慢显示出它的威力，气温渐渐回升。风中也带着一丝暖意，在朗朗的读书声中，世界充满了希望。

教室后面的右偏殿，改作了一排教师的办公室。最右的一间屋子里，挤满了学生。这些都是毕业班的学生，陈振中、张佳惠、何锦阳还有管秀臣都被人们拥在最前面。学生们围着的先生，是何希文。他正站在桌子旁，在一张白布上挥墨。他写的是行楷，正在写一句："还我河山！"

何希文写完最后一个"山"字，陈振中跟管秀臣就把这张条幅拿出屋子去，放在太阳底下的桌子上，晒干墨水。院子里面放着几张大长桌，桌子上已经放满了写好的标语，都是抗日标语："团结一切可以团结的力量，抗击倭寇！""我愿拿热血换取家乡的和平！""驱逐日寇，保家卫国！"等等。

陈振中二人回来，何希文已经又在一张白布上写字了："誓死保卫灌云”。陈振中欣赏着他写的字：“先生这字，有风骨，有气势，有精神，好！”

被陈振中挤开的张佳惠，看不惯他谄媚的嘴脸，撇着嘴道：“先生的字当然好，不过你这夸赞也该换换了。”

何锦阳不服气，力挺陈振中：“先生的字好，大中的赞美也好！有水平！”

张佳惠：“陈会长的夸奖是好，但这几句话，你也不能赞美每个人的字都用啊！你用这几句话夸赞了我们学校好几位夫子的字，我都听你说了四五遍了！”

众人哄笑，陈振中又羞又恼，脸色涨得通红，想说什么，又不知道从何说起，恨不得找个地缝儿钻进去。张佳惠心直口快，看到想到就说出来了，并没有考虑到给陈振中带来的伤害；学生们笑得也很开心，唯独何希文注意到了陈振中的窘迫和羞恼，不想这个敏感的孩子难堪，给他解围。

何希文：“振中说的这几个考语，是每一个写书法的人都要追求的目标。古代人讲：字如其人。意思就是，书法是写字人的心理描绘，人们写字，是以线条来表达和抒发作者情感心绪变化的，人与字，字与人，‘笔、墨之间，本足觇人气象，书法亦然’。”

张佳惠满眼钦佩：“何先生是教算学的，没想到国文也这么好！”

何希文写完最后一个字，放下毛笔，看着身旁朝气蓬勃的年轻学生，眼中充满了希望：“谢谢佳惠同学的夸奖，跟振中一样，我喜欢听我的学生发自内心的赞美，因为我是你们的老师，德高为师，身正为范。古代人写字，讲究的是修身养性。清人王澍曾经说过，字的筋、骨、血、肉，体现作者的基本功力；字的精、神、气、脉则反映写字者的修养素质。不过，我今天却要求你们，去他的什么修养，去他的什么素质，我们都被人打到了头上，欺负到了家门口，我们就只有拿起武器来，跟对方拼命！”

何锦阳不喜欢国文，早就听得不耐烦了，第一个反应：“对，跟小鬼子拼命！”

众人也纷纷跟着说跟小鬼子拼命，何希文点头：“我们中国，我们灌云，已经到了危险时刻，只有我们唤醒最广大的民众，团结一切可以团结的力量，建立最广泛的抗日民族统一战线，才能取得最后的胜利！”

学生们点头赞同，张佳惠带头喊：“有人出人有力出力，誓死保卫灌云！”

其他学生跟着喊，虽然这里的人不多，但每个人喊出的话都发自肺腑、铿锵有力，凝聚出一种惊人的力量，闻者备受感染，忍不住要加入其中。办公室中没有上课的老师，或者出来观看，或者在办公室里面观看。大多是兴奋的鼓舞的，也有少数几个眼中露出不赞同的神色，其中就有那个章夫子。他站在办公室里面的玻璃后面，看着何希文他们的动作，脸上露出嫌弃，低声骂了一声：“不务正业！”然后走到自己的办公桌前，拿出一本《论语》，低声诵读起来。

何希文以及所有的学生都没有去关注章夫子的情绪，这次活动意义重大，他们要做好充分的准备。作为总指挥，陈振中给学生们分配了任务，来这里的学生，都是这次活动的小组长，也是学生代表。陈振中自己跟张佳惠要准备口号，陈振中还要演讲，何锦阳跟管秀臣各自带领一个小组，散发传单。标语牌子要有人打着，游行路线要确定，等等。学生们都有一些兴奋，他们感觉一腔热血已经被点燃，恨不得跟每个人去说，去宣讲，他们是灌云人，他们要保卫自己的家乡。

工作安排好了，学生们就可以分头准备了，可陈振中却要大家留下排练，要把能想到的口号都写下来，然后跟大家练习一下。何希文知道他有些紧张，可他并没有说什么，只是微笑着看着他们，默默鼓励他们。

就在他们师生都沉浸在慷慨悲壮却又非常战意盎然的氛围中时，几声清脆的巴掌声响起：“啪啪啪！”

众人朝声音来源处看去，就看到一个男人站在院门口，正一脸笑意地看着他们。

看到学生们注意到他，男人脸上的笑容更深了。他走了过来，冲着大家打招呼：“同学们，你们好！”

何希文眼睛一缩，极力控制住自己脸上的表情，不露出对叛徒的愤怒和憎恨！对，来的这个男人是宋斐然。他穿着一身天青色棉布长衫，配上那副黑色眼镜，细长的眼睛隐在后面，薄薄的嘴唇轻轻抿着，乍一看是含着一丝笑意，细看之下，却感受到阴狠的冷意。面对众人各种打量的目光，他毫不在意，只是紧紧盯着何希文，眼中现出一种志在必得，但他并没有什么针对何希文行动，而是镇定地走到学生们跟前，带着一丝和煦温和的笑容，跟学生们打招呼。

张佳惠率先问：“你是谁？你是来加入我们的吗？”

一个声音抢先回答：“胡闹！见到领导，还不列队迎接？”

说话的是跟着宋斐然而来的一个男人，他穿一身绸缎长衫，跟别人不同的是，他剃了一个光头，显然是人到中年、脑袋秃了才用了这样一个发型的。可让众人辣眼睛的是，他一举一动，连说话方式都是模仿那位委员长的，虽然在这小小的县城，并没有几个人能见过那位，但他这样拿腔拿调地说话办事，还是让别人听了非常不舒服。

这个男人是全英学校的督导室主任秦永海，是县教育局派驻全英学校的一条狗，平日里学校里有什么风吹草动，他都要上报上去。陈振中跟张佳惠看他来了，并不奇怪，他们没有瞒着他，也不怕他。但他身后呼啦啦进来的人就有些不同寻常了。

充当开路先锋的秦永海进来之后，让开院门，恭着身子请后面的人进来。首先进来的是，是县守备大队队长许继泰。他今天没有穿军装，而是穿了一身中山装，看起来跟学校的夫子没有什么区别。跟他一起稍后进来的，是全英学校校长孙伟农还有其他几个校领导。在他们身后，还有常备大队的七八个手下，呼啦啦一群人，站满了整个院子。

一直极度兴奋打头阵的秦永海，走到许继泰跟前："这位大家都认识吧，这是我们灌云县常备大队大队长，许继泰许队长！欢迎许队长在百忙之中，莅临我们学校检查指导！"

秦永海带头鼓掌，可只有他一个人拍巴掌，其余人都沉默着。许继泰不在意，淡定地往里面走，让出后面的人。秦永海连忙跟着宋斐然上前，紧走两步上前，语速极快地介绍："这是我们县政府派来学校检查的县特务办主任、县特务督查主任宋斐然，宋督查官！大家欢迎。"

还是没有人响应，其他人都着忍笑，何锦阳却忍不住笑出声，换来秦永海一声呵斥："严肃点儿！这是你笑的地方吗？"

张佳惠却不怕这个狐假虎威的特务，呛声说："那请问秦主任，我们不该笑，该哭吗？那我们就哭给你看！"

张佳惠转身就冲着学生们喊："同学们，日军占领了东三省，北平沦陷、华北沦陷，上海也已经沦陷，下一个就是我们灌云了。在场的每一个人，都马上就要沦为亡国奴了，我们是应该哭，我们要大声哭！我们要哭给天看，给地看，给所有人看！"

何锦阳大声赞同："好！是该哭，我们要长歌当哭！"

何锦阳带头唱起了《松花江上》："我的家在东北松花江上……"张佳惠立即跟上，陈振中也跟上，其他同学，还有已经从办公室里走出来的一些老师，还有在这一进院子外面的一些学生和老师。悲壮低沉的歌声由一个人的声音，慢慢汇聚成很多人的压制不甘的呐喊声，好像在跟张佳惠一样控诉："我的家在东北松花江上，那里有森林煤矿，还有那满山遍野的大豆高粱。我的家在东北松花江上，那里有我的同胞，还有那衰老的爹娘。九一八，九一八，从那个悲惨的时候！九一八，九一八！从那个悲惨的时候，脱离了我的家乡，抛弃那无尽的宝藏，流浪！流浪！整日价在关内，流浪！哪年，哪月，才能够回到我那可爱的故乡？哪年，哪月，才能够收回那无尽的宝藏？！爹娘啊，爹娘啊，什么时候，才能欢聚一堂？！”

歌声在千年古刹上空，穿过那饱经沧桑的菩提树，在灌云这个充满咸湿财富的千年小镇上激荡，如一滴滴眼泪，落在这片哺育了他们的热土之上。

许继泰脸上有些动容，但他并没有什么表示；宋斐然脸上的表情并没有变化，沉默地看着学生们；只有秦永海，气急败坏地上前阻拦：“别唱了！都给我闭嘴！别唱了！”

秦永海上前去拉何锦阳，何锦阳没有躲，却冲着他继续大声唱。秦永海又去拉别人，何锦阳假装倒向秦永海，其实是伸出了一条腿，绊了一下秦永海。秦永海身体向前扑去，摔了一个狗啃地。何锦阳夸张大喊：“哎呀，秦主任，您这是怎么了？这么大的礼，学生受不住啊！”

秦永海恼羞成怒，从地上爬了起来，指着何锦阳大骂：“你个小兔崽子！你找死啊！来人，给我把他抓了！”

这下，众人确实不唱了，都盯着秦永海，眼中闪过的情绪，都是不屑、厌恶、嘲讽。秦永海的脸色涨得通红，恼羞成怒的他，冲着何锦阳就扬起了手，要扇他耳光。何锦阳这次没有躲，他宁愿挨一耳光，来展现秦永海这个狗腿子的奸恶和无耻。

可疼痛并没有来临，一只手伸出来，拦住了秦永海。原来是孙伟农，他跟着许继泰和宋斐然进到院子来，一直没有说话，现在看到秦永海要打人，才上前拦住他。

秦永海：“孙校长，怎么，你要包庇这个不敬师长胆大妄为的小混蛋吗？”

孙伟农放开了他的手，淡淡地：“秦主任，学生有什么事儿，我们回头再说，先听听许队长和宋督查对我们学校有什么指示吧！”

秦永海还要说什么，被许继泰用手势阻止，只能愤愤地瞪了何锦阳一眼，表示他记住他了！何锦阳还给他一个笑容，让他放马过来。许继泰并没有上前指示，而是让宋斐然说话。宋斐然表情不变，先打量了一番学生们，然后温声说：“刚才的歌非常好听，我理解你们的心情，我也想跟你们一起哭！”

张佳惠跟何锦阳惊讶地看着他，学生们看向他的目光已经没有多少敌意了，反而有了些好奇。这样一句话就让学生们接受认可了他，不愧是宋斐然啊！孙伟农跟许继泰都是一肃，何希文更是多了一分认真。他之前是见过宋斐然，虽然没有接触过，但此时看到他的口才，对这个叛徒，他还是要再重视一些。

宋斐然继续说：“我跟许队长今天不是来检查或者督查咱们学校的，而是来慰问大家的！”

学生们都有些不信，张佳惠直接问：“慰问我们什么？”

宋斐然：“我们知道了你们准备召开全灌云抗日动员大会，咱们张县长为首的各位领导们特别支持，也特别重视，你们要是有什么需要，尽管跟我们提！”

众人脸上都露出了惊讶，就是许继泰也看了一眼宋斐然。宋斐然却丝毫不以为意，他还是亲切地看着学生们：“你们是好样的！年少有为，热血报国，我要是再年轻几岁，也必须要加入你们的！”

何锦阳被宋斐然打动：“你现在也不老，比他们年轻多了，我们欢迎你加入！”

宋斐然竟然点头：“好啊！算我一个！谁是学生会主席啊？我报名，看看我能做什么吧！”

何锦阳高兴了，喊着陈振中要他出来：“陈振中，陈主席，让宋督查跟我一起，举标语牌吧！我们就要这个！”

何锦阳指着桌子上正好放着的那幅标语：“拿热血来换取家乡的和平和自由！”

陈振中阻拦何锦阳：“锦阳，别闹了，宋督查不会的！他那么忙……”

宋斐然打断了陈振中的话，认真地说：“陈主席是吧？我认真地告诉你，在你们的抗日动员大游行中，给我安排一个位置，请相信我，我去！我一定要去！因为我也是一个灌云人！”

陈振中被感动了，眼中泪花儿转了：“好！我给您安排！”

许继泰皱眉，何希文怀疑，孙伟农担心，可他们都没有说什么，等着看宋斐然的真正目的。

陈振中朝着何希文说：“何老师，您听到了吗？县长还有宋督查都支持我们的游行！”

众人看向何希文，何希文淡笑：“我听到了！这是好事情！我相信在县府的支持之下，游行一定会争取到更多灌云人站出来跟日本人战斗！不过，宋督查不会只是参加我们的游行，他会给我们带来更多的建议和惊喜！”

陈振中等学生们都很期待地看着宋斐然，宋斐然看了一眼何希文，这是要把他放到火上烤啊！不过，他并没有被问住，而是一口答应：“那是当然！我宋斐然答应咱们灌云的莘莘学子们，尽全力给游行大会保驾护航！”

众人鼓掌，何希文也跟着拍了两巴掌，不过，他并没有放过宋斐然：“感谢宋督查官！不过，还请宋督查官说明白，我们该如何配合宋督查呢？”

宋斐然看着何希文，眼中露出一丝阴狠：“这位是何希文何老师？”

何希文点头：“宋督查，久闻大名啊！”

宋斐然：“何老师，何夫子，您这是讽刺我呢？你闻到的是我什么名呢？”

何希文笑笑，刚想说话，秦永海没有看出两个人之间的波涛暗涌，却以为自己的机会到了，连忙上前抢话奉承：“当然是宋督查为民请命、惩恶扬善的英雄事迹啊！”

何希文看着秦永海，再也控制不住自己的笑容，许继泰也挑了挑眉毛，看傻子一样看了他一眼，孙伟农低下头去，掩饰脸上的嘲笑。不知道内情的学生们则一脸崇拜地看着宋斐然，陈振中更是直接问了出来：“近二十年来，咱们灌云为民请命的大事件主要有民国八年的八师学生联合会，控告驱逐灌云知事陶士英活动；民国十七年，也就是1928年，省立东海中学师生二百余人，声援济南‘五三’惨案运动；民国十八年，扁担会‘除山霸、还山林、救穷人’运动；民国二十五年，岑池河数百民工的罢工求生运动，等等，您是组织了哪次运动？”

宋斐然脸色终于变了，嘴抿得死死的，眼睛眯起来，像一条毒蛇一样盯着陈振中。可陈振中沉浸在得到政府认同努力表现的氛围中，根本没有发现这位宋督查的羞恼和愤怒，一口气把自己知道的都说了出来，说完还热切地等着宋斐然的回答。

第九节　我没有过，也不用悔

秦永海又跳出来了，指着陈振中，大骂道：“陈振中，你是什么居心啊？你说的那些都是赤匪乱民做的暴乱，宋督查怎么会参加呢？你这是要给宋督查头上泼脏水啊！我呸，你也不看看他是谁，你吃了熊心豹子胆，敢诬陷县高官！”

张佳惠跟何锦阳看出一点儿端倪，但陈振中跟大部分学生都没有反应过来，都热切地看着宋斐然。孙伟农跟许继泰都摆明了要看戏，没有人出口给他解围，宋斐然真不简单，他并没有慌乱，面对学生还是那样坦然：“好了，同学们，我知道也看到了你们的爱国心，你们的忧国忧民之心，我很敬佩也很支持！这件事我们再慢慢商量，你们有什么问题，都可以提出来。不过，我现在有点儿公事要忙，大家可以先想想要求，想好了，一起提出来。”

说完，也不等陈振中他们反应，盯住何希文，快速说：“何老师，我有点儿事儿，要单独跟你谈谈。”

许继泰突然盯住何希文，他明白了，宋斐然今天的目标是何希文。许继泰仔细打量着何希文，何希文没有丝毫退缩，比宋斐然更加镇定。穿着一身中山装的他，有些瘦削的身材站立如松，白皙的脸上带着一丝淡笑，好像面对的不是他跟宋斐然这两位县府长官一样。许继泰第一时间就断定，何希文有很大可能是共产党。可并没有妄动，张文明让他跟着宋斐然一起过来，其实是让他辅助还有监视宋斐然的，他没有必要出这个风头。

宋斐然紧紧盯着何希文，等着他反应。何希文却根本没有把他放在眼中，交代陈振中他们把外面桌子上的标语收拾好，然后就做了一个邀请的手势，在众目睽睽之下，请宋斐然到自己办公室里说话。

张佳惠跟何锦阳担心地要跟上去，被孙伟农喊住，要他们带着县里大人们到办公室喝茶，暖和暖和身子。学生们上前邀请许继泰，许继泰拒绝了，他要跟宋斐然在一起，履行保护的职责。孙伟农只能陪着许继泰，秦永海非常想知道宋斐然跟何希文说什么，偷偷摸摸地往何希文的办公室凑乎，被何锦阳偷偷拽住他的长袍。他心急加心虚，没有注意到，何锦阳刚要用力，被陈振中拦住，摇头示意他放手。何锦阳不服气，不想放，但陈振中很是坚持，何锦阳只能遗憾地放手，当做什么都没有发生。可秦永海还是没有能满足他的好奇心，因为许继泰状若无意地请他去给自己倒一杯茶，秦永海受宠若惊，屁颠屁颠地叨叨着要找好茶叶地走了。

办公室里，何希文神色自如地自己坐到了自己椅子上，没有招呼宋斐然坐下，更没有给他倒水或者茶，没有一点儿不好意思地说："有什么话请讲吧！"

宋斐然一直盯着何希文，自己拉了一把椅子坐在何希文对面，非常认真地说："你不恨我？"

何希文一副看傻子的表情看他，宋斐然突然笑了："别这样看我！我知道这是废话，我们也没有深交，但我就想跟你说说废话！"

何希文垂下眼帘，掩饰了所有的情绪。宋斐然却好像真的想倾诉，站到窗前，看着外面那些学生青年的脸庞，无限感慨：“不用说你了，我自己都非常恨我自己！”

何希文还是没说话，宋斐然：“我恨我自己，一直不明白自己想要的是什么，浪费了那么多时间，走了那么多弯路。”

何希文倏地抬起眼睛，看着宋斐然。宋斐然狂热地跟他对视：“对，就是你想的那样！我后悔了！当时年纪小，接触了马克思主义，当时演讲的那个人非常能说，我就信了！觉得能建立一个富强民主和平民主的共产主义社会，以为找了一条实现理想的光明大道，但其实我错了，大错特错了！”

宋斐然脸上现出一种狂热：“我为那些泥腿子出生入死，为他们吃一口饱饭而拿命去拼，最终我得到什么了？我被国民党当局通缉追杀的时候，他们在哪里？我被严刑拷打的时候，他们在哪里？我唯一的儿子就要被他们杀死了，我要绝后了，他们在哪里？看着所谓的贫苦民众那一张张麻木的脸，我觉得我就是一个大傻瓜，我做的一切都没有任何意义！”

何希文这才正视宋斐然，看着他的嚣张中带着绝望、绝望中又带着疯狂的表情，目光中带着点儿复杂。宋斐然还在继续发泄：“对你们来说，我是叛变了，可我觉得我是弃暗投明了！这世界上，唯权力不破，唯金钱不会背叛你！”

何希文：“我知道，你说的是真话，还是肺腑之言！”

宋斐然：“我就知道，你肯定能听懂！你别告诉我你没有这样想过！”

何希文：“道不同，不相为谋，这些话，你跟我说，是浪费时间！我不会了解你，更不会同情你！”

宋斐然盯着何希文：“我都跟你说得这么明白了，你怎么还执迷不悟啊！你是共产党吧？你不用回答，你肯定是共产党！我还知道你在上海搞工人运动时，被当局给抓了，你坐了两年多的牢，这是刚放出来的！”

何希文：“你既然知道我是清白的被放出来了，还跟我说这些，你到底想干什么？”

宋斐然很真诚地：“你悔过自新，跟我干吧！”

何希文：“如果是你你会答应？”

宋斐然：“以前不会，现在会，以后也会！”

何希文：“宋督查，我很认真地告诉你，我没有过，也不用悔，我是被你的国府冤枉了两年多，你觉得我还相信你，还相信你的国府？我也跟你说一句心里话，两年多的囹圄生活，我已经看淡了，什么政党我都不会参加，什么组织都和我没关了！”

宋斐然：“那你还组织学生游行？哦，我明白了，你也是为了名利二字！”

宋斐然上下打量了一下何希文：“我听说你的老母亲今年上半年，差点死于那场霍乱，你弟弟卖了你老何家的房子才留住一条命？”

何希文怒，盯着宋斐然；宋斐然不以为忤：“怕了吧？跟着我干，不仅是你还是你老娘，都会吃香的喝辣的！在这灌云，这海州，你都可以横着走！”

何希文不想跟他多说：“我是不会改变主意的！我虽然不是共产党，但我也不会拿着自己的性命交给别人，尤其还是一个已经叛变的人。”

宋斐然不甘心放弃：“你还是恨我，所以，你就是共产党！”

何希文：“宋督查，我说的是人品，跟其他无关！你难道不承认，你人品败坏吗？当初，你做县委书记时，高谈共产，阔论主义，谁知你这个高大的躯壳里竟藏着卑鄙的灵魂。宋督查，我已经告诉你了，我不想跟你有任何的交集，这就是我的答案，您可以走了！”

宋斐然被他指着鼻子骂，气得鼻子都歪了，他指着何希文，想要辩解什么，可何希文看都不看他，宋斐然只能放下一句话：“走着瞧！”

何希文从玻璃上看着宋斐然灰溜溜走出自己办公室的虚影，

嘴角浮现出一丝冷笑。

宋斐然冲出屋子，脸色立即调整过来，变得又跟平时一样内敛。许继泰站着没动，打量着他的表情，但可惜的是，他什么都没有看出来。宋斐然也没有托大，走到许继泰跟前："许队长，可以走了。"许继泰没有任何异议，转身就走，宋斐然脸上现出一丝诧异，这个许继泰倒是一号人物。

秦永海追了上来，殷勤地请他们留下来吃个便饭，被宋斐然委婉但很坚决地拒绝了。许继泰很有礼貌地跟孙校长告别，跟宋斐然一起带着守备队的士兵一起离开。

目送他们上车之后，孙伟农狠狠瞪了一眼秦永海，然后回自己的办公室。秦永海冲着孙伟农的背影骂："老不死的，占着茅坑不拉屎，活该！"秦永海早就耗尽家财上下都打点好了，就等着孙伟农卸任后当全英学校校长，可孙伟农身体虽然有点小毛病，但还远没有到卸任的地步，秦永海等了六七年了，还遥遥无期。

孙伟农知道秦永海早就想取自己而代之，但他就是把学校解散了，也不能把那么多可爱的孩子们交给这个无耻卑鄙小人。孙伟农虽然是灌云著名资深的教育家，这么多年了，教了这么多年学生，他看人很准，但却很少对人给以这么低的负面的评价，可见这位秦主任的人品了。

孙伟农非常看好何希文，抛开专业知识教学技能不说，单说人品和能力，就拉秦永海十八条街都不止了。就说今天面对许继泰跟宋斐然吧，许继泰手握灌云最重要的一支地方武装军队，是当然不让的地头蛇。而许继泰又是一只深藏二楼的狐狸，就是孙伟农自己对上他也没有把握能占上风；而宋斐然，先不说他叛变之前在灌云的威名赫赫，就从他来到学校，跟学生们打招呼时的蛊惑，跟何希文对上时的嚣张，都表现出，这位曾经的共产党领导，能力也是超级强的。今天他们俩明显来者不善，虽然不清楚他们来的目的，但孙伟农肯定他们故意来找茬儿的。面对这两位的时候，秦永海那完全就是卑躬屈膝、阿谀奉承，他则不愿意跟他们正面对上，而何希文不仅把他们的攻击都给还了回去，没有让他们占到一点儿便宜，而且还没有让他们抓住小辫子，而后一点，是孙伟农最为欣赏的。作为校长，既要能管理学校的日常事务，又要处理各方面的关系，尤其是跟家长还有上级主管部门打交道时，态度要不卑不亢，方法要灵活多变。何希文做得非常好，有些超出孙伟农的预期。这份满意，在他回到办公室、看到何希文在等他时，达到了十分。

何希文是给孙伟农汇报宋斐然的目的的，他从前的经历已经跟学校汇报过，孙伟农了解，并不以为他是危险分子。孙伟农是国民党元老，第一次国共合作的时候，他就非常赞同，何况何希文只是被牵连，并不是真正的共产党。中统上海站关了他两年多，还是没有证据确定他共产党的身份，孙伟农就认为他真的只是一位爱国进步分子，同情劳苦大众的遭遇。所以，孙伟农是信任何希文的，今天宋斐然搞了那么大的阵仗，并没有抓何希文也能证明这一点。退一万步说，就算何希文是共产党，孙伟农也非常欢迎何希文的。因为卢沟桥事变爆发后第二天，中国共产党就发布《为日军进攻卢沟桥通电》宣言，抗日民族统一战线形成。就连国府都跟共产党合作联合抗战，军队都整编了，何况他一个学校！

可何希文并不担心的是自己，而是担心其他人。何希文跟孙伟农说了宋斐然的身份，宋斐然掌握着灌云几乎所有共产党员的资料，他带着人，还是带着许继泰来全英学校，就说明他准备拿学校开刀，他希望孙伟农能引起注意。孙伟农知道的比何希文还多，宋斐然是冲着冯平阳来的。

这个冯平阳是学校教算学的老师，何希文后来就是顶的他的课。半年前，冯平阳突然留下一封信之后，就不辞而别。他在信中说，他家中老母亲生病，他要回去照顾。孙伟农觉得可惜，冯平阳跟何希文一样，人品心性和能力，在全英学校一百多名夫子中都是顶尖的。冯平阳走了之后，陆续又有几位老师辞职而去，而这几位老师平时跟冯平阳走得都很近，孙伟农当时就有些怀疑。可他并不是一个多事之人，从来没有对外人说起过。秦永海虽然脑子一向不够用，可这么明显的事儿，他也注意到了，还给县教育局、县政府，甚至县守备大队都写过检举信，举报孙伟农是共产党。上面也曾派人来查，可那些有共党嫌疑的夫子都走了，孙伟农在灌云县的影响力还在，秦永海又没有证据，全校老师又给孙伟农作证。上面就把秦永海当做跳梁小丑，推出来顶锅，把这件事给压了下来。

听孙伟农这么说，何希文基本上就确定了，这个冯平阳应该是我党同志，他应该是得知宋斐然被捕之后，离开这里避过风头的。何希文迫切要知道两点：一是他是否意识到危险，也就是是否知道宋斐然已经叛变了；二是他现在哪里，如何跟他联系上。

孙伟农没有意识到何希文的走神，只是安慰何希文，让他不要担心，宋斐然没有证据，就是盯上全英学校，他们也不怕。何希文答应着，拿定主意，要想方设法联系这位冯平阳。

已经坐在车里的宋斐然，也在给许继泰汇报，要找到这位冯平阳。原来，冯平阳明面上的身份是全英学校的教员，暗地里却是中共灌云县委组织部长。宋斐然被捕之后，他收到消息，就离开了板浦。宋斐然叛变后，第一个想抓的就是他，可刘大龙太过愚蠢，就在抓了宋斐然之后，他的正牌太太知道了那个小寡妇的事儿，这个母老虎就去捉那个小寡妇的奸，两个女人撕扯起来，正好被去那所小学找宋斐然的冯平阳看到。

了解到这两个女人的身份后，冯平阳立即警觉，连学校都没有回，请学生给孙伟农捎过去一封信，就离开了。宋斐然之所以这样重视冯平阳，是因为他负责灌云共产党的组织工作，不仅有一份完整的共产党员的名单，还掌握着一套跟灌云六个区的负责人联系的方法。而这两份重要情报，作为县委书记的宋斐然是不清楚的。这倒不是冯平阳防着宋斐然，而是宋斐然负责全方面领导工作，这些具体的事务都分了下去。当然，宋斐然并没有告诉张文明这一情况，他怕张文明以为他没有多大的利用价值。所以，他非常迫切要抓住冯平阳。

之所以到全英学校来，宋斐然是想找线索，冯平阳在这里教了好几年书，肯定会留下一定的蛛丝马迹。可当他看到何希文跟学生们在为抗日动员大会而准备时，他改变了主意。他了解冯平阳，知道他不会一直龟缩在一个角落里苟且偷生。而且上面又有国共合作一致抗日的说法，他相信冯平阳一定会出来活动的！而早在他还没有叛变之前，当时灌云党组织实际上就已经瘫痪了，失去了跟上级党组织的联系，举步维艰。他组织开了好几次会，都是研究如何走出去，寻找上级党组织的。

以上这些情况和分析，宋斐然当然不能跟许继泰说得十分详细，就简单地说了一下，自己怀疑何希文是从上海回来的共产党，这次是想试探他一下。许继泰虽然知道他并没有告诉自己全部的实情，但他并没有对宋斐然发脾气，更没有仔细盘问他。宋斐然大大松了一口气，他虽然刚已经建议许继泰留下人监视全英学校，尤其是何希文。他告诉许继泰肯定会有收获的，但这种撞大运似的守株待兔，成功的概率非常小——即便退一万步说，何希文就是上级党组织派下来的，那冯平阳都不知道是否还在板浦，他要是一直不来街头，那就根本抓不住人。不过，有时候成功就是一种运气，宋斐然不急，他相信自己的直觉，冯平阳一定会自投罗网的。他一定会让自己的伯乐张文明张县长满意的！

第四章 山重水复

上海、南京和济南相继沦陷，日军集结围攻徐州，整个江南岌岌危矣！江南如果沦陷，整个中国危矣！中国被日寇践踏成为殖民地，中国人危矣！

亲人被杀、家园被毁、活着被当作牲口奴役，这没有尊严没有自由更没有任何生命安全保障的亡国奴生活，是灌云人即将面临的！日军战舰和船只载着海军陆战队集结在连云港海面，随时准备攻打灌云。只要攻陷灌云，那连云港乃至整个海州地区，就会完全沦陷为日本殖民地。这是灌云的有识之士必须要让每一个灌云人都知道的！当此时，1937 年底 1938 年初，有的人为此心急如焚、夙兴夜寐，殚精竭虑想尽办法抗击日寇，也有的人不择手段保命发战争财！历史证明，以灌云的驻军力量、地形之险要，日军的坚船利炮，并不是能够灭亡灌云乃至海州沦陷的关键因素，而国共两党的内斗、汉奸卖国贼的叛国行为，才是让灌云人万劫不复的致命毒素。

第一节 操场上传来的枪声

灌云板浦，全英学校。

冬日午后，阴寒的冷风不知道潜伏到哪里去了，温暖的阳光掠过红瓦青墙的古老禅寺，照见原本供佛敬菩萨的高大殿堂改成的教室里面，一张张稚嫩却专注的脸，照见他们正聚精会神地聆听先生们教授文化知识。站在讲台上的教员，在黑板上写着讲课的要点，同时也在给学生们认真讲解着人类文明和文化的精髓。另外一间教室里，初一的学生们在整齐响亮地朗读："盼望着，盼望着，东风来了，春天的脚步近了！一切都像刚睡醒的样子……"他们朗诵的是朱自清先生的名篇《春》，稚嫩响亮的声音，充满了热情和力量，给身处寒冬面临战火的千年小镇板浦，种上了一种希望的力量。

带着希望的阳光来到全英学校后面的操场上，变得更加雀跃了。这里原本是寺院的后院，有两三亩之大，原本是大师们种花种菜的苗圃，改成学校后，在孙伟农的建议之下，用黄土铺垫压实了，作为学生们上体育课的场地。

民国时期，中小学校延续清末以来的体育课形式，使之正式成为学校中的必备课程。在蔡元培、毛泽东和恽代英等近代革命先驱的大力倡导之下，体育课的内容和形式都有了长足的提升。孙伟农更是把蔡元培先生的"有健全的身体，始有健全的精神"这一体育课的思想视为自己办学和教育的重要组成部分，对学生的体育和健康非常重视。学校内设有专门的体育教员，教学内容也完全废除了清末以来的兵操，变成了以田径、球类、游戏为主。但七七事变以后，不，或者说更远一些，九一八事变开始，孙伟农就有意识地让体育课教员组织学生们锻炼身体，把废除了的兵操让学生们练习，有时候，甚至还以很大的妥协条件，要孙达生带着学生们打拳。

这里要说明一下的是，孙伟农为什么要求孙达生来带着学生们练习打拳呢？主要是因为孙达生是身手好啊！这并不是说，孙达生就是一个武林高手，作为老牌盐商家族，保镖护院是少不了的，学武也是家族为了保护下一代的必要必备途径。到了孙达生这里，孙一鸣弃笔从戎，更加重视身体素质和武术功夫，在孙达生四五岁的时候就给他延请了武功师傅启蒙，可接连找了好几个，都被孙达生给“整”跑了。这并不是说孙达生生性顽劣，而是他聪明过头了，但凡武功师傅一展示他们的“功夫”，孙达生就想方设法带着一帮孩童给他们挖坑，或者用三十六计，或者用孙子兵法，总是让这师傅当众出丑，没有脸来教孙达生。孙伟农要教训孙达生的时候，孙达生还振振有词，说什么他是智取，是聪明人的表现，所谓上善伐谋，他一个人就可以抵挡千军万马，这般聪明伶俐伶牙俐齿的，让孙伟农说不过他。虽然必须惩罚孙子，可孙伟农心里却无比骄傲和自豪。孙达生这样做的目的，一方面是要效仿父亲，成为运筹帷幄决胜千里的元帅，另外一方面，却是他被段淑琴娇生惯养了，不愿意付出辛苦，要知道，练武是要付出常人难以想象的代价的！

让孙达生心甘情愿“冬练三九夏练三伏”的，是无尘大师。孙达生九岁的时候，孙伟农帮了无尘大师一个大忙，作为回报，他要求无尘大师指导一下孙达生。孙达生这才见识了武林高手的真实水平，都不用孙伟农督促，上杆子赶着要跟无尘学武，对无尘提出的要求，一口答应。可即便无尘大师功力再高，孙达生再努力，也因为过了习武的最佳年龄，孙达生跟真正的武林高手此生无缘。可无尘大师不愧是曾经的武状元，现在的灌云第一高手，即便是并没有列入无尘门墙的孙达生这个名义上的弟子，跟他练了几年功夫之后，身手都非常不俗，以一顶百不可能，但对付十个八个的成年男子不成问题。孙达生总往外跑，单枪匹马调查父亲孙一鸣被冤枉真相，孙伟农虽然表面上百般阻挠，其实内心是比较放心，也是因为放心孙达生的身手。

也因此，孙伟农想让孙达生带着学校的孩子们练武。当然，如果孙达生愿意，孙伟农是可以让孙子成为学校的正式教员的，可惜，孙达生对教师这一职业弃若敝屣。对于孙伟农的“邀请”，孙达生也丝毫不感兴趣，只是需要祖父校长“配合”或者答应自己什么时，他才勉为其难地带着学生们练习一下拳脚。孙伟农为此，可没少训斥他。被孙达生带着练拳的学生们，也并不都买他的账，很多会一些拳脚的人，向孙达生发出挑战，何锦阳就是其中最活跃的。他跟孙达生也算是老对手了，因为何锦阳也跟着无尘大师学过几天武功，会一些拳脚，特别看不惯孙达生这种恃才放旷的尿性，逮着机会就想教训他。不过，何锦阳的练武时间比孙达生还要短上好几年，跟孙达生打起来，输多胜少。可何锦阳并不服气，越挫越勇，屡败屡战，在被虐中提高了很多。

当然，现在，无论是孙达生还是何锦阳，以及主动被动跟着他们锻炼练武打拳的全英学校学生，还没有意识到，不久的将来，这些不起眼的体育课经历，成为他们杀敌以及保命的重要技能。也许只有一直致力于教育的孙伟农意识到了这一点，作为一校之长，在平时教学中，也在身体力行地这样做，抵抗入侵，再多的准备也不够，武力越强大越好，战斗人员越多越好。基于这个目的，孙伟农想方设法运用各种手段采用各种方式，训练他的学生们强大自身，以抵御入侵者。

何希文来到全英学校任教后不久，就发现了孙伟农关于体育课的意图，非常赞成他的做法，私下找到他，提出了好几条可行性建议。孙伟农受到了启发，跟何希文一起，秘密给进步教员，尤其是体育老师们开了会，不仅增加了体育课的时间，还大大改变了体育课的内容，极尽所能地教给学生们对敌经验，还尽量教会他们一些急救知识以及危险时刻的应对手段。

此时，宽阔的操场上一派欢腾，何希文跟另外两名体育教师，在带着毕业班的学生们，模拟战场演练。毕业班的五十多个学生，除开孙达生跟骆远志缺席，都在操场上。在上过战场的何希文的指导之下，学生们分成几组，在做备战演习。

最边上是一组女同学，大概有十多个人，张佳惠是负责人，在分组练习战地急救。只见一个女同学扮演伤员，张佳惠一边给她包扎，一边给其余围观的八九个女同学讲解要领，女同学们根据她的讲解跟她一起练习。

还有几个女同学，站在一边看着，虽然好奇，却并没有参与到其中来。其中就有管秀琴，管秀臣的姐姐。她大概十八九岁年纪，穿着一件白底素花袄子，一件青色襦裙，外面罩着一件灰鼠毛披肩，手中抱着几本书，看起来就是一个旧式的大家闺秀。她站在紧挨着操场的院子门那里，朝外看着，秀气远山黛眉紧皱着，眼中露出恐惧、不解，还有一丝羡慕。可她终归没有能够走过来，跟同学们一起锻炼。当然，她的同学们，没有人有精力注意到她，也没有人邀请她过去。

距离女生不远处，是一组男生，十来个人在抬着自己制作的担架来回跑动。他们口中喊着号子，尽量让步调一致，让担架上的"伤员"不至于因为颠簸而伤口裂开。还有一组成员，正在组织投掷"手榴弹"训练。这些用来练习的"手榴弹"，是他们自己在家里用各种材质缝制的沙包，此刻，这五六个男生正在老师的指导之下，用尽全力把"手榴弹"投向敌人的"阵地"。

聚集的人数最多的，是在操场东南角的一组学生。那里树立了一排学生们自制的靶子，学生们瞄准靶子，有的拿着自己的弓箭，有的拿着弹弓，在练习打靶。其中最引人注目的，是何锦阳跟陈振中两个人，因为他们手中拿着的，是两杆枪。枪是猎人们用的土枪，子弹也是沙弹，非常简陋，准头不高，但这就足以让学生们兴奋了。此刻，他们两个正端着这两支枪对着靶心瞄准，扣动扳机，射击！子弹飞向靶子，何锦阳打中了靶子，学生们一阵欢呼。另外一边，陈振中的子弹却飞了出去，他有些沮丧。在旁边看他们俩射击的何希文走过去，指出陈振中刚才射击的问题，给他重新讲解一遍如何端枪、瞄准的要领，然后让他重新来，不要慌。又对何锦阳刚才的动作说了两句，就让他们重新练习。

看着学生们一丝不苟地练习射击，随时准备着上战场的热火朝天全力以赴的情景，何希文脸上露出了欣慰的笑。他深深明白，要抵抗日本人的入侵，必须要所有的国人团结起来，才能取得胜利。他相信，这些学生们就是中国独立和平的希望！透过那一张张大汗淋漓却热情坚毅的脸，何希文想到了自己女儿何夏萍，她今天要出城去联系冯平阳，不知道顺利不顺利。

耳边传来一阵高亢的欢呼声，打断了何希文的担忧，他看过去，原来，刚才何锦阳的一枪，正中靶心，才惹来学生们欢呼雀跃，有不少学生跃跃欲试。何希文叫何锦阳把枪交给另外一个男生，把他叫过来，笑着鼓励他，说他非常有射击天赋，要继续努力，争取成为百发百中的神枪手。何锦阳高兴地立正，给何希文敬礼，说自己保证做到！师生两个彼此对视了一眼，眼中有外人看不懂看不出来的默契，好像有什么不足为外人道的关系一样。

又一次脱靶的陈振中，站在一旁看着他们，虽然脸上也带着笑，但那笑容却含着几丝妒忌，不过他掩饰得很好，并没有让人察觉。他走过来，要何锦阳指导一下自己，何锦阳毫无芥蒂地答应了，跟陈振中一起射击。

何希文并没有阻止何锦阳帮助陈振中的行为，在他看来，陈振中技巧没有问题，就是心理压力太大了，才没有命中目标。他也没有主动上前去指导陈振中，也许何锦阳能让他减轻压力尽快调整状态，因为其他学生都还在等着练习射击呢！

果然，何锦阳手把手地给陈振中示范后，陈振中再次射出的子弹，终于打中了靶子，虽然并没有射中靶心，但也是足够让他自己跟所有的学生们受到鼓舞了。学生们再次欢呼起来，操场上的气氛达到一个高潮，学生们演练的热情更加高涨，何希文跟其他学校教员更加投入地到学生中去，没有人注意到原先围观的管秀琴已经走了，而一个会在不久的将来危害到他们生命的人悄悄来到。

这个人就是全英学校的训导主任秦永海，他站在操场上一棵高大的菩提树后面，盯着不远处师生们足以乱真煞有介事的军事演习，眼中露出憎恶、恐惧还有兴奋等复杂的表情。看到何锦阳跟陈振中开枪射中靶心的情形，秦永海的拳头握紧了，嘴里喃喃道：“真是反了！谁给你们的胆子？你们怎么敢这样做？”

没有人回答他，更没有人注意他，满脸愤慨暴怒的他，想冲到操场上去阻拦他们，要他们停下来，都回教室去上课，可刚走出两步，他就停了下来，因为他知道，没有人听他的，这帮不安分的胆大包天的动乱分子，不会听他的，因为他们后面，有人支持。想到这里，他转身朝学校里面走去，脸上一片狰狞和幸灾乐祸，好像预示到一场天大的祸事要发生一样。

第二节　我是灌云人

灌云板浦，全英学校。

下午三四点钟，太阳已经西斜，那曾经灿烂的金盘，已经越发苍白，但还是坚持发挥自己力量，犹自带着一些温暖的光线透过门前高大菩提树枝照射进位于国清禅寺第三进院落最右边的校长办公室里，斑驳在一张宽大的书桌上，给桌子上井然有序摆放着的文房四宝、课本、账簿、青翠欲滴的水仙花，蒙上了一层亮丽的橘色，让这间由罗汉偏殿改成的校长办公室，增添了几分温暖。

这个偏殿不小，足足有三间房那么大，原先供奉的是十八罗汉。在大乘佛教中，罗汉是低于佛和菩萨的第三等，含有杀贼、无生、应供等义，因此，这间佛殿虽然已经把所有罗汉给请出去了，但无形中还是弥漫着沉重的杀伐之气。明亮的阳光，就像一个慈祥却病弱的母亲一样，扫过墙上悬挂的几幅书画，扫过被各种线装书籍堆放得满满当当的古铜色书架，落到书桌后端坐的孙伟农身上。

鬓角染霜的孙伟农，正戴着老花镜，伏在桌子上，用钢笔批阅学生的作业。他看得非常认真，时不时地批注几个字，脸上的皱纹因为专注都舒展了很多。这一刻，也许是孙伟农最享受的时光，教书育人是他毕生投身的事业。孙伟农是中山先生坚定的跟随者，信仰三民主义，认为“治国经邦，人才为急”，所以，早在民国初年，辛亥革命胜利后，孙伟农就回到家乡灌云，卖掉祖上的四十份滩涂，创办了全英小学，面向全县的平民子弟招生，成功创办了灌云县第一所平民小学。孙伟农不仅采用西式课程教学，还在学校设置奖学金，鼓励学生们努力学习，更是减免了家境贫穷学生的学费。不仅如此，孙伟农还于1925年，招收女学生，创办了第一个女生班。毫不夸张地说，孙伟农是灌云第一个教育家。让每一个灌云孩子都有受教育的机会，是孙伟农毕生的梦想。虽然这一目标对于灌云的现在的经济状况，还有全县师资来说，都是一个巨大的挑战，但以孙伟农为首的灌云革命先驱者们一直在努力。

跟黄埔军校的那位校长蒋先生不一样，孙伟农不仅亲自抓学校的教学管理，还给毕业班的学生们授课。他也不讲别的，就讲时事政治。他给学生们讲当前国际国内形势，让他们明白自己的使命和人生的价值。他要站在讲台上，对每一个莘莘学子说孙先生的那句话：“惟愿诸君将振兴中华之责任，置之于自身之肩上。”

孙伟农现在批改的，就是这一届毕业生们的作文，题目是孙伟农出的：“我是一个灌云人”。

是的，孙伟农虽然退守灌云，虽然变成一个园丁，却没有消除甚至减弱他的政治敏感和忧患意识。他虽然并没有如张佳惠、何锦阳等学生们那样，站出来大声疾呼，要抗日救国、保家卫国，但他非常清楚现在形势之紧张。而因为他跟省府的联系，他了解的情况更多，更详细。淞沪会战的残酷和凄惨真相他清楚，日军占领中国领土后的暴行他清楚，日军兵分三路南下，徐州安徽等地告急他也清楚，日军战舰和船只载着海军陆战队集结在连云港海面准备攻打灌云他更清楚。孙伟农为此心急如焚，夙兴夜寐，他考虑得更多，担心得更多。日军的坚船利炮，并不是能够灭亡灌云乃至海州沦陷的关键因素，危害他的家乡灌云的致命因素，是国共两党的内斗，是汉奸卖国贼的叛国行为。以灌云的驻军力量、地形之险要，如果真如共产党中央在七七事变后号召的："全国同胞、政府和军队团结起来，筑成民族统一战线的坚固长城，抵抗日寇的侵略"，那灌云就固若金汤，绝对不会让日本人登陆。可如果国府只不择手段去"剿匪"、想着升官发财，忙着内斗，那灌云连带着那白花花的盐田，都会成为日本人侵略中国的后方，他们也会成为亡国奴，被欺侮奴役！

这绝对不是孙伟农杞人忧天，发生在恒通运输公司的事儿他听说了，叛变的宋斐然带人到处抓捕"赤匪"的事儿，他也亲眼所见，板浦虽然已经戒严，但那都是警察局长朱治均的发力，武器装备更好、人员更多的县守备大队却根本没有上前，他们的人员都去"剿匪"了，孙伟农曾经就此事给县府上书，要求县长制止这种行为，并组织起灌云青壮修筑工事，组织备战。张文明表面上敷衍着答应，实际上完全没有放在心上，我行我素。孙伟农痛心疾首，可他能做的也非常有限。他知道张文明指望不上了，只能靠民众自己了。要想组织民众起来抗战，必须要进行最广泛的宣传，所以，陈振中、张佳惠和何锦阳提出的要组织全县范围内的抗日募捐游行，孙伟农是非常支持的！朱治均提交给张文明的那份申请，就是孙伟农交给他的，朱治均是孙伟农的学生，孙伟农跟朱治均分析过当前灌云形势之危急，朱治均非常认同，逼着张文明签字同意游行之事。孙伟农觉得这还不够，还要更多更大范围内进行抗日宣传，所以，他给组织游行的学子们布置了这篇作文，就是想集思广益，广泛征集大家的方法，把活动的影响最大化。

此时，孙伟农正在看陈振中的文章。陈振中是孙伟农的得意高足，又是这次活动的具体执行指挥，所以，他的文章孙伟农非常重视。陈振中写这篇文章时，肯定请教过何希文，写得条理非常清晰。陈振中提出，邀请灌云军政领导、各界领袖和灌云六区德高望重的乡绅和民主人士来参加募捐大会，还要组织各种文艺汇演、演讲，最终要现场募捐，所得款项全部捐给抗日军队。当然，陈振中文章中最点睛的一笔就是，要招募来的人当场报名参加灌云抗日义勇队。抗日义勇队是何希文提议、孙伟农大力支持的项目，就是组织起灌云民众，作为抗日的第二梯队，在战斗中配合作战部队，做运送弹药、补给和伤员，修筑工事的工作。这支队伍的作用也非常重要，之前张之信代表军队对地方上要求的主要支持，就是要张文明组织提供战场民夫配合部队作战。张文明感到特别棘手，不想答应张之信，是因为征集民夫跟征兵没有太大区别，老百姓特别抵触，除非强制，很难办到。而这关键的一环，何希文想到了，也提出了解决方案。孙伟农大力支持，对陈振中在文章中提出的方法，孙伟农大部分是肯定的，但从实践角度，还存在一定的问题，孙伟农提笔给他修正。

可这段让孙伟农一个人静静地思考、布局的时光，却被一只"苍蝇"给破坏了。办公室的门被推开了，秦永海闯了进来。他气急败坏地冲到了孙伟农跟前，大声嚷嚷着："校长，你知道他们在干什么是不是？你要是不管，我就上报县教育局，把他们当做赤匪给抓走！"

孙伟农并没有抬头，还在低头在学生的作业簿上写批语，好像并没有听到秦永海的嚷嚷似的。孙伟农的这个态度，让秦永海更加火冒三丈，他冲上前去，一手拍在孙伟农面前："孙伟农，孙校长，你要死可别拉着我们给你陪葬！是你，是你，都是你在后面支持，要不然那帮孩崽子怎么能那么猖狂！"

孙伟农这才抬头，盯着秦永海："放手！"

秦永海才看到自己的手压在一份作文之上，他抬头看着孙伟农，难以置信："孙校长，您刚才没有听到我的话？"

孙伟农拿出被秦永海压着的作业本，小心整理好，还是没有理秦永海。秦永海更加暴躁，更加大声地喊："你故意整我是吧？我告诉你，别以为你是校长我就拿你没办法，这学校就是你一手遮天！姚局长说了，这个学校虽然是您出资的，但也必须受县里教育局领导！上面三令五申要学生们安心学习，不要胡搞乱搞，上次宋督查来的时候可说清楚，如果学生们再出去胡闹，搞什么游行啊示威的，扰乱民心和社会秩序，那就要以叛国罪被抓起来的！”

孙伟农脸上露出了嘲讽:“这话,等你当了校长再跟我说吧！”

秦永海看吓唬不住孙伟农，又不甘心这样离开，眼珠一转，放低声音说：“孙校长，您是我的老领导，你是明白我的。虽然我这个人不会说那些讨好的话，但我是真心为学校好的！”

孙伟农还是很淡定，但话却毫不留情：“你的好心，我知道，咱们学校的师生都知道！还请你把你的好心收起来，别到处乱施舍！”

秦永海脸上那一副施舍的样子，僵住了，他甩了甩头，又厚颜无耻地继续：“我知道孙校长你看不起我，道不同不相为谋，我也不强求！不过，你对我的语言攻击还有自尊上的鄙视，那都是个人恩怨，我秦永海可以不计较！但孙校长，我郑重严肃地警告你，如果你放纵他们继续这样干，那你这个校长明天就是我的啦！”

秦永海说着,脸上竭力表现出真诚来,希望孙伟农相信自己。孙伟农慢条斯理地说：“放纵他们继续干什么？我怎么不知道咱们学校有什么违法乱纪的事情发生啊？而且这事情还能让我当不成这个校长，要让你一个训导主任来继任校长？”

秦永海惊讶:“孙校长,你不会真的不知道外面发生什么吧？”

孙伟农：“外面发生了什么？不就是学生在学习，老师在上课吗？”

秦永海：“哈，说得轻巧！学生在学什么啊？老师在讲什么啊？那可都是不允许的！”

孙伟农：“哦，谁不允许啊？是你秦主任不允许吧？”

秦永海收起了脸上的表情：“孙校长果然清楚！他们果然是孙校长怂恿和支持的！”

孙伟农："秦主任这话我不明白，请你解释一下，我这个校长怂恿他们什么了？"

秦永海："校长心里明白！"

孙伟农："还是请秦主任说个明白吧！你这一下给我扣了这么多帽子，我还有可能被抓到公安局里面去，不说个明白，我是不会认的！"

秦永海："好，那我请问孙校长，陈振中他们放着文化课不上，天天在操场上练习射击做什么？"

孙伟农："射击是君子六艺之一，体育课上学生们练习一下，也有备无患！"

秦永海："好一个有备无患！我就是要问问，他们哪里来的枪？您不说我也知道，除了杀人放火共产共妻的共产党，谁能给穷学生发放枪支？"

孙伟农："秦主任，没有证据，请不要乱讲！这是污蔑！"

秦永海："是不是污蔑，宋督查还有县长大人他们可非常清楚！还有女生，一个个不安于室，做那什么担架，还要学习急救，需要她们抛头露面时，那还要我们男人干什么！"

孙伟农："国家兴亡匹夫有责，女生也要为保家卫国出一份力量，你还要拦着不成？"

秦永海："我就知道，他们这样胆大包天，是校长你给他们的勇气！"

秦永海说着要往外走："孙校长，虽然你们都认为我是小人，但我今天要用行动告诉你们，我是一个君子！我先礼后兵，既然你们不听我的，那就别怪我去上报！"

孙伟农脸上的嘲讽都挡不住了："秦主任，请不要侮辱了'君子'这两个字。"

秦永海气得笑了，眼中却露出阴狠："孙校长，孙伟农，你会为你今大的话付出代价的！"

孙伟农把手中的本子打开，那句大大的标题非常醒目："秦主任，看看这句话，希望你能记住它！”

秦永海看着那几个光闪闪的大字：“我是灌云人！”他脸上神色不变，好像他做的是一件多么正义的事情，他有些歇斯底里地喊道：“我知道我是灌云人！我不是汉奸！我是忠于党国热爱自己家乡的！”

孙伟农：“有理不在声高，我还没有聋，我听得清，而且记得住！希望你说到做到！”

秦永海：“哼！不用拿大帽子压我！我知道自己在做什么，我是为了党为了国家好！”

孙伟农：“还是那句话，你的好心大家都知道！请收起你的好心，我就非常感谢了！”

秦永海突然上前，要拉着孙伟农往外走：“走，我们一起去见县长，让他给评评理，到底谁做得对，谁应该被抓起来！”

孙伟农拂开他的手：“放开！我没有错，学生们也没有错，就是见了县长，我也是这样说！”

一个温柔的女声传了过来：“县长永远不会抓校长您的！”

第三节　你方唱罢我登场

孙伟农跟秦永海抬头看去，段淑琴俏生生地站在办公室门口，脸上带着自矜的笑，殷切地看着孙伟农。她穿了一件狐狸皮领子黄色呢子大衣，戴一顶贝雷帽，手里挎着一个白色小坤包，大衣里面是月白色旗袍，颈间一串莹白的珍珠项链，衬得她高贵大方。

秦永海并不认识段淑琴，看到这么一个美人，惊艳之余，想表现一下自己，就抢在孙伟农之前，招呼段淑琴：“这位女士，您是学生家长吧？我是学校的训导主任，有关学生的一切事宜，您都可以跟我说。”

段淑琴收到了秦永海的殷勤，冲他点头笑了一下，还是对孙伟农：“公公，您放心……”

孙伟农却一摆手，冷淡之极地说：“这位女士，当不起你这样的称呼！”

段淑琴被他的冷淡打击到了，好像受到了多大的打击，眼中立即浮现出湿意：“公公，您恨我，我知道！这么多年了，您老就别生我的气了！”

孙伟农声音大了：“我再说一遍，请你不要这样称呼我，我当不起！还有，你言重了！我恨一个不相干的人干什么！”

段淑琴还想说什么，孙伟农打断了她，走到椅子处坐下：“我很忙，请你们都离开！”

段淑琴：“伯父，我叫你伯父总行了吧？我这次来是请您原谅的……”

孙伟农却完全不听她的话，拿起一本书，诵读起来：“大学之道，在明明德，在亲民，在止于至善……”

段淑琴眼泪流了出来：“伯父，请您不要这样对我！我……”

孙伟农诵读的声音很大，淹没了段淑琴的话。段淑琴想上到孙伟农跟前，被秦永海拦住。秦永海打抱不平，怜惜地做出一副见义勇为的样子，把段淑琴请到门外，并顺手关上了办公室的门：“这位女士，校长年纪大了，各方面都出了问题，如果你有事儿，越是上赶着，他越拿乔！你有什么事情，跟我说一下，我帮你解决！”

段淑琴沉浸在自己的情绪中，怀疑地看着他：“你是哪位？”

秦永海连忙挺直胸膛，做出一副绅士模样，介绍自己：“鄙人姓秦，秦始皇的秦，名永海，永远的永，大海的海，我父亲给我起这个名字，是希望我如大海一样奔腾不息！鄙人目前是这所学校的训导主任，负责全校师生的纪律和秩序，但教育局领导对我信任有加，着我负责全校事宜。”

段淑琴带着眼泪冲着秦永海笑了：“失敬，原来是秦主任！”

秦永海得意："不敢！敢问女士来我们学校，是有什么事儿吗？"

段淑琴犹豫了一下，看了一眼已经关上的门，语音带出一丝委屈："我是来找……"

秦永海被段淑琴的柔弱，勾得差点忘了自己姓什么，立即打包票："虽然我还不是校长，但孙校长年龄大了，身体又不好，精力不够了，学校的事务，都是我在打理。女士有什么事情，尽管开口，永海自当肝脑涂地，万死不辞！"

段淑琴相信了秦永海，说自己是来找儿子的。秦永海虽然觉得遗憾，这样的美女，竟然是有夫之妇，但他也愿意为她效劳，彬彬有礼地请段淑琴说出孩子的姓名，他一定会对孩子多多关照，最起码能保证孩子的安全。段淑琴本来就担心孩子，听秦永海话中有话，就问是不是有什么危险。秦永海故作神秘地邀请段淑琴到自己办公室里坐一坐，喝一杯茶，好好给她介绍一下学校的情况。段淑琴对秦永海的热情非常感激，跟他到了他的办公室——也就是校长室的隔壁，跟他去促膝长谈，想把被孙伟农冷漠拒绝的委屈找个人倾诉一下，完全没有注意到，孙伟农已经停止了诵读，从窗户里看着她跟秦永海进屋，眼中涌现的厌恶。

秦永海把学校里的天大祸事跟段淑琴都说了，说这个危险的行为，完全是孙校长不顾学生安危为了自己名利的自私行为，鼓励她以学生家长的名义，去教育局揭发举报孙校长。段淑琴手中捧着秦永海专门为她泡的咖啡，瞪大眼睛，不相信地反问秦永海，他说的这一切都是真的吗？孙校长真的让学生们练习开枪？再次得到肯定答案的段淑琴，惊讶地丢掉了手中的杯子，站起来就走出了秦永海的办公室，推开孙伟农的门就冲了进去。

段淑琴大声喊着："伯父，你就是恨我，也不能让达生去送死啊！他是你的亲孙子啊！"

段淑琴泣不成声，好像世界末日一样，跑到孙伟农面前，苦苦哀求。跟进来的秦永海目瞪口呆地看着，但旋即对孙伟农也都是谴责。孙伟农冷冷地看着段淑琴，看她嚎哭的样子，漠视而无动于衷。

段淑琴口口声声数落孙伟农不近人情、不顾亲孙子性命，真是声声泣血、句句含泪，直接把孙伟农断定为杀人凶手，冷酷地要孙子去送命。外面已经有人探头探脑地往屋子里面看了，孙伟农实在听不下去了，一拍桌子喝道：“够了！闭嘴！”

段淑琴被吓住了，张大嘴巴停止哭泣，看着孙伟农。孙伟农脸上一片肃杀：“我不管你来干什么，都给我马上滚出去！立即，消失！”

段淑琴还没反应，秦永海蹦了出来，挡在段淑琴前面，喝道：“孙伟农，你真是冷酷无情！你凭什么赶人？这位女士是我们的学生家长，她有权利表达自己的意见！她更有权利拒绝学校的安排！我跟她一起抗议！”

孙伟农也不废话：“滚！”

段淑琴更加悲伤，她哭着哀求孙伟农：“伯父，您不能这样对达生，您要是恨我，就冲着我来！不能让达生上战场的，一鸣他就是……”

孙伟农断喝：“闭嘴！你不配说我儿子的名字！”

段淑琴被打击得摇摇欲坠，眼泪成串往下掉，站起身就要往外走：“不行，我去找达生！我绝对不能让他去送死！”

孙伟农更加暴怒：“站住！不许你去找他！你有什么脸见他？！”

段淑琴停下，哀哀看着孙伟农：“伯父，您非要这么狠心吗？达生是我儿子，是我身上掉下来的肉，不管他怎么对我，我也不能不管他。”

孙伟农眼神一厉：“我说过了，不许就是不许！你执意要去打扰他，别怪我对你不客气！”

秦永海：“孙校长，你别仗着年纪，就欺负人！我算是听明白了，她是你的儿媳妇，你都这么狠心对她，你有什么资格当校长！”

孙伟农看不都看秦永海，只对段淑琴说话：“段淑琴，我希望这是最后一次见到你，也是最后一次跟你说话！”

说完，孙伟农好像看到什么让人恶心的东西一样，迈步朝外走去——他们不走，他走，孙伟农觉得自己的血压又升高了，脑袋嗡嗡的，他非常明白，再跟这个女人呆着这里一分钟，他都要再次中风。

段淑琴还不愿意放过孙伟农，也跟着往外跑，嘴里还不甘心地求他：“伯父，那是您亲孙子，您不能这样对他啊！”

孙伟农更加厌恶，脚步加快，可段淑琴的喊声却依旧传了过来：“不管你怎么恨我，我都不会让我儿子孙达生上战场当炮灰的！”

一个声音从外面传了过来：“孙达生要去当炮灰了？好好好！”

孙伟农往外走的脚步停下了，脸上的愤怒更加明显了，紧紧盯着来人。来人也看到了他，脸上的笑容扩大了：“叔父，有日子不见了，您老人家这身子骨越来越硬朗了啊！”

来的是孙一喜，还有他的两个保镖。孙一喜肥胖的身子已经超负荷运转了一天，貂皮大衣也挡不住他的疲惫和气急败坏，看到孙伟农，被横肉挤成一条线的小眼睛，露出了仇恨和贪婪的光。

孙伟农控制着自己的情绪，两只手在棉袍下面紧紧握住，才不让自己抬起手，狠狠扇向那张泛着油光的大饼子脸。孙伟农冷冷看着孙一喜，虽然内心已经怒极，但并没有开口。他已经听到了孙一喜喊出的第一句话，是关于自己孙子的，他猜测孙一喜是为孙达生而来，而且来者不善。

孙一喜就是冲着孙伟农而来，此刻看到正主儿，他毫不客气地堵住孙伟农的去路，脸上浮现出狞笑：“叔父，不请我进去坐坐？”

孙伟农盯着他，一个字一个字认真地说：“我从来不跟不孝不悌、数典忘祖的畜生说话！还有，请不要称呼我叔父，我没有这样猪狗不如的侄子！”

孙一喜脸上的恨意都挡不住了，他抬起手，想打孙伟农，想到了什么，又控制住自己，又笑了：“好，既然叔父不愿意认我这个侄子，我也就不上赶着了！其实说实话，我也不想来见您，谁想找骂啊？可谁让我也姓孙呢，我总不能见到我的侄子，您的孙子去送死，都不告诉您一声吧！”

孙伟农根本不跟他废话，更不听他的语音，就知道他没有好话，更是不怀好意，就给他一个字：“滚！”

可段淑琴这个从来不带脑子出来的女人，听到了“送死”两个字，受不了了，三步两步冲到孙一喜面前，哭着问：“你说什么？大生在哪里？你看到他了？请你告诉我！”

孙一喜看着段淑琴，脸上闪过一丝意外，更多的是得意：“这不是弟妹吗？你看，我还真是来着了，我要是不给你送个信儿，你这亲妈连儿子的最后一面都见不着了！”

孙伟农气得浑身发抖，冲着孙一喜：“立即马上给我滚，要不然，别怪我对你下手！”

段淑琴则信了，大急：“堂哥，你快说啊，大生到底怎么了？”

孙一喜刚要说话，孙伟农已经找到了自己的手杖，冲着孙一喜劈头盖脸地抽了过来。孙一喜早就防着他呢，看他过来，连忙冲着保镖喊：“给我拦住他！孙伟农，你敢打我！我让你吃不了兜着走！”

保镖护着孙一喜跑，孙一喜没有发话，保镖也不敢跟孙伟农动手。孙伟农真气坏了，下手毫不留情。孙一喜东躲西藏，让保镖护着自己，但还是有几棍子打中了他。虽然是冬天，穿得很多，身上并不疼，但打到脸上，就很疼了。孙伟农并不是第一次打孙一喜，作为族长的孙伟农，对孙一喜这样的不肖子孙败家子，积威甚重，孙一喜骨子里是很怕他的，所以，虽然有保镖，他还是如之前一样，一边跑一边求饶。

段淑琴担心儿子，大喊着冲了上来，抓住孙伟农的手杖：“伯父！你别闹了！别打了！人家堂哥是为了大生好才过来的，你这样不分青红皂白地打他，还有没有一点儿长辈的样子！你真的就不管大生了？你怎么能这么狠心？”

秦永海也来劲儿了，他义正辞严地指责孙伟农：“这位女士说得太对了！孙校长，你一言不合就动手打人，根本就没有一点儿校长的风范！你要是有一点儿尊严，就应该主动引咎辞职！”

孙伟农在暴怒的边缘，盯着段淑琴：“放手！”

段淑琴坚持抓着手杖不放，却对孙一喜说：“堂哥，你快说，大生在哪里？明哥一定会去救他的！明哥是把大生当做亲生儿子的，绝对不会像他祖父那样不管的！”

看到段淑琴这个蠢女人配合自己，孙一喜也不躲了，心中笑开了花，挑衅地看着孙伟农：“还是亲娘啊！没娘的孩子像根草，弟妹，你不在的这几年，大生可遭了老罪了！”

这是当着面挑拨，段淑琴听不出来，还深有感触，眼泪又出来了：“谢谢堂哥，请你快点儿告诉我，大生在哪儿，我好让明哥去救他！”

孙伟农更愤怒了，抽了两下手杖，没有抽出来，就松开手，指着段淑琴还有孙一喜气得说不出话来。孙一喜看到他这样，脸上现出喜色，插心窝子的话，飞快地说了出来：“那弟妹你可要好好求求张县长，大生抢了我的汽车，差点被警察枪毙了！”

段淑琴吓得尖叫：“啊！真的，这不可能！我要让明哥给警察局长打电话，不能枪毙大生！”

孙一喜还唯恐孙伟农气不死，继续火上浇油：“我亲眼见到的，他跟骆家那小子，开着车就出城了，我怎么劝也劝不住！抢走了我的车是小，我这个当伯父的，就是送他一辆车也没什么，可我担心的是他的安全！”

段淑琴：“他出城去干什么了？”

孙一喜一脸担忧的样子：“他去杀日本太君了！”

段淑琴脸色苍白，摇摇欲坠："不行，我要去找他！"

段淑琴就要往外跑，被一个声音拦住："伟农！"

孙一喜专门捅心窝子的话，段淑琴冲着一块豆腐闹自杀的蠢不可及，让孙伟农的血往上涌，心跳得特别快，眼前一黑，身子倒了下去。

第四节　能动手就绝不动口

一个身影快速走了进来，扶住孙伟农，用自己的身子给他当了靠垫，让孙伟农没有倒在地上，而是倒在自己身上。这个人是严云初，这里闹得这样大，没有人听到下课铃响，更没有人看到严云初拿着课本走进院子。跟她一起进来的，还有何希文、两个体育老师，以及陈振中、张佳惠等一帮学生。

看到院子里的这鸡飞狗跳的一片混乱，严云初妩媚的丹凤眼中，一片厉色。她一边给孙伟农顺气，一边对何希文说："何老师，请你帮我把这两位给送出去，我们学校不欢迎他们！"

何希文立即走到孙一喜跟段淑琴面前："请离开这里！"

段淑琴还想说什么，何希文却不给她机会开口："还要我们把你们扔出去吗？"

何希文跟学生们是从操场上直接过来的，因为刚才的训练，他们脸上带着杀气，狠狠地瞪着孙一喜跟段淑琴。何锦阳跟张佳惠手中还拿着两杆枪，乌黑的枪口直直对着他们两人，好像他们不走，就要开枪。

秦永海又蹦跶出来，冲着何希文严云初大喊："我看你们谁敢开枪！你们还有没有王法？啊？我看你们就是一群暴民！都该抓到大牢里面去！"

何希文丝毫不弱："我数到三，如果你们再不出去，我就报警！ 1,2，……”

何希文很快数完，段淑琴跟孙一喜连动都不动，根本不在意何希文。何希文也不恼，冲着何锦阳：“这位同学，麻烦你到警察局报案，就说我们学校闯进来歹徒，打伤了孙校长，严重扰乱了我们的教学秩序，我怀疑他们是日本特务，侵略到我们学校，请警察老总们带上武器，否则后果不堪设想！”

何希文的话没有说完，孙一喜就跳了起来，指着严云初大喊：“呵呵，孙夫人，孙婶子，看好你家的狗腿子啊！别冲着谁都敢叫唤！谁是汉奸，谁是日本特务，没证据不要胡咬！”

段淑琴也过来，冲着严云初哭诉：“婆婆，您说句话吧，千万不要让大生上战场啊！孙一鸣要不是你们非……”

在张佳惠、陈振中等人的帮助之下，严云初已经把孙伟农弄到椅子上去，正在给他吃药、喂水。孙伟农眼睛紧闭着，脸色苍白中带着一丝潮红，呼吸急促，有些中风的征兆。严云初给他喂了两口水，他都没有喝进去，严云初一片忧色，轻轻呼唤着孙伟农，对段淑琴跟孙一喜这两张狰狞恶心的嘴脸，完全无视！

段淑琴还要往前凑，孙一喜也想一下子气死孙伟农，大声嚎哭着就要冲了过来，只要再加一把火，老头子就一定会嗝屁了，最好是连老婆子也一起上西天！孙一喜不怀好意地张开大嘴就哭上了：“二叔，你怎么就这样去了啊！我一鸣哥哥已经死了，他还是大汉奸，你要是去了，咱们灌云人都会给你放鞭炮庆祝的……”

这话相当恶毒，好像一把刀一样插入孙伟农老夫妇的心窝子，孙伟农呼吸更加急促起来。

何希文见势不好，给另外一位体育教师使了一个眼色，一起冲了过来，上前拦住孙一喜，一人一个胳膊，架着他就往外拖。

孙一喜喊：“你们干什么？你们这是要杀人啊！全英学校就是一个土匪窝，还杀人越货了！”

孙一喜喊他的保镖，何希文对陈振中他们喊：“谁敢动，就开枪！”

面对乌黑的枪口，保镖们不敢轻举妄动，跟着何希文他们朝外走。孙一喜被架了出去，一边还在不甘心地喊：“孙达生那个小混蛋，抢了我的车，我看他就是开着车去送死的，二叔二婶啊，你们别着急，早晚会一家子在地下团聚的！”

严云初面沉似水，喊了一声：“停下！”

何希文跟同事一顿，停下了脚步。严云初快速赶了上来，走到还在大声谩骂的孙一喜跟前，举起手，就给了他一记耳光。

严云初严厉但坚定地说：“孙一喜，你个畜生不如的东西！我告诉你，我们不会让你得逞的！人在做天在看，我跟我们家先生，上对得起天下对得起地，问心无愧，一定会长命百岁的！”

孙一喜被她的精气神所逼迫，有一瞬间的退缩，但他立即就更加嚣张地要骂回去。何希文不等他张口，掏出他皮衣里面的手套，塞到他嘴里堵住他的嘴，让他再也说不出话来了，何希文跟同事把他直接架出去，扔到校门外。保镖连忙上前，扶起孙一喜，问他怎么办。孙一喜踢了他一脚，大骂废物，说赶紧去陈家港，那批货要紧。

何希文跟同事还有学生们回到校长室，要把孙伟农送到医院去，孙伟农已经喝下药，缓过劲儿，摇头表示不用去医院。严云初担心，但也不愿意逆着他的心意来，只能谢过何希文等人，要他们赶紧去忙自己的。而还杵在这里、好像谁欺负了她的段淑琴，却还不想走，还要哀求孙伟农严云初这一对前公婆。秦永海在一边，耐心细致安慰她，殷勤得像一只哈巴狗！

何希文看到了，皱眉想说些什么，可他不了解情况，没有说出口，只是看向严云初。严云初示意他放心，这件事她自己解决，何希文点下头，带着全英学校的人出去了。

段淑琴看到没人了，委委屈屈地张口要说话，被严云初打断，她看着秦永海：“秦主任，请你离开！”

秦永海被严云初这直截了当的驱赶弄得不知道说什么，他根本没有什么理由再待下去，可看着段淑琴的样子，他就是不想走，要保护她。秦永海还没有找到理由留下，严云初就已经走到段淑琴面前，抬手就给了她一记耳光。段淑琴被打得尖叫一声，捂着脸看着严云初。秦永海更是心疼地过来，呵护备至地要给段淑琴看脸，同时冲着严云初大喊：“你怎么打人？你凭什么打人！”

严云初看都不看秦永海，只盯着段淑琴：“滚！”

秦永海还要说话，段淑琴拦住了他：“秦主任，请你出去！”

秦永海讪讪的，虽然十万分不情愿，还是朝外走去：“女士，不要怕，我就在外面，有事儿就喊我！”

段淑琴含泪感谢，秦永海觉得自己是英雄，走到门口，还轻轻关上了门。

段淑琴扑通一声给孙伟农跟严云初跪下：“公公、婆婆，我知道你们恨我，可我也是迫不得已啊！一鸣他非要上战场，根本不顾我的感受，我实在受不了啊！”

孙伟农看着段淑琴，情绪又激动起来。严云初担心他，一直给他轻拍背部，低声说：“不生气啊，咱不气啊！跟畜生生气，不值当的！人贱自有天收，别为了不相干的人折磨自己！”

严云初这是劝孙伟农，也是劝自己，孙伟农脸色好些了，坐到椅子上，指着段淑琴：“如果你还是一个人，还有一点儿良知，就永远不要出现在我们面前！”

段淑琴难以置信地看着孙伟农：“公公，你怎么能这样对我！我是一片好心啊！我嫁给孙一鸣十年，守了十年活寡，你们凭什么要求我？我被你们害得这个样子，你还打我，你们怎么能这么恶毒？你们……”

段淑琴抱怨的话，结束在严云初用尽全力扇过来的一记耳光中，她简直不敢相信，严云初在她眼中是大家闺秀，之前她们的婆媳关系非常好，她连一句重话都没有说过自己，可今天她却连续两次扇自己耳光，简直像变了一个人似的，凶神恶煞地看着自己，段淑琴惊讶的同时，又非常愤怒，气往上涌，就要说话。可严云初根本不给她说话的机会，抬起手又要打她，段淑琴终于怕了，朝后退去，躲开了这一巴掌。严云初跟了上来，又扬手打过去，段淑琴终于忍不住叫了起来："你凭什么打我？你要是再打……"

话没有说完，严云初的手又落到了段淑琴脸上，段淑琴一声尖叫，就要反抗。严云初化身怒目金刚，根本不管段淑琴的反应，扬手接连扇向段淑琴，打得她抱头鼠窜。一直躲在外面的秦永海实在看不下去了，不管不顾打开门冲了进来，大喊着别打了，拉着段淑琴朝外走去。严云初也不追他们，指着段淑琴霸气宣告："别让我看到你！看到一次，打你一次！"

段淑琴再也不敢叽歪，秦永海还要说话，也没有走远的何希文快走几步回来，走上前来，一把把他拉到一边："秦主任，没你什么事儿！"

段淑琴脸颊红肿，发髻凌乱，一副被虐待的样子，捂着脸就知道哭，浑浑噩噩的，不知道该做什么。秦永海被何希文拽走，她失去了依靠，一下子摔倒在地上。何希文冲着站在院门外的张佳惠喊了一声："张同学！"

张佳惠立即反应过来，拉着一个女同学过来，扶起段淑琴，嘴里说着段阿姨，您先回去，也不管她的反应，给女同学使眼色，用力拉着她就朝院子外走去。何希文舒了一口气，对着还在挣扎的秦永海低声说："秦主任，您这怜香惜玉的过了啊，您知道那位是谁吗？小心便宜没占到还惹了一身腥！"

何希文眼神示意被架出去的段淑琴，秦永海一惊："她不是孙校长的儿媳妇吗？"

何希文没有说话，放开了秦永海，朝办公室走去，办公室的门开着，他却没有进去，而是站在不远处，默默守候。看着何希文神秘的样子，秦永海本来想去追段淑琴的脚步停下了，他狐疑地也看向办公室。

办公室里面，严云初已经恢复了温婉柔弱的样子，整理着被摔到地上的书本，一边用眼瞄着孙伟农。孙伟农被她一下一下地看得有些烦了：“我身体没事儿，刚吃了药了！”

严云初脸上闪出一丝笑意：“我知道你没事儿，也知道你吃了药了！我就是等着你说家门不幸这句话呢！”

孙伟农被她逗得露出一丝笑意，但又觉得笑不出来，长叹一声：“是我眼光不好！当初，你跟一鸣都看不上她，觉得她虚荣、懦弱，没有担当，你说我当时怎么就觉得她温柔、贤惠……”

严云初打断了他的自怨自艾：“过去的事儿还提它干什么？人啊，要往前看，不要用别人的错误来折磨自己！”

严云初边说边示意他看外面，孙伟农这才看到何希文跟秦永海都站在门口往里面看，不过，前者是关心，后者是窥探。孙伟农朝他们瞪眼：“都回去！赶紧去工作！”

何希文看他没事儿，就放心了，拱了拱手，转身走了。秦永海也讪讪的，想说什么，却又说不出来，只能扫眉耷拉脸地走了。

严云初笑了：“咱孙子说得对，做君子太累，能动手就绝对不动口！”

孙伟农满腔的郁气被她都快说没了，想想也是，为这样的人气病了，甚至气死了，那是他活该，说明他的养气功夫还没到家。他知道严云初是为了让自己开心才这样说的，看着她因刚才那一场混乱而变得有些狼狈却不损她温润如玉的气质，孙伟农的心蓦地一软，嘴角露出一丝笑意，看着她：“打人打痛快了？”

严云初看到他笑了，知道他已经放下了，一直提着的心也就放了下来：“痛快！真像骆家那小子说的，平生第一快事，就是把那些恶心的人，亲手给撕了！”

孙伟农：“悠着点儿吧，严先生！你的学生们都看到你彪悍的样子了！他们有样学样，看你还怎么说！”

严云初：“我就怕她们不学！要是像段淑琴这样的，还不知道怎么祸害她们的婆家呢！”

严云初突然转变了话题：“你说，大生要杀孙一喜，为什么？”

孙伟农脸上现出思考的表情："十有八九，大生是找到了证据了！"

严云初："这证据跟孙一喜有关！"

孙伟农点头，脸上是浓浓的担忧！

第五节　坚决抗日的，只有共产党

灌云韩集区，通往小庄村路上。

何希文不知道，被他心心念着的闺女，那个喜欢穿男装、能唱淮海戏、具有满腔侠义精神的何夏萍何大侠，此时已经完全变成了一匹脱缰的野马，脱离了他们父女两个原定计划，朝着谁也没有办法决定的未来走去。

其实要何夏萍说，还真不是她故意打乱之前的计划，随机行动，而是不得已为之。何希文跟何夏萍父女两个，从何希文在上海被捕之后，就跟党组织失去了联系。后来敌特把他秘密押送苏州，被营救出来后，直接回到家乡灌云，更是没有能够跟地下党组织有任何联系。所以，他们父女俩回到灌云的第一个任务就是寻找党组织。可灌云形势之严峻，出乎他们意料，在国民党反动派的残酷镇压和"清剿"之下，党组织遭受极大的破坏，很多同志被捕，还有不少同志被杀害，我党大部分活动都转到地下。即便当下，七七事变后，在中国共产党的号召和大力扶持之下，抗日民族统一战线已经正式形成，以李宗仁为委员长的第五战区抗日动委会也已经成立，但刚刚走马上任了月余的反动县长张文明，还是坚持反动路线，就是极大地以为日军不足为惧，灌云一定不会沦陷，坚决贯彻蒋介石的"攘外必先安内"反动路线，由他这个县长带头，利用宋斐然这个叛徒，一心要"剿匪"，全然不顾大敌当前、家乡就要沦陷的危险，完全不顾数以百万千万计的中国同胞被日寇屠杀的残酷现实，用中国人手中的枪，毫无顾忌地杀害共产党同胞。

更可耻的是，叛徒宋斐然更是为虎作伥，带领国民党反动派抓捕了很多我党同志，让灌云党组织几近瘫痪。幸好灌云县委组织部长冯平阳，早先得到了消息，让几个板浦全英学校的同志通知了其他各区的党组织，才提早做了一些防范，才没有让张文明跟宋斐然的“清剿”计划得逞。

从孙君年处得到这一宝贵消息后，何希文跟何夏萍首要任务，就是跟冯平阳取得联系。可令他们焦虑的是，因为宋斐然的叛变，板浦为核心的灌一区，所有的地下交通站都被敌人捣毁，没有捣毁的也被敌人控制起来，挖好陷阱，等他们上钩。何希文跟女儿在几经奔走多方联系还没有找到冯平阳踪迹的情况之下，只能另辟蹊径，扩大范围，从灌云县其他地方寻找党组织。

今天，按照父女两个的计划，其实是要何夏萍跟王老实两个人扮成父女借着下乡表演的机会，去灌云其他地区寻找地下党组织。前几天，他们已经去了孙君年所在的张店镇，想找孙君年了解冯平阳的情况，争取能找到确定的我党同志。据何希文分析，孙君年卖了汽车买枪支弹药组建游击队这件事，跟党的领导脱不开关系，虽然他并不能确定，但他推测，孙君年的抗日准备活动，有很大可能是在共产党领导之下进行的。那就有两点推测，一是孙君年本人就是我党党员，他受组织领导开展的抗日活动；退一步说，孙君年眼下还没有加入党组织，只是一位进步民主人士，那他组织的抗日活动，也是由身边的我党同志领导参与完成的。何希文为什么能如此笃定呢？因为坚决抗日的，只有共产党；而要想取得抗日的胜利，也只有依靠共产党的领导。所以，何希文能百分百地得出这个推论。

这两个推论中，无论哪种可能，都可以推断出一个事实，那就是孙君年肯定能联系上灌云地下党组织。何希文非常后悔，他意识到这一点太晚了，如果能在孙君年来找他的那一天，就能想到这一点，那就不用这样没有头绪了！

其实，这也不能怪何希文没有想到这么多，那天孙君年来找何希文，两个人虽然见了面，但因为孙君年急于离开，交谈的时间并不长，交流的信息并不多。孙君年急切要告诉何希文的，还是关于宋斐然叛变的情况，因为他们三个，都曾经是校友，也都认识，他担心何希文被宋斐然陷害。何希文也只是谢过了孙君年的好意，并没有多问，因为他跟孙君年并不熟悉，对他的身份并不确定。

更准确地说，何希文跟孙君年两个人都不能确定对方是否是共产党。他们虽然是东海第八师范学校的同学，曾经还合作办过刊物，两个人也算作志同道合，不然，孙君年不会因为听说了何希文回到全英学校就立即来找他。但何希文毕竟是被国民党监狱“甄别”了两年半确认了不是共产党才被放出来的，人心易变，无论从哪方面考虑，只要孙君年有脑子，就不能完全信任何希文。而何希文了解的孙君年，则完全被打上了国民党的标签，跟共产党没有什么关系。民国十二年(1923 年)，孙君年就加入了国民党，是灌云县最早的一批国民党党员之一，后来，还担任过灌云县农委主任。民国十八年，孙君年任灌云县第三区区长。所以，即便那天在交谈中，孙君年明确告诉他，他看不惯国民党的官场腐败，于民国二十二年初辞去区长一职。同年，也就是在 1933 年夏天，他开办了一家汽车公司。现在，日本人打过来了，为了抗日，孙君年卖了所有的汽车，作为抗日经费，组织游击队抗击日本帝国主义。

而从孙君年表露出来的这些信息中，何希文并不能确定孙君年跟党组织有关系，更不能确定他就是我党同志。何希文相信孙君年抗日，但时隔多年之后的短短相见，并不能让两个人开诚布公，相比不知道底细的孙君年，何希文还是想靠之前那些他明确知道是我党同志的关系，联系上灌云地下党组织，可他没想到，国民党会这样猖狂，他几经努力还是没有任何进展。无奈之下，何希文让何夏萍去灌三区的张店找孙君年，并让何夏萍报名参加他组织的游击队，再侧面了解一下孙君年的情况。可不巧的是，何夏萍虽然找到了地方，但孙君年却外出去连云港办事去了，没有在张店。何夏萍在孙君年组织的游击队报了名，在那里待了两天，因为游击队刚开始组建，孙君年跟他们的“教练”又不在家，没有人负责，游击队并没有组织训练，只是记下了名字，就让他们各自回家做准备，何夏萍也因此并没有发现地下党组织的线索。

正当何希文跟何夏萍毫无头绪的时候，前天却接到老家人的传话，说家里有重大事情，要他们回去一趟。何希文跟何夏萍从苏州回灌云，只有何希文回了一趟老家，看望了一下六十多岁的母亲，还有妻子、小儿子以及家人。何夏萍因为要跟王老实演出，也不能被人发现他们的父女关系，因此并没有回家去。现在，何希文被宋斐然派来的特务监视，不方便离开，何况他还在负责全英学校的抗日游行大会，所以，他让女儿跟王老实一起，以下乡卖艺的身份回乡一趟，看看到底家中发生了什么事。

何希文的家乡位于灌云东南。韩集镇距离板浦七十华里左右，是灌云东部重镇，镇境内界圩河、五图河、东门河三条河流过，其上游经盐河与大运河相通，是运盐水路的重要通道。陆路也是四通八达，通往连云港、淮安或者陈家港、燕尾港都非常方便，孙达生从这里消失踪迹，何夏萍掌握的资料太少，无从猜测孙达生的去向，只能放弃。但幸运的是，何夏萍原来的目的，就是回家乡去看看，而她的家乡就是韩集镇南部的庄村，这里距离小庄并不远，也就是十几华里的路程，也算歪打正着并没有白来一趟了。

不用追汽车了，何夏萍就不着急了，她慢悠悠往前骑，一边欣赏着沿途风景。杨集镇属于平原地区，属于淮河以北，冬季河流是结冰的，不过，因为刚入冬，气候还没有那么冷，河流还没有冰封，但有的河面也有一些浮冰了。庄稼都已经收了，田野里光秃秃的，树枝上也光秃秃的，一眼望去，灰黑和黑褐色组成的，是一大片一大片的荒芜和单调，让人看了，除了压抑就是凄凉，完全没有记忆中的美好和温暖。何夏萍看了几眼后，就完全丧失了兴致，收回目光，专心赶路。因为最近并没有下雨，垫平压实的乡村土路上，自行车行驶起来，也还算顺利，从杨集再向西走九华里左右的路程，就到了何夏萍家所在的村子——小庄村，她用了半个小时差不多就到了。

看着出现在视野中陌生又熟悉的村庄，何夏萍的眼睛湿润了。她用力蹬了几下，恨不得一下子扑到祖母的怀中，可又担心祖母见了自己会激动或者伤心，让身体受损，真正体会了一把近乡情怯的复杂心情。然而，无论何夏萍想得再多，也绝对不会想到，这次回乡之行，让她见到了她以为多年前就已经不在人间的一个人！

第六节　管地主家摊上大事儿了

灌云杨集，何庄。

顺着逶迤的东门河往东走，在这条灌云六条大河之一的北岸，经过一片片已经干枯的大豆田，就看到了原本绿树环绕现在却也是一片灰扑扑光秃秃的小村庄。绕过一片皂荚树、柳树、榆树杂生的小树林，就进到村子里了。村庄并不大，也就是百十来户的样子，房子也都是低矮的土坯房为主，还有几间茅草屋，破破烂烂的，一看就是一个并不富裕的苏北农村。

何夏萍在这个村子里生活了十二年，这十二年里，父亲何希文跟母亲带着弟弟何锦恒在板浦工作生活，祖母带着她在乡下，一边读书，一边做家务、干农活。四岁开始，无尘大师就教她跟其余五个堂兄弟练武，十二岁以后她被父亲带到外地读书。何夏萍十二岁时，何希文受全国失业委员会邀请，离开板浦去往上海工作，形势严峻，处境危险，他只把年长一些的女儿带在身边，把妻子张艾娟和小儿子何锦恒送到家中，让他们跟父亲母亲一起生活。之后，何希文被捕入狱，何夏萍奔走营救，又不敢告诉家中，只说父亲工作忙，不能回来，不过，何夏萍每个月一封的平安信是必须的。这样算起来，她已经有七八年没有回来过了，虽然不至于“乡音未改鬓毛衰”，但真的担心“物是人非事事休”，所以，还没有找到家门，就已经“泪双流”了。当然，对于何大侠来说，这些软弱只是暂时的，对祖母以及堂兄堂弟的思念，让她恨不得长出翅膀立即飞到亲人面前。

村子并不大，名为小庄，姓何的人并不多，分布在村子里的东、中、西三个院子里，从村东边到这里，还要走上一段距离。何夏萍骑得很快，一眼看去，村子里的人家既陌生又熟悉，好像她只是跟着祖母出去到韩集赶了一个大集回来一样，村里人的房子、院子、大门，以及大门外院子里种着的植物，好像都没有变化。儿时一幕幕在头脑中闪现，让何夏萍鼻子酸酸的。虽然已经是正午，但西北风呼啸中，天气寒冷，地里也没有了农活，村子里的人绝大部分都待在家中，街上看不到人。何夏萍也就没有跟任何人打招呼，很快就来到自己家门口。

何夏萍家世代居住在这里，因为祖上勤劳肯干、勤俭持家，到了何希文这一代，家境还称得上富裕。何夏萍祖父三兄弟，分家时各得百亩田地，还有紧挨着的一个院子。何夏萍祖父行二，他们的院子在中间，是一个占地约有一亩的四合院。虽然有一百来亩地，但因为都是靠天收，收成并不好，再加上苛捐杂税，祖父母带着全家一年操劳，也没有多少积蓄，供何希文跟哥哥何希贤读书就捉襟见肘了，还是家中老大何希贤当兵之后，每个月有军饷寄回家，才让家中的经济状况有所好转，等何希文毕业后到板浦教书，每个月有二十多个大洋的薪水，家中的日子也就更好过一些。

何希文也是兄弟三人，他行二，三弟何希杰中学毕业后，就在家务农，照顾父母。何希文三兄弟虽然都有了收入，但也都有了家室，孩子们也都要上学读书了，家里的开支越来越大，经济状况也没有宽裕多少。所以，家里的房子还有大门，跟何夏萍走之前，只是更破败了一些，并没有多少改变。何夏萍家的院墙是土坯做的，并不高，夏天时候，爬满了丝瓜、南瓜藤蔓，还有牵牛花，何夏萍一个纵身就能爬上墙头。何家大门倒是好木头做成的，不过年头太久了，门上的红漆大部分已经脱落了，轻轻推开虚掩着的大门，何夏萍推着自行车走进院子。

这是一个典型的四合院，北面是四间青砖正房，何夏萍的祖父母住在东面的两间正房。何希杰夫妇住的是靠西面的两间正房，何希文结婚时住的是东厢房，何希贤夫妇没有在家，大堂哥他们住在西厢房。院子里静悄悄的，何夏萍最喜欢的葡萄藤，已经只剩下萎缩的枯枝了。院子西南角，是用土坯搭建的猪圈和茅房，跟猪圈平行的，是一座两米多高的土炮楼，那是十几年前，为抵抗土匪的抢劫而修建的，形势最危急的时候，何希贤三兄弟要轮流守在上面。这么多年，土坯建造的炮楼并没有倒塌，足见家人多细心地维护，因为正是这座土炮楼，打退了土匪，保护了何庄一村人的性命。

何夏萍往院子里走，没有见到曾经伸着脖子张着翅膀扑过来的大白鹅，那可是一个看家护院的能手，估计家里已经不养了吧。何夏萍把自行车放下，冲着正房就跑了过去，一边跑，一边喊：“奶奶，我回来了！”

可何夏萍跑到房门口，还没有人出来，她才看到，正房门是锁着的，家里没人。何夏萍奇怪，家人都干什么去了呢？要知道，因为奶奶乐善好施又心灵手巧，在村子里的人缘非常好，村里人有需要帮助的，都会来找她，她也必定尽全力来帮人家。因为祖母，家里每天都会很热闹，一个村子的大娘婶子们会拿着活计来家里，大家说说笑笑地做活。他们都带着孩子过来，而何夏萍，则是他们的头儿。何夏萍领着他们下河捉鱼虾，上树掏鸟窝，从春天的野菜，到秋天的野果，从树上的麻雀，到土里的知了蛹豆丹，凡是能吃到嘴里，又能卖点小钱的东西，全被何夏萍他们给弄到家里来。而祖母的支持和纵容，让他们家成为孩子们的乐园。即便离开这么多年，即便她置身在繁华都市，可这里的一草一木、一风一景，都深深印在她的脑海中，永远不会磨灭。而且他们这小村庄，民风淳朴，基本上都是夜不闭户路不拾遗的，有什么事儿会让她家里集体出动，一个人也不留呢？

何夏萍又喊了几声，还是没有人，她的第一反应就是出事了！难怪祖母捎信儿要他们回来呢！想到这里，何夏萍大喊着朝外跑去。刚跑了几步，还没有跑出院门，何夏萍就冷静了过来，不，她不能这样冒失！万一真出了什么事儿，她还什么情况都不了解，就这样跑过去，还不是给人家送“菜”去呢！想到这里，何夏萍又转身回到何家大院里面。

何夏萍走到门前，从门槛下面的缝隙里面摸了进去，然后就摸出来一枚钥匙。何夏萍的心放下一点儿，祖母还能把钥匙放在这里，就说明不是被抓走的，而是她出去办事了。何夏萍用钥匙打开门进屋，堂屋里跟之前一样，是厨房、饭厅，还放着水缸和一些粮食，收拾得干净整齐，打开锅盖，里面还放着几个玉米面窝窝头。何夏萍看了看，应该是早上吃剩下的。屋子里并没有被闯入的痕迹，何夏萍的心又放下来一些。

何夏萍脚步不停，三步并作两步进到里屋，掀开门帘进去，快速看了一遍，才长长舒了一口气。这是奶奶睡觉的屋子，床上的被褥叠得整整齐齐，床单虽然很旧了，还打着补丁，但依旧洗得非常干净，散发着淡淡的皂角味儿，那是何夏萍非常喜欢的奶奶的味道。床对面的板柜也并没有被打开，锁好好挂着，板柜上的那一面梳妆镜也依旧明亮。何夏萍走上前，拿起一枚月亮形状的牛角梳轻轻梳着自己的头发，冷静思考。家里没有被翻过的痕迹，说明奶奶他们是自己出去的。可平时奶奶很少出门的，更不用说母亲。母亲张艾娟出身伊山镇私塾家庭，父亲是一个秀才，她是被按照大家闺秀来培养的，勤劳贤惠，温婉秀气，几乎是大门不出二门不迈的。可今天连她都出去了，何夏萍更加猜不透是什么事儿了！猜不透就不猜了，何夏萍决定不在家里等，出去找答案。

何夏萍锁好了房门，把自行车放到院子里的柴火垛后面藏好，然后走出院门。何夏萍第一站，是要去找弟弟他们。何夏萍的弟弟何锦恒，生于1925年，比她小六岁，母亲做绣活的时候，都是何夏萍带他，姐弟两个关系非常好。当年小小的一团应该已经长成少年了，应该还是那样唇红齿白、有着一双比星星还亮的眸子的孩子吧！

满怀激动地在脑海中勾勒着弟弟的样子，何夏萍快速朝村西头走去。何庄村子小，没有开设小学，只有管地主家开办着一家私塾。何夏萍的弟弟何锦恒跟堂兄弟们一起，在那里读书。让何夏萍惊讶的是，这一路上还是没有遇到人。何夏萍心中那根弦儿又绷了起来。她摸了摸插在褡裢中的匕首，加快了脚步。可还没有看到管地主家的高墙大院，就听到了一阵喧哗。

何夏萍连忙紧走几步，绕过村里的祠堂，管家大宅就出现在眼前了。喧哗声正是从管家大门前传来的，村里人都在这里，视力非常好的何夏萍，不仅看到了老何家的人，还有村里其他的男女老少在这里看热闹，比村里唱大戏时聚集的人也不少。不过，乡亲们都三五成群地聚在离管家大门一箭之地的地方，远远看着、议论着。何夏萍仔细看了看，没有发现自己祖母和母亲，就是那几个皮小子也都没有看到。而让何夏萍更加谨慎的是，村里的乡亲们之所以站得远远地看热闹，是因为管家大门处，站着两个背着枪的男人。因为他们穿的都是便衣，无法确定他们的身份，但一看他们的样子，就知道他们出现在这里肯定不是什么好事儿！情况未明，何夏萍并没有凑上前，而是观察了一下地形，找了一棵距离事发地点比较近的大树，悄悄走过去，三下两下爬了上去，从上面往下看，管地主家一览无遗。看到院子里情况后，何夏萍眼睛一缩，才知道，小庄摊上大事儿了！

确切地说，是管地主家摊上大事儿了。何夏萍从树上看到，管地主家的三进院子里，每一进院子里都站着几个持枪大汉。除了这些汉子，并没有其他人。第一进院子中间，停着一顶红呢小轿子。何夏萍知道这轿子是娶亲用的，管地主也是有好几个女儿的，可她看着，这些大汉脸上可没有喜气，更多的是骄横和凶狠，倒像是抢亲的！

想到这里，何夏萍一愣，她有些明白这些人是干什么的了，他们很大可能是土匪！土匪一直是杨集一片儿老百姓的心头大患，跟县城板浦还有沿海的盐田、盐港不一样，他们这里地广人稀，距离县城比较远，更没有军队或者警察驻扎在这里，土匪进村抢劫，村民是抵挡不了的。虽然也有村民，像何夏萍的伯父和父亲一样，有了先见之明，不仅修建了土炮台，还准备了一些土枪，来对抗土匪，这样才能将村子保全下来。可后来伯父跟父亲都离开村子去外面闯荡了，其他村民可不如何家大院里的兄弟们这样团结，更没有他们有这份见识和本事，土匪们才能一次次地得逞。

好像为了印证何夏萍的话，管地主家的后院，也就是第三进院子正房的门开了，两个上了年纪的婆子，押着一个姑娘走出房门。姑娘穿着一身大红的嫁衣，头上蒙着红色的盖头，如果不是盖头在剧烈颤抖，这姑娘的眼泪都要把盖头给冲下来，还真以为这是大喜事儿呢！因为盖头盖着脸，何夏萍看不清这是管地主的哪个女儿，因为管地主有五个女儿，都是他大老婆生的。果然，姑娘身后，一个穿得非常华丽的小脚女人跟了出来，何夏萍认出来，那正是管地主的大老婆，她哭着喊着要拉住女儿，不让他们走。可旁边上来一个持枪土匪，一伸手就把她拨拉到一边去了，老太太站立不住，倒在一边，哭喊着，后面的丫鬟跑了过来，扶起她，她要丫鬟搀着她追向前去。而她的女儿也哭着要跟母亲会合，却被婆子拖着向前面走去。跟着的两个土匪，看到老太太赶了上来，在他们离开第三进院子到第二进院子的门前，高声喝了一句什么，又把老太太给推倒在地，然后不顾老太太的呼号和求饶，吆喝着婆子，押着姑娘迅速走了。

婆子押着姑娘进到第二进院子里时，从屋里走出来几个男人。打头的是一个四十岁左右的男人，管地主点头哈腰地跟在后面，后面还跟着一个三十岁左右看起来像读书人的长衫男人，最后面出来的是管家的吴管家。很显然，最前面的这个男人就是"娶亲"的新郎，因为穿着绸缎长袍外罩裘皮大衣的他，胸前还戴着一朵红绸子做的大红花。

何夏萍在外面多年，还真不知道来的这些土匪是哪个山头的，坐在树杈上，仔细打量他，希望能发现一些线索。不过因为离得远，看不清男人的长相，只有一个印象，那就是这个人的脑袋很大。他中等身材，长得比较瘦，裘皮大衣穿在身上，空荡荡的，脑袋却圆滚滚的，像个大冬瓜，支在一根竹竿上，非常有特点，无论谁见了他，都会注意到他的大脑袋。

大脑袋这三个字在何夏萍头脑中闪过，她知道这个土匪头子是谁了！

第七节　小庄村跟林大脑袋的血海深仇

这个人就叫林大脑袋。说起他，灌云人那真是无人不知无人不晓，林大脑袋的传说很多，什么杀人不眨眼啊，什么生吃人肉活剥人皮啊，在灌云县这六个区里，他绝对是头号恶人，有让小儿止啼的"威力"。即便这些传说有夸大的成分，但灌云人都知道，林大脑袋是灌云境内最大的土匪头子。这个最大，既是说他手下的人最多，又是说他最凶残。生逢乱世，落草为寇的人大部分是农民，他们绝大部分都是活不下去才铤而走险的，所以，他们虽然抢劫也杀人放火，但对附近村里面的乡亲们，或多或少，都有几分香火情。也就是说，他们在进村或者拦路抢劫的时候，大部分只是抢劫财物，不到万不得已不伤人，更不用说杀人了。可林大脑袋不一样，他心狠手辣，一点情面也不讲，烧杀抢掠，杀人越货，甚至还放火烧村，跟日寇没有什么两样。所以，灌云人怕他，暗地里又恨他不死。听多了关于林大脑袋的传言，何夏萍把这些信息在头脑中整理了一下，结合后来了解的一些资料，对林大脑袋这个土匪头子有了比较清晰的认识。

林大脑袋是灌云第三区六塘乡人，家里略有薄产，但父亲早逝，留下寡母带着他。寡母是一个坚强的妇女，拼着命保住了家产，赶走了欺负他们孤儿寡母的族人，不仅把他拉扯大，还咬牙供林大脑袋读了私塾。因为识字，林大脑袋长大后参加了盐巡队，成为一名盐税警察。林大脑袋为人阴险毒辣，又贪心贪财，穿上这身皮，有了权力，利益所驱，就开始为所欲为。为了升官发财，每次执行任务，他都是带头打砸抢杀，而且不择手段，不计后果，得罪了很多人。其中有一个小摊贩，家里有一块祖传的玉佩，值很多钱。林大脑袋想把玉佩搞到手，暗示小摊贩给自己供上来，被拒绝后，他竟然栽赃小摊贩是私盐贩子，把他下了大狱。这还不算，在对方还是不拿出玉佩后，他又跟码头上的混混勾结，把小摊贩搞得家破人亡。这户人家逃出去的儿子上山当了土匪，绑架了林大脑袋的母亲和怀孕的妻子。林大脑袋一气之下，上山杀了一个土匪，还有三个无辜的群众。林大脑袋被通缉，税警也干不了了，母亲跟妻子都死了，他上山成为土匪。从此后，林大脑袋打家劫舍，为害一方。

据周围的百姓口耳相传，林大脑袋对“不听话的肉票”极其残忍，草菅人命的手段令人发指，其惯用的刑罚有“活剐”、“剜心”、“栽山芋”、“抽腿筋”、“点炮”、“活埋”，等等。不仅如此，他还对自己这些土匪“罩着”的村子横征暴敛，什么保护费、办公费、服装费、子弹费、伙食费，名目繁多，老百姓根本交不起，他就把这些不听话的敢于反抗的肉票抓到山上，关起来，不仅不给吃饭，还施以酷刑，直到家人们砸锅卖铁凑上他要的钱，才放了已经被折磨得失去了半条命的人们。当然，大部分被抓上山的村民，都是有来无回的。

何夏萍还清楚记得小时候，林大脑袋来抢劫何庄的情形。那时候，何夏萍才十岁，林大脑袋带着一百多土匪进了村子，挨家挨户地闯进去，抢东西抢粮食。因为他们来得突然，村里人没有接到示警，被他们的突袭打了一个措手不及。村子里几乎所有人家都被抢了，而何夏萍家，大伯和父亲都在外地，只有三叔何希杰在家。听到来了土匪，祖母让祖父跟三叔出村去躲一躲，带着何夏萍以及她几个堂兄弟躲在地窖里。

可林大脑袋来得太快，抓住了祖父和三叔，押着他们把家中所有的粮食和值钱的东西都找出来，祖父和三叔不干，说只有这些了。林大脑袋下令，让手下放火烧了他们的房子。三叔忍不住，上前要拦土匪，跟土匪动了手。土匪几枪托把他打倒在地，还要冲他开枪。爷爷上去保护三叔，林大脑袋拔出手枪，冲着爷爷就开了枪，正中爷爷心脏，爷爷连一句遗言都没有留下，就去世了。

地窖里的何夏萍几个孩子听到枪声，就要往外冲，被祖母死死拦住。她堵在地窖门口，不让他们出去。面对几个年幼的孙子孙女，祖母流着眼泪说，要想出去，先把她打死，再踩着她的尸体出去。何夏萍他们呜呜痛哭，但没有能够扭过祖母，他们都知道，祖母是为了保全他们的性命。接着，因为有人来找林大脑袋，他虽然对老何家的收获不满意，但还是带着人走了，何家的房子得以保全，三叔何希杰也保住一条命。

何希文跟何希贤收到消息，回乡给父亲办了丧事，兄弟三个要给父亲报仇。大伯虽然已经是国军的一个排长，但他也不能利用职权私自用兵上山剿匪，只能在村里招募了五六个也被土匪打死亲人的青壮年，带着他们去报仇。何希文扮作货郎打探情报，知道林大脑袋在伊山镇有一个相好的小寡妇，每次“行动”后，都会到她那里去度过一两个晚上。半夜时候，何希文兄弟两个带人摸到了这个小寡妇家里，把喝醉了酒正跟小寡妇胡搞乱搞的林大脑袋堵了一个正着。何希文两兄弟进去，在炕上抓住了林大脑袋，要冲他开枪。可奸诈无耻的林大脑袋，竟然以小寡妇为人质，逼退他们。何希文跟何希贤虽然恨林大脑袋入骨，但还非常年轻的他们，做不到对着一个无辜女子开枪，就这样一犹豫，林大脑袋在西屋睡觉的两个手下醒了，冲着何希文他们开枪。林大脑袋趁机押着小寡妇朝外跑，何希文兄弟开枪射击，林大脑袋以小寡妇为肉盾，又丢下两个兄弟的命，逃跑了。何希文受伤，好在没有人员死亡，遗憾的是，没有能够杀了林大脑袋，没能替父报仇，还留下后患。也是那时候，何夏萍小小年纪，还不知道仇人的含义，就知道林大脑袋是他们家最大的仇人。

那次斗争之后，何希贤带头，在家里垒起了一座土炮楼，还请了小庄的里长出面，召集村里的青壮年，建起了巡逻队。何希贤跟何希文训练他们，并带着他们打退了林大脑袋土匪的一起围攻，让林大脑袋受伤，这件事才告一段落。可小庄跟林大脑袋这一伙土匪的仇，算是结下了，而且是不死不休。如果不是后来何希文成功说动了县公安局长的同学朱治均前来剿匪，消灭了他大部分手下，才把身受重伤的林大脑袋赶到了大伊山里面，小庄就永无宁日。何希文跟何希贤这才能够离开家乡去外面工作，小庄才算消除了匪患。

可现在，林大脑袋怎么又出现在这里呢？何夏萍心底涌起一股强烈的不安，林大脑袋带这么多人来到何庄，难道是又来报复何庄？他这是又起来了？如果真是林大脑袋卷土重来，那可就真麻烦了。也许这就是家里没有人的原因，她必须先搞清楚情况，然后想办法对付林大脑袋，如果实在不行，把祖母以及母亲她们接到板浦去躲避一下。可板浦也不是安全之地，日本人攻打灌云，必定是要攻打板浦的！

一时也想不到更好的方法，何夏萍想下树去村里了解一下情况，可她还没有动，就看到管地主院子里的情况发生了变化。原来，在何夏萍思考的这短短的时间内，林大脑袋已经走到了姑娘身前，冲着她说了什么，姑娘害怕之下，爆发出惊人的力量，竟然挣脱开那两个婆子，一头撞向林大脑袋。林大脑袋一点都没有提防，被她撞倒在地，姑娘一把扯下盖头，双手掐着林大脑袋的脖子，要跟他拼命。

几个手下反应过来，连忙冲过来帮忙。可姑娘状似疯魔了，什么也不管，双手紧紧掐住林大脑袋，尖叫着要他去死。手下们投鼠忌器，并不敢真过来打姑娘，林大脑袋被她掐得脸色紫涨、呼吸困难。一片混乱中，管地主冲上前，一巴掌扇到姑娘脸上，嘴里大喊着什么。姑娘好像没有觉得疼，还是不放手。管地主已经丧失理智，又是一脚踢过去，把姑娘踹到一边去。姑娘倒在林大脑袋一边，林大脑袋才得救了。

几个手下跑了过来，扶起林大脑袋。林大脑袋剧烈咳嗽着，缓过气来。他指着姑娘想说什么，脸上是愤怒已极。管地主一看不好，又冲上去对着他闺女踢了几脚。姑娘蜷缩在地上，像一块破布一样，任由他践踏，没有发出一丝声音。正在何夏萍以为她已经被管地主打死的时候，那个跟着林大脑袋的长衫男人上前，凑到林大脑袋跟前说了几句什么，林大脑袋一把推开跟前的保镖，冲着管地主喊了几句什么。距离太远，听不清楚说什么，但管地主停止打人，而是到林大脑袋面前点头哈腰地赔礼。

林大脑袋在长衫男人的搀扶之下起身，示意婆子们带走那个姑娘。管地主的老婆冲了过来，给林大脑袋下跪，求他放过自己闺女。林大脑袋连看都不看一眼，带着人就走了。管地主大声训斥老婆，何夏萍听不清楚，也能想到他会说什么，因为他的行动已经表明他的选择了，他肯定是牺牲了这个闺女了！而他的理由是，牺牲一个赔钱货，保全一家人，这选择看起来非常正确，所以，他打骂闺女老婆理直气壮，所以，他可以心安理得地看着土匪把已经被他打得昏迷过去的闺女带走。

何夏萍气愤填膺，真想跳下去，指责管地主的冷血无情，可她知道，这样做，不仅不能救下那个姑娘，还会把自己给搭进去。她不能逞这种匹夫之勇，也只能看着姑娘被婆子抬着上了那顶小轿，在一众土匪的押送之下，朝村外走去。

让何夏萍不解的是，林大脑袋跟小庄是不死不休的仇，他来掠夺强抢管地主的女儿，这并不新鲜；可管地主主动把女儿送给他当压寨夫人，这就有些奇怪了。据何夏萍所知，管地主跟林大脑袋也有仇的！当年林大脑袋血洗小庄，管地主首当其冲。不过，因为管地主当时还在板浦开着粮店，老婆孩子也在城里生活，小庄这里只留下一个田庄管事一家，林大脑袋冲进管地主家，打死管事，把他们家的所有粮食都拉走了，还把管事家里所有值钱的东西洗劫一空，管事只是管地主家的仆人，也许是从这个角度来说，管地主损失不大。据今天发生的事情来看，管地主应该是为躲避战乱，从板浦搬回小庄来了，而林大脑袋又重新称霸这里，他为了巴结林大脑袋，得到其庇护，送一个女儿给他，也是管地主完全能干出来的事情。

不过，何夏萍还是打算了解一下这件事，或者说了解一下管地主的为人。虽然管地主也是世代居住在何庄的人家，但因为他常年在外地经商，何夏萍对他的情况并不了解。现在他回到何庄，还跟林大脑袋有了来往，何夏萍直觉这不是好事儿！对于这未知的危险，何夏萍习惯于防患于未然。

想了这么多，其实并没有多长时间，林大脑袋一行人也就刚走出了管地主家大门，顺着村子里南北中心大街，朝村南走去。而那正是何夏萍来时的路，林大脑袋并没有骑马，手下也没有骑自行车，何夏萍猜测他们是要从水路走，因为村北边就是东门河。顺着东门河逆流而上，就可以到达林大脑袋之前的老巢——龙苴、新坝一带。

何夏萍当下也不耽误，利索地下了树，按照记忆中的小路，快速朝前跑去，她要赶在林大脑袋之前，赶到渡口，看看能不能将人截下来。何夏萍知道这非常难，也极其冒险，但不试试就放弃，不是她的风格。好在土匪进村，街上没人，何夏萍跑过的这条穿过几家破坏的房子的小道，更是人迹罕至。她全速跑过去，并没有人发现她。当何夏萍跑到何庄村南的渡口时，林大脑袋他们还没有到。果不出所料，渡口处停着一艘大船。何夏萍并没有贸然冲上去，而是绕到后面，选了一处虽然干枯但也很茂盛的芦苇荡藏了身形，朝大船看去。

这处芦苇荡，距离大船并不远，可以清楚地看到大船上，甚至连甲板上的两个土匪抽着烟吹牛打屁的样子都能看到。何夏萍仔细观察，发现大船上留守的人并不多，只有两个人在甲板上。何夏萍考虑从水下游过去抢下大船的可能，还没等她行动，一阵喧哗从后面传了过来，是林大脑袋他们过来了。

何夏萍知道自己没有机会了，打消了行动的念头，冷眼看着林大脑袋一行人在林大脑袋的骂声中来到渡口。在长衫男人的组织之下，土匪们护着林大脑袋，两个婆子抬着昏迷的新娘子，快速上了船。林大脑袋进到船舱里，长衫男人留在甲板上，指挥着留守的土匪，也是船的水手们，开船回去。

何夏萍遗憾地看着木船驶离渡口，沿着东门河朝上游划了过去，刚想转身，就被人一巴掌拍在背上。

第八节　东门河畔放鸭的小少年

何夏萍身体僵住了，她大意了，这是被人家俘虏了！她不能坐以待毙，手向着肩上的褡裢中伸去。可她的匕首还没有拿出来，就被一声“姐姐”给打断了。何夏萍倏地扭头，果然，站在她身后的，是一个唇红齿白，哦，皮肤却是小麦色的少年。

看到何夏萍转过头来，冲着她呲牙一笑：“姐，你回来了！”

何夏萍鼻子一酸，伸出手去，将小少年抱住，眼泪不受控制地奔涌而出。少年也紧紧抱住她，哭得稀里哗啦的："姐，你说话不算数！你说要带我去上海的，可你那天偷偷走了！我天天做梦都想你！你的信我都会背了……"

何夏萍心里酸酸的，让弟弟尽情哭一场，发泄一下心中的情绪，她又何尝不时刻想着母亲和弟弟呢！

哭了有一会儿了，何夏萍觉得差不多了，才拍着小小少年的肩膀，笑话他："哎呀，这还是那个动不动就爱哭鼻子的小恒恒啊！"

小少年，也就是何锦恒，捂着脸，哼了一声，生气了，不理何夏萍了。何夏萍拿出手帕，给他擦脸，还笑话他："这么多年没见到我弟弟，你的眼泪怎么还是那样多啊！"

何锦恒更加生气了，转身要走："我就盼着你回来，你一回来就笑话我！我不理你了！"

何夏萍一看他真生气了，连忙拉住他的手，连声赔不是："好弟弟，姐姐错了，你不要走！"

何锦恒背着身子说，声音里面满满都是期盼："那你还走吗？"

何夏萍眼窝一热，眼泪又要流出来，她赶紧仰起头，把眼泪逼回去，展开一个温柔的笑，不忍伤害小少年的心："不走了！你赶我也不走了！快，带我去找祖母他们！"

何锦恒拉着她的手就往村子外面跑，何夏萍拉住他："错了，不是这个方向！"

何锦恒却坚持拉她过去："没错，就是这里！"

何夏萍反应过来："祖母他们上山了？"

何锦恒笑："他们听说林大脑袋要来，就赶紧去大伊山躲着了！"

大伊山离这里二十五华里，走路快的话，也要两个时辰，何况祖母是小脚，年岁还这么大了，肯定走不快。何锦恒知道她关心什么,笑着说:“是三叔套着牛车拉着祖母跟母亲他们过去的!”

何夏萍这才放了一些心，山里肯定有家里安排好的可以躲藏的地方，有三叔照顾，祖母跟母亲他们也不会太劳累。可看到这个眼睛有些红肿，神情却非常兴奋的弟弟，她又想起了什么，故意做出一副严肃的样子：“那你呢？”

何锦恒：“我怎么了？姐你想知道什么？”

何夏萍没有被他迷糊过去：“我想知道，你为什么不跟祖母他们一起去进山！我知道一定是你擅自留下来的！你胆子怎么这么大？你不知道这有多危险吗？”

何锦恒不以为意：“没那么严重！姐，你看看我！”

何锦恒站得远一些，曲起手臂，让何夏萍看他的力量：“姐，你走之后，我一直在练武的！我的手可有劲儿了，全村没有一个能比得过我！”

何夏萍眼中闪过欣慰，嘴上却还是没松口，语气更加严厉：“有点子力气就敢到林大脑袋面前折腾了？你没见他们来了多少人？而且，他们手里有枪！”

何锦恒：“姐，放心啦！我长大了，能保护自己，也能保护你们了！”

何夏萍拉住何锦恒，严肃地：“小恒，答应姐，不管什么时候，都要保证自己的安全！”

何锦恒被她吓住了：“姐，我答应你！可这是为什么？”

何夏萍放缓了神情，但语气还坚定地说：“小恒，你还小，不知道这个世界上有多可怕！日本人根本不把中国人当人，见人就杀，日本飞机的轰炸，更是躲无可躲逃无可逃！”

何锦恒脸上露出了坚强：“我不会逃！林大脑袋，还有日本人，我都不怕！姐，我知道你今天要回来，才在这里等你的！我要跟你去打日本鬼子！”

何夏萍简直要哭了，这个弟弟在她不在家的时候，怎么长成这样一个傻大胆了！不行，非要扳过他这个劲儿来。何夏萍压住心里的火，停住脚步，看着何锦恒："哦，光有胆量是不行的，你说说，你怎么去打日本鬼子啊！"

何锦恒挺了挺自己的胸脯，自豪地说："我会功夫！你教我的功夫，我每天都有练！"

何夏萍："子弹、飞机、大炮，日本人用哪一样来打你，你那三脚猫功夫，也只能当炮灰！"

何锦恒不服气："我也会打枪！家里三叔那杆土枪，顶数我打得准，他们都不如我！"

何夏萍眼睛眯了眯："你们还练枪了？"

何锦恒骄傲地把三叔出卖了："三叔说了，男子汉都要上战场的！"

何夏萍气得直咬牙，上前拧着何锦恒的耳朵："你可真牛气啊！还上战场，你怎么不说你还要杀人呢！"

何锦恒大声呼痛："疼！疼！姐，你不能再揪我耳朵了！我是大人了！哎呀，快放手！"

何夏萍不放手："你是大人了，你尾巴翘上天了，你怎么还让我揪你耳朵啊！你能耐大了，你跑啊！"

何锦恒眼泪出来了，大声求饶："姐，快放手啊！我不跑，我听你的！"

见他服软，何夏萍这才松了手。何锦恒气得流着眼泪要跑，一边跑一边喊："哼，你不是我姐！我不喜欢你了！我姐不会这么欺负我的！"

何夏萍追上去，何锦恒加快脚步跑，何夏萍却不跑了，假装崴了脚，哎呀一声摔倒在地上。何锦恒听到了，一丝都没有停顿地往回跑到何夏萍身边，连声问道："姐，你没事儿吧！你摔哪里了？"

何夏萍看着小少年急迫的样子，心里满满的都是感动，她借着何锦恒的手站了起来，一把把何锦恒抱在怀中："小恒，答应姐，保护好自己！你要是有个三长两短，姐也活不了了！"

何锦恒也被感动了："姐，你放心吧！我能有什么事儿啊！我这不好好的！你别跟咱妈一样，整天不让我干这个，不让我干那个，生怕我出危险，好像我是纸做的，碰都碰不得！"

何夏萍一脸郑重看着小少年："你就是不怕你姐担心，也要考虑一下母亲，还有祖母，你就忍心让他们伤心啊！"

何锦恒还想说什么，可看着何夏萍含泪的眼睛，心软了："好，我答应你！"

何夏萍笑了，这小子虽然长得跟自己差不多高了，但心还是那样软。何锦恒却嘟囔了一句："万一鬼子要是打到咱们家里，我还是要杀了他们的！"

何夏萍嗔了他一眼："你就能吧！"

何夏萍拉着弟弟的手，朝家里走去，何夏萍先去骑自行车，再骑车带着弟弟去接祖母和母亲家人。多年不见的姐姐终于回来了，何锦恒兴奋极了，一个劲儿地要何夏萍给自己讲外面的事儿，问她看到过八路军战士没有，问她战场是什么样的！看着弟弟充满热血的憧憬，何夏萍内心无限感慨，弟弟真的长大了，再不能把他当做孩子糊弄了。知道自己今天晚上就要走，何夏萍觉得有必要把外面的情形好好跟弟弟说说，于是，载着好奇宝宝的弟弟，何夏萍给他细细讲解全国时局、抗战形势以及国共两党的抗日主张，还有灌云眼下的危机。何夏萍讲得很细，何锦恒听得非常认真，经历过严峻斗争的何夏萍，慢慢把弟弟心中那颗革命的种子浇灌，让它生根、发芽并茁壮成长。

何锦恒听得非常认真，关于马克思主义，关于共产党，他了解得并不多，更准确地说，他只是听到过名字。可关于红军和八路军，他们打土豪分田地打倒恶霸的事儿，何锦恒可没少听百姓们说，尤其是那些被土匪被官府逼得过不下去的百姓们。何锦恒是村里孩子的头儿，穷人家的孩子们吃不饱饭的时候，天天念叨红军和八路军，要去当红军，去抢那些地主恶霸们的粮仓，要找吃的。何锦恒也经常接济这些孩子，但他家境也不富裕，对小伙伴们也帮不上什么大忙，也把希望寄托在八路军身上。

听着弟弟的“理想”，何夏萍心中既感到自豪，又有些担忧。自豪的是，出于朴素的阶级感情，弟弟已经有了共产主义信仰，作为一名共产党员，何夏萍为此感到骄傲。而担忧的则是，在家乡这里，党的宣传教育还不到位，他们对党、对党领导军队的认识，很大程度上是停留在共产共妻以及打土豪分田地的浅表层面。没有人给他们讲过人权，更没有人给他们一个共产主义社会的蓝图，这还需要党组织把这工作做起来，在之前这样朴素简单的群众基础之上，更深入广泛地做群众工作。想到这些，何夏萍更加意识到找到党组织的迫切和重要，踩着自行车的腿更加用力了。

前面说了，小庄位于大伊山东南面二十五华里，何夏萍并没有顺着出村的大路走，为了减少不必要的麻烦，在何锦恒的指路之下，她沿着河边一条小径，顺着东门河朝下游走。何锦恒不是第一次坐自行车，但被姐姐带着却是第一次，他非常兴奋，说完了那些他最关心的事情后，就给姐姐说他跟堂哥放鸭子的事儿。

时候已经是冬天，田野里除了很少的一些耐寒的蔬菜，看上去都是一片光秃秃了。随着弟弟的解说，何夏萍的心神飘远了，飘到了东门河畔那个放鸭子的小少年身上。

何夏萍在何庄生活的时候，也是要放鸭子的。那时候祖父还健在，她是跟祖父一起放鸭子的。因为他们家有三十多亩的旱地，夏天收了小麦后，就要种上大豆，一是为了肥田，二也是为了给家中增加收入。而这么多大豆的天敌，就是灌云享誉国内外的传统美食——烧豆丹的原料豆丹。这种成人拇指长的青色虫子，对大豆的危害非常之大，如果不消除，那轻则减产，重则绝收。而消灭它们的办法，就是放养它们的天敌——鸭子。所以，每年初夏，祖母都会拿出一百多个鸭蛋，让老母鸡给孵化出来，等小鸭子稍微长得大一些，就让何夏萍跟祖父赶出去放养。鸭子们能自己在田野里找食吃，它们最喜欢的就是豆丹的幼虫，还有产下豆丹卵的蛾子。等豆丹长大入土时，大豆也差不多成熟了，而鸭子也长大了，可以卖了换钱了。

这四个多月的养鸭大业，是家里用钱的重要来源，祖母跟祖父都非常重视。何夏萍闭上眼睛，那美好的画面在头脑中还记忆犹新。

五月的风带着干燥的暖意扑面而来，东门河逶迤潺潺东流去，两岸是广阔的一望无际的大豆田地，半人高的大豆郁郁青青，生机盎然。一个小少年手持一根竹竿，跟年迈的祖父一起，一群鸭子被赶入大豆田里，顺着田垄往里钻，蹒跚却灵活地穿过一株株大豆，扁扁的嘴巴准确无误地把大豆叶子上那蠕动的虫子给吃掉。几十只鸭子被驱赶着，歪歪斜斜、摇摇摆摆、争先恐后地朝前跑，一边跑一边吞吃虫子，就这样每天来一遍，一个多月后，消灭了虫子，熟了大豆，肥了鸭子，皆大欢喜。

而何夏萍更喜欢的是，鸭子们吃饱后，被赶到一旁的水沟里，让它们下去洗个澡，喝点水消消食的时候，她跟堂兄堂弟们站在河沿儿上，面对碧波荡漾的东门河水，高声朗诵《孟子》《论语》《大学》等文章。风是那么柔，天是那么蓝，朗朗读书声是那么清越，世界是那么美好，如果没有土匪，如果没有日寇的入侵，何夏萍还是那个依偎在祖母怀中看星星的幸福小少女。

沉浸在回忆中的何夏萍觉得这二十多里地并不长，好像还没有跟弟弟说够话，就到了山脚下。何夏萍把自行车藏起来，在弟弟引路之下，一起上山。

第九节　大伊山的致命吸引

灌云伊山镇，大伊山。

何夏萍小时候也常常爬这座大伊山，对这座素有“淮北平川第一神山”之称的古老神秘的大山，称得上熟悉。这座山位于灌云伊山镇，属于泰山山脉支脉，相传是远古贤相伊尹当年隐居于此而得名，称大伊山。

这个山脉并不高，也谈不上多险峻，吸引何夏萍等小孩子的，是这个山脉上的那些神奇传说，还有神秘“宝藏”。大伊山由十二座山峰组成，这些山峰并不高，最高的山峰，何夏萍也用不了半天的时间，就能爬上山，再跑下来。大伊山最负盛名的，就是山上的石头。虽然几乎每个山脉，都是由石头组成的，但大伊山上的石头与众不同，因为这些石头就是风景。这里有古老的石棺、造型独特的石刻、星罗棋布的石像，还有飞珠溅玉瀑布飞流直下的石涧，更有千姿百态五颜六色的石崖、神秘的住着神仙的古老石洞。这些对孩子都构成了致命吸引，让何夏萍他们只要有时间，就跑到山上来。

何锦恒也是如此，看他熟门熟路地带着姐姐到旁边一座山峰上去，何夏萍一看就知道，这小子没少上山。而且，她看到这座山这条路，就清楚祖母他们去哪里了。因为这是往石佛寺的路。说起这座山，何夏萍并不是特别熟悉，要不是后来跟着师傅无尘大师一起修订石佛寺的碑林，她还不了解家乡的这座大山有多么神奇！

当然，这神奇首先是“神”，体现在大伊山上关于“神佛”的历史踪迹。大伊山古来就有“云台和尚伊山庙，僧道寺观胜苏州”的美誉，据说之前山上遍布寺庙二十余座，因为大伊山是“苏北第一丛林”，从古至今，很多人来这里寻仙求道。虽然并没有听到有人真的在这里白日飞升，但人们对这块洞天福地的向往和喜欢，却让大伊山成为苏北乃至鲁南地区宗教最为发达的地区。

当然，这些神奇对于此时的何夏萍来说，并没有多少用处，已经长大的她，并没有像小时候爬得那样快，而是边走边浏览这座熟悉又陌生的大伊山。这座山脉占地不算小，据说有五万平方公里，何夏萍跟周围的小伙伴并没有都爬上去过。可若是说起这条山路通往的石佛寺，那就是何夏萍的第二个家，因为她的挂名师傅无尘大师，就是石佛寺的主持。还是小小孩童的何夏萍，就跟着师傅无数次上山，后来长大一些，就是她自己来。阔别多年，再次走在这熟悉的山路上，何夏萍无限感慨。

石佛寺坐落在云雾缭绕、冬暖夏凉的大伊山小青峰和观日峰交界处的山腰之间，这里三面环山，一面朝阳。元代时期，石佛寺开山僧印空法师从南岳衡山石佛寺游历至此，目睹此山钟灵毓秀，紫气东来，层林叠翠，佛光普照，决心在此建寺修行，至今已经七百多年的历史了，就连寺庙后山碑林中关于寺庙历史的记载都说不清，有多少位得道高僧为此寺做出贡献，寺里的僧人又多少次在乡里做善事。何夏萍只知道这座庙香火特别盛，乡亲们什么都来求，对寺庙里的和尚，非常敬畏和信服的。这也是这次知道土匪来了，祖母跟一些乡亲们躲到这里来的原因。

果然，何夏萍跟何锦恒进入寺庙之后，就看到何庄的众乡亲们都在寺庙的客院里面休息。何夏萍熟门熟路地找到那个院子，但她并没有进去，而是藏在一座石像后面朝里面看。从何夏萍的角度看去，村里躲出来的人并不多，主要是姓何的家族，因为何夏萍祖父的被杀，还有族里其他几个青壮年也被林大脑袋杀害了，何庄的何姓家族跟林大脑袋的血海深仇是解不开了，所以，听说林大脑袋来村里，他们都携家带口跑到石佛寺里面来了。不过，石佛寺这个院子，说是客院，但也不小，一百多口人在其中也不嫌拥挤。

何锦恒跟姐姐后面到了这里后，就想冲向客院的月亮门大喊，被何夏萍一把捂住嘴，拉到一边，并注意不让人看到自己。何夏萍对何锦恒低声喝道："闭嘴！"

何锦阳呜呜表示自己知道了，何夏萍这才放开他，示意他不要说话，带着他向客院后面一个比较隐蔽的石穴走去。到了地方，何夏萍先观察周围有没有人，然后才带弟弟走近石穴。

何锦恒一把推开何夏萍的手，气急败坏地喊："姐，你干什么把我拉到这里来？祖母跟母亲就在里面，你不想找她们啊！"

何夏萍看了看四周，没有发现什么异常，扭头对坐在石穴里一脸气愤看她的弟弟，严肃地说：“小恒，告诉姐，你是不是真的想上战场？”

何锦恒脖子一梗，坚定无比地说：“那还有假？我是男子汉，一个唾沫一个钉！我要当八路军，上战场，杀日本鬼子！”

何夏萍：“姐支持你！”

何锦恒兴奋了：“真的？姐，你真的答应了？你支持我？”

何夏萍点头：“真的！姐答应你！”

何锦恒：“这可是你说的！来，拉钩！”

何锦恒伸出小拇指，可又迟疑了：“你有什么条件？”

何夏萍眼中露出赞许，不愧是她弟弟，脑子好使，是一个大将的苗子，没有被兴奋冲昏了头脑：“也不算条件，你想上战场可以，可现在不能去！”

何锦恒难掩失望：“你还是骗我！”

何夏萍扶着弟弟的双肩，直视他的眼睛，认真地：“姐不会骗你，以前没有，以后也不会骗你！”

何锦恒：“我现在就要去当八路军！”

何夏萍摇头：“你要是走了，谁来保护母亲跟祖母？再说你这么小，还没有枪杆高，你是去杀日本鬼子，还是被别人照顾啊！”

何锦恒被打击了：“你小看人！我不理你了！”

何夏萍拦住他：“小恒，留在何庄！这里的斗争需要你！”

何锦恒没听懂，瞪大了眼睛：“斗争？需要我？”

何夏萍郑重点头：“日本人要攻打灌云，在何庄也能杀日本人。小恒，要保卫自己的家乡，要在灌云杀日本人！姐姐跟父亲回不来，家里，就靠你了！”

何锦恒感觉到重大使命压在了自己肩头：“靠我？”

何夏萍点头：“大伯在淞沪战场上，生死未卜；咱大刚从监狱里出来，要在板浦坚守，组织乡亲们抗战，我是咱大的手下，咱大在哪里，我就要跟到哪里！可家里祖母年迈，母亲体弱，几个堂弟都还小，你三叔一个人照顾不过来。小恒，你肩上的担子，很重啊！”

何锦恒：“我怕我承担不起来！”

何夏萍鼓励地看着他：“你能行的！小恒，你这么聪明，又会功夫，别的不说，做一个小小侦查员是没有问题的！”

何锦恒眼睛更亮了：“就是侦查敌人情报去汇报给八路军的侦查员？”

何夏萍：“是的！”

何锦恒：“就像姐姐这样？化了装谁也认不出来，让敌人抓不住？”

何夏萍眼中现出一抹思考：“我还没问你呢，你是怎么认出姐的，姐都穿成这样了？！”

何锦恒小胸脯一挺，开始嘚瑟：“我那眼神多好使啊！就是一只苍蝇从我面前飞过去，我都能记得它长得什么样儿！”

何夏萍戏谑地看着他：“苍蝇？”

何锦恒知道自己说错话了：“我是说，我对姐非常熟悉，不管你是化了装还是穿了别的衣服，我都能认出姐来！”

何夏萍：“你是想说，我刚开始进村，你就认出我来了？”

何锦恒搔搔头：“是啊！你骑着自行车从村南口进村时候，我就想喊住你，可你骑得太快了，我刚看到，你就进村了，我追不上。再说了，渡口那儿，还有俩土匪！”

何夏萍：“你是说，你一直躲在进村的那一片小树林里了？”

何锦恒：“是啊！我还扔了一个小石子给你，你都没看到！”

何夏萍看着何锦恒无语，何锦恒被她看得有些不好意思：“我也没那么厉害！这不是咱奶和咱妈都说了，你今天回来；再说了，又有几个像你这样穿成乞丐还骑着自行车的！”

何夏萍扶额，好吧，是她大意了！这孩子没有受过训练，就能懂得这些，还真是让她刮目相看呢！不过，何夏萍并没有助长他的骄傲，而是认真地跟他说：“小恒，咱爷总说一句话，叫做满招损谦受益，通俗点儿说，就是淹死的总是会游泳的人！”

何锦恒不服气：“是在姐姐面前，我才不谦虚的啊！姐，我不吹牛，我眼睛真的好使，这大伊山上面的和尚，只要见一面，我就能记住……”

何夏萍搂着弟弟坐在一块山石上，让他不要着急：“姐姐不是说你吹牛，姐姐知道你很聪明，但小恒，我们是在跟敌人战斗，不是你死，就是我亡，尤其是做侦查工作的，那更是在敌人眼皮子底下要情报，容不得半点疏忽大意。有一点想不到，或者没有注意到，那就有可能要牺牲，甚至战友、亲人还有领导，都会因为你牺牲！”

何锦恒脸上有了害怕的表情，何夏萍心底涌上来一丝心疼，但她还是把话说完：“比如我这次，如果不是被你发现，而是被土匪或者其他坏人发现，那我就有可能被林大脑袋抓住，就很大可能会牺牲。而你知道姐姐被抓了，肯定要去救姐姐的，那你也会被姐姐连累！也就是说，姐姐犯了一个致命的错误，回去要跟领导检讨！”

何锦恒恍然：“姐姐回来是秘密，不能让别人知道，所以才不让我喊咱奶和咱妈？”

何夏萍：“小恒真聪明！记住，要想当一名优秀的侦查员，就要胆大心细，凡事多想想，千万不能冒失，更不能冲动！”

何锦恒崇拜地看着何夏萍：“我记住了！那我偷偷地去喊祖母跟母亲出来？”

何夏萍顿了一下：“母亲的身体不好，还带着小弟，就让祖母一个人来吧！”

何锦恒点头：“那三叔呢？”

何夏萍：“我刚才看了一眼，三叔跟老族长在一起，先不要跟他说了！”

何锦恒答应一声，就朝前院跑去。何夏萍看着他的背影，露出一丝笑容，猜测着这小子要用什么借口把祖母喊过来。

何锦恒并没有让姐姐等太久，就在何夏萍看着熟悉的环境回忆了一会儿，就听见一声颤抖的呼唤："小萍！"

何夏萍僵住了，好像一个转身就抽干了力气，眼泪糊住了她的眼睛，看不清眼前的事物，更看不清眼前的人。可那张梦里魂牵梦绕的脸，却那样清晰在眼前，她再也忍不住，一下子扑到那熟悉的怀抱中，感受着那瘦骨嶙峋的身躯之内的力量，贪婪呼吸着那熟悉的皂角香，何夏萍才感觉到自己活过来了！

何夏萍在奶奶怀中哭了一个稀里哗啦，那压抑的低低的哭泣声，哭出了这么多年的委屈和思念，还有一个人独自奔走救助父亲的不易。祖母轻轻拍着她的肩膀，任她哭一个够，把心中的委屈全部哭出来。

不知道哭了多久，流了多少眼泪，直到何锦恒笑话她，何夏萍才停止了哭泣，奶奶用粗糙却温暖的手给她擦干了眼泪，慈祥地笑着说："回来就好！"

何夏萍这才拉着奶奶坐在石头上，把自己给奶奶买的金手镯还有乌鸡白凤丸、人参养荣丸等一些成药从褡裢里面拿出来，给奶奶收着，说这都是他们父女孝顺奶奶的。何老太既高兴又自豪，又怕他们在外面吃不饱穿不暖，絮絮叨叨地问了好多话，何夏萍也不嫌烦，一一回答祖母。听着祖母的絮叨，感受着祖母的关心，何夏萍仿佛又回到了童年。可看着岁月在祖母身上留下的痕迹，看着她的满头白发，看着她脸上深深的沟壑，何夏萍心里涌起一阵阵酸涩——年过七旬的祖母，已经是风烛残年了，还要为他们这些在外面奔波的子孙担心，这是他们的不孝。古人讲，父母在，不远游，也不是没有道理的！可生逢乱世，外敌入侵，他们没有尽孝膝前照顾父母过平静安逸生活的条件，为了国家的安全，为了民族的自由，他们必须抛头颅洒热血，用生命去换取家人和亲人的平安！

何夏萍不愿意让祖母为父亲和自己、还有带兵打仗的大伯担心，就一贯地报喜不报忧，岔开话题，问这次林大脑袋来村里是怎么回事儿。作为家中的主心骨，祖母果然知道这件事的前因后果。

第十节 高僧 & 土匪 & 校长

原来，几年前，林大脑袋被大伯他们清剿之后，就只留下他带着几个人逃命，其余的土匪都被消灭了，基本上算是肃清了林大脑袋这一伙土匪。可林大脑袋没死，跑到省城，用钱开路，投靠省保安副司令孙应符做门勇，并认下江苏省最大的土匪头子马二龙为干爹，为了“东山再起”，他到处递帖子、拜师父、认干老子，和地痞流氓结拜兄弟，对上司竭尽阿谀奉承。很快，就脱了土匪的那层皮，穿上了国民党军队的这身皮。现在，他是灌云县常备队副司令，跟刘大龙一个级别，都被许继泰领导，负责杨集、何庄、龙苴这一代的“治安”，其实还是行土匪之事，不过，草菅人命、鱼肉乡里、为祸一方时候，多了一层保护色而已。

看到何夏萍的眉头皱起来，非常担心的样子，祖母拉着她的手，笑着对她说：“小萍，你担心林大脑袋对咱们家报复？”

何夏萍点头：“是啊，大伯跟父亲都不在家，他要是带人过来，随便找个借口就能把三叔给抓走！”

何老太：“别担心，已经解决了！”

何夏萍：“不可能吧？林大脑袋不像是有那个心胸的人，跟他有仇的人，他一个都没有放过过！”

何老太神秘笑了：“这要看谁跟他去说！土匪也是个人，也有命门所在。”

何夏萍眼中一闪：“是师傅？”

何老太欣慰点头：“我萍儿聪明！那你想想你师傅是如何说

的？”

何夏萍略一思考，抬头看了看这石佛寺，有些明白了：“师傅答应他什么条件了？”

何老太摇头：“无尘大师那是得道高僧，要不是为了你，才不会搭理那土匪头子呢！”

何夏萍笑：“那就是林大脑袋答应了师傅什么条件，不，肯定是师傅折磨得林大脑袋够了，才松口的！”

何老太也笑了，无尘大师虽然是佛门中人，但并不是清心寡欲跳出五行外不理世事，相反，他却是一个十分入世，充满烟火气的大和尚。这十里八乡有什么不平的事儿，无尘大师只要知道了，就会过去管一管。加上他武功高强，仗义疏财，而且还有“佛祖保佑”，在灌云也算是一号风云人物，跟林大脑袋相反，他就像灌云人的救星一样。

这跟无尘的经历有关系，他出家之前，是义和团的一个头领，带着一众团众驱逐洋毛子，保卫家乡。灌云虽然是一个县城，但因为有盐田，甲午海战之后，外国人就到这里掠夺财富，后来八国联军更是嚣张，在板浦跟灌云纷纷划分地盘，霸占资源，最大可能剥削灌云人。无尘大师是灌云义和团的总坛主，被八国联军给盯上，他带人火烧灌云教堂的时候，被八国联军包围，虽然成功脱身，却中了两枪。拼命逃到大伊山脚下，被去寺庙烧香回来的何老太救下。何老太把他藏到自家地窖里，让他躲过了洋鬼子的追杀，算是救下他一命。无尘养好了伤，轰轰烈烈的义和团运动也被镇压了，他心灰意冷，上山打猎时，遇到石佛寺的老方丈采药被一只狼追赶。无尘救下老方丈，老方丈说他有佛缘，给他讲佛法，两个月之后，无尘在石佛寺剃度出家。

何夏萍知道师傅经历的时候，觉得这比茶馆里说的话本还要精彩，还要曲折。但对师父对自家的照顾和庇护，还是非常感动的。当然，她也明白，师父这是为了她而破例了，要不然，他一得道高僧，怎么能见刽子手土匪头子呢！

何老太好像看明白了孙女的想法，告诉她，无尘大师不会答应林大脑袋什么的，他只是告诉他，他身上的杀孽太重，有损阴德，要想要孩子，必须要做够九九八十一件善事。

林大脑袋这几年在灌云称得上呼风唤雨的土皇帝，强抢的民女、包养的妓女，还有胡搞的寡妇，两个巴掌都数不过来，可尽管他拼了老命耕耘，这些女人连个胎都没有做成过。林大脑袋也看过医生，医生说他没问题，可就是要不上孩子。关于他杀人太多有损阴德老天爷要给他报应的流言四起，不管是不是真的，众口铄金，即便心理无比强大的他，也不由得不信。因此，他也觉得寻医问药没用，开始求神拜佛。也许各天佛祖跟神仙觉得他这样的恶人有所害怕有所顾忌是好事儿，所以，林大脑袋烧香拜佛时，大家都给几分面子。当然，无尘大师除外。可恶人也犯贱，无尘大师不鸟他，他就是信他，三番五次来求无尘大师给他解厄度灾。无尘大师本来根本不想理林大脑袋，正好，何老太知道林大脑袋又回来后，求到无尘大师头上。无尘也担心何夏萍一家被林大脑袋报复，才似是而非地说了一句。林大脑袋奉为圣旨，为了有后，竟然真的坚持了六个月没有杀人。当然，这也是这个刽子手的极限了！然后，他就找媒婆，十里八乡找八字硬的闺女，正好管地主回乡，有意结交拉拢林大脑袋作为靠山，得到他的庇护，就把守着望门寡的二女儿嫁给了他。

祖母说完，如儿时考校孙女一样，问何夏萍，林大脑袋到小庄来，是谁给他们报的信让他们躲出来的。何夏萍脑筋一转，就明白了，是管地主。看着祖母含笑点头，何夏萍确实感到有些惊讶，祖母他们这次上山躲祸，竟然是管地主给他们通风报信的。看着管地主对林大脑袋的逢迎，她还以为他们早就串通一气、同流合污了呢！祖母却笑笑说，管地主跟林大脑袋确实是同流合污狼狈为奸了，可管地主毕竟要在小庄生活，他也不敢把乡亲们都得罪死了！这也是管地主的精明之处，或者说，管地主这么多年来，虽然也为富不仁，但并不是特别过分，对乡邻们还算是照顾，对前来要他命的太平教、义和团，他都奉若上宾，要钱给钱，要粮给粮，非常配合，这样才能让他不仅保全了一家老小的性命，还保住了万贯家财。

看何夏萍对管地主感兴趣，祖母就给孙女讲了一下这个管地主的来历。管地主名管云甫，称得上是灌云最大地主之一，家中有良田千顷，板浦还有好几家铺子，还在板浦修建了一座私家园林。虽然跟那些大盐商没有办法比，但真称得上是家财万贯的。可让管云甫觉得愧对祖宗的是，他只生下了四个女儿。不孝有三，无后为大，管云甫为了生儿子，那也是拼了。老天可不管你有多少钱，能纳多少房姨太太，说不给你儿子，那就是不给。管云甫这头老牛，在媒婆说的八个“胸大胯大屁股大好生养”的“肥田”姨太太身上拼命耕耘，可他这头老牛太瘦了，除了正房太太，就是何夏萍看到的那个地主婆给他生了四个丫头片子之外，没有一个姨娘小妾给他生了孩子的，他耕耘大半辈子，这八个姨太太连个屁也没生出来。管云甫无奈之下，只能认命，从族里旁支过继了一个婴儿，继承自己的香火。这个婴儿就是管秀臣，他慢慢长大了，在管云甫的娇惯以及管家特意培养之下，管秀臣变得特别自私。关于他的事儿，我们以后慢慢再表。先说管云甫，有了儿子，本来就看不上女儿，把女儿当成赔钱货的他，更加忽视女儿。在管秀臣的有意无意挑拨之下，管云甫把女儿当做他保命的手段和途径，几个女儿的婚事，都用来联姻。

大女儿嫁给了淮北盐运使当第五房姨太太，三女儿嫁给灌云县守备大队队长许继泰，四女儿，也就是我们之前提到的管秀雅，跟灌云首屈一指的大盐商孙一喜定亲了。只有二女儿管秀玲，婚事可谓一波三折。管秀玲打小就跟灌云当时的县太爷家大公子定了娃娃亲，没想到这个大公子将将活过了三岁，就因为一场天花夭折了。管云甫倒不是舍不得女儿守望门寡，主要是那个县太爷很快就被孙传芳的人给枪毙了。好在孩子还小，管云甫又看好灌云驻军，也就是国民党东北军一个营长的二公子，托人花钱，订好了亲事。后来，这个营长在北伐中牺牲，管云甫觉得利用不上了，就想悔亲。他邀请这位营长的家人来板浦做客，想多给银钱了结此事，没想到这位二公子跟管秀臣几个孩子去海边赶海，被大浪卷走。连着死了两位“未婚夫”，管秀玲克夫的“名声”传了出来，被人们传为扫把星，一直到了现在，都已经二十二岁高龄了，还没有能嫁出去。

管云甫听说林大脑袋要找八字大命硬女子，就托灌云最有名的媒婆，把管秀玲的八字递给林大脑袋。林大脑袋找人一看，跟他是天作之合，当下就派人上门提亲。管云甫可不管老婆的反对，立即应下。十天之后，正是吉时，林大脑袋就带人上门迎娶。管秀玲宁愿死，也不愿意嫁给一个刽子手，于是才有了林夏萍看到的那一幕。可管秀玲的反抗，即便母亲相帮之下以死相拼，还是没有成功，反而更加激怒了林大脑袋。何夏萍想，如果不是管秀玲的八字够硬，林大脑袋迫切需要她生儿子，早就直接要了她的命。死是一种解脱，令人悲哀的是，想死都死不成，只能生生受着，生不如死。管秀玲被林大脑袋带回去，等待她的悲惨命运，何夏萍不难想象，可她对这种事，也无能为力。她只能祈祷，管秀玲能活到新中国建立的时候。

何夏萍没有在这种无谓的同情思绪上用多少工夫，她更想知道管云甫给祖母他们通风报信，有什么目的。祖母给她解惑，原来，这也是祖母知道何希文父女回到灌云之后，要让他们回来的原因。

七七事变后，日军兵临城下，在分布到灌云六个区的共产党党员以及进步人士的宣传和带动之下，近两千平方公里土地之上生活的灌云人，都知道形势之危急，明白了中华民族已经到了生死存亡时刻，明白了如果不拿起武器，跟敌人血战到底，勇敢地用生命来保卫家乡，那他们就只有两个结果：死亡或者成为亡国奴卑贱地生不如死！任何一个有血性有良知的人，都意识到他们的抉择是什么，虽然灌云“官府”还没有发出什么正式的号召和政策，也没有人出面组织，但灌云全境内的抗日民主组织，如雨后春笋般地涌现出来。

灌云三区孙君年卖掉汽车公司购买枪支弹药组建游击队，是民主抗日组织的第一人；灌四区民主进步人士陈东明也站出来，大声疾呼父老乡亲们起来抗日。陈东明是杨集人，他委托小庄何姓族老何春台，在东王集和小庄一带发动群众，准备筹建灌四区抗日游击队。现在这工作刚刚开始，何春台等人非常活跃，也是他让祖母给父亲捎信儿，要他们回乡共同抗战的。刚才何夏萍看到的那个老爷子，就是三叔公何春台。

何夏萍对长辈和族人的抗日活动，非常支持，更加敬佩。对于祖母想让她跟三叔公见面的想法，却没有同意。她知道三叔公让父亲回来，是想让他参与到家乡的抗战准备中来，可没有能同组织联系上，父亲是不能离开板浦的。在没有了解清楚情况之前，何夏萍不敢有一丝一毫的冒险。所以，她让祖母帮着隐瞒了自己的行踪，等她回去跟父亲商量一下再做决定。祖母觉得应该如此，让何锦恒把何夏萍母亲喊出来，跟母亲又说了一会儿话。母亲也是思念女儿，抱住何夏萍直哭。何夏萍没有跟她说那么多，只说自己跟父亲都好，让她不要担心。面对母亲的牵挂和依依不舍，何夏萍跟母亲约定，过几天跟父亲一起回来，母亲这才放女儿走。何夏萍连饭都没有吃，就悄悄下山，直接回板浦了。

第五章　一触即发

在中国长达五六千年的历史上，关于外族入侵的次数，恐怕最厉害的历史学家也无法准确计数。我们只知道，烽烟和战火一次次在神州大地上燃起，侵略者的铁蹄一次次践踏了我们的家园，他们的屠刀一次次砍向我们的同胞！即便如此，五六千年来，古老的中华民族依然巍然耸立在世界的东方，中华儿女一次次变满目疮痍为山清水秀良田千顷。

五六千年来，华夏民族无数仁人志士民族英雄，一次次抵御强敌，用血肉之躯筑起一道保家卫国的长城！一代代炎黄儿女，用他们坚韧意志和不屈精神，一次次重建家园，让龙的传人在神州大地上繁衍生息！同样，千百年来，灌云儿女为了这一方热土，谱写出一曲曲关于家国天下的慷慨壮歌！

第一节　张县长的一梦黄粱

灌云板浦，灌云县政府。

太阳已经突破厚厚的云层，挂在了东面的天空。虽然没有朝霞漫天，但那极亮地悬挂于半空的彤云，也表明这是一个让人心情愉快的晴天。街上的人多了起来，小贩们早就已经开始了生意，大声吆喝叫卖着。上班上工的行人，脚步匆匆，好像一只只被人勒住脖子的鸭子，努力朝前奔。

板浦的中大街，是板浦的最繁华街区，淮盐官署以及各大银行，还有百年老号，都在这条街上。当然，灌云县衙，也同样在这条街上。

这个县衙，或者更准确点儿说，是灌云县政府所在地。它是一座徽商风格的建筑，在板浦一应苏北建筑中别具一格，特别好辨认。

板浦是盐都，以商立本，外地人来此常驻经商的，数不胜数。走在板浦街头，看到的是南来北往的客，听到的是南腔北调的说话声，吃的是长江南北的美食。而这些扎根抑或客居在此的商人，来自山东青岛和安徽的人占很大比重。徽商有钱，生意做得很大，即便是在外乡，也把家收拾得美轮美奂。灌云 1912 年立县，民国中央政府直接派来最高长官，叫县知事。有官儿有组织当然必须有办公地点啊，当下建来不及，就想征用一个现成的。当时的县府知事，就看上了这一座园林建筑。建筑的主人，一个来自安徽的盐商，闻弦歌而知雅意，以燕尾港十余亩滩涂地为条件，把这座占地同样十余亩的园林式建筑献给了政府。这二十年来，灌云风云变幻，各路军阀势力你方唱罢我登场，在板浦这弹丸之地上拼一个你死我活，这个园林的主人、灌云的最高长官，也换了一个又一个，但无比庆幸的是，迄今为止，战火并没有损坏这座建筑的美好。

这座建筑位于板浦的核心地带，是一个坐北朝南的二进宅子，虽然没有徽派建筑的依山面水，但这一点丝毫不损它的幽美！整体来看，高墙封闭，马头翘角，墙线错落有致，黑瓦白墙，色彩典雅大方。黑暗中看不出它的装饰，但毋庸置疑，这座耗费巨资兴建的徽州建筑上面的徽州“三雕”，肯定完美得令人叹为观止，青砖门罩，石雕漏窗，木雕楹柱，与建筑物融为一体，使这座建筑精美如诗，美妙如画。

此时，这座如诗如画的园林建筑在晨风中静默着，好像一个风华不再的美人，闭着眼睛，如老僧入定，无悲无喜地看着人间风云变幻。作为灌云的标志性建筑之一，作为灌云县权力机构的重要组成部分，这座建筑的美丽只是表象，内里已经千疮百孔。可人们还是为它代表的权力光环所吸引，前赴后继不择手段要进入其中。比如，刚从一辆黄包车上下来的周妍，走到县政府大门处，高傲地对门卫说，她是张县长的朋友，跟张县长已经约好，要进去找他。

两个门卫对她的话丝毫没有怀疑，他们的理智早就被色欲所代替，他们的眼睛都已经黏在周妍身上。周妍对他们的呆愣沉迷非常满意，她的魅力是无与伦比的，通过征服这些臭男人的下半身，她周妍可是无往不利的。只要她敞开她傲人的"胸怀"，还真没有哪一个男人能拒绝她。周妍怀着这样的自信，给一个门卫抛了一个媚眼，又重复了一遍，才把门卫从意淫中喊醒，一溜烟儿地跑进去给她报告了。两个门卫一起往里面跑，却都差点摔倒，周妍看着咯咯笑了起来。两个门卫再次看呆，直到一辆军用吉普车驶到县衙门前，冲着门卫按喇叭，门卫才再一次清醒过来。一个年龄较大的门卫跑了过去，吉普车的车窗摇下来，司机是一个军人，而汽车后座上，也是一个军人，应该是一个军官。从周妍的角度看去，隐约能看到一张英气硬朗的脸来。司机递上证件，门卫检查后，敬礼放行，吉普车朝大门开过来，从周妍旁边开进了院子。

周妍眼睛直直盯着吉普车，好像要透过车窗玻璃看清那个男人一样。但车很快就从她身边过去，开进院子。周妍眯着眼睛看着吉普车停在前院小楼门前，车门打开，司机先下车，跑步到后面，打开车门，果然，一个穿着军官军服的男人下车。

因为离得比较远，周妍看不清他的军衔，但从背影看，就可以看出这是一名职业军人。因为他走向县委办公小楼的时候，脊背挺得笔直，步伐非常矫健；他跟迎出来的杨秘书讲话的时候，气场非常强大，杨秘书对他非常恭敬。由此，周妍断定，这个男人的军衔并不低。而且从军装看，他肯定是蒋介石的嫡系，应该不是驻守在海州的东北军。观察到这些，周妍眼底闪过一丝欣喜，真是踏破铁鞋无觅处，得来全不费功夫，她要完成的任务，就落在这个男人身上了。

周妍拿定主意后，就冲着两个门卫嫣然一笑，说自己的事儿不着急，张县长现在应该忙，她在这里等等也不着急。门卫乐疯了，立即把她引到门卫室里面，给她拿椅子倒热茶，一个劲儿地往前凑，讨好她。这样的级别，周妍当然不屑，她只用了几个媚眼儿，就让两个门卫争着回答她的问题。她不仅知道了刚才来的那个人的身份，而且知道了张县长现在正在干什么。

时间退回一个多小时之前，大约早上八点的时候，张文明就已经来到办公室，开始办公了。当然，张文明的办公，是在干他心目中的头等人事，那就是排查清剿抓捕共产党。他不知道日本人要打上门了灌云完全有可能沦陷了吗？他又不是傻子，而且他从南京回来，对于南京大屠杀的消息，他每天都接到，对日本人的暴行，他也无比痛恨；对当前局势，他比任何一个灌云人都知道得清楚，可他并没有放在心上。请不要误会，张文明也不是汉奸，最起码目前还没有卖国投敌的想法和行为。他只是觉得，中国那么大，灌云这么偏远，一时三刻，日本人是打不过来的！而这三个多月来，日本兵并没有攻打灌云以及海州的事实也证明了张文明的“判断正确”！退一步讲，因为灌云隔海距离日本最近，就算是日本的海军陆战队已经开了过来，但灌云驻扎了那么多军队，抵抗那几百个士兵还是绰绰有余的！不得不说，这些国民党党棍的思维逻辑是一样的，中国人那么多，中国那么大，日本人是占领不了也杀不完的，他们关心的，是手中的权力，是自己的享受，国土沦陷、同胞惨死，跟他们没有多大关系。

而对张文明这样的无耻政客来讲，更确切地说，抗击日本人的进攻，是要真刀实枪上战场搏命的，贪生怕死还没有活够的他，绝对不会去做的。而且，即便他命大，活了下来，但打了胜仗，成了英雄，那都是军人的事儿，他们升官发财，他一个县长连肉汤都喝不到，更不用说他梦寐以求的升官发财了。自私之极的他，不准备抗战也不积极备战的借口就是，保卫灌云那是国军的事情，不是他一个文职县长的事情。国家养那么多军队，给他们那么好的装备，每年耗费那么多军饷，就是要他们去打仗的。至于说什么“国家兴亡匹夫有责”，说什么“皮之不存毛将焉附”，那些道理张文明比谁都懂，可那离他太遥远了！张文明是从国民政府资料员一步步爬上来的，他是混过委员长班底的人，虽然没有同委员长“亲密接触”过，但他自诩揣摩透了委员长的心思，那就是“攘外必先安内”，日本蛮夷小岛国，总体人口加起来，也不及中国六分之一，中国这么大，他们占不了，或者说，占不了全部；共产党不一样，要是让他们做大了，那自委员长以下，还有他们这些人，都会没有立足之地的！所以，张文明拎得清轻重，上任之后，第一把火不是抓抗日，而是大力全力“剿匪”！

不过，虽然张文明目标明确、手段尽出，但成绩并不是特别理想，或者说，并没有达到他理想中的目标。原因并不是张文明能力不行，而是灌云的共产党非常狡猾奸诈，灌云的老百姓也受其蛊惑，顽劣不逊，为他的清剿工作带来了困难。但是，张文明绝对不能放弃或者有任何的犹豫，每一个政治机遇，都可遇不可求，他必须趁着日本人兵临城下的这个机会，把灌云的共党一网打尽，把他们的组织连根拔除。张文明有这个信心，他更坚信这并不只是信心，还是非常有可能实现的。张文明清楚，对共党来说，日本人打来了，这也是一个非常好的机会，他们跟他的想法是一样的，共产党是一定要跳出来的！他们会抓住这次机会，以抗战之名，发展自己的力量，壮大自己的武装，跟他们国民党分庭抗礼，求得生存，可张文明怎么可能让他们如愿呢？

说到这里，简单介绍一下灌云县目前的“共党活动情况”。张文明认为，目前的剿匪还是取得了非常不错的成绩的，连灌云共党最大的官儿——县委书记宋斐然都“投诚”了，他们的组织瘫痪下来，不是指日可待吗？可事情并没有这么简单，虽然有宋斐然的出谋划策、冲锋陷阵，迄今为止，张文明到任后的这一个多月以来，也只是把板浦为区公所驻地的灌一区活动的共产党组织给悉数破坏了，其他五个区九个镇，还有共产党存在。别的不说，就是在他大舅哥段淑礼家遇到的孙君年，他建立的游击队、买下的枪支弹药，都百分百是为了共产党。不，更确切地说，孙君年很可能就是共产党。可张文明即便有这个怀疑，也不能立即把他给抓了，因为他还没有能理顺灌云的军政关系。

说起来，也是因为灌云县太大了，张文明在短时间内鞭长莫及。灌云县虽然地处偏僻，但境遇比较广阔，之前的县政府，为了便于管理，民国二十四年，把整个县域由十个区合并为六个区，辖一百零七个乡十八个镇。张文明刚上任，精力又全放在抓捕共产党上面，所以，对于这行政区划，他是不准备动的。他关心的主要是这么大的区域，尤其是响水口、伊山那边灌五区、灌二区等靠近灌河口、云台山等偏远地区，共产党是如鱼入海，想抓人是根本不可能的。不过，张文明并不担心，他相信把灌云境内的共党一网打尽只是时间问题，因为他有了一张王牌，可以以他为饵，坐等大鱼上钩。这张王牌，就是宋斐然。

上次听刘大龙汇报了宋斐然的情况之后，张文明立即觉得这个人是可用之才，用好了将是他升官发财的登云梯。宋斐然是中共灌云县委书记，是灌云共产党最大的领导，共党所有的组织、人员还有武器，他都一手掌握。只要他愿意，那么，将灌云县的共党铲除干净，指日可待。孙子云，知己知彼方能百战不殆，要想对付共产党，最好的人选，就是用共产党，让他们自相残杀。当然，这并不是张文明发明的方法，灌云县之前的县长和军统灌云站负责人，就一直在用。

就任的这些天来，张文明没有干别的，带着许继泰一起做宋斐然的工作，希望他真正投诚到党国大业中来，成为他们的一员。

张文明是一个利欲熏心的伪君子，通过观察宋斐然的行为举止，他相信他们是同道中人，特别是宋斐然这样的野心家。做宋斐然工作之前，张文明先了解了他的情况。

第二节　这内幕，你必须听见

宋斐然原是灌云县灌南地区早期党员，1929 年开始，担任中共领导职务。1931 年秋，担任中共新安镇特支书记。1932 年，任中共沭阳县委书记；1934 年至被捕前，任中共灌云县委书记。“叛变投诚”之初，并没有立即为党国效力，而是一直沉默，直到刘大龙抓了他的老娘和儿子，要当着他的面枪毙，宋斐然才供出“杏春堂药店”这个共党核心联络站。刘大龙“立下大功”，对宋斐然看守得更加严密，宋斐然根本没有人身自由。张文明了解他的情况之后，第一时间“接见”了他。张文明没有给他用刑，也没有威逼利诱，只是给他一张国民党灌云县特务室主任、肃反队长的任命书，说这只是开始，看他的努力，荣华富贵到哪一步，全看他的本事。本来就是野心勃勃的宋斐然，感激涕零，把张文明当做自己的伯乐，真正成为国民党屠杀共产党同胞的一把锋利屠刀。

在许继泰跟宋斐然这两个左膀右臂的协助之下，张文明很快就掌握了灌云“剿匪”的具体情况。从张文明角度来说，国府当局对共产党的“围剿”形势应该是一片大好。早在 1927 年蒋介石发动四一二反革命政变之后，国民党灌云当局，就大力推行法西斯统治，残酷镇压共产党人和革命群众，采取了“防制和争取并重”的“自首政策”，提出了“利用叛徒，以毒攻毒，扩大线索，一网打尽”的策略，自上而下破坏中共党组织。这样阴狠毒辣的计划，取得的“成果”是非常显著的：原灌云、沭阳县委书记孟祥祯在东海被捕后叛变，带着特务到灌云抓捕共产党，破坏共党组织。1933 年 5 月，中共东海特委宣传部长刘秀文在沭阳县东乡发动麦收斗争时，被捕叛变，供出了共产党组织。7 月，东海特委书记曹苏、委员孔昭明被捕，其他共党分子或者逃跑，或者被处决，灌云国府真正捣毁了共党在灌云乃至海州的共党组织。这次“大捷”，被国府全国通报嘉奖，当时的灌云县长还被委员长亲自接见，张文明羡慕妒忌恨了好久，他谋求灌云县长一职，也就是受这次嘉奖所刺激，想到这里可以通过抓捕共产党来让他步步高升。

“请县长批准！”一声铜锣一样的大嗓门打断了张文明的美梦。

张文明听得脑袋仁儿疼，他想不理，因此没有出声，装没听见。可这打发不走门外的人。前几天他也是这样干的，如果张文明不说话,那这个声音就会一直响下去。这个声音的主人是谁呢?

除了县政府的二愣子，灌云县公安局长朱治均，谁也不会这样干。也难怪张文明头疼，这个朱治均可真会挑时候，现在，张文明真的有时间。他正坐在办公室宽大的紫檀木的太师椅上，端着一杯明前龙井慢慢品，太阳从明亮的玻璃窗中照射进来，张文明眼前浮现的是周妍那个尤物！他在脑海中慢慢想着那双勾人的媚眼儿、那傲人的双峰、那水豆腐一样的皮子、那鼓翘鼓翘的屁股。这也不能怪张县长，他这些天忙着抓共产党，都没有来得及跟小骚货好好亲热一番，真是亏大了。想到这里，杯里的茶也不新鲜了，县长大人立即起身，要拨电话给小骚货！可还没等张县长拨通电话，朱治均又来了！张文明觉得自己神烦以致厌恶朱治均是完全有理由的，因为朱治均几乎天天拿着一些“无关紧要”的事情来烦他，如果不是顾忌到朱治均省府有后台，他早就给他安一个罪名，让他哪里凉快哪里待着去了。

这里需要介绍一下朱治均，他是灌云县公安局长，按照职责范围来划分，应该是由他来负责县境内的“剿匪”工作。可他对张文明说的关于“攘外必先安内”的方针，根本不相信、不认同。他不仅不听从分配不服从命令，还一再力谏张文明，要准备抗战防务，全民动员，抗击日本人，他在公开场合不停地这样嚷嚷，让张文明非常恼火。

其实，张文明跟朱治均还是有些渊源的，他们是江苏省立第十一中学的校友，朱治均后来考入北平高等警官学校，毕业后，从一个普通公安干起，靠着工作业绩升为灌云县公安局长。张文明也曾想拉拢他，加入自己通过抓捕围剿赤匪来升官发财的路上来，却被他毫不留情地拒绝。不仅如此，朱治均还大义凛然地教训张文明，说他这样做是不务正业舍本逐末是误国误民，其后果不是他能当得起的！

张文明被朱治均这个下属顶撞、教训，非常气恼，虽然不能直接把他给弄死，但睚眦必报的他，狠狠给朱治均记了一笔。表面上他并没有做什么，只是暗中冷落朱治均，但凡他的事儿，即便是正当工作，他也置之不理，还私下里示意杨秘书，暗中散布朱治均亲共的谣言，说他有重大嫌疑。怕受到牵连，县府里面的人都开始跟朱治均撇清关系，朱治均被孤立、排挤，什么工作都开展不了。

可朱治均真是一块茅坑里的石头，又臭又硬，他不仅没有被打击到，还每天早上踩着点儿来找张文明汇报工作。他汇报的都是灌云县境之内，对抗击日军入侵所做的准备，以及对汉奸日本特务情况的盘查，其中就有关于周妍的，朱治均认为，周妍担任总经理的那家陇海商贸行，大部分业务都是跟日本人开展的。公安局还接到不少百姓（其中包括孙达生）的举报信，说他们亲眼看到，陇海商行有日本人出没。

无奈张文明对他所有的报告都不感兴趣，连看都不看，对他的汇报也置之不理。朱治均也是一个牛人，根本不在意张文明的冷脸，对自己认为正确的工作，该怎么干，还怎么干，该给张文明汇报的，就来汇报。张文明不见他他也不怕，就站在办公室门前等他。这还不算，他还在县委班子开会的时候，当着众人的面汇报，请张文明指示工作。张文明总不能明目张胆地说他不抗日只杀共党吧，只能敷衍朱治均，让他把报告放下，自己有时间再处理。这个拖字诀确实拖了不少时间，可只要朱治均坚持不放弃，张文明这个县长，总有一天要处理。

想到这里，张文明只能认命地放下茶杯，冲着门口喊了一声，让他进来。朱治均进来后，将一份报告交给张文明，嘴里喊着："请县长批示！"

张文明也是服了，他皱着眉头，指着朱治均："朱局长，请你小声点儿，我耳朵没有聋，你说什么我都听得见！"

朱治均两腿一并，冲着张文明敬礼，语气非常尊敬，但声音一点儿没有低："是，县长！"

张文明看着他，眉头皱得都能夹死一只苍蝇了，眼中满满的都是嫌弃："说吧，请我批示什么？"

朱治均又是非常大声地："报告县长！灌云全英学校全体学生向县府请愿，请求由他们出面，组织一次全县范围内的抗日动员大会，请县长批准！"

张文明："日本人都还没有来，抗什么日啊？我看他们就是想趁机出风头，这些学生娃们不好好念书，蹦跶出来折腾的那些狗屁倒灶的事儿，根本没有什么鸟用！我们灌云已经够乱了，人心惶惶，朱局长，你们公安局负责的是咱们灌云的治安联防工作，就不要跟他们学生娃搅和在一起了！有那时间，带着兄弟们去剿匪，无论死的活的，只要你抓住了，我都给你请功！"

朱治均眼皮不撩，仿佛并没有听到他说的话，亮着嗓门喊："请县长批示！"

张文明气得一拍桌子，想骂一句："你个……"

朱治均却蓦地睁开两眼，盯着张文明。张文明被他盯得遍体生寒，后面的话就没有能出口，端起茶杯喝茶掩饰自己的慌张。

朱治均却又重复大喊："请县长批示！"

张文明手一抖，茶杯差点儿掉了下来："闭嘴！"

朱治均看了他一眼，意思很明确，要他闭嘴很简单，只要签字就行。可张文明就是不想让朱治均如愿，他坐下翻看朱治均交上来的报告。报告并不是朱治均写的，但上面有他的签字，大意就是请县府批准学生们组织抗日募捐动员大会的目的和意义，还有组织形式和地点。张文明不想签字，一是不想助长这些不安分的学生打着抗日的名头搞事情，要搞也应该是他这个县长大人来搞。二是，也是最主要的，他怀疑这次活动的组织者是共产党。游行、示威、演讲，这都是共产党大搞活动蛊惑民众捕获人心的常用伎俩。不过，这两条理由都不能拿出来说，他必须要找一个能站得住脚的理由。

张文明翻看报告，朱治均一直面无表情地看着他。张文明还不想跟他翻脸，因为他没有光明正大跟他翻脸的理由，不过，对付朱治均这样的棒槌，他还是有把握的。张文明把报告放在一边，摆出一个自信的笑容，对上朱治均的冷脸："这样的小事儿，还用你一个公安局长来请示，让杨秘书就给你办得妥妥当当的！好了，多大的事儿啊，我批准了。"

朱治均没有改变："请县长签字。"

张文明将报告压下:"我一会儿签,等会儿你去找杨秘书拿！"

朱治均不为所动:"签了，我自己拿走！"

张文明有些急了："朱治均，你别逼我！我是县长，你是我的下级，你要听我的命令，而不是我听从你的指挥！"

朱治均神色不动："我承认您的领导，更服从您的指挥，所以，我才走正常的流程，打了报告，请您批示的！您还是咱们灌云县抗日动员委员会的主任，所以，请您必须出席！"

张文明眯起了眼睛，这个朱治均，虽然又臭又硬，但他不仅不傻，相反还非常精明，从来不做让人抓住小辫子的事儿。这件事也是，朱治均说得对，这件事他完全是按照相关规定来做的，只要张文明签字，那他不仅没有理由反对，还要全力支持。而以抗日之名募捐，张文明就是想推诿，不想批准，更不想参加，也没有理由。

可张文明却不甘心就这样妥协，以前在省政府他是一个资料员，没有任何背景，只能给人家做孙子。现在他已经大权在握了，他绝对不能再这样憋屈，让一个小小的公安局长来胁迫他。

张文明脸上的笑容消失了，看着朱治均："朱局长对这件事这么上心，这里面是不是有什么不可告人的内幕啊？"

朱治均点头："有！"

张文明意外之下，大声喝道："真有？你怎么敢？以权谋私，贪污受贿，这都是大罪，朱局长，你……"

张文明故意做出一副护着他的样子："看在咱们是校友的情义上，你赶紧走，我就当没有听见！"

朱治均没有丝毫慌张："张县长，我刚才说这里面有内幕，你听见了，你必须听！"

张文明撂下脸："怎么，你还威胁我？"

朱治均还是一副大嗓门："这内幕就是：日本人已经准备攻打灌云，我们灌云每一个老百姓，都有责任保护自己的家人，保护自己的家乡！"

张文明有些惊慌，他不知道朱治均会这么说："这，打仗就打仗，干什么要游行？这些学生老师们就是想通过这些来出风头、博名声！"

朱治均毫不受影响地："不管他们为了什么，只要他们能站出来，用自己的力量来打日本人，来保卫自己的家乡，那我们就要支持！"

"说得好！"

张文明还没有反应，门口就传来一声喝彩。张文明跟朱治均都朝门口看去，一个党国军人站在门口，正热烈的看着他们。他身后是杨秘书和一个勤务兵。

第三节　留在县长桌子上的一颗子弹

跟张县长长得非常“道貌岸然”不同，这位军人长得非常普通，眼睛不大不小，眉毛很淡，鼻子有些塌，放在人堆里，毫无特色。如果不是他挺拔的身材，端正的坐姿，犀利的眼神，完全撑不起他国军 112 师一团之长的身份，哦，更确切地说，是副团长，但就是一个副团长，相对于他三十多岁的年纪，也算是年轻有为、升得非常快了。别的不说，就是跟张文明相比，张文明年过四十刚当上一个七品县令，而张之信比他年轻六七岁早就是团长，虽然战争年代军人升职是快一点儿，但对于没有任何背景的张之信，能爬到这么高的位置，跟六年前孙一喜那件事不无关系！

对，这个军人就是我们之前提到过的，张佳惠的父亲，也是孙达生父亲孙一鸣的发小同窗，孙伟农的义子，张之信。这个人其貌不扬，但却不乏内秀，跟带着天才光环的孙一鸣一路走来，一直是孙一鸣的陪衬，好像是一个隐身人，平淡无奇，总是跟在孙一鸣身后，没有多少存在感。但该有的该得到的，他一丝不拉，比如学历、比如升职等，只比孙一鸣差半步，两个人从来都一起前行。

当初，孙伟农跟严云初对这种现象是乐见其成的，孙一鸣是他们的独生儿子，连个兄弟都没有，他们是把张之信当做亲生儿子来培养的，无论资源还是人脉，张之信拥有的跟孙一鸣都是一样的。结果呢？张文明内心冷笑不已，张之信就是一条养不熟的白眼狼，孙伟农这就是养虎为患，孙一鸣的事儿肯定是张之信搞出来的阴谋。可自私之极的张文明也就是在心里想想，早就勾搭上段淑琴的他，恨不得孙一鸣永远不回来，所以，他不仅没有把这个想法说出来，还想方设法抹黑孙一鸣，落实他“汉奸”的罪名，让段淑琴恨他厌他，死心塌地地爱上自己。

张文明早就认识张之信，虽然两个人并没有什么交集，但他丝毫不敢小觑这个看起来不显山露水没有任何威胁的平凡男人。如果他可以选择，他宁愿跟二十个朱治均打交道，也不愿意理会张之信这样阴险的白眼狼。只看刚才就好，他本来已经打算采用拖字诀解决了朱治均，可张之信一到这里，听到了朱治均的要求，立即插了一腿，说朱局长这个方案非常及时、大有必要，他们军队上也要派代表来参加。因为有了张之信的支持，张文明不得不给朱治均那份报告签了字，批准了学生们游行的请示。

这还不算，当张文明打发走了朱治均，邀请张之信坐下，给他泡了从孙一喜那里讨要来的最好大红袍，就接到了张之信的这份公函。这是第五战区司令长官张治中下发到各军队的，要求各军队实行的。因为局势紧张，日军已经兵临城下，现在所有军队都是一级战备，要求地方上全力支持。公函之外，还附有驻海州的部队，也就是东北军67军112师的具体要求。张文明看了一眼，就差点没有破口大骂了！这哪里是酬军啊，这就是赤裸裸的抢劫啊！

先不说那成千上万袋大米白面、成车的鸡鸭鱼肉，还要好几万大洋！好吧，谁让灌云有的是盐，那些盐商都有钱，虽然他们听说日本人打过来已经跑路了，但该出的钱还得他们出。灌云又是产粮大县，这些军粮和军用物资，由地方政府提供，也算是地方政府应尽的职责。让张文明气愤的是，除了这些，军队上还要征集三千多民夫，由县守备大队训练，让他们协同作战。张文明没有打过仗，不知道这些民夫在战争中的作用，他只知道，征集这么多青壮年去当炮灰，是一件非常困难的事情。张文明努力压下自己的火气，等着张之信跟自己开口。可张之信比他还要沉得住气，喝干了茶盅中的茶，又给自己倒满，含笑看着张文明，也不催促。

张文明把文件看了两遍，眉头皱起，等不到张之信开口，只能自己开口。张文明一脸为难之色：“张团长，大战在即，弟兄们辛苦了！”

张之信笑：“是副团长！”

张文明：“张副团长，文明代表灌云百姓，感谢各位将军了！”

张之信：“不用谢！军人职责，外御敌寇，保家卫国，谈不上辛苦！”

张文明：“听说张团长也是灌云人，咱们还是老乡呢！再说，您是张副团长，我是张县长，一笔写不出两个张字，我一见到您，就特别亲切。再加上内人淑琴那里，我们也算得上有旧……”

张之信不耐烦听他绕圈子，打断他：“张县长，有话请讲当面！”

张文明有些气恼，但他掩饰了，还是摆出一副跟亲人说心里话的样子：“有些话啊，我觉得还是要跟老弟请教一下！”

张之信脸上有些不耐烦：“杨团长还在等县长的回复呢！”

张文明对张之信这么不给自己面子，非常恼怒，嘴里的话冲口而出：“张副团长，我可听说日军特别凶残，杀我们中国人包括中国军队，就像砍瓜切菜一样容易。他们的战力，远远超过国军啊！”

张之信的眼睛眯了起来，一股寒光射向张文明：“张县长想说什么？”

张文明也不装了，一针见血地说：“六年前，你们东北军不放一枪撤回关内；民国二十二年，华北五省自治，又便宜了日本人；七七事变、淞沪抗战，日军节节胜利，我们国土已经丧失了一半！”

张之信的表情更加可怕，狠狠盯着张文明，好像要吃了他：“张县长是说，我们中国军队无能，才让国土沦陷，让同胞当亡国奴了？！”

张文明摇头：“不，鄙人不是那个意思！那些决策，我是说，之前的那些命令，委员长让你们这么做了，我认为是非常正确的，留得青山在不愁没柴烧，保存国军实力，方能掌握话语权。”

张之信：“保存国军实力？”

张文明点头：“对啊！日本人上有飞机，后有大炮，士兵手中还有那么多新的三八大盖儿，咱们中国军队，就凭着这样差的实力，这样落后的武器装备，跟日本人打，那绝对是鸡蛋碰石头。与其牺牲了那么多将士，还是被打败，还不如一开始就不要打，不要做那些无谓的牺牲！”

张之信：“我明白张县长的意思了！您是说，因为日本人日本军队很强，我们就不要打了，赶紧夹着尾巴逃跑？”

张文明：“是保留实力，不是夹着尾巴逃跑！我也是为你们着想，当然这只是我的一家之见，我也决定不了你们军队的决定不是？”

张之信：“那我还要谢谢张县长了！”

张文明：“谈什么谢啊！咱们军政不分家！不是我推诿啊，您这单子上，这军用物资，数目太大，一时间恐难筹集！还有这民工，征集青壮，也非一朝一夕之功。”

张之信：“所以，张县长这是告诉我，不管我们跟日本人打不打仗，我们部队中弟兄们需要的这些物资，您这里都不能征集上来？”

张文明：“不是不能征集，而是需要时间！”

张之信一拍桌子，冷笑着对张文明：“张县长，你知不知道，你说的这些话，如果我对上面汇报，那您张县长，是要以叛国罪被处决的！”

张文明自以为是的脸上，终于现出一丝恐惧，但他想到了什么，脸上露出了一丝狞笑，有恃无恐地：“如果别人说这样的话，鄙人还是有些相信的！可你张副团长啊，哼！”

张之信眼中露出一股杀意：“我怎么了？张县长，你把话说明白！”

张文明慢腾腾又充满讽刺地：“张副团长威胁我，我可不是吓大的！我相信，就是我张某人，还有我内人段氏淑琴，忘了六年前发生的事儿，张副团长也忘不了吧！”

张之信浑身气势一变，之前平淡无奇的他，狠狠瞪着张文明，两眼发出让人恐惧的光，就像一只饿狼看向将死的人。他盯了张文明足足有一分钟，张文明在这凶狠的毫不掩饰的杀意之下，咬牙苦撑着，让自己不至于张口求饶，但大冬天的，冷汗还是洇湿了内衣。

张之信突然笑了，看着张县长，讥笑而嘲讽地：“张文明，我想你可能弄错了，我奉团座之命，前来向县长大人您，征集战备物资和军饷，不是来跟你商量的！我们团座说了，如果拿不回这些物资去，我张之信就要提头去见团座。我总不能为了你一句日本人太厉害不要打仗要逃跑就把我的脑袋丢了！这是公事公办，不要扯那些有的没的！什么内人外人的，我不管你怎么想的，不过，我张之信是军人，死在我手中的人我自己都数不过来了。如果张县长想试试我的枪法，那你就可以继续说六年前怎么样。”

张之信说着，拔出配枪，指着张文明。

张文明强自镇定：“张副团长，你敢开枪吗？”

张之信冷笑：“我也不知道我敢不敢，我这个人，对开枪这样的事儿，从来不用感情，而是靠手。我的手告诉我，如果你敢克扣贪污我们军队的物资和军饷，那我要当着全体灌云百姓的面儿枪毙你！”

张文明不说话了。张之信冷冷地说：“团座说了，给你一个礼拜，单子上的所有东西，还有青壮民夫，都要凑齐，等着我们来带走。如果有延误或者其他问题，呵呵。”

张之信冷冷扣动扳机，因为很近，张文明听到了声音，吓得脚软腿软，倒在地上。可枪响了，张文明却没有受伤，原来那枪里的子弹，张之信已经卸下来了。他啪地把子弹放到桌子上，朝着张文明冷笑一声，大踏步走出屋去。倒在地上的张文明，看着那颗子弹，心有余悸，久久不敢起来。

灌云板浦，全英学校。

夕阳西下，落日余晖透过高大的菩提树枝条照射到全英学校上空，渲染出一片温暖，却被肆虐的北风吹得七零八落，徒留一个寒冷萧瑟的冬日黄昏。下课钟声敲响，各教室门打开，孩子们一窝蜂地从教室里跑了出来，放学了，好像出笼的鸟儿往家里赶。可全英学校毕业班里，教室的门还紧紧关着，几十个学生睁着好奇的眼睛全神贯注地看着讲台上的老师，好像都没有听到下课钟声一样，巴不得老师再多讲一些。

这样受欢迎的老师，就是何希文。他给毕业班讲算学，因为讲得深入浅出，还有很多实际应用，把算学跟学生们的生活结合起来，有趣有用，大受学生欢迎。他的课从来不点名，也没有学生缺席，就连一向逃课，从来不把学校的夫子老师们放在眼中的孙达生几乎都回来上他的课。还有很多旁听的社会学生，也不知道从哪里知道的消息，跟孙伟农请求过来听课。致力于教育的孙伟农肯定不会拦啊，跟何希文说了一声，就答应了。

就像现在，教室里坐得满满当当的，还有几个青年站着听，偌大的屋子里虽然人多，但非常安静，何希文清冽的声音虽然不大，但每个人都能听清楚，每个人听得都非常认真。

这堂课何希文讲的是灌云的水系和水利工程建设，数学是基础，农田水利工程以及其他的物理化学学科都用得着，何希文是理工科的高材生，对这些学科都有所研究，所以，他的授课最为渊博，以数学为基础，触类旁通，涉及到几乎所有理工科的知识。这堂课开始时，何希文就在黑板上画了灌云水系地图，还有县境内现有的桥梁，以及水路交通示意图。何希文是绘图高手，即便用这很简陋的粉笔和黑板，他画出的地图，也相对精确，比存放于县政府的灌云县地图更加清楚。何希文边画边给学生们讲，不仅把河流走向、干流和支流等位置讲得清清楚楚，还穿插了一些相关地形的战役，让学生们听得如醉如痴。一些反应灵敏的学生们，比如孙达生，已经开始考虑如何利用地形排兵布阵了！

看着学生们认真思考还有人在不停演算的样子，何希文非常欣慰，外敌入侵，他相信这些孩子们，保家卫国的希望在他们身上。已经下课有一会儿了，何希文默默收拾讲桌上的书本，不想打扰还沉浸在知识中的孩子们，想悄悄离开。可他刚朝门走去，就被孙达生给喊住了。

在课堂上一直沉默的孙达生，一开口就语出惊人，他走上讲台，指出了何希文所画河流示意图上的一处，说这里的河道已经发生了改变，几年前黄河改道，灌云的水系也受到了影响，陆地东移，原本是灌河支流的一处入海口，现在已经变成滩涂了。何希文很惊讶，早就听说过孙达生的早慧和聪慧，今天才算真正见识了，他能画出灌云水系图，是在老师的要求之下，一边勘察一边记录，用了好几年时间才记住的。而孙达生就上了这几堂课，就是听他简单讲解一下，就能看出问题来，这份眼力和智力堪为天人。何希文虚心请教，请孙达生上来给大家画并讲解一下。孙达生也不客气，走到讲台上，就开始改图。何希文请他讲解一下，孙达生拒绝不解释，话也不说，谢过老师，就要往外走，那个傲娇拽酷的样子，让人觉得他这是找抽。

何锦阳先忍不住喊了出来："孙达生！你站住！"

第四节　孙达生笔下的沧海桑田

孙达生站住看着他，等着他往下说。何锦阳气愤："老师跟你说话，你没有听见？你这样没礼貌，你觉得好意思吗？"

孙达生表情不变，目光沉沉看着何锦阳。何锦阳被他看得怒火更盛，就有些控制不住自己："孙达生，你有什么了不起？睁开你那双目中无人的眼睛看看，这是你的老师，这是你的同窗，你这是什么态度？你……”

陈振中打断何锦阳的话，站起来冲着何希文赔礼：“何先生，请您不要生气，孙达生同学他就是这样的脾气，他不是针对你，而是对所有的夫子都是这种态度！”

这明显是给孙达生上眼药，同学们听了哄笑出声，又在看到孙达生时生生忍住，他们有些惧怕孙达生。孙达生性格比较孤僻，平时都特立独行，跟同学们来往不多，有不长眼的以为他好欺负，也曾找他的麻烦，可都被他整得哭爹喊娘，后悔招惹了他。孙达生的原则是人不犯我我不犯人，人若犯我我必犯人，对那些找他麻烦的人，绝不手软，都狠狠打击回去了，所以，孙达生在学校的“名望”，比陈振中等学生会主席要大多了。面对陈振中的“攻击”，孙达生一个眼神都没有给，只是沉着脸，就没有人敢当着他的面扎刺！

对陈振中的挑衅，孙达生没有反应，骆远志不干了，他怪笑一声，对陈振中讥讽道：“陈主席居心叵测，这是要陷害你的同窗啊？你不知道咱们民国宪法规定，故意污蔑陷害他人，是诽谤罪，要坐牢的！”

陈振中还没有说话，正义感爆棚的张佳惠不干了：“骆远志，你吓唬谁呢？中华民国宪法中是有诽谤罪，但刚才陈振中同学说的，都是事实，这跟诽谤完全沾不上边儿，而是热心真诚地指出孙达生同学身上的缺点，希望他能及时改正，成为更加优秀的同学！”

骆远志不急于说话，而是用一种很怪异的眼光看着张佳惠。别的同学都领教过骆远志的毒舌，或者说都在他的言语攻击之下没有招架之功，现在看到张佳惠跟骆远志对上，知道有一场好戏要上演，都睁大眼睛等着骆远志的反应，一时间，教室里竟然没有人说话。

张佳惠被骆远志看得浑身不自在，瞪着骆远志：“你看什么？我说得不对吗？他孙达生不仅终日旷课，不听老师的教诲，还顶撞老师，大家都有目共睹，你怎么狡辩，都不能改变这个事实！”

骆远志还是没有说话，而是又开始打量陈振中。陈振中被他看得心头火起，心里有一种预感，骆远志没有憋什么好屁，所以，在骆远志张口之前，他就冲着孙达生开火，但他还是控制着自己的语气，尽量显得真诚，为孙达生着想：“大生，你别这样任性，你要多为孙校长想想，你这样忤逆师长、违规乱纪的行为，是给校长丢脸的，他一世英名，却有了你这样一个不孝子孙，你不觉得惭愧吗？……”

陈振中声情并茂地规劝孙达生，要他改邪归正，就算是孝顺祖父也不能再这样下去。其他学生都被他感动了，只有何希文别有深意地等着看孙达生的反应。孙达生的脸色越来越沉，流光潋滟的眸子中凝聚起风暴，能动手就不动口的他，眼看就要爆发，被骆远志伸手不动声色地给拉下。孙达生明白骆远志的意思，他不能在这里爆发，因为这正是陈振中拼命激怒自己的原因，他想让自己打他骂他，以报上次把他捆起来放到麻袋里之仇！

骆远志又用一声怪笑打断了陈振中，用手指点了陈振中，又点了张佳惠：“怎么？你们这一唱一和，配合默契，是郎有情妾有意了？”

张佳惠的脸立即红了，大声喊：“骆远志，你胡说八道什么！”

陈振中指着骆远志，好像气得说不出话来，却有些心虚地低下头去，用表情默认了骆远志的话。

一直关注着陈振中的何希文，把他的表情尽收眼底，心头闪过几分怀疑，对陈振中这个学生，何希文喜欢他的上进和踏实，但也察觉他的急功近利。作为一名共产党员，国难当头，匹夫有责，何希文希望能够唤醒更多的同胞站起来，拿着武器保家卫国。虽然跟组织失去了联系，但何希文知道，当务之急，是唤醒更多的人加入到抗日队伍中来。所以，他带着女儿，一边想尽办法寻找党组织，一边全力以赴印发传单，宣传党的思想，号召抗日。利用学校老师的身份，他私下里发展了几个积极分子，给他们传授马克思主义思想，讲述我党坚决抗日的路线方针政策，为建立全英学校的党小组打基础。不过，因为灌云的斗争形势异常严峻，何希文开展工作非常谨慎，对积极分子的选择和发展慎之又慎，而陈振中就是他正在观察的一个对象。

何希文到学校后，陈振中是第一个过来请教的学生。陈振中基础较差，也算不上聪明，虽然非常勤奋，但对于算学中比较复杂的知识，理解和掌握起来很难。何希文详细耐心地给他辅导了几次，让陈振中的算学有了长足的进步。陈振中也因此对何希文感激不尽，知道他忧国忧民，想积极组织抗战后，就利用学生会主席的身份，把张佳惠、何锦阳以及管秀臣等进步同学都组织起来，定期跟何希文学习。何希文对他的这一举措非常满意，在学习和思想上更加关心和照顾他，开始有意识地给他们讲解马克思主义的精华。让何希文欣慰的是，张佳惠、何锦阳等学生积极分子，对这种能够拯救旧中国的思想非常欢迎，如饥似渴地学习，并贯彻到斗争中去，在何希文的有意引导之下，他们几个人成立了抗日宣传小分队，跟何希文父女一明一暗，在板浦进行抗日宣传活动。

而最先靠近何希文的陈振中，虽然也表现出对抗日的热情和积极，但经历过战争洗礼的何希文，敏感地发现，陈振中更喜欢跟上面的人打交道，而且行事比较冒进。说白了，就是他喜欢出风头，想通过组织参与抗日活动出风头，引起上面那些大官儿们对他的注意。而全英学校倡议并组织的这次抗日募捐活动，在何希文的暗中领导之下，由孙伟农出面，通过灌云县公安局长朱治均，已经把请愿书交给县长张文明，张文明也同意募捐游行活动在板浦举行，并答应到时候代表县政府出席活动。何希文觉得能达到这个程度，就可以开展活动了，可他的建议却被陈振中给否了，他认为时机还不成熟，还要更大规模地进行宣传和发动。陈振中还提出要组织全县范围内的抗日宣传活动，要把全县里有头有脸德高望重的人都请过来，作为特邀嘉宾参加募捐活动。何希文看着他踌躇满志、野心勃勃的样子，觉得陈振中太过功利了，委婉建议他脚踏实地，先行动起来。陈振中却态度鲜明地拒绝了何希文的提议，带着学生们去跟政府工作人员一起，到县境内的六个区进行大串联，准备组织一次最大规模的募捐活动。表面看来，这是好事儿，但何希文发现，陈振中私下里见过张文明了，张文明允诺他，等他一毕业，就进入县政府，成为政府办事员，每个月十几个大洋的工资，还可以升官发财。陈振中以为自己遇到了伯乐，跟着张文明就可以走上人生的金光大道，所以，他对张文明的指示言听计从，还没毕业，就以政府工作人员自居了。何希文说不失望是假的，可事已至此，他也不能改变陈振中的想法。

此时，看到陈振中故意误导他跟张佳惠的关系，不想让他得逞，刚想开口说话，为张佳惠解围，就听到骆远志的毒舌又冲着陈振中开火了。

骆远志嘲讽的声音不大，却字字诛心："看来，被我说中了，咱们陈主席跟张大小姐欲盖弥彰了！套用张小姐的一句话，这是事实，不是污蔑，更不是诽谤！不过，另外一个事实，想必张大小姐跟陈主席也不能否认，我记得张大小姐跟大生是有婚约的，如果我没有记错的话，你们并没有解除婚约，那陈主席跟张大小姐就暗通有无，这是不是叫那什么勾搭成奸啊？"

骆远志还没说完，就被气得火冒三丈的张佳惠给打断，她的手哆嗦着，指着骆远志："你给我闭嘴！谁跟他孙达生一个纨绔子弟订婚了？现在都已经新社会了，还定什么娃娃亲，反正我是不认的！骆远志，你再胡说八道，我打烂你这张烂嘴！"

骆远志丝毫不惧："怎么？被我揭示了你们的奸情，想要杀人灭口啊？"

事情到了这个份儿上，陈振中不得不说话，但他还是先安慰佳人："佳惠，你别被他骗了，他攻击我们，是为了转移大家的视线，为大生解围！"

陈振中说完了，看到众人一副了然的模样，内心不禁得意，有些话就冲口而出了："大生，你也说几句，我们还是学生，犯了错误没什么，只要你能改正，大家都会原谅你的，只要你当众对何夫子道歉，他一定不会跟你计较的，何夫子，我说得对吗？"

陈振中又在给孙达生挖坑，以孙达生的性格，就是被打得皮开肉绽，也不会当众道歉的。可陈振中话既然说到这里，何希文又眼睁睁地看着，孙达生要是坚持不道歉，就落实了他顶撞师长的罪名。孙达生虽然不在意名声，更不在意陈振中这样的小人的威胁，可他却不能不在意祖父的感受。陈振中就是抓住这一点，想拿捏孙达生，让他低头。

骆远志也看穿了陈振中的险恶用心，不能让他得逞，拦住想要开口的孙达生，大声说："陈振中，陈主席，你把别人都当成傻子，当成你出风头往上爬的垫脚石，这样真的好吗？"

被骆远志说中了心事，陈振中脸上闪过一丝狰狞，但他控制了自己的情绪，还是对准孙达生，逼他表态："大生，你比我聪明，比我读书多，我就想问问你，老师请你回答问题，你置之不理，还冷着脸要走，这是一个学生应该做的吗？让你给先生道歉，不应该吗？"

孙达生盯着陈振中，还是没有说话，陈振中咄咄逼人，这次抓住了他的把柄不放，势必要他妥协。孙达生并不是不屑于跟教自己的先生讲话，而是不习惯，自从父亲牺牲后，他就患上了轻度自闭症，跟人沟通和交流都很困难。今天之所以上台，是因为何希文讲课的内容勾起了他的兴趣，一时忍不住才上了台去的。孙伟农正是清楚孙子的这种心理状况，才对他旷课睁一只眼闭一只眼，虽然很担心他的安全，但也不想太过拘着他。而陈振中也正是知道他这种状况，才在这方面对他围追堵截，把他逼入死胡同，让他必须低头。

陈振中的小人行径，彻底激怒了骆远志，他质问陈振中，公报私仇想让孙达生出丑，是不是跟张佳惠狼狈为奸。张佳惠暴怒，拉着骆远志要去校长面前讨一个公道，看看校长是否能让骆远志这样的小人平白污蔑一个女子的清白！骆远志当然不能去，张佳惠已经公然叫嚣着没有跟孙达生定亲，明摆着是看不上纨绔子弟孙达生，他知道好兄弟也从来没有看上过这个傲娇并好高骛远的大小姐，也从来没有承认他们定亲的关系，可自己孙子被人嫌弃、被人退婚，孙伟农肯定接受不了，孙达生不仅要当众出丑，面对流言蜚语，还要被惩罚。骆远志当然不能让这一对“狗男女”得逞，他抓住张佳惠跟陈振中联合对付孙达生这件事不放，抨击他们别有用心不择手段地欺负孙达生，几个人吵成一团。

“够了！都闭嘴！”

一声断喝让吵闹喧哗的局面静了下来，孙达生虽然还是面无表情，但眼中的风暴已经平息，熟悉他的人知道，他有了决断，人已经回归平静。众人看着他，等着他的反应，因为他是这一混乱局面的始作俑者。孙达生从来不是一个在意别人感受的人，他丝毫不觉得这样的局面有什么不好，虽然对何希文并不制止他们的打架群殴有一丝丝好奇，但这丝好奇还不足以让他开口去请教老师，何况请教之前还要先道歉。

孙达生并没有让人们等太久，他无视陈振中跟张佳惠，只对何希文：“沧海桑田！”

众人一脸懵逼，这是孙达生给出的解释？好像没什么不对，时光流逝，日升月落，河流改道，是大自然的鬼斧神工，孙达生只是注意到了，并记在脑海中，还能画出来，并没有什么特别的，这样解释虽然简明扼要，但也没毛病。

孙达生说完并没有急着走，而是看着何希文，等他给自己的解释一个反应。何希文脸上现出笑意，保持着一贯温文尔雅的态度，点头道：“我接受这个解释。”

孙达生对何希文的“识趣”非常满意，点了一下头，转身就走。陈振中急了，大声喊：“孙达生，你站住！”

第五节　对他最大的惩罚，是无视

孙达生脚步不停，骆远志冲着陈振中比了一个中指，跟着走出教室。陈振中被晾在教室里，脸色涨红，迁怒何希文："先生，你怎么就这样让他走了？"

何希文脸上还带着笑意，却淡了很多，看着陈振中："陈同学想留下孙达生同学？"

陈振中意识到自己说错话了，脸红了，连忙补救："先生，学生是想让孙达生同学参加明天的抗日游行。孙达生同学是孙校长唯一的孙子，又是咱们灌云县著名的神童，他要加入到我们的抗日队伍中来，为抗日大业鼓与呼，将是我们的一大助力！"

何希文别有深意地看着陈振中："振中同学这个想法好！先生跟你一样希望更多的人加入到我们的队伍中来！"

陈振中："可是大生，他不听我的！先生能不能……"

陈振中的话，被一个声音打断了："哈，你明知道孙达生不会参加这活动的，你还让先生说这话，你想什么呢！"

这话明显是挑明了陈振中利用先生的意图，陈振中知道自己说不通孙达生参加游行，又不想放过他，就让先生以师长之名来给孙达生施压。可孙达生更不会听先生的，何希文要去说，面对的，还是拒绝。而何希文也把孙达生给得罪了。何希文不傻，当然能明白这一点，陈振中的这点小心机，不够他看，他不会给陈振中当枪使，可对于大部分学生来说，他是老师，天生就是管学生的，他发话让孙达生参加学校抗日活动，学生们会认为是理所当然的，陈振中这个要求，也是非常合理的，他还做了好人，坑的只有何希文。而这个人的这句话，就把陈振中的算计放到明面上来了，让他的打算落空。

陈振中不敢相信自己的耳朵，难以置信地看向说话之人——何锦阳。如果是别人说出这样的话，陈振中还能接受，可何锦阳是他的好兄弟，对他一直“忠心耿耿”，怎么会这样拆他的台呢？何锦阳好像没有看到陈振中指责的目光，跟着已经往外走的何希文上前，殷勤地帮他拿书本，说自己有问题请教他。何希文笑着答应下来，师生两个人走出教室，走向后院何希文的办公室。

陈振中呼唤的话停留在嘴边，没有办法说出来，张佳惠被骆远志指责水性杨花，也非常生气，冲外面走去：“不行，不能就这样算了！我要找校长说理去！”

陈振中眼睛一亮，连忙跟上：“对，就是！我们要把孙达生的恶劣行径都跟校长说一说，让他好好管教一下自己孙子！”

也许是骆远志刚才说的话起了作用，张佳惠不愿意跟陈振中一起走，停住了脚步：“那你先去，我等会儿再去！”

陈振中委屈：“佳惠，你也觉得我是针对孙达生的？”

张佳惠没有心情安慰他：“清者自清，你不用过多在意别人的想法。”

陈振中激动地看向张佳惠：“佳惠，我就知道，你肯定是相信我的！你是我的知己，是我的……”

张佳惠却完全没有领会到他的激动，不耐烦地敷衍他：“陈主席，不管你出于什么目的，让孙达生去参加抗日游行，但有一点你说对了，那就是我们要想尽办法，让尽可能多的人加入到我们中来。我不管你用什么办法，孙达生是一定要去参加明天的抗日游行的！”

张佳惠说完就走，把陈振中一肚子的话都给堵回去了，看着张佳惠远去的身影，陈振中脸上现出羡慕妒忌和怨恨，想到了什么，一丝狞笑浮现出来，低声地说：“都喜欢孙达生是吧？好，会让你们如愿的！”

太阳已经完全没入了地平线，风又大了起来，吹着天上厚厚的铅云，让天地间更加晦暗，好像地狱的门就要开启。放学有一段时间了，学生们走得差不多了，大门还敞开着，校工挥舞着大笤帚，沿着甬路，清扫被风卷起来的枯叶和尘土，给这个凄清的黄昏更添几分惨淡。

孙达生跟骆远志走出校门，骆远志脸上还有几分愤怒，要跟孙达生躲起来，等陈振中出来，给他套上麻袋痛扁一顿。孙达生却告诉骆远志，对陈振中这样人的最好惩罚，是无视！看着他像跳梁小丑一样，厚颜无耻地蹦跶出来，自曝其丑，让众人都看到他的真面目。骆远志知道，孙达生外冷内热，特别重感情，只是很多时候并不会表达，虽然表面上对陈振中不闻不问，只要他敢来招惹自己，就狠狠打击回去，但实际上，孙达生对陈振中诸多容忍，就是看在他父亲陈大壮为了救自己而死的情义上。就比如今天，如果换了别人这样陷害孙达生，孙达生绝对当下就报复回去了，这个人肯定会后悔说了那句话。可孙达生不想跟陈振中当众冲突，骆远志也只能暂时放过他。虽然还是有些不甘心，但这个场子，总有机会找回来的。

孙达生却在考虑何希文这个人，毋庸置疑，就是放到灌云乃至海州、南京去，何希文也是一位出乎其类拔乎其萃的优秀教师，他学识渊博，讲课生动，深入浅出，听他的课是一种享受。这还不足以让孙达生对他深深佩服，因为包括孙伟农在内的教育者们，讲课都有其独特的地方，也就是说，纸上谈兵，讲授理论知识，还不足以让孙达生心悦诚服。何希文的课最吸引孙达生的是，书本上的知识，考试中的知识，还有他讲到的知识，都能运用到生活中去。也就是说，何希文能够让他们把自己讲授的知识学以致用，而过目不忘的孙达生，更是其中翘楚。何希文涉及到的理科知识，经过孙达生的感悟和动手实践，在生活中大放异彩，孙达生因此而受益匪浅。

通过今天的接触，孙达生对何希文的印象，又发生了改变，他不仅仅是一位老师，在三尺讲台上教书育人，还是另外一类让他敬佩的人。孙达生虽然在学校的时间不长，也并不合群，但他对学校的事情，却了如指掌，他自有他的消息来源。对陈振中等人发起的抗日募捐活动，他也门清。他知道，这次游行募捐活动之所以准备得这么充分，影响这么大，都是因为何希文在指导。陈振中空有野心，能力不逮，格局、眼界和手段，都不足以做到这种程度，而他却领了这份功劳，被推上了风口浪尖，那就说明，手把手教他的何希文，并不想居功。何希文的这种行事方式，让孙达生敏感地觉得，他应该是共产党。因为他身上具有一种与众不同的气质，跟杏春堂药店的那个被抓的孙报春，还有陇海贸易行的那个挺身而出帮着他们的西装年轻人一样，都带着一种精神气儿。因为只有共产党，才能不图名利只为大义地把抗日活动落到实处，并有实力和毅力把抗日进行到底！

好像是为了印证孙达生的猜测一样，一辆黄包车迎面而来，跟孙达生他们擦肩而过，朝着学校的方向而去。孙达生却突然停住脚步，看着黄包车在校门口停下，对骆远志说回去。骆远志刚开始有些蒙，接着就有些兴奋地跟着他往回走，列举了让陈振中出丑的二九一十八办法。孙达生却让他注意隐蔽，不要说话。骆远志顺着孙达生的目光，这才注意到那个在校门口下车的年轻人。

其实说来也不怪骆远志注意力不集中，没有认出这个“旧识”来，因为这次他的装束太平常了，跟之前的出场完全不一样。一身普通的长衫，整齐的短发，如果手中再拿着两本书的话，就跟全英学校的学生们没有两样了。所以，他下了黄包车，走进学校大门，守门的老大爷连问都没有盘问，他就大摇大摆地进去了。而跟在他后面的孙达生，因为这种偶遇事发突然，反应再灵敏，也终归慢了一步，只能眼睁睁看着“他”走进学校大门，他们只来得及看到一个潇洒的背影，消失在千年古刹的庭院深深中。

孙达生的眼睛闪过趣味，对这个人的兴趣空前高涨，拉着骆远志在大门处找了一个隐蔽的地方，守株待兔，等这个人出来。骆远志一头雾水，不知道孙达生要等谁。可孙达生要是不愿意说，骆远志是真没有办法的，他只能靠自己的眼睛来观察出问题。可目标已经走了，他除非一双追踪的眼睛跟着那个人进去，看看他去学校里找谁，否则，他是观察不出什么的。

可还没有等骆远志想出办法让孙达生开口，就被不长眼的人给拦住了。骆远志其实完全不能理解陈振中的逻辑，为什么就要揪着孙达生不放呢？就像一只癞蛤蟆，紧紧跟着孙达生，不咬你也要恶心你！比如现在，去找校长已经告了孙达生一状的陈振中，带着跟班管秀臣要离开学校时，看到了孙达生，就像苍蝇发现屎一样，奋不顾身地飞了过来。请原谅骆远志被恶心得丧失了理智把自己比作屎，能够把他气成这样，陈振中也真称得上一号人物了。

陈振中还是那一套，要孙达生不要再闹了，看在祖父祖母的面子上，一定要上进，不要辜负了老人家对他的厚爱！陈振中喜欢这种唐僧似的说教吗？显然不是，他喜欢的是体验教训孙达生而孙达生不能反抗的快感，喜欢的是把孙达生的缺点都拿出来数落一遍，让孙达生当众出丑。

憋着一肚子气的骆远志，哪里还能让陈振中奸计得逞，在陈振中刚开口之时，也不废话，一拳打上去，陈振中的鼻子就流血了。后面的管秀臣吓住了，大声喊：“打人啊！来人啊！”

陈振中被打倒，但嘴里还是不服气，大骂骆远志是狗腿子，仗着孙达生欺负人。骆远志可不惯他这毛病，欺身上前，冲着陈振中拳打脚踢，他就是欺负人，怎么着吧！陈振中也不会束手被揍，跟骆远志厮打在一起，管秀臣大声喊救命，还没有离校的同学们聚集过来，上来拉架。

陈振中一边跟骆远志扭打，一边还不放过孙达生：“大生，你就让骆远志这样打我，你是什么居心啊！孙达生，你个懦夫，有种你跟我来，你躲在背后算什么！”

骆远志看他还有精力说话，觉得自己做得还不够好，下手又狠了几分，陈振中被他打得再也说不出话来，只能用双手抱着自己的头，躲避骆远志的拳头。迫于孙达生跟骆远志的“威名”，管秀臣不敢上前帮陈振中，只能愤愤地言语攻击孙达生，要他立即马上就制止骆远志，否则他就去告老师，不，去告校长，让校长惩罚孙达生。

孙达生根本不理管秀臣，今天的事儿，祖父肯定已经知道了，不过，他有把握这次祖父不会惩罚他，因为他对水利河图的掌握，继承自父亲，他第一张灌云县地形示意图，就是父亲孙一鸣手把手带着画出来的，现在还贴在祖父的书房里。每次他展现出这方面的才华，祖父都会欣慰老孙家后继有人。不过，他还是出声喊住了骆远志，他们今天有正事。

骆远志打得也差不多了，果然，能动手绝不要动口，用拳头说话就是爽，他愉快地决定了，以后就是用拳头来对待陈振中，只要他有什么龌龊的想法或者敢对大生或者他出招，他就打得他满地找牙！

孙达生对骆远志的说法不感兴趣，陈振中的段位还不足够让他浪费精力来对付，他必须要全力以赴对付孙一喜以及他背后的日本人！骆远志知道孙达生说得对，而且说实话，陈振中虽然总是针对他跟大生，但他作为学生会主席，积极组织抗日活动，骆远志也是认可的。他受不了陈振中的狭隘和偏执，但又不是什么血海深仇，大人的时候，他是非常有分寸的，都是皮外伤，疼两天就好了。孙达生一叫，他二话没说，立即住手，对陈振中警告几句，跟着他离开。

骆远志走得太干脆利落，陈振中想放两句狠话都来不及，看着两个人没事人似的背影，他咬牙切齿心中发狠，一定要报复回去，让他们知道得罪自己的下场！

第六节　我信他

跟着孙达生走，骆远志一向是不用心只用嘴的，意思就是，他只管边走边说，不管去哪里，反正孙达生心中有数，他决定方向，骆远志只要跟着就行。所以，当骆远志把想说的话都说完了，发现孙达生也停了下来，而且停在一间教师办公室外面。

骆远志远不如孙达生对学校的熟悉，但也知道这是何希文先生的办公室，他刚想问到这里来干什么，孙达生却嘘了一声，示意他安静。骆远志一愣，停下脚步，侧耳倾听，办公室里面传来几个人的说话声，声音不大，听不清楚说什么，但能感觉到，里面的气氛很融洽。现在不是究根问底的时候，骆远志配合地闭紧嘴巴，放轻脚步，看了看四周没人，拉着孙达生来到办公室窗前，打算偷听。

孙达生却走到门前，在骆远志无比惊讶中，伸出手去，敲门。屋子里的声音消失了，愣了一会儿，门才开了，何希文走了出来。孙达生却在开门的那一瞬间，看到了那个让他魂牵梦萦的人。

何希文问他有什么事儿，孙达生说要给老师画一遍灌河入海口的地形图，何希文表示感谢，说不着急，下回找个时间，他们一起画。孙达生醉翁之意不在画上，当然不能就这样离开，他说自己还有问题请教先生，而这个问题要画出来，不顾何希文的反对，强行进了屋。

那个人果然坐在屋子里，带着几分兴趣，看着他进来。面对那双星辰般璀璨耀眼的眸子，孙达生想好的话都堵住了，一句话都说不出来，只愣愣地看着他。被他盯着看的年轻人，也就是何夏萍，认出了孙达生，眼中闪过了然，朝孙达生微微点头，算是打过了招呼。何夏萍今天过来找何希文，还是一身男装打扮，一袭细棉布长衫衬得她身材修长，容貌昳丽，比孙达生还要夺人耳目。

跟着孙达生进来的何希文，并没有给孙达生介绍的打算，而是赶紧给他找纸找笔，让他坐到桌前画图。后面的骆远志想进来，可并没有见到他的何希文已经关上了门。可立志于中西医贯通的骆大医生，怎么会甘于被拒之门外呢？他敲门说找人，就堂皇地跟着进来了。进来就看到了何夏萍，嘴里就嚷嚷出来了。

骆远志："咦，大侠，你怎么在这里？"然后不等众人反应，立即又说："我说怎么今儿个大生放学不走，还到老师这里请教问题呢！原来是为了你啊！"

骆远志的这话，让办公室里的几个人都听愣了。何锦阳最先反应："骆远志，闭上你的臭嘴！什么叫为了她？我……同窗第一次来，你怎么就为了她了？"

孙达生打断了嘴上没有把门的骆远志，冲着何夏萍抱拳："上次的事儿，多谢了！"

何夏萍："对日本人人人得而诛之，我不是为了你们！"

孙达生的脸有些红了，但因为光线太暗，看不出来："那也要感谢！要不是你，那天的事儿不会善了！"

骆远志大嗓门："是啊，你的功夫真俊，跟谁学的？我跟你说啊，我们大生，也会武功呢！他……"

孙达生连忙阻拦骆远志："闭嘴！"

骆远志委屈："我是夸你，好吧，我闭嘴，你们说。"

何夏萍饶有趣味地看着他们俩的"互动"，何希文脸上的笑容有些挂不住，刚想开口打圆场，孙达生着急开口："我叫孙达生，你有时间吗？我请你去吃饭！"

众人都惊讶地看向孙达生，孤僻高傲的大少爷邀请人吃饭，真是新鲜，何锦阳夸张地想笑，在何夏萍扫过来的眼风中勉强忍住。何夏萍一本正经地看着孙达生："如果你能把你怎么找到那个院子的事情跟我说一遍，我就有时间跟你去吃饭！"

孙达生眼睛一亮，想都不想立即点头答应下来。骆远志更惊了：“大生，请允许我提醒你一下，你跟他才见过一面！”

孙达生点头：“我信他！”

这下就连何希文都惊讶地看向孙达生了，何夏萍笑了：“有个性，有眼光，我喜欢！”

孙达生：“那请吧！”

何夏萍点头：“大，一起去？”

屋子里的人再次睁大了眼睛，骆远志：“大？他是你大？”

何夏萍不理他，只看着何希文。何希文明白女儿是有所打算，就点头同意。何锦阳跟孙达生不对付，就有点不高兴，张嘴就要跟孙达生别苗头，说他妹妹是来找先生有事儿的，孙达生这就要把人拉走，完全不懂礼貌。何夏萍拉着他走到一旁，低声说了几句，何锦阳就过来跟何希文说先回去了。孙达生跟骆远志看着平时像个爆炭似的何锦阳，在何夏萍面前却乖得如一只小猫，不用顺毛捋就听话地走了，打心眼里佩服。可因为不熟，他们不能问，只能把这份疑惑压在心底。

灌云板浦，楼外楼酒楼。

吃饭是骆远志的强项，去哪里吃、吃什么都由他来安排。孙达生虽然没说，但看他对何夏萍的态度，骆远志也知道要认真对待的。而无论何希文还是何夏萍，都是非常爽利的人，是骆远志喜欢的性格，所以，他带着他们去板浦最大的酒楼——楼外楼吃饭。

盐业的发达，带动了板浦这个滨海小镇的经济，人们有钱了，第一舍得花的就是吃。苏北自古就有“穿海州、吃板浦”的童谣，足见板浦人对吃的热情，以及板浦饮食业的发达。清末民初，板浦有饭店近三十家，满街都是各种风味小吃。据说，著名的杨福记、四海春酒楼，不仅招待过巡盐御史等实权人物，还有过封疆大吏亲笔题写的招牌。走在苍梧木铺就的大街上，置身于灌云特有的土特产叫卖声中，虽然不是江南那种“水村山郭酒旗风”的盛景，但雕栏飞檐的徽式小楼，迎风招展的酒幌，门上挂着的红灯笼，也尽显黄海之滨千年古镇的风情。

楼外楼是板浦镇首屈一指的大酒楼，以地道的杭帮菜著称。日本人没来的时候，如果没有提前预定，是到这里吃不上饭的，足见其火爆。战争的阴云，让酒楼的生意也受到了很大影响，骆远志他们得到了一个非常隐蔽的雅间。

为了表示自己的诚意，孙达生亲自点了一大桌子楼外楼的特色菜，什么西湖醋鱼、东坡肉、龙井虾仁、老鸭煲等，摆了满满一大桌子，让何夏萍跟何希文大快朵颐。再加上一壶西湖龙井，这顿饭让何希文父女两个吃得很满意，但四个人却并没有心情愉悦，因为他们想到如此危急的形势。

相信自己直觉的孙达生，将对何夏萍这样一个只有一面之缘陌生人的信任进行到底，不仅跟她说了自家跟孙一喜的恩怨，也说了他们后来对孙一喜家监听到的内容。

对，就是监听。知道那个小院是日本人潜伏的据点，可孙达生跟骆远志并没有那个本事进入小院中进行搜查或者跟日本人直接对上。不过，孙达生最近研制出一种简易的窃听器，跟对方的距离只要在一千米之内，就能收听到信号。小院警戒森严，连一只苍蝇都飞不进去，但孙一喜那个家里却是筛子一样，进去非常容易。孙达生收买了孙一喜家的一名用人，趁着孙一喜外出的时候，假扮这名用人进到孙一喜书房打扫卫生，顺便把窃听器放到孙一喜桌子上的一盆花中。好在孙一喜的家距离骆远志住的房子不远，正好在一千米之内，孙达生两个人就开始监听起孙一喜来。

因为两个人都是第一次干这种事儿，根本没有任何经验，加上那个窃听器质量也并不是很好，让他们的“工作效率”大打折扣。两个人监听了三四天，才从孙一喜吩咐保镖任务时，分析出了一个重大情报。

何夏萍跟何希文都被孙达生获取的情报惊住了，他们虽然怀疑孙一喜，更怀疑日本特务在板浦乃至整个灌云猖狂地活动，但因为地下组织几乎被国民党当局破坏殆尽，正常的党组织革命工作开展起来都有难度，不用说这种高难度的情报工作，而孙达生这样一个没有经过任何情报训练的学生,却能跟日本人斗智斗勇，还能拿到有用的情报，不得不让他们父女两个刮目相看。

孙达生之所以开诚布公说出自己得到的情报，把自己的能力暴露在何希文父女面前，就是想跟他们合作！他这样做，也是做好了心理准备的。这个决定，主要是基于他猜测何希文父女是共产党，而共产党天生是抗日的，他要对付日本人跟孙一喜这些汉奸，共产党是天然的同盟！退一万步讲，即便他感觉判断都错了，何希文父女跟共产党没有关系，那他们也绝对不可能是汉奸卖国贼。孙达生虽然不隶属于任何一个党派，但他明白，当此关头，所有的灌云人都应该团结起来，共同抗战。

何夏萍跟何希文对视了一眼，都不用沟通就达成了共识，一定不能放过孙达生这个好苗子。当孙达生问他们是不是共产党时，何夏萍没有承认也没有否认，而是问他要找共产党干什么。孙达生理解他们的谨慎，当下说出自己的计划。

孙达生通过窃听孙一喜宅子里的电话，知道他们近期有一个针对灌云县动委会的阴谋。但孙一喜不会在电话中讲具体内容的，孙达生也想把他给套了麻袋出来问，又怕打草惊蛇，让他们改变计划，那之前的工夫就白费了。孙达生跟骆远志想尽办法，还是给陇海贸易行那个爱喝酒的采买下手。孙达生偷来祖父珍藏了三十年的茅台酒，骆远志整治了一桌子好菜，两个人陪着他喝酒，把他灌醉，套出了一点有用的情报。他们派出三十个人要破坏一个什么活动，还要把抗日最活跃的人们给抓起来杀了，把他们的人头挂到城门楼上。

何希文跟何夏萍眼中闪过惊骇,他们都意识到问题的严重性，三十个全副武装的日本军人，来到抗日游行集会中，那就相当于狼入羊群，我们的抗日积极分子跟群众面临的就是被屠戮，他们有理由相信，在国民党军队或者武装到来之前，这次游行活动必然是死伤无数、血流成河。如果他们再把“抗日积极分子”的首级挂上城头，那对灌云人民的抗日积极性的打击将是致命的！无论如何，他们都绝对不能让这样的事情发生。

孙达生跟骆远志也知道这件事的严重后果，可凭他们两个人的力量，就算拿到准确情报，也没有那个力量阻止。孙达生跟骆远志商量后，决定分两步走，一是匿名把情况上报公安局长朱治均，至于为什么报给他，前面已经分析过，他是孙伟农的学生，也是目前灌云县国府中唯一一个积极备战的官员。即便孙达生的这条情报语焉不详，但以朱治均的警醒，相信他也会认真对待的。

第二条路，就是利用自己的力量来阻止日本特务的疯狂行动。而孙达生想到的第一个同盟，就是那个有着一双星辰般璀璨眼睛的年轻人！他的直觉告诉他，只要找到这个人，他就有可能让日本人的阴谋破产。果然，这个人并没有让他找多久，也就是几天的工夫，他就主动出现在自己面前。

几个人都不用多分析，就可以推断出，日本人的目标，正是马上就要举行的灌云县抗日募捐游行大会。作为这次游行活动暨动员大会的实际领导者和组织者，何希文给女儿三个人介绍了一下具体情况。

游行活动是由全英学校的学生会，也就是陈振中、张佳惠等人发起，经过两三个月的准备、宣传和筹划，终于准备在后天召开了。之所以筹备这么长时间，主要原因还是县长张文明的打压，1937 年 12 月底，在国民党第五战区司令长官，也是第五战区民众抗日动员委员会主任李宗仁的强制命令之下，灌云县民众抗日总动员委员会才仓促成立，张文明是主任，许继泰、朱治均等人是副主任。接着，灌云境内抗日救亡比较活跃的区里，也相继成立了动委会。而灌云总动委会的委员，就比较庞杂，各行各业都应该派出代表，灌云六个区的区长还有海州境内有影响的知名人士，都要组织他们站出来，为抗击日寇保家卫国出力出策！

动委会的成立，还有社会各界以及所有灌云人的强烈要求，让张文明不得不放下他的“剿匪大业”，参与到抗战准备活动中来。但他想要抗日的名利，又不想真正出力，更不用说尽全力，所以，他才想到全英学校倡议组织的这个募捐活动，才在请愿书上签了字，并在百忙之中，召见了陈振中、张佳惠等同学，说了几句冠冕堂皇的官话，要他们放开手脚去做，把活动做得越大越好，他全力支持，灌云县动委会的所有委员都必须参加，灌六区的抗日团体也都必须参加。

张文明的上纲上线，让这一学生游行活动，上升到灌云县从上到下全体抗战的动员大会，其规模和层次上升到空前高的水平，这也是陈振中近日来膨胀的主要原因。何希文分析，张文明这是迫于压力，不得不表态，不得不有所行动。他作为灌云县父母官，敌寇来犯，他主要有两方面的责任，一是竭灌云的财力物力人力，安抚百姓，组织起百姓的力量，支援本地驻军抗敌；第二方面，也是作为地方官，更重要的一方面，如果敌军攻破防线，开始攻城，他还要组织地方武装带领百姓们抗敌。当然，日军虽然大军压境，但眼下还没有发动攻击，还不用上战场杀敌，但无论民众还是地方武装，都需要组织准备起来。可县长张文明并没有意识到事态危急、问题的严重，上任两三个月，不仅没有组织民众抗日，更没有为抗战募集物资以支援将士，而是把全部精力都用在了“剿匪”、抓捕共产党上，即便七七事变后，抗日民族统一战线建立，国共两党合作共同御敌，蒋介石政府也组织淞沪抗战、南京抗战等大型战役，也没有能让他这个灌云县太爷一县之长意识到自己肩上的责任，最主要的就是抗击日寇、保卫灌云。

现在，第五战区动委会成立，从上而下，全民抗战，国民党政府也大张旗鼓地组织和坚持抗日，政府对地方上下达抗日命令，军队也对地方上施压，张文明再也没有办法推脱，就是做做样子，也必须有所举措了。正好，全英学校组织的募捐大游行活动要举行，他正好借此机会，借力打力，当做县府的抗日准备活动，目的当然是各行各界全体灌云人所捐赠的钱和物。

第七节 孙达生的惊天情报

何希文的话还没有说完，骆远志就拍案而起，直斥张文明的无耻，灌云县的官老爷们都是汉奸卖国贼，拿着百姓们的俸禄，不干人事！孙达生并不像好友那样气愤填膺、怒发冲冠，没有期待就没有气愤和失望，正如他得到了情报都不去找国府甚至自己爷爷，而是坚持要找共产党一样，为国捐躯的父亲尸骨无存却还被污蔑陷害为“汉奸”，他对国府对当局的无耻和黑暗，就了解得透透的了！更不用说灌云县长是张文明了！对母亲的前“奸夫”现任丈夫，孙达生的态度从来都非常鲜明，打从知道他的存在开始，就对他深恶痛绝，认为他就是一坨臭狗屎，给父亲提鞋舔脚都不配！虽然他并没有接触过这个人，但父亲还在时，就能跟母亲勾搭成奸，在父亲刚去世被污蔑的“汉奸”罪名还并没有“落实”被宣扬开来，段淑琴就登报跟父亲离婚，跟张文明结婚，这样的无耻之徒，怎么可能是一只好鸟？本质上，张文明跟孙一喜是一类人，张文明还没有成为汉奸，只不过境遇不同表现不同罢了！

相比对张文明这些蠹虫的讨伐，孙达生更对何希文感兴趣，关于灌云尤其是板浦抗日准备活动形势的分析，何希文说得非常透彻，鞭辟入里，条理非常清晰，而且非常正确，直指关键要害之处，解决起事情来，事半功倍。基于此，孙达生更加确信，何希文跟何夏萍这对父子，都是共产党。因此，孙达生对何希文的态度越发敬重，请教下一步如何做。

不得不说，孙达生确实多智近妖，他对何希文的印象不能说百分百准确，但却是八九不离十。刚才何希文对灌云县抗日局面的分析，是他根据自己了解到的灌云现状，加上几份抗日刊物的报道，加上自己的推理、判断而得出的结论。不得不说，他的分析，也跟事实相差不远矣。

如果孙达生把自己对他的敬佩说出来，何希文会很认真地告诉他，不是他厉害，是那些创办刊物、宣传抗日救亡的灌云人厉害。八一三淞沪会战后，共产党员史成章从上海回到响水，联络了徐禹民、徐潜泰等人，自行筹集资金，创办《抗战三日刊》小报，转载各种报刊上的进步文章，报道全国抗战消息和本地情况。而灌四区动委会成立后，共产党员武祥鲸创办了《动员报》，以转载延安消息为主，宣传抗日救亡主张，激发民众的抗日热情。这些活动，都是何夏萍跟王老实下乡表演进行抗日宣传的时候，跟这些坚持抗战的同志们取得联系的。而何夏萍之所以这么快地同这些同志取得联系，还跟到灌云宣传抗日的外地青年脱不开关系。

前不久，也就是 1937 年 12 月，上海国民歌咏救亡协会宣传团第二队与如皋话剧团的青年们来到灌云响水口，通过演出了话剧、演唱抗日歌曲等活动，分组到农村进行抗日宣传活动。何夏萍跟他们不期而遇，之后，她主动跟他们取得联络。在灌云演出后，一些宣传团的青年同志北上去往延安，一些同志们留在了灌云，在响水口、上马台、汤沟等地，联络进步青年一起开展抗日宣传活动。何夏萍成为他们中的一员，不过，因为板浦的斗争更需要她，很多时候，她都是以唱戏卖艺的身份，奔波于响水口、上马台、汤沟以及板浦之间。也就是在这种革命斗争中，她联系上了中共灌云县党委组织部长，也就是宋斐然一直想抓但没有得逞的冯平阳。

那么，从宋斐然半年前被刘大龙抓捕后，冯平阳去了哪里，又做了些什么呢？这还要从头说起。七七事变之前，由于国民党当局对共产党的围剿以及王明左倾错误路线的影响，包括宋斐然在内的县委领导或者被杀害或者被捕，灌云县共产党组织几乎被破坏殆尽，革命活动被迫转移到农村转移到地下。抗日战争爆发后，由于灌云县境内有一大批与党组织失去联系的共产党员和热血青年奔走呼号，使中国共产党的抗日主张在灌云地区得到了宣传，并深入人心。但光凭一腔热血是干不成革命工作的，无论是抗日救亡组织还是抗日救亡运动，都迫切需要党组织的领导。基于此，灌云六区中的共产党员出去寻找党组织。

冯平阳是其中一位比较早出去寻找上级党组织的同志，何希文并不认识这位同志，也是后来了解到，他是灌云侍庄人，毕业于省立海州第十一中学，接受共产主义思想熏陶，1929 年在武汉加入中国共产党，1931 年返乡，到响水口教书，跟宋斐然一起，从事革命斗争工作。历任响水乡长、副区长、中共板浦区委书记、灌云县委组织部长等职，是在灌云国民党政府中挂了号的我党领导者，也是宋斐然的左膀右臂。

当初何希文跟何夏萍以为宋斐然被捕之后，冯平阳安排同志们转移后，自己也离开板浦隐藏了起来，其实不然，他是在宋斐然被捕那天晚上，在刘大龙带人来之前，先一步离开灌云的，是被宋斐然送走的。按照计划，冯平阳先去到山东，打算寻找中共山东局党组织，可路上他被伪军抓住，被关押起来。东北军打败了这股伪军后，他获得自由出狱，并没有能够联系上党组织。东北军 57 军 112 师中的我党地下同志给他指路，让他去徐州，也就是第五战区动委会去找党组织。冯平阳了解了动委会的情况之后，欣然前往。

当是时，已经是 1937 年 11 月底，国民党第五战区动委会已经成立，李宗仁任主任，聘请国民党的党政要人和苏鲁皖三省的知名人士任委员，最重要的是，他亲自邀请中共苏鲁豫皖特委书记郭子化为动委会委员，中共铜山工委书记郭影秋任动委会组织部干事。据冯平阳后来介绍，在党中央的指示之下，中共苏鲁豫皖特委致力于使动委会成为实现我党政治路线的抗日统战组织，一方面通过上层统战关系，促使共产党员和进步民主人士被聘用到动委会工作；另外一方面，利用郭影秋担任动委会组织部总干事的身份，先后向各县派出一批共产党员和进步人士担任动委会指导员。而冯平阳见到了郭影秋，向他汇报了苏北尤其是灌云抗日救亡工作情况，郭影秋上报苏鲁豫皖边区省委，让他先回地方开展抗日救亡工作。冯平阳听从党组织安排，相信党组织很快就会派领导下来开展工作，就立即回到灌云。

冯平阳本来打算直接回响水口小学跟宋斐然会合，一起开展革命工作，可那样的话，他就正好落入宋斐然的陷阱里。幸运的是，他在路上就遇到了何夏萍跟抗日宣讲团的同志们在宣传抗日，他立即加入他们。通过跟何夏萍交谈，冯平阳知道宋斐然叛变之后大怒，要立即带人去处决他，被何夏萍等人劝下。冯平阳知道斗争形势严峻，宋斐然虽然该死，但现在除掉他牺牲太大，只能忍下这口气，锄奸还要从长计议。

冯平阳联系了响水口、上马台以及汤沟等地的共产党员，召开灌云党组织会议，介绍了全国抗日救亡形势，并传达了苏鲁豫皖特委对灌云乃至海州的革命工作的指示。何希文也来参加会议，在会议召开之前，跟冯平阳抵足畅谈一天一夜，制定出在党组织的领导之下，在灌云民主抗日团体的基础之上，建立灌云抗日武装的决定。冯平阳暂代灌云县委书记一职，何希文则成为板浦区党组织书记。也正是跟冯平阳聊了那么久，何希文才对灌云当前形势了解得那么透彻。

事情了解清楚了，可问题还是没有解决，募捐大会后天就要举行，现在联系冯平阳肯定来不及了，必须要在板浦解决。孙达生是板浦的地头蛇，在哪里找人，他最清楚了，所以，粉碎这个阴谋的关键，还是在孙达生身上。

骆远志提议去找朱治均，被何夏萍否定了。何夏萍并不是不相信朱治均，她也了解过，朱治均是灌云县的警察局长，虽然之前也奉命带人抓捕过共产党，残杀过我党同志，但抗战打响之后，他立即停止了所谓的“剿匪”，积极从事抗战救亡活动。不夸张地说，整个灌云县政府内所有的当权人物中，只有朱治均在真心准备抗战。何夏萍之所以觉得他不合适，主要原因有两点。其一，募捐大会的治安肯定是由朱治均来负责的，这么大的活动，需要的人手肯定不会少，那他就分不出人来对付日本人；其二则是，虽然朱治均也毕业于警官学校，本身的功夫也不弱，但他的手下，仅仅是灌云一个县培训出来的警察，无论是身手还是装备，跟日本的海军陆战队现役军人都没有办法比，何况对方人数并不少。何夏萍并不是长敌人志气，而是面对现实，如果对方想，那这一个排日军的兵力，再出其不意攻其不备，完全可以拿下板浦，进而占领灌云大部分地区的。不过，何夏萍并没有把自己的这份担忧说出来，仅仅根据孙达生这份语焉不详的情报，就做出这样骇人听闻的推断，她自己也不信。

不过，也许是女人天生的直觉，从孙达生出现在她面前，到孙达生说出这份惊天情报，何夏萍心头就有一种非常恐怖的预感，她用尽全力才不让自己把这种恐惧或者更准确一点说是恐慌说出来。因此，在讨论用什么人来阻止对付日本人的时候，她就坚持要找实力强的人。可战力强的人，应该都在军队，他们跟军队并没有联系，只能靠孙达生了。

骆远志听了何夏萍的分析，立即用一种怪异的眼光看向孙达生。孙达生很直接地给何希文父女两个解惑，他认识并且能找到的军队上的人。何夏萍跟何希文大喜，连声问是谁，能不能调动兵力过来。骆远志却惊讶地问孙达生真的要找他。当然是真的，在何夏萍提出军队这两个字的时候，孙达生立即想明白了其中的关键，决定去找张之信。好歹他也是一个副团长，派出一个连的兵力来对抗三十个日军，应该能解决目前的危机。

骆远志有些着急："大生，张佳惠在大庭广众之下，不承认跟你的婚约，孙爷爷为张之信付出了那么多，张佳惠说不认就不认，他们父女都是养不熟的白眼狼，你现在去求他们，他们要是拒绝了你怎么办？"

听到婚约两个字，何夏萍惊讶地看了过来，星眸中带上了一丝探究。不知道为什么，孙达生的脸有些红了。他没有理睬骆远志话中提到的张佳惠跟婚约，只是回答后面的问题。

孙达生认为张之信会同意的，这并不是他孙达生个人的无理要求，而是关系到灌云乃至整个海州的安危，如果张之信置之不理，或者拒绝出兵，事后真的发生了他们不敢想象的后果，张之信要以叛国罪被处置的。孙达生相信，即便张之信并不相信孙达生的情报来源，但也不会把这件事当做儿戏。原因很简单，日军已经兵临城下，战争一触即发，任何可疑的或者危险的因素，都能改变战局，作为一名职业军人，还是身经百战的张之信，不会犯这样低级的错误。当然，孙达生也要做好准备，以防张之信跟张文明是一路货色，直白一点讲，就是防着他已经成为汉奸或者潜伏的日本特务，孙达生会明白告诉张之信，这份情报他已经抄了十几份，如果张之信拒绝，那他就让人分别寄给张之信的上司、江苏省各大报社，还有已经搬到重庆的蒋介石政府，等事态发展到不可控，大家都知道是他张之信贻误战机，他是千古罪人。

在此短短时间内，孙达生这个昳丽少年，就把这件事处理得滴水不漏，就算是何希文都心悦诚服，觉得孙达生不愧是灌云神童孙一鸣的儿子。三个人又讨论了一会儿，补充完善了一些行动的细节，就决定按计划分头行动。当然，重中之重，是赶紧去找张之信“借兵”，这当然交给孙达生。何夏萍跟何希文，则接下了监视陇海商贸行的工作。

第八节　当街碰瓷 VS 英雄救美

灌云板浦，街巷。

而孙达生他们都不知道的是，还有另外一个人，也盯上了张之信，而且以不容拒绝的姿态，出现在他面前。

第五章 一触即发

此时，张之信已经跟张文明“会晤”完毕，他冲出张文明的办公室，走到车前。司机小王赶紧给他拉开车门，张之信上车，小王开车，驶出县政府大院。

张之信拿出一根烟点燃，大口吸了起来。烟雾袅袅中，张之信的脸色沉得能滴出水来，说他刚被人暴打一顿也有人信。小王从后视镜中，看着张之信，张嘴想劝，却又闭上了——张之信浑身都写着“我要杀人”四个字，笼罩着一股暴戾之气，小王不想撞在枪口上。可张之信吸完了一根烟，又拿出一根点上的时候，小王实在忍不住了，开口说：“团长，您别吸了，那东西多了，要命！”

小王是张之信的亲兵，也是心腹，职务是张之信亲兵连的连长。他是张之信军校毕业后当上排长的第一批兵，是最早跟着他的，一起上战场，一起杀人。张之信的所有事儿，都不瞒着小王。所以，小王清楚，张之信现在并不是吸烟，而是吸毒。他的烟是特制的鸦片，张之信吸毒已经六年多了！其实这两年，张之信已经开始戒烟了，烟瘾已经小多了，不像刚开始的时候，每天不抽鸦片，就痛苦得活不下去要自杀。小王是亲自帮着他戒烟的，因为不能让别人发现，张之信的戒烟，只能靠自己。他让小王把自己捆上，不去抽鸦片，生生扛过毒瘾犯了的疼痛和痛苦。经过长达两个多月的自虐加上小王偷偷找西医给弄来的药物辅助，张之信基本上算是成功戒掉了毒瘾。可两年多前的一次战斗中，张之信被敌人抓住，再次给他注射了毒品，张之信再次染上。虽然他照旧采用了之前的方法试图戒毒，但毒素和毒瘾已经在他身体里根深蒂固了，基本上不可能戒掉了。不过，好在张之信有着强大的意志力，在一个德国传教士的帮助之下，张之信派小王专门用鸦片制作了一些香烟，虽然也是毒品，但含量比直接吸食大烟膏，要少了很多。如果张之信实在忍不住了，就拿出来吸上一支。小王全力监督他，一天最多吸两根，超出就有危险了。而张之信实在忍不住的时候比较少，所以，这两年来，张之信的毒瘾一直控制得很不错。可这次，没想到，这次奉团座的命来灌云县一次正常的要军饷和军粮的事务，让张之信控制不住自己的情绪，已经抽了第二根“香烟”了，还控制不住毒瘾。

小王小心地建议：“团长，这里距离全英学校不远，孙校长应该在学校里，要不我们去拜访一下他？”

话一出口，小王就知道自己说错话了，他惴惴不安地看着张之信。躺靠在后座上闭着眼睛回味着什么的张之信冷冷开口：“你让我以这副鬼样子出现在他面前？”

小王：“那我们去倚翠楼喝杯茶听个歌曲儿？”

这个倚翠楼是灌云最大的青楼，张之信其实是从不涉足这样地方的，可他染上烟瘾之后，只有去这里吸食鸦片才能保密和保证安全。张之信常年在外面征战，很少回家乡。毒瘾犯了的时候，就到青楼里，包一个妓女，让她照顾他吸烟。然后，等离开那个地方，就把妓女给杀了。小王的意思就是建议张之信，按照之前的方法去找一个女人来照顾张之信，可似乎因为回到了家乡，张之信不愿意这样做了，再次冷冷拒绝小王的提议。

小王只能闭嘴了，默默开车。他没有什么主意可以开解张之信。现在不同以往清廷军队中的兵，人手一支大烟枪都没有人管，国民党的军队，尤其是张之信隶属的东北军57军112师，可不能允许这样的军官或者士兵存在。换句话说，张之信现在的状况，要是被别人发现，那他只有两条路，一是退伍，二是被枪毙。

车里陷入一片沉默中，只有张之信吐出的烟雾缭绕。让人压抑的沉默中，张之信却问起了他家中的情况。上次就是小王护送张之信老婆跟女儿张佳惠回乡的，他对情况比较了解，就告诉张之信，夫人已经安置到张之信在板浦的宅子里，小姐从回来的第二天，就开始上学了。张之信沉默，想开口问：“他怎么样？”

虽然张之信没有说出这个他是谁，但小王知道，张之信问的是义父孙伟农。从本心里，小王并不想过多参与张之信的私人恩怨，可张之信的所有私事儿，都是小王去处理的，他想脱身，已经来不及了。事实上，自打他们团从淞沪战场上调防回来，他还真去看了一下孙伟农。他换了便装去到学校，当时孙伟农正在跟一个学生在说话，小王故意走近他，借着问路的机会跟他搭了一个话，又从其他人那里间接打听了一些情况，对孙伟农、严云初还有孙达生的状况还是算了解的。可他刚要对张之信汇报，就看到前面一个女人冲着他的车头冲了过来。小王大惊，连忙猛踩刹车。

车终于停下了，张之信也被狠狠颠了一下，脑袋差点撞上前座。他皱眉问："怎么回事儿？"小王连忙汇报："一个女人突然冲了过来。"张之信脸上现出不耐："你下去处理一下吧！"

小王听命下车，走到那个女人面前。女人侧躺在车的右前方，好像昏迷着。这个女人三十岁左右的样子，时髦的发式、鲜亮昂贵的衣服，表明她不是一个穷人。小王并没有立即上前，而是特意走远了一些问她："喂，小姐，你怎么样了？醒醒吧！"

这时候，已经到了中午，街上的人渐渐多了起来，因为这里发生车祸，还是这么美丽妖娆的一个女人躺在地上，用脚趾头想，也知道会有好戏上演。可惜，他们期待的戏码并没有发生，因为那个女人并没有任何反应。但小王还是没有立即上前，他清楚自己的车速，是这个女人故意冲到他车上的，非常时期，他有理由怀疑这个女人的目的，所以，虽然躺在地上的这个女人身体是那样诱人，他还是站在一个安全的距离，呼唤了女人两声之后，就没有继续的动作了。

围观的一个穿着皮袍的老男人看不过去了，说起了风凉话："哎，我说这位老总，你撞死人了，还躲那么远，是想白撞吗？"

老男人的话引起其他人的共鸣，有几个人跟着哄笑起来。

小王盯了一眼那个老男人，身上露出来的从战场上走过来的煞气，成功让他闭嘴，然后又扫视一圈，看得众人都不再说笑后，才冲着那个女人喊："喂，你赶紧起来！我告诉你，你赖不上我们的，我的车并没有撞到你！"

女人还是躺着没动，小王有些烦了，刚要转身朝车里走去，车门打开，张之信下车，二话不说，走到女人面前，掏出枪，对着那个躺下的女人，低沉地开口："我不管你是谁，我数到三，你要是不起来，我就让你永远不能起来！"

刚才脸上还带着笑的"观众"都噤若寒蝉，张之信看都不看他们，开始数数："一、二……"女人还是一动不动，张之信数到"三"，就要一扣扳机的时候，一个男人从远处冲了过来，一脚踢向女人，嘴里大骂着："你个贱人！敢偷我的钱，我让你不得好死！"

女人被他打得突然醒过来，尖叫着"救命"滚来滚去，大声喊着："求求你，放过我吧！我再也不敢了！你那赌债，那么多，我给你还不起啊！救命啊！哥哥，我是你亲妹子啊，你可不能卖了我啊！我不要去倚翠楼，我不要去当妓女！"

女人边哭边大声哀求，中间夹杂着被男人打疼了的尖叫声。男人，也就是女人他亲哥，却根本不理女人的求饶，拳打脚踢，嘴里还大喊着："我辛辛苦苦养大你，让你活你就活，让你死你就给我去死！"

女人被打得翻滚着，躲避着男人的殴打。被毒品刺激的张之信，非常暴躁，听着这尖叫，一抹腥红涌上了他的眼睛，他控制不住自己，掏出配枪，扣动扳机，朝天放了一枪。枪声响了，在场上的所有人都被吓得安静了下来。男人对女人的殴打也停了，女人得以逃脱，吓得一个骨碌爬了起来，连声尖叫着连滚带爬朝张之信扑了过来，一下子抱住他："救命！救我！长官，求求你，救救我！"

女人菟丝花一样抱紧张之信，柔软而硕大的胸部还故意蹭着，抬起被打得青紫的脸，含着泪颤抖着，哀求张之信："长官，救救我！"

面前的女人梨花带雨、我见犹怜，是个男人都会忍不住去怜惜她，何况已经犯了毒瘾的张之信呢！尖叫声、枪声还有女人柔软身躯的刺激，让张之信本来吸食了鸦片就已经很亢奋的身体，在枪和女人的刻意撩拨之下，迅速有了反应。他忍不住紧紧扣住女人，眼中闪过嗜血的狂热，身上的气势陡变，又像一只饿狼盯住猎物一样。女人浑身一抖，本能想离开，但张之信不会放过她了。

张之信紧紧盯着女人，低沉冷酷好似来自地狱的声音响起：“好，我救你！”

女人做出一副感激涕零的样子，逼出两滴眼泪，含泪看着张之信：“长官，您真是一个大好人！”

看着女人楚楚可怜让所有男人怜惜的样子，张之信脸上是火山喷发之前的宁静，带着十分危险，用枪抬起女人的下巴：“我救了你，你的命就是我的！”

女人娇羞地把脸放在张之信胸前：“奴家已经走投无路，还请将军怜惜！”

张之信一把将她抱起，把她带到车前，小王已经打开车门，张之信将女人放了进去，然后自己上车。小王关车门，自己也要上车。那个打女人的男人，也就是女人的亲哥哥，却突然追了过来，大声喊着：“停下！她是我妹妹！你们不能带走她！”

男人说着，已经追了上来，要抓住小王，不让他们把人带走。可小王怎么能让他们抓住呢，一个侧身，躲开男人，然后抬起脚，一脚踹向他，把他给踹出几米之外，倒在地上，再也爬不起来。小王冷冷地：“识相的，就赶紧滚，当做这件事没有发生！你那妹子，是自愿跟着我们长官的，我们长官收了她，是她前辈子修来的福分。要是还来纠缠，看看你有几条命！”

小王说完，转身上车，发动汽车，汽车朝前开去。男人大骂这些人是恶霸强抢民女，不得好死，却终归不敢再去追了，只能泼妇一样嚎啕大哭。人群散去，人们议论纷纷，说什么的都有。只有那个穿皮袍的老男人，一直以看好戏的神态围观，注意到那个被张之信抱走的女人眼中流露出一丝得意和几丝狰狞。老男人不自禁地冒出一股凉气，这个女人看着是一个狐狸精，实际上是一条美女蛇，谁惹上谁倒霉。

不能不说，老男人的直觉非常准确，这个女人确实是一个灾星，招惹上她的人、活着被她招惹的人，将会万劫不复！这个女人，就是周妍。

第九节　他们怎么就不知道大日本帝国的好心呢

灌云板浦，陇海贸易行。

这是贸易行的后院，也就是孙达生跟骆远志发现他们的那个院子。院子大概有一亩大，原本种菜种花的温馨庭院，已经变成一个训练场，虽然没有铺上青砖，却也把上面的黄土压实了，看上去平坦结实，完全可以让成年男子在上面摸爬滚打。对，这个原本是灌云盐商家小姐后花园的庭院，现在被三十来个精壮汉子占领，变成了杀人越货的修罗场，让人见之胆寒闻之丧胆。好在他们还知道是隐藏行迹在闹市区，并不敢明目张胆地去喊打喊杀，但训练杀人的功夫却丝毫没有改变。

之前跟骆远志撕扯的那个男人，看起来有三十多岁，有一米六五的样子，身材孔武有力，一双黑豆般的老鼠眼，发着凶狠的光，看着男人们的训练。如果孙达生跟骆远志在这里，一眼就能断定，他绝对是日本人，因为此时的他，穿着一身日本海军陆战队军服，腰间挎着一把日本军刀。他叫木村知重，是日军海军陆战队中佐，也是早就集结在连云港附近车牛山岛的日军舰队一个军舰的舰长，是目前灌云县驻扎的日军最高指挥官。受平田真弓相邀，他带领一个小队的日军海军陆战队成员，在周妍跟孙一喜的掩护之下，悄悄进入板浦，准备以这三十个人的兵力，由内而外，占领板浦，继而跟岛上的军队，里应外合，攻占整个海州！

计划还是平田真弓制定的，木村知重得知后，立即赞同。他们之所以有底气制定这样疯狂的计划，无视驻扎在海州的国民党一个师的兵力，妄想用最少的损伤和代价在短时间内拿下海州，最主要原因是他们都是狂热的军国主义者，愚昧狂妄的种族歧视者，毫无人性的刽子手，他们丝毫不觉得混进城里屠杀手无寸铁的老百姓有什么不对。另外一方面，他们认为，中国的军队就是摆设，更不用说地方武装了，在他们眼中都不值一提。所以，他们才如此嚣张癫狂地制定了这个计划，而如他们计划的，到目前为止，行动的准备工作进行得非常顺利，除了那天闯进来的两个小混混，还没有人发现他们。木村知重并没有把这两个小混混放在眼中，他们那天能找到这个院子，完全是歪打误撞，而他那天之所以忍辱负重，充当孙一喜的保镖，面对骆远志的“侮辱”也不表明自己大日本皇军的身份，原因就是不能暴露。不过，他记下了那两个该死的小子，他用大日本皇军的名誉来保证，下次见面的时候，他会用他的日本军刀，用最快的速度，来把他们送到地狱，让他们低贱的血来滋润这必定要属于大日本的土地！

木村知重站在月亮门的门口，像皇帝一样，总看训练上的情况。三十个日本海军陆战队士兵分为几组在训练。说起来，木村知重带着日本兵进入板浦已经近一个月，就蛰伏在这个院子里，是他们想选取一个合适的时机，一击而中。而这非常冒险，就算他们把所有中国人都当成猪猡，也不能贸然行动。而进入板浦还有一个好处，就是可以让士兵们练兵，车牛山岛虽然有陆地，但岛上非常小，他们施展不开。

现在木村知重就组织着士兵们进行每天的训练任务。一组人大概有七八个人，他们手中拿着明晃晃的刺刀，大喊着冲前面用稻草和木头做成的人偶刺去，他们是在练习拼刺刀，要求必须刺中稻草人的心脏，否则就要被木村知重叫出来单练，练习拼刺的动作二百下。

另外两组在一起训练，两两一组在练习对打，也不讲什么拳法脚法的，就是用尽力气厮打，直到把对方打倒为止。虽然手上并没有兵器，但他们打斗得非常凶狠，好像对方真是敌人，而他们在以命相搏。

还有一组更加奇怪，这十来个人都是个子比较高的，跟其他人不一样，他们穿的是中国长袍马褂，嘴里还说着中文，虽然就是简单的问候语，但每个人都在反复练习，孙一喜在给他们做教练，跟他们对话。有的人说得比较熟练，语气和语调都比较像中国人了，有的人却非常生硬，孙一喜点头哈腰地给他们纠正，还时不时地骂中国话太难说。这让日本兵更加狂妄，也不好好练习，就让孙一喜用不同的话骂中国人猪猡。孙一喜谄媚地一遍遍骂着，像一只为讨主子欢喜的哈巴狗，被人踹一脚，还舔觍着脸说踹得好，要不您再来一下。

如果孙达生跟何夏萍看到这一幕，就会明白，他们的猜测是正确的，混进来的这些人是日本军人，他们的战力非常可怕，而且他们的诡计多端，打算无耻地偷袭。可惜他们没有透视眼，看不到这些无耻的侵略者是如何用卑鄙手段准备屠杀中国百姓的。

孙一喜一直在这个院子里对主子“服务”，在他住处外监视他的何夏萍肯定会一无所获的。事情紧急，给他们剩下的时间并不多，何夏萍觉得自己不能这样呆板地死守下去，她要想办法引蛇出洞。

何夏萍虽然不知道孙一喜在哪里，但她知道那些日本人在哪里，只要想办法混进去，就能拿到情报。可根据孙达生跟骆远志得到的丁点情报，这个院子守卫森严，连只苍蝇不经允许也飞不进去，要是硬闯不亚于龙潭虎穴。可就是刀山火海，何夏萍今天也决定闯了！

当然，何夏萍又不是傻，一个人闯上门去，那是去送死，跟凶残的敌人斗，更要讲究策略。何夏萍的策略，就是打草惊蛇，然后引蛇出洞。何夏萍的方法也很直接，那就是在门口唱戏，唱到你出来为止。当然，要是想听戏的话，那就白给你唱，唱到你听不下去为止。

第五章 一触即发

乱拳打死老师傅，非常时期行非常之事，何夏萍这也算作没有办法的办法，她不能打进去，只能让那些人出来。于是，陇海贸易行外面，也就是之前孙达生跟骆远志呆过的那个小巷里，挨着贸易行的后院，也就是木村知重带领日本士兵训练的那个院子，就响起了淮海戏的声音——何夏萍跟王老实“父女”两个人在这里演出，《放下你的鞭子》《到前线去》《打回家乡去》等抗日剧本轮番上演，让越来越多的人来听戏，让越来越多的人被打动被感染，跟她一起唱《松花江上》，唱要把日本侵略者赶出中国去。

何夏萍的唱腔高亢圆润，王老实的胡琴如泣如诉，围观的观众越来越多，两个人唱到精彩处，喝彩声不断。何夏萍跟王老实演到高潮处，直抒胸臆，激动地喊起口号来，群众受感染，也跟着大声呼喊！一时间，“打倒日本帝国主义！”“把日寇赶出中国去！”“杀鬼子救亲人！”等抗日口号呼声震天，方圆几里之内，都能听到口号声，越来越多的人聚集过来，小巷里被围得水泄不通。

何夏萍搞出这么大的声势，就在旁边的贸易行里住着人除非都是聋子，否则不可能听不到，而且用脚趾头想，也知道外面的这些支那人，是给他们来示威的！刚把一个靶子的脑袋一刀削下来，又一刀刺中另外一个靶子的心脏的小岛直男气爆了，提着军刀朝外走去。木村知重看到了，大声喊他，小岛直男跑了过来，到他面前立正，喊长官。木村知重用中国话问他干什么去，小岛直男听不懂，用日本语梗着脖子说自己才不学猪猡的话。

小岛直男是一个长相粗鲁眼神邪恶凶狠的日本人，所谓相由心生，他大概是吃鱼尤其是生鱼片吃多了，不仅长着一双死鱼眼，而且满嘴龅牙突出着，好像凶恶的鲨鱼上了岸，随时张着嘴准备去咬下人肉一口吞了！不过，作为日本海军陆战队的少佐，在木村知重面前，就只能是一条死鱼。听到他的诡辩，木村知重眼睛一瞪，小岛直男立即怂了，扬起手就自扇耳光。木村知重也不说话，就狠狠盯着他，小岛直男就不敢停，一直扇而且很用力扇。

扇了十几下后，木村知重看他老实了，才点头示意他停。小岛直男这才停下来，低着头对木村知重认错。木村知重这才缓和了语气，用日语教训他，不要轻敌，就算是猪猡，逼急了也能用它那一身肥肉压死人。杀人，尤其是杀东亚猪猡，也要用脑子，否则的话，这么多猪猡他们是杀不完的！小岛直男一嘴一个嗨地领教训，等木村知重说得差不多之后，小声地问，那外面就不管了，就让他们这样打大日本帝国军人的脸？木村知重阴恻恻地浮现出一丝冷笑，要想猪猡听话，只有一个法子，就是杀了！

小岛直男高兴地提刀就要往外走，木村知重让他站住，小岛直男问他不是要去把那些不听话的猪猡都杀掉吗？木村知重让他看着，在不暴露自己的前提之下，如果对付这群猪猡。木村知重喊孙一喜，孙一喜正趴在地上，一边学狗叫，一边搜肠刮肚地想词骂自己祖宗。听到木村知重的召唤，他摸了一把肥胖脸上不知道是汗还是脂肪的东西，屁颠屁颠地对这些学汉语的老总们告罪，连滚带爬地走到木村知重面前，点头哈腰地叫太君。

木村知重沉着脸点头，让他听外面。孙一喜侧耳听了一下，外面的口号声和呐喊声潮水一样涌来，一声声对日寇的控诉和声讨震天动地，足见灌云人民对日本侵略者刻骨的仇恨。孙一喜脸上的油腻更多了，他摆出一副义愤填膺的表情，大声嚷嚷着："这群刁民，真是无法无天了！敢说太君的不是，到太君面前来示威，真是活腻了！太君，您等着，我带人去宰了他们，看他们还敢不敢叫唤！"

木村知重满意地点了一下头："孙桑说得太对了，贵国的这些人太没素质了，也太聒噪了，要不然我大日本帝国军人何必跑这么远来到中国啊！"

孙一喜立即附和："是啊，他们怎么就不知道大日本太君们的苦心呢？你们来到中国，都是为了救他们啊！太君，那我带着这群太君们出去？"

木村知重眼中露出狠厉，阴寒地看着孙一喜："大日本帝国的太君，也是你能带出去的？！”

孙一喜一愣，偷偷看了一眼旁边杀气腾腾看着自己的小岛直男，张嘴想解释自己不是那个意思，但立即反应自己没有资格解释，立即抬手抽了自己两巴掌，更加俯首帖耳地谄媚木村：“小的不会说话，小的该死！”

木村知重摸了摸腰间的军刀：“记住，你们中国人就是猪猡，你们的性命都掌握在我们大日本帝国手中，你们没有任何属于人的权利，因为你们不配！”

孙一喜张嘴想说什么，却没有说出来。木村知重对他的表现不满意，瞪他一眼：“怎么？你觉得我说得不对？”

孙一喜立即一个激灵，双腿一并，大声说：“太君说得对！我们中国人就是畜生，不配做人！”

木村知重看了孙一喜一眼，把他看得两腿打了哆嗦，才微微点头：“去吧，把外面的猪猡解决掉！”

孙一喜应了一声：“嗨！”

孙一喜朝外走去，木村知重又把他给叫住：“孙桑！”

孙一喜立即回来，应：“嗨！太君有什么指示？”

木村知重：“先不要杀人，把带头的抓起来！”

孙一喜：“是啊，外面的人，不，外面的猪猡太多了，杀不过来！”

木村知重眼睛一厉：“没有杀不过来的猪猡，只有杀不完猪猡的猪猡！”

孙一喜迷惑了：“太君，是杀还是不杀？”

木村知重：“杀当然是要杀的，至于什么时候杀，杀了用来干什么，我想孙桑应该明白！”

孙一喜假装思考一下，然后残忍地笑了：“明白，小的明白！您是要我先把他们抓起来，等时候到了，再杀了挂到……”

木村知重打断他：“明白了就赶紧去！”

孙一喜嗨一声，朝外跑去。

小岛直男看着他肥胖的背影，骂了一句："该死的猪猡！"

木村知重："你忘了平田君说的话了？杀鸡焉用牛刀，对付猪猡，就要用猪猡！"

小岛直男脸上现出不忿："早晚有一天，要把这些猪猡都杀光、烧光，让这土地上只生活着我们大日本帝国的子民，让中国永远在地图上消失！"

木村知重点头："就是应该这样！"

第十节　一切为了抗日

灌云，112 师 66 团驻地。

已经是傍晚，落日余晖在不知道什么时候起的大雾中，很快就消失殆尽。天地间笼罩在一片朦胧的暗黑色的浓雾中，远处的山近处的树，还有一望无际的田野和滩涂，都像奔跑的恶兽一样，张着充满恶臭的大嘴，吞噬着世间万物的活力，让身处其中的人，感到前路茫茫，绝望、孤独、寂寞等负面情绪酝酿和发酵，变成了世界的主调。两道汽车前灯车光，打破迷雾的笼罩，砥砺前行，给人以指引和方向。走近了可以看到，一辆福特汽车从板浦方向疾驰而来，在压实的土公路上，扬起一片尘烟，又融合在浓雾中，了无痕迹。

从车身上的标识可以看出，这是一辆祥云运输公司的出租汽车，也就是孙君年卖给段淑礼的德国产汽车，司机也是汽车公司的老司机，一个憨厚的中年板浦人，在孙达生的催促之下，车速很快。

对，这辆汽车是孙达生雇来的，他坐在副驾驶座上，面无表情地看着前面。骆远志当然也跟他一起来了，他坐在后座上，眼睛盯着坐在旁边的张佳惠。是的，孙达生跟骆远志要找张之信借兵，先要找到本尊，而还有谁比亲生女儿更加了解父亲的呢！孙达生跟骆远志当然要“邀请”张大小姐纡尊降贵，跟着跑一趟的。至于张大小姐愿不愿意来，那并不重要，事有轻重缓急，国破家亡大难临头了，张佳惠的大小姐脾气，就可以忽略不计了。武力面前、死亡面前，什么身份和矫情就是一个狗屁，稍微用点儿力气就放了，这一点，从被绑住手脚并用一双袜子塞住嘴巴的张佳惠身上，可以完全体现出来。

是的，不要怀疑，孙达生跟骆远志的邀请诚意十足志在必得，知道张佳惠不会配合，两个人也不浪费时间跟她去废话，找到她家，把她喊出来后，就一手刀把她劈晕，用绳子绑结实了，叫来车就带走了，跟上次教训陈振中的待遇一样，不同的是，并没有给她装到麻袋里面，因为孙达生嫌麻烦，两个人驾着张佳惠，冬天穿得衣服多，三个人并排走，看不出张佳惠被他们给挟持了，顺利上车。

汽车走到半路上，张佳惠被颠醒，大喊大叫着孙达生跟骆远志是强盗，他们绑架了自己，她要报警，还不会放过他们。骆远志嫌她嚷嚷地心烦，脱了自己的袜子要给她堵上嘴，张佳惠恶心地晕了过去。骆远志这才穿上了自己的袜子，都冬天了，不穿袜子脚冷。

可张佳惠的喊叫，让司机知道了他们绑架了人，绝非善类，他这是遇到歹人了，也被吓坏了，车差点开到河里面去，还是在旁边的孙达生帮忙扭了一把方向盘，才没让汽车冲到河面上冻得并不结实的冰上去。可司机并没有因此而相信他们，他踩了刹车，要停车让他们下去，否则他就要报警。骆远志给他解释他不听，就会大喊大叫还要强行停车。好在是在半路上，又是晚上，他就是喊破嗓子也没有人理他。孙达生跟骆远志又不是真的绑匪，没有办法取信于他，只能把张佳惠给弄醒，让她解释。记忆回笼的张佳惠，当然不想也不会配合他们俩，而是大喊大叫着要司机救命。司机当即就停下车来，要跟孙达生二人拼命，见义勇为，救下美丽纯洁却遭遇坏人的小姑娘。孙达生被两个人的大喊大叫、不要命的打闹吵得头疼，掏出一把匕首一个欺身，就到了司机脖子前。锋利的匕首紧逼着司机的咽喉，只要稍微用一点力，他就会命丧黄泉。武力的强大非常管用，司机跟张佳惠都老实了，张佳惠哭了，哭着恳求孙达生不要杀人，就是为了孙爷爷严先生，她也不要孙达生成为杀人犯。

孙达生看两个人终于冷静下来了，也知道张佳惠是真心为自己考虑的，脸色缓和了一下，示意骆远志给他们解释。骆远志先要拿下张佳惠，毕竟他们去找张之信也要大小姐的配合。骆远志虽然并没有研究过审讯技巧，但他天生的对说话感兴趣，奉行的原则是人的这张嘴是最重要的，首先是说话，然后是吃饭，其余的他都不在意，因此，孙达生让他来跟张佳惠说，目的是不浪费时间。

骆远志跟好友心有灵犀配合默契，知道他的意思，就问张佳惠，想不想抗日，张佳惠虽然有一些大小姐脾气，但绝对是一个爱国爱家乡的进步青年，这从她自愿跟陈振中一起发起组织灌云抗日募捐大游行就可以看出来，他们已经为此准备了快两个月了，骆远志跟孙达生虽然没有参与，但以二人的聪明，其中的内情他们都很清楚。包括陈振中暗地里请教何希文，后来又抛开何希文去抱张文明的大腿；包括张佳惠已经组织了学校女生去灌云孤儿院——小儿堂照顾孤儿，想在战争中妥善安排他们；包括张佳惠跟何锦阳都不知道陈振中跟县长的接触，等等。凭良心说，孙达生跟骆远志都承认，张佳惠为家乡灌云的抗日出钱出力，值得佩服。这也是之前张佳惠当众说，不承认跟孙达生的婚约后，孙达生并没有反驳或者报复她的原因。这样真心抗战勇于抗战的女子，值得佩服！

果然，张佳惠态度非常鲜明，要是抗日她坚决支持，要是有其他目的，那她绝对不答应！骆远志不疾不徐又简洁明了地把他们在板浦发现了日本人，而日本人要在募捐大会那一天杀人的事儿说了出来。当然，骆远志说得很有艺术，他没说自己从哪里得到的情报，这情报是不是准确，只把那些日本军人的卑鄙无耻以及他们阴谋得逞的后果说得明白。张佳惠不敢不信，因为作为灌云人，既然听到了这件事，就不能置之不理。当下，都不用骆远志再说，立即请司机师傅开车，她要去找她大，让他大立即派兵，把这群混进城里的日本特务给抓起来都杀了。司机听了，也大声说自己也要杀日本鬼子，因为他也是灌云人！

很快，汽车又上路了，这次车速更快了，好像破开层层迷雾的希望之船，充满勇气和力量朝着目标行驶。张佳惠身上的绳子已经被解开，她跟骆远志坐在后座上，输人不输阵地告诉他们，这笔账她张佳惠记下了，以后有时间一定要算回来！骆远志笑着说，如果粉碎了日本人的阴谋，他让张佳惠随便揍，一顿不行揍两顿，两顿不行接着来，直到她消气为止。张佳惠这才好受一些，不过，她还是不会同孙达生这样的纨绔结婚的，她要找一个志同道合的人抗日救国。

不同于传统的封建的灌云女性，接受了新式教育的张佳惠谈起自己的爱情和婚姻来，落落大方，态度明确，让孙达生根本生不起她的气来。孙达生虽然早就知道这个口头婚约，但因为他怀疑张之信，对张佳惠也根本没有一丝丝好感，更不用说跟她结婚了。不过，此时，孙达生跟骆远志倒是对张佳惠的爽利刮目相看，早知道她这么通情达理深明大义，他们就不用费心劳力把她骗出来绑上弄来了！张佳惠冷哼出声，说他们就是纨绔思维，以小人之心度君子之腹，但为了抗日，她大人不记小人过，可以跟他们并肩作战。

孙达生听着他们两个斗嘴，嘴角浮现出一丝笑意，但这丝愉悦，却在想到张之信时荡然无存，听着张佳惠慷慨激昂地说自己爸爸一定会全力支持他们，借很多兵给他们，把那些特务一网打尽时，他内心无比期望张之信真如表面上表现出来的那样，作战勇敢，英勇杀敌，是一名堂堂正正保家卫国的军人。

虽然一路颠簸，但知道事情紧急、时不我待，几个人虽然很疲惫，但当汽车停在营房前面时，他们立即下车，来到门岗前。

这是灌云县面对黄海背靠云台山的一个村庄，因为位于连云港从海港进到内陆的咽喉要道，相当于灌云的东大门，地理位置非常重要，也因此，国民党第 57 军 112 师 66 团选择这里作为驻地驻扎，就是要守住海州的东大门，不让日军从这里登陆。

村子不大，也就几十户人家，因为土地不多，大部分是灶民，从村里错落的低矮破旧的土坯房子，就可以看出来，村民的生活艰辛困苦。66 团并没有住在农户里面，而是分别在村子的南面、东面和北面扎营，形成犄角之势，守卫着村子。当然，军官们是住在房子里面的，村长把之前的土地庙给收拾了出来，让老总们临时居住。

此时，天色已晚，士兵们已经结束了一天的训练，除了站岗和巡逻的，其他人都已经休息了，整个营地除了营门处有几个火把亮着，营地里的灯火都灭了，加上村人也舍不得买灯油点灯，其他地方都是黑魆魆的。因此，当孙达生他们的汽车开过来，汽车前灯探照灯一样照亮了这个小村庄的夜晚，整个营地都知道城里有人来了。

营门前站岗的士兵拦下了他们，问他们是谁干什么来的。骆远志让张佳惠上前说话，张佳惠也不矫情，脆声跟士兵说，自己来找她大，就是张之信张团长。士兵没有放人权限，上报上司后，一个值守连长出来，检查了他们三个人就放他们进去了——司机留在车上。

连长虽然不是张之信的直属下级，但他还是见过这位长官的，张佳惠跟张之信有七八分像，况且三个学生娃又没有带武器，又听说他们有急事，而且是关于日军的紧急情报，连长就请示了营长，放他们进来了。当然，他亲自引路，也是为了便于监督。

张之信军衔是副团，主抓后勤，所谓兵马未动、粮草先行，他算得上军队里面的实权人物，所以，他也是单独住在一个院子里。这个连长年龄不大，也就二十多岁的样子，看外表是来自农村的，很朴实的样子，姓李，做事却很老道，内心里很想知道学生娃口中的情报，但看他们不说，也并没有强行逼问，只是话里话外套张佳惠的话，让孙达生他们对这位连长有些抵触，但总体来说，这也算正常。

张之信住在村中间，距离村口不算太近，孙达生在连长的带领之下，一路走来，遇到了好几起巡逻的士兵。对上口令之后才将他们放行，让第一次亲历兵营生活的孙达生跟骆远志内心赞叹，这个团士气到纪律都非常好，跟他们从报纸上报道上看到的乌烟瘴气的兵营完全不一样。

说到这里，要介绍一下这个 112 师 66 团。日军军舰载着海军陆战队占领车牛山岛伺机侵犯海属地区，驻守连云港的国民党第 3 军庞炳勋部凤鸣驰援临沂作战，国民党第五战区司令长官李宗仁急调东北军第 57 军 112 师进驻连云港地区，监视敌舰，阻止敌人登陆，确保右翼安全。也就是说，这个 112 师调防连云港时间不长，具体情况孙达生等平民百姓当然不清楚，可孙达生清楚这个 112 师，因为这是他父亲孙一鸣曾经效力过的军队，也是污蔑父亲让他含恨而终的军队。

孙达生因此对这支部队的情况了解得很仔细，上到师级军官的背景履历，下到这个师的征战历史，他都想方设法地找了出来。他发现，这支原来隶属张学良的军团，并不是蒋介石的嫡系，属于杂牌军，受老蒋排斥。七七事变之前，一直被派去跟共产党的军队战斗，然后屡遭失败，被蒋介石多次公开批评，成为整个国民党部队的笑料。可孙达生从他们报纸上的蛛丝马迹中可以看出来，他们失败一方面是共军战力太强，另外一方面，大部分是东三省的将士们，想停止内战、抗日复土、打回家乡去！因此，孙达生对这支部队的感情，非常亲切和敬佩。可这份情感，孙达生并没有表现出来，还是维持着一贯高冷的冰山脸。可这淡淡的波澜不惊的表情，在走到张之信的院子前时崩裂，愤怒在他眸子中燃烧，孙达生被张之信的无耻给气爆了！

第十一节　擦着孙达生耳朵飞过去的子弹

张之信跟66团杨团长都住在村里唯一一户地主的家里，这个地主有一百多亩地，在埒子口还有十几亩滩涂，算得上一个土豪。更是娶了六七房妻妾，修了一个五进的大院子，两个多月前，听说日本人打过来了，带上儿女，遣散小妾，丢下家产，逃到南京去避难，却遭遇了南京大屠杀，据说全家遇难。

当然，这时候的村民们，并不知道地主家的逃难变成了送死，对于老总们住在地主家，认为是应该应分的。李连长带着孙达生他们被检查了一遍，才得以进去院子。雾大天黑，院子又很大，孙达生三个跟着李连长绕来绕去了一段时间，才来到张之信住的第五进院子。

这是最里面的院子，三间正房，两边都是厢房，之前是地主家的粮仓和库房所在地，现在放的是团里的枪支弹药和粮草，所以，张之信住在这里。也所以，这里的守卫更加森严，虽然在最里面，但小小的院子，有一个班的兵力在站岗。李连长跟孙达生等人被院门前站岗士兵拦下，张佳惠上前，说要找她大。士兵往里面通报，一会儿走出来，说张团长不在营地，让张佳惠回去。不要说张佳惠，就是李连长都不信，非常时期，他们这些军官随时都要保持待战状态，没有人敢在这时候回家或者出行，否则视为逃兵的！更何况，傍晚时候，李连长亲眼看到张之信的吉普车回营地了。孙达生跟骆远志、张佳惠对了一个眼神，就知道这里面有猫腻，也许是军事机密，可李连长都带领他们来了，显然是可以让他们找张之信的！最关键的是，因为日本人这件事事关重大，他们必须要见到张之信，所以，孙达生给张佳惠使了一个眼色，要她想办法。张佳惠考虑了一下，立即要求见小王。小王是张之信的亲兵连连长，找他也是一样的。可刚进去通报的执勤士兵竟然再次摇头，说小王也不在。

听到这个消息，李连长竟然惊讶出声，孙达生立即看向李连长，等着他解释。李连长意识到自己失态，解释说自己晚上吃饭的时候还看到了王连长，不过，他又补充说，也许他们出去执行什么特殊任务也有可能的。孙达生三人产生了怀疑，李连长跟张之信他们是一个团的人，他不可能故意拆台，而且从他亲自领着他们过来找张之信，就说明他认为张之信是在团里的，现在张之信的亲兵坚持说张之信跟亲兵都不在，让李连长都感到惊讶，这件事本身就透着蹊跷。可孙达生他们是外人，就算张佳惠这个亲闺女，在军事机密面前，都不能有任何异议。所以，就算孙达生他们一肚子疑惑，也只能压下来，再想别的法子。

可就在孙达生等人满腹狐疑却只能转身往外走时，正房的屋子里却传来一声巨响，还夹杂了一声压抑的尖叫，接着就没有声音了。众人大惊，第一反应就是往院子里冲，孙达生冲在最前面，张佳惠紧跟而上，骆远志也不甘落后。就是李连长都忍不住跟着冲了进来，想看看里面发生了什么事！士兵是接到死命令不能让任何人进去的，可他们刚过来，孙达生已经冲到了门前，后面的张佳惠大声喊着："大，大，你在里面吗？你怎么样？"士兵拦住了骆远志，还要拦李连长，李连长大喊着："都给我站住！我看谁敢过来，你们这是要造反吗？！"

士兵们被李连长的话喝住，踟蹰不前，骆远志趁机挣脱士兵，跟李连长一起跑到孙达生后面，孙达生上前刚要推门，门开了，小王走了出来。张佳惠眼睛一亮："王叔叔，你在啊？我大呢？他怎么了？"

孙达生听说这就是小王，想到了什么，也不说话，直接就往里面闯。小王刚要回答张佳惠："佳惠小姐，你怎么来了！快回去！这不是你来的地儿……”孙达生的脚已经踢了过来。小王的话被打断，闪身躲过孙达生的脚，孙达生蹂身而上，又是一拳，冲着他的面门而去，小王出手拦住他，两个人你来我往，打到一起。

其他人都看呆了，尤其是李连长，没想到孙达生看起来就是一个毛都没长齐的纨绔子弟，竟然还有这两下子，看得津津有味。张佳惠担心父亲出事，着急地跟小王说，要进屋去。只有骆远志脑子转得快，趁着小王跟孙达生打斗，离开了屋子大门，立即悄无声息地朝门口走去。

骆远志之前呆的地方距离门口就不算太远，朝前走了七八步，就到了门前，他脸露喜悦，伸手就要推门。跟孙达生打斗的小王看到了，拼着被孙达生打了一掌在后背，也冲了过来，一掌推向骆远志。其他人救护不及，骆远志被推开，重重推倒在地上，骆远志疼得大喊一声：“啊！”孙达生怒，追了过来，一脚踹向小王：“敢伤我兄弟，你找死！”小王来不及回身，被踹倒在地上，孙达生雨点般的拳头打向小王，张佳惠大声喊着别打了，骆远志则不顾疼痛，又爬向门前，要推门而进。李连长原不想趟这盆浑水，可现在他想抽身也无法了，而且，他也想知道这屋子里有什么，于是，他跟在骆远志后面，也要进屋里去。被孙达生压着打的小王看到了，目眦欲裂，状似疯狂地大喊：“都是死人啊！给我拦下他们，要是让一个人进去了，老子毙了你们！”

站岗的士兵们这才反应过来，听命而动，跑过来拦住已经要把门推开的骆远志，虽然不敢伤他，但却再次把他给推到院子里；李连长也被士兵们给拦住，李连长呵呵冷笑，对小王说：“王连长，我倒没看出来，你胆子可真大！日本人都没打过来，你先要把弟兄们都给毙了，我倒要问问张团长，谁给你的权力！”

小王不回答，一边跟孙达生打，一边对士兵呼喝：“还愣着干什么，还不把这些客人给请出去！”

士兵们得令，对李连长、骆远志等人用枪有礼貌地请他们出去。李连长跟骆远志不想走也被士兵们的枪给推了出去，只有张佳惠大喊大叫，死活不动，非要见她大。张佳惠冲着屋子里大喊：“大，你怎么了？是我啊！我是佳惠，你的宝贝女儿，你怎么不出来见我！你是不是受伤了？谁欺负你了！”

张之信是军人，连年在外征战，夫妻聚少散多，加之老婆身子骨有些弱，这么多年只得张佳惠一女，平时视作掌珠，娇宠非常。眼下宝贝女儿来军营找他，不仅被拒之门外，而且还被赶了出去，张佳惠根本不能接受，直觉就是父亲出事儿了，否则不会这样对她的。士兵们知道张佳惠是大小姐，不能像对付骆远志一样对她，张佳惠用尽力气朝屋子里闯，他们也只能站成一排拦着她，不让她到得屋子前。

孙达生脸上冷色更甚，心下做出决断，就是拼着受伤，也要进到屋子里，看看里面到底什么情形，因此，下手更加狠辣，招招都冲着小王的要害而去。小王就相形见绌，他虽然有些拳脚，但并没有受过专门的训练，跟孙达生相差甚远，之所以拖了这么长时间没有被孙达生打趴下，是因为孙达生缺乏对敌经验，而小王却身经百战，使出的都是搏命的杀招，让孙达生不适应。可时间长了，孙达生的优势就显现出来了，越战越勇，招式使用得越来越娴熟，逼得小王手忙脚乱，破绽越来越多。

就在此时，孙达生瞅准小王一个破绽，一脚上去，正中他心窝，这一脚力沉万钧，把小王踹到地上，还往前拖了一段距离，直到墙边才停了下来，然后一动不动地在那里，显然受伤不轻。孙达生一看机会来了，大喊一声：“进屋！”率先往屋子里面冲。本来已经走远的骆远志跟张佳惠也跟着冲了过来，就连李连长都上来凑热闹，士兵虽然人多，但又不敢真打，就有些束手束脚的，让这几个人钻了空子跑了过去。

孙达生最先跑到门前，心怦怦跳得非常快，好像要跳出来一样，他有一种预感，父亲被冤枉的真相好像呼之欲出，就在这扇门后面！孙达生的手因为紧张都颤抖了，但他还是控制着激动，伸手推门。正屋的门是木板门，小王出来时，并没有把门锁上，门也没有从里面插上，孙达生一用力，木板门就相应而开，孙达生就要往里面走。

背后却传来一声嘶喊：“不要进去！”

是小王在拼了命地喊，孙达生当然不予理会，迈步往里面走，可他一只脚刚迈过门槛，就听到一声枪响，一颗子弹擦着他的耳边飞过。孙达生悚然而惊，这一枪显然是警告，如果他不听，下一枪就是他的心脏了！

伴随着子弹飞来的，是一阵芜杂的脚步声，一队士兵呼啦啦涌进院子里，打首的是一个中年人，披着军大衣，里面军装的扣子没系，显然是听到声音后匆匆赶来。他进到院子里，并没有大喊，而是一抬手，带来的人就把孙达生跟骆远志几个人给控制住了，押到了他跟前。

原本院子里有几根火把，虽然能大致看清楚，现在中年军人带着的人又拿来几支，让小院灯火通明，人的脸虽然因为光线有些失真，但还是能看得分明。刚才冲着孙达生打枪的，就是这个中年军人，能在这种光线之下，一枪冲着孙达生打过去，还没有伤着他，这个人也称得上是神枪手了！

中年军人瞪了一眼李连长，拨拉开他，让他靠边站，一会儿再跟他算账。他现在认为捣乱的是孙达生，一双锐利如刀的眼睛盯向孙达生，可一看之下，这员身经百战的虎将竟然立即冲上前去，拉住孙达生的手，虎目含泪言语殷殷地对他说：“团长，一鸣老弟，你终于肯回来看我了！这些多年，愚兄想你想得好苦啊！”

孙达生被这个中年男人拉着，脸上露出一丝探究，他没有急于说话，而是也紧紧握住中年男人的手，希望他多说一些。中年男人积了很多话，要对孙达生说：“一鸣兄弟，哥哥我对不住你！哥哥无能，让你含冤九泉，你这个战场上的英雄，却被污为汉奸，哥哥苟活在这世间，就是为了让你沉冤得雪，为你正名！现在小鬼子又打到咱家乡了，咱兄弟又可以并肩作战，打那些畜生不如的日本鬼子了！”

中年军人老大的人了，哭得一个稀里哗啦，孙达生被他拉着，想起父亲，眼泪也忍不住掉下来。骆远志这还是第一次看到孙达生哭，想说什么，眼睛也湿润了。院子里的众人，都沉浸在一种物伤其类的悲伤、悲哀和沉痛之中，过了一会儿，中年男人却含着泪笑了，带头大声地唱起了《松花江上》。接着，李连长跟其他士兵们也跟着唱起来，就连躺在地上的小王也嘶哑着喉咙唱了起来。

张佳惠却张不开嘴，她悲哀地看着屋子，好像那屋子是一个能吃人的怪兽，在撕咬着她的心，她痛苦地不想去看那间屋子，可心底又有一个声音让她相信自己的父亲，父亲肯定不会在里面。这个声音给了她勇气，她不由自主地大声喊：“大，大，你没在里面是不是？你在哪里啊？女儿来看你了！”

张佳惠的喊声打断了人们的歌唱，中年男人看了看张佳惠，又看向孙达生，好像终于反应了过来，迟疑却肯定地说：“你是一鸣兄弟的儿子？”

孙达生点头：“是，孙一鸣是我父亲，我叫孙达生！”

中年男人热烈地盯住他，眼中满是欣慰：“好，好，我这条命是你父亲救下的，这么多年，你受苦了！以后有什么事，来找伯伯，伯伯给你做主！”

孙达生却坚定地看着中年男人：“伯伯就只告诉我，当年父亲出事的真相，我就感谢伯伯的大恩大德！”

孙达生当下要给中年男人下跪，被他一把扶起来，嘴里说着：“当不得！当不得！”

孙达生却坚持给中年男人行了礼，为了这个真相，他愿意付出一切！中年男人看着眼前跟故人仿佛的少爷，明了他心中的坚持，一鸣兄弟有后，自己也应该给他一个交代了！于是，中年男人张嘴答应：“好，你想知道什么，我都告诉你！”

孙达生刚要抱拳谢过，就听到屋子里面，传来咕咚一声，似有重物坠地。孙达生要去看，中年男人叫住了他：“贤侄，跟伯父走，伯父给你解释！”

孙达生虽然有些不甘心，但还是跟上了中年男人的脚步。骆远志也识趣地跟了上来，只有张佳惠冲到了屋子里去，然后，他们就听到里面传来一声尖叫：“大！”

第六章　图穷匕见

1937 年 12 月 27 日，山东省首府济南沦陷。国民党江苏省主席韩德勤率众撤到苏北，国民党第五战区副总司令、第 3 集团军总司令、山东省主席韩复榘擅自撤逃。

1938 年初，日军为了打通津浦铁路，连接华北与华中战场，扩大侵略，决定以济南、南京为基地，从南向北两端沿着津浦铁路，采取南北对进的方针，三路大军以猛虎扑羊之势，开始向国民党第五战区中心徐州夹攻，徐州会战拉开帷幕。国民党第五战区司令李宗仁为主帅，先后调集 70 个师，100 万军队，以徐州为中心，跟 24 万左右的日军王牌军队殊死鏖战。中国军人浴血奋战、英勇杀敌，谱写了一曲曲保家卫国舍生取义的壮歌！

当此时，位于陇海线东起点的灌云，在这两千多平方公里的土地上，战火也要被点燃——家园要被烧毁，亲人要被屠杀，民族被侮辱和践踏！是可忍孰不可忍，英雄的灌云人站出来了！

在这一场反侵略反压迫的斗争中，每一个灌云人都是抗日战士！大敌压境，灌云人公开发出自己的宣言：他们的目的只有靠热血和生命抗击和消灭所有侵略者才能达到。让狂妄骄奢的日寇在中国人的反抗之下颤抖吧！中国人在这种抗争中失去的只是屈辱和奴役，他们获得的将是自由和新生！

所有的中国人，所有不愿做奴隶的人们，站起来，用我们的血肉，组成新的抵抗帝国主义入侵的长城。

第一节　县长，咱们逃跑吧

灌云板浦，县政府县长办公室。

夜晚的风吹打着窗外高大的梧桐，透过密封的窗棂，向屋子里的人传递着自己的威压。桌子上点燃的蜡烛被风吹着，突然爆了一个烛花，让旁边两个人脸上的表情更加阴沉。

张文明坐在自己宽大的办公桌前，一手拿着雪茄，另外一只手把一份材料递给站在桌前的杨秘书。杨秘书接过来，快速看了一眼，抬头看向张文明，等着他指示。

张文明吸了一口雪茄，享受了烟草带来的享受，才慢悠悠开口说话："你觉得我们准备多少才能敷衍过去？"

杨秘书闻言惊讶，迅速抬头看了一眼张文明，然后垂眼，掩去了眼中控制不住的鄙夷和唾弃。心中激荡的那股血性，让他控制不住自己的嘴巴，跟他一贯的油滑忠厚的性格完全不一致的话冲口而出："敷衍？这是支援国军打鬼子的物资，这是能敷衍的吗？"

张文明难以置信地看向杨秘书："杨秘书，杨富贵！你这是在质问我？你忘了你的身份吗？你忘了是谁救了你的命，谁把你从狗变成了人？你怎么敢这么跟我说话？"

感觉到张文明锋利的目光，感觉到他对自己的杀意，理智回笼，杨秘书头垂得更低了，又像鹌鹑一样缩了回去，好像刚才拍案而起的人不是他。杨富贵口中诺诺，听不清想说什么，实际上他自己也不知道想说什么。

张文明看着他的样子，吃定他就是一个怂货，就是自己的一条狗，根本没有勇气反抗，但被下属以下犯上，他也不能就这么放过他。张文明不再疾声厉色，但语气中的斥责却更加严厉："杨富贵，我今天，不，我现在才知道，原来你还是一个抗日英雄啊！要不要我给你一把枪，你现在就去车牛山岛，把那上面的日本人都给突突了，你就成了我们灌云的大救星，我们给你立长生牌位，日日给你上香啊！”

杨富贵头低得更深了：“卑职不敢！”

张文明一把拿起桌子上的一块砚台扔向杨富贵：“你不敢，你有什么不敢的？你吃我的喝我的还威胁质问上我了，你这养不熟的白眼狼，我要你何用！”

杨富贵不敢躲，任由砚台砸中他的额头，掉在地上，鲜血流了出来，滴答滴答地落在地上。杨富贵用手捂着头，还一个劲儿地道歉：“县长息怒，卑职再也不敢了！”

看着杨富贵这样狼狈的样子，张文明心中的郁气消散了一些，但他并没有就这样放过杨富贵，嘴里的话虽然不那么严厉了：“富贵，你也不用觉得委屈，我知道你是城里人，又是京城大学毕业，看不上我这个土老帽，可你也不想想，要不是我这个土老帽，你父母还有你全家，都早就被土匪杀死了。你觉得跟着我干委屈，可你跟着谁干，谁会这样信任你？”

杨富贵终于坚持不住了，扑通一声，给张文明跪下，大声嚎哭着：“县长！我错了！我是鬼迷心窍，被动委会的那些人给灌了迷魂汤，觉得您是县长，就应该带头抗日！我怎么就听了他们的挑拨啊！这些人没安好心，就是想通过我来打击县长大人您，我怎么就没有想明白呢！”

看着杨富贵涕泪横流像狗一样趴在自己面前乞求自己的样子，张文明这才把心中那口恶气给发泄了出来，但他并没有立即让杨富贵起来，实在是这次杨富贵触犯了他的逆鳞。凡人身上有某一个短处，是最不愿意让别人看出来并给戳穿的，正是所谓的骂人不揭短、打人不打脸。而对于张文明来讲，不抗日或者说是成为汉奸，正是他最大的忌讳，如果是别人因此唾弃他，他也许还要装装样子，还要有所顾忌，可杨富贵不过是他圈养的一条狗，还敢这样大声质问他，他不把他的腿给打折了，那是还需要他干活！

当然，覆水难收，杨富贵既然能说出这样的话，就证明他就是这样想自己的，张文明对他已经心存猜忌，两个人不可能回到之前了。但现在是非常时期，他没有其他得用之人，再加上，他相信杨富贵翻不出自己的手掌心，所以，他短时期内不想换一个秘书。在杨富贵哭嚎着赌咒发誓表决心之后，张文明这才一脸沉痛地叹着气站起来，把杨富贵给扶了起来，嘴里说着他不用如此，自己也是被气糊涂了，一边扶着他坐到椅子上，给他找纱布要止血。杨富贵再次感激涕零，说自己一定不再犯同样的错误，不要被人家利用当枪使。

张文明这才一副消气的样子，对杨富贵推心置腹："我知道你看不上我这个县长……"杨富贵哪里能听得这样的话，连忙起身，又要给张文明跪，张文明连忙拦住他。

张文明一派真诚地、痛心疾首地对杨富贵说："这并不怪你，我他妈的都怪我自己！你以为我不想抗日打小鬼子啊？我也想拿起一杆枪，把那些畜生都给突突了！可我能吗？我不能！我肩上扛着的是咱们灌云十几万人口，咱们陇海线的东大门啊！"

杨富贵第一次听到张文明这样说话，看着他不由得愣住了！张文明痛心疾首："我也是中国人，我也恨不得把小鬼子吃肉喝汤，可我们能吗？我们有那个本事吗？你知道淞沪战场上我们死了多少人吗？你又知道首都沦陷之后，我们被杀了多少人吗？"

杨富贵沉痛悲哀地垂下头去，同胞的鲜血都染红了长江，同胞的枯骨都淹没了黄浦江，他怎么会不知道！

张文明却以为他怕了："日本人不是人，他们是畜生，可他们是一群我们惹不起的畜生啊！他们的武器比我们强，他们的战术比我们强，跟他们斗，就是鸡蛋碰石头！你看过哪个鸡蛋碰石头能碰赢了的？"

杨富贵愣愣地："我们的部队也很强啊！最起码我们中国军

队人多！”

张文明冷笑：“日本虽然是弹丸之地，但那弹丸岛上，不知道有什么邪祟的东西，让那些日本的男女老少都不怕死地上战场，男的进军营，女的也进军营！”

说到这里，张文明想到了什么，嘴角浮现出一丝笑意，好像在回味着什么。如果杨富贵能钻到张文明脑袋里去，就可以看到一幅旖旎糜烂的画面。那是张文明跟周妍在医院病房中鬼混的场面。张文明大汗淋漓，用尽全身力气恨不得死在周妍身上；周妍摆出各种羞辱的姿势迎合他，眼中满是对张文明的嫌弃和厌恶，嘴里却发出浪到骨子里的叫春声，说着“明哥真厉害，龙精虎猛，是我见到的最猛的男人”！张文明更是欲仙欲死……

周妍看着他满面潮红气喘吁吁，知道外强中干的他已经不行了，眼珠一转给张文明抛了一个媚眼，推开他的脑袋让他起来，嗲声嗲气地说他弄得自己爽死了，要再来一遍。张文明却抱住她，死猪一样一动不动。周妍不高兴了，噘着嘴说自己魅力不够，不如段姐姐，不能伺候张县长，就要寻死觅活地离开！张文明吓了一跳，连忙转移话题安抚这个小妖精，说给她十几个人，让她带着去燕尾港，接受那些“无主”的盐场，还有那些垣商带不走的盐坨。周妍惊讶地问，自己去接收了，人家主人能干吗？那可都是白花花的盐，都是如假包换的袁大头啊！张文明却一脸志在必得，揉搓着周妍丰满娇嫩的乳房，不厌其烦地给她讲，这是他们发大财的机会。

张文明这个政客，对政治和政局尤为敏感，他从各地报纸上、广播中还有通过私人途径得到的小道消息分析，灌云是保不住的，日本人早晚要打进来。这不仅是因为灌云有白花花的盐，还因为灌云重要的战略位置——侵略华东的日军要想拿下整个华中，津浦线和陇海线是必须要占领的！而灌云或者说海州，是陇海线的东起点，海上距离跟日本最近，除非日军统帅脑袋有问题，否则他们是一定要占领灌云的。至于说灌云守军，张文明根本不信任他们——淞沪抗战和南京守卫战血淋淋的教训摆着，他怎么能乐观得起来？所以，张文明早就为自己准备了后路，不过，他不想当一个逃跑县长，更不想背上一个汉奸的罪名，最佳的解决方案，就是日本人打过来之前，找到一个合适的“撤离”时机，既能保住性命，又能保住官位。但是，别以为这就是张文明县长的终极目标，在逃跑之前，他还有一个惊人的计划，如果这个计划成功实施，他飞黄腾达、平步青云指日可待了！

这个计划对一县之长的张文明来讲很容易，那就是大发战争财。七七事变之后，他才来到灌云，因为战争，灌云主要是以盐业为核心的经济已经停滞，他想到这里来捞金的美梦落空，正在沮丧之时，发现当此时，要想发财，都不用走之前的套路，那么多的财富，或者说国难财等着他去发，张文明梦里都笑开了花。

张文明的发财计划，还真是恰逢其会！无论是国府还是从其他沦陷区传来的情报，都涉及到一个军事战略，那就是蒋介石蒋校长准备实施“焦土政策”。

其实张文明也并不是十分清楚这个政策，简单解释一下，就是当敌人进入或撤出某处时破坏任何可能对敌人有用的东西。中文“焦土”的意思包括烧坏农作物来摧毁敌人的食物来源，古称坚壁清野。但这个战术辞汇在现代使用上并不限于使敌人食物缺乏，还可以包括破坏遮蔽所、交通运输、通讯与工业资源。张文明是最拥护蒋校长的“焦土抗战”策略的，中国这么多金银财宝，与其都便宜了小鬼子，还不如给了他张文明呢！

其他地方的资源是毁掉烧掉还是转移走，张文明是无从置喙的，但灌云这一亩三分地上的物资财物，他却不能眼睁睁看着它们从自己手边溜走。张文明首先盯住的就是灌云的盐，那可都是他升官发财的宝贝啊！所以，张文明在灌云稍微收拢了一点人手之后，就开始了解这方面的情况。因为战争的临近，各行各业各个地方都在备战，贪生怕死的早就带着金银细软大小老婆一家子跑路了，让张文明钻了空子。别的不说，燕尾港、陈家港这板浦场的多少大垣商，早在日本军舰到了车牛山岛上的时候，就离开盐场逃命去了。据说跟着委员长到重庆的灌云盐商，两个巴掌都数不过来。人跑了，家却带不走；钱拿着，盐却带不走，张文明看着盐港里盐坨中存储的数以万千计的盐包，觉得他真要发财了。君子爱财，取之有道，他虽然自认不是君子，但这些盐与其被重新扔回海里，溶解在海水中，不如便宜了他，反正最终的结果只要不留给小日本就当他抗日了！

就像狗撒尿圈地盘一样，张文明暗中已经把看好的“财物”派人给盯着了，就连老婆段淑琴都不知道。之所以没有立即去运走，一是寻找合适的时机，二是要找合适的人来办这件事。打从见到周妍第一眼，张文明就已经对这个骚到骨子里的放荡女人志在必得，而得手之后，他更是一刻也不想离开这个女人的身体，恨不得死在上面。所以，在云雨之后，冲动之下，就把自己最大的秘密告诉了周妍，并让她带人去帮自己捡钱。

周妍最“喜欢”张文明这样表面上道貌岸然骨子里阴险卑鄙无耻之极的男人，一口答应下来，心里打定主意要黑了张文明的这一大笔意外之财。为了让他知道自己的“本事”，周妍跟张文明讲了自己从“前夫的上司”那里得来的消息。这个上司是国军112师的军需长，了解很多内幕，知道日军占领济南后，调集好几个师团来攻打徐州一线。其实，周妍没有什么前夫，军需长更不是前夫的什么上司，他也是周妍的裙下之臣，在床第之间也不管什么军事秘密了，告诉周妍赶紧离开，最好是去重庆。张文明虽然有些介意周妍有其他姘头，但他也觉得周妍这个狐狸精神通广大，连这样的军方高级机密都能知道，对她更加依赖，恨不得两个人立即双宿双飞。

作为日本特务，周妍要用自己的身体获取情报，张文明只是她众多情夫中不顶用的一个。不过，张文明的计划倒是于她有用，平田真弓给了她两个任务，一个是协助车牛山岛上的日本海军陆战队兵不血刃以最小的代价拿下灌云乃至海州，另外一个就是破坏国民党的“焦土抗战”，尽量多地把灌云的物资和资源给保护住，留给大日本皇军来用，方便让他们以战养战。

当然，张文明跟周妍的这些隐秘，就是连杨富贵都不会告诉的，不过，因为这件事过于危险，简直可以说是冒天下之大不韪，而杨富贵这个秘书，要是好好利用的话，就是他计划成功最重要的小卒子。基于这种考虑，张文明对杨富贵多了几分耐心。他压低了声音对杨富贵透露：“如果日军不厉害，月余之前，山东省的韩主席，在省府沦陷后，不经批准，擅自撤离！而咱们江苏省的省主席已经率众撤离到苏北了。”

杨富贵：“擅自撤离？那不是逃跑吗？我们有了一个逃跑的省主席？”

张文明狠狠盯了他一眼，目光中充满狠厉，但他立即收敛了，变成一种悲壮：“要是老百姓知道了这个消息，咳，我真担心啊！”

杨富贵脸上现出一种悲哀，却又打起精神，故意顺着张文明说：“那县长，我们也赶紧逃吧！”

张文明故作惊讶地看了一眼杨富贵，做出一副正义凛然的样子：“我是校长亲自任命的灌云县县长，怎么可能做出那样道德败坏数典忘祖的事儿呢！以后这样的话别说了，想法也不能有！”

杨富贵连忙认错，再次说自己鬼迷心窍，被日本人给吓糊涂了！张文明这才回到了之前的话题，要他想想如何解决 112 师驻军需要的物资。

杨富贵暗骂张文明是老狐狸，卑鄙无耻下流，嘴上却不再敢多说什么，直说请县长示下。张文明用手指敲击桌子，用很冷很淡的声音说：“保卫家乡，人人有责，他们不是想抗战吗？那就让他们先从为将士们募捐开始吧！”

杨富贵一愣："募捐？"

张文明脸上浮现嘲讽："咱们县要树立典型，我看我敬爱的大舅哥就很合适！"

杨富贵："您是说这次全英学校的学生们组织的募捐大会？"

张文明点头："你拉出一个名单来，给那个什么陈什么去！"

杨富贵："陈振中，全英学校的学生会主席！"

张文明："就给他。"

杨富贵还等着张文明的明示要怎么做，张文明却掏出怀表看了看，杨富贵立即识趣地告退，张文明点头应下，杨富贵只能离开，张文明看着他的背影冷笑："我的大舅哥，这次给你机会，你可要好好表现啊！"

第二节　动委会必须有我党的席位

灌云板浦，小巷里某一处民宅。

西北风沿着曲折蜿蜒的小巷呼啸而来，到一处普通的民居前停下。这是一座典型的苏北四合院，破旧的木板门紧紧关着，叶子落尽只有枯枝的白杨树静默着。唯一不同的地方就是，从盖着的厚厚棉被中，透出一丝亮光，可见屋里的主人还没有睡。

从门缝里吹进来的冷风，把桌上的煤油灯灯火吹得猛烈晃了几下，苟延残喘地没有熄灭，又亮了起来。昏黄晦暗的灯光之下，是两张不再年轻但又充满昂扬向上的精神看起来又非常儒雅的中年男人的脸。他们分坐在炕桌两侧，已经交谈了一会儿，脸上的神情有几分凝重有几分振奋。

西北风不感兴趣地溜去别的地方逛了，煤油灯火苗刚松了一口气，其中一个人就腾地站了起来，右手用力在桌子上一拍，嘶哑低声却用尽全力吼了出来："他们不抗日，我们就逼他们抗日！"

本来就摇曳随时会熄灭的煤油灯火苗，被他一巴掌带出来的风一下子给弄灭了，屋子里一片黑暗，伸手不见五指。另外一个人忙着找火柴点灯，火柴点燃了，一束新的光亮了起来，打破暗夜中笼罩的黑暗，给人以希望和光芒。

煤油灯摇曳的灯火，照亮了点灯人的脸，他是何希文。此刻，他的脸上带着几分决绝，把火柴晃灭了扔到地上，坚定的眼光看向自己的同志："我赞成，就这么做！他们尸位素餐，贪生怕死，我们不能让他们害了灌云，害了灌云老百姓，更害了我们的祖国！平阳同志，我觉得这次募捐游行是一个机会！"

拍桌子的这个男人，就是宋斐然暗中悬赏三百个大洋捉拿的原中共灌云县县委组织部长现任中共灌云县委书记冯平阳。摇曳的煤油灯光，让他的脸变得模糊，只有那一双眼睛，如暗夜里闪烁的星子，充满昂扬的战意。

前面介绍过，冯平阳是一名出色的无产阶级革命家，他大概三十多岁的样子，五官比较平凡，但一双剑眉之下细长的蕴藏着锐利的黑眸，让人感觉到这个男人身上蕴含的力量。不同于何希文的儒雅平和，冯平阳好像一把出鞘的利剑，在这个黑暗腐朽的社会中，势必要开创出一个清明、自由、民主和充满希望的世界来！

刚才，何希文把孙达生处得来的情报，以及张文明跟陈振中的"互动"对冯平阳详细汇报了！对何希文的建议，冯平阳完全赞同，他认为，中国抗日民族统一战线早就已经建立，国共也早就开始合作联手抗战，就是国共的军队都改编制携手作战了，第五战区动委会主任李宗仁亲自邀请共产党加入其中，在徐州的那几天，他目睹和经历了统一战线的重要作用，对灌云县建立的动委会非常期待和关注。可他并没有等来张文明的邀请，这两天他才知道，在灌云县，他可爱的家乡，共产党的身份还是"赤匪"！因为没有合法公开的身份，他们的抗日活动不能全面展开不说，还随时都面临被宋斐然这样的叛徒抓捕的危险。造成我党这一被动局面的原因，主要是张文明等国民党反动派的主张内战排除异己的汉奸行为，另外一方面，跟灌云县委失去跟上级党组织的联系、缺乏党的领导有直接关系。因为宋斐然的叛变、孙报春的被捕，灌云县党组织几近瘫痪，虽然有一些之前被捕或者外出的共产党员回归故乡，但因为没有党的英明领导，灌云共产党不仅没有切实组织力量开展抗战保家卫国，而且也没有利用统战力量，进行抗日宣传组织活动。

冯平阳跟何希文商议后决定，他们要联合灌云境内所有我党同志，以及我党直接或者间接领导的武装，把我党的力量联合起来，通过这次募捐大会，跟张文明谈判，灌云县的动委会里，必须要有共产党的席位！

何希文表示赞同，要想促进和推动灌云的抗日斗争进展，必须要在县府内拥有权力，取得话语权。如果张文明以及县府的“领导”们不同意，他们必须据理力争、坚持斗争，利用统战的力量，取得胜利。

冯平阳还提议，通过这次斗争，要把被国民党逮捕关押的孙报春等同志们营救出来！何希文补充道，如果有合适的机会，还要惩治叛徒！提到宋斐然，冯平阳的眼中闪过熊熊怒火，好像要把这个人给灼烧掉一样。他没有说话，但脸上的神情显示出他的决心，叛徒人人得而诛之，如果有机会，他一定要手刃宋斐然。

院门外传来拍门声，冯平阳一惊，立即熄灭了煤油灯，摸向腰间的手枪。何希文却拉住他的手，示意他稍安勿躁，拍门声虽然轻，但在静夜中也听得非常清楚。两个人等了一下，拍门声是按照说好的暗号，三短一长。何希文低声：“自己人！”

何希文去开门，冯平阳重新点燃煤油灯，王老实站在门口，何希文一看他，两眼放出喜悦的光，朝他身后看。王老实诺诺地说：“文弟，你别找了，小萍没有回来。”

何希文冲王老实一摆手，示意他稍等，返身进屋跟冯平阳说：“平阳书记，关于日本特务的事情，有了新进展，我先去处理一下。”

冯平阳已经听了何希文的汇报，并不惊讶，点头：“是小萍回来了吗？”

何希文摇头：“她没有回来！应该是情况有变，我有些担心。”

冯平阳神色也变得严肃起来：“那你先去了解一下情况，如果有危险，我跟你一起去！”

何希文摇头：“小萍不会让我们去的！她那个孩子，你不了解，胆子忒大，心也还算细致，明知山有虎，偏向虎山行啊！”

冯平阳笑了：“你这是夸闺女啊！”

何希文有些不好意思了，想谦虚一下，冯平阳摆手，神色郑重起来：“小萍这孩子，我喜欢，我们党就是需要这样的同志，胆大心细有勇有谋，革命斗争形势这么严峻，我们的党，我们的组织需要更多像小萍一样的年轻人和好同志！”

何希文想到了什么：“别说，还真是有一个孩子，聪明机智，勇敢善谋，我观察着，他对敌斗争的经验，连我们的八路军侦察员都有不如他的地方！”

冯平阳脑子一转，就猜到了：“你是说孙伟农校长的孙子大生？”

何希文一拍自己脑袋：“啊，我怎么忘了，你在全英学校呆的时间比我长，跟大生比我熟！”

冯平阳：“大生的脑瓜子，还真没人能比得上！他又是校长的孙子，他父亲又是抗日英雄，东北军那么多军队，蒋介石就把他们当做炮灰，对付我们的工农红军。大生父亲孙一鸣我见过，钟灵毓秀的一个人物，却被污蔑为汉奸，国民党军政的黑暗腐败，让本来应该成为英雄的人，死不瞑目啊！”

何希文是第一次听说孙一鸣的事儿，能被冯平阳交口称赞的人物，再差也不会沦落为汉奸，孙一鸣的事儿，只要有脑子的人就可以推断出来，孙一鸣是被日本人陷害的，怪不得孙达生虽然不属于任何政党，但对日本人却恨之入骨！看来，吸收孙达生加入到党组织中来，是完全有可能的，因为只有共产党，才坚定坚持抗击日本侵略者；只有共产党，才能驱逐日寇，建立新中国。

不过，现在还不是考虑这个的时候，何夏萍没有回来，她肯定有什么安排，何希文担心女儿，急于了解情况。让冯平阳先休息，何希文带着王老实到另外一间屋子里，点燃油灯，让王老实坐下。王老实眼圈红了，年过半百却一把抓住何希文的手，眼泪花儿打着转儿，着急地对何希文说："文弟，大哥无能，遇到汉奸，不能保护萍儿，让她被汉奸给抓走了！"

何希文安抚王老实："大哥，别急，你听我说，要相信萍儿，她不会有事儿的！"

王老实却摇头："这次不一样，她被那个汉奸孙一喜抓走了！"

何希文面色一变："孙一喜？他凭什么抓走萍儿？"

王老实眼泪流了下来，咬牙切齿地："还不是他汉奸卖国罪行被我们发现了，他想杀人灭口！"

何希文知道何夏萍今天跟王老实出去卖艺的目的，就是监视孙一喜，但他并不知道何夏萍的计划，就让王老实把事情的经过详细说一遍。王老实抹了一把眼泪，把自己带着萍儿，到街头卖艺，表演抗日剧，引来百姓围观的事情讲了。讲到众人被他们感染，群情激奋斗志昂扬充满抗日决心的时候，王老实充满了自豪感。他虽然只是一个戏子，但萍儿说了，他通过演戏进行抗日宣传，也是在抗日，只要看了他们所演出来的戏剧后，人们被感染从而拿起武器，去杀日本侵略者，那也算是他为家乡灌云出了力，做出了奉献！王老实受到了鼓舞，对用淮海戏进行抗日宣传非常上心和用心，每天都要跟何夏萍一起研究剧本和唱词，精雕细琢钻研表演，何夏萍出去忙的时候，他就拉着老婆陪自己排练，因此，他跟何夏萍还有老婆表演的淮海戏抗日剧，故事真实，唱腔优美，台词富有感染力，在灌云的街头巷尾村镇集市田间地头大受欢迎。他们每次的表演，都吸引来很多观众，而这些观众们都会跟他们一起喊口号，乃至受他们鼓舞，去参军或者去到各自乡里的游击队去报名。王老实因此非常自豪，对何夏萍跟何希文这父女俩也更加信服和敬佩。

今天的街头演出，也非常成功，在他们演了三出淮海戏后，尤其是最后一幕《到前线去》演出完后，来观看的很多青年人，当下就要跟着何夏萍一起去前线杀鬼子。可他们簇拥着何夏萍刚要离开，一个穿着西服带着大粗金项链的矮胖子就带着一帮如狼似虎的打手冲了过来。满脸横肉的胖子张开大嘴，就说何夏萍是他从倚翠楼买来的小妾，趁他不在逃跑了不说，还偷了他的十几根大黄鱼，他绝对不能把这个家贼放走。何夏萍跟王老实大声反驳，说根本不认识这个男人，更没有去过他家，怎么会偷他的东西呢？胖子根本不容他们分辩，大胖手一挥，打手们就潮水一般涌了过来，冲到人群中，对这群进步青年拳打脚踢。被打得措手不及毫无准备的青年们也开始反抗，可他们大部分都是手尢寸铁的普通人，怎么打得过这帮靠着大人吃饭的五大三粗？更何况，这些打手们手中还拿着棍棒，还有几个人手中还有刀。

王老实知道这帮人是有备而来，目的就是驱散他们，好汉不吃眼前亏，王老实大声喊着，让人们快跑。人们想跑，可胖子带来了二三十个人，对这些人下狠手，往死里打，他们想跑也跑不了。一时间，进步群众被打得哭爹喊娘四散奔逃。王老实躲闪不及，也被一个五大三粗的男人给打了两棍子，好在他少年时学过一些拳脚，虽然老了不中用了，但身子的反应速度还在，当棍子打过来的时候，他下意识一躲，躲开了身体的要害，棍子打到了腿上和背上，虽然并没有伤到内脏，但这个人下了大力气，他被打的地方火辣辣疼。

经历过这种群殴的王老实，知道今天不能善了，连忙找何夏萍要离开这是非之地。可当他躲到一个相对安全的地方想找何夏萍时，就发现她已经被胖子的人控制住，而且还大声哭喊着“救命”。王老实大惊之下，立即朝何夏萍跑去，嘴里喊着产：“萍儿，别怕，大来救你！”

可胖子怎么能让他如愿呢？两个五大三粗的打手冲着王老实冲了过来，扬起棍子劈头盖脸地砸向他。王老实躲开了一个人的棍子，可另外一个人的棍子却怎么也躲不开了。眼看着那婴儿手臂粗的棍子冲着自己的脑袋抽了过来，王老实一闭眼，他这条老命要交代到这里了。可想象中的疼痛并没有传来，打手被一个突然冲过来的人给撞倒了，他得救了！王老实却顾不得对人表示感谢，就冲着何夏萍的位置冲，可还刚走了一步，就发现刚才冲过来的是何夏萍，看到王老实挨打，她挣脱开拉住自己的两个打手，冲过来救下王老实，接着，她竟然左闪右躲地跑到了胖子跟前，上前抱住胖子的大腿，大声哭喊："先生，求求你，放过我们吧！只要你放过我大，你让我做什么我都愿意！"

王老实被何夏萍的举动再次惊呆了，何夏萍怎么能去求这个汉奸胖子呢？这个胖子不是土匪就是强盗，正是他冤枉自己跟萍儿，胡乱扣上一个罪名就殴打众人，她去求胖子也不会放过他们的。王老实大声喊着何夏萍，要她赶紧回来，可让他惊讶的是，何夏萍不知道跟胖子小声说了什么，胖子竟然真的喊住了手下们，让他们带走何夏萍，然后他扭动着肥胖如猪的身材也走了。

王老实大惊，大喊着何夏萍的名字冲了上去，要他们放了自己闺女。何夏萍冲着王老实喊，要他回去，不要管自己。可王老实怎么能眼睁睁地看着她被带走呢？立即冲了过来，要把何夏萍抢了过来。何夏萍大喊着让他回去，王老实不听。胖子有些不耐烦了，示意打手赶紧处理掉，一个打手狞笑着上前来，一棍子打在王老实的脑袋上，他就晕了过去。在失去意识之前，他听到何夏萍撕心裂肺地喊他："大！"

第三节　我知道你是一个汉奸

王老实醒来后，发现自己被好心人带到了县医院，医生给他包扎后，还要给他输液，王老实这才知道，自己昏迷了好几个小时，现在天都黑了，何夏萍早就没影儿了。他拒绝了输液，坚持出了院，回到出事地点，打听那个胖子的情况，然后就被吓住了。他这才知道，胖子叫孙一喜，他竟然给日本人在做事。王老实明白他们为什么要来诬陷他们，还不问青红皂白就打人了！王老实被人指点着找到了孙一喜的家，在外面转悠了半天，也没有想到办法进去，王老实绝望了，蹲在院子后墙处呜呜地哭。可正在这时候，听到里面传出来淮海戏的声音。王老实眼睛一亮，这是萍儿通过唱戏在跟他讲话，他立即对唱起来。

王老实跟何夏萍并不是随便唱的，他们唱的是准备好的暗号。何夏萍告诉王老实，自己现在很安全，要他不要担心。王老实要进去救她，被何夏萍阻止。何夏萍要想走，孙一喜这个防备像筛子一样的院子，还真是留不住她。而她之所以不走，当然是监视孙一喜，看看他跟他的日本主子到底在谋算什么。费了这么大力气进来，还没有收获，她当然不能走！不过，何夏萍心中有些难受的是，到日本鬼子的黑据点门外宣传抗日，确实引蛇出洞了，可出乎她意料的是，孙一喜这些日本特务这么嚣张，潜伏在板浦城里还敢当街打人。最让何夏萍胆寒的是，孙一喜他们打了人，竟然没有警察来管，他还安了一个罪名在大庭广众之下把自己给抓了来。何夏萍都开始怀疑，是不是国民党政府跟孙一喜打了勾连，那事情就更严重了。当然，何夏萍是故意让孙一喜抓住的，要不然以她的身手，这帮打手还困不住她的。她故意做出一副柔弱女子的样子，让孙一喜对自己放松戒心，以为她是一个贪慕虚荣贪图富贵的女子，放心把她带回家。她跟孙一喜说的就是，只要他放过自己大，自己就伺候他。孙一喜本来就是色中饿鬼，何夏萍是日本人点名要杀的，杀之前先让他爽一爽也不是什么坏事。当时，他也觉得打得差不多了，除了王老实跟何夏萍这两个罪魁祸首，其他人都跑了，当然，他没有那么好心，放过敢跟日本人作对的人，一挥手，一个手下拎着棍子就朝王老实打过去，不死也要了他半条命。

何夏萍被关押在孙一喜后院的柴房里，只是一把简单的锁，她并没有急于出去，而是想等晚上再去跟孙一喜好好“谈谈”。可这时候，她就听到了王老实的哭声。她知道伯父担心自己，想了想，就用之前商量好的，唱淮海戏跟王老实对话。何夏萍让王老实放心，先回去等消息。王老实不走，要陪着何夏萍，何夏萍无奈之下，只能让他去找何希文，何希文能劝住伯父。

王老实还是不放心，还想进院子去救何夏萍，可他们唱了这么久的戏，已经引来很多人围观，孙家的打手也从前院跑了过来，驱赶王老实，王老实只能一步三回头忧心忡忡地离开。

王老实先去全英学校找何希文，发现何希文回家了，他赶紧到何希文住的院子里，把何夏萍的事儿告诉他。

何希文听了，脸色变得沉重：“你是说，萍儿被那个孙一喜抓走了？”

王老实点头：“那个孙一喜，在给日本人做事，是一个汉奸卖国贼！”

何希文闪过一丝坚定：“行，我知道了！您先休息吧，别太担心，萍儿不会有事！我这个当父亲的，也不会让她有事！”

王老实这才好受一些，在何希文再三安慰之下才离开。

虽然知道女儿是艺高人胆大，孤身进入贼窝里，但女儿落入敌手，何希文作为父亲，怎么能不担心呢？可生逢乱世，再担心有什么用呢？

灌云板浦，孙一喜家。

被父亲以及亲人担心的何夏萍，此刻刚被两个打手带到孙一喜屋子里。孙一喜坐在太师椅上，面前摆着四个凉菜，有凉拌猪耳朵、熏鱼、油炸花生米，还有一盘米肠、一瓶喝了一半的白酒，孙一喜正在自斟自饮。何夏萍进来的时候，孙一喜已经喝得有五六分醉了，看到何夏萍眼睛亮了，就要她给自己唱小曲听，还点名要听十八摸。

何夏萍今天最后一场，演的是《到前线去》，衣着打扮还是一个青年的样子，按理说不应该让孙一喜起了色心，可巧合的是，孙一喜就喜欢这个调调的！他也不是好男风，就是喜欢何夏萍这样雌雄莫辨的，用现代语汇来讲，就是他喜欢中性美女。跟孙达生那个少年不一样，孙一喜对女人的经验丰富，何夏萍虽然化了妆，但他还是一眼就看出她是一个女子来了。

看着门在身后关上，何夏萍还是一副畏首畏尾缩头缩脑的样子，假装被吓坏了，缩在那里不敢动。孙一喜耐心告罄，几步跨到何夏萍跟前，伸手就抓向何夏萍。何夏萍朝后一闪，尖叫一声恰巧躲过了孙一喜的狼爪，还朝前一撞，正好顶在了孙一喜的肚子上，把他给撞了一个趔趄。何夏萍假装吓哭了，好像要上前看他有没有摔坏一样，又是一个大力冲撞过去，把孙一喜一下子给撞倒在地上了，让他摔了一个狗啃屎。孙一喜大骂她大胆，他要弄死她。何夏萍却一屁股坐到他身上，一手堵住她的嘴，一边拽下他的腰带，一边假装做出被孙一喜非礼的样子，害怕地尖叫着，孙一喜的声音被淹没了，外面的打手根本不知道里面的实际情况，也根本没有进来。

何夏萍很快把孙一喜给捆了起来，低声在他耳边说："想活还是想死？"孙一喜呜呜问她是谁，要干什么。何夏萍随手拿起酒瓶子，朝地上一摔，把瓶子摔碎了，用瓶底锋利的玻璃碴子，比上孙一喜的脖子："我是阎王爷派来的，知道你作恶多端，来找你索命的！"孙一喜感觉脖子间一凉，以为她真的要杀自己，连忙求饶，说自己有钱，家里的金银珠宝都给她。

孙一喜的不义之财，不拿白不拿，何夏萍让孙一喜说出他藏钱的地方，把他放在家中的钱财一扫而空，然后把他给捆在太师椅上，手中拿着那半截瓶子，对着他的胖脸说：“我问一句，你说一句，如果有半句谎言，我就给你画一道。”何夏萍冲着孙一喜的眼睛比划：“这里，还有这里，扎一下，眼睛瞎了；扎一下，鼻子漏了；扎一下，嘴巴豁了，让你成为一个怪物，看你还怎么出去见人。”

孙一喜眼中闪过恶毒，他一定要弄死这个女人！何夏萍可不怕他，手稍微一用力，孙一喜的下巴上就开了一道小口子，血流了出来。孙一喜疼得大叫一声，何夏萍比他叫的声音更大，发出娇嗔的声音，要孙一喜再用力，外面的人听起来，好像两个人在做那种不可描述的事情，打手们都流着口水走开了，要去找一个地方败火。

屋子里，何夏萍笑吟吟看着孙一喜：“现在能回答我的问题了吧？”

孙一喜不敢再反抗，连连点头说一定如实回答，接下来对何夏萍的问题回答得还算老实。当然，知道何夏萍是问他日本人的事情，他百般推诿，何夏萍逼一下，他吐一点，对自己的“罪行”，更是避重就轻想方设法美化，任凭何夏萍如何威逼，他都不说实话。何夏萍知道他怕说了实话被自己给当作汉奸处决了，但现在还不是处决孙一喜的时候，杀了这个汉奸，日本人还会找来另外一个，在这日本人进攻灌云的关键时刻，她不能打草惊蛇。不过，就从孙一喜有所选择地吐出来的这些情报，就够让人震惊的。

那个院子里住着的，确实是日本人，这个陇海贸易行，存在了六七年了，表面上是贸易行，实际上是日本特务办事处，既收集情报，又收敛物资，还暗杀那些抗日积极分子。而几个月前，1937 年 9 月份，日本海军陆战队占领车牛山岛后，为了跟日军陆军别苗头，他们势必要有战绩，也就是要拿下灌云、连云港乃至盐城等地。为此，他们制定了一个阴险无耻的计划，正如之前何夏萍跟孙达生他们担心的，两个多月之前，三十个日本海军陆战队在中佐木村知重的带领之下，秘密潜入板浦，准备在募捐大会之时，一举拿下灌云。

募捐大会迫在眉睫，这几十个日本军人比定时炸弹还危险。何夏萍没有时间跟孙一喜啰嗦，又用玻璃瓶子在他大腿上划了两个口子之后，问出了一个重要情报，那就是这帮人没有武器。说来这还要感谢朱治均，七七事变后，张文明等人还在发动内战还在争权夺利，许继泰带领县常备大队充当他们的打手和狗腿子，在抗日方面的准备，他们还不如乡间那些农夫，还在村长的组织之下，成立了保乡团等地方武装，拿起武器保卫自己家乡。只有公安局长朱治均，扛住张文明的威压，组织公安局的警察，在灌云县境内开始清查日本人。他组织人手，在城门处设立岗哨，检查进出城门之人，凡是带着武器，或者不会说中国话的人，都被当日本特务抓了起来。后来，动委会成立后，张文明才不得不让许继泰的人帮着站岗。

何夏萍不知道的是，木村等人是周妍跟许继泰睡了一周之后，才把这些日军装扮成常备大队的队员混进来的。衣服可以装扮，武器却不能作假，尤其是这些个日本军人用的，都是新型武器，不用说灌云县一个常备大队，就是蒋介石的嫡系，也不能拥有。所以，他们人是混进来潜伏着，可他们想方设法用尽手段，也没有能够把武器弹药运进来，但他们不能出动，只能让孙一喜这些中国人去做这件事。因此，明天孙一喜从日本人那里领的任务就是去陈家港接一批货，运到板浦来，交给县常备大队队长许继泰。

何夏萍得到这一重要情报之后，也没有心情跟孙一喜“玩”了，把他的嘴塞上之后，就大摇大摆地离开了。但何夏萍并没有回家，而是先去找孙达生。何夏萍去的是孙达生租下的一处房子，就在孙一喜家旁边，因为当时孙达生要监视窃听孙一喜才租下来的。事情紧急，他们必须要交换情报，所以昨天分手时，就约定在这里见面，无论多晚。

何夏萍来的时候，孙达生跟骆远志都已经躺下了，屋子里面黑了灯。按照约定好的，何夏萍学了几声猫叫，立即有人从屋子里走出来，开了院子门。何夏萍看去，是孙达生，显然，他并没有睡着。何夏萍也没有问他为什么到现在还没有入睡，骆远志也被孙达生喊起来。三个人互相交流了两方面的进展，知道孙达生找到了国军 112 师 66 团的团长杨玉坤，他同意借兵过来保护游行活动后，何夏萍松了一口气。何夏萍表面上看起来镇定，但那几十个日本军人对她的压力确实非常大，现在知道有人对付他们了，她悬着的一颗心，也稍微放松一些了。但她并没有详细问孙达生，为什么没有去找张之信，却找了杨团长，这个杨团长又为什么答应了他的要求。孙达生虽然说信她，她也觉得孙达生是可以合作的人，但两个人毕竟只见了几面，第一次合作，不打听对方的隐私，是必要的尊重。当然，何夏萍是能看出，孙达生是哭过的，情绪比较激动，所以才失眠了。

何夏萍也并没有跟孙达生、骆远志二人讲自己如何对付孙一喜的，就把结果告诉了孙达生他们俩，孙达生跟骆远志虽然早就有心理准备，但知道担心的变成事实后，心里也非常焦虑。可他们是灌云人，有人企图用阴谋诡计来攻占他们的家乡，屠杀他们的乡亲，他们绝对不能置之不理，淡然处之。

听到要派人跟孙一喜去陈家港去接货，而且这批货很有可能是一批武器弹药后，孙达生主动请缨，要带着骆远志去陈家港，因为他们孙家的盐田就在那里，孙达生不仅熟悉，而且有关系有人手，有把握能在孙一喜之前抢到那批“货”。何夏萍也是想让他过去，这项任务，孙达生确实很适合。当然，何夏萍也有自己的任务，她的目标是周妍，把这个日本女特务给揪出来，让她跟她的姘头汉奸们一起被灌云百姓来审判。

第四节　城门口的较量

灌云板浦，城北大门。

太阳再次升起，新的一天开启。

当人们期待的冬日暖阳被厚厚的云层遮盖，积蓄的力量还不足够它喷薄而出时，呼啸了一夜的西北风，终于示弱下去。重兵把守吊桥高悬的城门，也随着穿着灰色军服的守门小班长的一声号令，缓缓打开。早就等候在大门外等着进城的百姓们，都涌了上来，立即要进城。可一个个乌黑的枪口无情地对准了他们，一声声呵斥，要他们排队接受检查。虽然这些百姓们喊着要进城看病，要去城内卖东西，要去城内走亲戚，等等，不一而足，好像每个人的事儿都亟不可待，可这些荷枪实弹的老总们才不会管你这个，黑着脸用枪托用力抽打了那些个喊得最欢的人，所有的人就都老实地排队了。把着门口的两个士兵一个个检查搜身，把百姓们带着的东西，一个个挑开，散落在地上，查有没有武器。旁边的小头目，则瞪着眼睛，挑着那些衣着高档一看就是有钱人的人，上前问话，从中捞点儿外快。至于那些早就等在城外的流民，则被老总们驱赶到了善后河的另外一边，横七竖八地坐着躺着哀求着，让老总们开恩，让他们进城。可这些老总们怎么会给他们开恩呢？他们接到了死命令，谁放进一个危险分子，谁就脱了这身皮滚蛋。没办法，日本人要打过来了，局势紧张，人心惶惶，谁知道这些流民是不是日本人的探子啊！

城南进城的大门是这样，城北出城的大门同样是这样。想出城，也是要接受盘查的，非常时期，没事儿总往外跑，谁知道你是不是去找日本人接头啊！不过，话又说回来，真正的间谍、日本特务、中国汉奸，又有几个是这些老总们能查得出来的？又有几个跟流民一样朝不保夕无家可归？可这些吃皇粮的士兵们职责所在，百姓们必须要配合，因为他们手中有枪，不配合就很有可能真的去死，还又可能被打。

位于板浦镇北面的这个城门楼子，跟板浦一样，有一定历史了。曾经非常坚固的青砖，表面已经被风吹雨打侵蚀得斑驳破败。有的地方重新修缮过，消除了这几十年来留在守护灌云的城墙之上的累累弹痕；有的地方还保持着原样，被炮火硝烟浸染的战争痕迹，尽在眼前。

出城的队伍并不太多，挑担的、提篮的大部分是平民，有钱的人一般是开车，最次的也是骑自行车出去，他们是从大门出去的，而靠两条腿走路的，都只能走角门。在人群中排队等着出城的孙达生跟骆远志都是一身骚包的西装革履，外罩毛呢大衣，在一帮面有菜色衣衫褴褛的百姓里面，真像鸡群里的凤凰，绝对是人们目光的焦点。

孙达生跟骆远志的目光，却紧紧盯着人行道旁边的城门处，一辆汽车驶到城门前，停车接受检查。士兵小头目屁颠上前，谄媚地鞠躬，示意他们出示证件。车窗摇下，司机递出来一份证件，小头目毕恭毕敬地接过来,看了一眼,点头哈腰地:“是孙老爷啊！您今个儿怎么换了一辆车啊？难怪小的记不住您的车牌了呢！”

坐在后座上的孙一喜摆手，示意自己没事儿，说改天请他去云来轩喝茶，小头目受宠若惊地答应着，示意放行。司机刚要开车，孙一喜无意中扭头，看到了人群中的孙达生，喊了停车。

车又停下来，车门打开，孙一喜下车，小头目惊讶地看着他。孙一喜的脖子上裹着一圈纱布，穿着那件狐皮大氅，整个人包得像一个球。孙一喜不理小头目，一副目中无人的样子，径自走到队伍中孙达生面前。

孙一喜上下打量着孙达生：“大生侄儿，这是要出城？你爷爷知道你要出去吗？你别又是逃课啊！你爷爷的希望就在你身上了，你不能让他伤心失望！你爷爷年龄大了，身子不好了，受不住被你气了，你不能这么任性，这么不孝啊！”

在众人的目光中，孙一喜面带慈祥的笑容，说着恶毒的话，每句话都插向孙达生的心窝子。骆远志要冲上去打孙一喜，孙达生用身子拦住他，不让他面对孙一喜，但犀利的眼神，透露出他此时的愤怒。

孙一喜好像没有看到这两个少年的表情，继续用一种关心的语气训斥孙达生：“好了，大生，别胡闹了，你也不小了，以前偷鸡摸狗吃喝嫖赌的事儿不能干了！你爷爷为你操碎了心，你要不是真想气死他，就赶紧回去吧！”

孙一喜说完，转身就要走回汽车去。骆远志实在不能忍了，推开孙达生，冲着孙一喜喊：“我说是谁在这城门口大放狗屁，熏得我以为到了公共茅房呢！原来是孙一喜孙老爷啊！咦，你怎么又出来蹦跶了？那个小寡妇没有抱着你儿子去跳盐田啊？不对啊，她说跟你生的儿子没屁眼，没脸见人，就是死了也要被阎王爷打入十八层地狱的……”

众人被骆远志的骂人话的粗俗，惊得目瞪口呆，孙一喜被激怒，狠狠瞪着骆远志，好像下一刻就要冲过去，把他撕碎。骆远志却好像根本没有察觉，转身对着围观的百姓们，讲起了这个孙大老板，板浦最有钱的盐商，跟一个小寡妇生了一个没有屁眼儿儿子的故事。他说得可比茶楼里面的先生生动多了，众人听得津津有味，就差鼓掌欢呼了。孙一喜的脸越来越黑，终于忍不住大喊一声：“闭嘴！”

骆远志当然不听他的，笑着看着他：“怎么？孙老板，你敢做不让别人说啊？你这脸不是挺大的吗？”

孙一喜不再跟他废话，一挥手，司机跟两个保镖上来，就要打骆远志。骆远志当然不能等着让他们打，撒丫子就往外跑，一边跑还一边喊；“打人了！老板欺负人啊！杀人啦！抢劫啊！”

孙一喜更气，大声喊着：“给我抓住他！撕烂他那张嘴！”

两个保镖追着骆远志而去，孙达生并没有跟骆远志跑，而是冷冷看着孙一喜："孙老板越来越威风啦！当街抓人，你是想坐牢吗？"

孙一喜狠狠盯着孙达生："大侄子，我不跟你一般见识。不管你认不认我这个堂叔，我还是感念你爷爷对我的恩情。你赶紧回去告诉老爷子，识时务者为俊杰，我不想眼睁睁看着你出事儿啊，老孙家的唯一嫡枝可不能绝了户啊！"

孙达生平时不愿意说话，但并不是他不能说，听到孙一喜这样恶毒的诅咒，当即毫不犹豫地反击："你这样的恶人还没有下地狱，我不会有事儿的，我祖父更不会有事的！"

孙一喜："我下不下地狱你说了不算，但你的朋友下不下地狱，却是我说了算！"

孙一喜指着被保镖抓住押解过来的骆远志。因为身材较胖，骆远志根本跑不快，还没有跑出大门，就被两个保镖一前一后围抄给追上带回来了。

骆远志被人押着，并没有被吓住，嘴里不依不饶："怎么着？老总们，你们就看着这个汉奸恶霸要杀人灭口啊？！"

小头目想上前，被孙一喜一瞪，又缩了回去。骆远志依旧挑衅："哎呀，我去，这还有没有王法啊？光天化日之下，恶霸歹人要杀人，老总们都不敢管啊！我说，孙一喜孙老板，你生孩子没屁眼儿难道是真的啊？对不住啊，我还以为你这是坏事做尽好事一件不做，你的仇家给你造谣呢！可怜我还想好心告诉你，让你赶紧去查查，原来这是真的啊！乡亲们，老少爷们儿，这可太稀奇了，老天真有眼啊！像他这样的坏人，生了孩子真没屁眼儿啊！"

骆远志的手被押着，但他抬着下巴对着孙一喜，一副有恃无恐的样子。被人这样指着鼻子骂，他恶从胆边生，上前就要杀了这个人。孙一喜掏枪，对着骆远志："你找死，我就成全你！"

孙一喜扣动扳机，枪响了，可骆远志却没死。他瞪大了眼睛大声喊："哈哈，你的枪都打不死老子，老子就是上天派来收你的！”

孙一喜却一把拽住孙达生，把他推倒。原来，孙一喜要开枪的时候，孙达生伸手托了一下，孙一喜的枪打空了。孙一喜恼羞成怒，用枪指着孙达生：“你要陪着他死，我怎么能不答应呢？”

孙达生却笑了，那笑容宛若春天里一朵娇嫩的迎春花绽放，让人眼前一亮，但转瞬即逝，再看去，孙达生还是那一张冰山脸，面无表情地看着孙一喜：“怎么？孙老板也要杀我灭口不成？”

孙一喜紧紧盯着孙达生，面色狰狞：“这是你自己上前找死！我说过，不要惹我，我的耐性是有限的！”

孙达生：“想斩草除根，孙老板你够狠！可惜，你不配！”

孙达生说着，上前一步，以迅雷不及掩耳之势，夺下孙一喜的枪，调转枪口，指着他的头：“放人！”

孙一喜抵抗：“有本事你开枪啊！这么多人看着，你是杀人犯，你也跑不了！”

孙达生：“杀你？我怕脏了自己的手！人恶自有天收，我就看着就行。”

骆远志兴奋大喊：“好样的！大生，杀了他！”

孙达生扫了一眼那个小头目：“这位老总，你看到我拿着枪吗？”

小头目往后面缩去，不敢回答，他人轻言微，两边都惹不起，只能尽量降低自己的存在感。

孙达生看向孙一喜：“他们的眼神都不好使，看不见你刚才做的，更看不见我马上就要做的！”

孙达生冲着孙一喜开了一枪，子弹擦着孙一喜的脑袋飞了过去，留下一道血檩子。孙一喜吓得大叫，倒在地上，浑身哆嗦着。孙达生看都不看他，枪指着那个两个保镖：“放人！”

保镖吓得连忙松手，骆远志趁机挣脱他们，跑到孙达生这里来。孙达生喊：“走！”率先跑向孙一喜的汽车，骆远志紧紧跟上。两个人跑到车前，拿枪指着司机，让他下来。司机一句话不敢说，开车门就下来。孙达生坐上驾驶位，发动汽车，等骆远志上来之后，车子立即加速，朝城外开去。

看热闹的众人，都惊呆了，有一个机灵的人，第一个反应过来，尖着嗓子大喊："杀人啦！赶紧跑啊！救命啊！"

喊完就往城里跑去，其他百姓反应过来，怕流弹伤到，凭着本能，也撒丫子跟着跑。可他们没有辨认方向，没头苍蝇一样，夺路而逃。有的朝城内跑，有的朝外面跑，一时间，场面大乱起来。

孙一喜反应过来，他摸了摸自己脸上的血，又狠狠掐了自己一把，疼得龇牙咧嘴，才知道自己没死，看着已经消失在视野中的汽车，大喊："停车！抢劫啊！你们死的啊！给我追！开枪！他们要是跑了，你们也别想活！"

两个保镖还有一个司机都掏出枪，冲着汽车瞄准，就要开枪，可手还没有来得及扣动扳机，就被人群给冲倒在地上。小头目带着几个士兵大喊着："站住！不要跑！给我停下！"可没有人听他的，或者说，没有人能听得见他的话，场面太乱了。

等汽车已经没影儿了，城门处的人们也跑掉了不少，还有没有跑的，被小头目开了几枪给吓住，抱着头蹲在地上，连着喊饶命。

孙一喜带着人冲到了城外，但孙达生开得非常快，汽车顺着土公路朝前行驶，一会儿就看不到踪影了。孙一喜阴狠地大喊："孙达生，跑了和尚跑不了庙，你抢我的汽车，也要看你有没有命开！你给我等着！"

第五节 陈家港的大有茂

灌云县灌河口，陈家港。

被孙一喜念叨的两个小崽子孙达生跟骆远志，已经开着车出了板浦，沿着朝向陈家港的公路，一直向东行驶，目标就是大有茂盐业公司。

汽车沿着四米宽的土公路朝前行驶，这是民国十七年，淮北盐务稽核所为严控盐区，以板浦为中心，辐射盐区修筑土面路道七条。孙达生的汽车，就是行驶在其中通往陈家港盐区的一条土路上。

对，孙达生跟骆远志用计抢了孙一喜的汽车，是之前跟何夏萍计划好的，知道孙一喜今天早晨一定要取货，让孙一喜抢了先，他们就被动了。孙达生提议，在孙一喜出城接受检查的时候，演了一场戏，造成混乱，抢走了孙一喜的汽车，直接开往盐场。

熟练地驾驶着汽车朝前行驶的孙达生，很庆幸抢了孙一喜的汽车，才能让他们抢在孙一喜之前，去到盐场拿到那些东西。板浦距离那个盐场有九十多里地，平时虽然有船也有汽车公司的客运，但孙达生他们做的毕竟是非常危险的事儿，有车能增加三成成功概率。

大有茂盐场位于灌河西岸，附近的善后河、车轴河、界圩河三条河通过，河水宽阔，水运发达，给这里大面积的滩涂带来了巨大的商机。清末时期，淮盐钱袋子——淮南盐场由于海岸东移，离海渐远，开始衰退。1904 年，两江总督盐政大臣端方，为解决清廷财政危机，集资 10 万吊在灌河西岸的海州丰乐镇 (今灌云县洋桥镇) 新铺盐滩 40 份，后又有淮商张季直、徐静仁、汪鲁门等集资建立大阜、大德、公济、大有晋、庆日新、裕通、大原等七公司，定名为济南场。到民国三年止，七大公司计有 145 条圩子，1160 份池滩。场址设在陈家港。

而这个大有茂盐业公司，是由孙达生的曾祖父、也是淮北著名盐官孙正谦，委托族弟孙正广，于民国三年建立的。当时灌河西岸的滩涂空间已经被七大公司瓜分得差不多了，孙正谦跟孙正广兄弟两个，就在几大公司之间的荒地上，铺建六条圩子 40 份滩涂，然后才慢慢发展成股份公司。

说到这里，要简单介绍一下孙达生的家庭。老孙家是灌云最有名望的家族之一，祖籍徽州，自明末清初，就到了江苏。刚开始是在淮南晒盐，拥有上千亩盐田几十条圩子。上数七八代人都是开明盐商，孙伟农这一支是嫡系，七八代都是一代单传，显得人丁单薄，逐渐被旁支取而代之。

一直繁衍到清末，淮南盐场遭到致命破坏，淮北的济南场兴起，继续在灌西铺设滩涂。老孙家能成为海州首屈一指的大家族，并不是单纯地因为他们是盐商，而是到了孙达生曾曾祖父这一辈儿，下定决心改变门楣，供养出曾祖父孙正谦这个读书人来。孙正谦少年进士，在外为官多年，祖父孙伟农更是留学日本，参加过辛亥革命，在灌云建县事宜上出力颇多，算是元老级人物，被当选为几届江苏省议员，所以，虽然他们家人丁少，但其地位也不能被撼动。

所以，孙达生对这个盐场并不陌生，曾祖父去世后，祖父孙伟农成为盐场最大股东。从日本留学回来的祖父，参加了辛亥革命，参与了灌云县制的建设，眼光高远，是省政府公开聘请的参议员，又创办了全英小学，事务非常繁忙。但孙伟农虽然志不在盐场，可盐场却是祖辈产业，家族之根本，所以，他也不能对盐场不闻不问。他本人不乐意管理经营盐场，但作为盐场的实际拥有者，孙伟农还是要定期到盐场检查开会的。而每当这时候，孙伟农都会带上孙达生。孙达生那时候虽然年龄还小，但祖父却把他当做大人来对待，直接让早慧的他参与到盐场的日常工作来。父亲孙一鸣出事，孙达生又差点在盐田中丧生，孙伟农被孙一喜趁火打劫强抢走了盐场之后，孙达生才很少到这里来了。

孙达生从板浦北边云台山绕了一个大圈，开了两个多小时，才抵达他们的目的地，陈家港。

这是公路的尽头，是孙达生的目的地——陈家港。要进入港口，首先要接受检查，此时，孙达生开着车，来到陈家港缉私税警的关卡前。

时间已经到了中午，但因为今天是陈家港的大集，经过检查要进入陈家港的人比较多，关卡前面排了长长两条队，远远看去，有码头工人、有船夫、有灶户，还有普通百姓。其中也不乏有几个西装革履、衣着昂贵的商人，还有一两个着长衫的读书人。因为前面人多，孙达生车开得很慢，骆远志干脆下车，随着人流走路到关卡，也顺便看一下这个迅速崛起、大名鼎鼎的小镇。孙达生看着骆远志迅速融入人群中，跟一个挑着两箩筐蔬菜去集上卖的大娘攀谈，脸上露出一丝笑意。如果骆远志发现孙达生的笑，尤其是看着自己背影这么“欣慰慈祥”地笑着，肯定会夸张大喊，说太阳从西边出来了。所以，在骆远志看过来的时候，孙达生调转了目光，看向别处。

这是陈家港，跟板浦一样，也是一个因为淮盐而迅速崛起的苏北重镇，不过，跟板浦不能比的是，陈家港的发展还不足百年。距今八十多年前，也就是十九世纪五十年代之前，这里还是一片汪洋。由于黄河改道，夺淮入海，带来大量流沙沉积，逐步才由大海变成陆地，形成一大片滩涂，不过，并没有人居住，这里还是一片荒芜。十九世纪末，这个已经成型的面积达一百多平方公里的滩涂之上，只有逃荒而来的数十户人家居住，以捕捞和晒盐为生，因为这些居民多钩蛏搭架晒干而得名“蛏架港”。但这种无人管制杂居的状态只持续到 1904 年，就被涟水县大地主陈汉周改变。陈汉周通过官府，强行霸占了这块土地，成为这片土地上的统治者，又过了十几年，改名为陈家港。

陈家港东濒黄海，北依灌河，是一个天然不冻港，更是一个南北交通要塞。这里是陇海铁路的终点，水路更是四通八达。当然，之所以能够发展这么迅速，跟那上百万亩银滩有直接关系。这么大的天然盐场，清廷当然不会放过。1908 年，两江总督兼盐政大臣端方奏请皇帝，牵头集资，在此兴建盐场，至民国三年，包括大有茂在内的三家盐业公司在此铺设滩涂，生产淮盐，年产三四万吨淮盐，并建立盐坨，截止到民国十四年，陈家港共建坨

2700多公亩。以“盐”为核心的经济迅猛发展，吸引了远近十几个省的难民前来定居、做工。

这片广袤的滩涂于1913年划归灌云，1915年兴集，1929年建镇，始称陈家港镇。民国二十一年，也就是1932年，淮北设立盐务整理委员会，为就近管理，济南盐场公署从板浦迁到陈家港。而包括燕尾港、堆沟港、陈家港等三港在内的淮北灌云盐务事务，一直是由两淮盐运使公署管辖，民国二十一年，两淮盐运使公署隶属国家财政部领导，淮北行政归并稽核，不管如何变，包括陈家港在内的盐田和盐运港口，都隶属于淮北盐务机构管理。

民国政府对这些盐业公司的管理，是由公司定产销，将盐滩租给灶户产盐，按滩交盐，凡制盐运销未经许可者，一律视为“私盐”。所以，盐务管理机构对陈家港的管理，主要是“缉私”。民国元年，公济盐业公司率先设立缉私机构，民国二十一年，淮北缉私局所属七个大队缉私武装改称税警，陈家港这里为第五区。现在正在关卡检查的，就是第五区的税警。

税警的职责，主要是检查贩卖偷运私盐，一般情况下，对其他检查得并不是特别仔细。不过，现在是非常时期，据孙达生观察，他们对武器也开始检查，搜身搜东西。除此之外，还有一个很特别的检查，就是让人开口说话。孙达生知道，这是在检查日本人，虽然并不是特别严格，但毕竟有这么一道程序，最起码明面上就能防住一部分日本间谍，对凝聚民心也有很大的好处。

孙达生的汽车就开到了关卡前。骆远志上前，拿出自己的学生证，证明自己是到这里来采访的，要给《灌云日报》写一篇关于陈家港对虾的介绍。骆远志还带着几张已经印发的《灌云日报》，上面刊登了一篇他写的板浦豆丹的文章，就是王老刀要他写的那一篇，还有孙达生拍的烧豆丹的照片呢！不过，骆远志并不满意，因为照片是黑白的，完全不能把他的最爱给展现出来。

但就是这黑白报纸，也是很唬人的，负责检查的税警小队长对骆远志点头哈腰的，意思意思摸了一下就放行。孙达生开车向前，骆远志则打开车门要上车，可一声断喝传了过来：“停车！”

孙达生的动作暂停了，骆远志也没有上车，他们都看向发出声音的人。说话的是一个穿着缉私制服的男人，他三十多岁的样子，个子不算太高，但五大三粗的，身材非常壮，满脸络腮胡子，倒三角眼跟脸上的横肉随着他的走动乱颤着，一看就是一个穷凶极恶之徒。喊了“停车”之后，他就从关卡旁边的一所房子里面走出来，负责检查的税警，连忙冲他喊：“钱区长！”小头目也跑了过去，点头哈腰地：“报告钱区长，这是来陈家港采访对虾的记者学生，没有发现问题！”

区长一脚踹过去，嘴里骂着：“你那俩眼长着是吃屎的啊？这是抢劫犯，你都看不见，我看你早晚跟那虾成一对！”

小头目被踹倒在地上，非常委屈：“钱区长，钱头儿，我仔细检查了，他们身上没武器，车里也没有藏着盐！”

钱区长已经走到车前，用手敲了敲车窗：“没有私盐？这是什么？”

小头目：“这是汽车啊！”

钱区长冷笑：“这就是私盐！”

小头目跟其他的税警目瞪口呆，骆远志冲着钱区长走了过来，笑着抱拳：“请问您是公盐吗？”

钱区长没有反应过来：“你说什么？”

骆远志指着汽车：“这是私盐，你不就是公盐吗！”

钱区长这才知道他在骂自己，大怒：“哪里来的兔崽子，敢来爷爷的地盘撒野，爷爷让你变成这陈家港的白条虾！”

骆远志却不怕他，笑着说：“我看你就是一只公虾，眼睛是真瞎！小爷好心提醒你，这是汽车，不是私盐，要不然被你的上司知道了，你这区长营长文长的，连对虾都变不成了！”

钱区长盯着骆远志，呵呵冷笑：“当爷是吓大的啊！你算个球球啊！还让我上峰知道！我现在就让你蹲大狱，一颗子弹送你上西天！”

孙达生听了他的话，眼睛一缩，发出骇人的气息，他意识到了这个钱区长来者不善。

骆远志更不是吓大的，输人不输阵，他也呵呵冷笑："就凭你？区长，我还真没看到眼中！你要是敢开枪，我就让你变成死虾！"

钱区长直接喊："弟兄们，把这两个小子给我抓起来，带到盐务属大牢里面去，我要亲自审这两名抢劫犯！"

小头目等人冲了过来，要抓人，孙达生下车，一脚踢飞一个税警，大声喊："谁敢！"

包括钱区长在内的税警，都被他的身手给惊住了，一时间不敢再上前。骆远志也毫不畏惧，靠着汽车，摆出一副防守的样子："你们谁动了手，我就让你们断手；谁敢动了脚，我就让你们断脚，小爷可不是那瞎区长，小爷我说到做到！"

孙达生跟骆远志气焰嚣张，威武霸气，惊呆了那些围观的人，他们不敢再如之前那样议论纷纷，看向孙达生跟骆远志的目光中充满了敬畏。

小头目也有些拿不住了，凑过去低声问钱区长："头儿，我没见着私货啊，您有几分把握啊？"

钱区长一脚又踢过去，冷笑着看着孙达生跟骆远志："去，给我抓人！我看着俩小兔崽子有多么大的本事，还想跟我叫板！"

小头目只能听命，带着七八个税警，照着孙达生跟骆远志围了过来。骆远志那眼睛看了一眼孙达生，孙达生知道骆远志有些不知道该怎么办了！他倒不是害怕，是担忧，看着气势汹汹的七八个壮汉逼近，他跟骆远志是没有办法招架的，好汉不吃眼前亏，骆远志的意思是暂时妥协，看一下这个钱区长是什么来路，针对他们又是什么目的。

孙达生却不这样想，他早看明白了，这个钱区长就是冲着车来的，他认出了这辆车，虽然孙达生已经把车牌给摘了下来，但如果跟孙一喜熟悉的话，还是能够发现端倪的！而且，孙达生还怀疑，孙一喜已经给这个钱区长通了气儿，要他带人把自己两个扣下。虽然孙达生并不确定钱区长跟孙一喜的关系，但从他的表现来看，小头目都放行了，他在明知道他们两个有背景的前提之下，还必须把他们带回去，这说明这个姓钱的，对他们志在必得。而孙达生知道，就在去年，陈家港这里的税警，由原来的队长制，改为区长制，区长就是税警里面最大的官儿。也就是说，这陈家港里是他说了算，最起码眼下，没有人能辖制他。孙达生估摸了一下自己的身手，放倒几个人开车全身而退不是问题，但要带着骆远志就有难度，最主要的是，孙达生不愿意就这样放弃。说了这么多，其实也就是电光石火之间，孙达生就做了决定，他冲骆远志微不可见地摇了摇头，示意他不要退、先上车，看他明白了自己的意思后，就采取了行动。

孙达生快速出击，右手出拳，冲着正面朝自己冲过来的税警虚晃一拳，阻住那个人的攻势，然后飞起一脚，踢翻左侧的税警。接着，他并不恋战，三步两步冲出包围圈，冲到钱区长面前，趁他还没有反应过来，揉身而上，一拳击向他面门。钱区长本能躲开，却再也躲不开孙达生已经踢到腋下的那一脚。孙达生把钱区长踢倒在地，然后跨过去，一脚踩在他身上，拿下他的配枪，用枪指着他的脑袋，嘴里冷冷地说：“让他们住手！”

从税警围攻孙达生，到孙达生突围拿下钱区长，整个过程一气呵成，总共用时不超过一分钟，孙达生身手之强，反应之快，让人炫目！围追过来的那几个税警投鼠忌器，不敢上前。而骆远志那边，则在两个税警冲过来的时候，他转身就跑到汽车另外一边，上了汽车锁上了车门。税警并不敢砸了车门，只能让他下车，骆远志当他们不存在，坚决不给孙达生拖后腿。

孙达生看到骆远志没事儿，暗自松了一口气，全力对付钱区长。钱区长虽然还咬着牙，却并没有求饶，但手下已经停止了攻击行为，跟孙达生对峙着。小头目想到了什么，跑到汽车另外一侧，隔着车窗，对准骆远志，要孙达生放了他们区长，不然他就开枪，要了骆远志的命！

孙达生根本不在意他的威胁，冲着钱区长冷冷一笑，子弹上膛："我害怕，手抖了！"

钱区长是最惜命的，小头目头脑是灵活的，但他犯了一个致命错误，那就是他没有考虑到税警标配是汉阳造长枪，跟钱区长这种进口高级货短枪的天壤之别。这差别就是，如果他们同时开枪，以孙达生的速度，绝对能先把钱区长送上西天，然后以他为肉盾，把这些税警全部干翻。更何况骆远志还躲在汽车里，完全可以给孙达生争取时间。

当然，这个错误也不能怪小头目，情急之下，能做出这样的反应，已经很不错了，但是，他没有考虑到这个差异，非常惜命的钱区长却不能用自己的命来赌。乌黑的枪口对着自己的天灵盖，再凶悍的再是什么长也会妥协，所以，都不用孙达生再次出口威胁，钱区长就已经喊着让他们放下枪。

骆远志非常得意地从车上下来，把他们的枪先一一拿到自己手中，然后抱着七八条枪走到钱区长面前，伸出手去，要跟他握手："钱区长，现在我们可以认识一下了！我姓骆，是《灌云日报》派来采访的记者，我可是大大的良民！"

钱区长十分不情愿，却不得不伸出手去跟他握手，低声却好像从牙缝儿里面挤出来一句话："骆记者，我记住了！"

孙达生一用力，钱区长的脑袋一歪，斗大的汗珠落了下来，立即改口："骆记者，幸会幸会！"

第六节　陈家港的检查和煮虾

孙达生示意骆远志说话，骆远志给他飞了一个媚眼儿，做出一副都是我辛苦的样子，揽了揽手中的枪，冲钱区长微笑示意："区长大人区长老哥区长爷，我们现在可以好好谈谈了吧？你要是同意呢，我大哥就放了你；你要是不同意，我们就这样好好谈！”

骆远志看着被孙达生压在地上的钱区长。钱区长果然上道，使劲儿点头：“同意，你们放了我，咱们好好谈谈！”

骆远志嘿嘿一笑：“大哥，钱区长跟我们都认识了，那肯定知道该怎么做了，让他舒服一些，我们好好认识一下！”

孙达生还是面无表情，不过，手里的枪却拿开了。钱区长连忙一个翻身，想逃走，却发现孙达生的枪口如影随形，总是对准他，他逃不掉。钱区长只能认命地坐在了地上。

骆远志脸上的笑意更加深了，跟钱区长面对面地，非常平和亲切地聊天：“钱区长，咱们也算不打不相识了！我说钱老哥，您这脾气也忒大了点儿吧？怎么就认定我们哥俩儿是坏人呢？”

钱区长张了嘴，想说什么，但看了一眼枪口，又闭上了，脸上现出一种愤愤的表情。骆远志却好心地替他说了，而且是面对所有人，包括那些本来要进港却因为他们的火并而远远躲开的百姓们，大声说：“各位税警老哥们，各位老少爷们儿，各位乡亲！”

眼看骆远志又要开始长篇大论，孙达生咳嗽了一声：“说重点！”

骆远志笑着答应：“重点就是，我跟我大哥，我们两个是灌云全英学校的学生，同时也是《灌云日报》的兼职记者，我们到陈家港来啊，是为了采访！我们真不是为了打架来的！”

众人脸上现出了了然，显然已经把钱区长他们的行为，定义为想污蔑良民要过路费却撞上了铁板。

骆远志很满意这种效果，继续忽悠：“钱区长对我们哥俩儿有所误会，我们必须要解除这个误会不是？我跟我大哥，我们是来采访发现咱们陈家港美食的，尤其是我们陈港的鱼虾，那是全国闻名啊！没听说过啊：‘鱼虾之利、此口为最、北走沂剡、西极晋豫、南贩江浙’，谁不知道咱们陈家港盛产对虾、缢蛏、梭子蟹、文蛤等 200 多种海珍品，想想我都流口水。老少爷们儿要是知道哪儿做的好吃，还请告诉我们。必须说明一下的，等我们拿到稿酬后，我们请客啊！”

骆远志说得文绉绉，围观的众人大部分都没有听懂，他们听明白的，只有陈家港的鱼虾好吃，脸上流露出自豪和向往之情，果然美食没有人可以阻挡。他们还听清楚了骆远志请客，对这个少爷也有了好感。

小头目要开口说话，被钱区长阻止，骆远志接着说："当然，现在，日本人要打过来了，非常时期非常对待，钱区长严格检查，也是为了保护大家的安全，我们也理解啊！不过，误会解除了，这一篇儿，就翻过去了！我说的对吗，钱区长？”

钱区长只能点头：“对！都是误会！”

骆远志：“好，那我们就去开工了，不耽误钱区长了！”说完，骆远志朝着汽车走去，孙达生的枪口还是对着钱区长，慢慢退向汽车。

钱区长大喊：“骆记者，我们的枪你放下啊！”

骆远志把枪放到车里，笑着对钱区长：“忘了跟您说了，这枪啊，我们先借用一下！在您的一亩三分地儿上，我们要好好逛逛。别担心，等我们逛完了，要走的时候，一定会完璧归赵的！”

钱区长赔笑：“不用了吧？要是被上峰知道，兄弟我就吃不了兜着走了！还望骆少爷骆记者大人大量，把枪还给我们！”

孙达生已经上车，骆远志也进去了，汽车启动，骆远志非常潇洒地对追上来的钱区长摆手：“不用送了，我们不走，就在陈家港随便逛逛。”

汽车开走了，钱区长阴狠地盯着汽车，小头目跟其他税警战战兢兢地站得离钱区长很远，不敢上前。

前面介绍过，陈家港的面积并不小，但因为发展时间太短，这个镇子其实很小，没什么可逛的，除了那可以装下 400 多万担的巨大盐坨非常壮观之外，唯一能入眼的，就是那一望无际的数以万计的广阔滩涂，当然，还有那船只如梭、人声喧哗的盐务码头，还有偶尔不经意间响起的火车汽笛声，其他还真的乏善可陈。

小镇上最热闹的街道，是沿着这条土路往里面走，走到一条内海提拐下去的一处低洼处。这是一条南北向的四百多米长的街道，街面也不宽，也就五米左右，街面是用长条形石砖铺成的，很干净的样子。一些小贩在街道上叫卖蔬菜和日用品，街道两旁是灰墙红瓦的平房，是盐务局和税警的住房。那些更低矮更破旧还长着很多茅草的屋子，是百姓的住所。从这条街上就可以看到，码头上满载盐包的轮船进港和出港，这个镇子可谓一目了然。

孙达生开着车，虽然开得很慢，但因为地方小，也没有五分钟就到了地方了。他们要找的地方，其实就是一家摆在盐务码头边上的小食摊子。几张陈旧的长条桌椅，一个写着“陈记煮虾”的布幌子，一个圆圆的铁炉子，上面放着一只大锅，炉子里木炭烧得通红，锅里面升腾出水蒸气，拿开木板做的大锅盖，露出里面热气氤氲着的一只只鲜艳的红色硕大的虾。老板是一个精瘦精瘦五短身材的五十多岁汉子，围着一个破围裙，戴着一顶白帽子，站在炉子前。此时，他左手拿着一个粗瓷大碗，用勺子飞快地捞出几只大虾，放到碗里，嘴里喊着：“两碗盐水虾，来啦！”

他的喊声刚落，一只胖手接了过来，端着去了旁边的座位上，送给早就等着的客人。这是老板娘，跟老板截然相反，她虽然也年过半百、两鬓花白，但她的个子很高，比老头高一头，这对非常有特色的夫妻，就是整个灌云都有名的陈家夫妻，因为祖传煮虾手艺，从上一辈儿开始，就在陈家港摆摊儿，生意非常兴隆。别看摊子小，但只要路过这里的人，都会买上一些煮虾吃。所以，即便他们每天只卖中午两个小时，每天却能卖出几百碗虾，一家人糊口没问题。

孙达生他们来得正是时候，虾摊上人来人往，有不少人坐在座位上，买了几只对虾，还有一碟五香蚕豆、一碟凉拌海带，慢慢喝着小酒。也有不少路人，买了虾边走边吃。孙达生在路边找了一个地方刚停车，骆远志就迫不及待地推开车门下车，使劲儿吸着鼻子，闻着味儿就跑了过去。孙达生没有管他，从后视镜里看了看后面跟着的几个税警，不在意地从一堆汉阳造里面，挑了一条枪出来，拿在手中，朝汽车后面迎着他们走了过去。

小头目跟两个税警正躲在一块大石头后面盯着前面，不经意间，一个乌黑的枪口对准他的脑门。

小头目吓得哆嗦："饶命！少爷饶命啊！"

孙达生："要命，就回去！"

小头目点头如啄米："是，小的立马就回去！"

孙达生转身回走。小头目跑了几步，转身看着孙达生，脸上露出哀求："少爷，求您了，那枪还给我们吧！"

孙达生脚步没停，但却回答了："好！"

小头目脸上笑开了花，伸手就要拿枪，孙达生躲开，冷哼道："我们走的时候，给你！"

小头目脸上的笑容僵住了，但又不敢再抢，快速示意两个兄弟跟自己赶紧走。孙达生听到后面的脚步声，脸上露出一丝笑容，快步朝着前面的小吃摊走去。

煮虾摊子上还是那么多人，骆远志站在一个座位旁，等位。这是最靠里面的一张长桌子，只有一个人占着在吃。这个食客是一个穿得非常破烂的三十多岁男人，他上身穿着一件单薄的破棉袄，不知道穿了多少年了，补丁套着补丁，还露出了里面的棉花，如果那不知道用了多少年的已经变成黑棉套的也算作棉花的话！下身是一件用补丁拼成的麻袋片，空荡荡的，显然里面什么都没穿。骆远志猜，应该是人们不愿意跟他一起坐，所以，他一个人占了一张桌子。他应该吃了很久，面前的桌子上摆着好几个空了的大腕，桌子上已经堆了一堆虾皮，都剥得非常完美，没有留一丝丝虾肉在里面。他面前的碗里，还有最后半只虾，他正在慢慢吃，显然，这个人已经吃得差不多了，骆远志想等着这个人走了，他赶紧坐下，就可以独享这一张桌子了。可等骆远志点的两碗虾老板娘都端了过来后，这个人还没有要离开的意思，还在一点点吃着那最后一点虾腿上的肉，好像在品尝天上的龙肉。

因为他低着头，骆远志看不清他的表情，但不用看也知道这个人在磨时间。骆远志故意在他身边走动，想让他自觉一点，赶紧离开。可这个人毫不理会，一心一意地品尝自己的虾腿儿。骆远志有些急了，端着两大碗虾，冲着老板喊："老板，老板娘啊，有人占着茅坑不拉屎，你们也不管一管！"

原本喧闹的小吃摊一静，众人一脸嫌弃地看着骆远志，一个这么干净儒雅又富态的小伙子，出口却是这么粗俗，还是在人家吃饭的时候说这样的话，人们看向他的眼光就变了，由原来的欣赏、羡慕，变成嫌弃和鄙夷。

为了吃，骆远志根本不在乎别人的眼光，可那个坐着的食客，也很奇怪，明知道骆远志在说他，他好像没有听见，还在吸溜虾肉。骆远志的别扭劲儿也来了，他提高了声音，对着这个男人就喊上了："喂，说你呢！吃完了赶紧走，占着茅坑不拉屎，你脸怎么这么大呢？"

那个人好像这才知道是说他呢，慢吞吞抬头，看了骆远志一眼，又低下头去吸溜虾腿儿。骆远志真气了："我说你是聋了还是瞎了？你吃完了还不走，占着座位你还想把人家的碗吃了啊？"

那个人眼神一厉，骆远志觉得身上一寒。他这才发现，这个人长着一双利眼。男人却不想搭理骆远志："吃了我付钱！"

骆远志更气，把手中的大碗蹾在男人跟前："你要是把这个也吃了，我就请你吃一年！"

男人没有回答，盯着骆远志，骆远志接着说："地点你定，灌云县之内，你随便点！"

老板娘过来劝骆远志："哎呀，这位娃子，你消消气，来，你坐到那边去。"

老板娘要拉着骆远志朝旁边的座位走去，旁边正有一人站起来吃完了要走。可骆远志的拧劲儿上来了，就是要坐这个座位，哪儿都不去。

老板娘没办法，低声劝：“哎呀，小伙子，大娘请你吃最好的虾，刚从海里捞上来的，不过，你要听大娘的话，别跟他对上！值不当，也落不了好！大娘跟你说啊，那个人啊，可不是一般二般的人，他可是……”

骆远志根本听不进去，他就是咽不下这口气，指着那个男人，大声说：“我不管他是谁，就是天王老子，少爷请他白吃饭，他还不乐意啊！吃，谁不吃谁是孙子！”

骆远志说着，就把新点的两碗虾推到了男人面前，要他连虾带碗一块吃。男人不理他，还是专心地吸溜他的虾肉。

已经走到小吃摊的孙达生正好听到骆远志这句话，嘴角抽了抽，紧走几步，赶在骆远志忍无可忍终于要把一个大碗拿起来砸下去的时候，拦住了他。

骆远志刚想大喊，看到是孙达生，找到了主心骨，怪腔怪调地：“达生，来，我请这个人吃虾！”

孙达生点头：“好。”

骆远志更加高兴了，冲老板娘喊：“大娘，来，我哥来了，把你这里最新鲜的陈港对虾给拿出来，煮了！”

老板娘答应着，却不放心地看着他们。骆远志指着那个男人：“大哥，就是他，占着茅坑不拉屎，吃饱了就是坐在这里不走，我实在看不下去了，路见不平就要有人管，我这个人，就是看不惯这样不长眼的脸大的！”

骆远志说个不停，孙达生却一屁股坐到了男人对面，在看着那个男人：“你没穿棉裤！”

男人没生气，大笑了两声：“格老子的，这你都看出来了！”

孙达生继续：“你还没吃饱！”

男人盯着孙达生：“这你又看出来了！”

孙达生：“你还能吃两碗煮虾！”

男人听了又哈哈大笑，上来抱住孙达生：“格老子的，孙少爷，你真不赖！”

孙达生跟他抱在一起，他的白西服跟男人的破衣烂衫抱在一起，怎么看怎么辣眼睛！骆远志揉了揉眼睛，嘴巴张得好大，这个世界玄幻了，他这肯定是在做梦！这不可能发生的！一向爱干净的孙达生，非常龟毛的孙大少，竟然跟一个乞丐抱了！抱在一起！这一定是假的，骆远志一脸懵逼的表情伸出手去，用尽全力掐住旁边老板娘的腰，果然一点儿都不疼。骆远志如释重负，他看到的果然是假的！可他这口气还没有放下，就听到老板娘叫了一声：“小少爷，你掐我干什么？”骆远志闭上了眼睛，嘴里喃喃：“完了！完了！我眼睛瞎了！”

第七节　真有这么一船货

此时要是再不知道孙达生找的人就是这个男人，骆远志就真没有把脑子带出来了。可虽然知道，他也有点儿不愿意不甘心自己坐下，想男人请他时再坐下。可孙达生跟这个男人已经面对面坐到了凳子上了，老板娘早就手脚麻利地收拾了桌子，重新给他们摆上。幸好，孙达生还能想到他这个铁哥儿们，拉了还在闭着眼睛装死的他坐在自己一边，按照他一贯风格给他们介绍：“骆远志，郑棉裤！”

骆远志没有听清什么意思，只听到棉裤二字，紧闭着眼睛：“我火力壮，不怕冷，不穿棉裤！”

男人哈哈大笑：“少爷，你这个兄弟好玩儿，要不让他在我这里住几天吧！”

骆远志吓住了，立即睁开了眼睛：“不行！绝对不行！”

男人瞪着一双利眼，狠狠盯着骆远志：“格老子的，我说行就行！”

骆远志丝毫不惧，看着男人：“你说行，那是你行！我是绝对不行！”

男人看着炸毛一样的骆远志，眼睛正常了，说话也正常了，他笑着说：“好了，不逗你了！你是少爷的朋友，以后也是我郑棉裤的朋友！”

骆远志听明白了：“棉裤？你叫郑棉裤？”

男人特别爽朗，一边熟练地剥着虾，一边说：“对，我姓郑，叫棉裤。因为我从小到大，就只有一条棉裤。”

骆远志嘴巴又瞪大了：“十几年就穿一条棉裤，大夏天也穿棉裤？”

郑棉裤：“当然不是，夏天就把表面那层布给脱下来穿，冬天再套上！”

骆远志：“聪明！这样一弄，就是两条裤子了！”

孙达生评价骆远志：“蠢！”

骆远志要炸毛，郑棉裤解释：“这也是没法子，都是穷闹的！骆少爷不知道吧，我家原来是灶民，父亲在赶海的时候，被大海给卷走了，我娘一个人带着我们兄弟几个人过，没两年就去了。”

骆远志脸上动容：“对不起。”

郑棉裤：“都过去了！我七八岁就下海，还养活了一个小弟，现在就好多了！”

骆远志跟孙达生都收起了脸上的怜悯，骆远志：“棉裤大哥，你现在还煮盐呢？”

郑棉裤摇头：“我大干了一辈子灶民，穷得全家只剩下一条棉裤了，我妈生了我们姐弟六个，只有我跟小弟活了下来，我不干灶民，因为灶民晒盐是活不下去的！”

郑棉裤语气平静，好像在说今年每亩多收了三五斗，米价就会减价很多一样，孙达生跟骆远志却听说了里面的艰辛和无力。

骆远志满眼同情，张口要说些什么，孙达生却岔开话题：“打听到什么？”

郑棉裤点头：“真有这么回子事儿！日本人是送了东西，到大有茂。”

孙达生神色一肃：“说说。”

郑棉裤四下看了看，没有可疑的面容，才低声说：“早上接到你的电话后，码头上扛活儿的弟兄们，我都去问了一下。别说，还真有一个老爷子，发现了情况。”

骆远志的眼睛亮了：“什么情况？搞清楚了是什么东西吗？”

郑棉裤给他们介绍了一下这点异常情况，原来，七七事变后，日本人打了过来，灌云政府开始清除日本人，没收日货，抵制一切跟日本人有关的活动。打这以后，日本人在灌云尤其是盐区的活动明面上已经销声匿迹，但每个人都知道，日本人并没有真的放弃灌云，放弃这些白花花的盐。虽然巡盐税警查得非常严，但千防万防家贼难防，因为有很多“内应”。七七事变后，日本人对盐田的掠夺、对灌云的渗透更加猖狂，尤其是孙达生让郑棉裤查的这个大有茂，更是达到了一种疯狂程度。

郑棉裤这个常年混码头的人对这些情况是门清儿的，因此，孙达生电话打过来后，他就知道去找谁了。根据孙达生提供的有限信息，郑棉裤分析，这批日本来的私货，应该不会从陆路过来，因为无论火车站还是路上，都有一道道关卡检查，非常严格。而这批货如果真从车牛山岛而来的话，走水路又近又没有关卡检查，唯一的检查就是上岸的时候，那些税警，还有新调过来驻防的国军军队。可这些明面上的检查和布防，对偌大的陈家港来说，就是一个到处漏风的筛子，从哪里都可以偷登上来。

骆远志好奇地看着郑棉裤，觉得这个人很神奇。后来，他了解到郑棉裤其人其事之后，觉得自己跟他抢座位真是作死呢！

郑棉裤今天虽然并没有穿“号坎”，也就是盐坨码头扛驳工人的佩戴符号，但只要他出现，没有不认识的。他不是这陈家港坨地码头的“把头”，可陈家港所有的“把头”都要给他几分面子。这倒不是他多有势力，他确实跟陈家港的领主、那位陈家大地主陈汉周祖上是一家，但他们家早就沦落成为灶户，后来更是成为“苦力”，跟大地主可攀不上亲戚了。他之所以在陈家港有这么一号，完全是因为他不要命。干活不要命，骂人不要命，吃饭不要命，打架更不要命！骆远志知道，这么多不要命，就是为了更好地要命，更好地活命。这年头，跟人争命跟老天争命，生命如草芥，活着不易，要不豁出去命来争，就是一个字：死！道理谁都明白，可一般人都做不到。谁能为了一个玉米面窝窝头被打得遍体鳞伤还不止一次两次呢？谁能在八九岁的时候，就跟大人一样扛盐包？谁能因为一个外地客户的赏银，在灌河口三天三夜，摸出了十多斤重的四鳃鲈鱼呢？这就是郑棉裤的传说，在陈家港，他有着能让小儿止啼的作用，这也是他能活下来的原因。

孙达生跟他的认识，也非常偶然。那时候，大有茂盐业公司的最大股东，还是孙伟农呢，孙达生跟着祖父每年都来这里好多次。孙伟农忙于生意，孙达生就让陈振中的父亲、家里的长工陈大壮带着来这码头上闲逛。当时还是小小少年的孙达生最爱吃陈港的四鳃鲈鱼，他听说有个人吃了一条十多斤重的鲈鱼，就悬赏二十个大洋要渔夫当下去打捞。郑棉裤力拔头筹，一叶扁舟到了灌河口，三天三夜终于打捞上来一条十七斤八两的大鲈鱼。孙达生要给他钱，他却不要钱，提出要让弟弟去读书。孙伟农知道后，对这个年轻人另眼相看，不仅免了他弟弟的学费，还给他在大有茂公司安排了一份工作。几个月后，郑棉裤就成为了盐坨码头的管事，当时，他也就刚二十岁出头。虽然也是一个把头，但凶名在外的他，对那些扛驳工人却非常照顾。后来，大有茂被孙一喜夺走，郑棉裤就不干了，利用之前的积蓄，买了一艘木船，自己跑船。艺高人胆大的他，专门跑灌河口，因为那里水流湍急，风急浪高，风险大，给的船费也高。

郑棉裤虽然没有文化，表面上看起来非常粗俗，但十几年跑码头的经验教训，让他变得睿智和豁达。孙达生敬佩郑棉裤的志气和勇气，更跟他兴趣相投，喜欢听他的江湖阅历。一年中肯定有一两次，来这里住上几天，跟郑棉裤一起喝个小酒，高谈阔论，虽然年龄相差十几岁，学识和出身也都大相径庭，但他们俩却成了无话不谈的忘年交。

话说回来，郑棉裤果然不愧这陈港码头的地头蛇，只用了两天，就把孙达生要的情报打探清楚了。枪支弹药怕潮，就不能和盐放在一起，也就是说，他们不能通过运盐船来运送，更不能通过日本的军舰运送，运送那批货的只能是灌云这边民间的船。郑棉裤就着重调查那些个人经营的船只，很快就知道了这几天谁接了日本人的货。

那是一个老艄公的船，老艄公家就是陈家港本地的，是大有茂这边的经理找他的，当时说的是从连云港那里接一船木炭过来。老爷子虽然已经五十多岁了，但一直在海上跑船，耳聪目明的，耳朵尤其是好使，即使接货的时候蒙着他的眼睛，但送货的人脚步声沉重而整齐，他也听出了那帮装货的是当兵的，而且耳尖的他，听到了他们一两句低沉的交谈，是用的日语。老爷子断定这是日本人的货，胆小怕事的他，不敢声张，运到陈家港后，按照他们的要求，把东西卸到了一处荒凉的野渡，他就走了。押船的人警告老爷子，忘了这所有的事儿，要是走漏消息，他全家性命不保。老爷子吓出了一身冷汗，回去三缄其口，谁都不敢说。但事情发生了，肯定会有痕迹的，虽然是晚上，虽然是野渡，但还是有人看到了。郑棉裤一打听就打听出来了，他也知道这里面的厉害，并没有声张，拿着一瓶灌云老酒，偷偷去找老爷子，陪着老爷子走了一趟货，到了晚上，老爷子才把那一趟船的情况给他悄悄说了。

骆远志兴奋了，冲着孙达生："大生，我打包票，日本人要的，就是这东西。"

孙达生看了他一眼，骆远志放低了声音："那老艄公知道是什么东西？又放到哪里去了？"

郑棉裤摇头："除了在水上时候，接货和卸货时，都是被蒙了眼睛的，没有看见是什么。"

孙达生："老爷子怎么说？"

郑棉裤笑："就知道瞒不过你小子！"

郑棉裤压低了声音："跟咱们猜测的一样，就是那东西。包好了，放在木炭筐子里，重量跟木炭不一样，船的吃水不一样，明眼人一看就能看出来。"

孙达生："东西有不少吧？"

郑棉裤摇头："具体看不出来，可老爷子说，他那一船，拉了满满六大筐子木炭！"

孙达生跟骆远志惊讶："这么多？"

郑棉裤："说不准！我能肯定的是，这东西，还在陈家港！"

孙达生："日本人把这么多枪支弹药，让孙一喜运到板浦去，肯定不是给中国人让中国人抗日！"

骆远志："哈，你逗我呢？那孙一喜就是一个汉奸，他是给日本人做事的！"

郑棉裤看了骆远志一眼："这位少爷的脑子也从家带来了！"

骆远志炸毛："怎么说话呢？损我是不是？"

众人都看过来，骆远志知道自己闯祸了，刚要说什么，就看到郑棉裤一扬手，冷声说："陈老板，这时辰差不多了吧！"

郑棉裤的声音不大，但众人都听到了。精瘦老板连忙从炉子边上离开，走了过来，对郑棉裤赞同道："是啊，郑兄弟说得对，时候是不早了！"

陈老板转身冲着吃饭的客户说："各位老少爷们儿，时候到了，老汉该收摊儿了，明日请早啊！"

一个没吃上的食客来晚了，看着大锅里面的海鲜，喊："我说老板，你这也太不厚道了！锅里那么多虾，你都不卖了，等着回去喂狗啊！"

郑棉裤一抬腿，一条板凳沿着直线就冲着那个食客飞了过去。

食客吓呆了，旁边他朋友拉了他一把，他才躲开，凳子飞出去十几米，才停下。

全体惊呆。

郑棉裤并不大的声音说话，大家都听得清清楚楚："剩下的那些，我都包了！"

众人赶紧离开，没吃完的也赶紧手中拿着走了。骆远志看着气场全开的郑棉裤，兴奋地想吹口哨，但还是控制了自己，刚才他还真是给自己面子了。

老板娘端过来两大碗虾，几乎把锅里煮着的都盛了过来。郑棉裤把大碗推到骆远志面前："少爷，放开肚子吃，我请客，算是赔不是！我是一个粗人，说话没把门的！"

骆远志有些不好意思："是我大意了！"

郑棉裤爽朗地："在陈家港这一亩三分地上，少爷大意一点儿，我还能兜得住！"

骆远志抱拳："棉裤大哥，您这个大哥，我骆远志认了！"

郑棉裤笑，孙达生一脸嫌弃，不理他，看周围人走得差不多了，继续跟郑棉裤商量："这东西，一定不能让孙一喜拿到！"

郑棉裤点头："就是把它沉到灌河口里，也不能让那孙子拿到。"

骆远志边吃边使劲儿点头，这位棉裤大哥是个狠角色，他喜欢。

孙达生站起来要走："走，去大有茂！"

郑棉裤拉住他："不能去。"

孙达生看着郑棉裤，眼中一闪："你有计划了？"

郑棉裤一笑："跟聪明人说话就是省劲儿！对，我是想到一个法子，咱们拿到那批货，还能让孙一喜吃个哑巴亏！"

孙达生眼睛一亮，不过他提醒道："现在，孙一喜应该已经往这里走了。"

骆远志："嗯嗯，那个姓钱的区长，一看就是跟他打通通了，咱们开着他的车，到了这里，狗屁钱区长肯定会告诉孙一喜的！”

郑棉裤：“不怕他来，就怕他不来。就是等孙一喜那孙子来了，我这个法子才能用。”

孙达生：“说说。”

郑棉裤带着一丝狠厉，低声把自己的计划跟孙达生二人说了。

骆远志点头：“好，这个计划我喜欢，就是要搞死孙一喜！汉奸卖国贼，数典忘祖的畜生，人人得而诛之！”

孙达生脸上却露出一丝迟疑：“不好。”

郑棉裤急了：“孙一喜该死！别的不说，这六七年来，你知道他给日本人运过去多少盐，又借着日本人的势，在灌云横行霸道，杀了多少人啊！”

郑棉裤满脸恨意：“孙一喜早就恶贯满盈，他该死！”

骆远志却看着孙达生：“大生，我知道你孙子兵法学得好，你是不是有了新的想法？”

孙达生点头：“死，太便宜他了！我们要揭露他的真实面目！”

骆远志：“我说你怎么要去抢孙一喜的汽车呢，原来是要引蛇出洞啊！”

孙达生：“蛇已经出来了，现在该请君入瓮了！”

骆远志伸出手：“干了！”

孙达生点头，也伸出手，放到了骆远志手上，郑棉裤也把自己的手放在上面。三个人击掌，相视而笑，一切都在不言中。

第七章 众志成城

哪里有压迫，哪里就有反抗；哪里有侵略，哪里就有抗击，落后就要挨打，忍让和屈服从来不能换取自由与和平。上下五千年中华民族的生存史，就是一部无数仁人志士率领英勇的华夏子孙一次次跟入侵敌寇殊死奋战的战争史。时势造英雄，英雄亦适时，那些叱咤风云高风亮节的英雄豪杰，振臂一呼，一呼百应，用他们的英雄行为，影响或者引领历史走向。

在长达十四年的中国抗日革命史上，需要后代永远铭记的那些为抗击日寇舍生取义的英雄烈士，不知凡几。而第五战区司令官李宗仁，则因为指挥徐州会战，将阵地战、运动战和游击战相结合，采用“持久消耗战略”，取得了台儿庄大捷，使日军围歼中国军队主力的计划全部落空，在抗日历史上写下了浓墨重彩的一笔。但纵观这十四年，更加应该大书特书的，则是书写了中国人民抗日悲壮不朽篇章的，每一个跟日本人抗争的中国人！

在 1938 年 1 月到 4 月之前的这段时间内，全体灌云人用他们的鲜血和生命，谱写了一曲曲勠力同心、众志成城的抗日壮丽篇章。

第一节 大嘴渡口观“虎潮”

灌云灌河边，大嘴渡口。

这是灌河边上的一个野渡，距离陈家港大约有几里地。这里有着特殊的地形，湍急的灌河在这里转了一个弯儿，才汹涌前行，千百年来，让这里的河岸上形成一个大大的鱼嘴形状，好像吞吐着灌河。河水倾泻到这里，撞击在河边巨大的岩石上，发出激越的水声，整个渡口就好像一只巨大的张着嘴的癞蛤蟆，这里因此被当地人唤为大嘴渡口。

跟已经被开发出来，能容纳一两千吨的燕尾港、陈家港等海港没有办法相比，大嘴渡口是一个野渡。河边的石头嶙峋百态，稀稀拉拉地生长着高矮参差的灌木。原本芜杂茂盛丛生的野草都已经枯萎了，只剩下一簇簇枯黄的草茎妥协于嚣张狠厉的西北风中。

此时，孙达生跟骆远志就站在西北风中，带着虔诚和震撼欣赏这灌河八景之一：“虎头潮”。骆远志不时发出赞叹声，孙达生虽然没有说话，但眼中流露出来的坚定和执着，表明他此时的心潮澎湃。夕阳已经落下去，最后一抹余韵，也消失在天际。天色暗了下来，吞噬性的黑色，一点点弥漫笼罩在天地之间，寒冷跟风一起，开始统治它能入侵的每一个事物，每一个角落。黑色的乌鸦猛地从灌木丛中飞向水面，凄厉的叫声宛若游荡的冤魂。

孙达生跟骆远志并没有被这样压抑凄凉的环境所影响，更没有被打倒，他们要跟那虎头潮一样，如下山的猛虎，打破一切阻拦他们前进的力量，将这个让人窒息的禁锢灌云人的世界搞一个天翻地覆，重新建立一个幸福的光明的新世界。

孙达生跟骆远志不知道站了多久，激荡在胸中的豪情，好像要冲破躯体的束缚，磅礴而出。此时此刻，他们为自己是灌云人而骄傲，他们为自己能够为灌云奉献自己而自豪！

两长一短的口哨声打断了孙达生跟骆远志的遐想，骆远志眼睛一亮：“来了！”

果然，一条木船从河面上逆流而来。虽然水深浪急，但木船很稳，速度也不慢，足见船夫的水平之高。骆远志也回了一声口哨，显然不如对方的响亮，他不满意地还要吹，孙达生阻拦了他，拉着他走向河边。

木船由远及近，看清楚划船的人是郑棉裤之后，骆远志冲他招手。郑棉裤也看到了他们，用力划了几下，木船很快来到孙达生二人面前。孙达生帮着郑棉裤把船靠岸，郑棉裤提着一个食盒上岸，骆远志心急地接了过来，凑近了闻了闻味儿，高兴地喊了出来：“鲈鱼，四鳃鲈鱼，还是清蒸的，就是这个味儿！棉裤大哥，够意思！”

孙达生眼中闪过疑惑，郑棉裤笑道：“你们好不容易来一趟陈家港，不尝尝我们这里的鱼，我这个主人还不被人家笑话啊！”

骆远志深以为然，冲着郑棉裤举起了大拇指：“棉裤大哥，你就是我的亲大哥！”

孙达生鄙视地把他拨拉到一边：“吃货！”

郑棉裤哈哈大笑：“能吃是福！别的不敢说，咱们灌河这海货，你想吃啥就吃啥！”

骆远志高兴地跳了起来，要上来抓着郑棉裤想要表达自己如滔滔灌河水的感谢之情，却被孙达生抓住脖领子扔到一边。孙达生要抢食盒：“不吃，扔了！”

骆远志很不满意孙达生对自己的态度，但更紧张他手中的食盒，也知道孙达生要说正事，就连忙抱紧了食盒到一边打开：“你不吃我还吃呢！”

郑棉裤看着他们笑，孙达生却问：“怎么样？”

郑棉裤脸上的笑容消失了，换成一副严肃的样子，摇了摇头：

“孙一喜没有来！”

孙达生不见喜怒：“那计划作废了！”

郑棉裤：“我一直找人盯着，不管是水路还是陆路，只要他过来，从哪个犄角旮旯上岛，我们都会知道！”

一边品尝着美味绝伦的清蒸四鳃鲈鱼，一边听着他们谈话的骆远志插嘴：“那老小子肯定憋着什么坏水呢！他日本主子要他来取货，就是给他十八个胆子，他也不敢不听！他肯定是要来的！”

郑棉裤：“这批货这么重要，那他为什么不立即来呢？”

骆远志：“他倒是想来，被我跟大生给吓破胆儿了呗！”

孙达生摇头：“还有什么秘密我们不知道！”

郑棉裤岔开话题：“对了，按少爷的要求，我替你们把那十几个税警的枪还回去了！要说我，还给他们做什么？那些枪拿在他们手里，也是一个摆设！”

孙达生摇头：“人命关天！”

骆远志：“哼，大生，心软是病，要治疗！”

孙达生警告地瞪了骆远志一眼，骆远志夹着一筷子鱼肉，慢悠悠吃进嘴里，话也没有停：“棉裤大哥，那个没给吧？”

孙达生狐疑地看着骆远志：“什么？”

郑棉裤笑着从棉袄的内兜里面，掏出一把枪，递给骆远志：“给。”

孙达生把枪抢了过来，骆远志大喊：“我的！是我不让棉裤大哥送给那个什么钱区长苟区长的！”

孙达生检查一下枪，嘴里淡淡说道：“给你，浪费！”

骆远志不干：“那你还给他送回去干什么？是你不要的！给我，我还没有一把枪呢！”

孙达生没有理骆远志，熟练地卸出来几颗子弹，对郑棉裤伸手：“拿来吧！”

郑棉裤佩服地拿出一个小匣子，递给孙达生，孙达生接过来，打开看了看。郑棉裤羡慕地看着手枪跟子弹："这可是高级货！钱区长的所有存货，都在这里了！"

孙达生满意："嗯，五十发，够用了！"

骆远志看看孙达生，又看看郑棉裤，哼了一声："瞒着我偷着乐，你们可以啊！"

孙达生没有理他，继续问郑棉裤："打电话了？"

郑棉裤一拍大腿："打了！有枪就是好使，以前啊，姓钱的人五人六的，那叫一个威风，等老子用枪指着他，他就成了一只软脚虾！"

骆远志："棉裤大哥，你自己去那些狗腿子那里耍威风找乐子了，也不叫上我，留着我在这里吹海风！"

郑棉裤："这不是怕带着你危险嘛！"

孙达生岔开话题："电话没找到孙一喜？"

郑棉裤更加敬佩："少爷你可真是孔明再世啊！都让你算到了！打电话到孙一喜家里，他没有回去！"

骆远志："他不回去很正常啊！他肯定是去日本人那里了！狗都会找自己主人的！"

孙达生摇头："他去找车！"

骆远志大笑："那他可去找吧！他做梦也想不到，我们开车到了他的老巢！"

郑棉裤："找不到他，引蛇出洞的计划就不成了！孙一喜不来，没有人来接那批货，我们就没有办法抢到！"

说到这里，郑棉裤突然想起了什么："对了，少爷，还有一批人也在打听这批货！"

孙达生跟骆远志惊讶，郑棉裤解释："我听码头上的兄弟们说，有两个从张店那里来的人，要找什么私货！"

骆远志："私货也有可能是私盐啊！还有其他别的什么私货，比如烟土，还有那些精美的西洋器……"

骆远志的话在孙达生跟郑棉裤看傻子一样的目光中戛然而

止，妥协地：“好，好，我判断错误！他们就是来找枪的！那你们说，那两个人会是谁呢？消息走漏了？他们跟日本人有关系吗？”

孙达生没有理骆远志，而是问郑棉裤：“他们点名要这批货？”

郑棉裤一怔，想了想，摇头：“那倒没有，他们知道陈港这里有那东西，才来找门路，想买一批的！”

骆远志：“那他们就不知道这批货！”

孙达生点头：“什么人？”

郑棉裤摇头：“他们打听我，我没有见他们。兄弟们说，是两个读书人，带着不少钱。”

骆远志嗤笑：“你们打探得还挺仔细！”

郑棉裤知道他误会了，连忙解释：“我们一般不抢劫，要做只是劫富济贫！”

骆远志：“了解啊！我特别喜欢你们的这劫富济贫，下次有这样的事儿，算我一个！尤其是像孙一喜这样的，有多少我们劫多少！”

孙达生实在被骆远志的带偏话题打败了，盯着他：“聒噪！”

骆远志也知道自己带偏了话题，非常真诚地说：“请继续！”

郑棉裤收敛了笑意：“听他们说，为了抗日，他们组织了一个游击队，需要买枪支弹药，有多少要多少！我猜他们有可能是这个。”

郑棉裤比划了一下八路军的手势。

孙达生脑袋中闪过那一双眼睛，并不惊讶：“说得通！”

骆远志：“既然要抗日，这是大家的事情，是要保护所有灌云人的，还自己买什么枪啊！朝那些官老爷申请啊！”

孙达生都没有理他，而是作出决定：“先把东西拿到手里再说其他的！”

郑棉裤点头：“就应该这样！不过，孙一喜这个老奸巨猾的东西，不好调动，如果想从他手里抢，就我们三个人，不容易。”

骆远志：“怕什么？蛇不来，就捏着它的七寸，把它给抓过来。”

郑棉裤：“孙一喜那孙子走动都带着好几个保镖，何况又是这么重要的东西，估计他公司里那些狗腿子都要被他调过来，要抓他有难度！”

骆远志：“他带多少人，那也是怂包一个跟怂包一堆的区别，我们还不是抢了他的汽车，他能把我们怎么样？”

孙达生：“危险系数高，不做！”

骆远志看孙达生也发话了，改变方向：“要不我们现在就去孙一喜陈家港的老窝里找，利用你猎狗一般的鼻子，把那批货给找出来！”

孙达生看着他，没有任何威胁，可骆远志就是缩了缩身子，不敢再往下说了！

郑棉裤给骆远志解惑：“在这么大的陈家港，要找出两个箱子，比大海里抓鱼可难多了！”

骆远志不服气：“孙一喜的脑子里要不全是水的话，他就该知道，把这东西藏到他自己的地盘里，我猜，东西一定在他的公司里。”

郑棉裤摇头：“不是那么简单的。大有茂在陈家港是有公司，不大，也就是一个三进的小院子，里面常年住着十几个人，其中五个人是办事员，八九个人是保镖，每个人都有枪！”

骆远志听呆了：“我说棉裤大哥，你怎么会这么熟悉，不会是踩点好多次，想抢了他们吧？”

郑棉裤认真地：“那本来就是少爷的！”

骆远志点头：“对啊，那不是抢，那叫物归原主！那我们还等什么？趁着天还没有全黑，赶紧走吧！”

郑棉裤却没有动：“骆少爷，不用去，去了也白去！”

骆远志：“那我问你，孙一喜在这里有办公室吧？那些盐场的垣商在这里连姨太太都有了！”

郑棉裤苦笑：“您觉得那两大箱东西，他能明晃晃地拉到公司，放到他的保险柜里？”

骆远志还陷在这个思路中：“箱子是不能，但箱子里的东西能！再说了，你也不得不承认，孙一喜脑子完全有可能，不，是必须肯定进水了！”

郑棉裤惊讶地看着他，孙达生则见惯不惯了，不屑于跟他争辩。骆远志知道自己傻了，呵呵笑着：“那不放在公司还有可能放在哪里呢？对了，盐坨里！那么多盐，装麻袋里，放到盐堆里，完全被淹没了，就是神仙也看不出来啊！”

郑棉裤摇头：“盐是潮湿的，那东西即便用油纸包了，也难免会受潮。再说了,这个季节哪里还有什么盐堆啊,早就封灶了！”

骆远志：“那就放到盐包里，那么多盐包，混进点儿东西，谁能注意得到？”

郑棉裤：“夹带私货的盐包重量不一样，有经验的搬运工肯定会看出来的！”

骆远志还是不死心：“那就是放在盐田中了！孙一喜有那么多盐田，还有灶民，哪里都可以放的！”

郑棉裤耐着性子解释：“这东西肯定不能让灶民知道！放到盐田、盐坨码头还有灶民家中的可能都不大！”

骆远志挠头了：“那会放到哪里啊？这哪里都是水，既然怕潮，那就放到天上好了！”

对骆远志的奇思妙想，郑棉裤也无语了。骆远志习惯性地求助孙达生：“大生，你说！你那脑子是比别人好上那么一点点……嘿，你干什么？别都吃了，给我剩一点儿！”

原来，骆远志跟郑棉裤说话的时候，孙达生已经拿出食盒里面其他的菜肴，放到岸边一块大石头上，还给自己倒了一杯小酒，就着一盘子红烧缢蛏、一盘子清蒸醉蟹、一盆子文蛤冬瓜汤，喝上了。最关键的是，他还从食盒中拿出了一笼屉蟹黄汤包。虽然是荒郊野渡，但孙达生悠然坐在石头上品尝美食，好像一个贫穷贵公子在云淡风轻地郊游野餐一样，丰仪俊秀，高贵风雅。

好吧，看到孙达生已经吃了四个蟹黄包了，笼屉里就还剩一个，骆远志已经没有一丝一毫心情来欣赏孙达生了，立即过来抢食，把最后一个包子放到嘴里，用力一咬，汤汁飞溅出来，正好到了孙达生的脸上。孙达生停住了动作，面无表情地看着他。骆远志知道要糟，连忙掏出手绢，要给孙达生擦脸，嘴里一个劲儿地说对不起。孙达生却躲开了他的手，冷冷盯着他："你故意的！"

骆远志做出一副哭的样子："我怎么会这么干呢？这么干对我有什么好处吗？大生，用你精明的脑袋想一想，就能得出结论，这绝对是一个意外！"

孙达生抢过骆远志的手帕，那是一方绣着青竹的丝绸手帕，是骆远志磨着严云初给他绣的，平时非常宝贝，现在却不得不拿出来给孙达生擦脸。孙达生用手帕仔细擦着自己脸，一副真的认真思考的样子，迟迟不说话。骆远志也不敢吃了，就看着孙达生，好像等着宣判的罪犯。可孙达生擦了脸上的油渍之后，又走到河边，把手帕沾湿了，一点点擦自己的脸。骆远志更加煎熬，殷勤地上前，要给孙达生洗手帕。孙达生却避开他，走到看着他们俩一脸兴味的郑棉裤面前："郑大哥，我想我知道那批货在哪里了！"

第二节　细心推演雁过痕

郑棉裤跟骆远志当即石化，不敢置信地看着孙达生。孙达生把手帕扔给骆远志，就要坐下重新吃饭，他还没吃饱，而且，这是郑棉裤从陈家港各小吃摊子上给搜罗来的，虽然并不是多么气派多么昂贵的酒楼出品，但却是灌云县境内的传承了千百年的传统美食，浪费了太可惜了！

骆远志被手帕打醒，叫着过来，理直气壮地跟孙达生抢食:“我就知道！没有我的激励，大生你再聪明的脑袋也使不上劲儿！”

孙达生没有理会骆远志的嘚瑟，让坐下来的郑棉裤，把那个老艄公讲述的运货过程再详细说一遍，尤其是接货人的信息。郑棉裤知道这是关键，怕自己说不清楚，就带着孙达生跟骆远志过去找一下老艄公。孙达生拒绝了，没那个必要。他做事情，一直是要靠自己把所有的可能都想到，争取做到算无遗策，而不是寄希望于别人的疏漏来让自己侥幸成功。所以，他并不指望着能从一个没有受过训练的人那里找到敌人的破绽，他要按照对方的逻辑来设想这件事的发展。

如果是他孙达生来办这件事，也就是要把两箱大约五十多条枪还有不知道多少发子弹运到板浦，交给已经潜伏在城里的特务，等日军攻城的时候，里应外合，轻松拿下灌云，他会怎么去做。这个任务说危险也危险，毕竟目标太大，检查又严，从陈家港到板浦关卡又多；说简单也简单，毕竟日本人有内应。可如果要顺利完成，必须要抓住几个环节。第一个就是送货，要成功地将这批枪运到陈家港，由孙一喜的人负责接收。据他们掌握的情况来看，这一步应该已经完成了。那第二步，就是把东西从陈家港运到板浦，通过检查，运到城里，交到那些日本人手中。如果这一步是由孙一喜来负责的话，那他用来运货的，肯定不是汽车，而应该是船。用船走水路到板浦，船的载货量大，装的货物比较多，容易蒙混过关。

可孙一喜要用什么船运过去呢？盐船目标太大，显然不可能。日本人打过来之后，灌云七大公司的垣商纷纷携款逃亡，相比发财，大家更怕死。而只有孙一喜留下来，但他的汉奸身份，已经是公开的秘密了。因为他公司出产的盐，都已经被日本人给定下来，他公司的盐船，也成为被重点监视的对象，他要是想用公司的船运这东西，肯定要被抓。那他就应该是雇一条民船来运输，还要混在其他货品中，比如上次他们用的木炭，就是非常好的选择。考虑到这些，孙达生才让郑棉裤以还枪的名义，去跟熟悉的税警还有跑船的兄弟们都打个招呼，只要是开往板浦方向的船，都要注意一下，看看是不是有那一批货。

可郑棉裤统计来的数字，今天开往伊山、板浦还有新浦方向的船一共有二十八条，其中货船二十条，客船八条。直接刨除了客船，这二十条船上的货物，郑棉裤并没有亲自去看，但也都打听了，这些货跟大有茂都没有关系。而孙一喜也没有来到陈家港，这说明，货还在陈家港。可刚才骆远志跟郑棉裤也分析了，这东西十有八九放在大有茂公司里面，因为那里有很多人看守，还有地方藏匿。可孙达生不这样认为，既然大有茂被所有人当做日本人的公司，肯定被盯得紧，而且还被进步人士抵制日货驱逐日本人给破坏过，那放到这里就不是明智的选择。虽然孙一喜跟那个钱区长有不可告人的关系，但其他税警可不是吃素的，在这个非常时期，孙一喜是不敢冒险的。那唯一的可能就是那批货在船上，根本就没进陈家港。

郑棉裤听愣了，那个老艄公不会骗他，那批货被老艄公从车牛山岛的日本军舰上运了过来，他亲耳听到他们卸了货之后，给了他船钱，他才划船回家的，那批货怎么可能还在船上呢？

这次，骆远志先反应了过来："你是说，他们又把货装到另外一条船上运走了？"

孙达生看着奔腾的灌河水，又环视四周："灌河这么大，野渡口这么多，谁会在意停泊的一条小船呢？"

郑棉裤："这么重要的东西，他们就不怕被别人发现抢走？"

孙达生："谁知道？"

骆远志："是啊，最危险的地方也是最安全的，谁会知道就这样一艘普普通通的渔船上，藏着那么危险而重要的东西呢？"

郑棉裤："听着有道理，可灌河这么大，野渡口这么多，总不能一条船一条船地去找吧？"

孙达生已经吃完了，顺手把食盒收拾了，然后到岸边洗了洗手：“走。”

郑棉裤跟骆远志都蒙了：“走，去哪里？”

孙达生：“去找船。”

骆远志左手中还抓着一只螃蟹，右手提着食盒，看着里面所剩不多的菜肴，犹豫了要不要扔，孙达生跟郑棉裤就已经走到河边，要上船了，他连忙跟上：“等等我！”

郑棉裤解开缆绳，等他上船后，立即开船。孙达生不用他问，说：“去卸货的那个渡口。”

郑棉裤恍然：“是要去那里找线索？”

孙达生点头，郑棉裤拿起船桨，在岸边一点，小船快速回转，来到河中。骆远志终于把手中的螃蟹吃完，把食盒收拾好，然后跟孙达生面对面坐在船舱中，学着孙达生，看向周围的风景。

灌云灌河边，野渡口。

天已经全黑了，月亮还没有升起来，星星也只有一两颗，在厚厚的暗黑的云层中，若隐若现，就好像人类对和平与安宁的渴望，遥远而渺茫。黑暗和静寂中，水流声越发清晰和激荡，好像在催促着什么，或者又在等待着什么。这样的环境总让人压抑，一时间，三个人都没有说话，沉浸在一种莫名的思绪中。一叶扁舟，未知的远方，不由自主的茫然，让孙达生跟骆远志两个热血激荡的年轻人，也沉静下来，看着两岸的盐田和滩涂还有荒地迅速向后退去，却如渐渐弥漫的雾气一样，氤氲了梦想和明天。

可这种情绪还没来得及发酵和宣泄，就发现郑棉裤正把船驶向岸边。孙达生跟骆远志敬佩地看着郑棉裤，郑棉裤这个陈家港第一快船可不是吹的，虽然是逆流而上，但小船破风斩浪，很快就到了老艄公说的那个野渡口。

骆远志看向岸边，黑黢黢的灌木丛和荒地，看不到任何有人出现的痕迹。他有些怀疑：“就是这里？”

郑棉裤点头，自豪地说：“错不了！他们就是在这个渡口卸的货！别的不敢说，这灌河西接大运河，东到燕尾港入海，三百多里水路，没有我郑棉裤不熟悉的！”

骆远志敬佩地：“棉裤大哥，你就是我的亲大哥，这河鲜海鲜的，都要吃，我可就认准你了！”

郑棉裤一边把船靠岸，一边拍着胸脯保证，说等有时间，带着他从苏州扬州杭州，一直吃到东海燕尾港，保证天天不重样！骆远志笑得志得意满，孙达生嫌弃地都想说不认识他，率先登岸。

这个野渡口跟刚才孙达生他们等郑棉裤呆着的大嘴渡口看起来差不多，除了它处于灌河南岸，除了它没有几块巨石形成那能吞吐河水的大嘴形状之外，灌木丛、砂石河沿儿、荒草径以及拴缆绳的歪脖子老槐树，都大同小异。

孙达生上岸后，并没有立即往河沿儿里面走，而是在岸边做了一个防火圈，让骆远志找一些干燥的树枝和杂草，放到防火圈内，然后拿出火石，点燃一堆篝火。骆远志连忙上前烤火，一边请教如何去找线索。孙达生专心做事不给他解释，骆远志虽然化身好奇宝宝也只能听命于他。在骆远志又找来一堆枯木枝之后，孙达生让他把树枝分开，捆在一起，他掏出几个瓶瓶罐罐，从中拿出两个来，均匀倒到捆好的树枝一端上，然后点燃，自制出三个火把。

骆远志手中拿着三个熊熊燃烧的火把，口中啧啧称奇，对孙达生的佩服如这滔滔灌河水。等郑棉裤把船泊好也上岸后，他立即把两个火把递给他，然后自己狗腿地给孙达生打着手中的火把照明——孙达生又往外掏东西了。这次，他掏出的是自制的放大镜，拒绝了骆远志的索要，他说了一声走吧，然后就拨开灌木丛，踩着挂在草茎上的白霜，顺着人们踩出来的小路，朝岸上走去。骆远志连忙跟上，虽然不知道用放大镜找什么，但跟着孙达生总没错。

果然，孙达生走得很慢，走两步就拿着放大镜细细查看。骆远志嘟囔着，这不是那也不是，孙达生跟郑棉裤都没有说话，只有火把在夜风中簌簌燃烧的声音。也许是老天给他们的考验，也许是他们到来的时机不对，在这样伸手不见五指的黑夜中，在这满是灌木丛和野草的野渡口，寻找有人运货的蛛丝马迹，跟大海捞针差不太多。可三个人却没有抱怨，而是一寸一寸土地地仔细观察，雁过留痕，只要有心细心，肯定能发现别人忽略的东西，何况那些日本人根本不会想到，有人会发现他们的目的和动作，还会到这里来找他们的痕迹，所以，在孙达生第一个在小路上发现有黑色的木炭屑后，骆远志跟郑棉裤都找到了一些。而且，这些木炭屑刚开始稀稀拉拉的，然后在一个宽阔平坦的地方变多了起来，应该是盛放木炭的筐子在这里停放过。

想到有可能敌人就在附近，郑棉裤立即掏枪，把孙达生跟骆远志护在身后，警惕地观察着周围：“你们俩，不要动，我过去看看。”

孙达生却示意他收起枪，有些遗憾地说：“货被带走了。”

骆远志：“走了？根据什么这样说？”

孙达生指着小径上的木炭屑：“它说的。”

骆远志惊讶地去看那些木炭屑，因为灌云地处淮北，冬天气温很低，河水也是要结冰的，所以，普通人家是要烧煤生炉火才能过冬的，而富贵人家，早就在天气凉了，一入冬的时候就点上了炭火。木炭在灌云，几乎是家常必备物品，富贵人家买上一船木炭留着备用是非常平常的。而木炭一般是用竹筐来装运的，这些竹筐虽然编得很结实，但用久了还是会松了，竹篾间会有缝隙的，如果盛放木炭，在搬运过程中，就会有这种木炭屑漏出去，这就是那批货来过的痕迹。不过，因为岸边的泥土也是黑褐色的，木炭屑遗落得并不多，一般人都不会注意到。可如果有心来找的话，还是能找到的。孙达生就是想到了这一点，才来到这个渡口。

骆远志很兴奋地看了一会子，并没有发现木炭屑的“话”，只能请教孙达生。孙达生用火把照着小径上的木炭屑，让骆远志仔细看，有什么规律。骆远志把那些黑色小颗粒看得都像石头那么大了，也没有看出一朵花儿来。还是郑棉裤先发现了，说这是走了两趟，一趟是去，另一趟是回。郑棉裤把那些有规律的木炭屑指给骆远志看，骆远志才看明白，那个老艄公的船把货运到这个渡口，他们卸了货，就让老艄公走了。然后又来了一条船，把货给运走了。

关键是，运到哪里去了？孙达生三人来到河边，对着奔腾的河水，上看下看左看右看，思考去哪里找这批货。骆远志跟郑棉裤看了一会儿，就不看河水了，只看孙达生。孙达生则看着河水出神，又好像什么都没有看，熟悉他的骆远志，知道他在认真思考，这个时候不能打扰他。

骆远志给郑棉裤使了一个眼色，拉着他到渡口处，再去研究一下木炭屑，让郑棉裤跟他一起，走一遍运炭人装货运货时的路线。郑棉裤非常配合，两个人假装抬着一个筐子，从河岸上放置木炭的地方，沿着木炭屑的痕迹，朝着河边走，一直来到渡口，上了郑棉裤的船。因为渡口并不大，船只只能停泊在这里。骆远志让郑棉裤开船，试试朝哪个方向走，找找感觉。郑棉裤根本没有感觉，骆远志还要他尝试时，孙达生开口了。骆远志跟郑棉裤赶紧跑到他跟前，却看到孙达生手中拿着一管望远镜。虽然还是自制的，跟西洋进口的那高档货没有办法比，但孙达生出品，效果肯定杠杠的，能看到的范围，也肯定不是他能想象的。骆远志二话不说，上前就抢望远镜，孙达生给了他，他立即就看了起来。

望远镜能看到的范围确实不小，骆远志估计几百米是有的，可看得再远，也因为晚上，除了一片黑黢黢，什么都看不见。骆远志丧气地把望远镜递给孙达生，说要是白天就好了，还是什么都看不见。

孙达生接过来，脸上却没有什么表情，指着这个渡口说："郑大哥，以这个渡口为核心，上游下游都是哪些渡口或者村镇，你跟我说说。"

郑棉裤真没有吹牛，对灌河两岸尤其是灌云境内的地形了如指掌，听到孙达生问，当即上来，用石子和小树枝给孙达生画了一幅陈家港附近的地形图。他们身在的这一个野渡口，是在刘圩村附近。从这里开始，往灌河上游走，三里地左右，是一个叫河咀的村子。再往上走，十里地里之外，是灌南港。灌南港过去，是张庄、封庄等四五个村子。而跟陈家港齐名、也有好几个大的盐务码头的堆沟港，则在二十里开外。从这里往下游走，就是陈家港，顺着灌河走上十几二十里地，就是燕尾港，是灌河的入海口。沿着灌河也有几个村子，不过，大部分都是灶农，这里的土地都是滩涂，很少能种庄稼。

第三节 野渡口的激战

灌云灌河边，野渡口。

孙达生听得很仔细，听郑棉裤说完，又详细问了从这里到板浦走水路的距离，思考了一下，作出决定，要往上游走。骆远志问原因，孙达生没有给他解释，郑棉裤想问的话也憋了回去。郑棉裤要划船，孙达生摇头，要他们走过去，因为划船动静太大了。

骆远志觉得走路太慢，又累又耽误时间，又不明白为什么要往上游走，就缠着孙达生解释原因。孙达生看郑棉裤也非常想知道，就言简意赅地解释了一下。这里距离陈家港较近，可孙一喜的人之前就绕开了陈家港，因为陈家港是有重兵把守的，所以，他断定他们不会再回去。而且，孙达生估计他们是买通了那个钱区长，才能从灌河口的河防检查站通过来到这个野渡口。可送货押货的日本人是没有办法进县城的，只能把东西交给孙一喜的人。然后由孙一喜的人运到板浦。孙一喜的路线，应该是从堆沟港，通过盐河直接走水路到板浦。至于到了板浦，怎么进城，孙达生就不能断言了，但孙一喜在军队以及县常备大队里有内应是一定的，所以，只要这批货到了板浦，通过检查进城，应该不难。所以，孙达生的意思是，必须在这批货进板浦之前控制住。

郑棉裤对孙达生的分析非常信服，率先在前头带路，虽然沿着河边的路没有修，并不好走，但对他来说，并不算什么。他在前面拨开挡路的灌木和长得高的草茎，用脚试探着下面的荆棘，给孙达生跟骆远志开路。骆远志体型较胖，不爱走路，加上对孙达生的判断还有些怀疑，脚步就有些慢。孙达生也不劝他，跟着郑棉裤走得很快，骆远志只能勉力跟上，却累得呼哧带喘。

不知道走了多久，也不知道走了多远，走到骆远志腿都沉得抬不起来，掏出怀表看，已经走了两个钟头了，骆远志实在走不动了，就要停下，可孙达生跟郑棉裤不同意，孙达生还答应把望远镜送给他，只要他坚持走。骆远志又坚持走了一会儿，可腿沉得像灌了铅，他一屁股坐下，要休息一会儿。孙达生跟郑棉裤不答应也不能丢下他不管，于是就让他歇着，他们俩前面看看。骆远志看他们不等自己，有些急了，连忙加快脚步追赶，可越着急越出错，他一脚踩空，身子倒在一个沿着河沿儿的陡坡处，朝着河边就滚了下去。

骆远志吓坏了，一边滚，一边喊救命。孙达生跟郑棉裤听到声音，连忙回来救他，可还没有等他们找到人，就听见一声枪响。孙达生跟郑棉裤一惊，连忙隐蔽身形，孙达生抬手对郑棉裤示意，自己则悄悄地往骆远志掉落的地方走去。

郑棉裤冲着河边上大喊："少爷，骆少爷，你怎么样了？"

骆远志的声音从河边上传来："老郑，我没事儿！这两位大爷不会把我怎么样的！"

郑棉裤心中一紧，那边是两个人。骆远志苦苦求饶："大爷，两位大爷，您行行好，放了我吧，我真的就是进城奔丧啊！我姨奶奶死了，让我去吊孝，我这才大晚上的赶路啊！我是被逼的！你们这么善良，肯定不会杀我的，大爷！"

骆远志故意喊得很大声，让孙达生跟郑棉裤听清了，这里有两个人，而且都有枪。郑棉裤从正面走过去，很快就看到河边停着一条小船，而骆远志躺在岸边的地上，一个穿着黑绸棉袄棉裤的男人，正拿枪指着骆远志。而另外一个男人，则站在岸边，手里拿着枪，对着郑棉裤来的方向，一边示意同伴："快点儿解决了，坏了老板的事儿，你有几个脑袋也不够赔的！"

黑绸袄男人嘿嘿笑着："老黄，你也看看，就这样的，还能逃出你我兄弟二人的手掌心？好不容易来个乐子，一下子就解决了多没意思！我说胖子，天堂有路你不走，地狱无门你自来投，说吧，你到底是干什么的！"

骆远志装作听不清他在说什么，只是求饶："我说了，去给我姨奶奶磕头啊！我小时候，她对我可好了，什么好吃的都给我，她要去天堂了，肯定想我，我要去看看她！她最喜欢抽烟了，就是你这样子的！"

骆远志指着黑绸袄男人腰间别着的一管烟袋说："你抽什么烟丝啊？我姨奶奶最爱抽的是从意大利进口的，叫什么金丝烟丝，说是那烟叶边上，都长着金丝呢……我姨奶奶抽烟可讲究了，要先准备一壶上好的胎菊花茶，在菊花茶的香味里面，点燃烟袋，然后就这样，躺在他们家金丝楠木的榻上，嘬一口，品尝一下，再把那白烟慢慢吐出来……"

骆远志讲话很快，黑绸袄几次想打断，骆远志都像没有感觉到一样，滔滔不绝地说，还指手画脚的，渐渐站起身，随着动作跟黑绸袄有了距离。已经到附近的孙达生，跟骆远志非常有默契，在骆远志作出斜躺着吸烟的动作从而离开了黑绸袄让他暴露在孙达生的射击范围内时，孙达生举手一枪，黑绸袄脑袋就开花了。骆远志一下子躺在地上，喘着粗气大叫道："大生啊，你真是我的福星啊！"

黑绸袄同伴老黄大惊，想要冲着孙达生开枪，却被郑棉裤一枪打中心脏，不甘心地倒了下去。骆远志看两个人都被解决了，大喜，跳起来就朝着河边的木船跑去。

孙达生大惊，立即大喊：“大志，站住！”

骆远志大叫:“我跟你赌一个铜元,这船就是我们找的那只！”

骆远志话没说完，一颗子弹就冲着他飞了过来。骆远志以为自己被打中了，大声嚎哭：“妈啊！大啊！大志要死了，不能给你们尽孝了，你们就当没有我这个儿子吧！让大哥好好孝顺你们！……”

孙达生从后面扑过来，把他扑倒在地上：“卧倒！”

就在他们倒地的一瞬间，接着又有两颗子弹飞了过来，骆远志哭了:“大生,是我连累了你！就是我死了,还是你的兄弟……”

孙达生捂住他的嘴：“闭嘴！装死！”

骆远志大喜，想大叫：“啊，我没死啊！”

孙达生给了他背一下：“死了！”

骆远志这才反应过来，摸着自己的肩膀，刚才第一枪擦着他的肩膀过去的，肯定是挂彩了，摸上去很疼，他立即大叫一声，倒地装死。孙达生完全被他打败了，只能不理他，继续吸引船上敌人的火力。孙达生向前爬行一段，距离船稍微近一些，拿出望远镜，观察敌人的位置。可敌人很狡猾，知道他们人多，就躲在船舱里面，凭借着船舱的遮挡开枪。孙达生脸上现出一丝决绝，这个人必须除掉。他用的是手枪，远程杀伤力不够，必须拉近距离。想到这里，孙达生刚要站起来，用自己的身体引出敌人，就看到骆远志站了起来，大摇大摆走向小船，嘴里还喊着要那个人投降，他少爷来了！

孙达生的心提到了嗓子眼，眼睛一酸，又立即控制了自己的情绪，脑海中只有一个念头，就是不能让大志出事。他一边对骆远志大喊，让他走 S 形，一边也站了起来，用手枪连续对船舱射击。船舱里的人果然没有放过这个机会，也接连对骆远志跟孙达生开枪，可都没有打中，两个人还是勇敢地朝前走。

孙达生跟骆远志距离那条船的距离越来越近，他们俩的好运气也用光了，一颗子弹击中了骆远志的大腿，他大叫一声中弹倒下。孙达生心如刀绞，他最担心的事情还是发生了，可他顾不得去看骆远志，不顾飞来的子弹，冲向那条小船。可船舱里的敌人，却没有机会开枪了。在骆远志跟孙达生吸引敌人注意力的时候，郑棉裤悄悄下河，从水里游了过去，趁着敌人不注意上了小船，从后面一枪解决了敌人。孙达生冲着郑棉裤喊了一声："郑大哥，控制船！"在郑棉裤答应后，他立即跑向骆远志："大志，你怎么样？"

骆远志知道没有危险了，放声呻吟："哎呀，妈呀，大呀，疼死少爷我了！"

孙达生已经跑到骆远志跟前，看到他大腿中弹，血流了不少，松了口气，还是很心疼，拿出自己的手帕——也是严云初给他绣的纯棉手帕，给他包扎。骆远志一边呻吟着，一边还抱怨孙达生不够朋友，这么好的手帕刚才不用，还用他的擦脸。孙达生气得把伤口包好后，就不管他了。跟孙达生随身带着装备一样，骆远志也带着一些止血疗伤的药，不用孙达生说，他自己就外敷内服了。一边给自己治疗，一边问郑棉裤船上有什么，郑棉裤大声确认，这正是他们要找的那条船。骆远志跟孙达生喜出望外，连一向喜怒不形于色的孙达生，都加快了脚步，要上船。骆远志大喊着不要落下他，孙达生才回来搀扶他。

孙达生半搀半拖着骆远志来到岸边，就看到赤条条一件裤头都没穿的郑棉裤已经把一筐筐木炭的盖子打开，向里面摸去。这船并不小，是郑棉裤那条木船的两倍大，应该是用来运盐包的，船舱很宽敞，并排放着两排一共八只竹筐，竹筐里面满满的都是木炭。郑棉裤已经搜查了五只竹筐，并没有发现什么。看孙达生上船，一脸失望地摇摇头。

因为受伤不能登船的骆远志也知道了结果，大喊："不可能，肯定在最后一只竹筐里，棉裤大哥，你是不是没有伸到木炭底下啊？再往里面伸伸！"

孙达生却知道如果东西在竹筐里，郑棉裤肯定能摸到的！可他也不相信，他们之前的推测都是假的！孙达生仔细打量着这艘经过改良的运盐船，没有说话。就这一会儿，郑棉裤已经检查完最后一筐木炭，还是没有。骆远志不能接受这个事实，要郑棉裤把竹筐搬上岸，把里面的木炭都倒出来检查，他就不信这船上没有猫腻。

孙达生拦住了就要照做的郑棉裤，让他先去穿上衣服，以免着凉。郑棉裤憨笑着说没什么，他经常冬泳的，不过，还是听话地去岸边，找到了自己的棉裤棉袄穿上，走的时候，顺手把那个伤了骆远志的人给弄上岸。孙达生虽然有些遗憾没有抓到活口，但这样也好，毕竟死人是最安全的。而骆远志则看到郑棉裤的裸体，大叫着这样真省衣服。

孙达生没有下船，也没有去检查那竹筐，而是仔细观察这条船，蹲下身子，仔细敲了敲船舱，侧耳听听声音；又看了看船的吃水线，点了点头，冲着骆远志比了一个手势。骆远志在孙达生动作的时候，就已经停止了喊叫，事实上，他坐在岸边的石头上，伤口疼得厉害，也没有精力再大喊大叫了。不过，看到孙达生的手势，他还是兴奋地叫了起来："大生，我就知道，你一定能发现他们的猫腻！"

孙达生叫上穿好衣服又上船的郑棉裤一起，把船舱中间位置的四筐木炭搬上岸，然后敲敲打打的，找到一块松动的船板，用力撬了起来。果然，这块船板被拿走之后，露出下面一层空间，有 20 公分高，跟船舱一般大，里面满满地摆着一条条被油纸包裹着的枪，还有一盒盒弹药！

孙达生跟郑棉裤相视一笑，骆远志大声喊，他也要看。孙达生拿出一杆枪，扔给骆远志。骆远志接过来，打开油纸，看着暗夜中发着蓝光的三八大盖儿，狂喜："我的个乖乖，这枪可真新啊！"

孙达生跟郑棉裤已经把船舱暗格里面的枪都拿出来，放到竹筐之上。郑棉裤数了数，一共五十五杆枪，一千多发子弹。找到这些东西的喜悦淡去，孙达生看着这些枪，脸上现出深深恨意：“一千多条人命！”

郑棉裤知道他在说什么，如果这批枪支弹药落到汉奸手中，那就代表着，一千多个灌云人会死在这些子弹之下。这还不算，最重要的是，这批武器完全可以让灌云沦陷。日本人占领了灌云，他们就真成了亡国奴了！幸好，他们发现了，还找到了并把这些枪支弹药给抢了过来，否则，后果不堪设想。想到这里，郑棉裤问孙达生，接下来怎么办。孙达生早就有了决断，让郑棉裤先把岸上那三个死尸处理掉，他把枪支用油纸原样包好，放回船的底仓，然后跟郑棉裤一起，把竹筐抬上船，把骆远志也抬上来，让郑棉裤划着船回板浦。

郑棉裤跟骆远志知道孙达生有了主意，也没有多问，把事情都处理好之后，郑棉裤把从那三个死人身上剥下来的衣服，垫到甲板上，让骆远志躺下休息。骆远志躺在黑绸袄上，盖着另外一个歹徒的兔皮大衣，没有一点心理障碍，经常解剖死尸的他，知道郑棉裤是为自己好。而且，这衣服还能当一点钱花，那三个打手都穿绸缎了，口袋里面肯定还有钱，而这些郑棉裤拿去，都可以给弟兄们分了,或者他自己用了,这也算是那些狗腿子们积德了。

郑棉裤看骆远志舒服地躺在那几件衣服上，身上还搭着一件棉袄，没有一丝膈应的表情，脸上不由得展开一个发自内心的笑容。孙达生却担心地看着骆远志，伤口包扎不流血了，但子弹必须尽快取出来，这是他回板浦的最主要原因。另外一个原因，却是考虑到这批枪械的去处，他还没有想好，但绝对不能送给用这些来发国难财的人。

水流潺潺，郑棉裤熟练地摇动船桨，木船逆流而上，一时间三个人都沉浸在自己的思绪中，没说话。

孙达生仰头看天空，已经是夜半，一弯月牙挂在正中的天空中，虽然并没有带来多少光明跟温暖，但这一弯月牙，也给这雾霭沉沉的黑夜带来了一丝希望！

第四节　我愿拿热血换取亲人的平安!

灌云板浦，街巷。

这是一个注定要载入史册的日子!

这是一个灌云人民抗击日寇的开始!

这是公元 1938 年 1 月 16 日，一个三九严寒却让人热血沸腾的日子。今天，酝酿了几个月的灌云县抗日募捐游行暨灌云抗日总动员大会终于召开了。

这并不是说，在今天之前，灌云人民并没有举行抗日活动，跟官方的等待消极互相扯皮推诿官僚反动作风完全不同，其他几个区的抗日活动开展得如火如荼，在共产党直接或者间接的领导和指导之下，各种抗日团体和武装如雨后春笋般地涌现了出来。造成这一大好局面的最主要原因，是全国抗战斗争的轰轰烈烈兴起，灌云更是掀起了一阵阵抗日救亡运动的高潮。另外一方面，是因为那些被国民党囚禁的共产党人陆续出狱，在外地读书、工作或者避难的有识之士纷纷重返家园，面对日军的入侵，他们相互联系，重新聚合，积极联络青年学生和有识之士，开展各种形式的抗日救亡活动，在灌云境内迅速掀起了各种型式的抗日救亡斗争高潮。

第一种抗日活动是创办刊物，宣传抗日救亡。共产党员史成章在淞沪会战后回灌云，自行筹集资金创办的《抗日三日刊》小报，转载各种报刊上的进步文章，报道全国抗战消息和本地情况。1938 年 1 月，在灌四区民众抗日委员会的名义下，武祥鲸创办《动员报》。

第二类抗日活动，主要是外地青年在灌云的抗日宣传活动，正如之前讲过的，跟何夏萍合作演出过的，主要是上海国民歌咏救亡协会宣传团第二队的冯国柱等人，他们在北上延安过程中路过响水口，演出抗日戏剧，并分组到农村进行宣传抗日救亡。其中，宣传团的吴建等人留下，在响水口创建《响水报》

其中最为关键，也最为重要的是，在灌云县境内建立起了抗日救亡组织，以及抗日救亡武装。在共产党员以及进步人士的组织之下，灌云县各区都成立了若干宣传大队，任命部分小学校长担任大队长。陈飞、冯国柱、方立凡等人在三堡主办了不脱产的武装训练班，徐禹民带头拿出自家三支长短枪，并通过其父徐柚青向部分亲朋好友筹集了部分枪支供训练班使用，徐禹民、方立凡等又通过爱国老人徐柚青找淮阴专员王公屿购买40支苏制毛瑟枪，在训练班的基础上，组建了灌五区抗日游击队。灌四区游击队由陈东明、马建中等组建。

除此之下，特别值得一提的是，1938年1月10日，对灌云县影响深远的抗日组织腊九社成立，这是一个以学生、教师、农民、地方进步人士为主体的抗日团体，为后来共产党建立武装打下了基础。其中，冯平阳、何希文以及何夏萍都在腊九社中任职，负责组织和宣讲工作。

当然，以上这些抗日活动和组织团体，对于灌云百姓来讲，那是天大的好事，是家人老小平安的福音；对灌云的有识之士进步人士来讲，这是值得奔走相庆的盛事，是灌云县抗击日寇斗争的真正开始。可对县长张文明、许继泰等人来讲，这些抗日团体，尤其是抗日武装，都是不安分的人想争名夺利而搞出的，他们是采取反对和打压的！就是这次的募捐游行大会，张文明等反动当权者，也是迫于第五战区的压力以及灌云各界的请愿和倡议，才不得不召开。

不管热烈欢迎也好，消极抵触也罢，由全英学校学生会提议，灌云县民众抗日动员委员会组织，灌云县全境六个区全部参加的抗日募捐游行大会，正式拉开了帷幕。

这一天，1938年1月16日，无论你在板浦这个千年小镇的哪一条街道，哪一处店铺，哪一户人家，甚至哪一个角落，你都能感受到全灌云人的抗日激情！

循着口号声，来到板浦最繁华的中大街，你就可以发现，这条大街上，满满的都是游行的队伍！如果这时候，你站在板浦最高的位于中学内的七层塔顶，俯瞰这个苏北小镇，就会看到，因为日寇的入侵，因为上海、南京和济南的沦陷，因为无数华夏同胞的被杀，因为每个中国人沦为亡国奴的可能，让这个小镇，不，让整个灌云都行动了起来！

浩浩荡荡的游行队伍，顺着板浦的主街道，朝着县府逶迤而来。游行队伍看上去有几百人，密密麻麻地占满了整个街道。队伍里面男女老少都有，但大部分是青年人，如果用慢镜头看去，可以清楚地看到，每个人脸上都是一脸正气，一脸激愤！他们有的穿着长衫马褂，或者短褐麻衣，还有西装革履；他们有背着书包拿着书本的学生，有扛着锄头刚要下地的农民，还有一身短打扮拿着工具的盐工，也有挎着箱子拿着拨浪鼓的小贩，可以毫不夸张地说，这次游行的人群，涵盖各行各业、三教九流——为了共同的目标，大家聚到一起，用全力以赴声嘶力竭的呐喊来表明他们的立场！

板浦的百姓也跟着他们喊，随着游行队伍的前进，不知道多少人参与到他们之中，呼喊的口号声远远听起来都是如雷贯耳，仿佛所有灌云的人都跟着他们在呐喊，喊出了灌云人的心声！他们把对日本侵略者的恨，对失去的祖国山河的爱，对不发一枪撤入关内的国民党军人的讨伐和蔑视，对被残杀的中华同胞的同情，对上海、南京、济南失守后的悲哀，对日军打上家门的防备，都通过这一句句口号，喊了出来！

这集中了灌云人抗日精神抗日斗志的呐喊声，振聋发聩，雷霆万钧，好像那奔涌不息的灌河一样，好像那潮涨潮落浩大泱泱的黄海一样，汹涌而来，撼天动地，响彻云霄！

外面的声音又传了过来，口号声越来越近，越来越清楚。杨秘书都能分辨出领头喊口号的，是一男一女的声音。他们在交替喊着口号：

“打倒日本帝国主义！”

“抵制日货，不当亡国奴！”

“驱逐日寇，还我河山！”

“全体灌云人团结起来，坚决消灭日本鬼子，保家卫国！”

……

县政府县长办公室里，张文明在抽着雪茄喝着茶，闭着眼睛听收音机；杨富贵坐在一边的椅子上，神情有些焦急，但看着张文明的样子，又不得不按捺下来。游行队伍冲着县府走来，随着这震撼人心灵的呐喊声越来越近，杨富贵杨秘书有些待不住了，他请示张文明：“县长，他们来了，您是不是该走了？”

张文明斜了他一眼：“怎么？着急了？想去跟他们一起抗日？”

杨富贵想到了什么，低下头去：“不是！职下是琢磨着，您是咱们灌云县动委会主任，是今天募捐活动的最高长官，您要是迟到的话，我担心……”

张文明看着他不说话，好像看穿了他的心思，杨富贵说不下去了。张文明听着外面越来越响亮的口号声，嘴角浮现出一丝嘲讽的笑：“这些学生娃，还挺煞有介事！”

杨富贵极力控制着自己不抬头，不让眼中的表情泄露出去。

浩浩荡荡的游行队伍走过县政府，越来越多的人加入进来。走在最前面、引领着这浩大游行队伍的，正是陈振中和张佳惠，何锦阳举着一个大牌子走在他们旁边。白色牌子上是红色的大字：“日本鬼子滚出去！”还有不少学生打着横幅，横幅上也同样的斗大的红色大字写成的抗日口号。这是第一方阵，走在张佳惠跟陈振中后面的，都是全英学校的学生。他们俱是穿着全英学校校服的学生，手中拿着传单，举着拳头，领着众人喊口号，一边喊一边散发传单。队伍中可以看到一张张熟悉的面孔，出人意料的是，章夫子等教师也在队伍中。这让被迫跟着人群走的秦永海恨得眼中冒火，他一点儿都不想来，可面对这抗日洪流，他不想被抛弃。队伍中还有一个人吸引眼球，那就是管秀雅。穿着一身校服的她，裙子下面的三寸金莲是那样显然，但她走得非常坚定。

跟他们在一起的，还有其他学校的学生们。这些学生按学校组成方阵，举着标语，跟陈振中跟张佳惠一起喊口号。

学生之后，走着的是商界人士，带头的是段淑礼，他身后是一群穿着祥云运输公司工服的保镖！跟段淑礼一样的，还有灌云其他进步工商业爱国人士。其中有开酒楼饭庄的，有布行粮店的，有黄包车车夫们，还有街头的小商贩们。他们的队伍虽然没有学生们那么整齐，但他们呼喊更加高亢，他们伸出的拳头更加有力。

后面的队伍更加复杂一些，是灌云六区的各种抗日组织，其中包括腊九社队伍，冯平阳赫然在其中。孙君年则跟在其后，他的游击队几乎全来了，跟在他身后浩浩荡荡的。

震耳欲聋的呐喊声吸引了更多人前来，除了游行队伍，还有更多的人在这里看热闹，把板浦这个并不宽敞的主要街道挤得满满当当。树上、房上还有墙上都站着人，围观或者见证这堪称轰轰烈烈的抗日游行。

在县政府大门不远的一个角落中，站着两个打扮很低调，但一看就不是普通人的一男一女。最吸引人眼球的，是这个女的。她正是花信年华，一身鸦青色旗袍，恰到好处地勾勒出她的身材，一头流行的烫发，被一条珍珠发卡整齐地收拢在脑后，颈间一条价值不菲的钻石项链，配上执着团扇的手上的金镶玉手链，足以让人知道这是一个身家不菲的贵妇！按照常人的思维逻辑来看，她应该养尊处优呼奴唤婢地在大宅门里面，被圈养，而不是出现在这个地方。可如果把这位贵妇脸上的墨镜摘掉，就能看出来，她眼中露出恐惧，她的表情是诚惶诚恐！而让她诚惶诚恐的对象，正是她旁边的男人！少妇冲着男人低声说着什么，从身体语态来看，她应该是在解释什么。

站在她身边的这个男人，大概五十岁左右，个子不高，穿一身驼色丝绸长衫，小平头，戴一个金丝眼镜，拄着一个文明棍儿，如果忽略了那小三角眼时不时露出来的精光，这个人看起来就是一个板浦普通的乡绅。可一旦跟那双眼睛对上，就会不自觉地让人从后脊梁骨冒出一股凉气，好像被一条毒蛇给盯上，遍体生寒！

老者就是平田真弓，少妇是周妍，看着群情激昂的游行队伍，看着斗志昂扬的灌云人，他们脸上都不太好看。是啊，他们这些入侵者，面对认定可以任人宰割的羔羊，竟然敢于反抗了，他们的心情怎么会好呢？

平田真弓阴冷狠厉的目光，毒蛇一样盯着这些该死的猪猡们，看都不看周妍一眼。他表面上很平静，内心里却有些担心，事情好像脱离了掌握，参加游行大会的中国猪猡太多了，虽然对方并没有准备，也并没有检查游行队伍，让他们的人带着武器混了进去，但就是加上孙一喜那些打手，也不过一百来人，跟这成千上万的灌云人相比，力量悬殊太大了。想到这里，他恨不得将弄丢了武器的这两个蠢货给剁碎了去喂狼狗。

站在平田真弓身边的周妍，感觉被判了死刑一样，在墨镜后面的眼四下张望着，寻找着她安排好的那些人。旁观的人群中被她扫到的人，都对她示意一下——那些五大三粗腰间还鼓鼓囊囊，眼珠四处乱转的成年男人，原本是孙一喜带着的，可他因为把那批重要的“货”给弄丢了，被木村知重差点打死，还是平田真弓及时回来，才拦住了木村知重。平田真弓认为，孙一喜确实该死，可眼下还不是他死的时候。他们的计划马上就要实施了，正是用人之际。平田真弓断定，这伙抢了他们武器的人，一定会出现在募捐大会上，他要孙一喜戴罪立功，把那批武器给趁机抢回来，然后把那帮人给碎尸万段！

从鬼门关中走了一遭，留下自己的小命，孙一喜心有余悸，一方面对灌云人恨之入骨，打定主意要在募捐大会上大开杀戒，尤其是孙达生跟骆远志。另一方面，他明白日本人的残忍，要保住他这条小命，必须要找到那批“货”。所以，他被打得失去了半条命，也一瘸一拐地让手下搀着他过来了。

周妍垂下眼帘，孙一喜是她发展到组织里的，孙一喜出事，她跟着吃挂落也是意料之中的！不过，她也不是吃素的，孙一喜给她添麻烦，她也不会让他好过。刚想到这里，就感觉一道冰冷的目光扫在她身上，她四处查看，没有看到人。她就以为是木村知重，因为他也来了，不知道躲在哪里。

第五节　玉带糕带来的惊喜

距离周妍不远的地方，何夏萍一身落魄青年打扮，跟王老实站在一起，随着人流往前走，眼睛却跟踪着周妍。时间很短，何夏萍跟踪周妍，也只查到了她是陇海贸易行的总经理，跟孙一喜关系紧密，确切地说，是孙一喜的姘头。孙一喜运往日本的那些盐和其他物资，都是经她的手办的。何夏萍已经断定，她是一个日本女特务，她的目标应该是灌云国军驻军，本来应该继续查下去，但募捐游行大会迫在眉睫，眼下还不能动手，更不能打草惊蛇，她只能先监视起来。

这次募捐游行活动意义重大，是灌云抗日总动员大会，也是抗战誓师大会，各路抗日志士齐集板浦，有钱出钱，有力出力，为保家卫国做出自己的贡献。灌云党组织，更是把这次聚会，当作展示力量争取话语权的合适机会，因此县委专门组织了党领导之下的抗日武装，也都前来参加游行。

何夏萍顺着周妍的目光看去，就看到了冯平阳。他一身色长衫，手中拿着一沓传单，站在高处，面对游行的群众，正在慷慨激昂激情洋溢地演讲："……日本人打进了咱们家，烧了我们的房子，杀了我们的同胞，抢了我们的家当，他们就是强盗，他们就是土匪，他们就是刽子手！"

何锦阳跟一帮学生们聚拢在冯平阳身边，带头喊："他们就是强盗，他们就是土匪，他们就是刽子手！"

冯平阳等喊声停了，又接着说："我们中国人最是爱好和平的，我们也不想打仗，因为要打仗就要有流血，就要有死亡，有牺牲！可我们要想活下去，跪下哀求他们放过我们，他们会答应吗？不能，我们不能希望一个强盗、土匪、刽子手大发善心，我们的妥协和退让，只能换来更多的屈辱和杀戮！要想活下去，就必须拿起武器来，打倒日本帝国主义！"

何锦阳跟着喊："打倒日本帝国主义！驱逐日寇，还我家园！"

众人跟着他们呐喊！

何锦阳带头喊："我愿拿热血换取亲人的平安！"

众人跟着他呐喊："我愿拿热血换取亲人的平安！"

冯平阳跳下来，带头朝前走去，游行队伍这才朝前继续前进，方向是板浦园林明珠秋园，募捐游行大会在那里举行。

灌云板浦，城郊李庄。

孙达生来晚了，他昨天跟郑棉裤把那批武器送到一个安全的地方后，就准备带着骆远志去医院看病。可他开着孙一喜的那辆车，刚走到板浦城门前，就看到孙一喜带着一帮打手在虎视眈眈地盯着城门处进出的人或者车。

说来也是幸运，如果不是骆远志这个伤号嘴馋，在到距离板浦城门几里地的地方，非要他拐个弯儿，到城郊一个小村子里，去给他买几包桂片糕吃，汽车这么大的目标，他们肯定会被孙一喜发现并抓住的。不过，当时对骆远志的这"无理"要求，孙达生非常不耐烦，他也是服气了，骆远志这个吃货真是名副其实，日军都潜伏在板浦城里就要对他们这些灌云人动手了，而他自己大腿中枪，子弹还在肉里面，不着急去医院把子弹取出来，而还是想着吃，还非要吃，该说这个人心比天大，还是感叹一下他真是一个没心没肺的吃货呢？没有办法拒绝骆远志眼巴巴看着自己的眼光，孙达生只能将车停在路边，下车走进那个村子去买“用来救命”的桂片糕，原因无他，因为汽车进不去。

说是村子，其实就是板浦小镇延伸到水里的一个小岛屿，住着几十户人家，都是依靠盐河跑船讨生活的穷苦老百姓，而且大部分都姓李，所以这个村子，叫做李庄。而让骆远志垂涎的桂片糕的出现，则是近几年的事儿。原因很简单，这里村东头一户姓李的人家，在大伊山古佛寺出家的儿子还俗回来了。这个李姓和尚，在古佛寺里是做斋饭的，古佛寺庙在兵乱中被毁坏，李和尚无处容身，只能投奔跑船的侄子。侄子收留了他，对他这个亲叔叔也还算孝顺，可好景不长，一年多之后，侄子患上腿疾，不仅不能跑船了，还掏空了家底求医问药。一家人眼看就活不下去了，李和尚只能拿出寺庙里学来的手艺，做起了桂片糕，到板浦城里贩卖。因为其高超的厨艺，几年下来，竟然打出了名声，不仅在板浦，就是灌云、连云港都有很多人慕名前来购买。这几个月战事紧张，板浦戒严、宵禁，李家并不是每天都进城卖货，骆远志好多天没有吃上这桂片糕了，今天路过这里，不买上几包，他怎么能甘心呢？

虽然表面上一脸嫌弃，孙达生到底心疼骆远志受伤，为了安慰他，走上两三里路进岛为一口吃的，他也没有说什么。说来，这桂片糕也确实值得他跑上一趟，他也爱吃这闻名遐迩的灌云本地小吃。

桂片糕也叫云片糕、灌云大糕，是灌云本地特产，这种糯米粉、核桃仁、麻油、糖等做成的传统糕点，切成蝉翼般的薄片，看似清朝一品官饰玉腰带，洁白如雪，清香四溢，放进口中，回味无穷。

孙达生还很清楚，这灌云大糕之所以美名远扬，跟它是清廷贡品分不开的。清朝康熙年间，河道大总督、左殿张丞相，在康熙六十年（1721 年）治理河道时，曾驻跸大伊山古佛寺，他感到寺内素餐单调乏味，便问主持僧人，大伊山有何名贵食品，老和尚即捧出本地特产的桂片糕。张总督被美食折服，作诗一首：“玉带飘天下，千家万户迎。奇膳炙人口，果不负虚名”。回京后，他还将云片糕改名为玉带糕，进贡给康熙皇帝品尝，让之变成贡品。

贡品果然不一般，现在这种形势之下，在老李家，除了孙达生之外，还有几个人特特赶来买云片糕。云片糕虽然不是现做现吃，但李和尚家不去城内摆摊了，想吃就要过来买。孙达生刚要过去，就看到一个壮汉把排在他前面买糕点的大娘一脚踹开，嘴里骂骂咧咧的，说她挡了自己的路。大娘被踹倒在地，捂着胸口，脸色苍白，大汗淋漓。这个壮汉却好像没事儿人一样，冲着李和尚大喊，要买桂片糕。

李和尚跟他侄子都非常不忿，想说什么，但壮汉掏出一把匕首，扎在李和尚家的门板上。李和尚他们都吓得脸色苍白，敢怒不敢言。壮汉这才满意了，嚣张地拿起糕点就要走，也不付钱。可他刚一转身，就被一条腿给踹倒在地上。

壮汉大怒，爬起来叫嚣着就要冲上来，嘴里大声喊着：“哪个不要命的王八蛋敢阴老子，老子让你去见阎……”

那个“王”字还没有出来，又一脚正冲着他心窝来了，踹他的正是孙达生。跟刚才这个壮汉踹大娘一样，孙达生这一脚，直接把壮汉再次踹倒在地上起不来了，捂着肚子大声呻吟。孙达生过去扶起大娘，要带她去看病。大娘却坚持要回家，说她没事儿，家里有药，敷上就可以了。孙达生也没有坚持，大娘这是怕花钱，她能站起来走回去，说明她的伤不是特别重。孙达生走到壮汉身边，一脚踩在他前胸上，问他谁去见阎王。壮汉连声求饶，求大爷放过他。孙达生要他给李和尚钱，壮汉满口答应。对这样的混混，孙达生犯不着大开杀戒，又给了他两脚才放过了他。壮汉内心恨不得把孙达生生吃活剥了，但表面上还是特别听话，让做什么做什么。他拿出两个大洋来，递给李和尚，也不要找零，拎起包装好的点心包就要走，正好跟孙达生走了一个对面，孙达生却看到了他的正脸，过目不忘的他立即认出了这个人，他是孙一喜的爪牙。身体快于思维，孙达生突然出声："孙一喜孙老板在哪里？"

壮汉被问愣了，下意识回答："老板在城门那里等着那小崽子！"

孙达生眼睛一厉，壮汉吓得一哆嗦，以为他又要打自己，一溜烟儿地跑了。孙达生并没有追上去，那个小崽子肯定指的是自己，孙一喜果然来了，还在城门处堵他了。他跟远志还有郑棉裤抢了日军武器，已经过去一天一夜了，日军应该知道了，孙一喜还没有被日军打死？不得不说，他真是命大！

孙达生转身就要离开这个小村庄，却被李和尚的侄孙女跑过来，硬给他塞了几包云片糕，孙达生也没有推辞，但还是硬塞给了小姑娘钱，不等她反应过来就大踏步走了，小姑娘追不上，大声喊哥哥。孙达生扭头对她笑，小姑娘被他的笑容惊呆了，说："哥哥真好看。"

孙达生脸上的笑容更大了，虽然心急如焚，但小姑娘的真心赞美还是让他心情愉悦。这份愉悦的心情，在骆远志吃着心爱的云片糕一边絮叨要把城里的日本鬼子都给突突了的声音中，一直延续到板浦城门口。

孙达生在距离城门口很远的一处树林后面停下车，拿出望远镜，果然看到孙一喜带着爪牙们守在城门外面，盯着来往的人群，尤其是来往的车辆，强行拦下检查。如果孙达生的车出现在他们的视线中，肯定会被他们发现，他只能带着骆远志面对孙一喜的追杀。孙达生并不怕孙一喜，要摆脱那个蠢货的追杀，其实也不是特别难，但主要是时间紧迫，孙达生务必第一时间摆脱孙一喜这只疯狗，所以，他立即调转车头，把骆远志送回家，让他父亲给骆远志治伤。骆远志坚决反对，为了学西医，他离家出走，怎么能受了点儿伤就灰溜溜跑回去呢？再说了，他受的是枪伤，要取子弹头，必须要西医，祖父跟父亲中医水平再高，也不敢在他身上动刀子治疗外伤啊！

骆远志的意见，都被孙达生镇压了，孙达生不是让骆远志的父亲给他做手术，而是要他们把骆远志送到县医院去，县医院的张院长，是骆远志祖父的徒弟、父亲的师弟，他们不会坐视骆远志受伤而不管的。孙达生知道，他这样做很不孝顺，也很不道义，但大敌当前，他不能让骆远志冒险，送他回家是最安全的。骆远志也知道这个道理，可他不甘心因为一点小伤就缺席这么大的战斗！孙达生安慰他，自己会替他好好杀日本鬼子的！

把骆远志送到陡沟镇的老家后，孙达生驱车立即赶回板浦。他并没有开车进城，而是把汽车停在城外，花钱雇了一个小乞丐，让他给孙一喜捎一个口信，说看到一辆汽车藏在小河边的树林里。孙一喜都快急疯了，他在城门口等了两天一夜了，都没有见到孙达生。可他不敢回去见日本人，只想找到孙达生，不管是不是他偷的武器，都必须当作他的替罪羊。可从接到陈家港那里来的电话、知道孙达生开着他的车到了陈家港，还收缴了钱区长的武器后，孙一喜的右眼就突突跳，后来又接到电话，说运送武器的人被杀了，武器被抢了。孙一喜直觉这件事就是孙达生干的，而不是什么共产党。因为孙达生抢了他的汽车，还去了陈家港，还有谁能在陈家港拥有那么多的人手，把这批武器从他手下给劫走？因此，尽管怀疑小乞丐，而且这很可能是一个陷阱，但他还是必须要过去看看的。

不过，孙一喜过虑了，当他带着十几个人小心翼翼地来到车前，等待他的只是一个空车。这是孙达生的调虎离山之计，也算是还给孙一喜汽车，这辆车太显眼，他不能在板浦开，就弄坏了发动引擎，还给孙一喜吧。当孙一喜气急败坏地让手下推着坏车进城去修理，自己却被日本主子三令五申叫回陇海贸易行，给他算总账去的时候，孙达生已经回到家，好好休息了一夜，第二天被祖父孙伟农催着来参加抗日动员大会。

第六节　射向主席台的子弹

灌云板浦，秋园。

灌云县板浦镇的小南门外，淮北盐务稽核分所东面、两淮盐运使公署北面，有一座占地一百多亩前后修了七年多之久的“江南园林”，名为秋园。这虽然是一座人工园林，其构造之工巧，占地之广阔，布局之繁复，在淮北地区首屈一指。

今天，这个园林更是被灌云人的抗日激情所点燃。不断地有游行队伍和围观百姓，从秋园木柱草顶田园风格的大门涌进来，一边喊着口号，一边朝着属于他们的位置走去。是的，你没看错，因为这次抗日募捐游行是政府组织和支持的，这些游行队伍，路线和位置都是安排好的。当然，这么大的场面，陈振中一个人肯定安排不来的，灌云县的武装力量公安局和常备大队，甚至连盐警也来帮忙维持秩序了。所以，虽然秋园涌入了成千上万的人，但因为组织得力，场面虽然热闹，但并不混乱。

孙达生跟孙伟农到秋园的时候，已经是快到中午了，所有的游行人员已经进园到各自的位置了。孙伟农要带着孙达生到主席台，他是灌云动委会副主任，是要到主席台就座的。孙达生却不想跟着孙伟农进去，他今天还有重要任务。昨天半夜孙达生回家时孙伟农跟严云初都知道，可他们并没有打扰孙达生，而是装不知道让他睡了一个好觉。第二天早上起来后，两位老人虽然并没有说什么，但看着他疲惫中带着喜意的脸，他们知道孙子这几天肯定有重大发现，也肯定面临巨大风险，孙达生不说，他们也问不出来，能做的只能是暗中关心，并力所能及地保护关心孙达生。

不得不说，孙伟农表面上看起来嫌弃孙子，内心里还是护犊子得紧，知道孙达生真有自己的安排，也就不强求他，要他注意安全就走了。

孙达生看着祖父的身影消失在人群中，心中突然涌起一阵酸涩。祖父老了，原本伟岸英挺的身躯，已经有些佝偻了，大踏步向前走去的步伐，速度也慢了很多。可看着眼前熙熙攘攘的人群，他只能把这股酸涩给压了下去，国破家亡之下，哪里又有一方净土让他奉孝两位老人膝前呢？

孙达生走进秋园大门，他并不是第一次来这个园子，可他还是第一次这么认真打量这个据说花费了几十上百万大洋的园林。打从1930年开始建园，到去年上半年也就是1937年，每年都在扩建，现在看来，真是比扬州那些大盐商的私家园林还更胜一筹。大门进去，是一条甬路，甬路两旁是修剪成各种造型的松树，有孙悟空左手持金箍棒，右手向游人打招呼，还有仙鹤漫步云间等造型，就是在冬天，其造型也非常美丽。甬路尽头，是一条九米长的曲径，两边筑有花篱，上有葡萄紫藤盘绕，名为观花廊。篱内是盆栽和地栽的各种花卉，春、夏、秋三季，姹紫嫣红，花香不绝，引来蜂飞蝶舞。当然，这个美景，因为是冬天，当然是看不到了。

可今天的秋园，美景沦为陪衬，更多的是人，各种各样群情激愤的人们，为了同一个目标，聚集到这里来，出人出钱出力，正是所谓的众志成城，万众一心。被这份抗日激情所感染的孙达生，不由加快脚步，朝此次大会的主场所，也就是秋园最负盛名的“淮北盐区”走去。

穿过秋园里放映露天电影的广场，就到了秋园主人缪秋杰独一无二别具匠心的设计布局了：按淮北各盐区地理形势设计，每一盐区均标有地名，淮北板浦、中正、济南、涛青四场盐区滩池全部再现，群“山”环拱，“河”道逶迤穿过。

此刻，在这缩小的人工打造出来的云山灌水之中，灌云各界抗日积极分子齐聚一堂，共同商讨灌云抗日的大计。在最高的“云台山”上，搭出了一个主席台，以县长张文明为首的灌云动委会成员坐在上面，面对整齐站在“伊芦山”、“大伊山”、“海州山”等四处的游行队伍，公布灌云抗日大政方针。

孙达生到达会场的时候，张文明正在讲话。孙达生并没有立即上前，而是站在人群后面比较远的地方，四处观察地形。可他并没有带着自己的望远镜，靠肉眼并没有看出什么异常来。孙达生又绕到另外一处队伍后面，张文明的讲话还没有完，孙达生断断续续听到他的讲话，大意是国民党县政府号召全体灌云人，要勇敢地站出来，为抗日献计献策出钱出力。孙达生又往前走了走，另外一处队伍人比较少，他一边走一边观察前来参会的人们，发现这次抗战动员大会来的人真不少，不仅有学生、商人、农民、盐工，还有灌云其他地区的抗日组织，原本在内心里认为这次大会就是陈振中等人在县政府的操纵之下走走形式，现在他改变了看法——好几千人的大会，绝对不是来搞形式的！参加这个抗日动员会的这些人是真正要组织起来，对抗日本侵略者保卫家乡灌云的！

孙达生找到一个并不熟悉的队伍走了进去——这是一个学生游行队伍，不知道是灌云哪个区的。孙达生走进人群中能看清主席台的地方站定，看着上面坐着的二十几位动委会委员，除了祖父孙伟农、舅舅段淑礼二人，他大部分都不认识，可也知道，这些是灌云各界的名流士绅，实权人物。蓦地，孙达生的目光被一个人给定住了！

那个人坐在孙伟农旁边，一身国军军装、笔直硬挺的军人坐姿，让他在台上鹤立鸡群、引人注目。虽然看不清他军帽之下的表情，但从他跟孙伟农的坐姿看来，两个人之前肯定有过一番交谈。他就是驻灌云国军来参加抗日动员大会的代表，张之信。想起了杨玉坤伯伯之前说的话，孙达生眼中闪过熊熊怒火，不由得抬脚就要走向主席台，可被前面的人挡了一下，差点摔倒的他下意识地扶住旁边一个人，却被这个人甩开。孙达生刚要道歉，就听到一声厌恶、狠毒的咒骂：“猪猡！该死！”

孙达生难以置信却又意料之中地垂下头，不去看那个五短身材身形壮硕的男人，默默站到男人后面、隔着几个人的地方，才松开握紧的拳头，悄悄松口气，却不动声色地盯着那个人。

难怪孙达生如临大敌又没有行动，那个人说的是日语，虽然穿着中国人的棉袄和棉裤，但其毡帽下面的倒三角眼满脸横肉，以及跟孙达生视线对上时露出的毒辣阴狠的目光，都能让人一下子就能判断出来，他不是中国人！而他说的日语，虽然声音极低，但五感超强的孙达生还是听在耳朵里，而且第一时间就断定，他是日本人！

日本人果然嚣张又狂妄，在这么多灌云人参加的抗日动员大会上，日本人还明目张胆地站在这里，他想干什么？虽然之前跟何夏萍、何希文等人都预料到日本人要在这次游行集会上有行动，但当他们真的蔑视中国人把所有中国人都视为猪猡蝼蚁时，孙达生的愤怒、悲哀和不甘等情绪纷至沓来，让他都忘了对张之信的仇恨。日本人埋伏在人群中要破坏大会占领板浦的巨大发现，让孙达生的理智回笼，他做出一副书生意气的样子，两眼放光地跟着张文明讲话而情绪激昂，让这个日本人对他放松了警惕后，小心翼翼地四处观察周围的人——不可能只来了一个日本人的。

果然，按照这个日本人的装束以及神态在人群中寻找，孙达生很快就在自己周围的这个游行队伍中发现了另外四五个日本人。他猜测这是日本人的一个小分队，等命令来了后，一起行动。孙达生没有动手是非常正确的，他一个人虽然会一些功夫，但也对付不了五个日本军人。退一步讲，就算他能对付，可周围全是灌云抗日同胞，日本人大开杀戒，局面将不可想象。

这么严重危险的事情，饶是孙达生再镇定，心理再如何强大，也是不由得急出一身冷汗，该怎么做才能不伤害百姓不造成恐慌地把这些日本人给抓了呢？此刻，他孤身一人，虽然有所准备，但毕竟是第一次面对如此凶险之事，万一有一个差池，后果不是他能承担的！此时此刻，孙达生非常想找何夏萍，她肯定来到了会场，就是不知道在哪里。脑海中浮现出那双星子般璀璨的眼睛，里面的聪慧和睿智，给了孙达生信心和勇气。何夏萍跟着周妍，他来晚了都能发现了日本人，她肯定也早就识破了日本人的阴谋。

不能轻举妄动，也绝对不能不动，无论如何，孙达生必须要把这一情况，告诉他们请来的国军——杨玉坤团长派来一个连士兵，对付这些日本人。可就在孙达生要按照约定好的信号联系他们时，会场下面突然响起一个朗朗的声音："县长大人，我们共产党也是灌云人，我们也要抗日！"

孙达生闻声看向说话之人，他站在一群盐工灶民打扮的工农队伍前面，一身雨过天晴色长衫，衬着他挺拔的身材，剑眉下睿智锋利的眼睛，让他在人群中卓尔不群，非常醒目。孙达生眉头皱起，他认识这个人，之前的夫子冯平阳。孙达生对他印象不错，跟何希文一样，冯平阳知识渊博、教学活泼，他的课大受欢迎。可前段时间他突然请辞消失，孙达生还以为他家里真的出了事，却原来因为他是共产党。

虽然孙达生想了这么多，但其实并没有过去多长时间，主席台上，张文明还在讲话。他正讲到县府在他的领导之下，要清剿匪患，趁着日本人没有打过来之前，按照校长的指示，攘外必先安内。他滔滔不绝地讲着上任后对县内匪患的治理，对孙君年、陡沟以及汤沟等不经县府批准就组织武装的事情，不点名进行批评，还放出话说，要他们主动投诚，接受县府的统一领导。冯平阳听到这里，实在忍不住了，才站起来朗声说出了那句话。

这句话没有错，在这样的抗日动员大会上，更是灌云男儿的铁血誓言，可对张文明来说，这就是当众顶撞他，让他下不来台。张文明当然也不能众目睽睽之下，让人把冯平阳逮捕，因为这有违国家大义，会触犯众怒的。可他也不能被打脸而没有反应，他故作镇定地开口询问冯平阳，问他是灌云哪里人，准备怎么抗日。冯平阳却没有被他牵着鼻子走，亮出自己共产党员的身份，说出自己的信仰，说自己是共产党员，共产党员要坚持抗日到底！张文明却绕开这个话题，说抗战也要有组织有纪律，要服从命令听指挥，否则就是捣乱，就是破坏灌云抗战大业。冯平阳丝毫不让，说他们共产党组织赞同抗日要有组织有纪律，但他从重庆国府说到第五战区，从军方说到民间，国共两党在共建的抗日民族统一战线之下的团结抗战实例，得出结论，只有建立最广泛的抗日民族统一战线，全国人民团结一心，才能抗击日本侵略者，保护祖国、家人和家园。

张文明虽然不想承认，但这都是无法否定的事实，在场的大部分人都心知肚明，众目睽睽之下，他也不能张着嘴说谎话，因为没有人相信，只想赶紧让冯平阳住嘴，下来再收拾他。可冯平阳的发言，引起了动委会大部分委员的支持和赞同，尤其是孙君年等来自民间的委员们，竟然带头提议，要给冯平阳等共产党员在动委会提供席位，让他们成为动委会委员，段淑礼跟孙伟农等委员也立即出声赞同。张文明以及许继泰等人气得脸色铁青，要是不知道他们是事先商量好的，那就是傻子了。可就算是知道被利用了，张文明他们也要捏着鼻子同意，因为冯平阳他们站在民族大义上，提出的要求合情合理，一点都不过分，张文明想拒绝也没有理由和借口。他本来想采用拖延之术，提出大会后再商讨冯平阳的提议，冯平阳却坚持现在就要执行。张文明心中无限恼怒，多少年没有人这样逼迫他了，他的手好几次想掏出枪来，把冯平阳当场枪毙，看谁还敢当众让他下不来台。可看着台上台下密密麻麻的人头，那盯着他的一双双眼睛，让他不得不强压怒火，他要是真敢在这里枪毙冯平阳，肯定会激起众怒，这里群众每个人给他一口唾沫，他就死无葬身之地了。小不忍则乱大谋，不过是动委会委员等虚职，委员长跟李长官都能接受，他这个县长，也必须能做到这一点。想到这些，张文明长出一口气，调动表情，扯出一个笑意，答应了冯平阳的要求，代表动委会，授命冯平阳成为灌云抗日动委会委员，并让他到主席台就座，参与到动委会下一步的工作，就是给灌云抗日大业捐款，还要号召青壮参军或者做民工支援军队抗战。

这是此次抗日动员大会的重头戏，关乎到灌云抗日战斗的成败，容不得一丝马虎。冯平阳、孙君年、段淑礼等动委会委员，都非常清楚这一点，所以，他们对这一环节，都非常郑重、非常严肃地对待。不用张文明安排杨秘书去催促，段淑礼就带头捐款。本来就在主席台上就座的段淑礼，给了台下守着的小厮一个手势，小厮立即行动，两个大汉抬着一个大筐走到台上，里面是五万现大洋。负责记录的杨富贵当众宣布之后，场内响起一阵欢呼声和喝彩声。这可真是大手笔，五万现大洋可不是一个小数目，如果用来购买武器粮草，也是非常可观的。众人对他的慷慨支援，都非常敬佩，欢迎段淑礼上台讲话。段淑礼也没有推辞，他要把自己的心里话跟灌云乡亲们说说。

段淑礼称得上是一方豪杰，虽然是接了家族的生意，但他在这乱世中接手，仗义疏财、扶危济困，在四里八乡博得了非常好的名声和威望。加上他曾经在县府工作的经历，动委会甫一成立，段淑礼就被推举为民众抗日动员委员会的委员，这次捐赠大会，段淑礼不仅积极参加，更是多方奔走，把相关人士都给请了过来，共商抗日大计。

站在主席台发言人的位置，段淑礼并没有如张文明一样长篇大论满嘴官腔，只说了最朴实的三句话，只有抗日才能让自己和家人活下去；只有抗日才能保住自己的家园；……他的第三句话还没有出口，一颗子弹就击中了他的心脏——段淑礼中弹倒在了主席台上。

第七节　谁是刀俎谁是鱼肉

段淑礼的中弹好像是一个信号，平静的会场上一时间枪声大作，主席台上下都一片大乱，有的人慌张地逃命，有的人大喊着要找凶手，有的人尖叫着不知所措，整个秋园乱成一锅粥，人们像失去方向的蚂蚁一样，随着人流疯狂地跑、推、挤，实际上人们却因为拥挤无序，什么都动不了。

几乎在枪响的同时，埋伏在人群之外的112师66团那个连的连长用力吹响一个哨子，尖锐的声音在密集的枪声中，尖锐地响起。随着哨音，分散在四个方向埋伏在人群之外的那些士兵动了。他们朝着子弹飞出的方向跑去，手中的枪却不敢射击，人太多太乱，怕误伤，只能一边躲闪着人群，一边朝隐藏在假山花木后面射击的日军跑去。

可这些军人跑到敌人隐藏的地方需要时间，埋伏在暗中的敌人却抓紧时间不顾其他地朝着目标射击。混在人群中的士兵，也不敢胡乱开枪，人太多，只要被人发现了他们在开枪，周围的人就能把他们给撕了。而且，这么近的距离，开枪的话不仅打不中目标，还要误伤自己。因此，只有隐藏在主席台对面假山上的狙击手，不停地在向主席台上开枪。台下参加游行的学生和群众们，当此大乱，虽然有人想揪出那捣乱的特务，可终究没有人能跳出来组织，只能随着人流，潮水般退去。

无数子弹冲着主席台上飞了过去，转眼间好几个委员中弹倒在地上。孙君年迎着子弹，不要命地跑到段淑礼跟前，要给他止血，给他救命。台上的冯平阳还有跟他上来的另外一个共产党员，不能看着孙君年丧命，匍匐着移了过来，冲着孙君年大喊，要他赶紧注意隐蔽。孙君年却要抱着段淑礼朝后面走，一颗子弹飞过来，孙君年大腿中弹。冯平阳见势不好，把心一横，横着滚了过来，一把抱住孙君年，朝山下人群中滚去。

许继泰等人坐在后排，枪声响起的时候，他也是第一时间反应，矮身卧倒，用前面的人来“掩护”自己，迅速朝主席台下逃去。跟他一样行为的，还有几个县府的委员，也贪生怕死地鬼哭狼嚎地四散逃命去了。

张文明本来在最前面，首当其冲挨枪子的应该是他，可射杀的人好像故意放过他似的，等他推到一边，段淑礼走到主席台正中间时才动手，张文明得以保住一条狗命。看到段淑礼被杀，他第一反应竟然是高兴，一直踩在他头上的大舅哥死了，他终于可以不用被人训得孙子似的了！可他脸上的笑容刚绽放，一颗子弹就擦着他的头皮飞了过去，差一点他就没命了，身体比大脑先一步意识到这一点，一县之长竟然被吓得尿了裤子，好在这是冬天，穿的衣服多，没有人能看出来。但死亡的恐惧让他把什么县长、财产、女人都抛到一边，脑子里唯一一个念头就是逃跑。他不敢站起来，只能往前爬。可子弹就像长了眼睛，总是朝着他飞，好几次他都觉得自己要死了，可他还在往前爬。不知道爬了多久，好像用尽了他所有的力气，却还是没有能逃脱子弹的威胁。那一瞬间，他好像感觉到死亡到来一样，用力一滚，躲在了旁边一个跟自己一样爬的人身后，也不知道哪里来的力量，一下子把这个人给顶在自己身前。几乎是与此同时，那个人伸出手，抓住他的脑袋，喊：“张文明，你个王八蛋，我诅咒你下地狱……”话还没有说完，声音就低了下去，手也无力地松开了——他被子弹打中了心脏，当场死亡了。没有手抓住自己腿了，劫后余生的张文明立即朝前爬去，他只差几步，就能离开这个危险的地方了，甚至都没有看一眼被他当作肉盾的那个人，那是他用了十几年的秘书，也是他忠实下属——杨富贵。

也在主席台上成为枪手靶子的孙伟农并没有被射中，是张之信救了他。张之信毕竟是军人，尸山血海中走过来的人，对死亡和危险的预知和反应都比常人要敏捷多了，早在段淑礼中弹之时，张之信就已经一把把孙伟农拉着躲到了一张桌子后面，然后掏出枪，对着子弹飞来的地方就开了枪。可他们在明，对方在暗，他们成了对方射杀的靶子，从枪声的密集和对方射击的准头来看，对方是存了要把他们这些委员全部击杀在这里的目的的。张之信的子弹虽然飞了出去，却并没有打中目标，却引来了更密集的子弹射向他跟孙伟农。张之信知道这样下去不行，自己用身子挡着孙伟农，要他滚下山坡去，自己断后。孙伟农坚决不走，张之信也不敢跟他发生争执，但他绝对不能不管孙伟农，一咬牙，他突然站了起来，对对面不停开枪，吸引火力，掩护孙伟农撤退。孙伟农内心感动，但他不能辜负张之信放弃自己生命给他带来的机会，含着眼泪快速朝山坡走去。可刚走出十几步，就发现了一块大石头。孙伟农大喜，转身冲着张之信喊，要他赶紧过来，藏在石头后面。可他的话还没有说完，就听到一声大喊："小王！"

孙伟农大惊，急忙朝后看去，终于挤过重重人群来到主席台的小王，一把推开了张之信，把他推倒到山坡上，避开敌人的射击，然后自己站着面对敌人射击，以自己的身体做肉盾，掩护张之信撤退。孙伟农回头的时候，正是看到小王被打中倒下去，而张之信大喊着小王，要冲上去之时。孙伟农大惊，紧爬了几步，抓住张之信的腿，用尽全身的力气，把张之信给拽了下来。幸好是下山，孙伟农可以借力才把张之信给拖到石头后面，强压着目眦欲裂的他躲避敌人的射杀。

说得这么漫长，其实从段淑礼被枪杀开始，到国军士兵赶到，跟隐藏在暗中射杀动委会委员的人搏斗，逼迫他们停止射击为止，也就不到一炷香的时间。可就在这短短的十多分钟里，主席台上已经成了一个修罗场，横七竖八躺着一具具尸体。此时，枪声已经稀疏下来，但场面却更加乱了。台上受伤的人大声喊着自己的随从，没有随从的人喊着救命；没有受伤的委员们，都已经连滚带爬地跑出了主席台，有的躲在石头后面，有的已经挤进人群，想抱团取暖，希望能够凭着人多，逃得一命。

其实，他们不知道的是，这样混乱的场合，台下比台上更加危险。虽然这是露天举行的，而且这四个“盐场”都可以离开，可秋园内的“河”全是人工挖出，挖出的土堆积成小山，每条河都是相连在一起的，组成了灌云水系，土山按照灌云境内山脉的实际位置来构造的。园区中间最大的人工河为“潮指河”，河东南为“伊芦山”造型，西接“盐河”，“大伊山”挺立于南侧。“盐河”向西北延伸，与“半边河”汇流，“半边河”横贯“北云台山”和“南云台山”之间，西北方向还有“海州山”，全部河流呈大弧形，斜贯园区，水源头引自东面的善后河。而“山”上遍种青草，并植以矮干松柏花木等，春夏秋三季绿水青山，美若画境。目前虽然是冬季，但如果有那个闲情逸致来欣赏，在这弯弯绕绕“山峦迭起”中漫步，也是一种享受。可如今这种乱砍乱杀乱射时候这么多人在这山水之间逃命，却有些不美了。人群太多了，跑不起来，加上日本特务隐藏在人群中，借着某棵树或者某块石头的阻拦，大开杀戒，人们挤在一起，想跑也跑不出去。当然，趁着地形之势，奋起反抗，联合周围百姓打杀这些恶人的也比比皆是。

如果这时候有摄影技术来一个航拍，这个由清末民初最大盐官盐商之一缪秋杰花了大力气大本钱建造的顶级明珠式园林，已经变成了人间地狱，到处是杀戮、鲜血和尖叫，混在灌云百姓中的日本军人和日本间谍、特务以及中国汉奸，手持凶器，就像进入羊群中的恶狼，疯狂地对手无寸铁的百姓们残忍打杀。他们手中的日本军刀都打起了卷儿，流到脚下的鲜血染红了这代表灌云山水的绝美园林。

人为刀俎我为鱼肉的灌云百姓，当然也并不是任由他们砍杀，除开那些个别胆小懦弱被吓住只知逃命的人，绝大部分百姓在刀砍向自己的时候，都会拼命反击。而人们都拥挤在狭仄空间内，往往有一个人反抗其他人也一起上，几个人乃至十几个人对付一个或者两个日本人或者汉奸打手，竟然也没有让他们的目的得逞。所以，除开主席台上被射杀的那些动委会委员，还有刚开始因为没有反应过来而被杀被伤的一些游行群众，等到百姓中有识之士振臂高呼，要消灭这些闯进家门来的恶鬼、坚决跟这些打进家门来的小日本拼命时，百姓们纷纷响应，也不逃命了，专门找那些拿着武器的日本人以及汉奸打斗。这样一来，人数上占着绝对优势的灌云百姓不仅没有被日军屠杀，相反还打死了十几个日军和二十几个汉奸，甚至还俘虏了几个日军。

这被俘虏的日军，跟孙达生还有何夏萍脱不开关系。早在日军第一枪打向段淑礼的时候，孙达生就知道日本人动手了，而且第一目标就是主席台。看着坐在台上的祖父，孙达生第一个想法就是冲过去救祖父。可从他这里要到主席台，虽然距离并不远，但人山人海，枪声响起后，人们又疯狂往外跑，还发生了好多起踩踏事件，除了飞过去，孙达生短时间内是不可能走到主席台上去的。而且，他还有重要的事儿要做，那就是把那几个日本人给抓住，不能让他们作恶。

果然，当枪声响起来时，孙达生盯着的日本人也动了，他抽出挎在一侧的日本刀，冲着旁边一个学生的脑袋砍去。孙达生距离这个日本人还隔着几个人的距离，他无论如何也救不下这个人，眼看着这个灌云同学就要成为日寇的刀下之鬼，孙达生冲着日本人旁边的一个学生大喊：“撞他！他要杀你！”同时用力冲着挨在自己身边的学生撞了过去。因为那个日本人跟学生们不熟，整个人身上还透露着一种阴狠的信息，周围的人虽然并没有怀疑他，但还是本能跟他保持一定的距离。因此，他周围几米之内，并没有多少人。他要砍那个人，就要跳过来才能砍到，这给孙达生的救人活动带来了两秒的缓冲，所以，他先出声提醒那个人，然后用身体把阻拦自己前进的人撞开，让自己能过去。说时迟那时快，被砍的学生也意识到危险了，本能朝旁边一躲，日本人的军刀劈空了。日本人，也就是小岛直男因为失手气疯了，接连着又横向砍过来，孙达生已经赶了过来，一脚踹到小岛直男的腿上，让他直接来了一个狗啃泥趴在地上，那个学生再次逃过一劫。

众人的笑让小岛直男更加疯狂，他一个滚身，躲开了孙达生追上来的一脚，一刀劈向孙达生。孙达生跳开，躲闪他的刀，小岛直男却在劈空之后，转身劈向站得近的一个学生。那个学生还没有反应过来，竟然呆呆看着刀劈向自己。孙达生连忙追了过来，情急之下，冲上前去，替这个学生挡了一刀。小岛直男的刀劈在孙达生的背上，虽然穿得比较厚，但血还是立即就流了出来。被孙达生救下的学生被吓傻了，嚎啕大哭起来。孙达生没有时间管他，因为小岛直男又挥着刀冲他砍了过来。就这样，孙达生跟小岛直男打在一起，旁边上来了两个学生，把那个被吓到的学生给拉走了。其他人怕误伤更怕拖累孙达生，都躲开了，可他们并没有离开，而是聚集在周围给孙达生加油。当然也有想要离开的，可人群中一个大个子拦住了他们。

第八节　落幕也是开始

孙达生跟小岛直男打斗的时候，大个子站在一旁虎视眈眈，想上来帮忙却又插不进去，有些着急的时候，看到两个学生暗撺掇要跑，他立即大声喊：“喂，你们两个胆小鬼，想逃跑？你们还是不是人？看到没，他就是日本人，他敢到我们这里来杀人，就是因为你们这些胆小鬼！”

众人都看向两个学生，眼中有鄙视、责难还有怨恨。被人当作臭狗屎一般的存在，他们俩的脸色红了又青，青了又红，心中虽然非常想逃跑，但却无论如何也迈不开腿了。大个子看着呆呆的众人，觉得这些人都可能是汉奸和卖国贼，大声喊着：“你们都是傻子啊！他就一个人，咱们这么多人，一人给他一拳，就把他给打得皮开肉绽；一人给他一腿，就能把他踩成肉泥，你们怕他什么呢？来啊，跟我上，我们一起杀日本鬼子！”

大个子带头上去打小岛直男，能参加这次集会的，绝大部分都是想抗日想保家卫国的热血男儿，在大个子的带动之下，众人一拥而上，他们虽然没有武器，也不会武功，甚至有的人都没有打过架，但对日本人的刻骨仇恨，让他们不顾性命上来拼命，即便小岛直男再孔武有力，再受过专门训练，也敌不过这么多人的拳打脚踢！孙达生刚离开，小岛直男就被愤怒的灌云人给淹没了！他的刀早就被孙达生拿走了，所谓乱拳打死老师傅，雨点般的拳头落在他身上，他能做的只能是抱住头蜷缩在地上，护住自己的关键部位，真像案板上的鱼肉，任人捶打！还是孙达生喊住了人，要他们留活口，这才保住了小岛直男这一条命。孙达生当然不会留着这个日本人喝茶，而是生擒了他想要得到更多日本人的情报。

发生在孙达生这里的情况，在整个秋园内多处上演着，日本鬼子跟中国人不一样，他们的伪装再厉害，在这些雪亮的抗日群众面前也无法遁形。别人不说，早就有准备的何夏萍，在周妍动手的第一时间，就上前制住了周妍。然后把她捆起来，交给了父亲何希文。何希文知道情况，组织学生们有序撤退，并检查周围是否有日本人。这些日本人大部分都不会说中国话，个别会说的也听得出来，学生们恨透了日本鬼子，一个个挨着检查，发现了立即抓起来，逃走的就打死。因为检查得非常认真，混入他们队伍的五个日本人都被揪了出来，何希文以及学生们都不知道的是，就连驻车牛山的日本海军陆战队的最高长官木村知重都被抓了起来。不过，老狐狸平田真弓却因为早就离开而保住一条小命。

可何希文跟何夏萍、孙达生更加想不到，他们拼着性命抓起来的日本侵略者，在交给许继泰之后，在路上不仅被放了，还被许继泰的专车送出板浦城，还请了当地的郎中给他们治伤。只有被朱治均带走的日本人被押到灌云县监狱关押起来，等候处理。

就这样，这场日本人策划想偷袭募捐游行大会，趁机拿下灌云县的阴谋，在冯平阳、何希文等共产党的领导之下，被毫无准备“一团散沙”的灌云百姓给粉碎了，除了动委会委员们死伤较大之外，被日本人视为“猪猡”根本不放在眼中的灌云百姓，竟然俘虏了包括木村知重、小岛直男在内的十几个日本正规军人，这在整个抗日战争中，都是值得载入史册的。

孙达生跟何夏萍很是不明白，日本人究竟狂妄疯狂到什么程度，会制定出这样一个计划，用几十个日本军人带着几十个汉奸，跟几千板浦人抗衡，这跟他们妄图三个月灭亡中国的疯狂是一样的，最终被自己的疯狂打脸。当然，当时的孙达生并没有意识到，正是因为他跟骆远志以及何夏萍设计收缴了日本人想运进板浦的那一批先进的武器，才让木村知重跟平田真弓不得不调整计划，由原来主要用机枪以及三八大盖儿等热武器屠杀手无寸铁的灌云百姓，相当于狼入羊群，变成了现在的羊入狼群，才有了这个对灌云非常有利的抗日局面。而那批原本是日军海军陆战队用来武装自己攻打海州的武器，被孙达生送给何夏萍，何夏萍又送给灌云党组织，成为灌云共产党游击队抗日的重要依仗，在这些武器以及孙达生、何夏萍等有生力量的加入之下，灌云游击队组成八路军南进纵队如虎添翼。

连云港车牛山岛，日本海军陆战队司令部。

在广袤浩渺的黄海东端，在波涛汹涌的海州湾，连云港东北方向，距离陆地四十多公里的地方，有一个长约四百米宽约二百三十米的小岛。这个小岛是连云港前三岛中最南端、面积最小的岛屿，车牛山岛。相传，海州岚山头村东北金牛岭上有洞，洞中有牛，闪闪发金光。村民们听到金牛吼叫，发现金牛朝着东南狂奔进大海了，然后就变成了岛屿，因此这个小岛被命名为车牛山岛。这个岛由五个连在一起的大小岛屿组成，水下分布着很多暗礁，生活着很多鱼类，鲈鱼、黑鲷、珍鲷等著名鱼类都可以在这里捕捞到，这里的鱼多且大，渔民们到这个岛上，都是为了来捕鱼。

这个小岛有一千多米长的海岸线，海水深可达十五米，岛上多是悬崖峭壁，此时，小岛边上停着几艘军舰，军舰上挂着日本国旗，岛上搭起了一片军用帐篷，帐篷上也插着日本国旗。

车牛山岛海上距离日本国最近，灌云又有大片的盐田出产优质的海盐，因此七七事变后，海军就派遣军舰横渡黄海，占领了这个小岛，把这个小岛作为攻打海属地区的基地。岛上的帐篷，就是日军宿营的地方。此时，岛上最大的帐篷里，传来了女人压抑的呜咽声。

帐篷里，平田真弓坐在太师椅上，木村知重坐在另外一侧，虽然换了军装，但还是鼻青脸肿，能看出来，他被人揍得很惨。孙一喜烂泥一样趴在地上，质地上乘的皮袍被击打得破烂不堪，扣子都掉了，一摊烂泥一样趴在地上。周妍跪在旁边，脸上也是红肿一片，眼中是一片绝望。

平田真弓把一张报纸扔到周妍脸上，黑着脸说："看看！这就是你们给我保证的，一定能拿下灌云！"

周妍没有接住，报纸掉到地上，上面黑色大字写着："日军潜伏特务被一网打尽，灌云抗战取得重大胜利"。这是《海州日报》关于他们这次偷袭板浦游行大会的报道，周妍捡起报纸，迅速浏览，越看脸上的神情越灰白。看完之后，她张口要说什么，却被平田真弓打断："八格！丢了我们大日本帝国的脸，被一群猪猡给打败了，你该知道怎么做！"

周妍抬头看了一眼放在自己面前的那柄军刀，颤抖着手拿起来，想要把刀抽出来，却用不上力气，眼泪扑簌簌掉了下来。平田真弓却一点都不怜香惜玉，像看死人一样看着她，语调虽然慢，但阴狠得好像来自地狱的召唤："怎么，还要我送你一程？"

周妍吓得一哆嗦，军刀掉到了地上，浑身都如筛糠，咚咚磕头："社长饶命！饶过我这次！请社长再给我一个机会，我一定把那些被抓的大日本军人给救出来！"

木村知重眼光一闪，看向平田真弓，显然心动了。平田真弓的神情更冷了，根本不为所动："你这是威胁我，还是你认为，我堂堂日本陆军陇海调查科科长，还不如你一个被遗弃的中国猪猡？！"

周妍连忙摇头："不敢！我这条贱命不值一文！我骨子里卑贱的血，让我搞砸了这次行动，让皇军蒙羞，我罪该万死！可我死不足惜，我不能让咱们皇军受到中国猪猡的欺辱，请让我把皇军们救出来之后，再去向天皇谢罪！"

木村知重却看着周妍开口："你打算怎么营救我们被抓走的皇军？"

周妍感激涕零："中佐大人，我保证不会再让皇军受到伤害。"

木村知重："我听说小岛他们几个被俘的人，是灌云县警察局长朱治均给带走的，已经被关押到监狱里，要全县开大会公审之后处决，如果你不劫狱，还有什么办法能把人给救出来？"

对木村知重对这些情报了如指掌，周妍并不惊讶，但她也不敢说一句谎话；"灌云县张文明县长对大日本帝国非常仰慕，皇军并不是他下令抓的，如果让他放人，给他一个机会让他建立大东亚共荣，那他肯定会乐意之至的！"

木村知重看向平田真弓，要他决断。平田真弓不为所动："怎么，你被这些猪猡打怕了？"

木村知重脸上现出狂妄："当然不是！我们大日本帝国可是日不落帝国，是天皇的子民，根本不可能打垮的！"

平田真弓："这次行动，是我们之前情报提供有误，不是海军将士们无能！昨天我都看着，他们在跟那一群猪猡战斗时，非常英勇，那些多猪猡对他们拳打脚踢，他们也丝毫不怕，跟他们殊死搏斗！"

木村知重："嗨！我们海军跟陆军一样，都是大日本皇军的优秀代表，我们宁可剖腹以效忠天皇，也不可能落到中国猪猡手中！”

平田真弓脸上现出一丝欣慰，略微点头道：“那些被俘的人，是很愿意为天皇效忠的！”

周妍跟孙一喜听出了他们话里的意思，惊恐地看向平田真弓跟木村知重，好像在看两个吃人的魔鬼。

平田真弓：“那就按照木村君的意思来做吧！”

木村知重点头：“嗨！我代表海军陆战队的大日本军人谢谢您，平田君！”

平田真弓：“海军和陆军都是一家人，不分彼此才好！”

木村知重认同：“军部上的领导也应该是这样想的，我们跟陆军，是兄弟是伙伴，竞争也是为了更多地杀中国猪猡！”

平田真弓：“我们肩上的任务重啊！为了建立大东亚共荣，为了大日本帝国的将来，我们不要怕牺牲！”

木村知重站起来敬礼：“嗨！请科长阁下放心，我们海军也不能再这样优柔寡断了，为了神圣的天皇陛下，我们必须要采取坚决的行动了！”

平田真弓终于露出一丝欣慰的笑：“陆军跟海军都是大日本天皇陛下最优秀的子民，只要忠诚于天皇陛下的我们，精诚合作，一定能让大日本帝国成为亚洲霸主，世界霸主！”

木村知重：“嗨！”

周妍跟孙一喜也跟着：“嗨！”

木村知重看着他们俩的狼狈样子，眼中闪过一丝嗜血。周妍跟孙一喜感到彻骨的寒气打脊梁沟涌起。可就这样认命等死吗？不，这不是周妍的性格，当生下来因为贫困又是女娃而被扔在雪地里的时候，她的命就不属于任何人，而只属于她自己。看着平田真弓跟木村知重两个平静却能吃人的魔鬼，不知道哪里来的勇气，周妍上前一步紧紧抱住木村知重的大腿，眼中含泪却无比忠诚地哀求：“木村太君，我一定能把那些太君给救出来！请给我一个机会！”

木村知重低头看着狗一样趴在自己脚下的周妍，眼中闪过什么。

灌云板浦，县监狱。

夜已经深了，西北风呼啸而来，在萧索的枯枝上逡巡着，幽灵一般地扫荡着，发出呜呜的响声，给这三九严寒笼罩着的寒夜带来了更多的阴森恐怖。板浦千年蜿蜒曲折的小巷，一直向前，在靠近南门的地方，就有一处黑魆魆的院子。这个院子很大，院墙很高，里面有三四排每排十几间的低矮小房子，墙上还有铁丝网、铁蒺藜，大门紧紧关着，外面有人站岗，不时有人在巡逻。

这就是灌云县监狱，关押违法犯罪恶徒的地方。今晚，这里却关进来了八个日本兵。警察局长朱治均如临大敌，从游行群众的手中把人接手后，就把他们关押到监牢里面最牢固的号房里，那都是关押死刑犯的地方。朱治均也不傻，知道日军敢采取这次行动，那板浦城内肯定不止这几个日军，虽然他们偷袭的计划失败了，但他们潜伏在城内，谁知道还有什么更加疯狂的阴谋呢？朱治均让手下把这几个日本人看好，自己带着人挨家挨户去搜查，势必要把隐藏在城内的日本特务给搜出来。可他刚搜查了两个小巷子，就被张文明紧急召回，要他去县医院，负责他这个县长还有其他动委会委员的安全。

朱治均想骂娘，他承认这次日本人的偷袭，动委会委员死八人伤十五人，全须全尾的不到十个人，称得上是伤亡惨重。其中段淑礼还是张文明的大舅子，段淑琴闻讯赶来后，哭晕了过去。但朱治均同样清楚，日本人之所以在会场重点射击杀害主席台上的动委会委员，因为那里空旷，便于射击，而且杀了动委会委员，对抗日积极分子以及游行群众，都有非常好的震慑作用。而现在受伤的委员都被安置到了医院里，日本人去刺杀他们干什么呢？所以，朱治均并没有服从命令听张文明的指挥去医院保护他们的安全。可让朱治均恼火的是，张文明竟然派了许继泰前来请他，一定要把灌云县内所有的武力都集中到县医院去。朱治均只有放弃排查，带着人去找张文明理论。

因此，关押着一百多名犯人和八个日本人的灌云监狱，此时就只有三十多个狱警看押着，上面的炮楼冷冷地看着众人，夜风肆虐，这个监狱显得尤为阴森可怖，凄清的暗夜中，好像有什么东西蠢蠢欲动，连夜风都警惕着什么，放轻了脚步沿着幽暗狭仄的小巷朝前走着，想赶紧离开这个涌动着危险和死亡的地方。

可夜风刚走出了几百米，就停了下来，因为一阵压制的喧哗在寂静压抑的夜间清晰异常。它赶紧过去，想看看这里在发生什么事儿。

"……你就是不怀好心！你带同学们来这种危险的地方，可什么都没有发生，你把我们当成什么了！我告诉你，孙达生，这不是你闹着玩的时候，更不是搞恶作剧的地方！"

第九节　一而再再而三的投敌

说话的是陈振中，他指着孙达生气愤地说，好像在看什么十恶不赦的人。孙达生却看都不看他，只是紧紧盯着监狱大门。

陈振中看他这样无视自己，更加气愤，张嘴就要冲着孙达生吼叫。张佳惠拉住了他，示意他不要在这里闹："别喊！你有什么事儿，回去说。"

陈振中："那现在呢？他把咱们拉到这里来干什么？"

是的，不仅孙达生、陈振中还有张佳惠，就是何锦阳还有其他全英学校毕业班大部分同学们都在这里了。而他们到这里的原因，是因为孙达生的"忽悠"。游行大会被日本人偷袭，全英学校的学生队伍在最前面，就在主席台下面，主席台上的动委会委员被射杀，他们就是那殃及的池鱼，有好几个学生也被飞来的子弹给射伤了。何锦阳张佳惠等人不敢冒动，直到十几分钟的射击过后，张佳惠、何锦阳才赶紧对被射伤的同学进行急救，并派了几个人照顾伤员，何锦阳率先冲上主席台去救人，张佳惠等人跟上，她大还在台上。陈振中也克服了恐惧上去，他的目标是张文明。其他学生也一拥而上，到了主席台上，跟也冲过来的灌云县警察一起，面对躲在暗处杀人的日本侵略者，写下第一次抗争日本人的斗争历史。

正如报纸上所说的，这些灌云学生娃勇气可嘉，是灌云抗日希望所在。幸运的是，因为弹药的不足，偷袭的日军无法对灌云百姓进行大规模杀害，再加上66团的士兵已经发现了他们的藏身之处，对他们进行了有力反攻，所以，当学生们冲上主席台的时候，主席台上的危机已经解除了，虽然还时不时有冷枪飞来，但除了偶尔有人被流弹打中外，大部分日本特务已经被控制住了。学生们要做的就是对受伤的动委会委员进行救助，正好他们受过这种培训。知道父亲并没有被击中而且已经去跟隐藏在人群中的日本特务汉奸进行战斗时，张佳惠就组织同学们组建简易担架，对受伤人员进行救援。

在朱治均带领的灌云警察以及许继泰带领的常备大队的组织和疏导之下，游行人群得以安全有效疏散，全英学校的学生们留在了最后，帮着送走最后一批游行百姓之后，全英学校的师生们也安全撤退了。

第二天，何希文单独召集了学生抗战积极分子，对这次活动进行总结。积极参加分析会的张佳惠跟何锦阳等学生都非常兴奋，他们带头倡议，要成立全英学校学生游击队，继续作战技能的培训。何希文非常支持，让何锦阳跟张佳惠当带头人，当天就开始了战斗训练。

就在何希文带领着张佳惠、何锦阳等爱国学生们秘密地顶着寒风乘着月色内心火热地投入到何希文主讲的战略战术之中时，孙达生突然找了来，问他们是否有勇气去杀日本人。何锦阳虽然跟孙达生不对付，但从二叔何希文那里，得知了孙达生所做的抗日活动后，勉为其难地接受了他。在张佳惠等同学质疑孙达生的时候，他第一个响应，要跟着孙达生去。其他学生半信半疑，张佳惠犹豫了一下，想到了什么，也同意一起去。其他同学们都看向何希文，何希文表示由他们自己决定，他是要跟着去的。何希文作为夫子的号召力非常大，立即就都跟了上来。

路上，张佳惠故意走到孙达生身边，几次都欲言又止。孙达生知道她想说张之信的事儿，可他不想听，虽然张之信做的事儿跟张佳惠没有关系，但本来就很冷的孙达生也做不到跟她开诚布公地交流什么，更何况两个人的关系一点都不好。张佳惠尴尬之余，也就恼怒地放弃了。她并不认为自己有什么错，那天孙达生骆远志跟着杨玉坤离开之后，她冲进了屋子里，发现张之信被捆在椅子上，状态非常不好，都不能跟她说话。父亲高大的英雄形象有些坍塌，看着父亲痛苦的样子，张佳惠泪如泉涌。小王给她的解释是，张之信受伤患病，一直没有好，不能让孙达生他们看到他这个样子。张佳惠并没有怀疑，反而更加心疼父亲，对孙达生非要硬闯也有些恼怒，想跟他解释一下，又觉得没有意思，好在很快孙达生就停了下来。

站在灌云县监狱大门前，张佳惠他们才知道孙达生的目标是被抓来的那些日本人。张佳惠等人对孙达生的行为感到奇怪，这些日本人已经被抓了起来，当然要县府来审判处理，孙达生却说要杀日本人，他到底想干什么呢？

张佳惠等人的质问还没有说出口，就看到陈振中跑了过来，喘着粗气来质问，孙达生想干什么，是不是要来劫狱救日本人的！孙达生不理他，也不解释，就示意他们不要说话，安静地等。陈振中可不会听孙达生的，他实在按捺不住怒火，冲着孙达生就嚷嚷开了。

何希文跟张佳惠等师生都知道陈振中亲自护送张文明县长去

医院，并留在那里贴心照顾了，却并不知道他为什么会找到这里来。面对同学们的提问，陈振中没有回答，却大说张文明这个县长的不容易以及对他的赏识。张佳惠等人都很奇怪地看着陈振中，都感觉陈振中像变了一个人。抗日动员大会时，他们全英学校的队伍距离主席台近，对张文明把自己的秘书推出来当自己的肉盾，让秘书为他挡了枪送了命，他则屁滚尿流不管不顾地逃生，看得清清楚楚。他们更知道张文明一丁点儿都没有受伤，陈振中留下照顾他，纯属逢迎拍马，学生们对他都非常不齿。可陈振中还在这里大肆炫耀，就算是跟他交情特别好的何锦阳都听不下去了。暴脾气的他立即要跟陈振中割袍断交，被何希文拦住。何希文说事有轻重缓急，陈振中的事儿回去再说，何锦阳这才暂时先放过他。

可陈振中不仅没有看出大家对他的鄙视，而且还因为马上就要为县长去服务而得意忘形。他大咧咧地说出，自己是学校学生会主席，大家都要听他的。他有事儿出去，有什么事情也要等他回来决定，因此，他派了管秀臣替自己管着同学们，可没有人听管秀臣的，管秀臣只好赶紧去医院去找陈振中，给他报信。张文明知道学生们又闹事，顿时心焦不已，打着官腔教导了他一番，让他赶紧回去，好好跟同学们说说，收拢他们被蛊惑的心，回到教室，安心学习，像什么抗日啊、打仗的事儿，交给县府来处理。陈振中深以为然，觉得张县长说的真是真知灼见，他奉为圭臬，立即告辞而去，跟着管秀臣找到了孙达生他们。

孙达生并不信任他，任凭他怎么问，一句话都不答，无视到彻底。陈振中恼怒异常，说不通孙达生，就跟何希文说，要他们回去，不要在这里胡闹。何希文不解释也不同意，只说要陈振中稍安勿躁。陈振中立即把何希文也归到了孙达生的阵营，认为孙达生从中做了什么，也不再劝他，对着学生们说，要他们跟自己回去，不要跟着孙达生一起胡闹！孙达生就是一个纨绔，他不会有什么好事，肯定是要大家跟他一起搞恶作剧或者整人。

陈振中这番话，如果平时，大家可能会相信，因为孙达生的名声真的很糟糕，可有了陈振中之前的表现，同学们对他的话有了质疑，何希文也明显是相信孙达生的。所以，没有人听陈振中的，都宁愿在寒风中守在阴森恐怖的监狱门口，并不感觉到凄冷，还隐隐有一丝兴奋。如果他们真的能把这些日本人杀了，那不仅能留名青史，还能为保护家乡灌云奉献出自己的力量。

面对同学们的无视，陈振中压制不住自己的怒火，可他不能冲着同学们跟老师们发，只能冲着孙达生开炮。他知道孙达生带着人们隐藏在这里，肯定有什么目的，他就要大喊大叫，让所有人都知道他们藏在这里。可他刚要大声喊叫，就被一个人从后面过来，一个手刀把他给劈晕了，拿出一条麻袋，把陈振中给装了进去，还没有忘记摘下陈振中的围巾堵上他的嘴。

看着他连贯一气呵成的动作，众人皆惊。直到孙达生迎了上去，帮他一起给陈振中套麻袋，嘴里还问着："来了？"大家这才知道，来人是友非敌，这才细细打量来人。只见他穿一身黑色西服，外面穿一件黑呢大衣，戴着一顶礼帽，整个人好像一个暗夜幽灵，踏夜风而来。

来人正是何夏萍，她冲着孙达生点了点头，示意人来了。原来，何夏萍跟踪周妍，知道许继泰私自放了木村知重等几个被俘虏的日本兵，还有周妍以及孙一喜两个日本特务。虽然许继泰当了汉奸她非常气愤，但她一个人也不能把人都抓回来，只能一路跟踪他们到车牛山岛附近。看着他们坐着来接应的小船入海驶向海岛，何夏萍并没有离开，而是继续监视这个岛。其实，自从日军占领了车牛山岛后，中国军队就封锁了这一片海域，可总有他们防守不到的地方，日军的小船就是从一个非常隐蔽的野渡口接人的。何夏萍虽然艺高人胆大，但一个人闯入敌营，还没有那个本事。不过，她断定，日本人还会有行动的，因为他们不会放任被俘的日军不理。果然，第二天下午，何夏萍就看到一条小船靠岸，周妍一个人上岸。

这一情况，让何夏萍并没有按照原计划去求助国军，不能打草惊蛇，而是跟着周妍回了板浦。何夏萍是想跟踪周妍，把潜伏在板浦的日军一网打尽，可她没想到的是，周妍去了常备大队就没有出来。

何夏萍早就知道许继泰叛变了，周妍跟许继泰联手，肯定是为了被俘日军。她一个人不能阻挡他们，就去找到孙达生，让他去通知何希文。这才有了全英游击队第一次行动。孙达生知道何夏萍是从常备大队赶过来的，周妍跟许继泰肯定是要行动了，连忙打起十二分精神，盯着不远处的灌云县监狱。

并没有让他们等多久，监狱门前驶来一辆汽车，汽车后面跟着一群常备大队的特务。汽车在监狱大门前停下，许继泰从车上下来，身后是周妍。

看到周妍，孙达生跟何夏萍对视一眼，彼此眼中都有了然，他们果然是来救那几个被捕的日本人的。他们俩走到门前，冲着看门的警察说，奉县长令，进去提审犯人。警察不放行，说他们只听局长的。许继泰也不废话，一挥手，他带来的人就一拥而上，下了警察们的枪。警察们没想到他们直接动手，还没有反应过来，就让对方得了手。

站在不远处的全英人们都看到了这个过程，大家都被惊住了，很多人都认出了许继泰，他这样做，就是汉奸的行为。很多人忍不住，就要往外冲，孙达生跟何夏萍一起拦住他们，要他们静观其变。张佳惠问出学生们的疑惑，他们要什么时候动手。到了此时，他们也终于明白，孙达生要他们来干什么。这次，孙达生并没有再沉默，而是给大家耐心解释，等他们把人带出来再行动。虽然孙达生并没有说明，但大家也知道，当日本人被带出来，他们要行动，就是要把人给留下。想到这些，这些十八九岁的学生娃们，脸上现出激动、兴奋还有几分恐惧担忧。包括何希文在内，他们一共才有十几个人，而许继泰带来的常备大队的人，就有三十多人，他们怎么能完成行动呢？

这些人都看向孙达生，可孙达生却闭嘴了，好像说了这么多，已经把事情说清楚了。何希文看出来这情况，微笑着好像上一堂战斗技能课一样，给大家分工，一会儿怎么做。孙达生跟何夏萍都认真听着何希文调兵遣将。何希文知道，则将是一场恶战，而且敌我实力悬殊，这些学生们是灌云的将来，他不能让他们有任何闪失。所以，他联系了冯平阳跟孙君年，一起配合把人给劫下来。只要确定人被带出来，他就发信号弹，冯平阳跟孙君年就会带人来支援。

大家这才松了口气，专心等着敌人出来。可出乎意料的是，许继泰跟周妍进到监狱里面去，就没有再出来。接着，就听到一声巨响，这是爆炸声！孙达生跟何夏萍等人都意识到事情有变，孙达生第一个冲进去监狱，却发现监狱门大开着，里面的监牢门也被打开了，狱警横七竖八被放倒在地上，孙达生上前摸一摸发现他们已经被打死了。孙达生他们意识到不好，连忙往号房里面跑。好在其他号房都没有被打开，里面的犯人并没有被放出来，看到孙达生他们大声喊着，要放他们出去。孙达生等人当然不理他们，直接到了监狱最里面关押日本人的重号房。

果然，重号房房门大开，里面的人都被放出去了，甚至所有的死刑犯也都不见了踪影。孙达生都没有停留，看了看踪迹，直接朝着重号房外面走去。没走多远，就看到了外墙被炸出一个大窟窿，周妍他们就是从这里离开监狱的。这里是监狱的后面，从这里往南，几百米就是板浦南城门，现在是常备大队守护，如果周妍许继泰他们到了那里，孙达生他们就是插翅也追不上了。

张佳惠等人非常愤怒，怒斥着许继泰汉奸害人，他们还要追。何夏萍却拦住了他们，现在追出去于事无补。张佳惠不知道何夏萍的来历，对她隐隐有些敌意，坚持带着人要追。孙达生拦住了他们，淡淡说：“我们跟他们，战场见！”

孙达生说话的声音并不大，但却清晰地传到了每个人的耳朵里，经过夜风传播到很远。

尾声　我以我血荐轩辕

1938 年 1 月召开的灌云全县六个区的抗日动员大会，掀起了灌云的抗日高潮。

大会虽然被日本人偷袭，十五名动委会委员为国捐躯，与会群众在冯平阳、何夏萍以及孙达生等人的组织之下，制止了混在人群中日本特务的攻击，英勇对敌，打响了灌云人民武装抗日的第一枪。在日本军部赫赫有名的海军陆战队被一群手无寸铁的灌云百姓给杀得落花流水，五个日本现役军人被杀，九个被俘虏，打破了日本人不可战胜的“神话”。除去被汉奸许继泰跟日本女特务周妍放走的木村知重等五人，还有四个日本人被公安局长朱治均顶着来自张文明以及其他别有用心的人们的压力，公审了这四个日本侵略者，在公审大会上对之公开枪决。

诚如后人在整理灌云革命斗争史时所说的，这次动员大会，是灌云抗战的起点，如果说大会之前，除了少数有识之士，大部分灌云百姓还在犹豫彷徨，既担心日寇的杀戮，又不敢站出来反抗，那么在大会之后，灌云百姓就真正被唤醒了，积极投入到抗日大业之中了。

以木村知重为首的日本侵略者，得知四个日本军人在板浦被杀后，上报日本军部，请求出战，要武力拿下灌云。日本军部批准，派陆军和空军配合，于 1938 年 3 月企图在连云港登陆。

1938 年 3 月间，日军为实现在连云港登陆的企图，调遣刘桂堂、张宗援、刘佩忱等部伪军三千余人，经诸城、日照沿海岸线南下，进犯连云港。

连云港市是1933年建成的陇海铁路终端港，原属国民党第八行政督察区之东海县管辖。1935年，国民政府将东海、灌云各划出一部分成立连云市，其辖区包括临洪口以南，烧香河以北，东至东西连岛，西边是临洪河，新浦、板浦。但灌云跟连云港唇齿相依，如果连云市被攻陷，那灌云也就失去屏障，沦陷也就能拖延几天了。所以，灌云动委会立即发出号召，召集灌云六区的所有官方以及民间抗日组织，支援连云市的抗战。

骆远志的腿伤已经痊愈，回到了学校。经历了动员大会的洗礼，全英学校已经大变样儿了，在校长孙伟农的领导之下，学校组织全体师生成立了“灌云县青年救亡工作团”，积极从事抗日救亡运动。他们组织了城区歌咏剧团，由何夏萍负责，演出淮海戏宣传抗日。工作团还创办了《灌云日报》，报道抗日新闻，刊登抗日文章，宣传抗日救亡。张佳惠跟管秀琴负责编辑印刷，孙达生跟骆远志既是记者，又负责发行工作。除了这些抗日宣传工作之外，全英学校的师生还组成基干队，何希文、何夏萍还有孙达生对他们进行培训，训练抗日救亡骨干。参加培训的人员主要是县救国团的团员们，全英学校除了陈振中还有管秀臣没有参加外，就是管秀臣的姐姐，管大地主的女儿管秀雅都参加了基干队。在何希文的主持之下，基干队学习《游击战术》《救亡哲学》《战时经济》《全民抗战基本理论》《国际问题讲话》等。总之，除开胆小怕事的老师去投奔张文明之外，就是特别顽固的章夫子也参与到抗日中来，他再也不说全英学校所有的先生都成为抗日一分子。

这里需要说明的是，张文明并没有欺骗陈振中，真的把他要了过去，让他当自己秘书，因为之前的杨富贵秘书为了保护他牺牲了，他总是激励陈振中以杨富贵为偶像，努力向他学习。陈振中把张文明当作他的恩人，对他无比忠诚，心甘情愿成为他的一条狗。不过，全民抗战的大环境之下，张文明就是再胆怯再想升官发财也怕被愤怒的群众喷死，所以，这段时间他老老实实地按照政府指令“领导抗日工作”。实际上，在抗日方面，他还是不作为，整天拿着一个小本子给那些折腾得甚嚣尘上的共党分子记黑账。说起来，也难怪张文明停了县青年救亡团的给养，说这是共产党领导的，里面有共产党的活动，原因是何夏萍跟孙达生趁着张文明去盐田的时候，冲进了县府，把正在工作的宋斐然给抓了出来，扔到支援前线的民工中去了。

按照何夏萍的意思，宋斐然这样的叛徒，最好活剐了。可抗日正是缺人之际，如果杀自己同胞会引起群众的质问，被张文明利用，影响抗日统一战线，还有灌云人民的士气。就连对宋斐然恨之入骨的冯平阳，在处理宋斐然的会议上，都同意暂时不杀他。说来也是宋斐然命大，动委会召开的时候，他带着人去响水口抓汤曙红领导的抗日救国读书会去了，没有跟日本人正面遇到，更没有被张文明用来当枪，逃得一命。

孙达生、骆远志、何夏萍等人唱着66团团长杨玉坤创作的动员老百姓抗日歌：“叫老乡啊，你快去把战场上！你快去把兵当！你不当兵我不出钱想个法儿躲，没有人打仗亡了国，看你怎么活？”在灌云的大街小巷宣传抗日，老百姓们纷纷响应，很多青壮年都上了战场，112师官兵得到了极大鼓舞，日军登陆连云港的企图被有效遏止。

可日军并没有就此放弃侵略的计划，1938年5月20日黎明，在飞机掩护下，200多名日军海军陆战队员强行在连云港登陆后，因为海岸上并没有修筑战斗工事，日军上了岛后，如入无人之境，烧毁房屋188间，码头上未及逃生的军民被日军包围，用机枪密集杀人，仅连云港遇害民众就有81人。驻防孙家山一带的东北军112师344旅667团官兵不顾敌机的轰炸扫射，向登陆的日军猛烈射击。双方经过反复激战，直至6月18日拂晓，日军在庙岭受到三个营的伏击，被歼灭三四十人，仓皇逃回敌舰。

与此同时，日本空军为配合海陆军作战，对海州、新浦、连云港、灌云地区进行狂轰滥炸。1938年5月20日到23日间，四架日本飞机连日轰炸县城板浦，连续投下40多枚炸弹，城中的当铺、盐运公司等建筑都被炸毁。其中城北的“小人堂”也被炸毁，近40名男女老少，全部遇难。这次轰炸，板浦被炸毁房屋700余间，炸死居民70余人，整个城区满目狼藉，很多建筑被炸成一片废墟，全英学校的校舍被炸毁，因之迁到善后河南岸张庄。何希文等人带领学生迁移，孙达生跟骆远志、何夏萍等基干队骨干，则留在板浦，帮着县医院救助伤员，清扫趁机作恶的日本特务汉奸。

许多市民都逃往农村，张文明带着县政府一干人马，也迁至灌云三区颜马庄。早在日军轰炸之初，张文明就吓得屁滚尿流，带着段淑琴以及陈振中等一帮人收拾东西要离开板浦。段淑礼牺牲，没有人能够管得住张文明，段淑琴更是除了哭什么都不会干，所以，张文明的这次逃跑非常顺利，在日本飞机扔下第一轮炸弹之后，他就跑出了板浦。因为还想着弄走板浦场的那些白花花的盐，他并没有立即逃走，而是躲避到了乡下。虽然他带走了绝大部分县府工作人员还有保镖护院们，还要朱治均带着全县警察保护他。许继泰叛变投敌，县大队群龙无首，朱治均兼任常备大队队长。可朱治均却冷冷拒绝了，他要坐镇县府，指挥板浦城的防务和救援工作。张文明还要他服从命令听指挥，朱治均一点都没客气，严词拒绝了他，说自己就是死，也要死在板浦，死在工作岗位上。也正是朱治均的坚持留下，才让板浦躲过了日本特务的颠覆。

日本飞机轰炸，生死之间，有人弃城逃跑，有人却自动自发地出来，保护板浦的百姓，保护灌云县城。早在日军轰炸之初，在何希文的建议之下，孙伟农就找到朱治均，要他把板浦城内市民给组织起来，稳定治安、进行救援、安排百姓防护，最重要的是，要防止日寇趁机偷袭。朱治均感谢老师的提醒，跟何希文、冯平阳等人合作，合理安排板浦的警力和武装，联合灌云青年救亡团的团员们，还有一些志愿者，组织成几队人马，分别负责城区安全以及对被炸的人家进行救援，对城区居民进行疏导，安抚百姓的恐慌情绪。孙达生跟骆远志跟何夏萍一起，带领青年救亡团的人组织救援，朱治均则负责城内防守，尤其是城门等处，严防死守。

让骆远志无限感慨的是，天网恢恢疏而不漏，当孙达生跟何夏萍、骆远志、张佳惠、何锦阳等救亡团骨干，组织疏散城内百姓的时候，与孙一喜、周妍、许继泰等一行人迎头相遇。

这还是骆远志这个吃货的功劳。骆远志的医生背景，让他在救援工作中如鱼得水。救援工作中，他身先士卒，一边亲自动手做，一边教给张佳惠等人急救知识，让救亡青年团员们对骆远志无比敬佩。虽然他说话还是毫不留情，遇到笨手笨脚的团员，怎么教也做不好，达不到要求时，他能把女生说哭了，把男生说得要跟他动手。张佳惠跟何锦阳恨得牙痒痒，想把他胖揍一顿，但受伤的百姓需要骆远志，把他打伤了受苦的还是百姓。张佳惠气急了，要孙达生把骆远志那张嘴给封上。孙达生知道骆远志虽然话说得难听，但要求是非常严格的，而这严格要求对伤者以及战地救援队都非常重要。所以，他并没有阻止骆远志对同学们的教学，可他也不能让骆远志把同学们的积极性给打击没了，所以，他去给骆远志买吃的，堵住他的嘴。对吃货来说，食物总能改变心情，心情好了，骆远志的话也就顺耳了。

何夏萍虽然对骆远志这么幼齿的行为很看不上，但她还是跟着孙达生去了，原因很简单，非常时期，不能让一个人单独行动。也幸好她跟着去了，否则不仅孙达生危险了，就是他们这些救亡团团员都危险了。

孙达生知道骆远志的喜好，想了想这附近的传统美食，决定去街角的铺子里给他以及救援队的全体同学买一些风鹅当夜宵吃，日军的轰炸不知道什么时候来，在暴风雨来临之前的这种平静中，还是让大家吃好一些吧。风鹅也是灌云传统美食，是孙悟空老家花果山地区的特产，相传为中华美食鼻祖——商朝宰相伊尹隐居花果山下所秘制，至今已有三千多年历史。板浦这家制作风鹅的人家，祖上世代都是做这一行的，在海州都赫赫有名，到了灌云不吃一只他们家的风鹅，那就是白到灌云走一遭了。

可孙达生跟何夏萍刚走到这家铺子所在的那条街，就看到孙一喜那肥胖的身子鬼鬼祟祟地带着两个人在那家风鹅铺子前买风鹅。孙达生立即拉着何夏萍隐住身形。何夏萍也发现了孙一喜，跟孙达生对视一眼，两个人都很惊讶，但并没有声张，看着孙一喜命令手下迅速跑到那家风鹅人家买了好几只风鹅走了。孙达生给何夏萍一个眼神，何夏萍摇头，然后不等孙达生开口说话，就朝前走去，跟上了孙一喜三人。孙达生眼中闪过一丝感动，虽然跟何夏萍相处不多，但两个人之间却相处默契，心神相同。何夏萍的功夫比他强，她去跟踪孙一喜比他有利，所以，孙达生也不再纠结，转身往回走。

听到孙达生说日本特务真的进到了板浦，竟然还是上次的漏网之鱼，骆远志跟张佳惠等人都很兴奋，要立即去把他们给抓住，给飞机上的小日本送上一份大礼。孙达生却并不赞成这样冒进，让张佳惠跟何锦阳去报告朱治均，自己带着其他人去抓人。何锦阳并不情愿去报信，孙达生却破例地解释了一下，让何锦阳保护张佳惠。张佳惠不敢置信地看着孙达生。孙达生冲她点头，张佳惠眼泪流了出来，这是孙达生第一次明确表示出对她的关心，也是孙达生变相表示接受了她。

看着张佳惠默默把眼泪收回去做出一副平静的样子去完成自己交代任务，孙达生对张佳惠的那一份责怪也放下来了。张之信的罪过，并不应该由张佳惠来承担，况且这些天来，张佳惠的抗日态度和行为，他也看在眼中。张佳惠是真心抗战的，她是真心做好为这一片热土而牺牲的准备的！她的行为，值得孙达生敬佩，所以，才有孙达生今天对她的原谅和接受。

不过，现在并不是思考这些的时候，张佳惠跟何锦阳离开后，孙达生当下带着骆远志等团员朝着孙一喜离开的地方追了过去。孙一喜太胖，走不快，何夏萍不远不近地跟着他，也并没有走出多远，并没有多耽误时间的孙达生他们很快就追上了他们。

注意到何锦阳跟张佳惠不在队伍中了，何夏萍知道他们去报信了，点头示意孙达生他们注意隐蔽，并没有理会骆远志一脸嘚瑟的样子。让孙达生他们气愤的是，孙一喜竟然又走到了陇海贸易行。

看着孙一喜叫开门，带着保镖大摇大摆走进院子，何夏萍等人都很无语，这帮日本特务是嚣张到什么程度，才敢大摇大摆地住在这里？也许他们笃信最危险的地方也是最安全的吧，再加上城内人手不够，朱治均并没有组织警察和常备大队巡逻，而孙达生他们这些青年救亡团的人，巡逻的业务毕竟不熟练，才让孙一喜跟周妍等人有了可乘之机，趁着城内的人大批涌向农村之际，混入城内。

并不知道院子里的状况，孙达生跟何夏萍商量，日军飞机不知道轰炸多长时间，也不知道什么时候会来投炸弹，形势危急，孙一喜又是全县通缉的汉奸，他们也就不用讲什么策略了。何夏萍跟孙达生直接用朱治均发给他们的手榴弹炸开院门，把里面的日本汉奸们逼出来。可知道已经被包围的敌人还是龟缩在院子里不出来，等孙达生他们沉不住气冲进去时，他们再发难。何夏萍跟孙达生当然没有上当，敌人不出来，他们就逼他们出来。何夏萍从老乡家里要来一些柴火，制作成火把，扔入院子里，想把房子里点燃。

院子里的人显然没想到他们会这样强硬，被烟火熏得在屋子里呆不下去了，冲了出来。孙达生跟何夏萍连忙组织青年团员们阻击，孙一喜以及他的两个保镖被当场击毙。看着他肥胖臃肿的身体重重倒在地上，孙达生只看了一眼，就率先冲进了院子，想把里面的人一网打尽。可冷不防从屋子里冲出来一个人，冲着孙达生就是一枪，然后就往外跑。孙达生躲无可躲避无可避，眼看着就要中弹了，跟着他冲过来的何夏萍推开他，代替他中了一弹。好在并没有伤到要害，骆远志连忙给她救治，孙达生则已经冲上前去，把敌人的枪给下了，一脚把她给踢倒在地，用枪指着她的头，冷冷地说："周妍，你个汉奸，等着公审吧！"

这个脸如死灰知道全完了的人，就是周妍。她刚想说什么，听到不远处县政府的方向传来密集的枪声，脸上现出了兴奋。她要孙达生放过她，等皇军占领灌云后，她可以放他一马。包扎好了伤口的何夏萍看着死到临头还蹦跶的日本女特务，知道这样的铁杆汉奸是不可能有任何民族良知的，对孙达生说，处理了吧。孙达生知道她是担心迟则生变，周妍又勾搭了哪一个男人投敌叛国，因此并没有多说，对着周妍的脑门就是一枪。这个自以为是绝世尤物的女特务就结束了她罪恶的一生。

孙达生等人搜查了院子，并没有发现其他特务汉奸后，就要带人去支援县政府，何锦阳却满头大汗地跑过来，说那边的战斗结束了，汉奸许继泰被歼灭。原来，许继泰跟孙一喜、周妍是一起混进板浦的。

几个月之前，也就是灌云抗日动员大会召开之际，周妍跟孙一喜武器被孙达生搞走之后，平田真弓下决心要处置他们二人。周妍立下军令状，要把动员大会上被俘虏的日军给救下来，否则以死谢罪。周妍之所以敢以命相搏，是因为她跟灌云县常备大队的队长许继泰早就勾搭在一起，她能让许继泰为她所用，先前把她跟木村知重已经放了，再放掉被抓住的那几个日军，也不算什么。果然，周妍偷偷潜入板浦找到许继泰，跟他缠绵了一晚上之后，许继泰就投敌了。他带着自己的死忠，炸开县监狱，救出五个被关押的日本兵，跟周妍一起，去往日本军舰，见到了平田真弓，被任命为皇协军灌云县大队长，让他自己组织队伍，为天皇效力。

许继泰急于在日本主子面前立功，带着周妍跟孙一喜，回到板浦，想趁着日军轰炸众人逃散的时候，占领板浦。他们的第一目标，是县政府，许继泰认为孙一喜就是累赘，把他丢到贸易行，派了两个人保护也是监视他，然后就带着人去攻打县政府了。

可许继泰带领的这几十乌合之众，被早就做好准备的朱治均打得落花流水，战斗持续了不到一个小时就结束了，许继泰当场被击毙，刚成为“皇协军”不过几天的伪军们被全歼。

日军停止轰炸板浦之后，孙达生、骆远志、张佳惠等人要上前线。孙伟农、严云初等人虽然非常担心，但也并没有开口阻拦，只含着热泪送孙子等人出城。孙达生跟何夏萍会合后，带着青年救亡团赶往云台山驻连云港的国军驻地，找到杨玉坤，要参加战斗。杨玉坤劝阻不成，要他们跟早一步来到这里的共产党员一起，组成战地工作团，进行抗日宣传活动。从此，孙达生、何夏萍、骆远志带领的一支独特的队伍就形成了。经历过战火考验和洗礼的他们，几乎都有一些功夫，也都有一身过硬的战地急救本事，更会生动活泼地进行抗日宣传。

没有战斗的时候，他们就组成啦啦队，通过表演、唱歌、唱淮海戏以及快板等文艺形式进行抗日宣传，号召百姓们去当兵上战场保家卫国；日军入侵进攻的时候，他们就是最快捷最专业的医疗队，对战场上受伤的将士进行急救，冒着枪林弹雨把他们从阵地上抬下来，送到后方的医院里。

二百八十六天的连云港保卫战中，最惨烈的战斗，是云台山大桅尖争夺战。1938 年 8 月 2 日，日军出动舰艇四十多艘，载千余人，炮五六门，飞机四架，疯狂向云台山大桅尖发动进攻。驻守大桅尖的东北军第 112 师第 344 旅第 672 团官兵奋力截击，与敌激战一天至傍晚，大桅尖阵地失守。师部紧急命令作预备队的第 676 团进入战斗位置，协助 672 团作战，誓死夺回大桅尖。两团取得联系后，即向日军右翼发动猛烈攻势，打得敌人措手不及，仓促应战，龟缩固守。午夜三时，第 672 团从正面攻击，第

667团从侧翼奇袭，并与日军展开肉搏，日军招架不住，丢下武器、弹药、帐篷、油桶等军用物资，拖着尸体逃下山去。

从3月到8月期间，为策应日军的徐州会战，拿下海州，阻止中国军队东逃。日军海陆空三军紧密配合，对连云港地区发起了二十多次战斗，都被112师的将士们打退，连云港保卫战的胜利，使日军也不得不承认，进犯连云港“使海军吃尽苦头”。当时国民党的《中央日报》在头版报道：“守卫云台山部队坚如钢城，固若金汤。”刻在云台山上的那些勒石题词“保卫疆土，复兴中华，抱我山河，守卫祖国”，已成为激励后人的警句。

而孙达生、何夏萍、骆远志以及张佳惠等人组成的救援队以及宣传队，则一直活跃在抗日前线，用他们的青春和热血，谱写了一曲曲“只解沙场为国死”的爱国之歌！

可日寇亡我之心不死，他们侵略中国的铁蹄，并没有因为中国将士以及百姓的反抗而放弃，反而变得更加疯狂地卷土重来。1939年3月1日晨，日本侵略军第五师团主力（步兵二十一联队为主力）乘小艇在北潮河溯航，当日到达新安镇及响水口附近。2日上午，该联队的先遣队侵占大伊山，联防主力（缺第一大队）于3日上午进入大伊山。同时，小股日军从埒子口登陆，4日上午抵达南城。是日，日军侵占县境，灌云沦陷。

而灌云县长张文明早就在1938年底前后，带着本来计划沉到黄海海底的两大船淮盐，放弃了灌云，沿海远航，取道广州，偷渡到香港，成为灌云历史上第一个逃跑加上贪污的县长。陈振中想带走母亲冯月娥，被冯月娥拳打脚踢赶走，冯月娥跟孙伟农以及严云初跟全英学校师生们一起转移到乡下，后来更是因为保护严云初而被日本人射杀。

灌云被占领前夕，国民党第89军军长李守维执行蒋介石的“焦土计划”，派人将板浦城南的淮北盐务稽核所办公楼、别墅和被誉为“淮北第一名园”的“秋园”，遍浇汽油后点燃炸药。

这座由国民党财政大员、两淮盐运使兼淮北盐务稽核所经理缪秋杰多年苦心构建的名园胜地毁于一旦。

灌云沦陷之前，孙达生跟战地救援队的队员们在板浦城外跟进攻的日军殊死斗争。因为日本人武器装备精良，人数上更是占有极大优势，孙达生他们一击即败，何夏萍立即带领战地救援队撤退，孙达生中弹，重伤昏迷，命悬一线，被何夏萍跟骆远志不顾自己的生死，顶着呼啸而来的子弹，带离战场，生死未卜。

2018.9.9 定稿于北京

后记

我的故乡在连云港市灌云县杨集镇东门河畔，在我童年的记忆里，这里是白帆点点、号子声声。远处大伊山的背影衬托着牧童炊烟晚霞、小桥流水人家，将我的思路引向那如梦如幻的美好未来。

在好多年以前，我就想写一写我的故乡，写一写我可爱美丽的灌水云山与广褒富饶的苏北平原，写一写我们这一代人的父辈——那些为了保卫家国驱除敌寇而献出青春和热血的英雄们。他们怀揣着理想与奉献，为了中华民族的今天付出了种种牺牲，尽管在后来的一些运动中历尽坎坷，但他们仍无怨无悔地深爱着这一片土地。如今，那一个个鲜活的身影已经离我们远去，他们那一代人无私伟大的心路历程和他们在抗日烽火中真实残酷的战争生活，也因为时光久远而渐渐远去，慢慢变得鲜为人知。

当下的抗战题材小说数不胜数，但写我们家乡、写灌云县父老乡亲抗战的长篇小说却少之又少。小说中的灌云县是指老灌云，涵盖灌南、响水、板浦、云台。小说中出现的人物，有的有原型，有的没有原型，无论是有原型的还是没有原型的，小说的大背景基本忠实于那个动荡年代硝烟弥漫的岁月，人物共性与个性的塑造也是囿于那个特殊年代特殊人物的基本特征。尽管我对故乡、对这片生我养我的土地饱含深情，但我在创作过程中，仍忠于史实，尽量还原那段狼烟四起英雄辈出的峥嵘岁月，真实再现生长在这一片热土之上灌云人在国破家亡时的历史抉择，写出那些无数革命先烈为保家卫国抛头颅洒热血的历史现实。

这部作品以故乡的历史事实为背景，描写了一幅乱世中城镇乡村斑驳岁月画面，描绘了三十年代灌云城乡人们的生存状态，写出一组不同人物面对强盗入侵家园不同的精神态度，并试图形成对一个时代、一个地域之人性的、精神的、历史的观照。作品并未侧重写战争，而是把主人公放置于乱世背景中，着重考察其在命运沉浮中的精神起伏、人性变化、人格与尊严的完好与缺失，探索其如何找寻生命和情感的着落所在。

这部长篇小说的“灵魂”就是一个“爱”字，从我的心中流淌到字里行间的，都是对灌云这一片土地的深情挚爱。对长期漂泊在外的游子我来说，这种感受尤深。灌云是我的根，云山是我的魂，灌水是我的脉，人是故乡亲，水是故乡甜，月是故乡明。家乡的一山一水一草一木在我眼里都倍感亲切。揣着这种情怀，我开始创作了这部小说，写的是在那烽火四野、硝烟弥漫岁月里，英雄的灌云儿女深深地爱着灌水云山，深爱着生他养他的苏北大地，为了这片土地不受侵略者的蹂躏，为了大好河山不再破碎，为了家国民族不被凌辱，他们用自己的青春和热血筑起了一道抗敌长城！此爱亦我爱！此情亦我情！尽管折射的是那些远去的身影，但同为这片土地上的灌云儿女，延续着一股爱的共鸣！

感谢灌云县宣传部与灌云县党史办公室的大力支持，感谢他们为我提供了大量的历史资料、采访机会与诸多的创作条件。也感谢江苏省作家协会、连云港市作家协会的支持与鼓励，这才使我的长篇小说《山河吟》得以面世。在这里尤其要感谢的是灌云县县委常委、宣传部长马兆素同志，副部长张荣富及党史办的陈鹏等同志，他们无私的、热情洋溢的帮助与支持，让我这个多年

后记

漂泊在外的游子倍感家乡的温暖，他们那一股股滚烫的沁入心扉的乡情、友情、亲情让我感动不已，也增添我一股股创作的激情！感谢江苏省作家协会副主席、全国著名作家张文宝同志为我的长篇小说作序，让我在感动之余也深深自省，如何创作一些让文坛师长及读者朋友们认可的精品之作。

长篇小说《山河吟》由江苏凤凰文艺出版社出版发行了，由于本人的水平有限，作品中可能会出现这样或那样的不足与疏漏，在这里，谨向读者朋友们致歉并敬请予以谅解。

孙泽深

2018年9月9日